郭振建/著

# 黑窑谍影

中国言实出版社

图书在版编目(CIP)数据

黑客谍影 / 郭振建著. -- 北京: 中国言实出版社,
2024.12. -- ISBN 978-7-5171-4842-5

Ⅰ. I247.5

中国国家版本馆CIP数据核字第20241ES608号

黑客谍影

责任编辑: 曹庆臻　朱　悦
责任校对: 王建玲

出版发行: 中国言实出版社

地　　址: 北京市朝阳区北苑路180号加利大厦5号楼105室
邮　　编: 100101
编辑部: 北京市海淀区花园北路35号院9号楼302室
邮　　编: 100083
电　　话: 010-64924853 (总编室)　　010-64924716 (发行部)
网　　址: www.zgyscbs.cn　　电子邮箱: zgyscbs@263.net

经　　销: 新华书店
印　　刷: 徐州绪权印刷有限公司
版　　次: 2025年1月第1版　　2025年1月第1次印刷
规　　格: 710毫米×1000毫米　　1/16　　24.25印张
字　　数: 348千字

定　　价: 88.00元
书　　号: ISBN 978-7-5171-4842-5

# 引 子

2002年，在某国使馆被北约导弹轰炸后的3周年前夜，夜色苍茫，月光如银，网络无声。一位网名叫"龙勇"的神秘黑客，在网上发出"为祖国而战"的英雄帖，组织起民间"红客联盟"，在网络上准备实施一次反击"黑客帝国"霸权、倡导网络文明的特殊战役。

一刹那间，这股子热血激情，快如闪电，势若雷霆，以每秒数千公里的速度，悄无声息地游弋于无边无际赛博空间的网络元宇宙中，挟带着炎黄子孙生生不息忠义之气，如明媚春光，似纯洁甘露，神圣而美妙；也激荡着威武不能屈、壮志不可辱的浩然正气，铮铮有声，傲骨嶙峋，让华夏大地的整个网络世界为之激动兴奋、血脉偾张……数十万名拥有电脑网络基础知识的勇者，有的身居斗室，有的猫在网吧，有的因陋就简匍匐于车库、走廊，在电脑前敲击键盘，义无反顾加入"红客联盟"，成为一名爱国网络战士。

午夜钟声敲过的时刻，"红客联盟"吹响总攻集结号，数十万名网络战士，在各自的电脑终端，听从"龙勇"号令，瞬间形成一支声势浩大的民间网军，汇聚成一股股气势恢宏的网络流量，穿越网络上的万水千山，兵锋直指长期实施网络霸权"黑客帝国"的许多网站。对于这支网络装备各异、能力参差不齐的网络大军，"黑客帝国"的强大黑客团队不屑一顾，分而拒之，将"红客联盟"的队伍阻挡压制住了。"红客联盟"迅速改变战术，隐真示假发起佯攻、智取，双方进入网络攻防的胶着状态，碰撞对决异常激烈……

紧要关头，另一位网名为"侠者"的神秘黑客现身了，率领着一支有五六万台网络终端的肉鸡流量资源杀入，让战场形势发生了逆转，胜利的砝码迅速向"红客联盟"倾斜。强大的流量冲破了"黑客帝国"的防御阵脚，几道关隘被突破，让他们手忙脚乱支撑不住，出现了一些漏洞。紧接着，"龙勇"率领精锐网络力量，再出奇兵，强势进击，以迅雷不及掩耳之势攻破各个网站，横扫千军，许多网站沦陷崩溃，无数电脑瘫痪，哀鸿遍野。同时，惊人的一幕出现了，"黑客帝国"几十个网站首页飘扬起五星红旗，张贴出在某国使馆被炸事件中光荣牺牲的中国记者的遗照，扬眉吐气，洗刷耻辱，再现一个民族不甘屈辱的精神之魂。

"红客联盟"和"侠者"同心协力完成惊鸿一瞥的壮举后，有条不紊撤退。

王者荣归，气势如山。网络上的一切又恢复正常，没有破坏，没有掳掠，没有摧残，如同不曾发生过任何事儿似的。但在全世界网络黑客的头脑中，却留下挥之不去的记忆：中国红客成为一种神秘强悍的存在，反击网络霸权的英雄群体力量，一个令全世界网络黑客望而生畏的特殊符号，一种网络公平正义力量的象征。

而在这次网络战中突然亮相的"侠者"，则是刚满18岁的大学生——赵晖。

赵晖从小就对计算机代码有特殊爱好，是少年计算机奇才，长期活跃探索在计算机网络天地，既能自在遨游于互联网世界的明网之中，叱咤风云；也能破解各种高难度密码自由闯入深网和暗网之中，纵横捭阖，傲视群雄。他看到网络上的英雄帖征召令后，心头一热，热血澎湃，就暗暗行动起来，在电脑上迅速编写了一个肉鸡程序，发送到网络之中。这就如同网络豪杰一般，登高振臂一呼，应者云集，在较短时间就集结了五六万台电脑肉鸡资源。危急关头，他就不请自来主动出击，成为行侠仗义半路杀出的一支奇兵。其英名流传于网络天地，成为网络世界里津津乐道的一个传说，一种神奇。

# 第一章

## 1

2009 年夏，上午十点整，大洋彼岸的纽华克市 W 国国际大厦会议中心正在举办国际互联网发展论坛，站在演讲席上的是一位黄皮肤黑眼睛的中国青年。他中等身材，国字脸，大眼睛，眼神充满灵气与自信，留着飞机头型，前额头发微微上翘，刚健有力，青春时尚，白色衬衣上扎着一条红领带，散发出一种东方男性特有的精明干练。

他就是赵晖，是网络领域行侠仗义的勇士，也是新入职 W 国五洲网络公司的一名超级黑客。

只见赵晖两手撑在讲坛的边沿，挺胸眺望观众席，侃侃而谈，用流利英文演讲《眺望人类网络发展之未来》。他的演讲明显带着东方文化色彩，从"各美其美，美人之美，美美与共，天下大同"的中国智慧，畅谈隐形网络发展未来；从儒家文化"己所不欲，勿施于人"的角度，讲述全世界网络平台建设应有平等相待、将心比心的理念，打破壁垒森严的界限、标准不同的差异，携手合作共同发展；从道家文化"天之道，利而不害"，倡导网络发展应发扬利他精神，彼此互惠互利，以利他智慧牵引利己发展，促进全球网络更大范围的普及发展……他的这番言论，若在华夏大地，肯定有很强的文化和民意基础，能赢得人们会意点头甚至是热烈掌声。但此时他所在的是一个无比傲慢并且奉行弱肉强食丛林法则的西方世界，面对的是靠以强凌弱、尔虞我诈强盗逻辑获得无数好处，尊崇双重标准的既得利益国度。在那个世界中，利益和霸凌是高傲而不可忽视的，是至高无上的，可以藐视一切，甚至是无所顾忌，肆无忌惮。他一边演讲，一边用眼睛余光扫视着台下的反应，察觉观众席上那些不同肤色与面孔的人，神色冷峻，目光深沉。有的还似乎心神不定地低头交流，窃窃私语，如同嗡嗡作响的苍蝇，营造着阴晦黑暗的氛围。

赵晖的思维异常紧张，全部心思几乎都集中在了晦涩深奥的英文组词造句之中，只能将台下种种古怪面孔当作萝卜、白菜，甚至是木偶，无暇顾及种种不良反应。

正当赵晖讲得起劲之时，会场风云突变，只见会场右边站起四个身材不等、穿着奇葩服装的男子，大声喊道，这是我们的讲台，不允许你胡言乱语，中国佬，滚下去，中国佬，滚回去……其中一个留着络腮长胡子的小个子还甩开臂膀，往演讲席上扔鸡蛋。有一颗臭鸡蛋刚好落在话筒座上，瞬间被撞碎，蛋液四处飞溅，有几束黏稠蛋液，飞溅到赵晖的脸颊和胸前。浓重的臭鸡蛋味道四处扩散，腥臭刺鼻，令他窒息、难堪、尴尬，甚至想要作呕。

会场一片骚动，嘈杂声此起彼伏。

这个紧要关头，赵晖想集中精力思考缘由和起因，但无法做到。尤其是在他全力以赴阐述表达自己观点与突如其来的闹剧交织在一起时，突发的情况，袭扰了他的正常思维，让神经中枢的链条瞬间断裂。他习惯性地从衣兜里掏出一张纸巾，屏住呼吸，将脸上和胸前的蛋液擦掉。正是这一习惯性动作，让他木然的身体、僵滞的思维很快得到恢复，断裂的思维链条重新连接上，快速而紧张地思索应对之策。

赵晖想到，假使自己顺从捣乱者意愿停止了演讲，灰溜溜地下了台，那将是更大的一种耻辱。他的性格纯真、自信、倔强，若小小风浪把他击垮躺平了，不仅会颜面扫地，从此在 W 国的工作生活就会步入黯淡的阴影之中；而且会给中国人丢脸抹黑，也让民族自尊心受损，还将成为生命中一次极不光彩的事件，甚至是外国人茶余饭后的谈资和笑料了。

念及至此，他不由得打了一个寒战，额头渗出一层细密的汗珠，轻轻地闭了一次眼睛，在心灵深处呐喊道，一定要挺住，挺住啊！必须用智慧与坚强化解眼前的尴尬，转危为机，将闹剧演变成正剧，甚至是扬眉吐气的喜剧，危境逆转的神剧。

此刻，会场嘈杂喧嚣的惯性仍然在蔓延，人们释放着突发事件带来的各种复杂情绪。赵晖伸出右手扶了扶话筒，幽幽地说，扔臭鸡蛋未必是个好的做法，只有用体面优雅的做法击垮我，才是受人尊重的。此话绵里藏针，反戈一击，符合西方人思维的幽默与哲理。会场顿时冷却下来，喧嚣与嘈杂渐渐平息，一切张牙舞爪的欲望停滞下来，进入短暂的沉寂。

赵晖继续道，我所在的国家是一个伟大的国家，不搞网络霸权，没有W国技术超级霸凌的理念，也正是W国所扬扬自得并引以为豪的地方。他演讲风格的逆转，一下子将会场情绪稳住了，台下不同肤色的人瞪大了一双双蓝色、棕色或黑色的眼睛，诧异而好奇地聆听着，也让他的演讲书归正传，得以继续下去。

而在观众席中央坐着一位青年女子，神情紧张，脸色苍白，目不转睛注视着会场风云。她坐在座椅上身体微微前倾，光洁细嫩的五指紧紧握着座椅扶手，手心潮湿，指间冷汗涔涔渗出。她叫于燕，也是五洲网络公司的一名黑客，网名"双蛾翠"。她为台上的赵晖担忧，生怕演讲节外生枝，再出什么娄子，造成不可收拾的难堪局面。

造物弄人，缘于情分。于燕出身于一个特殊的华侨家庭，父母在W国情报系统工作，跻身于上流社会。她24岁，身材高挑，柳叶眉，丹凤眼，鹅蛋脸，额头光洁如玉，眼眸黝黑深邃，眼角向内微微勾起，下巴长突而翘，皮肤白皙，棕色披肩卷发，兼有东西方女性之美。她长时间盯着台上演讲的赵晖，竟然走神了，内心升腾起一股爱意，情感思维如同流动的空气随演讲的情境不断起伏，脑海回想起近两个月来与赵晖邂逅的一幕幕情景。

第一次相遇是公司七楼的走廊上，那天天气极好，窗外阳光灿烂，室内春意融融，一束阳光透过蓝色玻璃窗倾洒到室内的走廊里。刚好是赵晖入职到公司的第一天，披着走廊上的阳光向前走来，身材匀称，头发乌黑，额头高挺光滑，气质诚挚稳重，目光明亮犀利，有着一种说不出的高傲、深沉。于燕拿着一个文件夹与赵晖相对而行，看到这位陌生的有相同皮肤和相近面孔的同事，既惊愕又好奇，既欣赏又亲切，如同观看国宝大熊猫般望了过去。

他们两人的目光在空中交织碰在了一起，如同两束光泽、两种情感的融合与对撞。于燕突然看到赵晖身上披着一束奇特的金色光晕，在她眼前惊艳绽放，让她炫目惊诧，有触电般的感觉。

于燕左思右想这束金色光晕的含义，是人们常说的一见钟情呢？还是什么？一连串莫名其妙的好感和思索，成为一种神秘力量，有着势不可当的威力，萦绕在头脑里，好像总是在控制着她，让她胡思乱想。她甚至自我解释说，你算是完了，进入到一个难以自拔的情感旋涡之中。这天夜里，她失眠了，辗转反侧好长时间才入睡，睡着又做了关于赵晖的梦，令人缠绵悱恻、欲罢不能。第二天她就拐弯抹角打听到了有关赵晖的情况，神经过敏般关注着他，了解熟悉着他。

但刚刚到公司的赵晖，却感到一切都新鲜异样，所有面孔都带着亲切与笑意，裹挟着网络的神奇多彩和青春律动，并没有在意与年轻姑娘于燕目光的交织碰撞中，看到什么新鲜东西，发现任何异样，仅仅是一次不经意的邂逅，一个漂亮亚裔姑娘的美貌颜容而已。

第二次相遇是在公司附近的阿里斯公园。一个傍晚，青松苍翠，垂柳扶疏，藏在云层后面的太阳烧红了西边天，将云层染成了橙黄、紫红、暗红的五彩缤纷，而其余三分之二的蓝天中却零星飘荡着一丝丝彩云，显得华艳浪漫。高高耸立的树梢也被夕阳余晖所映耀，富有光泽，在微风下左右摇曳，小鸟在树丛中蹦跳着啾鸣着，树木掩盖着的林荫道则幽暗起来，笼罩上了些许淡淡暮色。于燕漫步在公园小径中，背着光由西到东，忽然看到一位青年迎面走来，面向夕阳、体态优雅、刚毅、帅气，有青春活力。她定定眼神细看，嗬！是上次在公司走廊里让她芳心萌动的"超级黑客"赵晖。只见他穿深蓝色裤子洁白上衣，左胳膊弯里搭着西服上衣，潇洒自在，那光洁的额头、墨黑的头发、周正的五官，在晚霞微光的映耀下，令于燕啧啧称奇，流露出会心的欣赏之情。

随着彼此迎面而行距离的逐渐缩短，于燕的心竟然不知不觉"咚咚咚"狂跳起来，频率逐渐加快，脸色绯红起来，手脚也不自在了，双脚竟然突然沉重起来，如同灌了铅似的，异常艰难地向前跋涉，如同向危险战场进发。她的步伐不得不放慢，步幅也变小，变成了细碎步子，带着一种莫名其妙的忐忑、发怵，或者说是困顿、惶恐，好像前面是刀山火海，前方有荆棘丛生，前进有千难万险。再或者说，她向他走近，如同历史深处杨玉环向唐玄宗走去，貂蝉向曹操走去，是那么唐突紧张，那么事关重大。

于燕越往前走，脚步越慢，越细碎，心情越发凌乱，脸色由绯红变为赤红，连耳朵也涨红了。她的眼睛不敢左顾右盼，有无限紧张与焦灼，右手不自觉地扶在裙边，试图分散注意力，控制住情绪。而赵晖呢？头颅稍斜仰视着，嘴角露出淡淡笑意，好像在欣赏天边的云霞，或观看树梢上的光芒，或享受闲庭信步的美妙，漫不经心，随意悠然。

当她走到他面前时，突然停住了脚步，竟然冒失地说，哎！你是大名鼎鼎的赵晖吧，我家祖籍是中国西安，我爸爸说我家原来住在渭河的灞桥边上。

这一连串清脆而深情的声音，如同有磁力般吸引了赵晖，让他将仰望的目光收回来，也停下脚步露出惊异之色望着她说，哦！是的，你好，我也来自中国西安，咱们是同乡呢。

她说，我叫于燕，也是五洲公司的职员，比你入职早两年。

赵晖道，那于小姐就是老员工了，属于前辈啊。

她嘴角掠过一丝笑意说，谈不上前辈，仅仅是工作时间早一点而已……就这样，他俩算是彼此认识了，还互留了手机号码。

会场里响起了稀稀拉拉的掌声，赵晖演讲的结束，也将于燕的思绪从记忆的时光隧道中拽了回来。她如释重负般长吁了一口气，松开双手，背靠座椅踏踏实实坐好进入放松状态。但她对赵晖的处境仍有忧虑，脑海中闪出一个奇特的念头，决定邀请赵晖吃一顿晚餐，顺便给他提个醒，尽快适应五洲公司的环境，防止出现类似的尴尬与闹剧。

　　她掏出手机，给赵晖发去一则短信：你演讲随机应变很成功！今晚下班请到岳阳楼餐馆小聚，祝贺一下，不见不散哈。

## 2

　　纽华克市是 W 国交通枢纽和金融科技中心，也是世界著名的旅游名城，融吃、喝、玩、乐等美名于一身，博物馆、美术馆和各种娱乐场所比比皆是，充满了现代时尚和多元文化的色彩，以及物欲奢华的放纵与浪漫。在阿里斯公园附近的金宝街上，有大大小小各种餐馆，其中就有一个名叫岳阳楼的中餐馆，是华侨和中国游客乐于光顾的地方。

　　于燕从小就生长在这座城市，对这里的一些中餐馆并不陌生，下班就来到岳阳楼，在室外遮阳伞下找了一张空闲桌子，坐下来拿起菜单，点了两荤两素和一份世界名菜——纽华克香肠，要了一瓶红酒，等待赵晖的到来。

　　不一会儿，菜就接二连三上来了，一股脑儿摆到桌子上。赵晖来到岳阳楼找到桌子一看，还有自己喜欢吃的鱼香肉丝、宫保鸡丁，就陶醉般地大声说道，好香！真让人嘴馋啊。

　　于燕笑意相对，微笑着说，你适应纽华克的生活了吗？

　　赵晖答道，没有完全适应，仍然水土不服。

　　于燕不无忧虑说，五洲公司水深浪急，你还要多加小心留意啊！

　　赵晖道，此话怎讲？

　　于燕说，你知道今天演讲是什么人在背后捣乱吗？

　　赵晖摇摇头，流露出一无所知的漠然。

　　于燕深深吸了一口气，定定地看着他说，据我所知是公司总裁助理威尔逊搞的名堂，是故意羞辱人，给你一个下马威，打击你的自尊心和才高气傲的心气。

　　赵晖似懂非懂，仍一头雾水，难以置信公司上司怎么会给自己使绊子呢！

于燕露出平静神情说，这叫作常用的洗脑换心术，通过打击压制，让你心悦诚服，屈从于这里的文化习惯，能够无条件甚至盲目地服从于公司。

赵晖半信半疑，用右手大拇指与食指撑着下巴陷入深思，沉默不语。

于燕继续说，你刚来，有所不知其中的门道。五洲公司有军方的复杂背景，同时站在两条船上，既站在商业利益的船上，体现着商业资本的属性；又站在政治利益的船上，为国家政治利益服务，传承着盎格鲁 - 撒克逊文化，是强盗文化。这与东方和而不同、中庸仁爱的儒家文化有着根本区别，是文化基因和属性的差异。公司就是靠此生存，靠此赚钱获利的。你加入公司就必须抛弃中国人特有的自尊，丢掉你的传统认知理念，认同盎格鲁 - 撒克逊人。

如此鞭辟入里的解读，让赵晖似乎明白了其中的一些内在逻辑，脸色铁青起来，板着面孔说道，原来如此，小插曲中还有大文章呢。

于燕拿起红酒瓶，给双方面前的高脚杯各倒了半杯，端起酒杯说，能把赵先生约出来吃个家乡饭，是一件很荣幸的事；能与赵先生谈谈黑客之外的话题，也是一件有趣的事；你今天在论坛演讲中随机应变，在有惊无险中取得了成功，更是一件值得庆贺的事，为了我们的相识和工作生活顺利快乐，干杯！

"咣"——两个玻璃杯轻轻碰在了一起，发出清脆的声响，让于燕的心微微颤动了一下，深深地用目光瞥了他一眼。随后两人边吃边喝，漫无边际地闲聊起来。

赵晖被于燕的直率和真诚所感染，端起酒杯对于燕说，敬你一杯，你是一个好人！

于燕端起酒杯笑了笑，耐人寻味地问，此话怎讲？

赵晖将酒杯端到嘴唇边抿了抿，斯文地慢慢转动了一下酒杯，充满深意地说，好人的内涵多得很！你是一个乐于助人的好人，是一个有家乡情怀的好人，是一个有同情之心的好人，是一个有正义感的好人，也是一个路见不平敢于出手的好人。

此番话尽管没有完全说到于燕心坎上，欠缺一些火候，但于燕还是觉得她把一根线成功地搭上了，有极大好感，就打开话匣子说，公司有人说你与普通黑客有所不同，属于天才，各方面都怪异，可以轻车熟路编写出神奇的病毒软件，无人能破解；还可以信手拈来反向加固系统，无人能攻克，是极品黑客中的极品啦。

赵晖拿起筷子夹了一口菜吃过，缓缓说道，过奖了。我仅仅是一个专业黑客罢了，没有传说的那么好，也没有给我演讲捣乱的人想的那么坏，既不好也不坏，既不奇也不怪，既不是神也不是鬼，更没有臻至化境。

于燕忍不住"咯咯咯"笑出声说，那就不是人了吧！

赵晖蹙紧双眉道，其实，天底下没有什么天才，人与人之间的差距很小，黑客与黑客之间的差别也不大；只不过是我对网络世界多了几分感情罢了，投入的精力更多一些，对电脑代码更熟悉一些，从而比平常黑客略微出色那么一丁点。放在滚滚历史长河中，就是微尘一粒、沧海一粟，没什么了不起的。

于燕深受感动说，真是山外有山楼外有楼，强中自有强中手，越有才干的人越谦虚啊。随即她端起酒杯说，那我就领教了，所有敬意学习都在酒杯里。说罢，端起酒杯"咕咚、咕咚"喝了个底朝天。

赵晖急急端起酒杯说，别！别这样，致敬学习我受不起，应当是我向你学习致敬，搞颠倒了。我也干了这一杯，旋即端起酒杯也一口气喝完了。

不知不觉轻松自在的性情流露，让两人借助酒劲逐渐进入一种相互赞赏、惺惺相惜的情境之中。饭饱酒足结束聚会时，仍然觉得意犹未尽、回味无穷。

赵晖欣赏于燕的质朴、低调、真诚，有正义感和怜悯心。于燕钦佩赵晖有才不傲、质朴无华，外表俊朗清秀，内心纯真友善，对着他光芒四射深不可测的眸子，心慌目眩，她心中萌生了不能轻易表达的柔情与爱恋。

相互道别后的路上，于燕的脑子里纷繁复杂，思绪万千，仿佛如同燃起了一团炽焰，熊熊燃烧不熄。令于燕兴奋的是，赵晖虽然外表高傲刚健，但内心还是谦逊诚恳，居然按时赴约，而且还在吃饭中由衷夸赞了她，这是多大的喜悦啊！他又是那么真挚地望着她，目光平静淡定，善良友好，完全是一种朋友的模样。他的相貌比起前两次相见，显得更加率真、沉稳，富有杰出男人味。

同时于燕分外珍惜这次小聚，感到事不凑巧，她没有画一个淡妆，脸上好像不太光洁漂亮。不知赵晖注意到了没有呢？这点瑕疵让她心里难过了许久，甚至是自责与内疚。

## 3

作为全球举足轻重的网络黑客公司，五洲公司有着神秘而复杂的背景，构建起了鲜为人知的庞大病毒武器库，网罗了许多不同肤色、不同种族的全世界顶级黑客，其中绝大多数来自 W 国本土以及西方科技发达国家或地区。由于亚洲互联网较西方国家而言相对滞后，因此黄皮肤黑眼睛的亚裔较少，像赵晖这样拥有中国国籍的人更少，如凤毛麟角。

时光不知不觉到了盛夏，蔚蓝的西太平洋海风携带着海腥味的闷热，吹拂到了纽华克市，让市区各个角落都弥漫着叽叽咕咕的热浪，人们身上黏黏的，汗涔涔的，好像涂了一层油彩似的难受。火辣辣的阳光照耀在身上有一种难耐的炙热，如同受到火焰炙烤一般难受。偶尔有一两群白鸽，展翅飞翔在鳞次栉比高楼大厦上空，犹如精巧的大使般雪白、耀眼、自由，白色羽毛映衬着蓝天，蓝天又凸显着白色精灵，才让整个纽华克市透过气来，有一丝令人舒适陶醉的情调。

就在酷暑炎热之中，在这些飞翔白鸽的脚下一幢气势宏大欧式建筑的五洲网络公司 30 层偌大会议厅内，中央空调散发出巨大冷风让室内凉爽宜人，一台台电脑有序排列，如同列队的特殊方阵，显示出积蓄着雷霆般的巨大能量；一双双手指跳跃在键盘上，富有节奏地律动着，传出"噼里啪啦"的敲击声，让异常紧张沉寂的室内冒着一些热气。一个个电脑显示器不停闪烁，浅灰色屏幕滚动出密密麻麻的英文字母和符号，体现出电脑纷繁复杂的神奇功能，吐纳着现代科技变幻莫测的万种风云，上演着一幕幕网络黑客实战竞技的精彩大戏。

参赛的 50 多名黑客均是公司重量级的精英人才，个个出类拔萃、能力超强，参与侧重网络攻击的网络病毒程序编写、破译检测网络系统密码漏洞、完成网络攻击致瘫毁伤的三项业务大赛。

所谓编写病毒程序，就是写出有毒的代码，用 26 个英文字母、10 个阿拉伯数字和各种符号以及注释，制造网络病毒武器，锻造锋利无比的毁伤力，完成网络毁伤与破坏。有的病毒程序如地雷，提前渗透植入，隐藏起来，定时予以引爆，爆炸后威力巨大，炸毁一处局部网络体系或若干台电脑及终端，属于定点打击毁损。有的好比导弹，可以随时远程投送到指定位置，爆炸后发出一定当量的毁伤力，制造特定的网络灾害，毁伤或破坏一定数量的网络终端服务器和电脑，体现出远程洲际精确打击能力。还有的如同超级核武器，极其奇特，能量巨大，威力无比，引爆后杀伤力冲击波迅速扩展到庞大网络体系，以摧枯拉朽之势损毁许多电脑和终端，有时甚至是使其完全瘫痪和崩溃，让很多网络数据资产瞬间销毁消失，破坏力惊人。而破译检测网络系统密码漏洞，就是制造网络系统的矛，用于刺破对手在网络上设置的盾，也相当制造一把打开别人网络系统与终端屏障的利剑或钥匙。用于作恶了，就是实施各种网络进攻和颠覆犯罪，达到不可告人罪恶目的。用于正义了，就是以暴制暴、以毒攻毒，破解网络犯罪者设置的网络保护装置，行侠仗义，除暴安良。

所谓网络攻击致瘫毁伤，就是在网络上调集流量资源或使用特殊技法进行攻城略地，即按照各种协议方式集聚网络流量，发起网络进攻，毁损对方的网络设施。攻击手法花样翻新，既有制造发送大量无用数据、造成被攻击对象网络拥堵耗尽资源而崩溃的 DoS、DDoS 攻击，也有利用网络漏洞、窃取网络和计算机来回发送数据信息的 MITM 攻击；既有通过大量发送欺骗性垃圾邮件、引诱收信人给出敏感信息的网络钓鱼攻击，也有通过木马病毒骚扰、恐吓甚至绑架用户文件等方式，使网络数据资产和计算机资源无法正常使用的勒索软件攻击；既有暴力破解用户密码获取网络数据的密码攻击，也有欺骗后台服务器执行恶意的 SQL 语句，造成数据泄露、删库、页面篡改等严重后果的 SQL 注入攻击；等等，甚至是因严重网络攻击而引发网络战役、网络战争。

五洲公司组织锤炼上述三项黑客本领，看似披着强化业务能力的外衣，但却掩藏着为网络暴力、网络强盗做准备的丑陋勾当。细心的人透过整个赛场的环境氛围，也能感受到蠢蠢欲动着按捺不住的欲望、贪婪，隐藏着一种阴晦的扭曲、黑暗、污秽的阴影。表面是提升黑客的个体素质，本质是要实现不可告人的罪恶勾当，会诱导黑客提升能力而误入歧途，增长智慧而又心生野蛮，拓展创新活力又依附强盗和暴力……这样使黑客们成为一种深刻的矛盾体，方式是激发创新智慧，目的是实现网络霸权的贪婪欲望；表象是开发高超创造力，实际结果可能会造成对网络的极大杀伤破坏，对善良与道德进行粗暴践踏。

赵晖到公司刚刚两个月，仍然属于新成员，每天早出晚归，披星戴月，时常编写代码通宵达旦，对隐藏在黑暗中的本质索然不知，也难以看透。他是参赛中年龄最小的一位，刚刚25岁；同时也是实力不可小觑的一位，头脑中储藏着无穷的睿智、灵感、好奇，蛰伏着许许多多奇妙精灵的网络代码，深奥无限，这是先天与后天各种基因血脉完美组合所塑造出的超级本领，通俗讲是万里挑一的奇才。

赵晖出身于书香门第，母亲是中学计算机老师，父亲是大学教授，电脑情愫似乎是在娘胎里就带来的，对那些枯燥的英文字母、数字、符号组成的一串串代码，有着先知先觉的敏锐与天然感情。他从小就接触电脑，7岁就可以在电脑上玩游戏，对电脑程序与代码有了如鱼得水般的欢喜；12岁时就能编简单程序，设计一些方案图形，登上了中国少儿计算机编程的最高领奖台，备受瞩目；15岁时开始创建自己的网站，兼职给网络公司做事，寻找网络漏洞，进行网站补丁修复维护，成为小有名气的少年电脑奇才。上了大学后，他对电脑情感有增无减，又参加过全国计算机设计大赛，在数以万计的参赛者中脱颖而出，多次夺金摘银，引人赞叹。再后来，他选择从事网络安全工作，进行编程序、解病毒、筑网站防护墙等，能够解决中国网络系统几乎所有的难题，有着中国超级黑客的美誉。

这次漂泊过大洋到五洲公司工作，目的很明确。一方面是见识国际网络大平台的魅力，开拓技术视野，寻找角逐难度更大的高尖新黑客技术，成就绝世黑客本领；另一方面是在西方发达国家淘金，挣更多的金钱，证实自身价值，创造高品质的精彩人生。他曾将尼采"每一个不曾起舞的日子，都是对生命的辜负"作为座右铭，孜孜奋进，试图成就非凡人生。

当然了，赵晖性格内向孤寂，感情木讷腼腆，有一股子倔强劲，但只要有电脑玩就开心快乐，进入到神秘的网络世界就仿佛换了一个人似的，精力充沛，活力四射，吐纳风云，陶醉其中。他对这种群贤毕至、群英角逐的场合也是欢喜的，觉得充满了刺激与挑战，能够点燃心头的创新火焰，激发出自己一种超乎寻常的敏捷、创造力、灵感。这也证明了艺高人胆大的谚语，越是本领高超，征服欲越强，越愿意参与紧张激烈的角逐，特别是乐意在大庭广众之下大展身手，燃烧激情火焰，酝酿形成高温烈焰，让大脑灵感冲击无限巅峰，进入到疯狂状态。

研究表明，人的大脑是世界上最为复杂的一部机器，其细胞数量数以亿万计，非常之庞大。各种意念和灵感数不胜数，无常而无穷，难以限量，充满了无限纷繁复杂和各种可能，奇而又奇，妙而又妙，可以创造难以想象的人间奇迹。

进入编写病毒程序竞赛的一刹那间，赵晖就进入到痴迷状态，神经高度兴奋，全神贯注，两眼放光，紧盯屏幕，流露出咄咄逼人的威严与杀气，如同冲入战场的一名勇士，有我无敌，所向披靡，力压一切嚣张气焰。他又像一位指挥作战的将军观看地图那样犀利，目光如炬，仿佛在地图撒豆成兵，运筹惊心动魄的生死决战。只见他神情严肃、气场强大，双手十指不停地在键盘上击打，快如闪电，每一秒能敲出十来个字母或数字、符号，噢！不是敲击，更像是在挥洒、跳跃、弹奏，在电脑键盘上动作着，富有节奏，舞动着韵律，如同钢琴大师在黑白键上弹奏，甚至比弹奏者的手指轻盈玄妙、灵活快捷，更像是打击乐的槌子那样神速飞快，好似携着风雷，裹着闪电，令人眼花缭乱而目不暇接。同时也能察觉到，他双耳格外机敏，耳膜紧紧绷着，耳轮竖立起来，似乎在聆听着电脑身上发出的各种声响，洞悉赛场内外的风吹草动。他的脑袋微微偏斜，双眉紧蹙，大脑飞速运转，如同倒海翻江卷巨澜，惊涛拍岸，卷起千堆雪；好似万马奔腾夺先锋，一骑绝尘，快哉千里风。随着大脑的翻飞，他指随脑动、快速弹跳，指脑呼应、同频共振，简直融合成完美无瑕的统一体，使得键盘激荡出紧张而密集、和谐而悦耳的美妙声音。随之一个个字符在屏幕上闪现出来，一段段代码汩汩流淌，奔涌不息，汇聚成一个个豪华威武的代码方阵，也成为有深奥逻辑意味的一款特殊网络武器。

事实上，赵晖编写病毒程序，与大多数黑客本质迥异。一个是他有惊人记忆力，几乎过目不忘，能将数以万计的病毒程序代码一点不差地默背下来，而且理解深刻，对每个字符、每段代码的逻辑功能了如指掌，如同左手熟悉右手一般，能够随意挪动弯曲，也能灵活增添删减，优化功能作用，达到随心所欲般的自如。另一个在长期与电脑病毒实操搏斗中，他创造发明了一款自检程序，使用并不复杂，功能极其强大，让其在编写程序过程中就自动校正检索，对失误之处予以更正，使得写出的程序达到无差错。再一个是他对电脑有特殊情感，电脑对他格外青睐，如同驯服的烈马，任他摆布和驾驭，彼此配合默契完美，达到已臻化境的地步。

正是这些绝招，让他在编写病毒程序的角逐中，处于优势地位。具体的编写，他采取不为所有、但为所用的策略，对当下全球网络上泛滥的"黑色幽灵"病毒程序进行改编，就是将老病毒改写成新病毒，让老树发出嫩芽，起死回生。就此，他在大脑中对"黑色幽灵"病毒进行改造，边快速背诵边精巧设计，边因地制宜改造边敲击在键盘上。他对源代码几处关键要害功能稍加改动，或增加几行隐匿功能代码，给破解增加难度；或减少几行过渡性质代码，让执行速度更趋快捷；或创造几个新奇的特殊代码，让整个病毒程序更趋紧密、完整、强大，变得玄而又玄，无常无道，不易察觉，能够轻而易举地飘忽而来，飘忽消失。最后他还在编写自保密码程序中，采用256位的混合加密，设计了死锁程序。只要破码者尝试着破解，就会自动删除有关文件，让其只剩下一个空壳，徒劳而无功。

赵晖只用75.5分钟就干脆利索完成编写病毒程序任务，在所有参赛黑客中速度最快，令人咋舌。他在电脑上将整个程序熟练打包，以其内在特性取名为"飞燕",点击发送窗,发送给内部局域网的仲裁小组。随后,他摇晃几下脑袋,耸了耸双肩,松弛神经,用右手点击鼠标关闭了电脑上所有应用程序,清扫干净屏幕上的工具,从容退出比赛。

他在比赛过程中,高度亢奋、激越、豪迈,有跃跃欲试的冲动,有压倒一切的勇气,有气吞山河的豪迈,有背水一战的胆魄,有藐视所有对手的气度,更有凯歌高奏的自信和从容……而退出比赛时,又是愉悦轻松而充满自信,没有纠结不安的犹豫,没有操作失误的懊悔,没有自愧弗如的怨恨,没有难料结局的诡秘,更没有左顾右盼的烦恼。因为他研究过无数电脑病毒的内在机理,懂得其中隐藏的深奥逻辑,甚至对每种类型病毒的特性了如指掌,就如同庖丁熟悉牛一样,将牛的骨骼结构烂熟于胸,以至于下刀时能够游刃有余、驾轻就熟,随心所欲而不逾矩,技艺高超而不逾道。

的确,赵晖所预料的结果很快就变成现实。他设计的网络病毒程序,传染力强杀伤力大,速度极快,几乎达到了光速,还易于隐藏,难以发现和销毁。几名仲裁人员使用种种方式都不能破解,而且在网络实验中表现出强大威力,毁伤力的功能测试达到 8.3 分。其他选手病毒程序的毁伤力分值均没到 8 分,差距是显而易见的,赵晖当之无愧夺得网络"毒枭"绰号。

另外两项比赛,在破译检测网络系统密码漏洞中,赵晖亦有超乎寻常的本领。

密码是保证计算机系统处理一些机密事项的前提,亦是保护好自身秘密的护身符,或者说是一道保险锁。而设置密码与破解密码,又体现一名黑客一个公司,或者说一个国家计算机科技能力的高低,是计算机综合实力的一种体现。

譬如,设置一个两位十进制数的密码,由 0 与一位数字自由组合,就会有 99 种数字组合,破解密码就是 99 种数字中找其一;设置三位数的密码,同理就会有 999 种组合,破解密码就是 999 种数字中找其一。以此类推,设置四位数密码,就会有 9999 种组合,破解密码就是 9999 种数字中找其一。

密码设置技术,随着计算机技术不断发展而演进,由低级向高级复杂迈进，目前已经发展到了几百个字符或上千个字符的密码，更趋复杂，破解难度更大。然而，设置密码也是一柄双刃剑，密码设置越复杂，破解难度就越大，但使用起来就越不方便，相应降低了工作效益。从理论上说，加密是增加相对意义上的安全，没有什么密码是不可破解的。算力足够快的超级计算机，经过不停的海量数据运算，总能算出密码而破解。

抗战时期，曾经破解过日军电报密码的我国数学家华罗庚曾说，破解密码是读一种无规律的天书，最能考验人的智慧与耐力。

赵晖破解密码的思路有别于超级计算机的海量算法，而是走捷径，出奇兵。一个是通过互联网暗网，以掌握的庞大漏洞资源，或敏锐的识别力寻找系统漏洞，直接进入计算机系统内拿到密钥；另一个是通过摆渡或渗透技术，给系统植入病毒，让系统出现破绽而破解；还有依据设置密码人员喜欢使用个人或亲属常用信息的爱好，通过其和亲属出生年月日、家庭住址、门牌号等关联信息，进行计算机模拟运算破解密码。

这样赵晖迅速调集头脑中储存的庞大漏洞资源，快速分析比对，快速寻找破绽，见招拆招、见关闯关，仅用45.7分钟就率先破解了仲裁组设置的一个系统密码，再度折桂。而完成攻击任务聚集控制网络资源，他的能力也不俗，能够在较短时间内控制几十万台服务器的肉鸡资源，任其调用，能力非凡，成了公司此次黑客大赛中涌现出的一位超级人才，走上巅峰。

# 4

古语云，木秀于林，风必摧之；堆出于岸，流必湍之；行高于人，众必非之。

那么，赵晖在众目睽睽中锋芒毕露、一战封神之时，也就埋下风必摧之、浪必湍之的隐患。尤其是随着时光的流逝，这种隐患逐渐露出冰山一角，继而不断裸露，阴森冰冷，寒气刺骨，令人毛骨悚然。

刚开始，年轻单纯而充满理想主义的赵晖，并没太在意，总觉得天下人才俊杰是稀世之宝，谁不爱护怜惜呢？谁拥有了足够的人才，谁就拥有赚钱的资源和本钱，难道五洲公司还会与未来前程和金钱过不去吗？还会与公司进步发展有仇吗？于是，他全力以赴投身到公司业务工作中，还敞开胸襟传授技术，用美人之美传递网络技术之窍门。

　　直到有一天下午快要下班，赵晖正要收拾桌子上材料，突然公司总裁助理安尔·威尔逊带着秘书辛林走进他办公室说，赵先生，请你下班前到我办公室来一下，我们有重要问题要商议。说罢这番话，威尔逊就转身离开了。

　　从外貌看，威尔逊30多岁，青灰黝黑皮肤，瘦高个头，三角眼，尖耳朵，脸上有一个塌鼻子，两个深鼻孔，嘴角一高一低，上唇很厚，下唇极薄，比例严重失调，一副丑陋难看的样子。赵晖在公司初次看到他时，不免倒吸了一口凉气，感到别扭恶心。刚才，威尔逊张嘴说话时，一厚一薄嘴唇之间，又露出淡红色的牙床肉和长相凹凸错乱的牙齿，再加之鼻子周围的扁圆粗野皱纹，惊心触目，似乎有种禽兽般的狰狞和凶悍。据公司人传言，威尔逊是由两种基因与情感构成的奇特复合体。

　　一种是渴望政治，有着天然的兴趣与热情。因为他的祖父老威尔逊，在W国一个政党支持下，作为一名军人，参加了20世纪50年代发生在东北亚朝鲜半岛的那场战争，打过三次战役，获得过勋章。但不幸的是在第三次战役中打残废了，失去了一条腿。步入耄耋之年，老威尔逊回忆朝鲜战争时给小威尔逊留下三句话：我们的历史书太小了，根本装不下中国人的强大与伟大，这个民族不怕死的英雄太多了，超乎所有西方人的想象；他们既是可怕的敌人，也是最文明的强人，以后绝不可与中国人发生正面军事战争，不是因为武器装备多先进，而是中国人的意志太可怕了，面对死亡毫不退缩，能够用肉体意志战胜钢铁洪流。我们再也不能出现像朝鲜战争那样在错误的地方与错误的对手打了一次错误的战争啊；而是要在看不见的隐形战场，在大脑与灵魂之中击败他们，让他们变质、发霉、腐烂，永远被我们国家主宰。

　　老威尔逊讲得情真意切，让小威尔逊顶礼膜拜，牢牢铭刻到了骨子里，有了一种剧烈震撼，仿佛在一片黑暗中看到了一线光明。据此，威尔逊抱着敌意曾到中国进行过一次长时间考察，掌握了一些中国历史传统和文化。他常说国家永远没有错，政党永远不会有过失，民众应当无条件地服从和支持。另一种是性格固执。他做事非常踏实，从不马虎，也不应付，只要是公司定下的事情，会铁石心肠做到底，意志如大山，坚定岿然；眼睛如钢锥，寒光刺人心脾；五指似铁爪，粗犷得令人心寒。如此双重性格，决定了他工作的繁忙与强度，整天忙得如陀螺，时常头发凌乱如草，乱糟糟的，有一绺头发耷拉在前额，垂到眉际，两眼间有一条固定皱痕，目光阴森，咄咄逼人，有一种令人望而生畏的暴戾。

威尔逊离开了，但留下一股浓重香水味，有点难闻熏人。他走路时皮鞋与地面摩擦的声音比较大，"咚咚咚"直响，好像要把地板踏穿似的。当他的脚步声完全消失在走廊里，秘书辛林仍然伫立在那里，没有离开的动向，好像是在等待赵晖。

赵晖瞥了一眼站在门边的辛林，拿起一个笔记本说，好！这就去总裁助理那里吧。

辛林说，请跟我来，便扭头向外走去，两人前后脚出了门。

赵晖一边走一边观察，辛林是标准的白种人，高挑个头，二十七八岁，高额头，小眼睛，目光深沉，眼睑微红，下嘴唇肥厚易于露出轻蔑的神情；再从他眉毛上望去，就像地平线上的辽阔天空似的，显得天庭饱满。他的身上也散发着香水味，但不熏人，比威尔逊的温和多了。他俩右转来到走廊边的电梯处，坐上电梯直达顶端的33层，而后来到公司高管办公区。此区域空荡荡的，没有其他办公区的人来人往热闹，唯有两名全副武装的安保人员如幽灵般晃荡，气氛森严。辛林敲开威尔逊办公室门，将赵晖带进去后就离开了。

步入室内，一股强烈的香水味浓烈地扑面而来，将赵晖严严实实包围起来。这种味道，不是花香味，也不是草香味，更不是果香味，而是夹杂着一种怪异的腥味，直冲鼻腔咽喉，让赵晖难受得有点窒息。再抬头望去，看到办公室很大，有百十平方，墙壁上悬挂着西方古典艺术家的精美油画，书架上放着一摞摞书籍，酒台有各式各样的美酒，音响里播放着低声而略显忧伤的贝多芬《命运交响曲》，仿佛进入一个古老幽静的高雅氛围之中。室内左侧尽头还有一个套间，门虚掩着，从门缝向里看去很是幽暗，应当是个卧室。

看到赵晖到来，威尔逊在椭圆形办公桌后站了起来，指着对面一把座椅说，赵先生请坐！喝点什么，咖啡还是红酒？

赵晖摆摆手说，谢谢，不要了！

威尔逊便给自己冲了半杯咖啡，轻轻喝了一口，咧开薄厚失调的嘴唇，表情难看地耸了耸肩，抬起右胳膊跷着大拇指说，赵先生很了不起啊，病毒软件程序编得好，英语也讲得很地道，是怎么学的呢？

赵晖淡淡道，软件编程从小就开始学了，英语教育也没落下，有了语法词句的积累，到了公司后入乡随俗，跟着同事们学口语，有了一些长进。

威尔逊略微点点头说，你们中国人很聪明，有很深厚的文化，有时聪明得胜过上帝，有时聪明得坏过魔鬼，是很难有一个准确可靠的定义。

此话出自一位公司高层，赵晖很是惊讶，不知是对自己的褒奖还是贬低，便只好直直望着威尔逊，沉默不语。但他在望威尔逊时，突然看到穿着短袖的威尔逊胳膊上全是灰黄色的汗毛，汗毛又粗又长，毛茸茸的，像胳膊上生长着浓密森林，心里不禁打了一个寒噤。

威尔逊随即张大嘴巴，露出凹凸错乱而且牙齿缝发黑的牙说，经公司总裁会商议，决定由你执行一项特殊任务，就是今晚秘密潜入亚洲一所学校的资料库，为公司拿取"汉王501计划"资料，代号为"金色夜晚"。随即威尔逊将一张打印有网址的纸，推到了赵晖面前。

作为一名叱咤风云的网络勇士，赵晖素有闻战即喜的性格，崇尚有才必用的重托，把完成好每一项任务看成是人生的机遇。但他瞅了一眼任务的网址，立马看出是中国内地区域的网址。

为他国公司偷窃自己国家高校的资料，问题很严重，性质很恶劣。这让他感到了恐惧、慌乱，心里紧张起来，脑门开始冒汗了。他的脸色不由得凝重起来，浮现出灰暗与铁青，心脏也急剧跳动……但又不得不抬起眼帘严肃道，总裁助理先生，执行这样的任务是盗窃，违反国际惯例，后果会很严重。

威尔逊将咖啡端起喝了一口，缓缓而斯文地说，赵先生啊！你怎么把话说得这么难听。我们是去取，不是偷盗，用你们中国人的话说，就是顺手牵羊，也是资源共享，仅仅是一所高校的教学计划罢了。随即他眼睛里滑过一丝阴险与狡黠，皮笑肉不笑地"哈哈哈"干笑几声后说，进行必要的资源共享有什么不可以呢？你说呢，赵先生。

如此瞒天过海的强盗逻辑，赵晖还是第一次听到，令他惊诧、忐忑、战栗，甚至是愤怒。他简直不敢相信，但现实就是如此！千真万确。这让他脸色憋得通红，一句话也说不出来。面对豺狼虎豹的无理要求，他还能讲出什么道理呢！

威尔逊斜眼瞥了赵晖一眼说，你们中国人不是常说，入伙要递投名状，打仗要立军令状。你入职五洲公司也有责任做出贡献，获得公司信任。就这样，我的朋友，准备大干一场吧；我会命令总裁办做好相关服务保障的。

话音刚落，威尔逊就端起剩下一点点咖啡的杯子，侧身边喝咖啡边观赏墙上的油画，不理睬他了，像是下达逐客令。赵晖只好站起身告辞，满腹心事逃出这个难堪之地，回到办公室。不一会儿，辛林送来了一份三明治和一杯咖啡，客气地说，赵先生，请您慢用，另需什么就随时吩咐。

这天夜晚，天空乌云滚滚，有如涂上一层又一层厚厚的煤烟，沉沉地笼罩在纽华克市上空。黑夜阴云的忧愁面孔，也好似在窥视着赵晖办公室透亮的窗口，黑暗使他心悸，强迫让他痛苦。赵晖眺望着窗外的幢幢漆黑、幽暗冥顽，不免心头涌上一丝丝苦楚，可谓是酸甜苦辣愁。这是难以言说的烦恼、忧郁、苦闷，甚至是痛苦难耐，或者说是心神不定。窗外夜色如死灰般黯淡，鬼蜮般的寂寥，似乎预示着某种深不可测的东西也在等待。

但赵晖想到，人在江湖身不由己，吃人家饭还是要听人家的令，也在情理之中。如此自我安慰，为他实施偷盗找到一个借口，获取一点点情感支撑。他掐指估算着 W 国与中国几个小时的时差，算到当时应是中国下午三四点钟，正是学校上课之时，也是计算机网络系统开启使用之时。倘若对方隐藏资料的计算机终端没有开机上网，或与互联网物理隔离，他就是有三头六臂也无法潜入资料系统，更无法盗取资料了。

赵晖端坐在计算机前，打了一个哈欠，鼓足勇气点击鼠标，让计算机进入互联网。而后将威尔逊给的网址输入，让计算机在茫茫网络天地中，翻越万山千壑，突破云霞雾霭，抵达网址所在的中国这所大学的服务器端口。随即他敲击键盘，输入一段指令，扫描这所大学网站的漏洞端口，漏洞如期出现了，便轻而易举进入到学校的服务器。进入服务器就意味着有了盗窃资料的可能，于是他就在键盘上编写一长串代码字符，隐藏了自己的 IP 地址，设置撤退时隐藏自己踪迹的两个蜜罐，也就等于埋设了两颗地雷，保证对方发现失窃了资料又难以追踪。做好一系列铺垫事项后，他就点击鼠标，输入代码，依据系统漏洞顺利获得大学服务器的管理员权限，俨然堂而皇之担任起了学校网络系统的管理员，能够在服务器里以假乱真自由横行了。

这般实战操作，赵晖是带有歉疚与怜惜之情的，目光低沉而谦和，弱弱的，幽幽的，具体表现是既没大打出手，蛮横地将大学服务器的管理员踢出管理组，无情地突破控制整个系统；也没有使出阴招怪招，投放病毒程序，将大学网络系统置于中毒瘫痪与崩溃的悲惨境地；而是悄无声息地以新增管理员的身份，认真访问各个资料库，寻找所要的"汉王 501 计划"。

经过一系列私密访问，他终于在一个资料库发现这份计划，并迅速操作复制了一份，携带着离开学校服务器和网站，随后将盗窃来的资料推送给总裁办的辛林。

整个过程仅用了三四十分钟，神不知鬼不觉，做得滴水不漏，隐蔽得天衣无缝，既与当时中国内地防范计算机失窃警惕性不高有关，也得益于他高超黑客技术和稳健的行事风格。

## 5

"金色夜晚"计划顺利实现，赵晖受到公司内部简报不点名表扬，获得了两万美元奖金。

准确地说，这次资料盗窃顺利得手，最得意扬扬的还是威尔逊。他端详着盗窃而来的"汉王501计划",情不自禁地"哈哈哈"干笑几声。笑声裹挟着粗鲁、嘶哑、邪恶,引发了一阵剧烈咳嗽,咳声大得惊人,绕梁震宇,既有惊恐、震悚、不安,也有恣意、纵情、兴奋,让他内心不免骚动起来。他得意忘形是相当可怕的,包藏着只有他自己能够欣赏玩味的丑恶祸心。一者是狂妄的成就感,觉得自己特别高明、敬业、忠诚、能干,对公司做出贡献,增加了自身的分量,应当受到董事会与总裁的器重;二者是自大的强盗心理,将对自己祖辈的崇敬与报答,移植到当下隐形网络的新战场,算是主宰整个网络世界的一次进发;三者是诡诈的狠毒计划,巧妙地挖了一个陷阱,让一位很有前途的中国超级黑客栽了进去,不知不觉地背叛了自己的国家,也就是做了为虎作伥的事情,走上了一条邪恶的不归路;四者是虚荣的范例,确信自己掌握了潜在对手中国人网络的弱点,自己仿佛成为整个网络世界的霸主,随时可以像妖魔鬼怪,张牙舞爪地吞噬任何对手,为所欲为了;五者是禽兽般欢乐,执迷于纵恣暴戾、寡义廉耻,将自我快乐建立在践踏他人情感意志、毁灭他人前程之上,追逐放纵之恶、霸凌之恶。他的歹毒之心胜过蛇蝎,狠辣手腕如同魔咒,企图紧紧地将赵晖套住,使其成为手中的玩物与恶棍。

捞取一定政治资本和虚荣后,威尔逊的邪恶之念恣意扩张,向着更深的黑暗深渊窥视与延伸。

有一天下班时,威尔逊带着辛林突然又来到赵晖办公室,露出野兽般难看的笑容说,赵先生,你为公司做出了特殊贡献,令人敬佩啊!今晚我请客,赏个光,到外面享受一下大自然恩赐给我们的美味佳肴。

赵晖不知葫芦里卖的什么药,谦逊地说道,您客气了,我无功受禄不妥,让您请客更不妥,免了吧,谢谢好意了!

威尔逊不假思索,夸张地耸了耸肩板起面孔说,怎能说是无功呢?你对公司有很大功劳。再说了,你们中国人不是很讲私人友谊吗?我请你客,就是我们俩之间的一种友谊,怎么能不给这个面子呢?

赵晖只好露出苦笑道,那我就恭敬不如从命了。您请客我埋单,相互都给面子了,加深我们的友谊。

威尔逊满意地跷起右手大拇指说，Yes，够朋友！走吧，我们一起欢乐今宵。

在辛林引导下，赵晖随威尔逊走出办公室，来到电梯处上了电梯，直达楼下走出大门，一台商务面包车已等候在那里。面包车后门打开，辛林按次序请威尔逊、赵晖上了车，自己便快速拉开前车门，上车坐到副驾驶位置。

车子驶离公司，一路向东，经威尼斯大街，再拐到武士街大道，一溜烟地向市区繁华地段驶去。车窗外掠过纽华克市的高楼大厦、街区市井，有歌剧院、博物馆、美术馆等。赵晖落下一半窗户，一则冲散威尔逊身上的难闻的香水味，二则观看这些欧式建筑和雕塑又有新的感受。很多建筑气势宏伟、造型独特，既散发出久远历史的沧桑感，也洋溢着精工细琢的雍容华贵和浪漫典雅。有的建筑上还矗立着一些雕像，有半身的全身的，有半裸的全裸的，还有拿着兵器骑马的，形态各异、巧夺天工，制作精良、惟妙惟肖，将西方精美建筑风格和工匠精神尽情凸显，让他百看不厌，暗暗称奇叫绝。

大约半个小时后，车子驶入世纪园饭店门口戛然停下。赵晖随着他们下了车子，走到饭店大厅，看到里边恢宏大气、视野开阔，很高的穹顶上镶嵌着各种精美图案，大大小小的吊灯造型精致，灯光璀璨，有鬼斧神工之妙。四周墙壁也装饰奢华，气派非凡。整个大厅金碧辉煌，富丽堂皇。门口两侧站立着三名保安，警惕而谦卑地鞠躬迎送客人，进出的都是清一色绅士靓女，也标定了饭店的奢华档次与品位。

还是在辛林引导下，大家依次上了电梯直达饭店顶层的 50 楼旋转餐厅，走进一个包间。包房不大，从餐具到吊灯，档次很高，如同走进了一个袖珍宫殿。房间靠外是落地窗户，镶嵌着浅蓝色玻璃，可以随着餐厅慢悠悠地旋转，无死角地俯瞰整个纽华克市 360 度的景观。那蔚蓝色的大海，绿茵缤纷的绿化带，鳞次栉比的建筑，纵横交错的道路，错落有致的街区、公园、娱乐场所等，在西斜夕阳的金色光芒照耀下，显得流光溢彩、风情万种，给人视觉上的享受。不一会儿司机也来到包房，四个人围着桌子而坐。餐桌上铺着金黄色台毡桌布，摆放着精致光亮的银色刀叉勺餐具，在灯光下璀璨夺目，显得精致而气派。

饭店按照每人200美元标准配置了菜肴酒水，服务生将一瓶红酒打开，倒在一个底座大瓶口小的醒酒器里不停摇晃，玫瑰色的酒水在瓶子里左右晃荡，激情澎湃着散发出淡淡香味，飘飘袅袅，惬意怡人。菜肴有澳洲大龙虾、烟熏三文鱼、西冷牛排等，整整摆了一大桌子，显得比较丰盛。

威尔逊端起酒杯说了两句客套话，招呼大家边吃边喝起来，算是拉开了晚宴的序幕。

几口酒下肚后，威尔逊的脸色就变了，铁青黝黑的脸颊上多了一抹红紫色，难看得像猪肝，黑里发紫，紫里透黑。他的话也随之多起来，咧开嘴巴嘟嘟囔囔说个不停，唾沫飞扬，弥漫在了餐桌上，与高雅的场合极不相称。

赵晖的喜好是白酒，但客随主便端起葡萄酒杯，审时度势向席间每个人都敬酒。他给威尔逊敬酒更是低调谦虚，腼腆着说道，我的性子比较直，做事耿直草率，有不妥之处，还请您多多批评谅解。

威尔逊露出得意之色说，Yes！这就说明你是一个聪明人，看清了我们西方文明的高贵之处。

赵晖不甘示弱道，我们中国拥有五千多年中华文明，文化底蕴深厚，文明历史延绵，是世界文明中唯一没有中断过的。

不容赵晖把话说完，辛林插话说，我没记错的话，赵先生读大学获得的最高学位是学士吧！

赵晖答道，是的，是学士学位。

辛林随即从兜里掏出一张名片，晃了晃，上面赫然印着——威尔逊博士。

赵晖回应道，博士，真了不起啊！

威尔逊接住话茬说，我在全世界一流大学读博士的主攻方向是互联网技术，同时也研究了柏拉图、苏格拉底、亚里士多德的哲学。我反对苏格拉底的观点，宁愿做快乐的猪，也不做痛苦的人，要尽情地解放自己、放纵自己，让自由的灵魂随着上帝飞翔在辽阔天空，畅游在茫茫世界。赵先生，你能够在我们五洲公司工作，是你自己的造化，也是上帝的安排。请随同我们一起信奉上帝吧。

对于信仰这个人生至关重要的话题，赵晖无法回答，笑而不语，让气氛略显尴尬窘迫。这时服务生用一个托盘端上来一道主食——汉堡，分发到各人面前。

威尔逊说，汉堡这道美食是上帝赐予的，我们就尽情享受吧，大家都是兄弟，我的兄弟！

赵晖疑惑了，惊愕地问，我也能成为兄弟吗？

威尔逊说，会的，只要你在上帝面前发了誓，我们就一定能成为兄弟的。

赵晖如梦初醒，威尔逊的用意是让自己信仰宗教，成为宗教信徒，在精神信念上入伙，融入他的世界中。这也让他回想起出国时父亲在《示儿》中告诫的"你是炎黄子孙，是龙的传人"，便不得不淡淡一笑。

晚餐结束时，威尔逊拿出 200 美元，准备按惯例 AA 制结账埋单时，赵晖却从上衣兜里掏出 900 美元交给服务生说，按我们中国人恭敬为上的做法，由我埋单，多出的 100 元是小费，谢谢了。服务生拿到钱后，满脸堆笑着一路清风似的离开了。

威尔逊咧开嘴唇说，让赵先生破费了，下次请客我结账。

离开世纪园饭店后，面包车又是急驰来到一个红红绿绿的街区停下了。辛林抢先下车将后排座的车门拉开，眼前的街区霓虹闪烁，耀眼夺目，让人立刻有了花花绿绿、纸醉金迷的感觉，也跳动起暧昧与欲望的火苗；特别是一阵激烈而喧嚣的音乐声从眼前迷人的建筑群里传来，显得喧嚣、刺耳、尖厉，也萎靡、放荡、诱人，好似瞪圆了欲望与邪恶的眼睛，注视和诱惑着一个个路人。

赵晖下车后僵在那里，有些惶恐、唐突、惊愕，不知所措了。

威尔逊在他肩头轻轻拍了拍说，赵先生，这是纽华克市最繁华最快乐的地方，有温柔妩媚的女人，有美妙诱人的舞姿，有令人陶醉的高档服务，也是我们男人的天堂。走！带你去见识见识，过一个痛快而销魂的夜晚吧。

面对不知是善意还是恶毒的邀请与裹挟，赵晖迈着沉重的步伐，跟着威尔逊向着花花绿绿的街区走去……那些样式与风格各有特色的门店门口，大都站着打扮得艳丽妖娆，暴露着丰乳肥臀，而又搔首卖弄风情的女郎，热情招揽顾客，诱人上钩。有一个店面门口的广告图案，赤裸裸暴露了不堪入目的感官刺激画面，宣泄着色情业的挑逗、下流、堕落，猥琐淫秽，让人看后既觉得新奇又惶恐，既心动又害羞，竟然不敢再用目光多看几眼。这样的风骚与暴露、风流与龌龊，如同伸出了血红色舌头一般，让赵晖浑身有些躁动，似乎心猿意马了。但警觉也不知不觉涌上心头，让他感到眼前就是黑洞洞深不可测的万丈深渊，随时都有可能滑落下去，让人胆战心惊，不寒而栗。他也清醒地意识到，如不及时悬崖勒马，将会跌入黑暗深渊中万劫不复的陷阱，造成人生难以挽回的恶果。

啊哟，不好了！赵晖用手捂着肚子，面露难色磕磕绊绊地说。

辛林问道，赵，怎么了？

赵晖停下脚步道，我可能是吃坏了肚子，胃部翻江倒海般绞着痛，必须赶快回公寓去处理闹肚子的问题。

威尔逊也停下了脚步，扭过头来疑惑地说，难道赵先生真的肚子有问题吗？我倒觉得你神色有点不正常呢。

赵晖的腰弯得更深了，可怜兮兮地说道，千真万确，十万火急，弄不好会出洋相闹得很难堪。我必须返回了，抱歉，抱歉了，请原谅哈。

说罢，赵晖便捂着肚子原路往外走，行到路口拦住一辆出租车，上车立即逃离这个令他恐惧的魔窟、深渊、火坑，让生命与灵魂得以挽救，重新回归光明与良知。

## 6

赵晖佯装闹肚子而临阵脱逃，幸运地躲过了威尔逊的温柔陷阱，返回公寓后痛痛快快洗了一个澡，将身上或多或少沾染红灯区的晦气洗个干净，穿上睡衣，悠闲地泡了一杯淡淡的家乡茯茶，喝过后就准备上床睡觉。

　　他躺在床上即将合眼时，脑子里回想起威尔逊说的"难道赵先生真的肚子有问题吗？我倒觉得你神色有点不正常呢"那句话，便觉得，自己的所作所为能蒙辛林，但能否瞒过老奸巨猾的威尔逊？他不敢确定。但他也知道，如果威尔逊断定他是在耍花招，肯定不会善罢甘休，彼此就结下梁子了，肯定还会对他下狠手使阴招，让他难以好好在公司待下去。

　　念及至此，赵晖心里七上八下，怎么也睡不着，看看手表还不到十点钟，就环顾这个只有 50 来平方米的单身公寓房。房子里只有一个卧室、客厅和厨房、卫生间，室内的书架和衣柜是最为显赫的家具，书架上放着他常用的几本网络专业书籍，显得稀落寒酸，也让摆在书架上的那个民族乐器——埙，格外醒目。埙是中国一种小众化的民族乐器，是用西安郊区白鹿原上的红土烧制而成，有中国天籁乐器之称。它呈紫褐色，形状如同一个拳头大小的葫芦状椭圆形，顶端是直径一厘米左右的圆口，用于嘴巴吹奏；圆肚子上有八个孔，吹奏时手指按压小孔而发出有节奏的音乐声。声音浑厚圆润、深沉而悠扬，似黄土厚山，如浑浊流水，像苍凉荒漠，有质朴、内敛、深沉的音色，也有苍凉、深邃、悠远的韵味，有人曾用"玉笛悠然声，惊动黄土尘；萦绕天地间，思念故乡云"来比喻。

　　赵晖怔怔盯了两眼这个乐器，便起床上前拿起来站在窗前吹奏起熟悉的乐曲《黄土情》。是啊！这只埙已陪伴了他十多年，情同手足，意通心性，一旦遇到心事就会吹奏一番，排忧解闷，抒情畅意。他吹奏时嘴巴与指头配合默契，娴熟老练，头颅随着乐曲有节奏地摇晃，鸣奏出了深沉悲怆的声音，如泣如诉，弥漫在整个房间，也穿越窗户飘荡在茫茫夜空，与浓稠黯淡的夜色融在了一起。如果有人伫立在窗外远处，也能聆听到赵晖从七楼这套公寓房内流淌出的声音，不过会变成一种由东方浑厚乐曲与菩提树丛中蝉鸣声交织一起特殊音乐。同时在乐声中，还可以听出一种满腹心事的忧愁，一腔犹豫不决的苦衷，以及缠缠绵绵的郁闷。这是真情实意的倾诉，也是对人生复杂无奈的感慨与迷茫的唏嘘，更像给沉闷夜幕上演的一次难得的心灵交响。

　　那么在这个暮色沉沉的夜晚，有谁还会聆听这样深沉凄凉的心灵诉说呢？除了院子里静静生长的菩提树、杂草、蝉虫之外，还有一个人听得格外仔细。她就是始终关注与暗恋赵晖的于燕。

于燕伫立在这幢公寓楼不远的夜幕之中，情意绵绵地凝视着七楼的那个房间，观察着灯光变化，以及窗帘上映照出的人影。她透过那略微晃动的夸张变形的影子，想象猜测着赵晖遇到了忧伤与苦愁，就不由得有点着急，心神恍惚起来，不停地在夜幕中徘徊，心中也摇摆起层层涟漪……直到吹奏声曲终音停，人影消失在窗帘上，灯光也熄灭了，她才迈着沉重的细碎步子离开，返回自己家中歇息。

翌日的太阳如期在东方冉冉升起，新的一天开始了。赵晖仍然提前十多分钟到办公室，收拾好卫生，坐在电脑前准备制作黑客培训活动的辅导课件时，辛林敲门走进来微笑着说，赵，早晨好！威尔逊总裁助理请你到他办公室去，有重要事情交代。

真是担忧什么，就会来什么，事情总是与愿望扭着劲儿。赵晖略微踌躇起来，站立在电脑前发愣，疑惑地反问，总裁助理还有事要找我吗？

是的，赵，总裁助理先生在办公室等你！千真万确。辛林补充道。

确认无疑后，赵晖拿起一个笔记本和钢笔，就随同辛林走出来，到达33层威尔逊的办公室前。房门半掩半开，辛林轻轻敲了两下就随手推门带领赵晖走进去，环视了一下室内环境说，赵，总裁助理先生应当在卧室，你稍等一会儿吧。说罢他就离开了，走出后又将房门虚掩上。

赵晖是第二次到这里，一切照旧，刺鼻难闻的香水味仍然在恣意弥漫，唯有办公桌上一杯刚刚冲好的咖啡还在冒着气，热气淡淡，丝丝如烟，慵懒悠哉般从玻璃杯子的口部飘了出来，缓缓向外飘散，蔓延到办公桌的上方，似乎给整个房间增添了一抹轻松与悠闲。他伫立在房间纹丝不动，怔怔地等待着情况的变化。

片刻后，卧室的门缓缓推开了，威尔逊那瘦高的身材从里边走出来，但门没有带上敞开了。赵晖一眼看到卧室墙壁上悬挂着一位穿着军装挂满勋章坐在轮椅上的独腿老人，既威严又悲悯，既光荣又苦厄，让他心里为之一震。

　　赵晖的目光一直跟随着威尔逊，看到他脸色阴沉、目光阴森，不疾不徐地走到椭圆形的办公桌前，从容不迫坐下，端起咖啡杯大大喝了一口后，才抬起眼帘将一束凌厉目光刺了过来。这束目光有威风凛凛的杀伐之气，有超越常人的挑衅与搏斗的暴戾之气，也有不怒自威的盛气凌人之气。他缓慢而粗声地说，赵先生，请坐吧！赵晖坐在他对面的椅子上，做出聆听指示的样子。

　　威尔逊继续说，上次你在执行"金色夜晚"任务中表现出色，显露出了非凡本领，把威名写在了公司的业绩上。公司总裁会议研究，决定由你继续执行"金色夜晚"任务。随即把一张打印有一长串网址的纸，又一次推到赵晖面前。

　　赵晖伸手将纸拿来定定瞥了一眼，立马发现网址又是中国的。他心里"咯噔"一下，顿时紧张起来，打了一个寒噤，有气无力嚅嚅道，执行针对中国的网络盗窃任务，对于我来说，太艰难了，也太残酷无情了。

　　威尔逊说，这是公司对你的考验，也是对你的垂爱。你要觉得是多么的光荣，多么的幸运才对，不是人人都能有这样幸运的机会。

　　赵晖狠了狠心正色道，把我对自己的国家下黑手说成是幸运，天底下还有什么比这更幸运的事吗？我拒绝执行这样的任务，强烈要求公司给我调整为别的任务。

　　如此反对，是明目张胆的对抗与角力，一下子将威尔逊的嘴巴都气歪了，只见他霍地从椅子上站起来，歪起脑袋，眼睛像铁钩似的紧紧钩着赵晖，粗鲁野兽般吼叫着说，不行！绝对不行！随即是一阵剧烈的咳嗽声，声音猛烈连续，如同"轰隆隆"打起连声惊雷……

　　这样撕心骇人的声音，将赵晖心情揪得紧紧的，便轻轻叹了一口气道，总裁助理先生，您也要将心比心，理解理解我的心理感受，总是让我做有损自己国家的事情，无异于是一种自残，好比自己阉割自己的血管，汩汩流血啊。

　　威尔逊的脸色被猛烈的咳嗽憋成了死灰色，他耷拉着脑袋背着手走到屋子中央说，赵先生，你要明白，你是五洲公司的一名黑客，必须无条件服从公司的命令。再说了，你已偷盗过中国的资料，偷盗一次与十次一百次是一样的，用你们中国人的话说，就是跳到黄河也洗不清！请不要执迷不悟了。

赵晖探问道，这次让我偷盗的又是什么？我须评估一下可能的后果。

威尔逊说，是一份江洲市经济建设1号文件，没有多么重要，主要是想了解中国城市建设的一些情况。

赵晖觉得与上次偷盗的资料性质差不多，也就没有继续倔强，问道，给我多长时间？

威尔逊说，你能在三天内完成吗？我想是三天！到时请把文件资料交到总裁办吧。

赵晖语气沉重道，总裁助理先生！这次任务我答应您，但下不为例，到此为止了。

威尔逊得意地"哈哈哈"干笑两声，嘴角滑过阴森森的歹毒说，赵先生，过了这个村再看下一个店，这个世界的变化太美妙了，唯一不变的就是变化。我们还是走一步看一步吧。

从威尔逊办公室出来后，赵晖的双腿如同灌了铅似的沉重，每走一步都显得有些别扭与笨拙，回到办公室便重重坐在椅子上，将脑袋斜靠在椅子背上思索起来。他觉得上次成功入侵那所大学服务器盗取资料轻而易举，主要是对方防范意识不强，网络防护能力较弱。而今要入侵一个市政府的网站盗取文件，肯定没那么容易，务必周密准备，多措并举，才能出其不意一举成功。如果打草惊蛇对方有了防范，将文件重点保护或转移出网站，实施了物理隔离，纵然有天大本领也是枉然。他想明白这些后，坐在电脑前，立即打开屏幕进入操作界面，在电脑后台服务器上找到自己的IP地址，设置了多级跳板，把对应的IP隐藏在单独文件中，来了一个不识庐山真面目、只缘身在此山中。这样即使自己的行窃活动被追踪，也不会暴露身份。随后他评估自己电脑的运算能力，感到用现有算力要突破一个地方政府的网站是很难的，简直就是痴心妄想。就此他不得不立即编写抓取肉鸡资源的代码程序，通过网络渗透植入到相关的服务器与电脑终端，等到使用时发出激活指令，启动网络肉鸡资源来弥补电脑算力上的不足，力求攻击对手网站时流量足够大，力量足够强，能够冲破对手的防御而顺利实现目标。

经过个把小时苦思冥想的编写，一个拥有数百行抓取网络肉鸡资源的代码程序密密麻麻出笼了，如同一个神秘方阵昂首挺立，雄心勃勃地整装待发。他点击鼠标快速浏览，像检阅队伍般对程序方阵快速浏览一遍，发现几处瑕疵进行了修改，而后立即发送到互联网上实施渗透代码植入，也就是去集结一切可以使用的服务器和电脑。这个代码程序，所到之处就会神不知鬼不觉地渗透到服务器与网络终端电脑，植入其中取得管理员权限，开辟后门传输数据。如此动作，在隐形网络中不知不觉得以实现。而被抓取肉鸡资源服务器和电脑的主人，很难察觉到自己的服务器和电脑有什么异样，最多感觉是打开网页速度慢了，程序运行迟钝了，而会把问题归咎于上网人多、网络不好，根本不会怀疑自己被黑客抓取了网络肉鸡资源。

其实抓取网络肉鸡资源，如同在网络上悄悄发号施令集结队伍、增强攻击能力一般，既要锲而不舍一点点积蓄力量，让资源聚合特别多，流量足够强，甚至是达到最大最强。同时也要注意时间窗口期，如果一些服务器和电脑突然关闭下线，所抓取的资源就归零了，前功尽弃。因此，赵晖必须兼顾最佳时间窗口，既要最大限度地集聚网络肉鸡资源，又要考虑被攻击对手上网工作的时间窗口；倘若被攻击对象下班或停机离线了，纵然本领再大也是徒劳。这样赵晖准确估算时差，按照中国江洲市的上班时刻，计算出当天晚上的最佳攻击时间。

墙上的闹钟"嘀嗒嘀嗒"一分一秒流逝，逐渐逼近行动时间节点。赵晖植入网络肉鸡资源很多，已掌握的电脑和服务器多达 70 多万台，还做了特殊情况下使用 DDoS 攻击的预案。

万事俱备，只欠东风。赵晖在电脑里熟练输入一长串网址字符，如同吹响一次攻坚战斗号角一般，将所有肉鸡资源的网络流量汇聚在一起，携带着雷霆般的巨大能量，如同一支威力无比的天兵神将，锐不可当，所向披靡，以光电速度纵横驰骋，瞬间就跨越了遥远而浩瀚时空距离……屏幕上显示出的一连串英文字符，表明已进入到中国江洲市政府网站。他又立即输入程序数据，扫描网站漏洞；可是政府网站如铁桶般严密，漏洞明显很少，扫描一会儿还不见端倪。他迅即又输入一长串字符，漏洞终于现身了。他立即利用这个漏洞，进入到市政府网站的后台服务器中，在未引起网站服务器管理员注意的情况下，隐秘行事，悄然上位，轻松获得网站后台服务器的超级管理员权限。这样，他就立即权倾一时，能够随意指挥控制整个网站了。

比预想的还要顺利，赵晖心头一阵窃喜，立即输入指令检索服务器中的内容，一个个数据库过，一个个单元查，终于发现了经济建设 1 号文件，就迅速复制一份。正当他要携带文件撤离，准备擦除自己行动的痕迹时，突然一个奇怪想法浮现在脑海，倘若完美无缺地完成了任务，文件被 W 国所利用，那注定会给自己国家造成伤害；倘若自己留下了破绽，让江洲市政府知道文件被盗，就会采取必要措施补救，最大限度地减少损失……想到这里，他嘴角露出一丝不易察觉的苦笑，右手中指痛痛快快在桌子上敲了几下，随即携带文件在里边逗留起来，漫不经心，随后只留后门，没留蜜罐，也没擦掉痕迹就草率地撤离了。

如此逗留，无疑是一种自我暴露的招摇过市，也如同留下偷盗者的指纹和印迹；就是告知网站服务器的其他管理员，有一名超级黑客，已堂而皇之闯入了网站，进行了一次盗窃活动。那种草率，更是故意留下踪迹，让其知道黑客复制盗走了什么文件，黑客有什么样行为特征等，从而亡羊补牢。

第二天早晨，赵晖将偷盗来的文件上交到总裁办。威尔逊大喜，专门向总裁威瀚里·史密斯做了汇报，并按照五洲公司与 W 国军方的合作协议，将文件复制后移交给军方的战略情报研究所。主要是通过分析江洲市的经济发展规划，预测其工业产能和战时军事资源潜力，管中窥豹，以小见大。

公司依据此文件获得不菲好处，便给予赵晖 3 万美元奖金，彰显其贡献。

# 第二章

1

赵晖获得奖金越多，内心越自责越痛苦，越痛苦越不安，思绪腾云驾雾，心灵纷乱如麻，甚至觉得自己不是从前那个英姿蓬勃的好青年，似乎变成一台机器、一堆污泥，身上散发出一种冷漠之气，冰冷得四处弥漫，让他感到讨厌冷淡，陌生孤僻；不！散发出的不是寒气，而是一种卑微之气，失去自尊的卑微，极其渺小可怜，不值得一看；也不！散发出的不仅仅是卑微，更是难以原谅的罪过，是一种恶气，平庸之恶、放纵之恶、背叛之恶，让人鄙夷，甚至是横眉唾骂、千夫所指。

虽说他是迫于无奈执行上级命令，不是作恶的源头，但他对作恶指令进行了妥协、顺从、执行，将对五洲公司所谓的老实、信任、忠诚，转变成了对自己国家民族的伤害与犯罪，造成了难以预料的后果。这种盲目顺从或者屈从于某种力量，事实上也是一种犯罪，是平庸之罪，也是帮凶之罪。这种罪恶应当不受同情与怜悯，是不可饶恕的。

他试图再一次评估危害，但文件所带来的长期与短期效果，以及对国与国竞争博弈产生的直接与间接影响，是一个庞大而复杂的工程，他是无法精准评估的。正是其不可测性，让他更加内疚惭愧，头脑中掀起了一次规模巨大的风暴，铺天盖地，裹挟着沙土，肆虐怒吼，呜——呜——呜悲凉哀叫，让他心头涌动起一种可怕、复杂、凄楚的情绪，甚至是恐惧、胆寒、苦闷。

这天晚饭后，他感到待在公寓房里憋得慌，就不由自主拿起寄托情思的埙，黯然伤神走出房门，来到旁边的阿里斯公园。这是初秋时节，日头西斜，慢慢向着天边靠拢，天空一片蔚蓝，清澈明净，一阵阵微风掠过，已将中午火辣辣的炙热吹跑了，让公园里凉爽惬意，景色迷人。

斜阳侧着身子照耀下来，洒在郁金香身上，让它飞金贴紫般如同一朵朵火花，甚至像一束束五光十色的火焰。蜜蜂"嗡嗡嗡"着飞翔，在所有郁金香花坛四周忙乱着，就像是火花上的火星，点缀出了些许生机、美妙、热闹。几只知更鸟在树丛中上蹿下跳，"叽叽喳喳"一片啾鸣，像唱着欢快的歌谣，赞颂天气的凉爽、景色的美好。而几棵大树下有两尊石像，裸露着，阳光照射后折射出了耀眼光芒，树荫又给它披上灰色衣裳，显得生动有趣。在石像前20多米的地方，有一个很大的水塘，水面零星漂浮着一些树叶，两只洁白天鹅在水中畅游，激荡起了层层涟漪，也让水面上的树叶如同野孩子般嬉戏开心，乐得其所。

整个公园进入夕阳落下之前最为浪漫的时刻，树木找到了清风，让身姿摇晃潇洒；蜜蜂找到了花朵，有了贪婪觅食的地方；燕雀找到了小米，有了欢乐无比理由；天鹅找到水虫，高兴得拍打起翅膀手舞足蹈……赵晖找到一条长椅坐下来，面对着那个水塘，欣赏满眼美妙时光和惬意风景。但他却一点也兴奋不起来，满脑子一团糨糊，乱糟糟的，理不出个头绪来，便只好拿出埙，再一次吹奏起来。

也许是受太阳快要落山的影响，也许受心境纷乱如麻的妨碍，赵晖情绪极其混乱，没有吹奏固定的曲子，而是胡乱吹，一会儿吹奏的声音浑厚、苍茫、苦楚，有"断无蜂蝶慕幽香，红衣脱尽芳心苦"的感叹；一会儿吹奏得尖厉、焦虑、渴望，有"故人一去无期约，尺书忽寄西飞鹤"的思念；一会儿吹奏得低沉、委婉、缠绵，有"人面不知何处去，桃花依旧笑春风"的惆怅；一会儿吹奏得激越、豪迈、激昂，有"安能摧眉折腰事权贵，使我不得开心颜"的气干云天……公园里行人稀少，偶尔有人会循声望来，投来困惑不解的生冷目光。

　　时刻关注赵晖的于燕，也出现在公园。赵晖的吹奏声使她有点昏沉，心情感到压抑，在担忧与不安中向赵晖坐着的木椅走来。她心中总是惦记着第一次见到赵晖时他所披着的那一束奇特光晕，所具有的魔幻般吸引力与控制力，又一次紧紧勾住她的眼神，勾住她的头脑，也勾住她的情感。她向他一步步走近，他却没有丝毫感觉，仍然胡乱地吹奏着。当她临近木椅几步，能够清晰看到赵晖脸色的微细之处时，他仍然心神俱定，心无旁骛……她似乎感到有点委屈，内心升腾起一丝责怪与嗔怒，想着他为什么不敏锐察觉到她的到来而投来炽热的目光呢？想着他为什么如此木讷而让她难以感受到两情相悦的美好呢？

　　嗨！你吹奏得真投入啊。她惊讶的发问惊动了他，让他从木然状态中反应过来。

　　他感慨道，我是胡乱吹一通，让你见笑了。

　　她笑吟吟说，是比那天晚上吹得凌乱一些，看来是遇到了什么难事啦。

　　他惊诧道，前些日子我晚上吹奏，已经很晚了，你怎么能知道呢？

　　她不好意思地说，我恰巧路过你公寓楼下，本来是不想听到的，但你吹奏得太有感染力，就不得不听到了。今天我又无意来到公园，本来也不想听你吹奏，但你吹奏的声音仍然很大，又一次不得不听到了，受到一次难得的艺术熏陶，真有缘啊。

　　他恳切地解释道，我没有经过系统训练，吹奏水平完全是业余的，随心所欲乱吹一通，用专业标准来评判，简直就是瞎吹乱奏。

　　她一本正经说，你自认为是瞎吹，但我喜欢呀，感到是天底下最美的声音；在一定意义上可以与霍洛维茨弹奏钢琴、甘蒂·达芙吹奏萨克斯相媲美，让我崇拜啊。

　　他兴奋道，这么说你是真心喜欢我的吹奏，那我俩就有意思了，既是同乡之人，又是知音之交了。我这个俞伯牙，有了你这个钟子期欣赏，吹奏就不会那么寂寞了，这也是一件幸事啦。

　　她略微思索说，你是个性情中人，从吹奏的音乐声中，能够听到你心情的苦楚与彷徨、悲伤与忧愁，想必是心有苦闷难以言说吧。

赵晖不由得叹了一口气说道，确实遇到了烦心事，好像命运在捉弄人，让我掉到一个泥坑之中，全身都沾满了污泥，就是跳进黄河也洗不清，让人生命运灰暗起来。

她不以为然说，未必要相信命运，命运是可以改变的，不能成为宿命论的牺牲品。

于燕的到来似乎让他在孤寂与黯淡中捕捉到了一丝光亮，回归到了理性中，对命运又生发出新的期待与憧憬。她尽管社会阅历不多，但天生聪颖，悟性极高，常能冷静、客观、现实地对待事情，不以物喜，不以己悲，常对事物发展形势做出较为理性的评判。现在她感到，自己成了他音乐上的知己，得到他的认可，成为知音之交；同时也是他人生情感的寄托之处，是可以在灵魂层面进行交流碰撞了。

她自信大增，不由得在心底涌动起喜悦之情，便打开话匣子说，人类万事万物都可能是两种形态的叠加体，包括人的命运，也应是主观意识即信仰与客观行为的叠加态，是随时可以变化而不确定的。对于我们黑客的命运来说，只有用自己的主观意识主导客观行动，才能很好地把握住命运，从而改变命运。

他附和道，是的，我们在网络活动中强化主观意识，就是要主宰自己，恪守住良知，做无愧于自己和无愧于社会的人。

她赞同说，天地良心最可贵，保住了良知，改变命运是早晚的事；而丢掉了良知，就等于丢弃了自我，倒霉与毁灭只是时间问题。

这话讲得深刻到位，浅显而有哲理，如同醍醐灌顶般冲击着他的心灵，让他有大漠之中看到绿洲、暗夜之中看到明灯的共鸣。

他抬起眼帘，深深地望了一眼她，默不作声，但此时无声胜有声。

她倏然一惊，也定定地望着他，脸色绯红。

## 2

威尔逊胁迫赵晖做的网络盗窃事件，让其地位身价进一步飙升，收获到一石三鸟的效应。最为直接的是玷污了赵晖的家国情怀，将他拉进了浑水池，背上背叛祖国的沉重包袱，满身污浊，无意之中站到了自己国家民族的对立面，成了罪恶的帮凶。这让威尔逊颇为扬扬得意。其次是消除了公司总裁威瀚里·史密斯对威尔逊的偏见。史密斯本来瞧不起威尔逊，对他从来就没有正眼看过几次，存有不屑和冷淡。但这下改变了史密斯的看法，觉得威尔逊丑陋的身上还是有闪光点的，原来是有失公允的，就专门到他办公室来了一趟，拿起红酒杯与威尔逊干了一杯，还在董事会提议给威尔逊涨了一档工资。再一个是消除了威尔逊内心的一些恐惧。赵晖，一名地地道道的中国人，看到他在公司黑客业务大赛中一鸣惊人，威尔逊着实胆战心惊、望而生畏，觉得中国人确实了不起，心里的恐惧比他爷爷的畏惧有过之而无不及。倘若征服不了像赵晖这样的中国超级黑客，五洲公司就休想在世界网络天地里称王称霸了。如今将赵晖拉下了水，还有什么样的黑客征服不了呢？他内心的恐惧基本消除了，甚至还滋长了些许自负，又沾沾自喜了。

几天过后，威尔逊内心的欲望又蠢蠢欲动，像楼下的杂草一般疯长起来，酝酿着新的阴谋，企图达到更加疯狂的罪恶目的。他仍然紧盯着赵晖，想把赵晖这个重要棋子玩出新花样，达到极致，获取更大的政治和经济筹码。于是他在一个下午，敲开赵晖办公室门走了进去。正在电脑前工作的赵晖，不免吃了一惊，急忙站起来应酬。

威尔威咧开丑陋的嘴唇，干笑着说，赵先生年轻有为，做事漂亮利索，没有人不投来赞赏而羡慕的目光。史密斯总裁在公司高层会议上对你大加赞赏，你的前景像太阳般光明。随后他神秘兮兮地回过头去，将办公室门轻轻关上。

赵晖道，哪里，哪里，过奖了！不值得一提。

威尔威收住干笑说，你们中国人总是谦虚，有了成绩还韬光养晦，让人感到要隐藏什么事情似的。现在军方给了公司一项业务，其他人用了很长时间都没有完成。我将这项任务给你争取过来，希望你能够做好，如同前两次那样做得成功出色。

说罢，威尔威从兜里掏出打印有一长串网址的纸递给赵晖。

赵晖拿到这张纸又是一惊，弱弱地说，这是一个什么单位？要获取什么样资料？

威尔逊丑陋的脸上露出一丝狰狞说，这是中国一个科研单位，主要是设计研究先进军用飞机。我们想得到技术资料。

说者说得轻巧，似乎漫不经心，但军用飞机这个敏感词汇传到赵晖耳朵里，就如同一颗炸弹爆炸了似的，掀起巨大冲击波，有惊天骇浪般力量，让他浑身一颤，内心滋生出震惊、愤怒、仇恨，声音有点变调地说，我上次执行任务时给您说过了，针对中国的任务下不为例，我不能再干了。

听到拒绝的回答，威尔逊抬起那张铁青而黝黑的脸膛，目光凶悍，甚至带着愤怒，但却以一种奇特的神情对着天花板说，Yes，Yes！你上次是这样说的，下不为例；但是我也说了，要走一步看一步，用你们中国人的话就是车到山前必有路。你上次说的话，也要随机应变。我还是觉得你应当改变主意，能够做好这件事的。

说完话，威尔逊像完成了一项任务，甩头将耷拉在额头的一绺头发往上扬了扬，鼓起两个深鼻孔，噘着嘴巴，握紧双拳，慢慢在办公室里踱步走动着，不理睬赵晖了。

对于如此的无赖、恶魔，赵晖心头掀起了揪心般的酸楚，一时无语！室内寂静无声，陷入短暂的静谧……威尔逊走到赵晖跟前，突然停住了脚步，将攥紧的拳头松开了，又在腰间自言自语说，这是一件不坏的事，我相信你会改变想法的，这件事也会给你带来好运的。

赵晖仍然脸色阴沉，沉默无语。

威尔逊仰着头又说，我还要告诉你，这件事做好了，可以得到许多好处，说不准你就发财了，会有滚滚金钱向你飞来，让其他黑客羡慕不已。

赵晖不为所动而郁闷着，神色黯淡无光。

威尔逊将双手从腰际拿下来，撇着嘴做了一个阴森森的手势，故意"哈哈哈"冷笑几声，但却带来了一阵剧烈咳嗽，咳得脸色灰暗、撕心裂肺，又连续打了两个喷嚏，眼角流出了两行肮脏的眼泪，令人反感恶心、寒毛直竖。

　　随后他耸了耸肩说，这是一笔好买卖。我相信你一定会改变主意的，祝你好运！他就走到门口拉开门走了，鞋底与地板摩擦传来了一连串"咚咚咚"的声响，让赵晖心头发紧。

　　接下来的时光，赵晖进入到一个异常复杂的矛盾状态中，时而盯着写有网址的那张纸发呆，眼睛发直而迷乱，目光呆滞而恍惚，显得茫无头绪；时而站起来在办公室里踱步，来来回回走到窗边，随意眺望几眼楼外的景色，再走回若有所思；时而坐在椅子上，仰起头盯着天花板发愣，好像看得认真执着，看得似是而非，沉浸在无所作为和无所看到的虚空状态之中……有那么一会儿，他坐在电脑前，在慌乱中鬼使神差般在键盘上输入那一连串网址，点击鼠标，进入到了发起网络攻击的状态。但他也想到，中国军用飞机资料属于国家秘密，其网络肯定与互联网进行了物理隔离，要盗走谈何容易，必须要经过摆渡；而且盗取如此重要机密，失德又失道，会给国家带来致命伤害，是数典忘祖，是十恶不赦的犯罪。

　　旋即他清醒过来，毅然取消指令撤出。但公司有命令，他是执行任务，便再度点击鼠标开启，但又想到事关重大，稍有不慎后果不堪设想，不可饶恕，难以救赎，他又一次撤出……他陷入到自我灵魂的反复搏斗之中，只好在办公室踱步思索，来来回回，反反复复。窗外的天气由明亮变成了黯淡，进而黑魆魆的。他的身影在白色墙壁上不时颤动，反复摇摆，好像是一种火焰的反射，映衬着复杂矛盾的内心世界。

　　当一个人内心世界愁苦、烦恼、抑塞到一定程度，情感就会向着不能自控的抑郁狂奔，狂奔，再狂奔。赵晖的这种苦闷一直在他的时空天地里跌宕，从办公室延伸到寝室内，从思维拓展到心灵深处，让身体每一个部位、每一个细胞都紧张起来，异常苦闷忧愁。

　　为疏解积蓄的抑郁，他想到有人曾"看花忆梦惊春过，借酒浇愁带泪倾"，用酒的镇定与豪迈，冲刷心中郁结的闷气。这天夜晚，他拿出一瓶白酒，洗了两根黄瓜，弄了一碟干果，因陋就简喝起了酒，借酒消愁。

　　如此喝闷酒没有陪同照应，没有热闹喧嚣，也没有对酒当歌，是寂寞的自斟自饮，喝一盅酒，吃一口黄瓜，压压酒；再喝一盅酒，边吃边喝，边喝边思考，让头脑活络兴奋起来。在这样单独的环境氛围之中，没有任何干扰，心灵是清静的，思维独立而旷达，辽阔得高过天空，远过海洋，飞越天地，自由地飞翔着、跳跃着、搏击着。

他思索自己的处境，觉得有点离奇。

眼下公司的环境氛围很特殊，缺少正义，缺失道德，根本没有良知，所有正义都被厚颜无耻的金钱、暴力、贪婪所淹没，与自己曾经的想象大相径庭，与自己的性格也格格不入，仿佛如同外星人一般孤独、寂寥。倘若按照威尔逊的安排走下去，偷盗了中国的军事机密，就会造成不可估量的颠覆性后果，这种行为是被祖祖辈辈所不齿和痛恨的，是一种深重罪孽。往大的方面说，等于出卖了自己人格国格和灵魂，成了民族的罪人国家的叛徒。

想到这里，他拿出手机调出父亲在出国时给他的赠言《示儿》。原来他对父亲啰里啰唆的嘱托有抵触情绪，总觉得是婆婆妈妈的多此一举，尽管收藏到手机里，但没当回事。直到此刻，他才感到父亲是有先见之明的，临行前的赠言太珍贵了，太有用了，仿佛是自己的一根救命稻草。那充满感情的文字一行行映入他的心灵：

当你迷失方向失去目标时，当你遇到挫折孤独、思念故土亲情时，只要打开此信锦囊，重新梳理情绪，就会找到本心，知道从哪里来、要往哪里去。

孩子，我亲爱的。你就要跨出国门了，请打理好你的行囊，整理好你的梦想。此刻，我是多么欢欣鼓舞，多少嘱托情意绵绵，千言万语只为了那亘古不变的信念。

你是炎黄子孙，是龙的传人。孩子啊，你的生命来自父母，但在你还没来这个世界，爸爸妈妈就已走来走去寸阴若岁在呼唤你，祝福你，愿你健康、快乐、自由，盼你阳光聪颖、英俊潇洒，将来能够子孙成群……天遂人愿。你承袭着善良质朴的血统、日月的精华呱呱坠地，呈现给我们独一无二的相貌。

孩子啊，3 岁你开始看第一眼电脑屏幕，在键盘上乱敲；7 岁你能玩简单游戏，开始在电脑世界里探索人生。从此，你认识了华罗庚、陈景润、钱学森，知晓了冯·诺依曼、麦席森·图灵、伯纳斯·李，这些伟大而不朽的名字，用生命悦动着生命，用智慧创造了美好，让人类发生了惊天动地的变化和进步。受先辈巨擘的影响，你12岁那年登上了中国少儿计算机编程的最高领奖台。

孩子啊，你可知道爸爸妈妈是多么欣慰、多么骄傲？渐渐地，你长大了，用汗水赢得无数荣誉，彰显出闪光的自己，显示出惊人天赋和美好前程。为了让你拥有深刻体验和更为出众素质，爸爸妈妈不惜用掉每一枚铜板铺在你前行的道路上，从购买最好电脑到课外班，从拜访电脑名师到参加各种比赛，你不负众望执着前行，始终跋涉在电脑网络世界的最前沿。

孩子啊，你也要知道，雄鹰不需鼓掌也在飞翔，小草没人心疼也在成长，野花没人欣赏也在芬芳；奋斗，难免有雄关漫道孤独彷徨；坚持，注定会铁杵成针才有希望，就算荆棘丛生遍体鳞伤，也要擎起头颅异常坚强。

孩子啊，你明天就要出远门，漂洋过海去攀登高峰寻找新的彼岸，请放下惺惺相惜的牵挂，忘记那些逝去久远的桂冠。因为每一次起点，都将是人生最辽阔的摇篮，请带上你的信念和梦想，也带上我们中国人的愿望展翅高飞吧。

是大鹏，总会遇到意想不到暴风骤雨的冲洗；是龙的传人，就一定会面临电闪雷鸣的疯狂……愿你在沉默中积蓄力量，在冷静中迎接战斗，不畏恐惧，不怕打压，像金色的闪电，能够高傲地飞翔，勇敢地冲向理想的彼岸。

自己面临的现实，怎么同父亲预言有惊人相似，难道是命中注定的吗？还是欲望世界本质所决定的？他感到触目惊心，端起酒杯自我惩罚般喝了一杯，仿佛觉得自己正处在暴风骤雨之中，一只脚已滑到悬崖边上，随时都有跌落到黑暗深渊的可能。他还觉得内心作痛，像针扎一般，扎到了心脏，剧痛无比；如刀绞一样，血肉模糊，泣血难忍。中国历史上的叛国者，被称作汉奸、公贼，最后的下场都极其凄惨，是一条不归路，充满了伤痕与血泪。他仿佛看到，一个个出卖国家的叛徒，蓬头垢面，污秽满身，正张牙舞爪向他发出一阵阵阴森森的狂笑，让他毛骨悚然、惊恐震撼。

天啊！这是一条自我毁灭的不归路，永远都不能走啊！即使是前途受到挑战，生命受到威胁，也绝对要堵死这条路，永远堵死。一旦误入歧途，就会辱没一辈子。

认识到这里，他似乎觉得心灵得救了，庆幸自己没有滑入深渊之中，心头掠过一丝畅快与安慰。他端起酒杯爽快喝了一盅，站起身来在室内走了起来，自言自语道，不必再想了，就这么办！嘴角边滑过一抹轻松自得。

大的方向定下，他在思索如何违背威尔逊的意愿？他也深知，威尔逊是一个典型的无赖、恶棍、魔鬼，为了达到罪恶目的，什么坏事都能做得出来。如果公然违抗他的意志，那就会激怒他狠毒的豺狼本性，暴戾之气就会像瘟疫一般泛滥，可能产生可怕后果。一种可能是会对自己无所不用其极威胁利诱，甚至是凶狠的人身攻击。魔鬼的人性是歹毒的，没有什么同情、包容、良知、正义，什么样恶毒的想法都会滋生，什么样毒辣坏事都能做出来，毫无禁区底线。再一种可能是会对自己曾经做过的黑客盗窃污点进行放大要挟，让他名声扫地，有国无法归。他这个曾经受人尊重的杰出青年瞬间就会成为一个面目可憎的坏人，出卖灵魂不仁不义的叛徒。

这两种可能都很可怕，能毁了他的全部人生。他暗暗对自己说，随即端起酒杯又喝了一盅。

那么如何使自己既不违抗威尔逊意志，又避免做偷盗军事机密的事儿？唯一办法就是失去偷盗的能力和条件，蒙混过关，让恶魔不至于加害自己，从而摆脱险境。

赵晖的思维大开大合，循着历史隧道纵横穿行，想到了春秋战国时期的杰出军事家孙膑，被庞涓嫉妒以莫须有的罪名打入大牢，受尽酷刑，双足被砍去，脸上刺字。为了逃出虎穴，身残志坚的孙膑，蓬头垢面，装疯卖傻，学狗叫，吃污泥，以"人已疯了"的假象，终结了牢狱之灾，得以逃离魏国，出走到齐国实现了理想抱负，攀越到了人生巅峰。他还想到南宋将军王佐，为了打入敌营策反金兵统帅金兀术的养子陆文龙，自断右臂，假说是受到岳飞将军迫害，从而获得金兵信任，最终策反了金营中的陆文龙，里应外合让南宋军队打了大胜仗。

以史为鉴，以人为镜。如何让自己暂时失去黑客能力，从而迟滞和避免网络盗窃行动呢？他也想到了自残，以身体受损而获得威尔逊的信任，暂时得到庇护，逃出五洲公司的魔掌，从黑暗走向光明。

虽说自残念头极其可怕，令人惶惶不安，但亦是精神突围，一种艰难的牺牲，必须战胜巨大痛苦。在身体上蒙受伤害与苦难，甚至是残疾的重大风险，但在精神上却是凤凰涅槃、绝地重生。

他感到心头有了一丝光亮，就随手端起一盅酒痛痛快快喝了，让思维沿着自残向前延伸。自残后是继续留在五洲公司，还是返回祖国呢？原来到五洲公司求职的心愿，是立业济世、挣钱成己！寻找事业高地，活出成功人士的滋味。而今没有立业，又将当"逃兵"保己，会让济世的理想泡汤，这让他烦恼不安。两种思想可兼容又不相容，前者经略网络、济世，后者知难而退、保己。做到立业济世，首先要保己，保己是为了更好地立业济世。正如一位伟人所言：存地失人，人地皆失；存人失地，人地皆存。

想到这里，他平息着胸中的烦懑情绪，千万思绪穿越脑海，更加巩固了打道回家的打算。他也想到世界著名文学家亨·奥斯汀的那句名言：这世界上除了心理上失败，实际上并不存在什么失败；只要不是一败涂地，你一定会取得胜利。

他就对自己说，心理强大是最根本的强大，撤退返回祖国不是失败，而是为了保存实力，留得青山在不怕没柴烧，最终可以达到立业济世的目的。假使受其摆布，继续待在五洲公司，威尔逊绝不会善罢甘休，还会对他裹挟利诱，尽管能获得金钱、地位、虚荣，但所有这些都与丑恶、汉奸、叛国等掺杂在一起，这是万万不成的。而自残返国回家，虽然受到一些伤害与痛苦，但能保存自己的意志强大与心灵安稳，倒可以实现高贵的人生境界！

回家的念头一旦萌生了，就挡也挡不住，很快扩散在脑子里，占据了整个心灵世界。

游子归来,归来兮!慨当以慷,为国解忧……他的心灵翻江倒海般澎湃。人生万象、念从心起,纵横无极、傲视苍穹。

人常说,世间的天空和海洋最为广阔,但人的思绪比天空和海洋还要辽阔,纵横千万里。世间沙漠和戈壁最为寥廓,但人的情感比沙漠和戈壁更为寥廓,能够穿越浩瀚无垠,在无际的沙漠中自由游走,领略沙子的细微质朴,理解聚沙成塔的神奇魅力。世间战争是最为残酷血腥,但人心里的自我搏斗,有时比战争更加紧张激烈,能够谛听到心灵的嘶鸣、战栗、抗争,搏斗的焦灼、痛苦、哭泣,锥心刻骨,泣血无比。

他忽然不由得摸了摸衣兜,想到自己的护照已被公司"以集中保管的名义"收缴了,既是保护也是保管,既是管制也是管控,既是防范也是就范,让他离职或不辞而别返回祖国没有那么容易,更加困难了!这样他又感到坠入到险恶的危险境地,步入到一块茫茫的沼泽之中,污泥淹没了双脚,粘住了双腿,似乎越陷越深,污秽不堪,随时可能被泥淖包围或者无情地湮灭,走向毁灭……

哎哟!可了不得。他长叹一声,责怪自己直到现在还犹豫不决!

犹豫都是懦弱的体现,假使再瞻前顾后、三心二意,那注定会滑入泥淖的苦难之中,或自我抛弃,命运被人主宰,成为任人宰割的可怜虫;或自我矮化,丧失人格风骨,成为被人唾弃的背叛者;或被人猜透看清,错失走出黑暗的机会,成为永远的失败者。

在自我检讨反省之后,他愣了一会儿神,又端起酒盅喝了一杯。不知不觉之中,一瓶酒过半了。他感到头脑发涨,舌头与嘴巴笨拙起来,人有点麻木了!但思维仍然灵光,如同电光石火般,发出剧烈光芒,向着无边无际的历史纵深飞去,起伏翻腾……他双手捧着头,想让思绪停滞下来。

但酒后头脑清晰,思维活跃,他想到了一些稀奇古怪的事情。想到 20世纪 60 年代样板戏《红灯记》中李玉和的精彩唱段:临行喝妈一碗酒,浑身是胆雄赳赳……顿生酒壮英雄胆、豪气干云天的情怀,感到自己突然高大起来,意坚志铁,仿佛如同一名真的猛士,风雨吹不倒,雷电击不垮,有着钢筋铁骨般的顽强。他还仿佛聆听到公元 1771 年新疆土尔扈特人东归回家的遥远牧歌，还有那铿铿激烈的马蹄声碎和喋血征战，生死浩劫、感天动地，血脉偾张、神魂震悚……那时，从新疆迁徙到沙俄伏尔加河流域的土尔扈特人，在饱受外民族欺侮压迫后，精神不屈，脊梁不弯，毅然踏上九死一生的万里返国之路。

准备回家，土尔扈特人整整秘密准备了十年之久。到了这年初春，土尔扈特部 19 岁的首领渥巴锡，双手捧着一碗烈酒，高高举过头顶，仰天长呼后，将酒泼在大地上，伏地跪拜祖先，拉开了举族 17 万人东归回家的第一道序幕。

在长达半年之久的东归路上，他们经历了哥萨克骑兵和哈萨克、巴什基尔等游牧部落军队的围追堵截，一回回生死搏斗，一次次浴血突围，一路上死伤、病死、累死者超过半数，最后仅有 7 万人回到了故土新疆伊犁，完成了一次人类历史上空前绝后史诗般返国回家的伟大壮举。

当这支队伍返回到新疆时，衣衫褴褛，面容憔悴，黑压压地站在一个山冈上，眺望到家乡伊犁河波光粼粼的光斑后，眼光里闪现出从死亡线上复活的光芒，一起"哇哇哇"号啕大哭起来，发疯似的奔跑到了伊犁河边……有的用双手捧起河水尽情地喝了起来，泪水与河水交织在一起，享受家乡的滋味。更多的人一下子放松了紧绷的神经，瘫倒在地上，幸福的泪水"哗哗哗"直流。

是啊！回家是中华民族共有的精神向往，是不需要任何理由而颠扑不破的永恒追求！

他又端起一盅酒，仰起脖子一股脑儿喝了下去，对自己说，对！没错，此处不留人，自然得回家。自己拯救自己，置之死地而后生。

酒，有时是一种抚慰情感的妙药，历史上曾有"酒酣胸胆尚开张，鬓微霜，又何妨"的豪迈，也有"对酒当歌，人生几何"的惆怅，更有"把酒酹滔滔，心潮逐浪高"的快意，能够焕发出神奇般的情绪、意志、力量。他喝得已似醉非醉，似清醒非清醒，仍然在思索自残的途径。

这又是一件非常危险而痛苦的事情，将自己宝贵的身体搭上去，弄不好会造成难以估量的后遗症。如果出现最坏的结局，那又是何等噩运！势必会使他陷入到新的人生绝境。

对未来，他喝了一盅酒，又仔细思考了一番。自残受些皮肉之苦，没留下大的后遗症，而让他成功避免了对祖国的窃密行动；那么他就能躲过五洲公司的控制，脱离苦海，获得新生，自由自在地工作生活，编写出更加神奇的程序软件，获得人们的尊重、荣誉、向往，所有的一切都崇高而美好。如果留下后遗症，那又是极其可悲的，让自己落下残疾，陷入到生活的艰难与痛苦之中，发出凄惨绝望的呼号与悲伤。这是何等的残酷，自己把自己抛到了黑暗深渊，终身遗憾与悔恨。

想到这里，他的身心摇曳不定，大量酒精也在肚子里发作，让他头脑迷迷糊糊，身子跌跌撞撞，体内也燥热起来。他脚步蹒跚着走到窗户前打开窗户，看到窗外黑黢黢的，一切都如死一般沉寂在黑暗之中。

怎么办？如何选择？

他费了很大力气在头脑中思索着这个重大课题，思维开始紊乱起来……突然他头脑洞开，似乎打开了另一扇门。

借着酒劲，他断然想到，自残承载着民族忠义之士的巨大情感力量，是威武不能屈而大义凛然的大丈夫之举，不是自私，而是大公，是天下之大德。有了这样崇高美好的追求，自己的自残肯定是幸运的，应有好的结局，绝不会将自己推向苦难绝望的深渊。

绝对不会，绝对不会！

他完全进入到了醉意，头脑失去把控，和衣躺在床上迷迷糊糊睡着了，鼻孔发出均匀的鼾息声。雪亮的灯光洒在他身上，如同罩上一层薄纱般轻柔、美妙、祥和。

## 3

第二天早晨，赵晖睡醒后，觉得浑身冰凉有点发冷，再放眼望去，窗户大开，一阵阵晨风透过窗户吹进了室内，让整个房间清冽凉爽。室内那盏白炽灯还亮着，但在白昼里光亮却黯淡了，散发出乳白色的柔和光泽，如同吊在屋顶一个发亮的白色蘑菇。

他赶快起床，收拾了桌子上的残渣剩羹，简单洗漱后，烤了两个面包，弄了两根火腿和一个鸡蛋，例行吃起了早餐。他将鸡蛋和火腿夹在面包里，溜达到窗户旁边吃边观察，看到户外有三三两两人影在晨练或跑步。刚刚升起的太阳照耀在他们身上，拉出长长的影子，呈现出美妙的光影效果，让他思绪又活跃起来。

昨晚自斟自饮的情形历历在目，他感到自己走到了绝境，别无选择，只能启动自残拯救自我。可真正付诸行动，又是一次痛苦抉择。他又有点犹豫了，陷入到另一种自我心理的搏斗与较量之中……早餐过后，收拾完毕，他还在踌躇之中，忽然一个机灵，头脑中闪现出丘吉尔在二战前夕的名言：你若想尝试一下勇者的滋味，一定要像个真正的勇者一样，豁出全部的力量去行动，这时你的恐惧心理将会为勇猛果敢所取代。这席话切中要害，让他寒毛倒立起来，不得不咬了咬牙关，觉得应该义无反顾了。

他还想到自残要见血，而且须有一定惊险度和合理性，受伤后申请到国外疗养，伺机从第三国返回祖国，逃离五洲公司的掌控。对于使用什么手段自残？他没有枪支，也没有其他利器，便在厨房里转来转去，找到一把长三四十厘米的折叠水果刀，刀尖很尖，刀刃锋利，很容易刺入体内。自残时间考虑在公司上班后的二十多分钟，地点是快到公司转弯处人迹稀少的地方，而后将刀子扔掉，捂着伤口向公司走去，瘫倒在大厅里。

照着这个预案，赵晖估计好了时间与节奏，就先用昨晚剩下的白酒对水果刀浸泡消毒，再像以往一样穿上白色衬衣和西装外套，打好领带，将水果刀放在平时的公文包里，而后出门拦了一辆出租车向公司驶去。车子驶过华容街、凯旋路，转到修女街，在街角一处停下。他下车后走过一个胡同，向公司大楼拐弯处走去。

此时刚好是上午九点二十分，太阳已经两竿多高了，如同悬挂在空中的一个巨大光轮，绽放出艳阳高照的能量。上班的峰潮已过，园区内一片寂寥，几乎没有行人，树丛里的鸟儿"叽叽喳喳"啾鸣不停。他走至公司大楼转弯处，机警地向左右望了望，周围没有一个人影，空旷得让人心惊，也让他庆幸。

该行动了，这是一个绝好时机。他暗暗对自己说过这句话后，立即拉开公文包拉链，从里边拿出水果刀，双手持刀猛然对着自己左胸扎去，只听"扑哧"一声，刀子捅进了左前胸，血液一下子就冒了出来，将白色衬衣染红了。

一阵阵剧烈疼痛，如万箭穿心，痛彻周身……他脸上的肌肉像麻花一般，扭作一团，双眉紧蹙，中间的皮层像一个个山峰突起，额头如同干燥土地突然浸满雨水，细密的汗珠从体内沁了出来。他嗅到身体中散发出来的热气，以及一股血腥味，像瘴气般弥漫在身体周围，让他有点窒息。他感到自己还活着，手里仍攥着刀柄，能够体会到疼痛的滋味。血液不断地往外流淌，如同一股涌泉般不停歇，浸湿了前胸的衬衣，让他感到既热乎乎，又冰凉凉。

当他用强大意志力抵御着伤痛，有点迟滞性麻木时，似乎感觉不那么疼痛了。他低头瞟了一眼攥在手里的刀柄，觉得刀刃已捅入胸腔一两寸深，并没有触及到致命的心脏等器官，竟然还想着再往深里捅，提高一些惊险度。此刻，一只金黄色蝴蝶飞到了他的眼前，像是在炫耀。蝴蝶漂亮极了，美丽的羽翼如同镶上了金粉，熠熠生辉，翅膀边上还有纤细精致的花纹，在绚烂的阳光下色彩斑斓，精致典雅，让他感受到了一种奇特的力量。他的思维仍然活跃，但发生了逆转，他想到如果刀子再往深处捅，万一伤到主要器官，就会害了自己的性命，彻底玩完了。于是他的手腕停止了用力，将刀子从体内拔了出来，一手捂着伤口，另一只手将刀子扔到旁边花坛的深草丛中。

当刀子从体内拔出后，就如同河水决堤似的，殷红的鲜血恣意往外冒……他使劲用手捂住伤口，跌跌撞撞往公司大门走。鲜血流淌着，浸湿了衣衫滑落在手指间，裤子边也被浸湿了染红了，还有血滴滑落到了地上，一滴，两滴，许多滴……洒落在地上的鲜血，化作一朵朵鲜艳的红花，妖艳无比，给大地增添了别样色彩，也散发出了血腥与冷酷。那血滴洒在地上是热的，冒着生命的温度，似乎温暖着大地，但他的心却冷若冰霜，痛苦至极，步入到了最危险的境地。

向公司大门的行进，以往近在咫尺轻松到达的距离，现在对他来说是那么遥远，那么艰辛，那么火急火燎……他黑色的双瞳变得麻木了，惶恐了，感到天空的那轮太阳骤然增大了，在瞬间也被染成绝艳的火红色，眼前天旋地转、朦胧模糊，天空是红的，楼房是红的，大地是红的，太阳也成了一汪红刺儿，好似被红色血液所吞噬，变成血色般的浪漫与惊心动魄。他步履跟跄着走进公司大门时，整个人下半身染成了血红色，喘起了粗气，脸色变得惨白，浑身开始发抖了，手抖得更厉害，瑟瑟哆嗦，接着瘫倒在大厅里。

公司值班和安保人员看到这一惨状，惊恐万状，紧急拨打急救电话，还惊愕地询问，赵先生，怎么回事、怎么回事呢？

他气息虚弱答道，我被人——被人，被不明身份的人刺伤了！

不一会儿，一辆救护车鸣叫着警笛停在公司门口，医护人员立即上来做了简单处置，就将他拉上车，急速向附近医院驶去。

到了医院迅速对他前胸伤口进行消毒等处理，开展救治。刀口有一寸多深，捅到了身体软组织，尚属皮肉伤，未伤到冠状动脉及心脏等重要器官。如果再深一点，或者再偏一点，就会捅到器官，造成重大伤害或丢掉性命。

他躺在手术台上，明亮的聚光灯照在受伤部位，将医生的注意力都集中在伤口处。尽管医生打了麻药，但药劲不是很大，他处于半昏迷状态。那缝合伤口的线，一针一针在胸前穿过，拉得长长的，缝合着伤口，也弥合着受伤的心灵。他沉入深深思索之中，回想到受伤的前前后后，暗暗庆幸那只金黄色蝴蝶突然在眼前飞来飞去，是那么漂亮，那么迷人，让他改变了主意，停止双手用力把刀子再往深处扎的打算，也算是在关键时刻拯救了自己，鬼使神差般躲过了鬼门关。

在公司方面，安保人员按他"被不明身份的人刺伤"说法，将情况逐级上报到了公司最高层。因为其他人都不知事发现场，也没有目击证人和证据等，公司没有向警方报案。

等到赵晖手术结束，公司安保部门派人到病房询问了有关情况，他编说了一次偶然遇刺的粗略情况，也未能提供确凿证据，使得事件只能不了了之。

## 4

伤筋动骨的养伤，是一个漫长过程。

赵晖住在医院，每天按时查体、吃药、静养，经历着伤口隐隐作痛的惊扰与恢复，也逐渐改变以往工作到深夜睡觉的习惯。有时躺在床上睡不着了，他就看着病房上的吸顶灯发愣，漫不经心地数着灯上的花纹，似乎要从灯身上看出什么稀奇秘密似的。有时他也玩玩手机，给朋友打打电话发发短信，沟通情况，也会冷不丁调出一两款游戏来，痛痛快快玩上一阵子，让时间飞快流逝。他还会满怀兴致地溜达到窗户边，依托着墙角怔怔观察窗外的建筑、树木、花草，会冲着树枝上"啾啾"鸣叫的麻雀，示意点头，给鸟儿一个开心的微笑……但最让他揪心的还是，会不会有脱离五洲公司回家的机遇。

每每到了深夜，赵晖的这种心思尤为强烈，即使是进入沉睡之中，做梦都是在家乡玩电脑、编程序、搞网络的事儿。那一幕幕情景亲切而熟悉，有趣而神奇，似乎总觉得有人在大声呐喊，赵晖，回家了——回家了——当他从睡梦中惊醒时，四顾茫茫，眼前漆黑，满脸都是泪水，打湿了枕巾。

他也知道，两百多年前土尔扈特人准备回家，整整秘密准备了十年之久，那是多么漫长，多么让人难耐、焦虑，多么让人忧愁、向往。现在自己需要准备多长时间呢？有没有这样的机缘？这个问题想得越多，心思就越重，一些环节的不确定性，就会让他心头发紧，甚至是躁动不安，异常紧张起来，额头不由得沁出了细微的湿汗。有时候，他试图用心静自然凉的想法，让自己平静下来，但这句话在心里暗暗背诵了好多遍，也无济于事。

是的！心里装着一件事关人生命运的大事，情绪是难以宁静下来的。

就在他手术后没几天的下午,他默默躺在病床上听音乐时,突然听到一阵响亮的敲门声,还未等他说话,门就被推开了。原来是威尔逊在辛林陪同下,亲自来病房探视。威尔逊还是那副丑陋的嘴脸,三角眼周围汪着一圈深黑,铁青黝黑脸颊上的粗野皱纹更加密集了,显得阴森恐怖,似乎还隐藏着深不可测的狐疑、毒辣、蛮横……也许赵晖的受伤,他是最不情愿看到的。主要是事件像一个急刹车般戛然中断他精心蓄谋的计划,把他气得哼哼的,嘟嘟囔囔了好一会儿,还引发了一阵急促的咳嗽。

赵晖龇牙咧嘴般用双手撑着在床上坐起来,向两人投去真诚感激的目光。

威尔逊脸色阴沉着,但还是摆出了怜惜之情说,赵先生,你受苦了,要多多保重啊。

赵晖露出一脸苦笑,微微点了点头,弱弱地说,稍能动弹一些,不那么疼痛了。

威尔逊狐疑地说,你没想想是什么人在如此紧要时期,会对你下手行刺呢?

这个问题很是棘手,也很敏感!赵晖只好采取模糊态度道,这个问题我是无从知道的,也难以知道,只知道有凶悍的刺客拿着锋利匕首向我胸部刺来,我躲闪不及了。

威尔逊恶狠狠地说,见鬼,活见鬼!我要能找到这个坏蛋,一定把他撕得粉碎。

赵晖附和道,但愿先生能够如愿,能帮我找到那个坏蛋,也算是报仇雪恨了。

威尔逊接着问,赵先生,你在受伤之前,发现过什么不利于你的端倪?或者说对你存有恶意的人吗?

赵晖道,我的接触面很窄,没有发现。

威尔逊重重盯了他一眼,目光毒辣辣的,颐指气使般说,见鬼,活见鬼!难道我们身边真有什么妖魔鬼怪不成吗?

赵晖道,这件事虽说蹊跷,但用我们中国人的话说,纸包不住火,事情总有一天会水落石出真相大白的，请您放心。

威尔逊似懂非懂地将那个塌鼻子往上蹙了蹙，不屑地说，但愿如此。

赵晖道，非常感谢您在百忙之中的关心爱护，铭记在心啊。我考虑在伤口拆线稍好一些后，能到海湾国家去休养一段时间，看看大海散散心，也调整调整情绪，以便恢复身体，继续做好公司的事情。

听到此，威尔逊的三角眼眨了眨，随后瞪大起来，划过一道歹毒而怀疑的目光说，这个问题不是那么好决定的，我定下后告诉你。现在你需要的是安心养伤，绝对的静养。

赵晖道，我会按先生的要求去做的，请相信我。

短暂的探视结束后，威尔逊在返回公司的车上对辛林交代说，请你找个时间告诉赵晖吧，公司不允许他出国养伤，主要是为了保护他的人身安全。

辛林疑惑地问，在哪儿不是养伤，用他们中国人的话说，成人之美何乐而不为呢？

威尔逊把右手在空中挥起来，做了一个诡谲狠毒的手势说，见鬼，活见鬼！我有预感，觉得这事肯定隐藏着一个很大秘密，会对公司不利的。

辛林恍惚迷离，似懂非懂地说，也许会的。

随后辛林打电话对赵晖说，赵！公司认为你去海湾国家休养不是个好主意，担心出什么安全问题，建议你取消这个计划吧。

赵晖愣了一下问道，这是威尔逊先生的主意吗？

也许是吧！辛林模棱两可地作答。

在赵晖看来，辛林没有明确告诉他是威尔逊从中作梗，但也等于告诉了。他在威尔逊那种怀疑而游离的一道凶光里，察觉到了老奸巨猾威尔逊对他的极大威胁！像威尔逊这种集多重丑恶性格于一体的人，脑子里肯定会藏有许多刁钻古怪的邪念，所有表情中都隐含着不可告人的歹毒与罪恶。不允许出国休养用意是什么？难道他们预感到了什么吗？难道不信任而在防范着自己吗？他仔细又将威尔逊到病房的一举一动回忆了一遍，思忖再三，窥探灵魂，不禁深深吸了一口气，觉得威尔逊真如同一个幽灵、恶魔，阴险毒辣，对自己什么都怀疑，什么都防范！不能对他寄予任何希望了，必须找总裁威瀚里·史密斯，也许这是最后的一招了。

接下来，他思考琢磨着如何找总裁史密斯。他想到，尽管自己到公司仅有几个月，不算太长，却影响巨大，知名度很高，属于顶尖的风云人物。可是自己的人际交往极其简单狭窄，除了正常工作外，只有与于燕、辛林接触多些，算是有点私人感情。那么能通过他俩找史密斯吗？辛林刚刚传达了威尔逊的意图，让他避过威尔逊找史密斯，是不可能的。于燕是华裔，也应是公司难以信任的对象之一，他深知她对自己超越了一般朋友的感情，假使暴露了他俩之间的私人感情，会对她极为不利。为己损人，这也是绝对不能发生的。

最终他还是决定自己给史密斯写一封信，计划通过邮件形式发送。何时发送？他在等待时机。能否成功？他没有任何把握，只能尽所能听天命了。信是这样的：

尊敬的史密斯总裁先生：

您好！深知您为公司殚精竭虑，夙夜操劳，业绩卓著；深知您胸怀大业，运筹帷幄，经略未来。本不想烦扰您，但迫于无奈，只得致信陈述。我承蒙公司厚爱，能入职尽责，栖息于浓荫之下，耕作于五彩世界，尽绵薄之力，享器重之情，成就人生幸运。可近来突遭不测，身体蒙难，徘徊在伤痛之间，亟待恢复元气。

当下饱受伤筋动骨之苦，体力疲倦，身心憔悴，念想在伤口拆线好转之时，出行到海湾国家休养数十余日，怡情海滨，养心水岸，体悟风情，以舒缓疲惫，蓄锐精气，再图恢复宏愿，为公司担当尽职。若得允许，我当感激不尽。此次出行疗养开支，均自行承担，不给公司增添负担。

顺祝总裁先生大吉，公司更美好！

赵晖　即日

虽说这封信有违心的曲意谄媚之嫌，表达出对史密斯极大敬重与赞扬，但更为重要的是真实准确表达了他出国休养的必要和恳切，渴望强烈，心有所愿；同时憧憬了日后为公司担纲尽责，成就事业，是颇有感染力和说服力的。

受伤一周拆线后第三天上午，赵晖感觉伤口愈合得不错，缝针的地方似乎不再瘙痒了，说明伤口已无大碍。他感到发送信件的时机到了，就打开笔记本电脑，最后浏览了一遍这封信，觉得没有什么异议了，就通过互联网发到了史密斯邮箱，等待回复。

而吃过午饭穿着休闲T恤衫的史密斯，听到电脑里邮件提示音后，就走到豪华办公桌前，坐下来点击鼠标查看邮件。他是纯正白种人，70后，身材高大，相貌彪悍，一头棕黄色头发显示出了高傲，碧蓝色眼睛深深凹陷在眼眶之中，有着不可捉摸的阴险与狡诈；窄窄的鼻子高高翘起，鼻尖呈鹰钩状，仿佛像秃鹫的形状，两道剑眉斜斜上扬，透露着一股子凌厉之气；脖子上戴着一个金光灿灿的项圈，如同一个紧箍咒紧紧套着脖颈，胸脯和小臂上长着灰茸茸的体毛，又粗又长，显得阴森可怕。他时常用沉狠狠的男低音讲话，性子直，脾气大，让人胆战心惊。

他对赵晖的情况略知一二，也知道赵晖是来自中国的超级黑客，屡有业绩，颇有好感。当他逐词逐句看了赵晖的信，冷酷而傲慢的脸颊掠过一丝得意神色，就不假思索在信件上写上"同意，祝你开心快乐"的一串英文字母，将邮件转给了总裁办。

五洲公司是史密斯参与创办的，他在公司持股份额较高，一直在管理公司，享受着独一无二的尊严、霸道、荣耀。他权力欲极强，推崇金钱与暴力，也拥有绝对至高的权威。凡是他决定的事，即使是错误的，也要无条件执行。公司高层都了解他的性格，理解他的独断，屈从他的强势，宽容他的霸气。有时为他的决策提心吊胆，会在事前进行善意劝说，但只要是决定了，或者付诸行动了，就从不阻拦作梗，甚至连一点不同看法的意愿都不曾表露，体现出了极端顺从，似乎将公司的一切都托付给了他。

当这封信长着翅膀飞到了总裁办，自然也是不折不扣地执行，一路绿灯。总裁办也将情况通报给了威尔逊，威尔逊纵然心里不认同，也不敢反对，表现出无条件顺从。

威尔逊专门找到史密斯汇报说，总裁先生，您的决策总是高明的，允许赵晖出国疗养一段时间没有什么不妥。不过我感到赵晖对公司不够尊重，建议请总裁办辛林陪同前往，既照顾好赵晖的生活起居，也能随时掌控情况，防止出现不可收拾的坏局面。

史密斯用特有的低音神秘地说，你是担心放出去的火鸡回不来，被别人逮住吃了吧？

威尔逊说，是的，总裁先生，有这个担忧。

史密斯扯着厚重的嗓子在喉咙里干笑了两声说，你的建议很不错，就这样办吧。

当天下午下班前，赵晖就得到了通知，总裁史密斯批准了申请。他可根据身体情况，随时出国到海湾国家疗养。总裁办秘书辛林陪同，负责安排出行的相关事宜。

# 5

赵晖付出极大危险与伤痛后的第一个愿望，也是关键一个愿望意外得到批准。他心情无比欢畅，兴奋得有点不知所措，不停地在病房里走动。

这天晚上，当医院走廊里嘈杂声逐渐消停下来，病房归于沉寂之时，他想到即将出国疗养，迈出了精心设计归国回家的第一步，思绪又翻腾起来，有时甚至不敢相信这是真的。但冷静下来，回想总裁办的通知，真真切切，千真万确。可他那颗火热的心怎么也平静不下来，现实与良知进行不顾死活的持续搏斗。

他这颗追求绝世黑客本领而向往正义的良心，曾经被邪恶裹挟、箍紧、压制，竟然打翻在地，不得不屈从，做了违背道德与良知的蠢事，让内心苦不堪言；曾经受到虚荣与欲望的影响，用大山抵住了胸腔，没能让脊梁骨完全挺立起来，甚至是卑颜屈膝事权贵；曾经执拗的认知在不可否认的职责面前辗转反侧，徘徊茫然，凄楚悲伤，良心不得安宁；曾经在似是而非的心理较量中，抓住了岩石，进行着辨识，在混沌中打滚，有时他把良心压在身下，有时又被良心打翻，苦苦支撑着；曾经艰难地昂起头颅，直面广阔天空，看到了朗朗乾坤，听见自己良心在耳边呼唤：绝不能数典忘祖，绝不能背叛自己的国家成为叛徒！迷途知返；曾经坚定地选择了勇者，向着牺牲自己迈出艰难一步，准备奉献宝贵身体，感到自己仍在流血，仍在伤痛；曾经勇敢地战胜自我，受到挫折鲜血淋漓，受到伤害意志坚忍，受到磨难恍然大悟，灵魂找到了安稳，看到了光明。他那特有的良知良心，在烈焰与痛苦中挣扎，勇敢地在绝境中重生，巍然傲立，令人肃然起敬。这种良知是符合道德正心正念的，光芒四射，驱散了周围所有的黯淡，向着自己郑重昭告：只要存有天良，一切都平安无恙！绝对是冥冥中注定了的。

赵晖在这样的人生十字路口，反思自己的良心嬗变，做出勇敢抉择，向着正义而义不容辞地一往无前！他选择到阿联酋的迪拜去疗养，有关物品和办理签证等准备都紧锣密鼓，计划在一周后出行。

于燕得知赵晖遇刺送医院后，立刻惊呆了。这一坏消息来得太突然了，让她愁肠寸断，心里无比郁闷恓惶。

当心上的人面临生死伤残考验时，她觉得往昔的和煦温暖离自己越来越远，将她一下子甩落到了冰窖里，周围严寒刺骨，透彻心扉，冷得浑身瑟瑟发抖。赵晖似乎离自己绝尘而去，让她眼前一片烟尘。当她从第一次见到他身上披着的金色光晕后，就情有独钟了，再加之后来一次次美妙愉快的相见，她感到离他很近，彼此的精神与情感越来越贴近了，甚至开始崇拜他贪恋他。他的身影好像时刻在她身边，镶嵌到了她的眼帘，不！是心灵之中。尽管她对他没有火热而清晰的表白，他对她也似懂非懂，他尚不属于她，但她感到他已是自己生命中不可或缺的了，她似乎占有了他的才华睿智、他的潇洒容颜、他的光洁皮肤、他的深邃眼睛，等等。他神奇莫测的思维、所向披靡的本领、英俊倜傥的品格、缠绵悱恻的乐器吹奏，都是她赞赏崇拜的，与她息息相关，似乎影响着她的思维、情绪、人生。当她从赵晖受重伤住院的惊恐中缓过情绪来，就想方设法打听到了他

"生命无忧""受了皮肉之苦"等讯息，让她那颗焦灼紧张的心灵暂时得以安宁。

她不敢贸然去医院探视，也不敢光明正大地表白对他的爱慕与情感。因为她特殊的家庭背景，深知五洲公司的性质与做派，深知赵晖目前的处境，深知这次遇刺的诡异与可疑，觉得其中隐藏着不可告人的神秘。那些难以捉摸的隐情，变幻莫测的乌云，说不准会滚滚涌来，带来难以预测的极端后果。

于是她让子弹再飞一会儿，在苦苦等待着，茶饭不香，寝食难安。她在时光流逝中煎熬，在急切盼望中等待，耐心观望着事情的起承转合、端倪走向。她还在各种猜测中思索，观察公司内外的风云变幻、波涛起伏，研判事情走向何方……她终于得到赵晖伤势已无大碍，公司批准了出国疗养的消息。

她认为赵晖遇刺事件趋于平缓，难耐的煎熬应该告一段落了，便筹划在一个公休日人们都无人去医院时前往探视。

探望是一种礼仪，更是一个象征！不容小觑的情感表白。

她格外看重，前一天晚上，专门到超市买了一大包补血食品，还来到花店精心挑选鲜花。

她问道，去看望一位生病的男朋友，买什么样的鲜花最好呢？

花店老板答，最好是带一束红玫瑰，表达纯洁爱情，像血色一样浪漫。

当"血色"二字传到她的耳朵里，就引起警觉，立即想到公司同事描述赵晖受伤衣服被染成血色的恐怖。她心头一惊，凄然说，NO，NO！

花店老板反问，小姐，那您认为哪种鲜花更好？

她用手指了指向日葵说，这种鲜花面向太阳，充满阳光，有着热烈明快的味道。

花店老板一边扎着向日葵，一边感慨说，是的，向日葵表达默默的爱、深深的情，让心灵充满阳光，是一个妙不可言的选择。

这天晚上，她破例早早上床睡觉了，睡得很香，做了一个甜蜜的梦。梦见她与赵晖手挽着手在一起游玩，在阿里斯公园欣赏红色郁金香，用喷水器给花儿浇水，让盛开的花朵更加绚烂夺目，如同烈焰般灿烂多姿起来、燃烧起来，红彤彤，火辣辣，齐刷刷，让他俩陶醉啊，喜悦啊！赵晖还用花束编成一个花环，她抢过来戴在头上，无比艳丽漂亮。她戴着花环在前面奔跑，他在后面嬉戏追赶……真心无猜，两情相悦。当她醒来时，窗外阳光明亮，鸟儿"叽叽喳喳"啾鸣，她感到梦境仿佛还在眼前延伸，甜蜜温馨。

她睡的房间不大，整洁而幽静，清新而典雅，有一个玻璃窗户开向楼房的后院，冲着绿茵缤纷的园林。一种急促心理的驱使，让她穿着睡衣走到窗边推开窗户，看到窗户下几尺远飞檐中有一个雨燕的巢穴。母燕在巢里展开翅膀，像一把漂亮扇子那样遮护着五六只雏燕，而公燕不断地飞来飞去，用细长的尖嘴衔来食物送给雏燕，还亲昵着接吻。初升的太阳把这个安乐窝照耀得生动迷人，充满温情。她好奇地俯身盯着这个燕子家庭，如此公燕和母燕，丈夫与妻子，母亲与幼儿，是一种爱情的缠绵缱绻，一个其乐融融家庭的温暖。人类与鸟儿尽管迥异，但都是整个宇宙生物链条中的一环，不可或缺，遵循着延续繁衍后代的自然法则。以鸟喻人，人鸟相通，让她这个即将坠入爱河的少女不禁春意荡漾，春心朦胧了。

想到即将与赵晖相见，她情感起伏滚烫，如同即将青春绽放的花蕾，不由自主地精心化妆打扮起来。她用一个胸罩在镜子前，将高高隆起的胸脯遮掩起来，那镜子如同人的眼睛在窥视，让她脸色羞赧，不好意思了。她拿出一条长长的黑丝袜，穿上后将雪白的双脚与修长的双腿紧紧勒住，那黑色呢绒小孔中透出皮肤的白嫩，富有一种隐约可见的迷惑力。她还在衣柜里随手挑选出一款淡粉色的连衣裙穿上，把束腰拉紧，裙体上印着浅红色牡丹花，花儿周边飞翔着一些金黄色蝴蝶，既娇艳大气，又高贵典雅。随后她在镜子前梳头，扎成一个麻花辫置于脑后，再略施淡妆，粘上长长眼睫……一位如同画中绝妙美女出现了，让整个房间蓬荜生辉，光彩照人。

母亲已准备好了丰盛早餐，她吃过后就驱车来到医院，经过一系列程序后，捧着鲜花提着礼品袋跨进了赵晖的病房。

赵晖扭过头来看到伫立在门口的于燕，身穿典雅的连衣裙，左手捧着一束大大的向日葵，比梵高笔下的《向日葵》鲜活灵动，更富有生命力，花儿还沾着一些露珠遮住她半边脸，让麻花辫若隐若现。她右手提着一个大塑料袋和手提包，透明塑料袋里是花花绿绿的食品，两只大眼睛明媚着，汪着闪闪泪光，深深盯着他，像是百感交集的喜悦，心潮澎湃的激动，怅然若得的美妙；也如同天上飘来的仙女，白皙如玉，漂亮妖媚。这是他看到最漂亮的她，最迷人的她。

　　他心头一颤，甚是感动，觉得她来探望既在情理之中，又在情理之外。再看她连衣裙上点缀的一只只金黄色蝴蝶，非常漂亮，有翩翩起舞的，有凌空欲飞的，有落在花茎上的。蝴蝶翅膀上的条纹有橘黄色、土黄色、柠檬色，精致明快，分外好看。这让他头脑火花迸发，突然想起他手握刀柄时遇见的金黄色蝴蝶，再度飞来，惊人相似，令他心灵震悚，有点目瞪口呆了。难道金黄色蝴蝶真是命运之中的吉祥之物吗？总是在他困顿之时现身，给他带来好运吗？难道她也是他生命之中的吉祥女神，陪伴他走向人生殿堂的爱人吗？思索瞬间，他还在她携带的气息中嗅到一种沁人心脾的香气，清雅的、淡淡的、甜甜的、细腻的、清新而幽雅，惬意而恬淡，舒适而美妙……这种香味仿佛是从她体内散发出来的，青春蓬勃，不免让他感到爱意撩人，醉意荡漾了，多么美好而激动人心的时刻！

　　但他转念一想，爱情是无私的，但也是有前提条件的。爱情要给所爱的人带来幸福与美满，而不应是灾难与不幸！当下自己正处于水深火热的困境，是泥菩萨过河自身难保啊！何以能给她带来好运呢？弄不好还会带来深重灾难。这样的爱情，对她是不负责任，不公平，也是极其有害的。人贵有自知之明，不可意气用事，更不能贸然断送了她的前程啊！他摇了摇头，从情感陶醉的氛围中解脱出来，露出淡淡微笑道，今天是什么风把于小姐吹到这里来的？

　　她对他的态度为之一怔，惊讶地说，难道赵先生不欢迎吗？

　　他回复道，当然欢迎！哪能不欢迎上门之客呢！

　　她走上前将向日葵花放在桌子上，把塑料包打开拿出一袋零食，递给他，喃喃地说，看你气色还不正常，可要挺住啊！多吃些补血的食品吧。

他顺手打开袋子拿出零食吃了起来，边吃边说，香甜酥脆，真好！谢谢关心照顾。

她无限深情地说，要谢就要谢谢缘分啦，谁让我们互有好感呢！

他含蓄地说，于小姐貌美如玉，聪慧过人，天涯何处无芳草啊。

这番话看似是赞赏，其实伤及她的内心，让她感到一种无以名状的委屈，甚至是酸楚。她顺势坐在椅子上，然后定睛看了他一眼说，这些天太郁闷了，一直惦念着你，真担心出什么问题，所以就来了。

随后她接着说，我关注你很久了，你知道吗？从第一次在公司走廊里见到你，到阿里斯公园偶遇；从你在论坛上演讲遇到尴尬，到岳阳楼中餐馆聚会；从你在黑客业务大赛中夺冠，到在公司里一战封神；从滑入偷盗中国资料的泥潭，到吹奏乐曲倾吐心声……我都在默默关注着你，熟悉着你，总担心着你的旦夕祸福。有一次在你公寓楼下，听到你吹奏美妙的乐曲，快乐极了，也忧愁极了。你吹奏的乐曲里包含着说不明白的苦闷、忧伤、烦恼。

她略微停顿一下，长长的眼睫毛扑闪了两下，含着泪光说，我总希望你能够好，我也喜欢你，崇拜你，敬佩你！爱上你啦。随即她将右手放在胸口，像是平复一下激动的心情。

她继续说，你爱我吗？你表面平静，装出若无其事的样子，其实你心里早就该知道了。

旋即她掀起眼帘，又定睛看了他一眼，目光里流露出无限深情，似乎向他款款伸来，如同勾人灵魂的铁钩。只要他的目光和情感上了这个钩子，牢牢被钩住了，她就会心花怒放般向他款款走来，扑入他的怀抱，发生如胶似漆的情感碰撞，或者说是沉浸到爱情的甜蜜之中。

但他没有抬头，也没有与她的目光碰撞，而是略带歉疚之意道，请理解我，我已是一只误入歧途的羔羊，困在了五洲公司，是生是死前程未卜，再怎么也不能连累任何人，特别是真心爱我的人，连累了就是不仁不义。

他顿了顿，抬头对她颔首示意，又道，你对我好我懂，没齿难忘，已铭记于心了。你这样美丽、漂亮、善良，星光会为你闪耀，鸟雀会为你歌唱，花儿也为你娇艳，应当会有更加光明的人生。我现在元气大伤，马上就要出国疗养，将还会发生什么事情不得而知，你我只能做鸡黍之交的朋友了。说罢他拿起那个吹奏乐器——埙，意味深长道，这是我的心爱之物，曾陪伴我走过许多漫漫长夜，就赠你做个纪念吧。我们相互惦念祝福，天涯若比邻。

难道不再返回五洲公司了吗？难道是在做最后的诀别吗？难道对自己就没有爱了吗？她惊诧了，心里百感交集、五味杂陈，嚅嚅地说，不知有句话，当不当问。

他道，有什么话，直言无妨。

她说，你到迪拜疗养，是真的去休养，还是有另有他图呢？

他略作迟疑，将右手放在嘴边"嘘"了一下，压低声调道，二者兼有，也有回家的打算。不过这是天大的秘密，不能对外走漏任何风声，否则后果不堪设想！

她也压低声音说，我到公司时间不短了，对威尔逊比较了解。此人心狠手辣，阴险歹毒，现在把你当成了手中的一张牌，不！是获取名利的摇钱树，他绝对不会轻易放过你的。辛林我也熟悉，他虽没有威尔逊的恶毒心肠，却是忠实执行威尔逊意愿的马仔，心细如发，做事周密，恨不得把一件事掰碎揉烂去做。他陪你去迪拜，本意应是牢牢看住你，要多加小心，挑战也不小啊！

他默默听着，随后静静地望了望她说，如今人为刀俎我为鱼肉，只能听天由命了！

她却眼里闪着泪光说，俗话说得好，人在做天在看，好人定有好报！我想老天爷会在苍穹看着，会保佑你有好运的。

嗬！真是一位可敬可佩的好人，不以消极叹气来消除苦痛，而让赵晖在困境中看到希望之光，显得更加难能可贵，甚至是伟岸高大。

她的话意味深长，也颇有感染力，好像又一次俘获了他的灵魂。

赵晖痴痴望着她，觉得她是那么美貌动人，那么睿智无穷，便充满深情说，但愿如此，天地有灵。

# 6

深秋,一架波音 747 客机在浩瀚大西洋上空穿云破雾,奋力翱翔。

在曼妙的音乐声中,浓密的云彩在飞机身边飘飘忽忽,如同一个个巨大的棉花飞絮,紧紧裹罩缠绕着飞机,好像要将飞机湮没迷失了方向似的……坐在机舱 37 排双人座位的正是赵晖与辛林,赵晖靠着窗户,辛林临近走廊。他俩各自捧一本书埋头阅读,从中体悟着各自的渴望。

在外人看来,他俩是形影不离的同道,但又如陌生人,少有互动交流。辛林本来对赵晖是钦佩而有好感的,但特殊使命让他的态度有所变化。他心里不时回味着威尔逊坏心肠里吐出的恶招毒素:必须把赵晖死死看住,把他带回来,让他做我们五洲公司的忠实信徒,征服网络世界上的所有对手。

想到此,辛林不由得用手摸摸兜里的护照。拿好护照就等于死死拿捏住了赵晖,心里也就踏实了。对于赵晖来说,与辛林并无过节,原来还时常颔首致意,有些好感。但这次同行深知他在监视自己,便滋生了排斥情绪,顿生不屑,如若无人般进入虚无空灵的状态,徜徉于自我的情感世界之中。

高空中强大气流使飞机剧烈颠簸,书中密密麻麻的文字在赵晖眼前不停晃荡,让他恍惚迷离,眼睛干涩起米,就干脆将书本塞进前面的挂兜里,拉开窗户板俯瞰天空。这时,云雾散了,一轮巨大刺眼的太阳悬挂在湛蓝色空中,似乎离飞机很近,随手可摘;金光闪闪的光芒倾泻在飞机身下的云朵之上,将整个云彩照耀得雪亮,让云朵变成了蓬勃生长的白色雪莲,神秘而迷人,让他滋生了"大鹏一日同风起,扶摇直上九万里"的感慨。

当他在漠然之中远离了纽华克市,不免有些惆怅与感叹。从内心说,他还是尊敬 W 国,尊敬五洲公司的科技水平,这样的国家和公司强大到了藐视全球的气场,其科技精神和创新意识有着鲜活生命力,给世界带来了变化,也给国民带来丰厚红利。他也意识到,没有大国的崛起,就没有小民的尊严,国家的强弱与国民的生活境况息息相关。同时,他想到了立场学,每个人的立场决定着观点与行为,当个人的行为与背叛国家的事情沾上边,就是大是大非的立场问题了，绝不能视而不见当木偶人，更不能装模作样当孙子。

久看窗外的苍茫世界，他有点麻木，思绪开始走神了，想象着脚下是异国他乡的何处？离自己家乡还有多远？也想到了故土那些熟悉的事情，一幕幕徐徐展现到了面前，甜蜜而亲切。他随手拉上窗户板，背靠在座椅上，微闭眼睛，让那些牵肠挂肚的家乡事儿奔涌而来，美美地滋养着心灵，让他欣慰、欢喜、愉悦，不停地咀嚼、体味、享受。

他念想家乡迟钝的电脑。就是那笨重、稍大、缓慢的电脑，使用起来笨拙而缓慢，按下电源开关后要耐心等待"吱吱吱"运行，先加载操作系统，再检索配置运用软件、自检，启动引导程序，读取命令数据等一步步迈进，行进得费劲吃力。如同老人背负着一个沉重担子，一步一回头地前行，尽管艰难但锲而不舍，尽管遥远但矢志不渝，尽管缓慢但步履铿锵，始终不慌不忙、不疾不徐地运行，再运行。而电脑主人却不能着急，要么平静地坐在电脑前，默默在心里数数，1——2——3——耐心地向着默契的开机时间靠近，再靠近。或听着电脑悦耳动听的风扇声响，收拾办公桌上的东西，再倒水泡一杯茶，等待电脑完成初始程序。或干脆离开电脑，去一趟洗手间，用流水冲洗手上的尘埃，回来后电脑跑完了初始程序，便可以上机操作了。

刚开始，他对迟钝电脑的缓慢感到不爽，久而久之，也就习惯成自然了，甚至觉得这是电脑必需的准备过程。

他念想那单纯质朴的网络。对于家乡，那时候网络还是一个新鲜事物，把发个电子邮件叫作 E-mail，很时髦，很前卫，似乎是知识分子和时尚青年的专利。那浩瀚而隐形的网络世界还蒙着一层神秘面纱，普通人知之不多，了解不深，显得有些生疏，更不知其中的机理，以及神奇奥妙。人们脑子里还没有杂念、欲望、贼心，也少有欺诈、诓骗、勒索，而是以专业、诚恳的心理使用网络，让网络世界得以保持短暂的纯洁干净，尚未染上西方网络世界的偷盗、蛮横、霸凌等恶习。

有人会神圣般地说，嗬！网络这个东西很神奇，贼快！一眨眼的工夫就完成了，让做事更便利，血美！

他念想家乡步行街的特色小吃。一条长长的老街，由灰亮油光的青石板铺成，硬邦邦，亮锃锃，接受了无数只皮鞋、胶鞋、布鞋、旅行鞋的踩踏，越踩越坚硬，越磨越光滑，筋骨铮铮。道路两旁是各种充满沧桑的店铺，经营着关中地区各种吃食，如擀面皮、米皮、粉皮，拉面、扯面、油泼面，锅盔、油饼、油酥馒头，羊肉、牛肉、驴肉和羊杂碎、羊肉泡馍，等等，不计其数，琳琅满目。那铺子里锅碗瓢勺作响，油烟爆炒声尖亮，热气腾腾，飘飘袅袅，香味扑鼻；还有那凤香型柳林酒，醇香浓郁啊。来到老街上闲逛或品尝小吃的食客，一般都是挺直身子疾步走进来的，昂着头，扬着胸，背着手，眼睛翘得老高。当听着那种土得掉渣熟悉的声响，嗅着各种清香、淡香、浓香，就会不由得深深吸上两口，用嘴巴咂上几下，默默在内心说，真香！嬲得很。

说着说着，食客的眼帘就垂下来了，头颅也微微倾斜，腰板似乎还有点弯曲了，身体也略显佝偻起来，眼睛直直地搜索着自己心仪的美食，也不由得放慢了脚步。

他念想家乡的狗叫声。在住宅小区的小花园里，每天早晨都有邻居出来晨练或遛狗。遛狗人手里牵着一根绳子，拉着或大或小的哈士奇、迷你雪等宠物狗，在小径便道上散步。狗儿低着头不停往前走，嗅着杂草、野花、树叶等，寻找气味。若迎面遇到不熟悉的生人，狗儿就会突然抬起头颅，探长脖子，"汪汪汪"叫上几声，但并不会向人扑去撕咬。狗叫声不暴烈，也不疯狂，有时连声，有时断句，像似与人搭讪，或是打招呼。

他家里也养着一只小狗，白色纯种泰迪，取名叫当当。当当很通人性，每次他回到家，当当都要竖起耳朵吼叫着冲过来，扑在他腿边乱蹭，还"吱吱吱"哼叫上几声，像是家人相见热情亲昵，折腾一阵子就平息下来。当当摇头晃尾跟在身后，好像说：哥们，热烈欢迎仪式结束，咱俩好好玩吧！

他念想家乡的民俗方言。那些不经意的话儿，看似说在当下，却携带着千百年的历史回声，有鲜明地域的历史烙印。譬如，嗳！看你瓷马二愣子；娘娘！你在弄啥哩；咦——碎崽娃子……这些话儿，说得轻飘飘、水淋淋，流淌着泥土热气，仿佛就是从厚厚的黄土地里钻出来的，从岁月深处蹦出来的，连带着悠远岁月的烙印，远远听就是一种乡音乡情，一种身份和情感的佐证，或许还夹杂着亲切称呼，或长辈对晚辈的爱惜与关心呢。

在黑夜里，这些问候更为质朴一些，谁——么麻哒，快——克里马擦，你——嬢咋咧，看你扎个势子，咱们谝闲传吧，等等，都能以声辨人，以声传情，简单、直白、明了，毫无修饰，是从家乡人骨头缝里迸发出来的，声来声去，清脆响亮，藏着乡土味，裹着人间情，也掖着几代人的习惯、风俗、情愫。

他念想悠久厚重历史文化。华夏大地优秀传统文化浩浩荡荡，以顺应宇宙自然规律的天道为先，倡导利好芸芸众生的大我无我，反对利己利私的小我，追求自抑的自觉自省，适时而止，中庸、低调、内敛、空无，看似弱势，却以弱胜强，看似不争，却天下无与能争，以和为贵，无为而有为……统统流淌着中华厚重历史文化属性，是辩证的哲理，也是哲理的辩证，揭示了人类美美与共和文明发展的密码。

而五洲公司充满了傲慢与狂妄，打着民主、平等、自由的幌子，而是钻营极端利己为中心的欲望、贪婪、暴力，做着赤裸裸的强盗勾当，弱肉强食，尔虞我诈，看似成全自我，实则害人害己，让网络世界弥漫着丑陋、灰暗、罪恶。如此损人不利己，渗透着人类相互杀伐的暴戾，太可怕了！他无法认同他们的观念，人始终是中国人，心依然是一颗中国心，纯朴、厚道、坚贞，永远都难以改变，也不能改变啊！

他念想父亲给他的赠言《示儿》：……是大鹏，总会遇到意想不到暴风骤雨的冲洗；是龙的传人，就一定会面临电闪雷鸣的疯狂……愿你在沉默中积蓄力量，在冷静中迎接战斗，不畏恐惧，不怕打压，像金色的闪电，能够高傲地飞翔，勇敢地冲向胜利的彼岸。

突然，喇叭中传来播报声，飞机即将抵达迪拜的阿勒马克图姆国际机场。他再次拉开窗户板，俯瞰这个令人魂牵梦绕的中东海滨城市。

飞机于下午六点准时落地，他俩办理了出关手续，随着旅客鱼贯而出。辛林想得非常周到，已提前预订了浅水湾的滨海国际酒店，打到一辆出租车，坐了40多分钟就抵达酒店，办理了有关手续，乘电梯入住酒店29层的

2913、2915 房间。

当天晚上，辛林安排在酒店温情之家餐厅用餐。他俩坐在靠窗户的饭桌，服务生立马上前拿来一份精美食谱，用英语介绍迪拜美食。

辛林客气地说，赵！请你点菜吧，选择喜欢的。

赵晖淡淡道，还是请辛秘书点吧，我入乡随俗，什么都成。

辛林讪然一笑，拿起食谱说，我曾来过迪拜，对这里略知一二，就点沙瓦玛、阿拉伯烤肉、菜丸子、面包布丁吧。不一会儿，服务生就端上桌子，竟然摆满了小桌子。

赵晖好奇地发现，饭店贮酒柜里竟然放着中国茅台酒，让他感到嘴馋，一个劲咽口水，也想着让辛林喝酒误事，寻机在他那里拿到自己的护照，便指着贮酒柜道，辛秘书，这么好吃的菜，何不来一瓶中国茅台酒呢？只有像你这样的成功人士才配得上喝这样的好酒。

辛林略微踌躇说，不配，配不上！我是无能之辈，有许多缺点……我缺少自我约束力，常常因喝酒而耽误正经事。

赵晖道，你已经很了不起了，没有谁像你这样能受到公司高层的器重和信任。

辛林说，过奖了，其实我能力极其普通，经常把事情做得不够妥当，简直叫人脸上发烧。

赵晖道，此时此刻，我非常想拿中国的茅台酒敬你几杯，表达一片感谢之情。

辛林说，不，不！你喝酒会影响伤口恢复，妨碍身体健康，我喝酒会误事。这确实不是一个好主意。

赵晖道，我少喝一点，点到为止表示一下应没有问题。

辛林说，不，不！你喝酒没问题；但我是个酒鬼，会出问题的，很有可能把持不住喝过了头，喝成酗酒。这是非常危险的。

赵晖道，我会及时提醒，喝到恰到好处为止吧。

辛林说，不，不！我相信你能够提醒。但我酗酒成性，是个冒失鬼，一旦几杯酒下肚，就会把谁的提醒都当成耳旁风，肯定会喝出问题来。

赵晖道，我才不信呢！你绝对不会出问题。

辛林说，外人是不会相信的，这是父母亲遗传下来的坏毛病！千真万确。

赵晖疑惑道，以往与你一起喝酒，没有看到你失态出过洋相啊。

辛林诚恳说，那是与公司总裁在一起，我高度警醒，时时警觉啊。现在的环境氛围就不一样了，肯定会失控的。请相信我吧，还是不喝酒为好。

话说到这个程度了，便只好作罢。这让赵晖不免有点失望，脸色略显尴尬。

辛林还是书归正传，将话题引到日程安排上来说，赵，公司高层对你这次疗养非常感兴趣，要求要轻松、休闲、舒适。我觉得你身体还比较虚弱，应当劳逸结合，边休息边观光，每次外出玩游不宜劳累，主要观赏有代表性的谢赫·扎伊德清真寺、法拉利主题公园等。计划休养的时间为12天，返回前的最后一天是采购，买买买！这里是全世界购物的天堂，有最好的物品。

对于赵晖来说，所有安排都是一个空洞的幌子，最重要的是如何让辛林放松警惕，想方设法拿到自己的护照，能够金蝉脱壳取道返回祖国。他就爽快道，辛秘书辛苦了，所有安排都很有意思。我们就吃好玩好，完成一次愉快美好的旅行吧。

迪拜是一个名气颇大的国际化大都市，中东地区的经济和金融中心，也是阿拉伯联合酋长国的第二大城市，经济发达，生活富裕，夜生活非常繁华。那五光十色的霓虹灯不停闪烁，各种酒吧、饭店、夜总会生意兴隆，俨然是一个欣欣向荣的不夜城。饭店里的食客和街上的行人，都是不同肤色和装扮的全世界游客。

晚饭后快十点了，他俩无意逛街游玩，就回到房间，挂出"请勿打扰"牌子休息了。

翌日早晨，赵晖起床后，走到窗前拉开落地窗帘，展现在眼前是一幅蔚为壮观的美景。楼下有一个碧绿碧绿的游泳池，周围道路纵横，成行纵列生长着郁郁葱葱的棕榈树、椰枣树，颇有阿拉伯风情。再往远处眺望，一轮红日穿透大海高空薄薄的氤氲之气喷薄而出，将金色的万道霞光倾洒在蔚蓝色大海上，海面的波涛与潮汐折射出了橙红色的光泽，显得色彩斑斓，分外妖娆。海面还有两艘轮船缓缓移动着，像是扬帆出港……整个画面色彩饱满生动，艳丽壮观，随着晨光而不停变幻。这与法国印象派画家莫奈笔下的传世之作《日出·印象》，有异曲同工之妙，着实让他沉迷欣赏了好一会儿。

早餐后，他俩围着滨海国际酒店前后转了转，熟悉环境，适应气候，先给心灵安个家。

接下来，他俩还饶有兴致参观了棕榈岛、法拉利主题公园、海洋馆等。

随着疗养的即将结束，赵晖想摆脱辛林的愿望更趋强烈，曾再度尝试着请辛林喝酒，但还是被婉拒了。他无法从警惕性极高的辛林手中拿到自己的护照，陷入到极度忧虑之中。

时光到了第十天晚上，辛林拿着两人护照来到酒店大堂，预订返回纽华克市的机票。此举引起酒店一个服务员的警觉和关注，一举一动尽收她的眼帘。

这位服务员个头高挑，面相略显老成，鼻梁上架着一副黑边框眼镜，身穿海蓝色工作制服，戴着白色手套，额头略微下垂，似乎有点驼背。她的头发光滑向后梳成马尾式，好像上流社会年龄较大女士的假发。

辛林离开大堂不久，她就端着一个托盘，上面放有一块毛巾、一杯茶水，来到2913房间门口，很有礼貌地敲开了房门。

辛林已穿上了睡衣，看到进来的女服务员有点面老，不禁感到失望，便语气生硬地问，有什么事吗？

女服务员端着托盘鞠躬，用英语说，晚上好！请先生用茶。

辛林没好气地拿起毛巾擦了擦手，将毛巾甩回托盘，而后从衣兜里掏出5美元，放到托盘里，顺手将茶水杯端下来，走到室内躺椅上躺着喝了起来，刚喝了两口，人就昏昏沉沉地倒在躺椅上失去了知觉。

女服务员迅速折返回来，放下手中托盘，在房间翻腾起来，很快在辛林西装口袋里找到赵晖的护照，便不慌不忙将护照放在托盘上，将剩下的茶水换了处理妥当，才端着托盘离开房间，随手将门带上了。可她并未离开楼层，而是将护照装在一个信封放在托盘，走至隔壁敲开了 2915 室的房门。

赵晖站在门口问道，有事吗？

女服务员端着托盘深深鞠躬后说，先生，您是不是丢了护照呢？还未等回答，她就微微扬了扬头，挑起长长眼睫毛，用火辣辣的眼神示意了托盘上的信封。

赵晖被突如其来的事情搞蒙了，迅速伸手从托盘里取下信封，打开一看，竟然是自己的护照和一个玉佩挂件。他喜出望外，惊呆了！血流加快，心跳加速，一时痴痴地立在那里不知所措。

女服务员淡淡一笑鞠躬后，转身往外走。赵晖站在原地，从背后怔怔望着她，看着她一格一格有韵律但没有声响的脚步，打量着她高挑的个头，匀称的身姿，投去了感动、温存……也许她觉察到他灼灼炽热的目光，纯洁干净，于是略微放缓了脚步，微微扭动了一下头颅，好像要转过头来回眸一望，但她又明显地耸了耸肩膀，还是没回头，走出了房间。此刻，他神情惊诧而严肃，紧绷着神经，像一尊生动而凝固的塑像，目光紧紧注视着她每一次移动的脚步，每一个节奏与韵律。但是，她走出门口，往前跨了两小步，便右拐到长长的走廊里，消失在他的视线之外。一切再次恢复了，回归于平静。

赵晖从短暂的惊愕中缓过神来，紧紧将护照抱在怀里，迅即上前将房门关好，随即来到床头边，拿起电话给迪拜中国总领馆拨通电话，说道，我是中国人赵晖，护照号是 G36901977，家里有紧急事，需立刻返回，请帮我订一张今晚返回中国北京的飞机票。

总领馆人员简单核实后，通过特殊渠道给他买了当晚十一点直飞北京的航班票。此刻已是九点半，离飞机起飞仅剩两个多小时。他立刻收拾行李，将信用卡、护照等放好，急忙来到宾馆大堂将自己的住宿费结清，打了一辆出租车火速赶往阿勒马克图姆国际机场。

快，快，再快一点！司机先生，再慢就赶不上航班了。司机在他的催促下，踩下油门，车子风驰电掣般向前飞驰……他双手攥得紧紧的，两眼直直盯着前方，心已飞到了机场，飞到了中国的航班上。车子到航站楼还未完全停稳，他已将车费结清，下车提着行李向前飞奔，招惹来了许多旅客诧异的目光。

他以最快速度取机票、入海关、过安检，一路神色惶惶，一路快速小跑，当冲进机舱后，舱门就"砰"的一声关上了。他已气喘吁吁汗流浃背了，双腿小肚子不停打战，站着稍稍缓了一会儿神，才慢慢走到座位上入座。

随即飞机发出一阵剧烈轰鸣声滑出跑道，起飞跃入到沉沉的夜幕中。此刻，赵晖才放心踏实下来，拿出信封中的玉佩挂件欣赏起来。玉佩是一块乳白色的中国和田玉，体如凝脂，温润细腻，色泽惊艳，属于上等材质。玉佩上有一个如同耳朵形态的天然图案，图案颜色呈淡黄色，显得精致优美，珍奇罕见。最让赵晖感到蹊跷的是，他在迪拜没有朋友，酒店服务员为何出手相救？她又是怎么从辛林手中弄到护照的呢？她又怎么知道自己的忧思关切呢？一同送给他的玉佩又代表着什么呢？

诸多疑问如一团乱云，汇聚成一个神秘而巨大的网罩，紧紧罩住了他的思绪，也罩住了他的情感，让他双眉紧蹙，成为困惑人生的一道难题。

那位女服务员明亮的眼睛是那么纯洁干净，好像在哪里见过似的；那挑起的长长眼睫毛，火辣辣的眼神，似乎会说话一般，深深烙刻在脑海中。

# 第三章

1

飞机经过近好几个小时的飞行，于次日早上6点多降落在北京首都国际机场。

赵晖随着旅客下了飞机走出机场时，一个紧迫问题袭上脑海：往哪里去！去干什么？在迪拜时，他全部精力几乎都高度集中在如何逃脱辛林的控制，而脱离辛林控制又来得如此突然，让他都没有与父母沟通的时间，在飞机上又被那个女服务员、玉佩和巨大疲劳所控制，昏昏沉沉思索之后，又是恹恹欲睡，尚未来得及思考去向。当他的脚步迈出机场出站口，同行旅客都与接站人亲热接头打招呼，唯独他踽踽独行，双腿有点迟滞了，在犹豫不决中随着人流往车场走。

北京的早晨比迪拜低好几度，让赵晖禁不住打了一个冷战。他刚到停车场还没招呼，一辆出租就停到跟前。司机落下车窗问，大哥坐车吗？他微微点了一下头。司机麻利地下车，打开后备厢将他的行李箱放上去，向他微笑了一下，便上车拉着他驶出停车场。

大哥，去哪儿呢？司机询问。

他道，我还没想好呢。

那车该往哪儿开呢？司机再问。

他回复道，先往市区吧，具体去哪儿，我一会再告诉你。

司机不解地摇摇头，就打开车上的收音机，播放起江南省的早间新闻。赵晖将头仰靠在座椅上，微闭双目，聆听久违了的广播节目，也思索着去向。伴随着轻松明快的音乐，播音员开始播报江洲日报记者采写的稿子，报道称，江洲市不断加快经济结构调整和发展方式转变，经济运行呈现较快增长，今年前三季度生产总值达 9500 多亿元，比去年同期增长 14.5%，比全国快 4.1 个百分点；其中第一、二、三产业分别增长 5%、10.5%、24.1%；第三产业发展迅猛，成了经济建设发展的新引擎……

这则报道传到赵晖耳朵里，让他打了一个激灵。他清楚记得，自己曾以黑客身份潜入江洲市政府网站，偷盗过政府文件，一直歉疚于心。再者江洲市地处长江中下游，经济发展环境好，产业升级快，第三产业如此之快，出现了爆发式增长，说不准还有更好发展机遇。他还想到，父母对自己在国外寄予很大希望，但没干出个名堂就回来了，曾经的"立业济世、挣钱成己"两个愿望，都戛然落空，真是愧对江东父老，无颜面对亲人。倘若能够卷土重来在江洲市干出个样子来，一举两得，既能弥补过往对江洲市的愧疚，寻找到内心的安宁；又能衣锦还乡，给父母一个惊喜，成就大风起兮云飞扬、创大业归故乡的愿望。

想到此，他立即掏出手机上网查询北京飞往江洲市的航班，看到全天有五个航班，最早的航班是上午九点整。他就对司机说，师傅，麻烦您把车再开回机场吧。

司机将广播声音调到很小，疑惑地问，是返回出发的航站楼吗？

是的。我改变主意了，准备坐早航班去江洲市。

哦！好吧。司机便驾车从一个出口驶出高速路，调整方向后折返机场，到了机场刚好七点半。赵晖付清车费，就来到航站楼买了去江洲市的航班票，又如愿以偿坐上飞往江洲市的波音 737 飞机，投身去江洲市。

江洲市以长江得名，滚滚长江东逝水，浪花淘尽英雄，给予这座城市"东方江城"的美誉。这里的气候潮湿，夏天炎热，冬季阴冷，整天如同浸泡在江水的湿气之中，黏糊糊，湿漉漉，各种植被郁郁葱葱、青翠欲滴，叶子鲜嫩得如同绸缎，清新光艳。路边的小草密密麻麻、挨挨挤挤，摽着劲快速疯长；藤本植物爬墙虎墨绿墨绿的，紧紧贴着墙壁，具有极强的依附力。这里的鸽子极具感染力，每天早晚会有无数大小鸽群"扑棱棱"在城市楼群中飞翔，飞羽剪着秋风发出"嗖嗖"的声响，还用机敏的双眼俯瞰城市，识别千家万户和市区的犄角旮旯，给城市增添了鲜活灵气。它们在空中飞翔极优雅，对大街小巷的行人和汽车熟视无睹，自在地翱翔，轻松地盘旋，没有任何束缚，也不受任何干涉，优美得拨撩人心，洒脱得令人心醉，成为一道亮丽风景。这里的人长相精干阳光，既快人快语说话利索，又嘎嘎咕咕绕着舌头，说得婉转而咕哝，外地人难以听懂，也算是携带着长江水的混沌与阴柔。他们办事极其认真，丁是丁卯是卯，决不含糊啰唆。平时扶贫济困时，拿出个把月工资慷慨解囊连眼睛都不眨一下，但在菜市场，就算是沾亲带故，也清算账明你我。就是几个钢镚子，是谁的就是谁的，必须弄个清清楚楚，将人做得清澈透明，不带任何杂质与马虎。

这座城历史非常悠久，有4000多年建城史，早在尧舜时期就是封君之城，商贾云集，繁华富庶。后来成了兵家必争之地，无数英雄饮马长江，喋血江城，舍生忘死，谱写了一部部惊天动地的英雄诗篇，铸造了刚直不阿英雄名城的非凡基因。改革开放以来，这座城市很好地将英雄名城向诚信城市转变，将曾经的刚烈、骨气、传奇，很好地转化为诚实、守信、契约，视诚信为城市的命根子，当成生命活力而倍加呵护。

这样使得城市的生命活力越发旺盛，在风起云涌的经济大潮中，如同一枝独秀，绚丽夺目，激荡出诱人的千里芬芳，也显示出经天纬地的豪迈情怀，吸引来无数投资和精英，成为当代中国极具发展潜力的新型现代化城市。

有人说，江洲市的气宇是宽广的，怀里抱着滚滚长江，心态是阳光的，抱阳负阴，阴阳相合，以江水为乳汁，滋养人心；用水气为甘露，养颜止渴；拿阳光做抚慰，铺就光明绚丽，让城市豁达、包容、宽厚，也让经济氛围开放、文明、诚信，成为江南省充满生机的商业圈科技圈。

赵晖踏上江洲市的土地时，气温比北京高出好几度，一股热浪扑面而来，让他不得不将上衣更换为短袖，坐着出租车逛了一圈整个城市，反复选择才决定在城市最繁华的汉唐街渭华苑小区，租下 37 栋 2 单元 15 层一套面积达 60 平米的两居室，买了一辆二手自行车，弄了些食品，准备扎根打拼了。

这天晚上，他在这套单元房里的灯光下，对胸部伤口查看了一番，除了留下一寸多长的疤痕外，其他没有什么不适，说明伤势完全恢复了。他把自己所有家当从行李箱里掏出来清点：有一套长袖衣服，一套短袖衣服，一台笔记本电脑，几本专业书籍，一套洗漱用品，美金 7 万元。按当时的汇率，约合 47 万人民币。是啊！他在江洲市没有熟人，没有背景，也没有一丁点可用的资源。这些一览无余的钱和东西，就是创业打拼的全部本钱了。

当赵晖的身心完全融入到这座城市后，就踏实下来。晚上他睡得格外安稳，一觉就睡到次日大亮天，明媚的秋阳照耀在印着牡丹花的淡白色窗帘上，花儿开得绚烂妖艳，给他新鲜美妙的感受，预示着新生活的开始。他心情极好，起身拉开窗帘，刺眼的阳光黏稠黏稠的，哗啦啦地洒进卧室，将地板照耀得锃亮锃亮。他简单收拾后，随便弄了点早餐，吃过后就出门了。

他在地摊买了一张地图，查看了一番，骑着自行车沿着街道转悠，既没明确目标，也没刻意要求，随意而轻松，用脑子熟悉着这里的建筑、街区，民俗风情，以及感兴趣的创业突破口。他的情绪自由豁达，以一颗好奇快乐的心观察街区特别是第三产业，双脚慢悠悠地踏着脚蹬，嘴里轻轻地哼着小曲，眼睛里看着各种新鲜事儿……在中兴大街，他看到时髦的化妆护理、美容减肥店铺格外醒目，女性瘦身美容的广告牌子里，那女性颜值很美，漂亮、大方、妩媚，有着极强视觉冲击，很容易激起每个女人的爱美欲望，也容易让男人们看到"纤纤作细步，精妙世无双"的娇美，想起"蛾儿雪柳黄金缕，笑语盈盈暗香去"古今对照。

赵晖禁不住感叹，又是一个追求大美的繁华盛世。

行至长藤街，他看到有各种形式的儿童美术班、舞蹈班、钢琴班，琴声阵阵，音乐悠扬。看到年轻的父母带着小孩子出入，一个个童真稚气的脸蛋上写满了冷漠与无奈。想必并不都是孩子们的爱好，而是父母强加给的，看似在筑梦未来，殊不知是在扼杀孩子的天性和烂漫。他在脑子里不由得涌上一丝悲凉，感到过度望子成龙也是一种摧毁，将会毁掉无数个下一代。

在昌盛路上，又有许多雨后春笋般的便利店。这些店铺不同于百货公司，也有别于商场，而是一个个袖珍店铺，就那么一个门脸，或一个铺子，就做起了包括速递、存取款、发传真、代收公用事业费、代订车票和飞机票、代冲胶卷等业务。有的 24 小时营业，人来人往，络绎不绝，想必生意兴隆。

市区街道上的所有事情，都接二连三映入赵晖眼帘，让他既欣赏又享受，既辨识又思索，感受着商业模式的变化。如果觉得有特别兴趣，他就会停下自行车，将车子放在马路边上锁好，走到店铺里亲眼看个究竟。

他骑自行车逛完市区南部后，就往北部继续转。阳光仍然明亮，也很锐利，让街区景物明媚着，鲜亮着……到了中午十二点时，太阳几乎到了头顶，照得有点燥热，他只好弯下腰弓着背，缓慢地蹬着自行车，就像阳光里的一条鱼，在街区的江河里游荡，漫无目标。当骑到健康路南端那一带，便是静中取闹的地方，道路两旁是林林总总的小吃店，看门牌有淮扬菜、潇湘菜、锅贴、粥品等，还有包子铺面馆等。由于肚子"叽里咕噜"吼叫了，他就感到这些餐饮店格外亲切，仿佛有了宾至如归的感觉。店铺里的伙计，街面的行人，都是家庭成员一般。他选择一个面馆门前停下，走进去要了一碗汤面、一个小菜。小菜是芹菜拌花生，味道尚可，但面条有点寡淡，再用筷子挑了挑，看到里边有几片菜叶、几根肉丝，再将面条送到嘴里咀嚼，沾牙就化了，像是泥做的，一点也不筋道，丝毫享受不到快感。这让他想起家乡的油泼面、臊子面，面条柔韧光滑，臊子是胡萝卜丁、豆腐丁、土豆块、蒜薹、绿叶菜等，色相可人，香味扑鼻，端上桌子乍一看，就让人馋得咽起了口水，吃起来更是嫽咋咧，美极了。吃后放下碗筷，还回味无穷。他只能带着无限惆怅将碗里的面条扒拉到嘴里，像履行使命般吃完了午餐，又骑上自行车转悠。

他游逛到改革路的证券营业部门口，便饶有兴趣走了进去。这里人潮如海，男的女的，老的少的，摩肩接踵，红绿色交织的大屏幕数字不停变换，成为整个股市的中心。

瞧！随着大盘指数的翻云覆雨的变化，狂喜者有之，脸上笑开了花；沮丧者有之，脸部滚动着愁苦；懊恼者有之，脸色飘浮着阴云；痛苦者有之，眉宇间扭成了疙瘩……总之形形色色的面孔，各式各样的表情，仿佛人世间的喜怒哀乐和爱恨情愁都汇聚在这里，成为窥探人性的另一个晴雨场。

## 2

离开证券营业部是下午4点多，赵晖看看地图，街区的第三产业基本上跑遍了，便骑着自行车向东郊而去，来到一处城乡接合部。这里房屋低矮，建筑陈旧，有工棚、民居、简易平房等，看上去像20世纪六七十年代的样子，显得有点寒酸。而远处城市繁华区是巍峨高耸的楼房，彼此形成了鲜明反差。

在窝棚区有一个小市场，零散摆摊设点有经营蔬菜的，有修鞋补衣和维修家电什么的。他推着车子边走边看，在一个三轮车旁停住了脚步，好奇地看这个移动的电脑维修小摊点。三轮车头上悬挂着一个纸板做的牌子，歪歪扭扭写着"电脑维修"四个字，车子横梁和厢体的绿漆掉了不少，显得斑驳陆离，车厢里横竖放着一台旧式电脑的主机、显示器和破损严重的笔记本，以及颜面沧桑的万用表等。摊主是一个二十八九岁的男子，身材矮胖，大约一米六，右脚残疾，看样子右腿比左腿长，脚歪斜着拖在地上别扭难看，走起路来两个肩膀一颠一颠摇晃。他穿着一身藏蓝色衣服，衣襟上沾着污渍，脸色青灰，小眼睛，有些迷茫恍惚，但也不失憨厚腼腆。

他叫汪富，是一位游走于城乡接合部维修电脑的个体户。

赵晖将两手倚在自行车手柄上问道，兄弟，生意如何？

汪富脸色惨淡忧愁，回复说，不中，不中，可不中了，次毛得很。

赵晖再问，是客户次毛还是技术次毛呢？

汪富吸了一口气，感叹说，当然是客户次毛啦，送电脑来的恁少些儿了。

赵晖细问，大概一天能有多少台？

汪富说，有时一天两三台，有时一台也没有，只能喝西北风啦！

作为一个生机蓬勃的大都市，日新月异的现代化撬动了信息产业的强势崛起，越来越多的电脑走入寻常人家，应当有井喷式的生意。为何汪富的生意如此反常呢？赵晖就干脆把自行车支在摊点旁边，以谦虚姿态与汪富继续聊了起来。原来汪富命运多舛，5岁时坐父亲骑的电动车，不慎将右脚夹到车轮里造成残疾，从此人生黯淡起来，在家庭兄弟仨中最被瞧不起，不得已用一技之长出来维修电脑，想着改变命运。

突然阴沉的天空下起淅淅沥沥小雨，汪富开始收拾东西，从三轮车上挂着的一个布兜里掏出一块塑料布，搭在车上说，不中了，光溻雨！赶快回家了。随即他还掏出一个塑料雨披，递给赵晖说，哎！兄弟，借给你吧，别淋雨感冒了。说罢，汪富骑上三轮车，猫着腰沿着街巷往西行去。

赵晖拿着雨披站到那里，怔怔看着披着白色塑料布的三轮车渐行渐远，身影逐渐由大变小起来。他是有同理心的，内心升腾起了对汪富的好感、同情、怜悯，便不由自主地骑上自行车循着身影追了上去。

江洲市深秋的雨很特别，是毛毛小雨，细如牛毛，纤若尘丝，慢悠悠，凉丝丝，让人丝毫感觉不到雨滴，小雨气若游丝，只有湿漉漉的感觉。约莫十几分钟，汪富行至一排平房前停下了，打开一个刚刚能进去三轮车的铁门，推着车子进去，赵晖紧随其后也进去了。里边是一个车间模样的工棚，光线幽暗，乱糟糟的，放着许多杂物。工棚左侧有一个房中的小房，像个水泥盒子，在随同汪富走进水泥盒子的小房间时，两只毛茸茸的灰老鼠拖着长长的尾巴，前后脚"哧溜"一声从房间蹿出来，逃之夭夭。

望着老鼠灰褐色的肮脏样子，立马想象到老鼠偷吃食物和传播细菌，赵晖头皮有点发麻。

水泥盒子房间只有十来平米，四周墙壁都是粗糙的灰色水泥墙，没有窗户，潮湿阴凉。屋顶吊着一个白炽灯，有气无力地发出幽暗光泽，墙角支着一张床，床上放着油亮的枕头和脏兮兮的毛巾被，地上一个陈旧桌子上有电磁炉，边角沾着点点饭渍，旁边还有一个台式电脑，电脑里的指示灯闪烁着，看似在装着应用程序。桌子旁有两个方凳，一个放着黑色的锅和碗筷什么的，另一个上是洗脸盆，盆里的水还没倒，表层漂浮着一层灰白色东西，脏乎乎的。满屋子苍蝇"嗡嗡嗡"乱飞，惹人心烦意乱。空气中还散发着饭菜的油腻味、大蒜味与肥皂味的综合味，让赵晖感到了邋遢与怪异。

汪富习以为常，没有搭理赵晖，甚至觉得赵晖是个毛头小伙子，似乎有求于自己，大概是想跟自己学技术当徒弟。汪富有了心理优势后，一瘸一拐更明显了，两个肩膀一上一下更有节奏和幅度。他走到洗脸盆前，将盆沿搭着那块又灰又脏的毛巾取下来，在脸上和头上随便擦了几下，就坐在桌子前开始摆弄那台电脑，让电脑发出一阵阵"吱吱吱"的声响。不一会儿关了机，拆开电脑主板，拿着一个螺丝刀在电路板上捣鼓起来。

作为电脑才子的赵晖，熟悉电脑甚至胜于熟悉自己的身体，对电脑里每一块电路板、每一个电路、每一只元器件，都特别熟悉，感到格外亲切。他对汪富拿着螺丝刀在电路板上弄来弄去十分惊诧，就不解地问道，这是什么意思呢？

汪富得意地笑了笑说，我嘞乖乖，给你说了也白说！

赵晖一头雾水，略微沉思片刻，惊叹道，啊呀！你会把电路板弄坏让电脑报废的。

汪富不以为然地停住手，抬头定定地看了看赵晖，憨厚的脸颊浮现出一丝不易察觉的油滑，不屑地说，你懂个球，俺是给电路板子弄个机关，让它过阵子再出毛病，让俺有生意做，懂吗？

赵晖疑惑道，怎么能靠这样的法子找生意呢？

汪富不满地说，呸！吃饱了不知穷汉相，这就叫作拉长线多钓鱼，越弄生意越多，吃得满嘴流油哪。

赵晖意味深长道，流油、流油！能流油吗？

# 3

从汪富的水泥盒子房间出来，赵晖感到浑身都是油腻味和大蒜味，就没有再披雨披，骑着车子在毛毛细雨中行进；而且使劲蹬着脚踏板，让车子飞速行驶，让细雨像粘胶般粘在脸上身上，浑身上下湿透了。

回到汉唐街渭华苑小区的房子里，他立即冲了一个热水澡，做了一顿热乎乎晚饭吃了，泡了一杯茶，边喝边沉入深思。连续几天的街头观察，给他极其强烈的认识有两个。一个是自己带有鲜明的西北黄土地标记，对江洲市的餐饮、气候、生活不适应，是个彻头彻尾的南漂，一个烙有黄土地标识的外乡人；再一个是社会变革转型期，人心是浮躁的，短视的，大都急功近利，总想一镢头下去能刨出个金娃娃来，以至于出现诸如汪富给客户电脑做手脚、炒股狂热等现象。

像汪富之流，一切向钱看，一切都奔着物质利益而去啊！社会转型需要精神支撑，更需要人性的健康。如果人们群体性的精神萎靡，把传统文化和道德丢失了，人性就会扭曲畸变，就会出现像西方世界那样，一切先进技术都被金钱和利益所绑架，成了贪婪与欲望的俘虏！

他也想到，任何改变都是时代大势的驱使。20世纪初鲁迅先生弃医从文，主要基于一部时事电影片。影片内容是日俄在我国东北交战，一个被怀疑充当俄国间谍的中国人被日军砍头示众，但许多体格强壮的中国同胞麻木当看客，还嬉笑！这让鲁迅深刻认识到，医治中国人身体疾病不是最重要的，体格健壮做毫无意义的看客，又有何用？只有通过文学改变中国人的精神面貌才最重要，他便毅然弃医从文。而当下这个社会变革时期，一些饭馆少了诚信，书摊缺少传统经典，服务行业缺失良知，儿童培训出现扭曲，等等，是不是也为自己创业提示了新的选项呢？弃技从文，走一条宽敞大道！

这种念头一旦滋生，再与历史上成功事例相对照，就好像变成了真理，在他头脑里挡也挡不住，心有所仪了。据此他考虑编写一套解读《道德经》的通俗读物，取名为《名道知德》，趁着热乎劲连夜写了两千字的基本概要。

次日他就付诸行动，登门来到天籁出版社咨询商议。接待他的是一位个头又瘦又高戴着高度近视眼镜的编辑部主任欧阳嘉伟。欧阳主任四十来岁，很斯文，那眉毛、眼睛、嘴巴，全都洋溢着文学的味道，似乎有笔的纤细、墨的芬芳以及情的悠扬，甚至还隐藏着传统经典的深邃与厚重。欧阳主任在出版社负责图书策划与编辑，听了赵晖的介绍，看了那个基本概要，拍案叫绝说，能成！我们出版社大力支持。

赵晖问道，这样的书写多少万字合适呢？

欧阳主任说，以需要定字数，你觉得对经典剖析需要 30 万字就写 30 万字，需要 50 万字就写 50 万字，不设上限，天高海阔任发挥。

赵晖再问，出版发行谁负责啊？

欧阳主任说，当然是出版社，面向全国新华书店发行。具体如何签订协议和利润分成，等书稿出来，我们再行研究，确定一个双方都接受的方案。随后欧阳主任还将赵晖的手握住摇晃了一阵子，两眼放光，大有相见恨晚的滋味。

从天籁出版社返回后，赵晖格外兴奋，立即投入写作，又回到以往夜以继日的战斗状态。以往当黑客写代码，不是刻意喜欢夜晚，而是夜晚天地静谧，无人干扰，头脑进入到一种空灵的最佳状态，可以无拘无束地遨游在神奇的代码天地，让头脑迸发出灵感，激荡出火花，从而流淌出逻辑严谨、密不透风的程序。工作效率比白天提升三五倍甚至是十多倍，获得探索与创造的成就感。

当下他这个理工男，要将老子《道德经》通俗化形象化地解读，本身就是一个巨大挑战，更需要熬夜攻关奋战。他除了对五千言晦涩难懂的内容准确深刻进行解读，有极高的理论和哲学高度外；还要与历史与当下生活相结合，有现实借鉴意义，难度是不言而喻的。好在他的文言文基础不错，再加之有网络思维无拘无束的天马行空，不会被程式化和套路化所禁锢。而最大的困难是组织语言的文学性有所欠缺，生活阅历不足，缺乏更多新颖丰富的典型事例。

但在赵晖看来，自己都经历过生死劫难，这些挑战还算是挑战吗？世上无难事，只怕有心人！他知难而进，扑下身子开始做理论阐释和列举典型事例的码字工作，不！更像是一项宏大工程，或是一场文字战役。

他也深知此役不能速战，而是持久战；不是歼灭战，而是攻坚战，必须久久为功、绵绵用力！

据此，将上网查找历史资料、典型事例与埋头下苦功相结合，相互交替，互为促进，相得益彰。上午时间，他就麻利地打开笔记本电脑，依据理论内容的关键词，迅速上网查找相关事例，将阐释哲理的一个个典型事例扒下来，整理放在电脑里，以备使用。从下午到深夜，便投入写作，将深奥哲理与具体事例相结合，形成既有哲理性又有文学性、既有历史又有现实的通俗易懂的文字。就如同将历史经典与现实生活进行深度而有感情的糅合，揉搓成一条条坚韧耐用的绳子，再编织成一个个精致好看的产品。这种揉搓极其特殊，不是体力活，而是脑力活，是用脑瓜子思考与十个指头打字有机结合的劳动，指随脑动，脑随指飞，脑指并用，最终在电脑屏幕码出一行行文字，形成结构合理严谨的文学产品。

瞧！他写作非常认真，没有谁的状态像他这样投入，也没有谁的情感如此执着，真诚到感天动地，真诚到望而生畏，真诚到无以复加。他的眼神极其专注、目光炯炯。那两只眼睛格外明亮，眼球黝黑，瞳孔发光，亮晶晶的，绽放出明亮光芒，目不转睛盯着屏幕上的一个个文字、词句，洞悉各种风云，不会有丝毫马虎。他的十指特别灵巧、柔韧有劲，敲击键盘虽然不同于编写代码那样快速敏捷，但仍然有节奏地弹跳着，也偶尔稍稍停歇那么一会儿，等待着思维转换；旋即就再度动作起来，将一个个英文字母熟练地敲打成为汉字，汇聚成一段段文字、一个个章节，冒着热乎气，流淌着文学情。他的思维极其活跃、苦思冥想，就像面壁思索，绝处求生，不怕高墙，不畏险阻，给思维插上飞翔的翅膀，徜徉在广阔的茫茫天宇；仿佛如同一支神箭，无所不能，穿越浩瀚的时空，纵横古今历史经纬，比苍天更高更远，比历史更长更深，达到无极限。他的大脑异常辛苦、绞尽脑汁，触动了大脑皮层每一个分子、每一个细胞，不停地搅动、再搅动！就好像安装了一个陀螺，高速运转，让脑汁蹦跳激越，飞扬欢畅，舞动出英姿与风采，展现出非凡气质、优雅神采、卓尔不群，从而创造情理之中、预料之外的文字。

如此苦思冥想、用尽心机，不断反复、不停升级，螺旋式上升，刺激拨动了思维火花，创造着文学灵气，也消耗着身体的精力与精气；尤其是只争朝夕、持续不断消耗两三个小时或者好几个小时后，就会疲惫至极，好像脑汁被绞干了，脑液被蒸发了，缺少原有的水分与活力，显得僵硬麻木，甚至是劳累烦躁、头昏脑涨，引发整个神经系统的怠倦。

他不得不停歇下来，轻轻对自己说，该歇息一会儿了！就站起身来，离开座位，双手朝着上下左右伸展几下，舒缓一下胳膊与手指，而后在室内踱步，哼起《黄土情》小调，声音不高不低，如同自言自语的倾诉，好比山泉流淌的轻柔，发自心底，无拘无束，进入一种空虚的情境之中……轻松几分钟后，头脑又活络起来，就再次投入到写作之中，开始新一轮的持续攻关。

有一个下午，他进入到苦思冥想之中，人完全痴痴迷迷，如入无人之境，突然间想歇息的双手，向两边伸开不慎将水杯撞倒了，杯子里尚存的半杯水泼洒在了电脑上。他深知各种液体对电脑的损伤是致命的，就本能地"啊呀"一声，赶忙扶起水杯，抽出几张纸巾擦拭电脑；而后迅速拔掉电源，电脑屏幕闪了一道光就关闭了，进入断电状态。接着他拔出电池，把电脑拿起来翻转拍打，让水尽量流出来；随后拆下键盘，将沾上的水渍小心翼翼地擦掉，再用电风扇吹，既不靠近也不太远，用适中的温度将沾过水的电路板吹干。

他懊悔不迭，在脑门上狠狠拍了两巴掌说道，哎！糊涂，真是糊涂！

笔记本电脑的电路板娇气昂贵，他拿到凉台上晒了一阵子，才忐忑不安接通电源打开电脑。虽说电脑运行正常，但面板上近一天的劳作成果因强制关机而丢失，造成不幸中的万幸。

连续奋战一天接一天，一宵又一宵。他谢绝公休日，每天能写出4000多字，始终锲而不舍向前推进，洋洋洒洒写下27万字，也将《道德经》解读过半，从《道经》转入《德经》。

《德经》更为抽象，诸如"为学日益，为道日损。损之又损，以至于无为。无为而无不为"，对求知与求道、有为与无为的辩证关系很难理解。有时反复琢磨不透写不下去时，他就非常着急，越急越难跨越，急得乱抓头发，头发一撮一撮掉，苦不堪言。

实在没有好办法时，他索性买上一箱老家的柳林酒，弄上一碟花生米，自斟自饮起来。据史载，这种凤香型白酒，起源极早，与姜水流域神农炎帝有关，承载着中国5000多年酿酒历史，3000多年凤酒文化，醇香绵长，甘润挺爽。几杯下肚，肠胃里就回荡着清新与浓香，也燃烧起一团绵绵之火，顺着肚子向胸腔和脖子上头涌，一直到脑袋瓜；又搅动脑汁，刺激神经激昂，迸发出无数火花，思维瞬间灵巧睿智起来，能够翻越高山，蹚过江河，进而转换成为电脑屏幕上一段段优美文字。

铆着劲头奋斗的日子过得飞快，一晃就到2010年的农历新年了。他终于停下跋涉的步伐，在大年三十这天坐上航班返回西安，与父母团聚过年，也详细汇报一年来的点点滴滴和坎坷曲折。

过年后，他又匆匆赶回江洲市，掀起新一轮的写作攻关，直到清明节这一天，《名道知德》上下册共60万字书稿告捷。他点击鼠标，让密密麻麻的文字在电脑屏幕里，如同滚雪球般过了一遍，神情惬意，神魂飞扬。他仿佛看到冒着墨香的皇皇大作印刷出来了，闪耀夺目摆放在书店和书摊上，成为许多人竞相购买的抢手货……这对社会是多么有益哈，如同一道亮丽的彩虹，让四周都变得亮堂绚烂起来，能让维修电脑的人高尚起来，不设"机关"而诚诚实实修好每一台电脑；能让年轻的父母正确对待孩子的兴趣爱好，远离拔苗助长的培养……能让整个社会繁荣、和谐、兴旺，回归健康理性，急躁浮躁淡了，急功近利少了，一切灰暗、丑陋、庸俗全部绝迹！

这样的功名多么高大！这样的事情多么重要！这样的经典多么高尚！这样的责任多么受人尊敬！难道不值得自豪与欣慰吗？

值得庆贺，值得骄傲！他自言自语道。

这天晚上，他做好晚饭时，便把钟情的柳林酒拎上桌子，边吃边喝起来，自斟自饮，自我奖励。

他感到自己马上就成了名气斐然的作家，解读传世经典的时尚作家……半瓶酒喝完了，喝得高高兴兴、痛痛快快，喝得扬扬得意、自信满满，喝得春光盈盈、前程似锦！他也喝得东倒西歪，却高高兴兴睡了一个囫囵觉。

清明节收假上班后，他早早就来到出版社，将打印好的一大摞书稿和一张光盘交到了欧阳主任手中。

欧阳主任简单翻了翻书稿格外兴奋，惊讶地说，没想到小赵如此神速，竟然用半年时间，完成了这么宏大的一项工程，真了不起，钦佩钦佩啊！我们出版社尽快审阅拿出出版计划来。

十几天后的一个上午，出版社给赵晖打来电话说，书稿审阅过了，请他去洽谈出版事宜。他再次兴冲冲来到出版社，接待他的是一位姓朱的老编辑，两鬓斑白，满面皱纹，眼角浮现出的黄褐色老年斑，诉说着经历过的岁月时光和人生阅历。

他慢悠悠地说，赵同志，我们欧阳主任出差了。编辑部研究过你的书稿了，感到整体不错，还是比较认可的，有些地方语言干巴一些，需要加工修改。主要由出版社编辑进行系统性的加工，再增强一下文学性和可读性。不知你能否接受？

赵晖略作思索道，同意！

朱编辑说，那我们开始编辑加工了，计划今年第三季度出版印刷。

赵晖道，好！

朱编辑说，这种书是完全靠走市场的，市场会怎么样还吃不准。你看第一次印刷多少册合适呢？

赵晖道，我费劲写书还凑合，对图书市场没有任何经验，具体印多少？还是以出版社的意见为主。

朱编辑说，你没有倾向性意见的话，我们考虑第一版先印两万册，定价70元，投石问路看看情形。如果市场好就再搞第二次印刷，印他个几万册。

赵晖道，成！这样也好，防止造成滞销。

朱编辑接着说，考虑到出版此书的先期投入与风险，建议你个人包销一万册，分担一下风险。出版社在市场上卖出去的，根据销售数量按比例付给你版税，版税定为7%。如果没有意见，我们就签订一个出版合同，按约行事。

此话说的声音不大，也很轻松，但在赵晖听来如同一声霹雳在脑海里炸响，震得头皮发紧、血液奔涌，令他猝不及防。他手头全部资产不足50万元，何以有包销70万元书的能力？他霍地站起来，目光冷峻，脸色难看，迈着沉重的步子，头也不回离开了这个让人窒息的地方，也让他的作家梦瞬间化为泡影。

# 4

赵晖断然放弃了著书谋生，再度陷入困境，又骑着自行车漫无目标地游荡起来。

他骑车路过改革路的证券营业部时，看到一个二十来岁的小伙子穿着橙红色裤子，挥舞着橙红色上衣赤裸着上体跑出来，边跑边喊，中签了……中签了……朝着街道东边越跑越远，一抹橙红色由大变小，渐渐变淡，成为一个红色小点，定格在他的脑海之中。

多么热烈的红色，是股票上涨的吉祥颜色，也是他人生中最为惊心动魄的色泽，曾经让他生命陷入到极度危险之中。而今的红色，又传达出了活力、热烈、希望，代表着奇特、美好、幸运，让他心头暖融融起来，好像燃烧起了火焰，不停地蹿动，火光如尖细的舌头舔舐着心房，时而热烈，火苗高涨剧烈；时而寡淡，火光平静安详；时而醇厚，火焰歇息低沉，让他沉浸到一种期盼与温暖之中，心头有了快乐与愉悦。

他还思索，在人生十字路口，突然遇到的这抹红色，是偶然的巧合吗？是无意中的必然吗？冥冥中觉得是一种缘分，不容忽视错过啊。

于是，他投身于炒股，沉湎于股市的红红绿绿、涨涨跌跌的震荡之中。有一次他在证券营业部无意中得到一个内部消息，说江洲船舶公司有政府项目拉动，会出现一轮爆发式增长，是短线炒作的极好时机。此消息给他带来一种投机的欲望和冲动，他咬了咬牙，断然将自己手头仅有的 40 多万元砸进去，试图分得一杯羹。可当他刚刚把资金杀进去半天时光，大盘就出现逆转，开始狂跌，绿汪汪的一片，跌到了购买时 70 多元的一半股价，令他纠结心寒啊……内部人士又说，这是大股东在玩做空伎俩，有意突然抽掉资金，收割散户的羊毛。

这天晚上，他喝了一晚上闷酒，喝成一堆烂泥，趴在桌子上就睡着了……他感到自己也不适合炒股，不是那块料，断然决定退出股市，另谋他途。

究竟适合什么样的职业呢？他骑着自行车又在江洲市游荡起来，但这时在街区里穿行，少了以往的精气神，不再那么精神抖擞、满面春风，也不再昂首挺胸、神情飞扬，骑自行车的姿势略显消沉了，头耷拉着，胸膛也有点佝偻了。他似乎对这座城市陌生了，街区似乎不再那么富有生气活力，太阳被一抹阴云遮挡住，在心里头掠过一丝黯淡。这时他望到横在面前的红绿灯架子上，亮起了刺眼的红色，路旁又是那巍峨高耸的建筑群，像黑沉沉的山峦陡立在两旁，似乎有泰山压顶之势，让他倍感压抑。于是，他不愿停在斑马线前耐心等待，就推起自行车走上人行道，越过红绿灯架子，往前面没有高楼的地段走。

他走到一个公交车停靠站时，突然听到有人喊他的名字。他甚是吃惊，回头一看竟然是大学同窗司马红。他一时恍惚，觉得山不转水转，在江洲市与昔日大学同学不期而遇。司马红与赵晖同岁，个头瘦高，穿一身浅灰色西装，扎着带条纹的领带，文质彬彬，额头发亮，头发稀疏地向一边倒，一字粗眉横亘在脸颊上方，小眼睛，时常会眯成一条窄缝，鼻梁上架着一副高度近视眼镜，显示出儒雅之气，也有成熟的味道。

司马红说，赵晖，怎么会是你呢？你这个计算机天才不是出国去了嘛，怎么会在这里呢？

赵晖道，司马红，你以为这不可能，是在做梦吗！

两人都怔怔地相互对望，眼睛里充满了惊喜与感动，是久别重逢的意外奇遇。大学同窗时的许多往事一股脑儿涌上心头，让俩人都感慨唏嘘。

司马红看着赵晖推着自行车的憨态，笑了笑说，你还搞网络吗？

提及网络，那些爱恨交加的事情不堪回首，不知该从哪里说起？赵晖无奈地摇了摇头，竟然说不出话来了。

司马红继续追问，你可是响当当的黑客天才，为什么不搞专业了呢？

赵晖道，老同学，此一时彼一时，一言难尽啊。

司马红刚才喊赵晖时，觉得他仍然青春年少，几乎没变，宛若旧景重现。上大学时校园的事情又翻滚在眼前，便颇有深情地说，咱们有几年没见面了？

赵晖伸出右手比画道，两年零7个月。

司马红感叹说，人都说岁月催人老、不用多情！你怎么一点也没有变，仍然是大学时的模样，风华正茂啊。

赵晖道，外表是没有什么变化，但内心世界变了，人生坎坎坷坷，事情曲曲折折，让心性变得面目全非，今非昔比了。

时近中午，司马红仰头看了看已到头顶的太阳说，走！老同学，到前面的饭馆撮一顿，喝上两杯，叙叙旧。

赵晖道，好！

他俩说说笑笑并排往前走，来到康泰路一个名叫春风食府的餐馆，在大堂选了两人台的位置坐定，点了四个菜，要了两瓶啤酒，边吃边聊起来。曾经的往事如烟似梦，有很多魂牵梦绕的地方，但眼下的状况更为现实，便相视一笑，撇开过去不说，直面当下了。

司马红说，我在江洲市一家中外合资企业行政部门工作，主要做人力资源的事儿，工资薪水不错，年收入10多万元，过日子绰绰有余；但令人忧虑的是，合资公司紧要部门负责人一般由外国人或有留学背景的人担任。我没有任何背景，上升通道有限，前景不容乐观。

赵晖省略了国外的曲折经历，简要说回国后，感到江洲市第三产业发展迅猛潜力很大，就来了，可选择著书立业、炒股谋生均告失败；如今正在寻找新的创业门道，为此而忧愁呢！

司马红兴奋地说，有何忧愁的！你是天生有才不使用，南辕北辙乱作为。

赵晖道，老同学，此话咋讲？

司马红解释说，你想想，从你个人情况看，你的优势是网络技术和黑客本领，现在舍弃优势而去写书、炒股，就是舍本求末，肯定会栽到阴沟里。从社会发展需求看，择业就是要与时代需求相接轨，什么是时代最紧俏的东西呢？我觉得就有网络技术。国家已经出台发展电子商务"十二五"规划，国内大的互联网企业的市值超过千亿美元，前景极其广阔。再从网络普及率看，去年底全国互联网普及率达28.9%，域名总数达1682万多个，.CN域名数量达1346万多个，网站有323万多个，网民超3.84亿人，而且正在以几何级的速度增长。这是一列高速前进的时代快车，多么需要有识之士啊！

赵晖辩解道，人家互联网企业，着力点是新型资讯和商业模式，能够创造出看得见摸得着的经济效益，而我对商业又一窍不通。

司马红说，你想想看，虽说你不懂网络经营之道，但发展网络商业模式需要技术支撑，特别是随着网络商业、网络资讯、网络银行、网络工业等数字经济模式的突飞猛进，网络资源也是重要资产，保护网络安全就成了独门绝技。谁能成为维护网络安全的第一个吃螃蟹者，谁就能获得商业先机，淘到第一桶金。

赵晖若有所悟道，理是这么个理，创办一个网络安全公司，有戏吗？

司马红说，有戏，一定是一台好戏，精彩大戏！我辞职与你一起干吧。

赵晖有所顾虑道，你丢掉合资企业的岗位是不是有点可惜，可要想好了，别后悔啊！

司马红说，想好了，开弓没有回头箭，落子无悔大丈夫。

赵晖道，敬佩！真大丈夫也。

司马红豪气满腔，干脆将面前的啤酒瓶子拿起来，赵晖也拿起来，俩人"咣"地碰到了一起，都端起酒瓶将剩下的啤酒一饮而尽，随即抹了抹嘴巴，隔着桌子将手紧紧握在一起。

双方商定联手创办股份制网络安全公司，赵晖出资20万元，司马红10

万元，分别占股 66.6%、33.3%。公司主要研究网络运行安全技术，为政府部门和各类企业使用互联网提供安全保障，在构建清朗稳定的网络天地中获取利润，创造企业经济收益。

2010 年 7 月 15 日，公司注册成立，取名为侠之大者网络安全股份有限责任公司。赵晖任董事长，司马红为总经理。

## 5

公司取名为"侠之大者"颇费一番周折。

围绕公司名字，赵晖与司马红各有见地，有过一番龃龉。司马红感到，他俩是企业的创始人，具有里程碑贡献和意义，提议取两人姓名的最后一个字的谐音，合并成"宏伟"公司，好听好记好韵味，既彰显公司创始人的价值地位，又预示着公司越做越好，前程宏伟远大，永远立于不败之地。

但赵晖觉得，名字是一个企业的品牌，承载着企业的性格、形象、抱负，应当准确鲜明，对取名"宏伟"有两点不同看法。一点是觉得不够精准聚焦，大而化之了，没有阐明企业的使命定位。另一个是价值取向有走偏之嫌，中华民族有崇德尚群的历史基因，而凸显原创个人色彩容易误入西方张扬个体的窠臼。同时赵晖提议取名为"侠之大者"，旨在阐述清楚公司要在网络世界行侠仗义、惩恶扬善，以德兴网，创造一个干干净净的网络世界，谋正义之利。

起名是一次思想观念的交锋，尽管司马红表面服从了赵晖，但还是心有芥蒂。这也折射出两位企业创始人不同的世界观和价值观，以及创办企业的不同追求。

初创的小微企业，他俩集聚的资金，几乎全都购买了必要的技术仪器和办公设施，缺少办公经费，也没有招募员工的资金，可谓是举步维艰。他俩只能既做官又当兵，赵晖侧重于业务，司马红负责行政，将赵晖在汉唐街渭华苑小区租住的两居室房子当作办公室，在客厅摆放了两张办公桌，因陋就简开始公司化运营，招揽业务，技术攻关，将工作与生活融为一体。

接到的第一笔业务，是给江洲市工程机械厂的网站和所有终端设置防火墙。这样的技术活，对于赵晖来说是杀鸡用牛刀，小菜一碟。他到厂里考察了网络设施的具体情况后，立即采购了集杀毒功能和防火墙一体的终端集中管控程序，安装到各个终端进行测试，刚使用两个小时就出现死机现象。赵晖立即在计算机上编写一个长达数百行的软件程序，初步解决终端集中管控扫描病毒时出现拥堵的问题；接着继续测试，又发现设备有丢失数据、导致网络中断的现象，就编写程序升级软件，消除了病灶。他继续新一轮测试，再度发现使用网络不畅的问题，接着升级软件……经过如此七轮测试与软件升级，将这批终端集中管控提高到了成熟状态，成为工厂网站和各个终端的可靠"守护神"。

第二桩业务是东方巨轮船舶有限公司的超级巨轮设计方案，方案所涉数据在数据库中神秘丢失，给公司造成了难以估量的巨大损失。公司科研部负责人急得像热锅里的蚂蚁，没有任何头绪，寝食难安。因为这个方案是数百名科研人员历时5年的研究成果，集聚了当时国内最为先进的造船理念和技术，价值不菲。

接受此重大业务后，司马红心神不定，惶惶不安地问，老同学，有把握吗？

赵晖道，没有金刚钻也得揽瓷器活，能大功告成，说明咱们是干此活的料；如果失败了证明不行，咱就只能偃旗息鼓散伙了。

司马红对网络技术懂点皮毛，略知一二，但对深层技术机理是生疏的。他对赵晖的超强技术本领也是概念化的，缺乏真正的信心。听了赵晖模棱两可的说辞，心里更是七上八下打起了鼓，惴惴不安地说，老同学，这桩业务是生死之战，万万不能失败，失败了咱哥们就无立锥之地，就得等死了，拜托了，拜托了哈！

赵晖道，我懂，老同学。我们的公司能不能生存下去，这是关键一役，关键之战啊！

当天晚上，夜色如澜，清风朗月，宁静的月光与淡淡的暮霭交织在一起，像朦胧的绸纱织出薄雾一般，泼洒在缓缓流淌的大江上，倾泻在江洲市的高楼大厦群中，以及汉唐街渭华苑小区内的一棵棵梧桐树上，树影婆娑，轻妙摇曳。赵晖打开窗户，让一缕轻风吹进室内凉爽起来，他坐在计算机前，熟练操作键盘，立即进入到船舶公司的网站。接着他输入一长串特殊代码，对江洲市当时几十万个计算机网站终端进行扫描，了解所有用户的使用情况，抽丝剥茧对比分析，发现有一个电脑用户在两天前也就是船舶公司设计方案丢失前，曾异常活跃，抓取过网络肉鸡资源，使用的网络流量比较大。于是，他对这个用户产生了怀疑，调集一些计算机流量，对其实施突击，仅用一招就将设置的第一个跳板突破了。

假使将这个终端用户比作一个实施过网络偷盗的黑客，那么突破第一个跳板就相当于冲破第一道防线。对手设置了几个跳板就等于有几道防线，当将所有防线全部突破了，网络终端用户的 IP 地址就暴露了，就能知道用户注册的所有信息。譬如可以扫描出了漏洞，就伺机潜入用户终端进行检查，捕获一些证据；也可以神不知鬼不觉植入病毒，让病毒在用户计算机内慢慢发作，使其出现各种不良症状乃至崩溃；还可以用巨大网络流量冲击，让其终端的 CPU 超负荷运转，关闭散热风扇，直至烧毁整个终端为止；等等。

当赵晖轻松越过第一个跳板后，正在线上的这个终端用户异常诧异，心头一惊，赶忙抽调掌握的流量算力来构筑第二个跳板、第三个跳板，予以重点防护。但赵晖目光炯炯，动作娴熟，使用计算机发出的突击力相当猛烈，以迅雷不及掩耳之势迅速又突破了第二个跳板。如此强大的攻击力，是其闻所未闻见所未见的，顿时心惊肉跳起来，感到遇到了强大对手，紧张得后脊背渗出了冷汗，赶忙用最大算力来构筑第三个跳板，也想象着如何清理掉跳板里的所有痕迹，做最坏的打算。当他慌慌张张将第三个跳板设置好，擦掉了自己的所有痕迹时，果不出所料，赵晖再次突破了第三个跳板，攻无不克了。好在他已将痕迹擦掉，IP 地址也隐藏起来，想着对手如果再想找到 IP 地址，就如同大海捞针般艰难了，就略微放下了心。

但殊不知的是，赵晖在突击第三个跳板的同时，放缓了攻势，已派遣一股精锐力量，在不被察觉的情况下，深入到其后台抓取到了他的 IP 地址，又迅速闯入江洲市公安局的网络系统，查询到了这个目标人物的信息：

> 王乾坤，男，32 岁，住址是江洲市南宛路 58 号，东方巨轮船
> 舶公司职工，联系电话等。

赵晖看到目标人物的所有信息后，对事情有了初步判断，脸上露出淡淡笑意。他再次循着 IP 地址对王乾坤的终端电脑进行扫描，发现漏洞后就潜入进去，取得与王乾坤本人同样的管理员权限，在硬盘里寻找着所需的资料，不一会儿就找到了设计方案。为了不打草惊蛇，赵晖就复制了一份方案，悄无声息退了出来。他再仔细核对方案，上面显示是一份机密资料，总共有三个部分共 127 页，正是丢失的超级巨轮设计方案数据，内容完好无损。

至此，赵晖心中的一块石头落地了，但另外一个设想浮现在了脑海，让他欲罢不能。他觉得王乾坤也是一个难得的网络黑客人才，侠之大者正是用人之际，何不趁机考察将其发展成为公司成员，共襄网络安全大业呢！

对于王乾坤来说，他刚刚从与强大对手角力的高度紧张中缓过劲来，起身沏了一杯茶品尝起来。但他并不知道赵晖已将他的身份搞清楚，还将那份机密资料复制走了。他只是感到刚才自己的电脑有些迟钝不对劲，正在疑惑之际，突然电脑弹窗弹出一个陌生窗口。

难道是什么网络陷阱吗？王乾坤略作犹豫后，也没来得及做防护，就抱着侥幸心态点击鼠标进去了，看到是一份文件和一个链接。他打开文件一看，文件只有封面和封底，无具体内容，但模样与自己电脑中偷来的方案资料，简直如出一辙。

这究竟是怎么回事呢？他的神经又绷紧了，甚至是惊恐万状、神魂震悚，头发都竖了起来，思维快速翻腾，紧蹙双眉，将自己偷盗文件的事情又回想了一遍。他脸膛白皙，鼻梁突兀，颧骨高耸，一双黑亮的眼睛如同鹰隼，两道剑眉高高翘起，显得有点匪气。事实上，他时常离经叛道，但也有些电脑天赋，会一些黑客技巧，因为多嘴多舌发牢骚被个别领导视为另类，

在企业重组中被编余了，只能蹲在家里玩电脑，利用黑客手段到暗网招揽生意，倒卖代码维持生计。

有一天他闯入了公司科技部的网站，恶作剧般将那份标有机密字样的设计方案数据偷了出来。偷盗方案数据时，他抱着试试看的想法，纯粹是闹着玩或是若隐若现的报复心态。但真正将方案数据偷来端详了几眼，琢磨那"机密"二字时，才感到事情闹大了，便忐忑不安起来，担心触犯法律受到严厉制裁。当他看到一位不速之客，又将文件通过加密渠道发给自己时，顿感隐藏的秘密全都暴露，大祸临头了，便有了胆寒与恐惧，甚至是惊骇与战栗。

王乾坤在惊恐中打开链接，看到是一个加密聊天室，里边只有一个聊天对象。这就是赵晖，但他不知赵晖是何许人也，更不知用意，一切都蒙在鼓里。

赵晖聊天使用网名"侠者"，熟练地敲击键盘打字道，你来了，我发给你的文件看了吧。

王乾坤的网名是"憨憨"，在对话框上打出一行字说，你是谁？你要干什么？

赵晖道，你别问我是谁，以后会知道的，难道你一点也不好奇我是怎么找到你的吗？

王乾坤说，好奇归好奇，但被你发现了我还能怎么办？只怪我技不如人罢了。

赵晖略带惋惜之情道，我之所以给你发那个文件小样，是想让你知错即改，别错上加错带来更大的过错而追悔莫及。

此话道破天机，一针见血。王乾坤立刻意识到遇到了黑客高手，自己恶作剧的一切隐情暴露无遗，IP 地址也被人掌握，电脑里的机密资料已被复制走了。自己的网络偷窃行为已经暴露，只能听天由命任人摆布了。思索至此，他原来保守自己秘密的紧张与担忧反而荡然无存，心情显得冷静与坦然，接着说，我偷文件资料并没有恶意，没有泄露给任何人，也没有造成任何损失啊。

赵晖道，此话当真？

王乾坤说，千真万确，以性命担保！

赵晖道，既然如此，你愿意自首悔过吗？

王乾坤怯生生说，只能这样了，愿意！

赵晖道，那就带上你的电脑与我一起去你们公司自首，如实将事情解释清楚，检查文件数据有没有泄露问题，求得宽大处理吧。

王乾坤对赵晖的言行反而不解，疑惑地问，你为何这样？攻破了我的电脑，讨回了文件数据，还要给我自首机会，是挽救我吗？

赵晖道，我帮你是赏识你的技术，想让你迷途知返，尽快从人生阴影中走出来。

王乾坤仍然疑虑说，你我素昧平生，为什么替我着想，以降低你的功劳为代价而真心地拉我一把呢？

赵晖爽朗道，我帮你，也是想让你尽快了结此事。凭你的技术，可以到我们网安公司里来工作，这样帮你也是帮我自己，明白了吧！

正处于困局之中的王乾坤，顿感山外有山人外有人，自己遇到了贵人，便茅塞顿开说，谢谢你了，你的帮助让我终生难忘啊。

赵晖道，帮你也是自帮，各得其所啊！随即下了线，将计算机置于静默状态。

夜色静静流逝，已到次日凌晨两点钟，整个江洲市一片宁静，唯有长江水不知疲倦地哗哗流淌。王乾坤的心情极好，感到自己很幸运，躺在床上很快就进入梦乡。梦境中有清雅高贵的玫瑰色，有恬静清纯的琴韵，悠扬美妙；也有柔情舒缓的阳光，清澈温暖；还有姹紫嫣红的山花，芬芳四溢。

王乾坤一觉睡到翌日太阳照到窗户，醒来还觉得格外美妙，仿佛枕边还激荡着美妙的芳香，让他舒心欢畅、神清气爽。他草草吃了早饭，想着的第一件事就是联系赵晖，但昨晚由于高度紧张而疏忽，没有留下联系方式。他就上网开始查寻，首先打开昨晚赵晖发给自己的链接，但那个链接已经失去服务器支持，原来的网页荡然无存，没有了蛛丝马迹。他不得不另辟蹊径，开始解析网页的源代码，发现代码重新组合后就成了一个新的网站，进入网站发现是一个计时的破解程序，必须在规定时间内破解，否则网站就会失效。他长长舒了一口气，将全部的精力与热情汇聚于头脑，争分夺秒输入代码来破解这个程序。

而在赵晖租住的房子里，赵晖已开启新的一天工作，正上网编写程序。他突然看到自己电脑屏幕上弹出一个窗口，想着应该是王乾坤发来的。他打开看是一个链接，点击进去是一个加密的聊天室，果然是"憨憨"正在等着自己。

王乾坤打字说，你好！又相见了。我昨晚一时疏忽，忘记问您尊姓大名，也忘了要联系方式。

赵晖道，我姓赵名晖，是江洲市侠之大者网安公司董事长，并说了自己的手机号码等情况。

王乾坤询问，您说与我一起去公司自首说明情况，啥时去呢？

赵晖道，我们今上午十点整在东方巨轮船舶有限公司的东大门会合。我穿蓝色西装，手里拿一把折叠扇子，以此为标记相会合。

王乾坤说，成！不见不散哈。

他俩按约准时相见后，来到公司科研部将设计方案数据物归原主，同时王乾坤的电脑接受了赵晖与公司的联合检查，确认设计方案数据完好无损，没有造成任何信息泄露。

考虑到王乾坤的自首情节以及方方面面因素，公司未对其网络偷盗行为进行追究，只是对他做出辞退的决定。

## 6

超级巨轮设计方案数据的失而复得，给侠之大者带来巨大利益。

不仅让刚刚诞生的企业一战成名，威名远播，在江洲市立住了脚跟；而且按合同得到了东方巨轮船舶有限公司支付的 200 万元服务费，淘得了第一桶金，有了原始资本；还收编了一名网络黑客人才王乾坤。

江洲日报记者慕名采访赵晖，在报纸上发表《网络安全守护神》专访报道，让赵晖一夜走红，成为江洲市网络安全这个时髦领域杀出的一匹黑马。

公司在市区繁华地段江北区的世纪大厦15层，租赁了面积达300平米的十多间办公用房，买了一台商务别克车，启动招兵买马程序，鸣金选将，扩充队伍。

赵晖亲自设计招募广告，着力高点起步。主要是招聘有一定网络实战经验和防御能力的技术人才，重点聚焦于技术支持、技术开发工程师和解决方案的专家，但应者寥寥。

司马红分析说，当下网络安全在国内是个冷门行业，主因是高等院校的专业滞后于迅猛发展的网络技术，缺少培养技术人才的院校；再就是存有重网络技术应用轻网络安全防护，网络使用人才比较多，而安全防护人才奇缺。这与中国传统文化理念不无关系，我们中国人太善良了，缺少征服与防范别人的意识，不屑于倚强凌弱的进攻，也不习惯于蛮横霸道的扩张；而是倡导以和为贵，进而形成了重协商轻防御、重忍让轻进攻的传统思维。在一定程度上造成缺乏网络攻防兼备人才，招聘真正的网络黑客人才很难，难于上青天啊。

赵晖感慨道，你讲的是个理，但公司起步在即，有人才事业兴，没人才事业衰。再难！也要迎难而上，主要是建立契约原则，用良好工资待遇吸引人才；但也不可忽视理想信仰的凝聚力，恪守德才兼备的标准，宁缺毋滥，多一个人才多一分动力，多一个庸人多一个包袱啊。现在招聘广告吸引不来人才，我们就打着灯笼上门找，找到一个算一个，积少成多吧。

寻找网络黑客人才，赵晖想到了处在生存边缘线上草根电脑维修员汪富，卑微的人见到了阳光会灿烂，应当更有培养潜力。那一瘸一拐残疾的身躯，像水泥盒子般低矮潮湿的平房，以及屋子里的老鼠、苍蝇和散发着的难闻味道等，让赵晖动了恻隐之心。

当天下午下班后，赵晖开着崭新商务车来到那个城乡接合部，将车停在市场外边，手里拎着车钥匙向市场里边走边找。

盛夏的日头西斜，逐渐向着天边游荡，斜阳映耀在市场两旁低矮建筑上形成了一些阴影，让空气中浓稠炎热开始消退了，有了一丝凉意。市场里有些摊点已经撤离，显得稀落起来。有的摊主扯开嗓子吆喝着，做着最后的降价叫卖……赵晖走到汪富的三轮车旁时，看到他穿着一条老式迷彩裤，挽着两个裤腿，上身穿着白色T恤衫，但已晒染成了浅灰色，脏兮兮的，胳膊与脸膛黝黑。他坐在三轮车旁的木凳子上，端着一个白色塑料饭盒吃着炒米饭，"吧唧、吧唧"着嘴巴有滋有味的。

赵晖说道，大哥，近来可好吧！

汪富停住筷子怔怔望着说，你弄啥，是哪一位？

赵晖道，我是好几个月前到过你住处的赵晖。

汪富恍然大悟说，咦！我嘞乖乖，想起来了，是想当徒弟的那一个，还是来还我雨披的。

赵晖笑了笑道，大哥，看你风里来雨里去挺不容易的。我是一家网安公司管事的，主要是捣鼓电脑网络，想请你到我们公司工作，咋样？

汪富瞪大了双眼问，啥——，你公司排场不？

赵晖道，我们公司在大楼里干活，做网络安全方面的事儿，说排场也排场，说不排场也不排场啊。

汪富继续问，一个月能开多少钱？

赵晖略作沉思道，我们是年薪制，年轻工程师每年的基础工资是十万元，另根据效益实施奖励。效益好奖励就多，效益差就少了些。

这对落魄潦倒的汪富来说，简直就是一个天文数字，太有吸引力了。他顿时两眼放光，完全停下了吃饭，麻利地将塑料盒盖住，用左手将筷子尖头擦了擦，随便放到三轮车子里，随即痛快地说，中！真得劲，啥时去上班？

赵晖道，我带你先到公司去看看，如果你看上了先签合同，再正式上班。

汪富说，中！俺这就把三轮车送回家去，跟你去瞅一瞅。

赵晖顿了顿道，好吧。随即他开着商务车跟在汪富三轮车后，来到住处旁，等到汪富一瘸一拐从大铁门里走出来，坐上车后，踩下油门开车向市区世纪大厦驶去。

此时太阳已落山，天边的余晖火红绚烂，给江洲市洒来一抹淡淡光芒，让整座城市披上蝉翼般的金纱，显得富有神韵。坐在副驾驶位置的汪富，是第一次坐如此高级的小车，心里充满了无限好奇，对车里的各种装置左瞧瞧右看看，不免升腾起一种得意扬扬的感觉。紧接着夜幕降临了，街区华灯初上，一排排点亮的路灯，像一颗颗金光灿灿的夜明珠星罗棋布般镶嵌在道路两侧，显得光芒四射；一辆辆各式轿车迎面驶来，闪着明晃晃两只巨型眼睛，如同一个个闪烁的星星向前移动，朝着自己奔来，让他美滋滋的，充满了许多遐想。

车子行驶到世纪大厦下，他仰头望了望沉入高空夜幕之中的大楼，情不自禁赞叹说，我嘞个乖乖的，咋这么高嘞！当随着赵晖坐电梯直达大厦15层的办公区，那光滑漂亮的电梯间，宽敞明亮的走廊，整洁干净的办公室，崭新时尚的办公设备，等等，都高端大气，让他如同坠入云里雾里一般，有着说不出的新奇与兴奋，只有咧开嘴巴一个劲说，我嘞乖乖，我嘞乖乖，太得劲了！但嘴巴张开就露出两个大龅牙，龅牙旁出牙床，突出而尖利，不免显得有些难看与不雅。

汪富对这里的一切都非常满意，红着个脸说，赵大哥，你长得老排场了，嫩嫩的，哪儿看都很好。给俺这个机会，有父母再生之恩哪！

赵晖道，说过头了！不妥，你比我还大两岁哩，就不叫大哥了，咱们是同事加朋友。如果你对工作和环境没有什么意见的话，明天就与我们总经理司马红签个协议。

汪富连连说，中，中！俺不叫你大哥过意不去，谁让你这么齐整这么排场呢。你就帮衬点俺，多担待点吧。

赵晖看到汪富是祖心露肺般的真诚，也便不好再说什么，随即开车将他又送了回去。

当晚汪富走进那个水泥盒子的屋子里，心情仍然平静不下来，一瘸一拐在屋子里走了好多圈，而后坐在床沿上，耐心体会夜色的流淌、心绪的翻腾，谛听夏蝉的嘶鸣。室内灯光黯淡，有气无力地发出光亮，似乎让潮湿的气味浓郁起来，有点难闻了。而夏蝉的嘶鸣，通过厚厚水泥墙钻了进来，就显得沉闷、粗糙，但又不乏浑厚，仿佛一首年久陈旧的老歌在耳边回荡似的，将他的思绪带到一个无拘无束的旷远境地。

汪富觉得自己如同做梦一样，一下子改变了命运，步入到以往只能远远仰视的阶层，真是运气来了挡也挡不住啊！他关了灯，躺在硬板床上，辗转反侧，怎么也睡不着，失眠了！只好在黑暗中翻了个身进入畅想。

自己何德何能，让赵晖两顾茅庐呢？

他深知自己出身草根，还是个有残疾二半吊子，爹不疼舅不爱，更是家庭的负担与累赘。这些年做过不少事，受过不少白眼，从摆摊卖菜到倒卖小五金，从经营服装到维修电脑，经历频繁，但都是小打小闹，没挣到几个钱，可以说是惨淡经营。自己做梦都想着进入上流社会，改变被人瞧不起的命运；但太难了，一片茫然啊。而今他有点不明白，自己凭什么让帅气十足的赵晖两次到小市场里寻找，还光顾这个破屋子，难道是凭着自己的电脑维修技术吗？不应该，有这样技术的人多如牛毛；难道是自己在下雨时送给他的那个雨披吗？不应该，那个雨披只值一块钱，何足挂齿！那又是什么呢？他实在想不通。

他躺在床上思索，一个问题想不明白，又转入另一个至关重要的问题。自己能干什么？如何在网安公司里立足呢？

事实上，他也知道网安公司属于高科技企业，与维修电脑虽有相近之处，但属性不同，旨在有网络实战本领，能够横刀立马、叱咤风云，防得住所有潜在对手的明枪暗箭。公司的所有黑客，必须都是网络达人，能够熟练地构筑网络防火墙、埋设蜜罐、编写杀毒程序等，没有几下子是难以立足的。自己维修电脑尚可，但充当黑客就勉为其难了，还有较大差距哦，须从哪些方面努力、锤炼过硬本领呢？

他想呀想呀，想得头昏脑涨，昏昏沉沉，一直到后半夜才迷迷糊糊睡着了。翌日醒来吃过早饭，就坐公交车赶到世纪大厦签了合同，成为侠之大者的第四位成员。

在招贤纳士中，赵晖还想到了高中同学龙文。龙文的父亲早亡，与母亲相依为命，大学毕业后在渭水县中学当计算机老师。他比赵晖小一岁，个头不足一米七，体形偏瘦，如同麻秆一般；但人很精神，眉毛疏朗，脸盘周正，目光深沉，隐藏着一种睿智与忧郁之色。他为人质朴、内敛、低调，也有计算机天赋，智商超群，尤其是数学突出，曾获全国"希望杯"中学生数学竞赛冠军，在县里颇有名气。

赵晖打通龙文的电话，就漫无边际地聊起来，曾经的风云往事涌上心头，恰同学少年、忆峥嵘岁月稠……随后就将话题转至兴办网安公司上来。

龙文问，你办的网安公司现在效益如何？

赵晖道，接了两桩业务，效益出人意料的好。最为重要的是，江洲市网络事业发展很快，对网络安全需求迫切，有足够的市场潜力。

龙文问，你们现在多少人？资金如何？

赵晖如实答道，公司现有4个人，刚开始的注册资金是30万元，干了几桩业务后，账上增加了300多万元，小试牛刀，有了第一桶资金积累。

龙文继续问，现在公司最迫切的事情是什么？

赵晖道，广招贤才，壮大筋骨！你愿意下海来公司一起干吗？

龙文答，我是搞网络安全的人才吗？真担心难以胜任，辜负了老同学一片好意。

赵晖兴奋道，凭你的数学算力和计算机爱好，很快就能上手，成为很有前途的网络黑客，甚至是独当一面的技术大咖。我看好你，没问题。

龙文停顿片刻说，我去你那里就得辞职。这是人生中的一件大事，学校能不能放人？家里会不会支持？我真没有把握。

赵晖道，这确实是个大事。你去征求意见吧！我等你音讯。

龙文提出辞职下海，母亲既不支持也不反对，态度暧昧。但学校张校长苦苦挽留，说县里的教育事业需要他这样踏实的人才，让他三思而行。他深情地说，鸦有反哺之情，羊有跪乳之义，我辞职后也永远不忘学校的知遇之恩，一定会以另外的方式支持学校建设，为家乡教育事业贡献自己的绵薄之力。

最后张校长说，你有对学校的一片真心就足了。学校不拖你后腿了，尊重你的选择。

龙文在辞别学校这天，天空竟然下起了小雨，雨点儿淅淅沥沥地落着，在水泥地板上积起一个个小水坑，溅起不规则的水花，发出"沙沙沙"声响，树木被雨水洗刷一新，炎热被驱赶得不见了踪影。校园内外清凉湿润，沉浸在湿漉漉之中，好像饱含眼泪与他辞别。

张校长带领500多名师生列队给他送行，雨滴打在大家身上脸上，有一点点清凉，更有送君难别潇潇雨、潜泪凭心洒洒横的难舍。

看着这般真挚，龙文眼里蓄满了泪花，在校园里曾经奋斗几个春秋的一幕幕情景"哗啦啦"簇拥着浮现在眼前，令他感慨万千：曾经洒下自己青春汗水的校园，凝结起桃李不言、下自成蹊的情感，如同一个强大磁场，让他心驰神往；曾经逐梦理想抱负的三尺讲台，飘落着一股股粉笔末的芬芳，好比一座精神殿堂，让他精神绽放；曾经与师生们一起踢足球打乒乓球的呐喊与欢笑，回荡在脑海，是那么热烈亲切，让他眷恋难舍，深深烙刻在生命的长河之中。

他且行且走，边观察边凝视，紧紧地绷着嘴唇向大家招手致意……他看到一个个熟识的面孔，是复杂多样的，有笑意盈盈，也有惊诧疑惑；有依依不舍，也有深深遗憾；有忧虑失望，也有美好憧憬……此时此刻，不管是哪种表情、哪样面孔，他感到都是美好灿烂的，是对自己执教的认可与赞许，让他感动而铭记。自己不论走到天涯海角，不管平步青云还是贫困潦倒……都应信诺如山，永远惦念家乡的教育事业。

相逢时难别亦难，落雨无力百花残。他走出校园十几步，扭头回望，看见师生们仍然在淅淅沥沥的小雨中伫立着，向他招手致意。这一幕情景真挚、朴素、纯净，永远落在他内心深处，成为一种温暖与情愫。

司马红招来刚刚大学毕业的弟弟司马明、表妹肖梅。

他俩是前后脚到达公司的，肖梅是东北人，获计算机专业硕士学位，23岁，中等个头，嘴唇有个豁，齐肩短发披于脑后，额前的刘海剪得整整齐齐，与眉同高，眼睛清澈明亮，粉红色嘴唇如同两片桃花瓣儿一般，而兔唇的缺陷，又有一种耐人寻味的遗憾。司马明二十来岁，与哥哥司马红长相大相径庭，身材高大，体态肥胖，小眼睛，吊梢眉，嘴唇薄得如同两片薄纸，显得阴郁和躁急，给人一种能说会道的轻浮与势利。他大学本科专业是会计学，入职公司财务管理岗位。

短短半个月内，公司人丁兴旺，扩展到十五六人，初具规模，运营步入正轨。

# 第四章

## 1

转眼就到了秋天，天高云淡，秋风萧瑟，天气开始逐渐凉爽起来。

某天上午，公司的网站被来路不明的黑客高手查封了，王乾坤、龙文发现他们被黑客踢出管理组，失去了使用权限。网站被黑客接管，处于半瘫痪状态。黑客高手的网名叫"土豆"，在龙文电脑屏幕上弹出一首打油诗：

小本经营廉，
四方乞讨难。
庇护求靠山，
留下护网钱。

同时提出收取两万元技术保护费，要求侠之大者 24 小时内将款子打到一个指定账户，不许报警。如果报警就玉石俱焚，用超级网络炸弹摧毁网站。

龙文给赵晖汇报说，这明显是敲诈勒索，咋办？

赵晖道，网络就是一个丛林世界，强者通吃。

龙文说，难道我们就接受勒索，当冤大头吗？

赵晖淡淡笑了笑道，当然不能当冤大头，兵来将挡水来土掩，我来会会这个网络大牛。旋即赵晖来到自己办公桌前坐定，左手搭在键盘上，右手拿稳鼠标，目光紧紧盯着屏幕，绽放出威武逼人的光泽，全身心进入到战斗状态。他欲进入公司网站，但网站已被篡改，无法轻松进入，只好对篡改的网站端口进行漏洞扫描，寻找进入网站的后门。

作为一名超级黑客，赵晖掌握的系统漏洞有很多，足以支撑他随便进入网络世界90%以上的计算机和服务器的终端，剩下的也可以使用DDoS攻击致瘫。也就是说，只要他想进入，几乎没有任何拦路虎可以阻挡住前进的步伐，可以畅通无阻出入目前任何上了网的计算机和服务器终端。

经过扫描漏洞，赵晖自然轻松进入已被"土豆"篡改过的公司网站，巡视一圈基本情况后，立即输入一长串特殊代码，取得网站服务器超级管理员权限，就重置服务器管理组，将"土豆"踢出管理组，而把王乾坤、龙文等重新置于管理组；而且设置了超级保护程序，增加了其他任何黑客重置管理组的难度，进一步提升了公司网站的安全性。

正在网上静观风云变幻的"土豆"，似乎也察觉到了强大对手的凌厉攻势，试图再度取得管理员权限，但已无能为力了，网站变得如同铁桶一般坚固，针扎不入，水泼不进；而且以极其强大的网络流量，向自己追踪而来。如此实战的巨大流量，以及强大攻势，他确实是见所未见，若要保护自己网站终端安全和IP地址不被对手发现和反攻击，面临的选项有两个。一个是立即拔掉网线，保护自己的网站终端不被对手侵入控制和捣毁，但无法清除自己留下的痕迹，而被人循着踪迹找到自己的IP地址；再一个是设置一个高难度跳板，擦掉自己的行动痕迹，让对手无处可寻，完美地做到隐藏自己。

权衡利弊得失，"土豆"选择了设置高难度跳板自我保护，就且行且退，设置了第一个跳板，企图甩掉赵晖的追踪。赵晖立即调整策略，一改刚才的凌厉之势为柔软之态，不疾不徐地追踪。让"土豆"出现错觉，觉得对手不过如此，后劲本领不强，似乎可以甩掉。就这样，赵晖不离不弃地追踪着，轻松地越过了第一个跳板，进入跳板后就寻找"土豆"的蛛丝马迹，立马循着路线找到下一个跳板的痕迹，再次不慌不忙追踪上去，而且逐渐由慢变快、由弱变强，再次展现出凌厉之势，让"土豆"只有招架之功，没有任何擦除痕迹的时机。紧接着，第三个跳板、第四个跳板、第五个跳板相继失守，跟踪找到"土豆"的 IP，也查到了相关信息：四川眉山市乐天网吧，"土豆"系网络系统管理员，姓名和年龄不详。

赵晖依据其黑客行动的手法、指纹等印迹，猜测着给"土豆"画出了个大概相貌：应是一个二十来岁性格外向的理智型男性黑客，技术娴熟，但初出茅庐；敲诈勒索，但胃口不大，存有善良之举，也没有真正设置超级网络炸弹对侠之大者网站损毁，仅仅是吓唬而已。也正是这点人性的善念，让赵晖产生了好感，甚至觉得"土豆"是可塑之才，能够得以拯救，为侠之大者所用。

于是赵晖就顺着 IP 地址，闯入四川眉山市的乐天网吧网站，创建一个加密聊天室。"土豆"观察聊天室的链接，便知对手来自江洲市，与自己敲诈勒索有关，兴许是兴师问罪，便倍加小心。赵晖看到"土豆"进入了聊天室，使用网名"侠者"打字搭讪着沟通。

赵晖打出一行文字道，喂，你好，咱们又相见了。

"土豆"也打字若无其事说，嗨嗨嗨！欢迎江洲市的贵客，来乐天网吧玩啊。

赵晖接着道，你的黑客技术不错，是大有前途啊！

"土豆"说，嘻嘻嘻！谬赞了，违心的奉承是啥子哦？

赵晖随即换了话题问道，请问你多大了？

"土豆"说，哇哇哇！不足二十，青春年少。

赵晖趁势道，愿意不愿意到江洲市来，也做网络技术工作呢？

"土豆"说，呀呀呀！反对，龟儿子才愿意到大城市去呢，我是不会去的。

赵晖觉得"土豆"性格开朗，直抒己见，再聊下去也难以说服，就打出"谢谢你的盛情接待，再见！"下线了。但他对"土豆"开朗率真的印象挥之不去，时常萦绕脑际，总想招募到麾下，共襄网络事业。

　　这年的国庆节如期而至，公司按规定放假7天，员工们探亲的旅游的自行安排。但赵晖仍然惦念着"土豆"，就趁着节假日专程前往眉山市，搞一次公私兼顾的特殊旅行。

　　10月1日凌晨，赵晖从江洲市坐早航班抵达成都，而后乘出租车来到眉山已近中午。眉山市地处成都平原西南部，岷江中游。此时秋高气爽，一轮秋阳如同火炉般悬挂当空，散发出万道金光，炙烤着大地。市区人行道上锃光又亮的青石板路反射出滚烫炙热，但没有夏季火炉般的蒸腾、窒塞、奇闷，相反有一种热乎乎的舒适感。

　　眉山市古称眉州，是千年古县，享有中国诗书城、进士之乡、人文第一州的美誉，亦是北宋大文豪苏洵、苏轼、苏辙父子的故乡。"三苏祠"坐落在市区中心地带，是一座有着文化与精神标高的特殊家园，闻名遐迩，吸引了无数游客。

　　赵晖站在绿荫掩映的祠堂门口，纵目望去，清代著名书法家何绍基题写的"三苏祠"牌匾悬挂门头，字体遒劲刚健而大气磅礴，颇有视觉美感。门口的对联是：古今三手笔，天地一眉山。字体拙朴，古意盎然，激荡出浓郁的书卷气。走进院落，首先迎客的是一棵又粗又壮的银杏树，有三四层楼房高，枝繁叶茂，饱经沧桑，默默矗立在那儿如同卫士般守护着祠堂。秋风已给树叶染上些许风霜，正在由绿向黄转变。微风吹拂，偶有一片或几片淡黄色树叶在空中飘飘袅袅，如同精灵般舞蹈着，舞出曼妙身姿，似乎在诉说着什么。

　　沿着参观路线，他进正殿到厢房，观"三苏"生平陈列馆，瞻仰塑像，逛翠竹幽径、小桥流水等，几乎走遍了园内20多处亭台楼阁和水榭、轩苑，重温了历代名人咏"三苏"的诗文，以及耳熟能详苏轼的《念奴娇·赤壁怀古》《水调歌头·明月几时有》等经典。

　　让赵晖动情的莫过于苏母教子的雕塑场景，直观明了表达了忠义报国、乐善好施的家风，在骨子里激荡着知识分子的风骨和情怀。看吧！苏母坐在床头拿着一本书和颜悦色地讲解人生，大儿子苏轼立旁颔首聆听，小儿子苏辙趴在母亲膝头，深情凝视。他突然出现了幻觉，感到苏母好像讲着东汉忠义之士范滂尽忠重于尽孝的故事，鼓励两个儿子摒弃官场的尔虞我诈、甘当忠贞报国的一股清流。

苏轼似乎在问，我如果成了范滂，母亲您同意吗？

苏母反问说，你若能做范滂，我难道不能做范母吗？

母子俩一问一答，给少年苏轼、苏辙树立起人生路标，也在幼小心灵埋下刚正不阿、仗义执言的种子，从而标定了苏家重名节、重仁爱、重廉洁的好家风，成就"一门父子三词客、千古文章四大家"的千秋佳话。

从"三苏祠"游览出来，赵晖边走边感慨，母爱伟大啊！是人生的第一任老师。这让他也想到战国时期孟子母亲三迁居所教子的故事。孟母为了让孟子有个良好成长环境，不惜苦心三次搬家，最终成就了孟子的大学问。他还想到岳母刺字，在南宋国难当头之时，岳母为勉励岳飞从军报国，就用尖利的绣花针在岳飞背上一针针刺入墨印，让"精忠报国"烙印在岳飞背上，成为人生永不变质的座右铭，陪伴岳飞成了彪炳史册的民族英雄。

好家风培养出浩然之气，造就了无数英雄豪杰！

赵晖来到城南乐天网吧是下午4点多，正是假日网吧最为活跃的时段。室内灯光昏暗，电脑屏幕锃亮，闪烁着游戏、电影等精彩画面；同时各种声响和气味交织在一起，有电脑"嗡嗡嗡"和键盘敲击声，有强烈的游戏音效，也有玩家兴奋得突然发出的吆喝声，还有一些香烟味、羊肉串味、方便面味，这些混合型气味有点难闻，有点呛人……电脑前东倒西歪坐着或仰躺着不同姿势的玩家，但大多数是满脸稚气的青少年，有男孩女孩，也有留着怪异发型难以分辨男女的孩子；但每个人脸上都写着不同表情，有兴奋、激动、累倦，也有执着、紧张、激动。

在昏暗之中打听了网吧两个人，他才找到网名为"土豆"的管理人员，其姓名叫靳凤。他透过暗淡的光线向靳凤望去，看样子是一个另类，不！是古怪精灵的女孩，短发，染奶奶灰色，穿着网吧工作服，上衣是白色短袖，下身是藏蓝色花纹短裙，体态枯瘦，瘦到近乎丑陋，神情怪异，只有那一双杏仁眼瞳孔大而饱满，清澈明亮，稍有一些清秀。这与在网上对阵时的风格与画像截然不同，着实让赵晖吃了一惊，原先想好的话一下子全咽到肚子里，愣在了那儿。

反倒靳凤落落大方说，是找我的吧，有啥子事吗？

赵晖道，是的，我是从外地慕名而来的，专门找你请教网络技术，一会请你吃个饭请教几个问题，可以吗？

靳凤快人快语说，吃啥子饭嘛！要吃就到离网吧不远的东坡食府吧。我带幺妹子一起去。

赵晖问道，你们什么时间下班？

靳凤说，网吧整天整夜都上班，我娃儿干到6点钟了，6点一刻在饭馆里见。

赵晖道，好！随即给她摆了摆手算是告别，离开了网吧。

东坡食府大名鼎鼎甚是抢眼，赵晖出了网吧仅走两分钟就到了。他在饭馆大堂找到一个四人台桌子坐定，服务员说着浓浓四川普通话招呼着倒茶，介绍菜品。赵晖拿起菜谱翻看着，点了东坡肉、全家旺、东坡火米羹等五个菜，三荤两素，还要了一个汤和主食，算是较为丰盛了。

当晚前来饭馆的人很多，不到6点大厅里便是人头攒动了，几乎到了客满的程度。6点一刻刚到，赵晖就看到靳凤与一个扎着马尾辫子的姑娘进了大堂，朝自己坐着的位置走来。

靳凤给赵晖介绍说，这是我的幺妹子晓艳，一起在网吧上班。晓艳十七八岁，也穿着网吧工装，但个头比靳凤高出半个头，不胖不瘦，长相顺溜，属于青春靓丽型女孩。

靳凤冲着赵晖大咧咧地说，哎！请客的，你叫啥子名字？

赵晖微笑道，我叫赵晖，是江洲市侠之大者网安公司管事的。

听到此话，靳凤冲着晓艳做了一个鬼脸说，我晓得是上门找碴的，搞秋后算账吧！

赵晖诚恳道，可不是找碴的，是登门拜访，请网络高手出山助力，到我公司去干事业。

靳凤"嘿嘿嘿"笑过后说，我也猜到了，早先成都就有一家网络公司请我去，我回绝了。啥子地方都不去，我就喜欢在眉山这娃儿待着，安逸巴适。

说话间，服务员已将菜陆续端上桌子，五菜一汤摆了一桌子，热气腾腾，色香味诱人。

靳凤吸了吸鼻子说，哇！好得很，格娃儿弄得巴适得很。

赵晖就招呼着她俩吃了起来，但其他桌子食客却觥筹交错、推杯换盏，熙熙攘攘般热闹，沉浸在了国庆佳节的浓厚氛围之中。

赵晖感到桌子上冷清了一些，便试探着问道，今天是国庆节，要不要也喝上两杯，庆贺一下呢？

靳凤爽快地说，要得，喝两杯吧！

赵晖招呼服务员道，你们这里有什么酒啊？

服务员说，我们有泸州老窖、郎酒、五粮液。

赵晖道，两位姑娘看，喝点什么呢？

靳凤用杏仁眼瞥了一眼服务员说，今是个好日子，应当喝点国酒茅台，才热烈隆重哩。

晓艳附和说，要的，姐姐说得有道理！

赵晖脸上露出难为之色道，人家这里没茅台啊。

靳凤幽幽地说，街上离这儿不远处是茅台专卖店，保真。

赵晖略微思索后，便起身说，那好吧！我到街上去买，就请两位姑娘先吃菜，等等吧。

此时太阳已经落山了，街上逐渐灰暗下来，一个个门店上头插着的鲜艳国旗仍然红火，让人心里亮堂着。赵晖且行且看，寻找着茅台专卖店，但心里却不是个滋味。这个丑姑娘为何不懂事，竟然要喝茅台，是追求奢华享受还是出难题考验诚意呢？是不懂礼貌还是故意摆谱呢？她究竟是一个什么样的女孩？是公司期待的人才吗？他脑子乱糟糟的，一时理不出个头绪来。

不知走了多远，老远就看到茅台专卖店门头的灯箱亮了起来，分外耀眼。赵晖甩开脚步走进去，挑选买了一瓶飞天茅台，拎着匆匆返回饭馆，坐定打开酒瓶开始斟酒。

晓艳收起自己面前的酒杯说，我酒精过敏，就以茶代酒，请原谅吧。

这样喝酒只有赵晖与靳凤，赵晖为了成全靳凤喝茅台的心愿，就一杯接着一杯倒，与靳凤边吃边喝边聊，一杯接一杯仰起脖子喝。

两人对饮十几杯酒后，算是酒过一巡，脸色都红润起来，嘴边的闸门完全打开没有了顾忌，话题渐渐没有边界多了起来。

赵晖端起一杯酒感慨道，眉山确是一块风水宝地，人杰地灵，英才辈出，真是明月几时有，把酒问青天啊，不知天上宫阙！这杯酒敬两位网络神仙。

靳凤端起酒杯，晓艳以茶代酒端起了水杯，靳凤也引用苏轼诗词回复说，夜饮东坡醒复醉，归来仿佛三更。而后都爽快地一饮而尽。

赵晖道，我真有点走眼，没想到靳姑娘对中国古典诗词很有造诣啊。

靳凤摆摆手说，谬赞，谬赞！我是地地道道的眉山人，只对东坡先生的诗词略知一二，其他就一窍不通了，属于半瓶子醋瞎晃荡。

赵晖又斟满一杯酒道，你们眉山苏家人乐善好施，慈悲为怀。这种美德在苏家传下来了吗？

靳凤用右手拇指与食指轻轻捏着酒杯说，这种乐善好施啥子的，不单是苏家人一代代传下来，还影响着我们整个眉山人哦。

赵晖端起酒杯道，向你们眉山人学习，真是无波真古井，有节是秋筠。

靳凤、晓艳都端起杯子，相互轻轻碰了碰。靳凤又引用苏轼诗词回复说，人生如逆旅，我亦是行人。而后相视一笑，仰头一饮而尽。

大家都吃了几口菜，尤其是用勺子品尝东坡火米羹，感到口味咸鲜，十分爽口，而且香气回荡，欲罢不能。晓艳说，这种羹是用火米、青豆、豌豆、胡萝卜等熬制而成，很吃功夫，只有到了眉山才能吃到正宗的。

赵晖边吃边赞叹道，的确好吃。东坡先生真了不起，为后人创造了取之不竭用之不尽的美食和精神财富。譬如会挽雕弓如满月，西北望，射天狼！多么威武豪迈，俨然不是一个文人，而是一名赳赳武将。随即他又给自己和靳凤酒杯里斟满了酒。

靳凤端起酒杯再引用东坡诗词说，江山如画，一时多少豪杰，喝，干杯！

赵晖端起酒杯喝过后，再拿起酒瓶摇了摇，感到一瓶酒已喝了大半，每人应有三两酒下肚了，自己浑身燥热，神志有点飘忽了。再看靳凤，两颊绯红，下巴显得更瘦尖，双眼迷离，似乎有点醉意了，已酒过两巡了。

晓艳定睛望着靳凤说，姐姐，喝着差不多了，就打住吧！

靳凤摆了摆手说，我们喝的是茅台，保真！茅台不醉人哦。再说今天刚好是我19岁生日，意义不一般哟，多喝几杯要得，要得！随即将赵晖面前的酒瓶拿过去，主动开始斟酒了。

赵晖接住话茬道，19岁是桃李年华，人生一个重要转折点，说不准父母在家里已准备好精美礼物了。说到此处，晓艳两眼如同利剑一般重重盯了赵晖一眼，让他感到惊诧，有点摸不着头脑。

而靳凤的杏仁眼似乎红肿起来，瞳孔里一闪一闪溢着泪花，心中积蓄的忧伤与烦懑情绪，借着酒劲如决堤的大坝一样"哗啦啦"涌泻而来。原来靳凤是个孤儿，命运多舛，人生孤寂。父亲在她记事时就离世了，成为她情感深处的一个空白点，母亲将她拉扯到8岁时患癌症不治身亡，让她饱受人间亲情缺失的磨难与煎熬。她寄养在叔叔家长大，文化课成绩一直比较差，电脑玩得很溜，有些天赋，高中毕业没考上大学，就辍学了，只能倚仗电脑特长到网吧工作，逐渐玩成网吧第一高手。工作中常用黑客本领给一些网站服务，收取一定保护费；再者潜入互联网深网暗网之中，向黑客群体出售自己掌握的漏洞，赚取一些钱。但从小缺少父母管教，她养成了性格随意古怪、喝酒等不良习惯，花钱大手大脚，很少眨眼顾忌。她不愿外出工作，主要感到自己工作生活随意惯了，担心到了正规公司难以适应，给自己造成新的身心伤害。

赵晖本来就有悲天悯人的情怀，听到靳凤的凄凉身世就多了几分同情，理解其相貌古怪精灵的内在逻辑，就诚恳说道，我们公司取名为侠之大者，就是行侠义之事，成人之大者，追求大情怀，让亲情友情家国情融为一体，成为温暖和煦的大家庭，人人享受到平等与快乐啊。

这番话很有情感力量，如同一箭穿心般刺中了靳凤的软肋，让她心灵发颤，感到有一种从未有过的追魂夺命般的感染力。她有点热血澎湃了，顺手拿来两个大玻璃杯，摇了摇酒瓶子，"咕咚咕咚"往两个杯子里倒，直到酒瓶子流尽最后几滴酒，再将两个杯子的酒折成各有小半杯的样子。

晓艳无不担忧地说，姐姐，不能喝了，会醉的。

靳凤将其中一个杯子放到赵晖面前，另外一个拿到自己面前轻轻蹾了蹾说，幺妹子，茅台不醉人，心里麻麻亮，放心哟！随即对赵晖说，你们侠之大者是方脑壳，我愿意投奔，但待遇怎么样？挣不到钱就窝囊透了。

赵晖道，对于你这种情况可以破个例，现在的年薪基本工资是 10 万元，效益工资根据效益发放，工资还会逐年增加；另外可给你享受公司创始人的待遇。

靳凤摇摇头不解地说，啥子是创始人待遇？

赵晖解释道，主要体现在两个方面。一个是在公司选拔领导时，优先担任中高层领导职务；再一个是公司股票上市，创始人在购买原始股时优先，还可持有更多份额，当公司的大股东。

靳凤说，要的，要的！赵晖把靳凤面前的酒给自己折了一半，端起碰过杯后，两人都喝了。靳凤扭头对晓艳说，幺妹子，我娃儿明天就到网吧辞职，准备到江洲市去混了，何日功成名就时，还乡，醉里陪你三万场，要得吧？

晓艳呆呆地望着她，心情倒平静起来，似乎想起了什么心事。

## 2

公司集聚了一批基础条件不等的黑客苗子和人才，素质参差不齐，习惯各不相同。赵晖与司马红商量道，兴盛公司业务，人员素质是第一位的，亟待组织大家进行黑客业务大培训。

司马红说，老同学，你是这方面专家，最有发言权，就组织开始轰轰烈烈的大练兵吧。我组织行政平台人员做好相关工作，一切服务技术培训，一切支持技术培养，让大伙的业务素质来一次整体性的突飞猛进。

赵晖亲自拟制培训方案，组织开展为期 3 个月的"五步法"黑客技术训练，进入一段激情燃烧的火红岁月。

第一步学习黑客基础理论知识。对于夯实基础，赵晖是胸有成竹的，按照计算机代码语言、黑客理论逻辑框架、各种工具使用等内容，进行30多个课时的系统性学习。选定《黑客入门》《黑客技术概要》等书籍为参考教材，下载黑客论坛中一些有价值的论文，编辑参考文集。采取讲解辅导与自学相结合，白天集体学习，晚上个人自学，不懂就查资料，理解不透就相互请教，相互点拨，重点理解优秀黑客的思维逻辑、技术逻辑、伦理逻辑等，打牢第一块基石。

第二步掌握各种计算机代码。有人比喻说，如果计算机黑客技术是一座高深莫测的神秘大厦的话，那么每个计算机的语言代码就是打造大厦的一块砖头、一粒沙子，用代码的最小元素一点一滴堆砌成宏大的工程体系。计算机黑客代码，一般由英文字母、阿拉伯数字、特殊符号和注释组成，有长有短，最短的只有两三个字母，极其简单；最长的又是密密麻麻数百行千万行不等。而字母、数字、符号等不同的组合，就会演绎出无穷无尽的代码程序，实现计算机网络无穷无尽的逻辑功能。在一定程度上，掌握代码逻辑能力的熟练度，就反映黑客的效率，决定了黑客本领的高低。

赵晖带领大家重点理解代码的逻辑功能，在熟悉中理解，理解中学悟，沉浸中体验。一是看代码，不断看、不断熟悉，反复看、反复理解，特别是对晦涩难懂和逻辑深奥的代码，深深地看，重重地看，看出情感，看到内在深刻机理，不断增强真挚情感和熟悉度。二是记代码，不停地读记，朗读记，背诵记，正向记，逆向记，将代码打碎了记，重组起来再记，理解着反复记。有时对难度较大的代码，不厌其烦背诵几十遍上百遍，睡觉时还死记背诵，甚至进入梦境仍在背记，滚瓜烂熟，滴水穿石，达到如同熟悉自己十个指头般轻松自如。三是写代码，在电脑键盘上输入代码，不停敲击，闭着眼睛背诵输入，由慢到快，由生疏到熟练，重复滚动练习，让十个指头在键盘上风生水起，熟练击打，实现大脑与十指高度完美的结合。像王乾坤、龙文、靳凤的记忆力极强，对代码有先天的爱好，又悟性极高，经过如痴如醉般高强度的背诵记忆后，脑子就存贮了许许多多代码格式、逻辑机理，多得超乎想象，多得浩瀚无垠，就如同一个有自动检索功能的高级图书馆，存贮着稀奇古怪的代码，随时查找提取任何想要的代码，如探囊取物般手到擒来。

事实也证明，黑客先天对电脑代码的良好悟性，再加上后天肯下笨功，铁杵磨针般苦练，就能培养出炽热感情，从灵魂深处喜爱上特殊的黑客专业；就能熔铸出人意料的惊人奇迹，对电脑代码有游刃有余的精熟度，激荡出变幻莫测的黑客本领。

第三步熟练掌握各种工具。计算机黑客工具，是全世界一代代黑客在丰富实践中创造形成可使用的代码程序，非常丰富，极其庞大，包括漏洞验证、渗透测试、定制板操作等数千上万种。而且工具大小不等，有的工具比较小，也就几十行上百行代码；但大的工具达数百行上千行代码，一般人难以掌握使用。事实上，黑客工具又无极限地繁衍创造，黑客行为有多少，黑客工具就会有多少，始终在不断迭代、不停繁衍，随着黑客技术的拓展而不断丰富，永无极限，永无止境。

赵晖对黑客工具的运用是特殊的，有高深要求，既不简单墨守成规，也不刻意标新立异，而是匠心独具。他善于站在黑客巨人的肩膀上进行探索实践，青出于蓝而胜于蓝；也就是善于在运用工具中实现自我创造，灵活运用，巧妙使用；从而在运用工具中快速发现各种漏洞与缺陷，成就独到甚至是独一无二的黑客绝招。

第四步强化黑客技术实践。黑客的技术操作精准度高、体验感强，赵晖将一个个黑客技术实操方法，包括防火墙搭建、漏洞检索、蜜罐设置、渗透测试、痕迹擦拭等技术，录制成一个个短视频，分发给大家，进行模拟训练。大家在自己电脑里，搭建一个个如同靶场的网站环境，分头开展各种技术操作，不断练习基本功，强化攻防本领。

第五步钻研高精尖技术。赵晖深知，网络黑客技术如同在刀尖上跳舞，刀刃上攀登，竞争性极强，想面面俱到学精所有黑客技巧，几乎不可能。他提议每人在打牢技术基础上，找准突破口，力求在某一两项技术方面练精练强，成就独有绝技，做到千帆竞发各领风骚，千峰竞秀各有优长。这样大家因地制宜选择技术主攻方向，突出技术重点。

龙文精于计算机算法，思维极其缜密，逻辑能力强，苦苦背诵各种工具代码，脑子里储存了几十种工具代码，对代码逻辑理解得深透。哪些代码有缺陷，他认真瞄上几眼，就能从中找到破绽，让各种系统的漏洞无处遁形，成为公司名副其实的漏洞高手。靳凤深入研究网络上的诸多病毒，对病毒内在机理和各种代码组合悟得较深，有许多富有成效的破解之策，成为病毒高手。王乾坤钻研网络防火墙搭建，对搭建防火墙颇有建树，还精于计算机密码设置，对8位到百位字符以内的密码机理都研究得深透，是技术防护高手。

赵晖还注重将竞争、交流、互考三种模式，贯穿到培训始终，激扬整个技术大练兵的生机活力，就好比不断伸长了攀登的梯子，让大家顺着台阶持续不断向上攀越，领略无限风光。

以竞争激发技术进步。从基础理论到掌握代码和工具等，展开全员对抗竞争大提高。区分不同学习培训阶段，进行比学赶帮超，一个人一个人过关，两天一小考，一周一大考，把大家的智慧潜能激发出来，稳扎稳打，超越自我，确保每个人都不断精进。区分不同技术主攻方向，对操作技术进行强化训练，设定可达到的高目标，进行个体技术训练的竞赛比拼，重在比技术看创新，不断点燃创新激情。还应用实战化对抗演练，进行网络实战条件下的演练，从技术准备到实践操作、从紧急应对到快速处置、从心理技能到战术运用，实战化对抗，全要素检验，锤炼过硬本领。

用交流打通技术链路。根据黑客技术攻与防、体系研究与程序编写等专业分类，组建各个专业群体，定时进行技术交流，畅谈感悟体会，分享经验办法，用别人的经验促进自身进步，使别人的缺陷成为自己的铠甲。同步展开一对一、一帮一结对子学习活动，搭建网络攻防真实环境，互为对手进行训练，深度交流技术，不断学习借鉴，互通有无，相得益彰，既提高综合技术素养，又打通相近专业之间的壁垒，让技术视野得到更大拓展，达到更上一层楼、一览众山小。

凭互考取长补短。改变传统考核模式，每个阶段的训练，都实施队友与队友、进攻与防护之间的互考。互为竞争对手，互为考核对象，挖空心思寻找软肋，最大限度找短板查不足，持续激发创新活力。其实每名黑客身上都有可供开掘的潜能，而相互考核，就能刺激调动创造因子，最大限度开掘技术创新本领，特别是能够吸取教训举一反三，有针对性地弥补不足，让每个人的短板加长，长板加厚，使得公司内部学本领精技术氛围不断高涨，焕发出经久不衰技术精进的磁场效益。

看着身边一个个技术骨干能力上的脱胎换骨，筋骨强了，翅膀硬了，赵晖又多了一种忧虑，深感技术越过硬，越需要人品端正，信仰坚定。如果信仰和人品歪了，就会技术越过硬危害越大，给公司和社会造成不可估量的杀伤力。培养黑客的思想品德和职业本领同等重要，不能偏废。

赵晖倡导掀起见人见事见思想的讨论辨析，让大家各抒己见，智者见智，探讨矫正立场观和价值观。

围绕黑客应当具备什么样素质？大多侧重强调专业水平，有的说，重点做网络天地的技术大牛，能够在网络世界呼风唤雨、主而宰之；有的说，应当具备敬畏专业的心态、勤奋不倦的追求、很高的技术水平；还有的说，要对电脑与网络有强烈感情，爱岗敬业，终身不悔……

赵晖结合自身追求与实践概括道，网络黑客是一项极其特殊的职业，既不同于简单的体力劳动，又有别于普及性的复杂技术，而是一项具有复杂技术机理的特殊工作，独具内在成长规律。首先要具备天分，是不可或缺的基础。就是指先天的基因充沛，对计算机代码语言有天然的爱好，悟性优良，魂牵梦绕般挚爱。二是要做到本分，是成长的重要条件。就是目标单纯明确，去除功利之心，葆有笃定的职业精神，对技术探索达到物我两忘的状态，孜孜进取，无怨无悔。三是要注重勤奋，是进步的必要途径。就是要有一门心思走到黑的那股子劲头，舍得下笨功夫，如痴如醉精进，永不停滞永不懈怠。四是追求福分，是精进的最佳状态。就是天人合一境界，将探索网道的规律机理与自身技能成长相吻合，做到客观与主观、网道与人道的高度融合，让人能够在网络技术中充分享受到创新自由的快乐。

四个方面的素养，是赵晖从现实与哲学维度，总结出的黑客成才规律和旷达人生境界。大家都深感佩服，纷纷点头赞许。

对于做一名什么样的黑客？大家意见较为分散。靳凤心直口快说，我赞同侠之大者这个名字，就是行侠仗义，路见不平一声吼，该出手时就出手，格老子让网络也能抖三抖，过瘾啥子嘛！

汪富结合自己维修电脑生意说，俺对市场起起伏伏是懂得的，拾掇摆弄得当了，就得劲，顺水推舟就能赚大钱；再咋我们也不能当别人的奴隶，要做自己的主人。

王乾坤则觉得要高度依赖专业品质，说道，黑客黑客就是要敢于"黑"，在技术上敢于下狠手，打出专业技术过硬的八面威风；在商业上要适应力强，有敏锐的市场感知，追求最大经济效益；在待遇上以技术为准绳，一切围绕技术，一切保障技术，对技术贡献大的给予重奖，把公司的技术做成顶呱呱。

龙文沉着稳重，低头一直不发言，像在思索更深问题。赵晖点名让龙文谈谈想法，他从教育的角度切入说，我们做网络黑客，在一定意义上也是在做人，是在做自己的事业，还是做社会的事业；是做谋求个体利益的人，还是做谋求国家利益的人，确实值得甄别和选择。

赵晖道，这个问题提得好，切中了要害。我们侠之大者的使命，就是要在网络世界里行侠仗义，做科技报国的大者，就是要将为国为民的大事业与为己为家小事业相统一。而单纯利己主义的路子会越走越窄，甚至会成为绝路；只有做为国为民的大事业，才会有更多机会，路子会越走越宽，更好地成就个人价值。也就是说，借着成就国家网络大事业，我们个人才能走得更远，飞得更高。有时以国家利益为重，可能暂时会损害我们个体利益；但从长远看，会让我们的事业更具顽强生命力，更具长久性，在长远中获得源源不断的个人利益。换句话说，越是为国为民则经济效益越会滚滚而来，越是远离为国为民则效益越会渐行渐远，甚至会消失殆尽。

他停顿了一下，看到一些人表情漠然，就加重语气道，选择也是一种智慧，更是一种考验。我们应当着眼长远摆脱小我心态，不做单纯为了金钱的专业黑客，也不做没有方向的效益黑客，而要做紧随时代的超级黑客。就是超越金钱名利，心正向阳、为国为民，要有坚定信仰，将思想品质放在第一位，作为第一标准，以德为大，德技相融，在巩固维护国家网络安全利益中成就壮大公司，也成就每个人的事业。

这样的道理具有天经地义的唯一性，没有唯二。但一个小小的民营企业，甚至是被社会所忽略不计的小微公司，突然间舞动出如此宏大的格局，是让人感到有一厢情愿的自大心态，有老虎吃天高不可攀的抱负，不免会大吃一惊。

赵晖也看到有些人眼神中的诧异与困惑，心里想到，统一思想认识不容易，不会一蹴而就，这是一个长期而艰苦的认知转变和思想涅槃过程，须久久为功，更要滴水穿石。

3

公司业务大培训结束时，已近年底，江洲市下起蒙蒙小雨，持续不停。这样阴冷潮湿的连绵雨天里，天空好像在生闷气，阴云密布，一股股灰色云团从天宫降临，低垂了下来，离地面很近，有着撒气笼罩大地的欲望。而市区许多地方出现了喜迎元旦的标语，给晦色阴霾的雨天增添了一点点喜气，也标志着 2011 年的脚步已姗姗走来，又将是一元复始万象更新。

元旦这天，天空晴朗了，太阳露出久违的笑脸。靳凤梳妆打扮后，走出租住在云锦家园 7 栋 1 单元 10 层的房子，在小区门口打车来到繁华的东江区闲溜，进商场逛游乐厅，还到青年人喜欢去的歌厅泡了一会儿。从歌厅出来，旁边是一个名为靓丽世界的高档美容店。她好奇地走进去，看到里边高端大气，装饰讲究，充满了时尚味，出入的几乎全都是穿着时尚的佳丽和提着高档名牌包的女人。

一位身穿红色工装的漂亮店员迎上来，热情给她介绍情况，还将她拽到一个高档按摩沙发上体验一番。在轻柔音乐声中，椅子有节奏地给她按摩，一会儿捶背，一会儿捏肩，一会儿揉腿，如同温柔体贴的小棉袄般惬意舒适。贴心店员还在一台咖啡机上，现磨意大利卡玛多大师的阿拉比卡咖啡豆，磨好后冲泡端来一杯冒着热气的咖啡。她用嘴唇轻轻抿着品尝，有点苦味，也有酸味，更多还是一股浓烈的芳香，喝到嘴里在口腔里激荡出甘甜的滋味，柔和而不涩口，醇厚而不咬喉，花香浓郁，让她感到了柔美甘甜，味道独特。

一番舒适的体验后，靳凤询问服务员多少钱？

不要钱，这是我们店里回馈客户的免费服务项目。

如此真诚大方让靳凤有了好感，也产生了情感共鸣，便详细了解店里包括皮肤护理、身体保健、运动健身、美发、美甲、按摩等服务项目。有些项目是她没有见过的，很新鲜，更谈不上享受了。她好奇地问道，你们这里是啥子个价钱？

店员说，我们是会员制，以办年卡的形式服务，有高中低三档。高档年卡是 10 万元，服务最优，服务项目没有限制，年底返还 2 万元的大礼包；中档是 5 万元，服务次之，年底返还 5000 元的礼包；低档是 1 万元，就没有礼包了。

靳凤掂量了一下说，那我办一个中档年卡吧。

店员撇了撇嘴说，像您这样优雅时尚的小姐姐，应当办个高档的，服务项目和时间不受限制，多好啊，更划算。您这漂亮的脸蛋用高端化妆品做上两次，就能光滑白净，起码年轻几岁，那才是人上人的享受。

靳凤沉思片刻，感到自己也是高端科技人才，一个人吃饱了全家不饿，该享受的还是要享受，就将自己的银行卡掏出来办一个高档年卡，这一下几乎用光卡上的积蓄。

元旦过后，节日的氛围渐渐消散，新的一年又开启了。房东找到靳凤，让她交全年的房租，这让囊中羞涩的她颇为尴尬，不得不说了些歉疚的话，让房东宽限一些日子。她将想办法尽快筹措。

如何才能凑到一笔款子呢？靳凤思前想后，没有什么好办法，就不得不想到了重操旧业，制造一款新型病毒，瞄准一两个大户，再收取网络保护费，轻而易举解决手头的拮据。

于是，她开始琢磨病毒的机理逻辑，想了几天，决定利用逆向思维制造一款"天外噪声"病毒，让服务器中毒但不崩溃损毁，而是反应迟钝、噪声加剧，不能正常工作效率大幅降低。

有了逻辑思路后，靳凤选择一个星高月明的夜晚编写程序，淡淡的月光柔和地从天空倾洒下来，透过玻璃有种幽幽的朦胧之感，微风从窗外徐徐吹来，让室内弥漫起一种湿润、清新、凉爽的气息。靳凤静静坐在电脑前，心神俱定，脑子里极其清净单纯，闪现着病毒的内在机理和深奥逻辑，十指不停地在键盘上敲击，让电脑屏幕上流淌出一个个字母、数字、符号，渐渐汇聚成一个高深莫测的特殊代码方阵。

程序编写正酣，夜已渐深，月亮游移到了当空，绽放出幽亮的银色夜光，窗外一幢幢高楼大厦的灯光几乎全都熄灭了，整座城市进入了梦乡。而她的思维却格外兴奋活跃，充满了强烈好奇，喷涌着战胜一切技术困难的冲动与欲望……在电脑屏幕上，她将编就的病毒程序从头到尾浏览了一遍，将毛疵的地方进行修饰勘正，而后插入一个 U 盘，复制后再输入自己另外一个台式电脑里试验。不一会儿，台式电脑就如同喝醉酒似的，屏幕一闪一闪，跌跌撞撞的，音响系统发出低沉的"嘟——嘟——嘟——"怪叫声，让她感到刺耳，甚至是心惊肉跳。

她立刻走到窗前，将窗户急急关上。随即她又在中毒的电脑上，编写一个解毒程序，输入到电脑内存中，片刻工夫后，电脑就停止了闪屏，怪叫声也消失了，随之而来的是电脑运行检索的深红色进度条；接着电脑继续运行，屏幕上弹出"系统检测存有病毒，是否杀灭"，还出现两个选项。她立即点击"是"，屏幕上再次出现运行的进度条，进入到操作系统。屏幕上出现"病毒已杀灭，正在重新启动计算机"，而后计算机进入到稳定运行状态，恢复正常。

面对"天外噪声"病毒的研制成功，她心花怒放，即便是夜阑人静，也禁不住用右手轻轻拍了一下膝盖，"哈哈哈"沉声笑了几下。她再扭头看了看窗户，室外天色破晓，天空渐亮，新的一天又来临了。她打了一个大大的哈欠，脸上露出一丝得意的微笑，然后关上计算机，和衣倒头在床上眯着眼睡了一会儿。

　　这天靳凤将"天外噪声"病毒软件带到了办公室，利用工作间隙将其定点植入到江洲市某电器集团的网站。她又如同幽灵一般闯入网站负责人电脑，提出收取网站保护费 10 万元，但遭到拒绝。她立即发出启动病毒的指令，整个网站服务器瞬间进入疯疯癫癫状态，发出"嘟——嘟——嘟——"怪叫的噪声，让集团网络陷入瘫痪，有关业务被迫停滞……

　　无奈，电器集团不得不将 10 万元保护费打到靳凤指定的账户上，她便解除了网站瘫痪的危机。事后没几天，企业举报了这起网络敲诈行为，但公安机关无法从网络上追踪到靳凤，而是根据银行账户倒查找到了她，将她以敲诈罪羁押审理。

　　拘留所坐落在江洲市郊区，外面是森严的高墙、岗哨、铁丝网，戒备森严。她穿着一个黄马甲待在四壁没有窗户的小房间，等待案件调查。她尽管性格开朗，对待一切挫折都会"哈哈哈"一笑而风轻云淡；然而眼前是失去人身自由，身体与情感被牢牢禁锢，哪里也不能去，只有森严的孤独、寂寞、枯燥，同时伴有焦虑、郁闷、惶恐，脑海里就产生了奇特的绝望情绪……靳凤确实没有渊博学识，思维简单，只是精通电脑与病毒间的逻辑与代码。

　　她在敲诈前不知道是否违法犯罪，也不知事情败露后会受到什么样的惩罚，只知道对网站勒索金钱是不对的，违背了道德良知。对于其他危害，她则迷迷糊糊，如同一个盲人或梦游者一样瞎摸乱撞。当撞到了警察找上门，她才觉得自己闯下大祸，违反了国家有关法律，是犯罪行为。

　　面对铁窗高墙，她反复端详身上的那件刺眼的黄马甲，怎么也豁达不起来，感到一种莫大羞辱，更是一种罪孽，甚至觉得自己步入到人生至暗时刻。不过在某些时候，由于莫名其妙的原因，忽然感到有一股怒气袭来，一阵异乎寻常的苦痛袭上心头，让她眼前突然出现一道惨淡的亮光，照彻了整个心灵，使她觉得命运中有险恶的深渊和悲惨的远景，如同恶煞的凶光出现在身边，让她有些恐惧与害怕。那法律、牢狱、惩罚等，层层叠叠一大堆可怕的东西，堆积如山，重围峻险，让她心有余悸。

　　有时她脑子里闪现出手持钢枪的士兵、密密麻麻的铁丝网，不停在眼前晃动。倘若她的美好青春受到了摧残，性格受到了压抑，白白在这样孤寂峻厉的环境中消耗下去，那又是多么可怕的情景啊。这些惶恐的想法，让她对自己的行为产生了厌倦与愤懑，觉得简直就是一个瓜兮兮的孬种，自己害了自己，才滑入到如此田地。

她对自己痛恨绝望到了极点，甚至还抽了自己几个耳光子，"啪啪啪"很亮响，似乎震得室内吸顶灯也瑟瑟哆嗦，感到有些过头了。

而靳凤进入拘留所，最为着急的还是赵晖。他知道她的身世，觉得一个打小就缺乏父母之爱的女孩在情感上是有缺陷的，就像饥荒年代的人们缺乏营养一般，身体自然会畸形瘦弱、形容枯槁；同时也感到公司在教育引导上存有疏忽，重视了技术而忽视了思想情感，有着不可推卸的责任。念及至此，一种自责之情就涌上他的脑海，好像有一堵墙堵在心口，异常难受。

赵晖代表公司到电器集团做了道歉，归还了靳凤勒索的钱款，取得了谅解；随后找到公安机关，将靳凤的身世与公司所负的连带责任一股脑儿陈述了，表明公司愿意承担所造成的损失。公安机关鉴于此情从轻处理，就让公司缴纳了罚款，免于追究其他责任了。

靳凤从拘留所出来时，暮色降临了，恰好是雨后天晴，天空中飘浮着一块块白云，洁白明亮，如同自由的天使悠闲飘忽，如丝如缕，浮云深处是幽蓝色的浩渺苍穹，零星点缀着一些微弱的星星，眨巴着那小小眼睛，柔和而恬淡，抚慰着她瘦弱的身躯。街区华灯辉煌，霓虹闪烁，一派繁花似锦。靳凤坐在赵晖开着的车上进入市区后，听到邮政大楼的大钟亲切的呼叫声，东方大厦上灯光璀璨，到处都是流光溢彩的景色，心里不免激荡起万般思绪。

那灯光是多么绚烂，风姿绰约，令人心醉啊；获得自由是多么轻松，美妙愉悦，放飞心灵，自由自在啊……赵晖将车子停到长江路的东坡食府门前说，靳凤，请你在这里吃个晚饭吧，也算是压压惊，调整一下心情吧。

靳凤从思索中走了出来说，东坡食府哦，要得！太巴适了。

江洲市的东坡食府比眉山的气派多了，是整整一座6层大楼，一层是大厅，接待普通食客；二层是宴会厅，用于婚礼和会议；其他层有雅间、包房、餐厅等，可同时容纳上千人用餐。室内装饰高雅气派，悬挂着苏东坡有代表性的诗词、书法、绘画作品等，显得颇有书香味儿，很上档次，让熟悉崇拜东坡文化的人趋之若鹜。

他俩在一层大堂两人台面对面而坐，赵晖将菜谱交给靳凤道，点你喜欢吃的，别客气了！

靳凤拿着菜谱，连续打了两个哈欠，而后抬起眼帘定睛地说，啥子喜欢吃的嘛，我晓得格老子点贵菜好菜。说是这么说，但真正点菜时她还是手下留情，只点了东坡红烧肉、东坡火米羹、竹笋炒青菜三个菜。

赵晖道，少了点，再加一个菜吧。

靳凤说，吃不了的，多浪费哦！

赵晖道，喝点什么？茅台吗？

靳凤说，喝啥子茅台，瓜分分的，喝点黄酒保健安逸，又巴适！

赵晖本想喝白酒，而考虑到照顾靳凤的心情，便对服务员道，那就给我们来一瓶黄酒吧。

菜端上桌子时，靳凤感到饿极了，就狼吞虎咽吃了起来。赵晖将黄酒在玻璃杯子各倒了大半杯，端起与靳凤轻轻碰了一下，大大喝了一口，然后用筷子夹着东坡肉吃了一块说道，真好吃，香而不腻。随后道，你知道这道菜的来历吗？

靳凤摇了摇头说，不晓得哦。

赵晖道，这是东坡因乌台诗案被贬黄州时，人闲事少，就对猪肉做法进行了改良创造，用黄酒、冰糖、酱油调制酱汁，用慢火红烧而成，还将烹饪之法写入《食猪肉诗》中。东坡先生真了不起，竟然把人生磨难演变成了另外一种烹饪情感。

靳凤说，对我就不是啥子财富了，如同砍脑壳儿，狗儿麻糖般难受。

赵晖看到她心思还很重，说道，我已给财务讲过了，你提前去支取 10 万元用着，不要为钱的事犯愁了。靳凤点了点头，两眼饱含着感激之情。

赵晖又端起酒杯与她碰了下说道，哪个人的生活都不可能一帆风顺，磕磕绊绊很正常，关键是看如何对待遇到的挫折，是仍然热爱生活还是厌恶？东坡遇到贬谪说道，莫听穿林打叶声，何妨吟啸且徐行。竹杖芒鞋轻胜马，谁怕？

赵晖停顿了下来，靳风接住话茬说，接下来是一蓑烟雨任平生吧。

赵晖点了点头道，料峭春风吹酒醒，微冷，山头斜照却相迎。

说罢又停了下来，抬头看了看。靳风一时语塞，忘了词，脸色憋得通红。

赵晖接着道，回首向来萧瑟处，归去，也无风雨也无晴。

他接着道，人生最难得的是像东坡先生那样旷达！当回过头来望望走过的风风雨雨，没有了纠结，在心里就是也无风雨也无晴，不在乎那些困难了。这是多么的乐观与豁达！看得云散月明谁点缀？天容海色本澄清。

靳风露出笑意点点头，表达了认可。

这天晚上，靳风从东坡食府返回寓所时，仍然经受着黄酒后劲与东坡诗词的双重刺激，所有的郁闷、忧愁、绝望一扫而光，将大大小小的包袱放下了，心情极好，让她那快乐外向的性格再一次回归，快活地在楼下转悠起来，而且情不自禁地哼唱起了四川民歌《太阳出来喜洋洋》。

她一边唱一边双手忘我地做着动作，脸上洋溢出丰富表情，层出不穷的快乐灿烂，多姿多彩。只可惜夜晚黑黢黢的，楼下空无一人，没有谁能看到她此时的无比快乐与幸福。但唯有天上眨着眼睛的星辰看到了这一幕，为她的释然而欣慰。

## 4

那时，一旦有网安公司诞生，就会格外引人关注，各种业务必然快速繁衍。这是保障国家和民众网络安全的必然，也是一种新型现代化工作与生活使然。世界范围内的网络新鲜事儿每天都在发生，网络黑客的盗窃和犯罪永不停歇，花样翻新；那么正义黑客的使命任务也就永无极限，必须选择战斗，而且是创造性的生命不息冲锋不止。

譬如，网络空间数据海量，茫茫网海何以寻觅？网络干扰数据纷繁复杂，如何精准锁定黑客目标？网络情报数据维度单一，指挥研判网络情况以啥为依据呢？等等。

可谓是，有任务，无数据，心慌！有目标，无工具，内急！有命令，无办法，郁闷！在看不见的隐形天地战斗，很难！

迫切需要在网络空间积累海量数据，在更加广阔范围内布设检测节点，充分应用高效分布式检测调度算法、隐蔽安全回传通道、大量准确的资产设备指纹等，提供包括 IP 价值评分、威胁情报分析、行业检索、历史漏洞等更多独特手段，让用户能快速研判筛选敌对黑客的目标和敌对黑客试图颠覆的目标，保障网络使用的安全。

再譬如，敌对黑客的网络攻击来了，防御任务迫在眉睫！敌情不清，手段不明，无从下手，可谓是愁！愁！还是愁！

如何知己知彼、百战不殆？迫切需要研制一款快速检测网络战场，快速摸清敌情，快速锁定目标，提供检测漏洞突破方向、制定网络反击作战方案的特殊武器系统，拒敌对黑客于网门之外。

还譬如，网络空间链路复杂，黑客攻击无孔不入，传统防护缘木求鱼，浪费财钱而效果差。

如何判断黑客攻击？是从哪里来？携带什么兵器来？等等。

只有廓清网络战场的迷雾，才能有的放矢让敌对黑客有来无回，折戟沉沙！迫切需要精准捕获攻击信息，深度溯源黑客身份及攻击手法，将攻击者引入隔离网络，第一时间感知攻击，自动阻断攻击源，做到适时精准防御，将来犯之敌置于死地。

又譬如，隐形网络情况变幻无常，深网暗网访问太麻烦，费时又费力；深网暗网情报隐匿性强，不知从哪里获取；深网暗网情况来源众多，各种信息鱼龙混杂。如何才能准确检索、全面监控呢？如何才能确保网络绝对安全呢？

迫切需要通过 Tor、ZeroNet 等常见 AW 协议，进行识别和监控，依托于特殊的网络空间测绘和指纹识别技术等，对整个深网暗网进行发现、抓取、识别，让深网暗网情报检索容易、监控轻松，等等。

网络安全事业的生命携带着使命，正义黑客的任务繁重，必须永不停歇地奋斗、再奋斗！

某天下午，境外一家匿名的网络赌博公司提出让侠之大者给赌博系统编写一个软件防火墙，予以保驾护航。此业务工作量不小，但客户许诺给500万元服务费，属于一项效益高的业务。

司马红高兴地说，这样的业务多多益善，能够让公司吃饱流油，尽快发达起来。他将任务交给龙文，让他带领3名技术骨干，争取两周内搞定。

龙文受领到任务后，正准备大干一场时，迎头碰上了赵晖。赵晖获知情况后，当场叫停了此项业务。

赵晖道，我们公司不宜做这样的业务，这与公司的初心使命相违背。

司马红说，这是挣快钱，睁一只眼闭一只眼就过去了，何必较真呢？

赵晖道，不较真而去做，会让公司的声誉颜面扫地，受到损害而得不偿失。

司马红不满地说，声誉值几个钱？狗屁不是，挣到了钱腰包鼓起来才是硬道理，空喊高大上的口号也是误人误己误公司。

赵晖缓缓道，怎么能说是误了公司呢？相反做了这样的业务就等于认同了赌博这种丑恶现象，是助纣为虐。

这下司马红更是气得不行，那双总是眯成一条缝的眼睛瞪了起来，用右手将稀疏的头发往脑门上捋了捋，发出"呵呵呵"一阵冷笑后说，好一个正人君子，高尚，真高尚！说罢，就扭头气哼哼地拂袖而去。

赵晖怔怔地望着远去的司马红心想，怎么温文尔雅的老同学一下变得如此暴躁呢？他有点诧异了。

司马红被赵晖的死脑筋气得发疯。他离开公司后就直奔证券营业部何明的工作室，他把对赵晖这样的搭档和做派痛痛快快向何明控诉了一番。

何明与司马红年龄相仿，是同乡，矮个子，头发花白，戴一副深度近视眼镜，穿一件老式对襟紫色棉袄，像一位操劳过度的老学究，但在江洲市金融圈混得风生水起。他故作高明说，高人不与贱人争高低，贵人不与烂人论长短，三观不在一个频道上肯定尿不在一个壶里。你要另有打算啊。

司马红说，咋个打算？

何明说，适时转轨转行，不在独木桥上挣扎，另谋阳光大道。

司马红仰头叹了一口气说，谈何容易！说起来容易做起来难。

何明说，这有何难的？现在股票市场是七八年一个周期的牛市了，机会难得，稍动点脑筋就能赚得盆满钵满，好不快活。何必与死脑筋争来争去，自找烦恼呢！

司马红沉思片刻说，可我不懂股票，别砸进去血本无归啊。

何明淡淡地说，有我这个金融专家帮忙，还愁挣不到钱吗？

司马红兴奋地拍了拍光秃的脑门说，嘿！你看我也成了死脑筋，竟然忘记了身边有高人，真是打着灯笼找灯笼，呵呵呵……

说干就干，当天晚上司马红将公司管财务的弟弟司马明找来，给了他一张银行卡，让他将公司的钱给卡里打上 500 万元，暂借几天炒个股票。

司马明犹豫了一下说，哥，赔进去咋办？可就麻烦大了。

司马红说，你放心吧，稳赚！有老乡何明帮忙哩。

第二天上午，司马明悄悄到银行给卡里打了钱，司马红拿到卡就直奔何明工作室，在何明的操盘下，开启了炒股生涯。何明炒股是有丰富经验的，专门等到一些股票滑到低价时抄底。另外盯着炒新股，依靠内部关系从大客户手中买新股分得一杯羹，还碰撞着中新股签，提高中签率。两种套路配合运用，打短线，一周下来净赚了 300 万元。

司马红见好就收，全身而退，将公司的钱还了回去，另给何明和司马明各分 50 万元酬金，自己稳得 200 万元，一下子成了暴发户。司马红花 60 多万元买了一台奔驰越野车，成为全公司最牛气的豪车。司马明用 20 多万元买了一个金灿灿的金质项圈戴在脖子上，哥俩都神气十足起来。

公司出纳小魏将司马明兄弟挪用公款一周的事情，给赵晖做了汇报。赵晖若无其事地说，我知道了。

赵晖深知，古往今来，创业成功者仅占到十之一二，极其艰难；而成功者几乎全都是主角与搭档完美组合，获得天时地利人和而胜出的。几乎所有的失败，大多是主角与搭档离心离德导致的。他也清醒意识到，如今与司马红之间的分歧，只能弥合不能扩大，只能包容不宜计较；假使对其挪用公款一事追究下去越发不可收拾，甚至会带来内部分裂的局面。

当然赵晖也不是畏惧与害怕，而是寄希望于司马兄弟能够自我觉醒，在获得金钱后反省悔悟，认识到这些巨大利益源于何处？从而能正确处理集体与个人的关系，回归初心本分。他这种等待与期望是真诚的，善良的，充满了友善……可美好愿望，还是在日月流逝中化作了泡影，如露亦如电，慢慢转为乌有。

有一天中午吃饭，赵晖端着餐具有意来到司马红对面坐下，边吃边聊，主要话题是如何抗风险？当讲到公司资金管理话题时，赵晖说道，前段时间公司资金出现过挪用，这也是不容忽视的风险，应当在制度机制上有应对之策。

可司马红并没有真诚感应，也没有歉疚，而是略显惊讶地说，有这样的事吗？我让他们好好查一查。

赵晖轻描淡写的善意提醒，没有弥合彼此的分歧，相反加大了裂痕；就如同一个精美的玻璃杯，一旦碰伤出现了裂纹，还想通过黏合等办法重新恢复如初，是不可能的枉然。

从公正的角度来说，挪用公款炒股，本身就违反了公司的财经纪律，属于硬伤；而炒股获得巨额利润私吞了，又触犯了道义，属于情伤，于公于私都是让人不屑而唾弃的。但司马红根本就不愿让人知晓，即使知晓了也拒绝承认，不愿背上违纪又失德的包袱。事实上，赵晖知晓了，足以说明赵晖对公司财务是有掌控力的，司马红想隐瞒任何违纪之事，都是极其困难的，就等于堵住了生财之道。这令司马明忌惮而绝望，甚至感到赵晖死死捏住了自己的命门，动弹不得，甚至还会随意摆布自己，主宰公司。

司马红内心深处的扭曲情绪，也陡增了他对赵晖的厌恶与反感，让彼此间的心理缝隙逐渐拉大，渐行渐远，变得生疏冷漠起来。

# 5

俗话说，财多气壮，腰也粗。

司马红自从拥有了奔驰越野车后，自负情绪就野蛮滋长，甚至产生了一种幻觉妄念，感到自己身价高了，已是成功企业家，身上有着不可言喻的神奇魅力。在当时，奔驰车确是一种高贵，也是财富，还是地位与实力的象征，让他觉得车上的方向盘、仪表盘、座椅，以及车头上那简洁的标识，都优雅神圣，绽放出了非凡气质，让他垂爱而舒心。每天他将车子开到公司大楼下，时常不会立即下车，而是落下窗户，静静观察行色匆匆的上班族，从众生身上的着装打扮与行走姿态来映衬自己的优越，获取心灵上的虚荣与满足。他非常享受坐在车里的分分秒秒，喜欢用居高临下的心态观察外面的一景一物，也渴望着他西装革履从奔驰车上下来时那种被人仰视与羡慕的目光。

司马红刻意增加自己身上的价值与光环，让自身分量越来越重，光彩越来越多，甚至是达到无与伦比。

有一天，司马红在车里的后视镜意外发现自己眼睛太小，有点不雅时，就心生晦气，直接开车来到一家高档眼镜店，立即将眼镜换成一副黑色边框的咖啡色近视镜，隐藏起那双总是眯成一条缝的小眼睛，如雾里藏花般让外人看不清楚，增加一种似见非见的神秘感，力求彰显成功企业家的风度。这种高傲心理不受节制时，他就会找碴嘲笑别人，隔三岔五学别人讲话，夹带着藐视愚弄的口吻，觉得嘲讽别人一次，就多一分光彩，试图在贬损别人中获得快感与成就。

司马红也意识到，他与赵晖最大的分歧是思想观念的不同，人生追求的分歧。观念迥异的合伙人，是不可能携手走到头的，迟早会分道扬镳。迟分不如早分，似乎越早对自己越有利。他有点蠢蠢欲动了，紧锣密鼓地做着分手准备，想到公司最核心的资产是骨干人才，有了人才就会拥有一切，就能在另立门户后更具核心竞争力。

想透这个问题后，司马红掐指将公司骨干人才分为两类。一类像司马明、肖梅是至亲，骨头连着筋，不用拉拢就会主动站在自己一边，坚定地共进退。另一类像王乾坤、龙文、靳风等人，与自己的情感不深，但他们每个都是独当一面的技术大拿，多争取一位就多一分优势。他竭尽全力套近乎，分别找他们拐弯抹角讲了自己将要成立一家新的网安公司，以高薪待遇拉拢。

王乾坤、汪富态度明朗，直接表态说，人为财死鸟为食亡，哪里待遇高就到哪里干。

司马红拉拢龙文是在一个饭店里，备了好酒好菜单独宴请龙文。龙文诚惶诚恐，很不自在，两手不停地搓着衣襟。酒过三巡、菜入五味后，司马红开口亮出底牌说，我可能要新成立网安公司，迫切需要你这样的人才一起干，成为企业创始人啊。

听到此话，龙文心里"咯噔"了一下，内心掀起惊涛骇浪，那深沉的目光在灯光下幽亮锐利，激荡起一种忧郁之色。这个讯息来得太突然了，他一点儿思想准备也没有，司马红这位二把手另立门户，预示着公司的解体。对于刚刚成立不到一年的企业来说，确实是个不幸，也是悲催！他为公司的前程犯愁，也为赵晖担忧，但还是不失沉稳地端起一杯酒敬司马红说，总经理，我不相信你会另立门户，刚才说的一定是酒话！

司马红正色道，这不是酒话，是必然会出现的事情。因为我与赵晖办企业的理念不同，我看重经济效益，他强调社会利益，两种观念凑合在一起干，对彼此都是一种伤害，早分开早好，对双方都不是坏事。

龙文又端起一杯酒敬司马红，诚恳地说，对于我们员工来说，你与赵董事长手心手背都是肉，让人难以做出选择啊。

司马红一改矜持态度，给龙文斟了满满一杯酒说，我知道你与赵晖是同乡加同学，情感很深；但在人生关键抉择中，还是不要感情用事，应当择良木而栖。赵晖对你不赖，但我会给你在侠之大者两至三倍的工资待遇，比他高得多，就下决心跟我干吧！

这可让龙文犯难了，额头冒出了细密的汗珠。他满怀歉疚说，总经理，论个人友情，咱俩也没的说，但这不是工资多少的事，还是给点时间我好好考虑考虑吧！

司马红也看出龙文是忠厚之人，说的是掏心窝子话，也就借坡下驴说，那我就等你的讯息吧，但愿不要让我失望啊。

对于拉拢靳凤，司马红还是动了一番脑筋，他知道靳凤爱臭美，因办理高档美容卡用光积蓄就搞起了网络勒索，旧病复发，差点断送了自己。他与司马明分析认为，这样的女人现在急需的，一是金钱，解燃眉之急；二是高档化妆品，满足美容饥渴。那么应采取什么办法，向她挑明这个敏感的话题呢？

司马明昂了昂头，一边体会着那又粗又重金质项圈摩擦在脖子上的分量，一边神气十足分析说，哥，我觉得靳凤还是有很强虚荣心的，有点自负，可以考虑安排她坐在你的豪车里谈论此事，诱惑诱惑她的虚荣心，让她认识到挣钱才是硬道理，挣到更多钱才是英雄好汉。

司马红说，有道理，准奏！

具体怎样让靳凤坐一坐奔驰车？司马红选择在晚上下班后，靳凤走出办公楼来到旁边的公交车站等车时，司马红将他那辆黑色奔驰车稳稳停在靳凤身边，让靳凤大吃一惊。

司马红落下车窗说，靳凤，我捎你一程吧，不绕道，顺路。

靳凤一看是司马红，兴奋地喊道，总经理，你真是大牛，开这么好的车。

司马红说，上车吧！

靳凤说，要得，就拉开车门，坐到了副驾驶位置。

坐在车上，靳凤东瞧瞧西看看，充满了好奇与钦佩，对车的档次与舒适感赞不绝口，一个劲说，太巴适了，好安逸！

司马红一边驾驶，一边将专门买的一盒法国高档化妆品递给她说，这是送你的小礼物，请笑纳哦。看到包装精美的化妆品，靳凤眼睛一亮说，啊哟！总经理，这是啥子吗，哪个能无功受禄哦。

司马红便将另成立网安公司的设想如实道来，然后说，靳凤，我给你现在待遇的两至三倍，另给你做技术总监，保证你成为公司最受敬重的女人，你干不干？

这么优厚的待遇，太有诱惑力了！过不了几年就会身价百万。靳凤陷入了深思，脸色凝重起来。她的思维是单纯的、线性的、直观的，停留在对事情的表象认知上，而没有上升到非线性更深层次。她最为直接的感受是，如果接受了司马红的邀请，就得离开侠之大者而背叛赵晖，必须与赵晖对她的人生引导、技术点拨、情感尊重等那些美好的东西，做彻底决裂。

车子不疾不徐向前飞奔，她的思维立即活跃起来，头脑如同安装了一个陀螺仪，不停转动，让脑汁中的每个细胞都运转起来，回忆起那一个个让她铭心刻骨的事儿：在神秘莫测的网络天地，她与赵晖斗智斗勇，他是那么睿智而富有霹雳手段，如同无往而不胜的网络大神；在她日龙垮西要喝茅台酒时，赵晖是那么宽容而谦和，简直就是一个谦谦君子；在东坡食府吃饭喝酒进行诗词接龙时，他俩心有灵犀，配合得相当默契，激荡出飞扬的诗意；当她故技重施，进行网络勒索被警察拘留时，是赵晖施以援助之手……一幕幕往事，那么仗义，那么真诚，没有丝毫世故圆滑、功利虚伪，孰仁孰义？她心中是有数的。

现在为了得到高待遇而鬼迷心窍，能撑展吗？那不成了贪图蝇头小利的瓜娃儿了嘛！

她沉默不语，司马红追问说，靳凤，你想好了吗？错过这个村就没这个店，可别后悔哦。说话当中，车子已到了靳凤居住的小区门口。

靳凤说，到了，停到前面就好了！

司马红打了右转灯，点了一下刹车，将车子稳稳停在小区门口说，下车了，你还没回答我说的事呢！

靳凤说，呀呀呀！这个事儿不好定，脑壳子疼得厉害，再说吧！说罢就拉开车门下了车，但化妆品没带。

司马红连忙喊道，嘿——靳凤！东西忘带了。

靳凤随即折返回来，司马红落下车窗，将那盒化妆品递了出来。靳凤拿到后做了一个鬼脸，就踩着细碎步子，一股春风般进了小区。司马红呆呆望着她枯瘦的背影，心头涌上了捉摸不着的郁闷与不解。

# 6

该来的总会来，不期而至。

2011年第二季度结束，公司即将迎来一周年生日。对于庆贺生日，赵晖觉得方向比方法更重要，确定公司核心价值理念，用具有方向性目标来庆贺生日，向一周岁献礼！

此议题，在一天晚饭后的公司会议室举行，有关部门以上领导参加。在确定公司核心价值理念上，出现重大分歧，焦点在赵晖与司马红两位主要领导身上。司马红认为，公司应当坚持效益优先、效率第一的方针，一切工作以盈利为中心，旨在紧紧抓住江洲市网络建设快速发展的战略机遇期，尽快赚大钱获大利，成就每个人的人生价值。赵晖感到，公司不能单纯以挣钱为目标，应兼顾社会效益，恪守"一个中心三个原则"，即以"网道无亲，唯德是本"为中心，违反国家法律法规的不做、赌博色情等让人颓废沉迷的业务不做、有悖民族伦理道德的业务不做的"三个原则"，恪守为国为民的宗旨。

两种价值观的公开争论，是信仰与欲望的冲突，梦想与实惠的对决，网道与人性的矛盾，暂时利益与长远利益的较量。彼此争论异常激烈，唇枪舌剑，各说各有理，谁也不肯让步。

心气极高的司马红，抱定了鱼死网破另立门户的想法，更是盛气凌人，多了一种不屑与愠怒，脸色始终阴沉着。他带着嘲讽口吻说，赵董事长讲的"三个原则"，这不做那不做也就罢了，但"唯德是本"搞得邪乎了，呵呵呵！我们是网安公司，不是救世主，得靠技术吃饭，靠道德品质能吃上饭吗？吃不上饭说得天花乱坠也不行。如果我们连饭也吃不饱，穷得衣服也破烂拉胯，光着屁股蛋子，还上蹿下跳讲什么道德呢？

这些话说得极端而粗糙，逗得大家哄堂大笑！但没有人接话茬。

赵晖淡淡笑了笑，选择了沉默，耐心翻阅有关材料。

司马红打破沉默说，我还是那句话，一切从实际出发，坚持把经济效益放在第一位，俗话说得好，人不为己天诛地灭，不要纠结于健康不健康，挣钱是根本！有钱能使鬼推磨！

赵晖又淡淡笑了笑，保持着沉默，用眼睛扫视了一圈会场其他人的态度。

大家谁也不好说什么，大多默默而诧异地盯着司马红。

看着一个个异样目光，司马红感到自己坐在那儿信马由缰发言，似乎不受待见，成了跳梁小丑。但他转念一想，堂堂男子汉顶天立地，再怎么也不能窝窝囊囊被人愚弄，要痛痛快快葆有气节啊。

司马红随手端起桌子上的水杯喝了一口，拿出居高临下的态度说，赵董事长，老同学，我讲了这么多，你也得有个态度，不能让我白费口舌，枉费一片好意！

赵晖把目光从材料里收拢回来，扭过头来目光落在司马红身上，镇定自若道，老同学，你的好意我理解，但我不认同单纯的效益中心论，也不认为单纯追求高效益就能获得高效益。你想想看，我们搞网络技术安全，核心指标是安全，离开了安全，尤其是国家和民族的安全，得到的利益越大危害就越大。你再想想，如果单纯追求经济利益，为那些网络诈骗、网络偷盗、网络色情、网络间谍提供服务最来钱，我们能干这些事吗？

抬死杠，死抬杠！司马红自言自语了一句，霍地站起来，边走边说，真是够了，我宁愿被扫地出门，也不愿搞这无聊的争论了。说罢他就走到门口，随手拉开门扬长而去，再也没有回来……

坐在会议室的所有人被"晾"在了那儿，莫名其妙，大惑不解。

夜深了，万籁俱寂，弦月如钩，窗外唯有汽车驶过的马达声和夏季的蝉鸣声交织在一起，成为深夜一种独特的音乐交响。赵晖一点睡意也没有，满脑子盘旋着司马红在会议上的所作所为，尤其是最后说的那句话：真是够了，我宁愿被扫地出门，也不愿搞这无聊的争论了。这是一时的气话，还是蓄谋已久的心里话呢？这是对他个人的不满，还是对公司发展战略的叫板呢？他猜测不透，感到脑海里一片混沌，乱糟糟的如同糨糊，将左左右右的东西都粘在一起，让人迷迷瞪瞪，心烦意乱。

他走出寝室，来到外面溜达，清醒清醒头脑。在月高夜深的室外，一切都显得空旷寂寥。路上几乎没有行人，淡淡月光透过稠密的树丛在路上洒下斑驳陆离的阴影，让道路显得宁静、黯淡、阴郁。在不知不觉中，他走到了长江大堤，坐到江堤下的台阶上，眺望脚下缓缓流淌的江水。月光将江面照亮了，流动的水面上有成千上万晶莹闪烁的光斑在跃动，让他眼睛亮了起来。岸边一浪又一浪的波涛，拍打着江堤发出有节奏的声响，撞击着心房，让他热血澎湃起来，真是滚滚长江东逝水，浪花淘尽英雄！他的思绪逐渐清晰明了，再一次跳跃翻飞，飞得很高很远。

这条滔滔不绝的大江，承载着几千年的文明史，记忆着多少英雄往事？赤壁大战的冲天火光，淝水之战的江水诡谲，草船借箭的江雾迷影，百万雄师过大江的千帆竞发，等等，都是中华史册上的鸿篇巨制。滚滚江水让多少才子佳人俱折腰！有的留下千古英名，让子子孙孙铭记；有的留下骂声，又使世世代代唾弃。他也遐想到，这条大江是多么坚韧不拔，有着永无休止的精神，永不停歇的劲头，永远向前的信念，不管历史风云和岁月如何变迁，始终向着东方，朝着大海奔流而去，信仰永不变。而大海又是何等胸襟博大、接纳百川，包容了一切污泥与风尘，就如同一个无边无际的洗涤器，将江水中的所有杂质和淤泥全都沉淀，创造出了碧波万里、清澈透明。正如尼采所言，人是一个浊流，你应该是海了，能容这浊流使他干净。

是啊！胸怀有多大，就能包容成就多大的事业。赵晖暗暗下定决心，理解包容司马红，把公司所有的杂质过滤掉，把所有的力量凝聚起来，共同描绘江洲市网安事业的未来。

翌日刚好是周六，赵晖特意在东坡食府三层临江仙大包房摆下筵席，宴请司马红和十几位技术骨干，试图用推杯换盏的特殊方式，密切彼此感情，消除以往的一些裂痕。

晚上6点钟，大家陆续来到临江仙，相互问好致意后，平静地喝着茶，不紧不慢地闲聊着。服务员将七碟八碗端上桌子时，赵晖以请客者的身份发表祝酒词，饱含浓浓真情，拿出家乡柳林酒，连续向大家敬了三杯酒，算是开了场子。酒至微醺，醇酿在肚子里如同燃烧起了火焰，点燃了情感的岩浆，让每个人的思维活跃，酒桌上顿时火热起来，相互称兄道弟，端着酒杯说起豪言壮语，心里的话再也隐藏不住，如竹筒倒豆子般倾囊而出，落在饭桌上"噼里啪啦"直响，显得有点激昂、繁芜、热烈。

司马红喝得很尽兴，脸色绯红，穿梭于众人之间，如同交际明星。他给大家敬了一圈酒后，将收官放在了赵晖，破例拿来两个高脚杯，将两个杯子倒得满满的，给自己和赵晖面前各放了一杯，扯开嗓子说，老同学，昨晚是我不对，不应该耍脾气不辞而别，向你道歉，做深刻检讨。

赵晖笑了笑道，君子和而不同，有分歧很正常。我们在团结中弥合分歧吧。

司马红站起来梗着脖子说，老同学，说实话，我俩之间的分歧不是小分歧，而是大分歧。这样的分歧是深藏在骨子里的分歧，靠争吵解决不了，靠喝酒也解决不了。我现在敬你一大杯酒，就是分手酒，还是好聚好散，仍然是好同学好兄弟。说罢，他如同壮士出征般，端起酒杯仰起脖子"咕咚、咕咚"喝了个底朝天，然后抹了一把沾在嘴唇上的酒滴，继续说，我先干为敬，请老同学看着办！

司马红说得随意，其实信息量惊人，仿佛一颗重磅炸弹，让赵晖惊诧、震撼、伤感。一个是铁了心要分手，没有回旋余地了；二是还要与自己大杯拼酒，再将一军。他抬头看了看大家神情，有惊愕与担忧，也有漠然和愤懑。他想到，司马红做出咄咄逼人的阵势，不回非礼也。再说了真的猛士，必须敢于直面惨淡的人生。

大家都眼巴巴看着，他还能说什么话呢？一句话不说顶一万句，顺其自然吧！

赵晖从容不迫端起面前的大杯酒，一口气喝了下去，干脆、淡定、豪迈。此时他已有六七两酒下肚了，酒精的反应很强烈，浑身燥热，头脑发蒙，许多话一个劲往嘴边涌。他摇了摇头，再次提醒自己：一句话不说顶一万句，保持冷静与镇定。

在酒桌上，酒是一种天然而多情的情感媒介，酒至酣畅时，或孤傲不驯、放任较量，或轻佻礼疏、出其不意，或原形毕露、魑魅魍魉……看似喝酒，其实是在比拼胆识、智慧、心性，以至于历史上有"杯酒释兵权""煮酒论英雄""鸿门宴""贵妃醉酒""醉刘伶"等，留下了许多传奇典故。

而赵晖的淡定与沉默，在场所有人都在猜测。龙文更是理性观察，觉得赵晖喝多了，已经到了人们常说的喝酒第三境界不言不语了，说不准会出洋相，他甚至思量着应对之策。

赵晖仍然镇定沉默，让酒桌暂时冷却下来，一时竟然鸦雀无声，寂静得有点诡异与尴尬。靳凤有点耐不住性子，习惯性将右手放到酒杯上，思量着打破沉默，但还是抿了一下嘴唇把手收拢回来。

沉默，沉默，仍然沉默！足足有两三分钟没有任何声音，倘若此时有一根针掉到地上，也应能听到轻微落地的声音。

司马红也喝得差不多了，脸上颜色加深了，好似苹果的紫红色，更像猪肝的青灰暗红。他按捺不住躁动的那颗心，再次打破沉默开口说，老同学，我还是打开天窗说亮话吧，今晚你安排的这顿酒很好，就是好说好散的分手酒，分手后我也要创办一个网安公司，咱们就摽着劲一起闯荡江湖。我创办我的网安公司，就要按我的理念办，就是要不在乎任何框框圈套，不背任何包袱，快赚钱，多赚钱，赚大钱。愿意跟我的就举起手来，我们就是一门心思多挣钱为了自己，活出最好的自己来。

此话很有煽动性，让酒桌的气氛既轻松又紧张，既兴奋又沮丧，既敏感又犀利。大家面面相觑，内心开始躁动不安起来。

司马红接着说，酒喝到这个时候了，还不敢亮明态度吗？愿意跟我挣大钱的就举手吧。

大家沉默着，仍然没有动静。司马红紧蹙双眉，瞪大那一条缝的眼睛，将炙热火辣的眼神直接刺向了王乾坤，锋利而有力，似乎能刺穿人的五脏六腑。王乾坤感受到了眼神的锋芒和期待，略显难为情地说，我同意跟着总经理干，就把右手难为情地举了起来。

突破口打开就会有多米诺骨牌效应，司马明紧随其后举起手，汪富也举了手……还有两位技术骨干也举起了手。司马红重重瞥了一眼，猪肝色的脸上露出一丝得意，紧接着将锐利的目光投向龙文、靳凤，但他俩眼帘耷拉着，压根儿没与他碰撞，更谈不上交流。随后司马红不得不把目光投向肖梅，想着这个表妹该表明立场了。

但出乎司马红预料的是，肖梅一直埋着头，没有搭理他。让他顿生疑惑、遗憾、愤怒，想不通其中的缘由与逻辑。

酒桌上的气氛再次陷入尴尬，寂静，寂静，还是寂静！

而出乎赵晖意料的是，他苦心挽救的王乾坤、汪富竟然决定离开公司，让他始料未及。他用目光环视了一下所有人，平静地说，人各有志，愿意跟司马总经理干的就走吧，不强留。今天是7月9号，离开公司的本月工资照发，年度奖金照给；如果干得不顺心了，再回来也欢迎，侠之大者的门永远向大家敞开着了。

司马红立即端起一杯酒说，多谢老同学给面子！好酒入皮囊，海水难斗量；本是同根生，各奔前程祥。他一口喝干了酒杯里的酒，随后抱拳作揖说，告辞了，我先走一步！便扭头离开了包间，将大家再次"晾"在了那儿。

晚上的宴席，最让司马红耿耿于怀的是肖梅，难道她与自己不一条心，被赵晖收买了吗？难道她要抛弃自己而追随赵晖吗？难道是自己没给她许以高薪报酬吗？他百思不得其解。借着一个劲往上泛的酒劲，他拨通肖梅的手机说，表妹，你今晚没有举手，让哥非常失望啊！

肖梅在手机里说，表哥，做企业嘛，尽管有那个心气，但你那疙瘩不行。

司马红反诘相问，为何不行呢？

肖梅说，我有个预感，听到你要另立门户办企业，就咬眼皮子嗑，觉得有点噶瑟了。

司马红说，你这不是拿人不识数吗，瞎咶了吧。

肖梅解释说，我不单单是凭第一感觉。你盘算一下，一个是你不精通技术，两手攥空拳；第二你做事毛愣三光，心浮气躁，越想抄近道就越成了弯道，哪怎能做成呢？我就把话撂在这里，你现在回头还来得及。

司马红说，那你为何看好赵晖呢？

肖梅回复说，他既是个怪物，也是个奇才，看得长远，脚跟子踩得牢靠，将公司业务与国家需要对接起来了，成功的希望就大大增多了。

司马红继续追问，你与我是亲戚，为何在关键时候胳膊肘往外拐呢？

肖梅说，虽说我俩是亲戚，但追随你看不到成功的希望，是一种没有价值的徒劳；而追随赵晖就不同了，成功的希望很大，可以打开人生的另一扇门，就可以成就不一样的人生。

听到这里，司马红的火气再也控制不住了，大声吼道，你给我打住吧，风大闪舌头埋汰自己人，而长别人的志气。你真是狗眼看人低，一个白眼狼！旋即按停了通话键。

手机里传来"嘟——嘟——嘟——"的忙音，肖梅气得"呜呜呜"哭了起来，呜呜咽咽，鼻子与眼泪一起流淌在脸颊上，稀里哗啦的。

# 第五章

## 1

司马红如愿以偿脱离侠之大者，按照投资比例分得资金260万元，固定设备仪器30多件（套），还拉出来王乾坤、汪富、司马明等10多名骨干，着手创办新的网安公司。

他究竟要创办一个什么样的公司呢？这对司马红来说是一个新的重大课题。

第一不能是合资公司，一旦合资了合伙人就容易相互掣肘，产生内耗。第二是要大权在握，兄弟俩要牢牢掌控公司的重大事项，真正办成自己的企业，实现自我价值。第三是广开业务渠道，全力挣大钱挣快钱，以最小代价实现公司利润最大化。

围绕三原则，司马红琢磨着对脚有残疾的汪富打主意，就一个电话将汪富请到江洲大酒店18层的聚仙阁吃饭。汪富是第一次出入江洲大酒店，在门口下了出租车一步一瘸走着，东张西望看着，感到一切都新鲜。他惊叹大酒店墙壁上的巨幅油画、豪华装饰，一边走一边"啧啧啧"吧嗒着嘴巴称赞，算是见了一次大世面。

酒过三巡后，汪富紧紧盯着桌子上的盘子吃个不停，特别是对刚上桌的基围虾情有独钟，那活着时灰不溜秋的虾，为什么用水煮过后外壳就成了赤红色，剥开皮里边的肉粉嘟嘟的，惹人嘴馋。他不失时机用手剥开了吃着，感到新鲜好吃，血美啊！吃了几只虾，感到口有点渴，看到面前的碗碟中有一个小碗，里边盛着半碗茶水似的，就端起来"咕咚咕咚"喝了两口。

哎哟！这是洗手水呀，不干净，怎么就喝了呢？司马红说着脸上露出了讥讽与轻蔑。

这让汪富尴尬至极，头摇得像拨浪鼓般说，不中，不中！

司马红眼睛眯成一条细缝盯着汪富的吃相不免觉得有点好笑，就给他斟满一杯酒切入正题说，咱们办公司，为了能享受到残疾人办企业减免个人所得税的优惠，我想借用你的名义办营业执照。

汪富双手掰掉一只虾的头和外壳塞到嘴里，嘟囔着说，中！端起酒杯与司马红碰了下一饮而尽。

司马红再斟满一杯酒说，只是以你的名义办企业，但企业还是我的，只是担个名，懂不懂？

汪富忙乎着用右手拎起一只虾说，俺懂，俺懂！又端起酒杯碰了下一饮而尽。

司马红又斟满一杯酒说，为了防止以后有什么说不清的事儿，公司是我全额投资的，你只是名义上的法人，不拥有公司股份和资产，也不能享受公司资产带来的任何利益，行不行？

汪富边咀嚼大虾边说，中，中！再端起酒杯碰了下一饮而尽。

司马红随手从公文包里取出一份经过律师审定的协议，放在汪富面前说，你看看吧，如果没有疑问，就请在协议上签个名。

汪富仍然尽情地吃着大虾，用眼睛瞥了一眼协议，打了一个饱嗝说，中，中！随后将两只手相互搓了搓，甩掉粘连的虾皮，拿起笔在乙方后面签上自己的大名。

放下笔后，汪富重重盯了一眼协议，张大嘴巴露出两个大龅牙，意味深长地说，司马老弟，你说的字俺签了，新成立的公司俺也算是元老了，是不是考虑让俺弄个啥官当当，也长长脸，证明不是瓢茌儿。

司马红眨了眨小眼睛，眯成一条细缝说，你这个想法不赖，想在公司担当更大责任。我会考虑的，准奏！

　　新公司名字为红远信息技术有限责任公司，注册资本 300 万元，经营网络安全技术、咨询、输出服务等。司马红在东江区休闲地段租了一栋五层楼房作为办公楼，大楼房顶设置了超大的灯箱宣传招牌，每到晚上便璀璨夺目。只要人们来到东江区，老远就因巨大招牌而关注这幢并不高大的楼房，特别是霓虹灯采用新型发光体，在发光中释放出艳丽辉煌的金色光芒，散发一圈一圈的光晕，仿佛一个个绚烂的奖章，让人会感到红远公司底蕴厚重、荣耀满身，不由得心生美好而敬重了。用司马红的话说，公司的楼房不高，但必须把招牌做大；规模不大，必须将广告做好。公司外表体面高大了，吸引力就强，客户就会慕名找上门来，谈生意的起点也就高起来；本来是一两万的合同，客户就不好意思只给一两万了，而是给三五万或者更多。这就是门槛高贵，酬金档次也提高的内在逻辑。

　　司马红任公司总经理，司马明为财务部经理，跟随离开侠之大者的骨干均有任用，鼎盛时人员发展到数百人。

　　宣布汪富为公司办公室副主任这天，正好入伏，江洲市进入一年最为炎热的季节，空气中弥漫着炙热气息，沥青路面也被火辣辣太阳烘烤得软了起来，散发出一种难闻的味道。

　　自打有了副主任这个头衔，汪富心里就美滋滋起来，工作生活境遇有了一些显著变化。一个是办公由集体办公区域，搬到挂有副主任门牌的单间，享受到公司中层领导的待遇，个人有了一个相对私密的空间。另一个是他走路的姿势变了，原来头颅总是斜着瞟看地面，生怕前面有什么东西绊住残疾的右脚；现在这种顾虑消除了，头颅略微昂了起来，多了一点点高傲。再一个是办公室衣帽架上多了一件单薄而崭新的绿大氅，大氅是防滑面料，不打褶，摸上去光滑柔软，显得高端体面。即使是大热天，他在拥有空调的房间里，也会隔三岔五穿上大氅，背着手昂起头，在屋子里来回踱步，感觉如一位大学生，或者像多年前驻村的李干部，有了一些权力和威风。

　　提及驻村的李干部，还得从他遥远的记忆长河中去搜寻。汪富老家在鄂豫皖交界的一个小山村，自然环境条件差，远离城镇，偏僻贫瘠，代名词就是贫困、落后、萧条。高中毕业后的他，一直做小买卖，但收入甚微，穿得破破烂烂，日子过得恓恓惶惶。他当时最羡慕的人，就是驻村的一位青年干部李玟。在冬天李玟常穿一件绿色军用棉大衣，整整齐齐扣好几个纽扣，背起手昂着头，在村子里走来走去，解决村里那些鸡毛蒜皮的事儿。譬如，谁家的羊跑出圈吃了冬麦苗，谁家宅基地多出一个茅厕，谁家在路旁多种几棵树，占上村里点小便宜，等等。村里人只要看到李干部走来，做事就端庄起来，行为就文明多了，本来是吵架的看到了李干部就会偃旗息鼓，甚至是化敌为友。庄稼人谁如果能够追在李干部屁股后面，递过去一支香烟，李干部接住了点着抽起来，那么这个人便会高兴上那么两三天。

汪富理解，李干部的权威来自背起手昂着头，形成了独一无二的阵势与威严。故此，当司马红答应提拔他后，他就开始刻意塑造自己，专门到商场买了一件绿大氅，慢慢学着李干部，增长些派头和气场。

真正当上副主任后，汪富顿感心灵滋润了，如同抹了蜜一般，舒坦、畅快、称心，如熬过寒冬后沐浴春风，无比痛快；像久旱遇甘霖般解渴过瘾，酣畅淋漓，顿感身价倍增，一下子就步入以前只能远远仰望的阶层了。收入丰厚了，人也富态起来，仿佛做梦似的。他觉得自己比驻村的李干部官大多了，还有个闪亮的头衔，非常悦耳动听。再说了，李干部没有专车坐，最多骑着那辆除了铃铛不响其他部件都响的自行车出入村子。而他管理着公司的几台公车，隔三岔五可以坐一坐，享受些特权，比李干部的层次高出一大截。

如此命运安排，他原来想都没敢想，但现在变成了事实，千真万确的现实，给他增添了无限自信。这又是谁带来的？他百思不得其解，在冥冥之中归结于神明，归根于命运。

随后汪富就迫不及待地搬家，逃离辱没他身份地位又让他苦楚的水泥盒子。在那个阴森潮湿的住所，冬天没有暖气冷得要死，只有靠一个电褥子取暖，深夜里上厕所到巷子里跑上一趟，冻得手脚冰凉，回来后很长时间难以入睡，有时睁着眼睛熬到天亮，苦不堪言。更为闹心的是经常受老鼠搅扰，又肥又大的灰老鼠作乱多端，变着法子偷吃他的食物，还咬坏过他的衣服，咬伤了他的耳朵，让他厌恶啊。离开时他索性把那些破烂全都扔掉，在距离公司两站路的东江区蓝湖庄园，租下 15 栋 3 单元 18 层的一套房子，面积达 80 多平方米，换上全新生活用品，开启了有档次的人生。

然而，汪富过度的乞求与欲望，也让他出现了一些不易察觉的心理变化，就是心迷乱了，欲望蠢蠢。他从前钻研技术的那股子劲头不见了，包括蜜罐、防火墙、漏洞、拓扑检测，以及图像采集、解码处理、网络接口等，统统对他没有吸引力，逐渐在心里淡漠了，显得那么晦涩、枯燥、无趣。他对什么技术机理、信息分析、攻防对抗等，不再牵挂了。而对于金钱名利却非常在意，有时还会钻牛角尖，搅得神情恍惚，眼神开始闪烁游移，面容惶惑而阴沉起来，做事慢慢也刁钻古怪。尤其是对下属，他时常摆出一张生气的脸咄咄逼人，从中显摆自己的权威。

譬如，他时常把本该上班时间完成的事，拖拉到晚上加班做，既名正言顺加大自己的贡献率，表现出极端敬业，拿到加班费；又能蹭着坐一趟专车，让司机小刘把他送回家。小刘送他回家时，他训练小刘如何提前把车开到准确位置，如何开车门，如何将手放在车顶，防止他上车不小心碰着了头，等等，享受高规格被服务的优厚待遇和独特礼仪。

再譬如，除了在司马红面前毕恭毕敬外，他觉得自己地位高了，应当享有对部属训导与藐视的权威，就经常以居高临下的口吻讲话，高谈阔论，盛气凌人。对办公室一个女员工江薇，更是呼三喝四、故意刁难，要求江薇每天早晨提前一刻钟上班，将他的办公室打扫得干干净净，一尘不染。每天下班前，要求汇报一次工作，并且要拿着笔记本和钢笔，规规矩矩站在他面前汇报。汇报不好了要重新汇报，直到满意为止。有一次连续汇报了三回，长达半个多钟头，江薇忍不住抹起眼泪，才算勉强过关。

此事在公司传得沸沸扬扬，司马红在一次例会后，专门将汪富留下来，斯文地摘下眼镜哈哈气擦拭着，幽默地说，汪主任，听说你的手段很厉害，弄得江薇经常哭鼻子。

汪富振振有词说，不严，她成了二半吊子，可咋整？俺也是为了公司才下狠心呼巴掌的。

司马红疑惑地说，你怎么能呼她嘴巴，弄事情呢！

汪富磕磕巴巴解释说，总经理，不是呼嘴巴，是严格要求，高，高标准！

## 2

司马红等人离开侠之大者后，侠之大者从股份制变成了独资企业，赵晖由董事长改任总经理，下设市场部、运营部、技术部、研究室等。公司将世纪大厦15层的2000多平米办公室全都租下，招收一批新员工培训后，人员扩充到300余人，重新整合力量，强壮筋骨。

围绕肖梅出任公司办公室主任，大家发生了争执。龙文、靳凤等竭力反对，认为侠之大者与司马红新成立的网安公司存有竞争，担心肖梅与司马红的亲戚关系，担任重要职务会给公司带来不利。

赵晖力排众议说，肖梅在人生十字路口选择留下，已经承受了不少压力，假使我们仍然对她疑神疑鬼，会再度挫伤她的情感，对她不公平。想当年，赵孝成王不信任廉颇，导致长平之战失败；项羽不信任范增，带来无人出谋划策；汉文帝不信任贾谊，造成其英年抑郁而亡；明崇祯皇帝猜忌多疑，妄杀忠良造成大明颠覆……猜疑的后果是严重的，我们绝不能让一个朋友失望啊。

肖梅走马上任办公室主任，牵头负责协调各项事务。

公司进入新的轨道运行，办公室发出通知，要求全体员工展开头脑风暴，为企业规划发展方向和路径建言献策。短时间内，公司征集了上百条建议。

又是一个夜阑人静、万物沉睡的夜晚，赵晖挑灯细看大家的意见建议，苦苦思索办企业一年多来的成败得失，探寻超级黑客安身立命之道：一个是坚守契约原则，用公司与个人形成的履约与支付酬金，建立彼此信任依存的稳固关系，即"法"；另一个是精神信仰的牵引，凭为国为民的企业宗旨，建立德义的精神高地，让每个员工享受到被人敬重的自信与荣耀，即"义"；

再一个是文化家园的凝聚，以企业文化为核心要义，以文化人，以文润心，形成维系员工的纽带，即"情"。

他还顺着家族历史的脉络，想起赵家兴盛于春秋战国鼎盛于北宋，后起伏跌宕，但英才辈出。赵家文化传承仅有几百个字，其实就是一种强大文化力量在流动，以塑造人心为根本，创造出家族的兴盛不衰。以"德"为基石："心术不可得罪于天地，以德为基，从垒土始之，夯实根基，久久为功。"告诫要葆有道德心，凡事先立德，慢慢打地基，夯实根基才能有长足后劲。以"利"为核心："利在一身勿谋也，利在天下者必谋之，利在一时固谋也，利在万世者更谋之，大智兴邦。"告诫要有利他之心，做事要有大我意识，多从全局出发优化人生，在成就国家和民族大利益中获得个人小利益，以利他而成就自我。以"钱"为重点："娶妻求淑女，勿计妆奁，嫁女择良婿，勿慕富贵，家富提携宗族，置义塾与公田，赈灾济民。"告诫要看淡金钱，一切重道义讲公德，不以金钱多寡为人生的第一要务，不为金钱出卖灵魂，从而葆有清风高节。

以家族文化为镜，锤炼超级黑客的一颗红心，窥探支撑企业的兴盛之道。

就此赵晖结合人生经历和企业发展实践，撰写了题为"锻造一支德才兼备黑客队伍"的演讲稿，对全体员工辅导授课。其重要观念是，锤炼德才兼备黑客的过程，也是磨砺与修心的涅槃，绝不是轻而易举能实现的，而是要经历疾风暴雨的摔打，在困难与挫折中成长成熟。他联想到农村地里生长的玉米苗，长到两三尺高，遇到夏季大旱时，干旱让玉米叶子打起了绺绺，干渴难耐。但此时农民不能浇水，而是要在干旱的特殊环境下蹲苗，使玉米苗子为了存活下来，拼命地把根往泥土深处扎，扎得越深，苗子的枝干就蹲得越粗壮。蹲好苗再浇一次水，玉米很快就会蹿起来，长得又高又壮。这时候突然来了狂风暴雨就能顶得住，不会倒伏，而且能长出又粗又长的玉米棒子。假使不蹲苗，在小苗苗时经常有水浇，就会长得高高瘦瘦，根子也没有扎到泥土深处；倘若来一场暴风雨就会倒伏，而且玉米棒子细而小，果实乏善可陈。

一个人的成长，一个企业的发展，何尝不是如此！困难挫折不是坏事，相反是好事，让暴风雨来得更猛烈一些吧！从而磨炼黑客的过硬信仰与意志品格。

赵晖也认识到，锤炼超级黑客还需磨炼一颗红心：一个是要有笃定心，坚信事业必成，心态淡定，志坚如铁，不被世间繁华浮躁所困扰，不受虚名欲望所诱惑，永葆真诚。二是须有精进心，朝着一个目标矢志跋涉，稳扎稳打、步步为营，超越自我、勇克难关，攀登网安技术高峰。三是确立大我心，抑制私心妄念，少私多公，以公心成全使命，以小我成就大我。

世间万事万物成长都蕴含着辩证的哲理，凡事之所以能够长且久者，是以其不自私，故能长久，以无私而成就其私。黑客成长也莫能例外，公心多于私心，就能成就其私，赢得成功；不计较得失为国为民，就能在国家经济发展大潮中分得红利，创造出滚滚利润。

肖梅的性格是刀子嘴豆腐心，金刚志柔软情，多重性格集于一身。她深刻理解打造一支超级黑客队伍的宗旨，带领办公室人员舞出三板斧。第一板斧是制定了《超级黑客人才发展规划》，对公司未来十年的人才培养做出规划，有章可循。第二板斧是推出《超级黑客考核标准及办法》，强化精神硬才能技术更硬，坚持又红又专、以德为先，将思想品德放在第一位，德重于技。凡是品德不过硬者，不论技术多好都要忍痛割爱而舍弃。第三板斧是推动公司实施准军事化管理，一日工作量化考评，由 4 个方面 60 多个要素组成；严格工作标准，衣着仪表从严要求，上班统一着浅黄色工作服，作风养成雷厉风行……考核结果与物质和精神奖励相挂钩。对全年考评不及格者，实施末位淘汰，督促员工始终精进奋斗，葆有危机意识。

办公室宣布实施准军事化管理第二天早晨，就下起了雨，淅淅沥沥的雨水如千针万线般将天空缝得灰蒙蒙的，天地间一片混沌。肖梅早早就来到公司，盯在门口检查员工上班的准时率。负责值班的市场部李经理说，今天刚好下雨，就别太认真了，打打马虎眼吧！

肖梅板着面孔说，这怎能扯犊子，说变就变呢。

李经理说，今天迟到的人可能会多一些，法不责众。再说了大家搞网络攻防，时常晚上熬夜，较真可能会引起公愤，不利于团结。

肖梅心想，抓员工的考勤，以和事佬的心态求团结，永远也没有真团结。如果因下小雨或晚上熬夜放松要求，那么下中雨和大雨又该咋办？熬夜又有啥标准呢？倘若大家纪律观念确立不起来，准军事化管理就会泡汤，更谈不上建立一支德才兼备的过硬队伍。思索至此，她心头就涌上一种无以名状的忧虑，不知不觉把兔唇鼓了起来，脸部的肌肉也紧绷了，聚集成一块块疙瘩，一种恶婆的架势，似乎有点骇人。

她沉着脸说，就把今天当成是落实准军事化管理的开端吧，黑起脸立起标准来，今后就顺理成章了，慢慢形成一种精神自觉和文化传承。

果不出所料，当天迟到的多达十几人，比例很高。肖梅严格执行管理规定，主导对相关人员点名道姓批评，量化扣了分数，还实施了罚款。

如此不讲情面的处罚，让公司上上下下为之一振，感受到了准军事化管理的威严与凌厉。也让个别人很不适应，将不满与怨恨往肖梅身上发泄，给她邮箱发信息嘲讽挖苦。有人编了一则顺口溜，在人群中疯传：东北姑娘到江城，豁嘴咧咧如包公；门口盘查脸阴沉，六亲不认真威风。还有人在私底下给她起了绰号：豁嘴婆娘。

如此恶意诋毁，经过各种渠道传到肖梅耳朵里，更是走样变调了，让她感到很不是滋味，但也没有人当回事。叵当忙碌了一整天，下班回到寝室没事时，则越想越委屈，越想越气愤，心头憋得鼓鼓的，无处释怀，就给母亲拨通了电话。当听到母亲在手机里亲切的呼唤时，她不由得鼻头一酸，再也忍耐不住了，"呜呜呜"地号啕大哭起来，泪飞顿作倾盆雨，哭得稀里哗啦。

她的巨大委屈释放后，号啕大哭变成了抽噎啜泣，鼻子吸溜着，抽抽搭搭地低声哭泣，一边哽噎抹泪，一边断断续续给母亲讲述其中的委屈，眼睛哭红肿了，睫毛被泪水打湿，挂上了几滴泪珠，好比"玉容寂寞泪阑干，梨花一枝春带雨。"母亲在电话那头不停地安慰，她却不停地抽噎哭泣，持续了十多分钟才逐渐减弱，平息了下来。

母亲充满关切说，闺女你在那里遭埋汰，受那么多窝囊气，不行咱就跟他们干仗，换个轻松一点的地方。

听说让她换地方，理性瞬间压倒了感性。她反而安慰母亲说，妈！我也就是一时嘚瑟，说说而已，过去这阵子就没事了。

母亲心疼地说，那你要好好保重自己，过两天妈就去你那疙瘩，陪你唠嗑。

肖梅连声说，嗯，嗯！情绪又恢复到平常，似乎又回到怒目金刚了。

# 3

肖梅擦干脸上的泪痕后，反思自己在准军事化管理中的瑕疵，觉得还是精细化欠缺，特别是对一些加班到深夜的人员，次日早晨上班宜适当宽松一些，特事特办，让准军事化也符合实际，体现出一定的人情味。

赵晖带领肖梅等人员对公司文化环境进行系统性布设，以红色正能量为主基调，以为国为民的宗旨为主要内容，彰显"一个中心三个原则"等企业经营理念，洋溢出鲜明浓郁氛围。

偌大的公司大厅，对着正门服务台上方墙壁上镶嵌着"网道无亲，唯德是本"八个金色大字，侧面大屏幕上滚动播出公司的使命职责等，诉说阐释着公司的经营理念与追求。

这年8月中下旬，江洲市进入最为酷热季节，太阳变得异常火辣，大地晒得滚烫流火，气温再创新高达40多度。整个市区如火炉一般，持续高温，酷暑炎热，人们都惊叹天气如此毒辣，变得无情寡义起来。公司直面网络有了杀毒软件还染毒，频繁发生拥堵、死机、崩溃和资产损毁等现象，决心研制一款名为"雷神防护一"的网安产品，使其能够随时检测并有效预防化解网络运行的风险隐患。

而研制如此实用的网安产品，难度很大，有诸多技术堡垒。赵晖受一部电影中攻克某战略高地时组织突击敢死队的启发，提出成立"雷神防护一"科研攻关突击队，举行动员誓师大会，激发战斗血性，不断冲锋进击，一举拿下此重大项目。

誓师大会选定在公司大厅，会场主席台的背景就是"网道无亲，唯德是本"，研发突击队与公司其他人员分两个方阵，面对着主席台庄严伫立，神情肃穆。

赵晖宣布公司研发"雷神防护一"的决定，明确人员构成、目标任务、时间节点等，重点阐述了组建突击队的初衷用意。一方面是谋求思想观念的突击，不被约定俗成的思维所禁锢，要敢于突破自己、超越别人。正如乔布斯所言，你的时间有限，不要被教条所限，活在别人的观念世界里。另一方面是技术创新的突击，要敢于攻难关、善于打硬仗，屡败屡战，永不言败，在不屈不挠中实现技术超越。

接着，龙文、靳凤等30多名突击队队员，身穿统一的浅黄色工作服，戴着工装帽，挺胸抬头，脸上洋溢出冷峻与威严，眼睛绽放出豪迈荣光，在"齐步——走"口令下，踏着铿锵有力的节奏，健步走到主席台前，像青松，似磐石，如战士，壮志不已，岿然挺立，斗志高昂。

赵晖从一名工作人员手中接过科研突击队的旗帜，授予突击队队长龙文，使得象征着使命与责任、激情与荣誉的旗帜飘扬起来。望着旗帜鲜红，使命如磐，大多数人目光庄重严肃，神情稳健豪迈，对攻克这些技术堡垒充满信心与渴望。然而，个别人不乏忧虑之色，对研发翻越千山万水、攻克层层关隘存了疑惑，感到未知、忐忑、不安，对如此世界性的技术难题，主观上存有顾虑，担心难以攻克中道崩溃……

像靳凤这样的技术狂热而热衷于探索者，属于前者，脑子里全是网络技术术语、网络逻辑理念，网络赛博空间元宇宙的浩瀚世界，心系之情念之，使得她的大脑想象活动广袤无垠，超越了时空与现实，飞翔到了浩渺苍穹，变得复杂、神秘、无穷，也变得无边无际，比天空宽广，比海洋辽阔。任何难事，在胸怀隐形网络者的大脑活动那些神奇景象面前，往往会自愧弗如而黯然伤神。

靳凤的大脑思维是多维的，也是丰富多彩的，充满了无限幻想。她的思维瞬间进入到一个崭新天地，竟然走神了，让现场热烈气氛暂时在她面前搁浅，停滞了下来。她似乎从以往的网络敲诈勒索的灰暗世界中走了出来，来到一个阳光敞亮的天地，一派风清艳丽，生机盎然，让她心旷神怡，仿佛行走在了阳光明媚的大道上，神采飞扬。她似乎看到了技术攻关的艰难不易，一个个未知的技术模块，都是横亘在面前的座座堡垒，成为一道道"拦路虎"，张开了怪兽般的狰狞大口，随时都会让攻关陷入险境，被吞噬掉。她似乎感受到了时间的紧迫，与技术赛跑，同对手比拼，只争朝夕、通宵达旦，熬夜、熬夜，再熬夜，披星戴月地赶路，栉风沐雨地跋涉，不停进击。她似乎也看到成功的那一天，"雷神防护一"的网络监测、风险评估、防御建议三大功能顺利实现，掌声鲜花簇拥而至，客户订单纷至沓来，使用迅速普及，在网络上尽显八面威风，竟然让她在内心深处默默地哼唱起了得意的《太阳出来喜洋洋》。

研发突击队在誓师大会宣誓后进入夜以继日的攻关搏击。赵晖虽说不是突击队队员，但他是整个科研的灵魂与核心，始终参与主导研发。更准确地说，他是突击队编外的特殊成员，举重若轻的总设计师。

此前一段时间，赵晖进行了"雷神防护一"的框架设计，全身心投入，心醉神迷般享受了这一设计过程。这是一个宏大复杂的系统工程，囊括诸多学科，譬如计算机科学、网络科学、信息科学、社会科学等，涵盖网络检测、数据分析、实体定位、地理测绘、人工智能等多种技术。每当夜深人静，赵晖会异常激动亢奋，头脑思维会屏蔽掉其他所有的烦琐事务，放空一切，驱离一切，继而沉浸到这个宏大工程的整体设计之中，思维天马行空，闯入神秘禁区，到达常人不能抵达的暗网、深网、无极网，探寻那全新的未知。他的思维如同电光石火，不停地与岩石碰撞，与钢铁对垒，迸发出一束束绚丽火花，激荡出别有洞天的逻辑，精心设计出一个个分系统，以及每个子系统的功能、协议、约定等，让整个系统密不透风，稳定周密而无懈可击，致力于实现网络监测、风险评估、防御建议的三大功能。

其实一款网安产品，功能越强大越能体现价值，而瑕疵越少越能反映可靠性。倘若出现一个短板与缝隙，产品就会完全失败而前功尽弃。因此赵晖用20多个日日夜夜，如同江河奔涌般一鼓作气设计出整体框架后，随即用更多精力进行修改完善，寻找纰漏，一点一滴将缺陷弥补，把短板补齐。

有整整 4 个昼夜，从夜幕降临到东方既白，整整 96 小时，他几乎没有歇息一会儿，精力充沛，神情激越，心无旁骛进行逆向推演，倒行检查整个系统逻辑的严密性，将可能出现的瑕疵逐个找出来，又进行反复推敲式的完善，使总体设计逐渐完善。

按照总体设计架构，赵晖与龙文将研制产品分为三大部分，把突击队分成三个小组，每个组有十多名工程师，分头展开集中与分散相结合的技术攻关。所说的突击，就是按照技术框架下的网络空间测绘功能、网络资产识别功能、漏洞扫描和验证功能、拓扑测绘功能、高精度 IP 定位功能、大数据存储分析功能等，将每一项功能细化为若干技术模块，再把模块研发定位到每个人，挑灯夜战编写代码，用一个个代码组合来实现产品的逻辑功能。

也就是说，编写代码的过程就是突击攻关的过程，用密密麻麻代码来构建软件，进而形成网安产品。

而编写代码又是一个极其枯燥乏味的事情，用双手十指不停敲击键盘，在计算机屏幕上滚动出一个个单调乏味的英文字母、数字、符号。这些元素在头脑灵光乍现，就会组合成一段段意蕴深邃的代码，汇聚组合成逻辑方阵，迸发出耀眼的火花与光芒，让心头涌动起创新的收获与激情，进而牵引着思维向更高更新的代码天地进击。即使遇到坎坷风雨，困难挫折，也必须想方设法战胜……当冲破重重关隘，登上一个新的高地，就会获得由衷的自信与喜悦，接着进行螺旋式的更替上升。

连续 3 个多月的编写代码，大家一边编写，一边检查讨论，一边验证测试，将许多漏洞问题解决在初始阶段。赵晖成立一个专家组，超前介入各个研发小组，对各个模块功能先行测试，及早发现毛病，及时修正完善，提高软件的精准度。

当天气进入到秋高气爽满眼金黄之时，"雷神防护一"软件方阵已经出炉。赵晖、龙文等面对这几十万行代码组成的逻辑方阵，感慨万千，唏嘘不已。无数个昼夜的智慧与辛劳，创造与突破，心血与汗水，凝聚成了令人振奋的逻辑代码方阵。

事实上，那些看似不起眼的一个个字母、符号，轻如鸿毛，薄似纸张，司空见惯，但由少到多、由小到大，不断巧妙聚集，不停神奇组合，就形成了一个神奇莫测的特殊方阵，积蓄起了雷霆万钧般力量，能够在隐形网络中呼风唤雨，成为一种新颖的监测平台，神奇的防御武器，发挥出令人难以估量的功能作用。

带着崇敬与神圣般心情，赵晖他们立即将其链接到网络，投入进行数十个昼夜连续不停的测试，在真实网络环境中试用检验，继续发现问题，分析逻辑缺陷，进一步修改完善。

当其应用中不良现象逐渐消失，性能进入稳定状态，唱着欢快歌谣轻松快捷运行在网络之中，赵晖才如释重负，脸上露出纯粹会意的微笑，仿佛又回到了少年与孩童时代，思想沉浸在无拘无束的歌谣之中，情感进入到清静幽雅的无我世界。他觉得网络是那么奇妙，人生充满了乐趣，自己是一个幸运而好玩的人。

## 4

2011年9月底，江洲市政府启动了自动化办公系统项目政府招标。网络系统庞大，链接用户较多，安全性要求极高，涉及江南江北等两个办公区域，金额达两亿多元，属于重点项目，也是江洲市信息化领域的标志性工程。

赵晖、司马红等分头率领各自公司参与竞标，都渴望能够拿到这笔生意。就此江洲市其他网络技术企业也很重视，精心筹划，使出浑身解数，设计最佳解决方案，全力降低造价。

然而，司马红带人铆足劲头在技术设计上狠下功夫，感到没有新的发展空间了，就动起歪脑筋。他对司马明说，竞争对手很强大，我们现在是瞎猫冲撞活老鼠，成功的概率很小。你想办法找找关系，花点小钱，看能不能套住这匹大灰狼。

司马明吸了吸鼻子，将吊梢眉蹙紧说，哥，你说得也对，舍不得孩子套不住狼！只要你支持，我拿上几个肉包子，不愁打不中喜欢腥味的大灰狼。

停顿片刻，他望着司马红继续说，哥，我在市政府有熟人。这桩事就揽下了，看你能给多大的资金权限呢？

司马红将那小眼睛眨了眨说，项目总盘子的 5%，咋样？

司马明腆起大肚腩说，我看不用 5%，这个项目大，就对半 2.5% 吧。

司马红得意地"呵呵呵"笑了几声说，打虎上阵亲兄弟，准奏！

有了司马红的资金支持，司马明通过熟人介绍，竟然与牵头主管项目的市政府副秘书长张大兴联络上了，坐在一起酒足饭饱后，成了称兄道弟的朋友。司马明趁机与张大兴升级情感，邀请到天方阁娱乐城潇洒，施以各种好处，便轻松获得项目底价等关键信息。

红远公司迅速调整竞标方略，对工程造价等重新预算，使其更加接近甲方要求，便在激烈的竞争中，以微弱优势胜出，拿到这个项目。

对于如何做好项目？司马红主要采取集成组合的方式，将整个项目分成采购自动化设备、铺设光纤线路、安装相关软件系统三部分，分别进行采购与转包。红远公司重点做好工程的施工监督、有关设备的采购和技术把关及联调联试等。项目计划于 2012 年元旦前完成，春节前调试完毕，正式投入使用。

整个系统的硬件设施，包括服务器、存储设备等，相当于是支撑信息运转的平台和大后方，交换设备是信息扭转的处理中心和枢纽，防火墙、漏洞扫描、防病毒硬件设备等，须发挥保驾护航作用。司马红坚持高标准，采购了国产最好设备，确保基础硬件设施的可靠稳妥。对于铺设光纤线路，需要挖地沟与架空相结合，他们承包给一家建筑公司。对于整个系统的网络安防设备，以及自动化办公系统和相关软件，则采取拿来主义，分别向相关企业采购，安装了自动化 OA 软件系统、国产办公软件等。

这年 12 月 27 日，对红远公司来说极其重要，整个系统建成安装完毕。司马红带领人员连续进行了两个昼夜的测试运行，初步解决了服务器运行不稳、交换设备卡死等一系列问题。

2012 年元旦这天，江洲市进入冬天最为寒冷的季节，一些树木枯萎了，树干如密密麻麻的黑影镶嵌在天地之间，显得单调凄凉。当新年第一轮阳光从东方山峦中弹跳而出，让市区披上万道霞光时，司马红走出了家门，驾着奔驰迎着新年的阳光，行驶在了江洲市的滨江大道上。

他随手打开车载 CD 机开关，音响里飘出《高原女儿》天籁般的声音，音调高昂，音质纯净，干净得一尘不染，清纯得如诗如画，让他心怡神飞，禁不住在车里摇头晃脑般陶醉起来，享受着高原空旷雄浑的恢宏气象和女性追求纯真的悲壮色彩。

司马红开车行驶到市政府大门口停车登记后，就直接将车开到院子里的综合服务楼下，径直来到三楼的自动化系统机房，与技术人员对整个系统进行试用。试用启用 5 台电脑终端进行，司马红坐在一台电脑前，灵活敲击键盘、点击鼠标，先用办公软件生成一个文件，将文件包发送到办公自动化的 OA 系统中，点击发送框，弹出机关一些职能部门，而后有选择地点击发给对应的几个终端，完成第一轮发送邮件检测。随后，司马红让每个终端都像他一样生成文件，再发送到其他各个终端；他接收到文件后模拟做了批示，再发给其他终端。如此多轮试验，5 个终端都可相互发送接收文件，接收文件后再行转发，实现多向多维的互联互通。

连续五六个小时的检测试用，将一些小的问题修正，系统似乎完美无瑕。

司马红大喜，郑重宣布说，我们创建的自动化办公系统试用圆满成功！明天上午公司在江洲大酒店隆重发布，邀请有关新闻媒体参加，进而扩大红远公司在网络技术领域的知名度。

公司办公室按照最高标准，认真布置会场，邀请人员，起草有关材料和稿子。

翌日上午 11 点整，自动化办公系统建设新闻发布会，如期在江洲大酒店宴会厅举行。参加工程建设的所属公司负责人、市政府机关协调人员、红远公司技术骨干，以及江洲日报、江洲电视台记者等 100 多人参加。活动由江洲电视台著名女主持人主持。

进入记者采访环节时，20 多名记者蜂拥而至围住技术骨干王乾坤、张瑶，提问系统的技术秘诀和相关情况。汪富却走上前去，龇牙咧嘴用家乡普通话制止采访说，弄啥哩，弄啥哩，我嘞乖乖！俺是办公室主任，听俺的。你们采访就得好好采访司马总经理，他不会烧包儿，他是总设计师，所有技术问题都在他脑子里。俺告诉你们，总经理技术一流，得劲得很，做事绝不糊弄；总经理对技术严得很，抠得不留一点点缝儿，非常不得了。

在汪富主导下，记者们又一窝蜂涌向司马红，争先恐后问这问那，将王乾坤、张瑶冷落在一边，显得甚是难堪。

王乾坤郁闷地自言自语道，你妈的汪富，纯粹一个马屁精、吹牛精，不把牛吹上了天，掉下来摔死了才怪哩。

一语成谶，让这个自动化系统命运多舛！

当日，江洲市新闻媒体几乎全都报道这项自动化工程，同时也宣传了红远公司。司马红西装革履在电视屏幕上亮相接受采访，时长足足1分钟，让红远公司名声大噪。

就在江洲市媒体大肆宣传红远公司的次日上午，江洲市王市长在电脑前办公时，邮件只能接收，不能发送。那个文件包像喝醉酒的醉汉似的，点击后仍在原地打转转，怎么都不听指挥。王市长拨弄键盘和鼠标，捣鼓了一阵子并不管用，还让电脑死机了，僵在那里动弹不得。

王市长有点着急，就随手拿起办公桌上的电话，一个电话将办公厅秘书长刘振远喊来说，刘秘书长，你看看这办公系统，有点小花猫捋胡子——未老先衰，不中用啊。

刘振远立即走到电脑前，看看情况后，强行关机，再开机，但电脑仍然像醉鬼似的，似进入系统又非进入，屏幕不停地无规则闪烁，令人着急。

王市长立在旁边，脸色似笑非笑，诧异着直摇头。

刘振远直起身子，带着愧疚神情说，请市长原谅，我们工作没做好让系统出了问题，一会儿让技术人员尽快弄好，不能给办公造成大的影响。

王市长微笑着说，好吧！你忙去吧，技术问题让技术人员来处理吧。

刘振远离开王市长办公室后，不敢怠慢，立即安排技术人员处置王市长办公电脑，并督促红远公司对整个自动化办公系统重新检测调试，防止类似问题。其实，机关一些领导和部门的办公电脑都不同程度出现相似问题，网络拥堵严重，故障频发。

司马红等人分析感到，主要是系统庞大，后台内存相对有限，没有做到无限大；再者是没有很好的网络监测系统实时监测运行风险，也没有及时进行疏通处理，从而造成了网络垃圾和病毒堆积，出现系统拥堵和电脑死机。

司马红压力山大，守在机房督促昼夜调试，随后咬牙出血本增加采购了服务器板子，拓展内存，继续进行测试——调试——再测试——再调试，让系统性能得以恢复。

然而系统稳定运行了3天后，又出现局部运行不畅的卡顿问题。王市长的邮件又发不出去，捣鼓了近一个小时，电脑里的邮件包又如醉汉般跌跌撞撞打转转。

王市长对刚好来办公室请示工作的刘秘书长幽默地说，我们的自动化系统真成了袁世凯当皇帝——好景不长，是不是石头蛋子生病——难以救治了呢？

刘振远脸色唰的一下红到耳根子，歉疚地说，还是我们工作不扎实，只是头痛医头脚痛医脚，解决了暂时毛病，没有彻底解决根本问题，立马继续整改。

王市长脸露愠色说，但愿你们能够说到做到——驷马难追！

刘振远真是窝了一肚子火，儒雅方正的脸颊浮现出一层雾霾，显得阴沉铁青起来，个头不高的身材胸膛挺得更板直了，有壁立千仞般陡峭，尤其是额头两簇短眉下面的三角眼，透出凌厉，也隐藏着难以捉摸的城府。他稳如泰山坐在办公椅上，将具体负责此项目的张大兴找来听取情况介绍。

张大兴不敢造次，惶恐不安将项目情况做了汇报，解释了如何增加服务器容量、搞好网络检测，来消除网络垃圾与病毒堆积的病灶。

刘振远沉着脸耐心倾听，听得认真专注，不时在笔记本上记录，没有插一句话。张大兴汇报结束后，他仍然没有说话，无奈地挥了挥手，张大兴知趣地告退了。

刘振远沉思片刻后，立即拨通市工信局局长魏如山的电话说，局长老弟，我就不拐弯子直说了，咱们的自动化办公系统老出毛病，影响了市领导办公，让人郁闷难受啊。

魏如山说，刘秘书长，听说了，机关也议论纷纷，应当是系统本身的问题。

刘振远说，你老弟有什么好的办法吗？

魏如山说，自动化办公系统是个新鲜事物，出现意想不到的问题可以理解，只能是摸着石头过河，试着看吧！

刘振远说，那有什么高招，请讲讲吧。

魏如山说，系统时常卡顿和死机，我觉得应是缺乏网络监管秩序造成的，就如同我们城市道路一样，没有红绿灯和交警，交通秩序就会出现混乱甚至是崩溃。听说市里有一家网络公司，研制出了一款叫网络雷神的防护设备，不妨试用一下，看能不能解决问题。

刘振远说，行！老弟，那就麻烦你与我一起去看看，考察考察。

## 5

刘振远和魏如山穿戴整齐在办公楼下会合，坐上一台公务车就直奔世纪大厦，来到15层的侠之大者公司，给门口的值班员亮出证件说明来意。

恰巧赵晖不在公司，肖梅立即在会议室接待刘振远、魏如山，安排龙文做演示汇报。龙文牵头研发的雷神项目，对系统结构原理和逻辑程序了如指掌，有些地方的熟悉程度超过了对自己的熟悉，汇报起来轻车熟路。他将"雷神防护一"系统接入电脑，链接到网络上，以公司的OA系统作平台，边演示边讲解，仅用20多分钟，就将雷神的网络监测、风险评估、防御建议三大功能介绍得清楚明白。

刘振远顿感眼前一亮，犹如广袤荒芜的沙漠里看到了绿洲，漆黑茫茫的夜幕里看到了明灯，心头涌动起了欢喜与兴奋。本着稳妥可靠，他仍然神色平静，用商量的口吻说，魏局长，网络技术我不懂，只能是看看热闹了，是不是请工信部门组织专家进行一次技术测试，提出专业性的意见建议，再决定是否应用于市政府的网络办公系统。

魏如山回复说，行！我们组织技术专家组搞一次检测，得出结论呈报办公厅。

工信局迅速成立专家组，对"雷神防护一"系统进行技术测试评审，从网络空间测绘技术、网络资产识别技术、漏洞扫描验证技术等方面评审，得出的结论是：技术扎实，性能稳定，世界领先，可应用于市政府自动化办公系统。

刘振远要求自动化办公系统技术保障组，立即启用"雷神防护一"，实时监测政府办公网络运行情况，随时清除系统运行中的垃圾与病毒，化解系统使用不畅的问题。

自打雷神系统运行以来，随着时间一天天延长，刘振远的心却一步步后退。

每天晚上下班时，刘振远都要定定看一看电脑屏幕，再眺望窗外的暮色与寒意，原来网络系统运行的不确定性又如影相随般涌上心头。他便身不由己地走出办公室，坐电梯到达一楼，再来到综合服务楼，走到三楼网络服务器机房值班室，看看一排排机器闪烁着指示灯，听听服务器发出的"嗡嗡嗡"低鸣，感受网络后台设备不知疲倦的运行与歌唱。

刘振远会对自己说，网络会不会再发生拥堵与瘫痪呢?

服务器上的指示灯、风扇、电流，交汇成了柔和而单调、和谐而悦耳的声音，鸣奏在宽敞明亮的机房里，也呈现在电脑监视仪器的屏幕上，似乎将他头脑中的问号拉直了，让心灵安稳下来。

这年过了春节，便是连续几天的连阴雨，让江洲市进入到阴冷潮湿的梅雨季节，细雨绵绵，雾霭重重。一天上午，办公厅秘书给刘振远送来纪检部门转来的一封群众实名举报信，反映政府自动化办公系统建设中的猫腻，主要提出一个问题线索：市政府办公系统连续出问题说明了技术缺陷，红远公司技术不足为何能在招标中胜出呢?

刘振远感到蹊跷，就将举报材料签给王市长审示。王市长批示：请反贪局调查，给举报人一个负责任的交代。

反贪局高度重视，成立了副局长陈志挂帅的5人调查小组。陈志是地道的江洲市人，40来岁，瘦高个，留小平头，举止严谨，动作干练，穿一套青蓝色西装，显得很精神。他带人先对红远公司外围秘密摸排，了解公司人员、内部关系、财务运行情况等，得到非同寻常的状况是：红远公司实质就是一个兄弟店，重要事情由司马红、司马明把持，毫无章法；而兄弟俩胡作非为，私生活极其混乱。

陈志兵分两路，从兄弟俩的个人生活入手寻找突破口。他们发现司马红出手阔绰，晚上多有高级应酬，涉足高档娱乐场所。而司马明则带领手下，到中低档娱乐场所参与赌嫖色情活动，有涉足暴力和黑社会倾向。

调查组取得司马明涉赌涉黄证据后，连夜召开有武警、公安、税务、审计等部门参与的查封红远公司的任务部署会。陈志主持，介绍调查组前期工作进展，通报了江洲市有关部门批准查封红远公司的具体任务，明确次日上午9点展开突击行动，对司马明拘留审查，对公司财务账目进行审计，寻找相关问题线索。

陈志神色凝重说，这个案子牵涉市政府自动化办公系统建设的重大项目，高度敏感，任务艰巨，大家必须做到三点：一是严守纪律，从现在起收缴通信工具，断绝与外界的一切联系，包括自己的家庭；二是听从指挥，根据任务分工，各司其职，各尽其责，坚决完成好各自的任务；三是周密协作，凡事主动配合，相互支持，相互监督，堵塞工作交叉中的漏洞，携手打一个漂亮仗。

第二天上午8点半，载有执法人员的两台面包车驶出武警部队，风驰电掣向东江区的红远公司疾驰。此时已是仲春，街道两旁的樱花树竞相绽放，粉红色的花朵不浓不淡，带着几分娇气，在嫩绿色树叶映衬下妩媚鲜艳，但坐在车上的调查组人员却心思沉重，做着突击行动的战前准备。那十几名武警战士更是不时整理装具，荷枪实弹，精神抖擞。

9点整，面包车在红远公司办公楼下戛然停下。陈志一马当先下车，迅速率领相关人员直奔公司二楼的财务室。武警雷连长指挥战士们分为7个组，5个组跑步到各个楼层口警戒执勤，另一组紧随陈志查封财务室，还有一组跟随李干警去拘留司马明。

陈志带领人员走进二楼财务室，亮出查封证件，命令所有财务人员停止手头工作，打开各个保险柜，将账目全部交出来，清点清楚予以查封。同时将记账电脑和财务人员也带走。

在李干警带领两名战士来到司马明办公室时，司马明站起来惊呆了，嘴巴翕动嘟囔道，我没犯事啊！

李干警亮出拘留证说，你被拘留了，请跟我们走吧。

司马明故作镇定道，你们搞错了吧，我没犯事儿。

李干警回复说，你犯事没犯事，到拘留所就知道了，别在这磨蹭了。

司马明流露出幽怨的神情道，那我得多拿一两件衣服，随即往后面的衣帽柜走去。当他走到衣帽柜拉开一扇门的刹那间，也推开了衣柜旁的一扇窗户，双手扒住窗户，跃身从窗户口往外跳。在他高大肥胖的身躯有一半已经塞到窗外之际，李干警一个箭步冲上前去，紧紧揪住他后背的衣领和戴在脖子上的项圈，将他拽住了。另外两名武警战士也上前连拉带拽将他弄到室内，按倒在地，戴上了手铐，然后左右夹击押到了车里。

调查组对公司账目审计发现，有400万元现金白条子，资金去向不明。两名财务人员交代说，提现后交给了司马明，用于什么地方不清楚。

对司马明的审讯颇费一番周折，在涉赌涉黄问题上，有证据支撑，他供认不讳。参与赌博和嫖娼是个人道德问题，违反了社会治安条例，构不成刑事犯罪。对于涉黑和市政府自动化办公系统项目的经济犯罪，他口风很紧，三缄其口，坚决不予承认。

陈志请来两位刑事问题心理专家，分析研究司马明外强中干、轻浮势利的性格特征，加大心理干预力度，施行反间计和迷惑计，精心制造出押解市政府人员从他拘留室走过的假象，让司马明误以为市政府人员落网交代了经济犯罪事实，感到自己拒不交代也无济于事，反而会加重罪责，从而突破了心理防线。最终，司马明交代出在市政府项目中，给副秘书长张大兴行贿300万元，用于招标公司公关100万元的既定事实，让举报问题线索尘埃落定。

对于司马红在贿赂事件中的角色，司马明把责任全承揽了，保住了司马红。

市政府副秘书长成为内鬼贪腐分子，一石激起千重浪！

张大兴、司马明被检察院正式立案起诉。张大兴认罪态度较好，退还非法所得，被"双开"判刑8年。司马明贿赂国家干部，触犯了刑法，但尚有自首情节，也未使国家利益遭受重大损失，判刑入狱两年半。江洲市有关部门对红远公司进行问责约谈，罚款300万元。

市政府机关举一反三汲取教训，展开为期半年的查思想、查作风、查违纪"三查"活动，挖出17起吃拿卡要、收受贿赂等腐败事件，使30多名干部受到党纪政纪处分，9名干部被撤职查办。官场政界为之一振，风气得到了扭转。

转眼到了这年初夏，司马红去监狱探视司马明，专门让人做了司马明从小就爱吃的猪肉粉条豆腐大包子，装在一个保温饭盒里，准备看着弟弟饱一次口福。可他来到监狱时，监狱将现场会面改为视频会见，还规定不允许给犯人送饭，想亲眼看着弟弟吃包子的愿望落空了。

坐在视频会见室，司马红心情沉重，紧咬着牙根绷紧面部表情，但又不得不装出轻松姿态，将脸色扭曲成了难看的紫褐色。看见弟弟穿着一身白蓝格子囚服，上身套着蓝马甲，很是刺眼！好像有一种说不清的难受滋味。再仔细看去，司马明消瘦了许多，眼睛陷入眼眶，脸颊颧骨凸起，下巴也尖了一些，想着肯定吃了不少苦头。他鼻子禁不住酸楚起来，泪水在眼眶里打转转，哽噎着说，老弟，是哥没有关心照顾好你，把你牵连进来受苦了！请多原谅啦。

司马明在电话那端说，哥，看你说的什么话，主要是喝水塞了牙缝运气不好！不要为我伤心，再过两年出去了，还是一条好汉。

司马红勉励道，在里边还是要好好表现，争取减刑早日出来。

司马明说，哥，我明白。你等着吧，出来还给你当帮手，让红远公司发达起来，我们挣更多的钱。

看到弟弟魁梧的身材单薄了，但精神劲头还好。司马红颇受感染，五味杂陈涌上心头，两行泪水夺眶而出，顺着脸颊滚落下来，嘴巴嗫嚅着说，好弟弟，公司那个职位一直留着，永远等着你！

司马明再也控制不住感情，竟然"呜呜呜——"失声大哭起来，随后死死绷紧那两片薄嘴唇，噙着泪水撂下电话逃离了会客室。

# 6

红远公司丑行曝光后，声誉一落千尺，从江洲市网安领域的神坛上跌落下来，业务很快惨淡，门前冷落鞍马稀了。

此消彼长，红远公司的跌落，也成为抬高侠之大者的神助攻！

司马红看着许多人员无所事事，公司入不敷出吃家底时，觉得撑不住了，不得不减员增效，将公司员额大幅裁撤到90多人。可素有春江水暖鸭先知的技术骨干，心思浮躁，跳槽离职时有发生，让公司陷入了风雨飘摇的危险境地。

作为元老级技术骨干的王乾坤，是公司技术部主任，属于中层领导。对于走与留，他也倾向于离开，主因还是趋炎附势糟透的氛围。以汪富为代表的势利小人，整天只知道拍马屁、搞诣媚，紧紧盯着司马红溜须逢迎，惧强凌弱，将内部关系搅得乌烟瘴气，让他心烦意乱，难以集中精力搞技术。他走进司马红办公室，将辞职报告递过去说，总经理，我考虑再三还是离开吧。一个是给年轻骨干让个位子，让公司后继有人；再一个是感到压力很大，身心疲惫，想离开轻松一些。

司马红破例给他倒了一杯水后说，乾坤，你是跟我创业的元老，在公司的功劳苦劳都很大。你说实话，是我对你不好，还是对公司暂时的困难没有信心呢？

王乾坤喝了一口水缓缓说道，两者都不是。

司马红追问，那又是什么呢？

王乾坤说，那我就直言不讳了，主要是工作氛围不佳，整天弄得情绪状态不好。

司马红眨眨小眼睛，顿了顿说，对于这个问题，我早有想法了，准备在公司技术部门进行大调整，重整旗鼓。总体思路是以技术为中心展开，一切围绕技术，一切服务技术，具体办法：一是公司领导层设立一个技术总监的位置，享受公司副总的待遇，加强公司技术的顶层设计，增强技术工作的领导力；二是设置技术岗位津贴，津贴分高中低三档，每月补贴到工资里，大幅提高技术骨干的薪水；三是实行项目负责制，谁揽到项目谁组织技术团队，创造效益越多个人获得的奖金额度越大，最大限度激发创造力，让能者受重奖得实惠。当然了，仅仅是初步想法，还需要进一步研究论证。

讲到这里，王乾坤有点怦然心动，感到这套技术改革措施有戏，能够在公司萎靡不振的紧要关头起到紧要作用，说不准还能让公司起死回生。再说了，自己一下跃升成公司级别领导，也是扭转乾坤——牛气冲天啊！他脸色转阴为晴说，总经理果然雄才大略，不同凡响！

看到王乾坤回心转意了，司马红心里踏实起来，便得意地"呵呵呵"笑了几声，还略带傲慢之色说，那你还辞职吗？

王乾坤脸上浮现出一阵红晕说，我听总经理的安排。

司马红摘下眼镜边擦拭边说，那就这样吧，明天就宣布你当技术总监。公司技术改革方案，由你带领人好好研究论证，方方面面没有问题了就落地实施，推动公司重振雄风。

王乾坤说，成！我听总经理的安排。

送走王乾坤后，司马红感慨自己随机应变挽留住一位难得的技术人才，颇有些自得，就泡了一杯好茶，走到高档音响旁，打开 CD 机欣赏一首草原歌曲。歌曲听完，司马红便将分管公司人事的张副总喊来，交代了考虑任命王乾坤为技术总监的想法，让他具体组织考察。

交代完毕，他觉得越是公司困难时越要加强领导力量，就想到了表妹肖梅。他抬起手腕看了看手表，刚好是下午 5 点，就一个电话打过去，接通后说，表妹，在哪里？

肖梅回复说，还能在哪里！在办公室这疙瘩。

司马红说，都快一年没见面了，晚上请你吃个饭吧。

肖梅说，都这么忙就算了，等以后轻松点再说。

司马红说，找你有事呢，我在江洲大酒店等你。

肖梅说，那，那妥了！

等到肖梅6点半到达江洲大酒店时，司马红已将菜点好了，四菜一汤，荤素搭配，有小鸡炖蘑菇、爆炒虾仁、渍菜粉、清炒菠菜和豆腐鲫鱼汤，色香味俱佳。

肖梅深深吸了吸鼻子说，真香！这些菜我都喜欢，没想到这疙瘩还有东北菜！

司马红说，你是大才女，走到哪里，人家就会把东北菜做到哪里。

肖梅不屑地说，怎么企业家嘴里也能说出这样不靠谱的话，埋汰人，听得骨头子发麻。

司马红说，喝点酒吗？

肖梅摇摇头说，我不喝，你愿意喝自个喝吧。

司马红说，没人陪，我也不喝了。

接下来，他俩边吃边聊，司马红询问了侠之大者的情况，肖梅做了简要回答。谈到红远公司因市政府项目受到重挫时，司马红恳切地说，挫折也许是个好事，我现在着手对公司进行技术部门大调整，一定能跃出低谷。

从内心讲，肖梅担忧司马红临时抱佛脚而东施效颦，也不便否定，只好诚恳地说，但愿表哥马到成功，咸鱼翻身。

司马红说，我还给你留着公司办公室主任的位置，想让你来帮我一把。咱们兄妹之间好共事，能够真正拧成一股绳干事业。

肖梅笑了笑说，得了吧，远亲近仇。亲戚在一起搅的时间长了，总会干仗，还不如离远点让距离产生美呢。

司马红说，既然你不愿来，就想办法把你们公司的业务给我们分流一些。我按贡献给你报酬，也算是关键时候给哥帮忙了。

肖梅难为情地笑了笑说，这样干就是吃着人家饭砸人家的锅，吃里爬外啦！

司马红说，妹子，别说得这么难听。这事你知我知其他谁能知道呢？何必自己给自己戴紧箍咒。

肖梅说，表哥！你不觉得害臊吗？人在做天在看！这种事我做不来，就断了这个念想吧。

司马红气愤地说，你啊，还是六亲不认！说罢站起来，头也不回扬长而去。

肖梅呆呆地坐在饭桌前，拧紧双眉陷入了思索之中……

下午快下班时，张副总开始组织王乾坤的提拔考察。公司人都心知肚明，考察是板上钉钉子走过场。这样的动向，自然拨动了汪富本来就躁动的那颗心，让他怎么能安稳呢？

汪富吃饭在想这件事，走路在想，甚至时时刻刻都在想。为什么提拔的不是自己呢？王乾坤这个名字骤然间在他耳边轰鸣，让他有些妒忌和鄙视，甚至感觉这个名字不吉利，有点太夸张了，太炫耀了，太狂妄了，会招来老天爷的愤恨。他王乾坤何德何能，能提拔走上高位？司马红为什么要提拔他？姓王的提拔后会给俺汪富带来什么样好处呢？

想着，想着……汪富想的内容就换频道了，将思索升级为了畅想，畅想着自己提拔的事儿。其实，他比王乾坤更渴望提拔，更想华丽跃升一级。如果说王乾坤是想在技术上有更大作为，成为技术大咖的话；那么汪富就是想在财务上执掌大权，向金钱靠拢，甚至是躺在金钱堆上，想占有多少就占有多少，想享受什么就享受什么，完全改变缺少金钱的命运。他也知道，只有与钱靠得越近，才越有希望把控钱，占有钱！因此自打司马明进了监狱，他就有了升任财务部经理的念头。这种想法一旦滋生了，就像得了"神经控"般，总想着自己应该成为财务部经理，此位置非己莫属了，应是命中注定的。

初夏的夜晚是平静的，不热不凉，不潮不燥，小区里没有夜游的人，一切都静谧而恬淡，安宁而熨帖。这就让汪富的畅想更集中了，没有任何干扰，像波涛似的起伏翻腾，像长风一般吹拂千里，像树叶似的随风摇曳，晃荡得有些懵懂了。他再一次失眠了，在床上翻来覆去烙烧饼，继续想入非非。

他畅想着在众人掌声和赞叹中走马上任，周围全是羡慕、惊叹、爱戴，自己似乎成了一位倍受尊敬的成功者；畅想着胳膊上搭着那件心爱的绿大氅走出办公室，来到司马明曾经工作的地方，受到那几位财神爷的翘首欢迎，何等尊贵；畅想着在财务部经理位置上喝着茶，悠闲地听着汇报，看着报表里一行行金色数字，坠入到极乐的海洋之中，惬意无比；畅想着自己工资涨了，年薪由 20 万上升到几十万，眼前码着一摞摞喜人的百元大钞，成了有钱人；畅想着开上像司马红那样的奔驰车，回到了老家，左邻右舍和亲戚朋友都来看西洋景，绽放出盈盈笑脸，投来仰慕目光，给家庭带来前所未有的荣光，光宗耀祖了；还畅想着娶到一个漂亮的老婆，高贵、温柔、美丽、长腿、细腰，有出水芙蓉的妩媚，有如花似玉的漂亮，有国色天香的美貌……人生真好，太得劲了，太幸运了。他脸上溢出幸福的笑意，获得巨大满足，在满足中竟然睡着了，鼻孔中发出一阵阵不轻不重的鼾声，经久不息回荡在房子里。

翌日上午，司马红坐在办公桌前处理几件事务，忽然响起一阵敲门声，他说，请进来吧！

门推开了，汪富拖着右脚一瘸一拐走了进来。

司马红瞥了一眼，仍然把目光收回来，翻阅桌子上的材料，没有理睬。

汪富看得出来司马红的故意冷淡，走到办公桌前两米位置停下，不敢再往前走了。

经过几乎一夜的畅想，汪富对找司马红有了充足的思想准备，不！是强烈的期待与信心。他知道自己在公司的分量，在极度谄媚司马红而提升他地位和尊荣方面做出了独特贡献，在公司法人方面给公司节省了不少资金，是无人能替代的，也是无人能比拟的。他相信司马红会搭理他，而且会马上抬起头来与他说话。于是，他充满信心，保持着对司马红足够敬重，尽管右脚因残疾好像多长出了一截，让身体有点倾斜，但还是克制着保持笔直姿态，双手捧着一个笔记本，右手大拇指和食指紧捏一支钢笔，眼睛望着司马红，有点像首长面前的士兵，恭候命令；又有点像法官面前的嫌疑人，敬畏胆怯。

正如汪富预想的那样，不一会儿，司马红放下手中的材料，抬起头来说，汪主任，有什么事吗？说吧！

汪富拐弯抹角地说，有一个人，把自己的一颗心都掏出来了，对公司做出巨大贡献，不知这个人能不能得到信任与重用？

司马红问，这个人是谁呢？

汪富说，是俺！

司马红说，是你？哦！应该是你。

汪富说，总经理，俺毛遂自荐了。

司马红带着惊讶之色说，哦，确实是毛遂自荐了。

汪富感到问题有点严重，便神情严肃，紧紧盯着司马红加重语气说，总经理呀！您对俺是信任的，但不公道。俺对树立您总经理的威信，对减免公司税收是有贡献的，难道就不值得获得公道的待遇吗？

司马红拍了拍脑门恍然大悟说，是啊！是应该提拔你了。我已有了打算，你自个儿又有什么想法呢？合适到什么样的岗位去？不妨直说吧。

汪富仍然紧紧盯着司马红说，财务部不是空缺经理吗？俺想到那儿去，替您管好钱袋子，把每一个铜板都用在刀刃上。

司马红再次把桌子上的材料拿到手里，眼睛瞅着天花板说，啊！想当财务部经理。

汪富继续说，当下是公司的非常时期，迫切需要把财务工作理顺做好；前段时间财务出过岔子，让公司蒙受了重大损失，情况很复杂，后果很严重。讲到这里时，汪富感到说过了头，揭了伤疤，便停住了嘴巴，低头看着手里的笔记本和钢笔。

司马红出人意料地"呵呵呵"笑了一阵子，笑得让汪富心里阴森森的，有点发怵，便抬头直起眼睛盼着他说话。

司马红则迟迟不开口，而是悠闲地拿起手机滑了滑屏幕，跷起二郎腿，不紧不慢以不容置疑的口吻说，汪富，财务部经理已有人选了，你去不了。但考虑到你在办公室副主任位置干得不错，就给你坐地升官吧，抹掉前面那个"副"字，做堂堂正正的主任吧！

尽管没有达到管钱的目标，但还是官升一级，也算是摔个跟头捡到元宝——歪打正着了。汪富还是露出兴奋之色，使劲点了几下头说，感谢总经理贵人深情，感谢总经理恩重如山！接着"扑通"一下跪在地下，双手抱拳连连向司马红作揖道谢！

司马红大吃一惊，惊愕着说，汪主任，你这是干什么？快起来！

汪富双手撑着站起来后，有点腼腆了，立在那儿像个木偶人似的，低下头等待训话。

这时司马红从椅子上站起来说，汪主任，你是一个明白人，也是性情中人，知道大小王，懂得感恩，就好！提拔以后，希望你能知恩图报，准确领会我的意图，继续把工作干好。

汪富一边做着记录，一边又连连点头说，中，中！一定中。

可汪富当上主任后，就更加势利狂妄了，比以前有过之而无不及。势利，他对司马红更加谄媚逢迎，揣摩心理，唯命是从，把司马红的耳朵当自己的耳朵，把司马红的意志当成自己的意志，把司马红的话当作圣旨，记到笔记本上，不折不扣执行；有时还会拿鸡毛当令箭，故意难为人，攻击人。狂妄，他对公司其他人都不放在眼里，包括那位副总经理，尤其是对部属不屑一顾，颐指气使，甚至是用刁难来获得虚荣心的满足。

这年"八一"建军节时，汪富突然有了慰问公司退伍老兵的念头，就策划了给老兵披红戴花，让司马红发放慰问金，彰显公司拥军优属的做法。

在活动即将开始时，汪富对江薇说，江薇，你用咱们的照相机负责照相，在公司橱窗上做一期图文并茂的宣传，也可给媒体投投新闻稿。

可江薇双休日同学聚会时，把公司的照相机带回家了，回家取来不及了。她只好愧疚地说，主任，我把照相机带回家忘带来了，就用手机照相吧，也不耽误事。

汪富听到公物私用了，还说不耽误事，脸色顿时阴沉下来，气势汹汹地说，弄啥哩，弄啥哩，谁让你把公司的东西当成自个的财产，胆子也贼大。

江薇看到汪富上纲上线了，立刻蔫了，不敢言语，窘在了那里。

当她用手机把整个过程拍下来，算是勉强完成了任务，便如释重负般拿着笔记本和钢笔去汪富办公室做检讨，请求汪富给予谅解。

汪富张大嘴巴露出两个大龅牙，大声吼叫着说，我嘞乖乖！你太主贵了，还让我宽宏大量，真是天大的笑话！你要是胆子再大一点，还会把公司搬回你家去，那才烧包儿呢。

他一瘸一拐在屋子里踱步，喊叫着说，把公物当成私人财产了，还不知羞耻，呸！真差劲，呸！真次毛！太膈应人了……

汪富数落江薇的声音很大，连珠炮似的，噼里啪啦火爆……在走道里都听得清晰明了。江薇惊恐不安，怯懦地瞅着他，怀着一种难以形容的恐惧与忐忑，大气儿都不敢喘。公司大多数人都知道汪富是小题大做不饶人，趁机在部属身上挑毛病，也是在自我显摆。

司马红也不例外，听到汪富大发淫威，心里暗暗好笑，没有干预。他觉得公司有这样一个令人作呕的恶人，未必不是一件好事。有这样的跳梁小丑垫底，就等于有了一个众人唾弃的出气筒，自己就显得更加高大英明，更有利于树威立信。

对于汪富当官做人的双重面孔，谁看得最清楚呢？还有王乾坤。

有一次王乾坤喝酒喝多了，意味深长地说，汪富就是咱们司马总经理的一条狗，既会"汪汪汪"向主人撒娇示好，一味讨好逢迎，殷勤乖顺；也会"汪汪汪"对同僚和部属疯咬，展现出欺负弱者的凶狠毒辣，残酷无情。他那丑陋刁钻的神态，凶狠狰狞的面孔，与哈巴狗太像了，简直就是一条哈巴狗了。

至此，汪富"汪汪汪"的绰号不胫而走，成为人们私下逗乐的调味品。

# 第六章

## 1

2012 年底，侠之大者公司大厅走进一位不速之客，流露出一种异样而特殊的表情，提出要面见赵晖。

他身高足足一米八，长相威武英俊，高额、浓眉、大眼，眼睑微红，脸膛刚毅，下嘴巴肥厚，风度翩翩，气宇不俗，看上去不到 30 岁的样子。他穿着一身黑色西装，系着米黄色领带，给人潇洒倜傥的印象；一双眼睛犀利有力，眼神如同刀剑锋利，但又很沉稳，有稳如山岳的感觉。他站在那儿很精神，不胖不瘦，右手提着一个黑色公文包，一双黑色军用皮鞋踩在地板上，气若神定，散发出一种干练精悍的气场，平静而蕴藏着力量。

值班员打电话通报情况时，他挺胸抬头在大厅里踱步等待，踱步是悠闲式的，节奏随意且慢，脚是踢出去的，后脚跟先着地，很有力度，显得刚健而威风。

假使有军人履历的人，一眼就可以从他的站姿和走相中看出背景。他确实非同寻常，是一位有过特殊军人履历的特殊之人。

他姓张名彬，出身于江洲市高干家庭，父亲与叔叔分别是省级和厅级官员，从小受过良好教育，聪颖睿智；上军校学的是计算机专业，侧重于计算机编程，逻辑思维缜密，是破解计算机密码的高手。他军校毕业分配到特种部队服役，历经各种形式的特战训练和演习捶打，练就了智勇兼备的应急应变擒拿格斗和反恐本领。3年前从部队转业后，他自谋职业创建了一个计算机技术服务公司，主要解决一些单位保密计算机防护问题，生意做得热火朝天。但父亲依据新出台的制度规定，要求张彬关闭私人公司，另谋出路。

张彬作为擅长破解计算机密码的精英，转岗再就业的消息传出后，立即受到互联网巨头和网安企业的关注。有的看上他独到的密码技术，有的钟情他非凡的社会背景……司马红对两者均青睐，主动找上门求贤若渴般说，张总，我真诚地邀请您到我们公司来工作，岗位是常务副总，年薪是七位数，具体多少请您自己填写吧。

说罢，司马红将一张银行空白支票放在桌子上，充满了诚恳，也散发着巨大诱惑力。

这张支票对于普通人来说，太有吸引力了！是改变人生命运的重要契机，但在张彬面前就黯然失色了。他择业的第一标准不是看金钱多寡，而是看企业的政治立场和社会口碑。

张彬也诚恳说，谢谢司马总经理的器重和厚爱！但我的二次就业事关重大，不能擅自决定，还需好好考虑后给您答复。

送走司马红后，张彬立即通过有关渠道了解红远公司，得知红远公司涉及汀洲市烂尾的自动化工程和贿赂事件；同时也了解到侠之大者公司的气度与风范，便毅然婉拒了司马红，而决定投奔侠之大者，便有了这次上门求职之行。

片刻工夫，肖梅出来将张彬请到会议室，与赵晖会面。她给两人各泡了一杯茶后就出去了。

张彬将自己的求职简历递给赵晖，打开话匣子说，我在大学学的是计算机专业，对计算机密码略知一二，军校毕业在特种部队带过兵，有8年的军旅生涯，职务至连长，转业回到地方也搞计算机安全工作，但没能做好，所以就投奔你们公司来，请审查斟酌。

赵晖笑了笑说道，那就不用客气了，都存在着彼此选择、相互学习的机会。你也可以考察我们公司，看对路不对路啊。

说罢赵晖端起杯子，喝了一口说道，有 8 年特种部队的经历，真不容易啊！你对部队生活最大的体验是什么？

张彬说，我的体会是集体主义观念，团队精神完全优于西方的个体意识。

赵晖接着道，你为什么不选择名声大待遇高的互联网企业，而考虑要搞网络安全呢？

张彬说，世界潮流浩浩荡荡，全民使用网络已成为大势所趋，而网络安全又是制约互联网使用的瓶颈，是一个时代性课题，也是国家的重大需求。如果能够乘上这波时代性浪潮，也就等于随着时代波涛起舞了，人生就有机会到达波峰浪尖。

赵晖淡淡说，看得长远而形象，见识不一般啊！你学的是计算机密码，对密码技术又有什么样体会呢？

张彬说，我觉得设置和破解计算机密码，须拿到三把钥匙。第一把钥匙是精通密码学，是最基础的东西；第二把钥匙会密码编程，能够根据不同情形编出代码程序；第三把钥匙是破解密码的技术，将计算机密码技术机理搞得千锤百炼滚瓜烂熟了，也就有了灵感。三者缺一不可，相互支撑配合，到了关键时候才能游刃自如。

赵晖会心地点点头道，概括得精妙到位，佩服！

张彬没有得意，而是谦虚地说，见笑，见笑，过奖了。

赵晖略带自嘲说道，我们公司是有些特别的地方，主要是坚持为国为民宗旨，以国家使命为第一要务；坚持网络道义，以优秀传统道德立身做人；坚持技术创新，以打造网安产品为效益中心。我们暂时还有不少困难，属于小企业，在同行业中工资待遇也不高，说不准与你的心理期待有较大落差哦！

张彬听说过侠之大者与众不同的价值观，亲自听了赵晖解读更有感触了，其理念、情怀、抱负不同凡响，有高远格局和境界。他颇受启发说，明知为国为民效益不高，还坚持捍卫国家的网络安全利益；明知讲究道义会丢失生意，还坚持让中华优良道德旗帜在网络天地高高飘扬；明知科研创新极其艰难，还坚持以研发网安产品为中心任务，都是一种非常难得的品格，让我钦佩啊！

他还补充说，我敢预见，这样的网安企业前程不可限量！任何力量都阻挡不住前进的步伐！

赵晖开玩笑道，那我们就是惺惺相惜、彼此赞赏，成为网安领域的胶漆之交了。

张彬说，是的！便立即站起来将右手向赵晖伸了过来，两人将手紧紧握在一起，相互凝视着对方，似乎有一种相见恨晚之感。

赵晖深情道，我们侠之大者是一片蓝海，大门向所有有志于国家网安事业的人才敞开着，始终保持开放态度，有才必用天地宽。

第二天，张彬宣誓加入团队，成为另外一种新的内在力量。

走入公司后，张彬感到一切都新鲜，思维异常活跃，情感格外清爽，心劲充满力量。他找到赵晖说，目前网络上的病毒花样翻新，各种版本不断涌现，给网络带来巨大风险隐患。我们凭借强大技术优势，不妨研发一款全能杀毒软件，应对目前网上所有的病毒，实现病毒全部剿杀。

赵晖道，这个想法好，值得采纳。

张彬接着说，如果能顺利开发这款新型杀毒软件，会带来社会效益与市场效益双丰收。

赵晖仰起头淡淡道，对于杀毒软件问题，我思考了好久。如果让网络世界陷入到了研制杀毒软件的利益循环中，那也是一种悲剧式的自残，对净化网络生态环境极为不利啊。

张彬有点困顿地问，此话咋讲？

赵晖解释道，你想想，如果研制杀毒软件能够获得很大利益，就会刺激出更多病毒层出不穷，形成一个生产病毒——杀病毒——再生产病毒——再杀病毒的产业链，生生不息，交替循环，让研制病毒有了强大目的性和驱动力，也会让整个网络生态陷入恶性循环之中。你没听说过，有一位超强黑客，一边研制超强病毒，一边有偿提供对付超强病毒的杀毒软件，一个月下来就赚成亿万富翁了；但整个网络世界受到极大伤害，疲于消除病毒。

　　张彬说，是啊！这就是一种邪恶。我们绝不能袖手旁观。

　　赵晖做了一个手势坚定道，面对邪恶，有能力阻止而无动于衷也是一种罪恶！我打算将研发出的杀毒软件无偿提供社会使用，不图经济效益，只求社会效益，这样就可以釜底抽薪斩断利益链，让制造病毒者无利可图，研制病毒自然就穷途末路了。

　　张彬疑惑地问，那我们公司能够得到什么呢？

　　赵晖道，我们得到好名声，赢得市场信任；还能得到网络好生态，有利于整个网络世界的健康有序。

　　张彬恍然大悟说，高！高远境界；好！好戏满台；妙！一招治网，斩掉祸根，让全社会长期受益。

　　随后赵晖召集技术骨干们，进行头脑风暴式思考，感到研制全能杀毒软件应遵循四步：第一步查清病毒，研究透天底下所有病毒，寻找到共同特征；第二步找到杀毒手段，探寻出一剂治毒的灵丹妙药；第三步是编写代码程序，测试形成成熟产品；第四步是向社会公开发布，无偿提供各类用户广泛使用。

　　对病毒研究最深的莫过于赵晖与靳凤，但赵晖事务缠身千头万绪，有些力不从心。靳凤就牵头对近百万台电脑病毒进行分类研究，逐渐掌握了一些新机理新特征。

　　她觉得网络病毒是层出不穷动态的，按传染方式有鼓励型病毒、文件型病毒、混合型病毒等。按连接方式有源码病毒、入侵型病毒、操作系统病毒、外壳型病毒等。按特有的算法有伴随型病毒、寄生型病毒、练习型病毒、诡秘型病毒、幽灵型病毒等。不论是系统病毒还是蠕虫病毒，木马病毒还是黑客病毒，脚本病毒还是后门病毒，种植程序病毒还是破坏性程序病毒，共同机理类似于生物病毒，具有智能化特征，会复制自己，也会隐藏伪装，还会伺机出动发作，具有传播性、潜伏性、可激发性、破坏性等多重特点。

　　而研制全能型杀毒软件，必须能够兼顾截杀各种类型病毒，研制思路不能停留在单纯为了杀病毒而杀病毒的层面，最关键是确立新理念，即用净化网络和电脑环境的思维研发杀病毒软件，让编写代码的边缘性更加宽泛、冲击力更加强悍，能够以净化网络环境为导向，在净化网络中截杀毒病，真正成为网络全能卫士。

有了研制思路后，靳凤与十多名技术骨干采取先分头编写再集体会诊的方式，不断集聚集体智慧，不停激发创新灵感，众志成城，攻关夺隘，终于研制出能力超强的全能卫士杀毒软件。

全能卫士在公司网站发布后，引发轰动，访问下载的用户蜂拥而至，有蔚为壮观之势。有偿与无偿杀毒软件，折射出两种道德观、两种利益观的对决。无偿的侠肝义胆正义正威，在灵魂深处直戳谋求不义之财者的金身胴体，将丑陋的私心撞击得粉碎；同时让无数人感受到了忠义厚道，看到网络世界中一种仗义执言的豪迈肝胆，美美与共的大美情怀。

许多人叽叽喳喳议论，说无偿杀毒软件，是一种对网络世界至高至尊的爱，没有私心杂念，没有功利色彩，是纯粹高尚的，脱离了低级趣味。这种情感有足够的分量与力量，是一颗心寻找另一颗心，一种情感染另一种情。

当人人都有了真诚的心、纯洁的心，那么网络世界又是何等幸运，何等干净无邪呢？

## 2

2013年春节快要到了，世纪大厦旁边小巷子一些摊位摆上了红艳艳的春联和灯笼，空气中陡然弥漫的年味升腾而浓稠起来，预示着新春的脚步已姗姗走来了。下午快下班时，赵晖接到江洲市公安局副局长郑文森电话，彼此有过一面之交。

郑文森说，你是侠之大者的赵总经理吧？

是的，我是赵晖，局长。

明天上午10点整，请带一名随员到局里开个会，有网络技术方面重要事情商量，给局里提供一些技术支持。

赵晖回复道，好！我们准时到会。

翌日上午9点半，赵晖与张彬驱车从公司楼下出发，车子开了十几分钟就到达市公安局。他俩来到会议地点坐在自己的位置，并不时与进入会场的熟人打招呼。

会议准时开始，参会的有公安、网监、工信、宣传、银行、电视台等单位负责人，工作人员忙着给大家分发资料。召集会议的郑文森身穿天蓝色制式警服，佩戴银色二级警监衔，脸色沉重，目光如炬。他开场讲话时，拿起桌子上的材料郑重地说，同志们，春节临近了，不法分子猖獗，疯狂进行网络诈骗活动，连续作案，涉及金额特别巨大，造成的社会影响特别恶劣。市领导让我们成立反诈骗联盟，给予犯罪分子迎头痛击。这些犯罪分子太嚣张了，连老人小孩都不放过。大家看看材料，真是触目惊心啊！

赵晖、张彬等人都拿起材料，看到如下内容：

案件一：张燕燕，女，47岁，汉族，江洲市有色金属加工厂会计。2013年1月13日，她接到一个陌生电话，说根据公司吕董事长的指示要给公司汇款，添加了对方的QQ账号，接收到了几张转账凭证。很快，公司吕董事长在QQ上发出指令，指挥张燕燕先后向多个账户转款5笔，共计2500万元。当张燕燕收到第6笔转款500万元指令时，公司账户只剩下300万元，便心生疑团，专门找吕董事长核实。可吕董事长说，我一个转款指令也未发，怎么就能让这么多血汗钱不翼而飞。再倒查转出去的账户，账户已全都撤销了，对方将QQ也卸掉了，无法联络。

案件二：李爱琴，女，73岁，满族，江洲市江北区金陵小学退休教师。2013年1月17日，她闲得没事，无意间用手机扫了一个二维码，下载一款"赚钱多多"的聊天软件，在客服小唐引导下试着打进去钱做任务返利。抱着玩玩看的心态，老人先打了100元，随后就有20元的返利，接着老人继续做任务，当天就获得收益1300元。老人很有成就感，对小唐深信不疑。第二天小唐引导老人继续在"赚钱多多"做任务，说做的任务越多收益越大。老人通过银行App向对方提供的银行账户转账，连续转了4次，共转账31万元，可再没收到1分钱收益，全都被骗走了。老人百思不得其解，竟然疯疯癫癫了。

案件三：乔昊，男，12岁，汉族，江洲市清泉县丰台镇大柳垭村人。2013年1月5日，小乔在家中玩母亲手机时，被陌生人拉进"明星QQ线上直播"群，见到了明星，看了表演，十分开心。随后有热心人与乔昊进行视频通话，以需要乔昊出手帮助公司解冻几十万元资金为由，诱导乔昊行侠仗义，进行了修改手机密码、扫脸验证等操作，最终转走乔昊母亲手机银行中的所有款项7万多元。乔昊母亲感到不对劲时，为时已晚，气得号啕大哭……

赵晖看了这些网络诈骗案例，深感形势严峻。网络这个现代文明的平台，用好了造福民众，有益于社会；用不好黏附上丑恶的灵魂，就会变得非常狰狞可怕，成为犯罪分子的帮凶，吞噬道德与良知，上演掠夺、诈骗、摧毁的一幕幕悲剧。他扭头与张彬交流了一下眼神，深感整治网络责任重大，必须义无反顾了。

郑文森接着说，我告诉大家，有关网络诈骗案件接二连三，材料里列出的仅仅是部分案例。就在近一个月来，案件激增，掌握的就有十几起，涉及金额达2亿多。我们成立反诈骗联盟就是各个部门携起手来，共同应对日益猖獗的诈骗活动，将犯罪团伙绳之以法，挽回群众的经济损失。接下来，请各个成员单位谈谈意见。

接着网监、工信、宣传、银行等单位负责人谈工作重点、协作方式、有关建议等。网监、工信部门重点反映了技术力量应用问题，认为诈骗团伙行动诡异，十分隐蔽，存有技术介入难、侦察定位难、追回资金难的突出困难。

郑文森说，正是困难，市领导才让我们有关部门齐上阵，群策群力，形成合力来对付犯罪团伙。随即他和蔼地说，赵总经理，吸收你们公司参与破案是市政府机关领导的意图，主要感到你们公司网络侦察技术力量雄厚，能够在打击诈骗团伙中发挥重要作用。你们公司有什么意见吗？

赵晖道，能够得到政府机关的信任，我们深感荣幸！但能发挥多大作用，心里还是不托底，总担心力量不足有负重托。

郑文森说，你们有这个态度就好，具体本领有多大，战场上刺刀见红才能看得出来啊。

这时一位工作人员走到郑文森跟前耳语了两句，郑文森对身边的刑侦处处长张军说，张军同志，你继续组织会议。我出去一下。

工作人员立即来到赵晖、张彬跟前，将他俩喊出会议室。郑文森正等在外面说，走，咱们到小会议室谈。

他们一行4人来到小会议室，室内已有几个人在等待，纷纷起立迎候，其中一个人站在投影仪前。郑文森介绍说，这位是刑侦处副处长吴天成，这位是刑侦处侦察员李文君，操作投影仪的是刑侦处侦察员武卫国。他随后也介绍了赵晖与张彬。

郑文森坐在主要位置上说，天成同志，你把掌握的案情说说吧。

吴天成说，是！有人关闭了灯光，拉上窗帘。投影仪开始播放画面，出现了诈骗嫌疑人黄鑫不同时期的画面，有穿西装的、休闲服的，有在监狱穿囚犯衣服的。

吴天成手里拿着激光电子指示仪，一束亮光从手上发出，射向投影仪画面介绍说，黄鑫是犯罪主要嫌疑人，现年42岁，身高1.65米，性格暴戾，为人狡诈，离过一次婚，曾是江洲大学计算机原理实验室教师。原来他白天在学校工作，晚上给网络赌场搞技术服务，抓赌场时搞了个现行，被判刑两年。去年7月刑满释放出来后，去了东南亚国家。据掌握的情况，他现在不搞网络赌博了，而是纠集一批昔日的喽啰和亲友，搞起网络诈骗，主要诈骗对象是熟悉的江洲市百姓和企业。

画面切换到东南亚K国德内省一个高档公寓楼前，有5位貌如中国人的男子走出来。吴天成手里激光电子指示仪点住其中一个说，此人叫李斌，今年43岁，是江洲市江东区人，黄鑫的发小，关系较为密切，曾一起给赌场搞过技术保障，但因证据不足成了漏网之鱼，此人应是诈骗团伙的骨干成员。指示仪点住另一个人说，他叫张山，江洲市人，现年29岁，是黄鑫的学生。黄鑫从监狱出来后，他就在江洲电子器材厂辞职了，跟随黄鑫一起去了K国。再点住一个说，他叫李智，江洲市人，27岁，高中就辍学，无固定职业，爱玩电脑游戏，经常跟着黄鑫混日子。随后点住下一个身材高大的人说，此人叫杨威，江北省人，现年28岁，系黄鑫的学生，大学毕业后就到K国淘金，现是德内省一个合资企业的技术人员。

随后画面切到B国江外市的国际广场，广场内视野开阔、红旗招展、绿茵缤纷、环境优雅。一个穿着体面的中年男子在行走，中等身材，神态沉稳，一看就是有身份的成功人士。

吴天成用激光电子指示仪点住说，此人叫李金铜，现年36岁，是黄鑫的表弟，曾是江洲半导体器件厂的技术员，对电脑技术比较精通。他也在黄鑫出狱后突然辞职，去了B国。据说是黄鑫派到B国江外市的，去开辟网络诈骗场所。我们目前还没有掌握有关证据，正在与当地警方沟通联络。

讲到这里后，投影仪关掉，灯亮了，窗帘也拉开了。武卫国等人忙乎着收拾东西，给会议室的每人倒了一杯茶水，就离开了。会议室剩下郑文森、吴天成、赵晖、张彬四人。

郑文森打开水杯盖子，端起来喝了一口说，初步判断是由黄鑫纠集的一个网络技术诈骗团伙，对我们江洲市实施的犯罪活动。现在网监部门技术力量不足，有两个难题。一个是锁定IP地址抓现行难；另一个是破解他们银行账户密码难，担心案子破了，钱没追回来，抓住了鸡丢了蛋。

旋即郑文森停顿下来，又端起杯子喝起了水，等待赵晖和张彬的反应。

赵晖扭头看了看张彬，彼此用目光交流了一下，张彬微微点点头。赵晖道，郑局长，从技术上看，您讲的两个技术难题，对于我们公司来说困难确实有，但也不是不可以实现的。

郑文森轻轻拍了一下桌子说，很好！要的就是这句话。我们反诈骗联盟分5个分组，有跨国协调组、抓捕组、技术组、保障组、宣传组。你们这个组为技术组，天成同志任组长，主要搞好组织协调；赵晖总经理任副组长，具体组织技术力量完成攻关。为了保证任务的机密性，防止跑风漏气，各个组之间不发生联系，不通报情况，也不相互打听人员和任务情况，一切行动听从指挥部指挥。你们这个组要提前部署技术力量，在网上踩点蹲守，但不能暴露目标，在规定时间内在网上抓取犯罪现行证据，破解罪犯账户密码，最大限度追回赃款。对于你们公司人员参与破案的，做好登统计，提交局里按社会用工给予劳动报酬，不能让你们吃苦又吃亏。

赵晖点点头表态道，请局长放心，我们一定完成好任务！

郑文森抬起手腕看了一下手表说，快开饭了，中午饭你们自行解决吧，其他组我还要交代一下，随即与他俩握手告别。

# 3

当天下午，赵晖与张彬认真分析十几起诈骗案件的特点，主要有三种类型：一种是QQ视频诈骗，罪犯用移花接木技术窃取事主的QQ信息，然后登录所窃QQ，冒充事主有针对性选择QQ好友，编造有说服力的谎言要求打款，实施诈骗。另一种是网络钓鱼诈骗，以中奖、顾问、提供帮助等，引诱用户在邮件中填写银行账号、密码和身份证信息，再私自制作银行卡，在ATM机盗取资金；或设立假冒银行网站，一旦用户登录账号、账户等信息，密码被破解，存款就会被盗取；或发送含有木马病毒的邮件，中毒计算机登录网上银行、账号等相关信息就可能泄露，造成资金被盗。再一种是网络游戏诈骗，通过提供游戏装备或交流，获取玩家账号等信息后盗取资金；或利用投资网站做任务获利，先施以甜头引诱用户上钩，再骗取金钱。

赵晖道，诈骗神秘诡异，善于利用网络技术特征作案。我们还需深入研究，具体掌握他们犯罪作案手法，准确了解诈骗资金的走向链条，从中寻找漏洞破绽，找准突破口。

张彬说，是啊！这是一场实战，斗智斗勇的实战。我们不妨组织两个实战化小组，一个组跟踪犯罪分子的踪迹，主要抓取犯罪现行和证据；另一组重点掌握诈骗资金去向，钱骗到什么地方了？如何破解账户密码？从而追回赃款。

赵晖道，好！就按此想法，成立两个小组。第一组由我和龙文带领，抓取犯罪分子的现行与证据；第二组由你与靳凤负责，破解账号密码追回赃款。

张彬略带忧虑之色说，破解银行密码会不会在法律上存有问题呢？

赵晖道，以其人之道还治其人之身，天经地义！再说了我们的行动得到公安局批准，就放心干吧。

当天晚上，两个组宣布了保密纪律，进入战斗状态！

赵晖与龙文他们首先操作两台"雷神防护一"，分别对 K 国德内省和 B 国江外市的网络活动情况进行监测，掌握到德内省金湾小区的第 7 栋别墅里有多个 IPv6 地址的电脑终端异常活跃，江外市绿茵苑区第 13 幢建筑内也有多个 IPv4 地址的电脑终端访问频繁。

深夜居民住宅，一般情况下电脑终端的网络流量相对较小，不会有多个 IP 域名，而网络流量巨大频繁，足以说明特殊之处。

赵晖命令道，重点对这两处网络终端进行测绘，掌握网络空间资产等相关信息。

龙文带领人员立即进行拓扑测绘，分别提取网络空间资产的端口、操作系统、协议、设备类型、组件名称、主机名称等，打印出来递到赵晖手中。

赵晖看后继续命令道，进行指纹匹配。

龙文操作计算机，使用"雷神防护一"，进行数据采集——开展数据预处理———实施指纹提取——找来已建构的宏大指纹规则库——进行指纹匹配。

紧张工作到凌晨两点多钟时，第一小组锁定了两处网络活动的特征及 IP 地址，掌握了网络进出端口的准确数据，认定是实施诈骗的团伙。

张彬率领第二小组循着两处电脑的网络活动，悄悄窥探诈骗资金的方法。他们发现诈骗主要途径有三种：一是直接给受害者提供指定银行账户，让其将款项打入账户，再立即转手两三次到新账户，随后撤销账户，以防追踪。二是给受害者手机发送木马病毒，引诱点击木马程序链接，使手机中毒，将手机短信包括验证码等截获，再用事先掌握的银行卡信息，将银行卡绑定到第三方支付平台上，将钱盗走。三是通过钓鱼网站填写各种信息，包括银行卡账号、密码，身份证等信息上传到骗子手中，骗子私做一张银行卡，在 ATM 机上将钱取走。

作为专门研究密码的高手，张彬对银行卡密码较为熟悉，对技术逻辑与机理非常清楚。他经过一番思索后，坐在电脑前敲击键盘，编写出一长串代码，发送到那两个嫌疑区域的电脑终端搜索，发现其网络银行资产频繁变化，累计数额惊人，多达数亿元。

张彬还有一个发现，越是接近春节，犯罪嫌疑人银行账户的钱增长越快！想必是趁着过节人们疏于防范和收入增加而进行疯狂敛财。

翌日上午，赵晖和张彬专门来到市公安局，向吴天成汇报了技术进展情况。

吴天成说，专项行动的其他组进展顺利，指挥部确定在大年三十前两天的腊月二十八晚上统一行动。现在满打满算剩下两天半约 57 个小时，你们加快行动，务必大获全胜。

从公安局返回后，赵晖与张彬分析认为，破解犯罪分子银行账户和密码，须提前不动声色做准备，抓捕组捣毁犯罪窝点的时刻，才是技术组最后摊牌破解密码转款的最佳时刻；提前会打草惊蛇让犯罪嫌疑人逃匿，滞后会造成狗急跳墙，在被捕前的最后时刻操作计算机毁灭证据，将巨款转走。

必须孤注一掷，用周密稳妥的技术协同抓捕组给犯罪分子致命一击！

赵晖对张彬投去期待目光道，抓取犯罪分子的痕迹与现行应是稳操胜券，而你们小组破解银行账户和密码则有不确定性，就看你的了。

张彬说，确实存在不确定性，但我们小组应做万全之策，全力以赴。

接下来的 57 个小时，对于第二小组来说是不小的考验与炼狱般的煎熬。

张彬焦急地说，犯罪嫌疑人会用哪家银行窝藏赃款呢？

靳风道，龟儿子猴精猴精，鸡蛋肯定不会放在一个篮子里，也不会全是实名银行账户。

张彬说，是的，不能低估了对手。他们肯定有匿名账户，也会有实名账户，有的绑定在手机上，有的放在电脑里。如果用现成木马病毒会引起警觉，我们不妨制作一款特定核查银行账号的病毒，悄无声息潜伏到计算机，再通过计算机与手机链接"摆渡"潜伏到手机，查到银行账号，再想办法破解密码。

靳风站起来道，格老子搞个专门病毒，脑壳儿砍下来也恐怕不行呀。

张彬说，有你靳姑娘这个病毒高手，还愁搞不成吗？

靳风边踱步边道，你张大组长靠实在我头上，倒可以试试看。

张彬说，就靠实给你了，看你的了。

靳风努努嘴，做了一个鬼脸道，要得，要得！格老子去干活了。她来到自己工位上，也就是集体大办公室的一个工作台而已，坐下来开始查找资料，酝酿思路了。

对于一位黑客高手而言，编写计算机代码就如同延续技术生命，每段代码组合不同，就像每次跨越不同河流一般，是挑战全新的自己，既新鲜又充满乐趣，一个创新点，千里快哉风。而编写代码又是高度紧张的脑力劳动，悄无声息地消耗着智力和精力；编写代码越多，技术生命的含金量就越大，随着不断奉献代码的增长，技术生命也逐渐由青年到中年，再由中年到老年……慢慢雄风凛凛。

而编写一款新的有独特功能的病毒软件，比编写一般性代码难度更大，更具高难度与创新性，特别需要一个别出心裁、逆天而行的逻辑思路，有了思路剩下的实操编写就会迎刃而解。而这个逻辑思路高深莫测，如灵光一现的神奇，像别有洞天的追寻，似雨后天晴的彩虹，具有可遇而不可求的偶然。也许一位黑客一辈子遇不到一两次，或者遇到了又擦身而过，不曾捕捉到灵光成为幸运者。

靳风热烈期待头脑灵光一现的思路。当然她的期待不是单纯等待运气，也不是守株待兔，而是积极主动去寻找、迎接、拥抱。于是她点击鼠标，输入一连串密码，进入暗网黑客世界中各种奇异诡谲的网站，搜索相关内容，或者是无关的奇葩信息，刺激大脑思维，接收各种新鲜东西，冲击大脑细胞和神经，激发某一种天才般火花。

夜深了，万籁俱寂。靳凤的计算机还在低声嘶鸣，头顶的灯光还在晶晶发亮，周围寂静得没有一点杂音，似乎听不到时光在倾泻，看不着夜色在流动，嗅不着年味的些许气息。一切都进入混沌状态，昏昏沉沉，默默无声。她的思维进入到冥想状态，一种心无杂念、无我无相的思索，一个劲向着病毒代码的历史纵深探寻、再探寻，仿佛要将其祖宗十八代挖出来，深究一代接一代内在机理，从中找到一条线索，或打开一个缺口，觅得灵光一现新的逻辑思路。

突然她感到头脑中闪过一个念头，立即敲击到屏幕上，端详一阵子才感到不对头放弃了。

时间已到次日凌晨两点钟，正是瞌睡袭来之时，一股睡意从四面八方包抄袭来，让她的上眼皮与下眼皮打起了架，彼此顽强搏斗较量着。她意识到，倘若神经松弛下来，就会趴在办公桌上睡着，让点灯熬油冲击难关付诸东流。而能咬着牙关撑过这个时段，就能赶走瞌睡虫，不会瞌睡了，思维会格外清醒，创造力会无比锋利，往往会有惊天动地的奇迹。她不得不站起身来，揉揉眼睛，耸耸肩，搓搓脸，让神志清醒，熬过了这一时段。接着她趁着思维活跃灵动，循着病毒代码的基因继续思索、思索，再思索……忽然大脑像撕开了巨大口子，喷射出一道亮丽光芒，携带着五颜六色的绚烂，接着光线后面有一长串病毒代码，就是稍纵即逝的灵感，就是可遇而不可求的奇思妙想。她紧紧屏住呼吸，用手指在电脑键盘上快速敲击出一长串代码，将其完整记录下来。

有了此代码，她立即进入亢奋状态，全身心投入编写，大脑不停飞翔，十指欢快跳跃，一口气将整个病毒程序写了出来。

回头望着工工整整的百余行代码，以及其中蕴含的奇妙逻辑思路，她长长吸了一口气，充满欣慰与兴奋、满足与幸福，高兴得用右手在膝盖轻轻拍了几下，"哈哈哈"笑出了声。她再看看时间，已是凌晨 5 点多钟，就干脆将衣架上的大衣摘下来，搭在身上趴在桌子上睡着了，还做了一个吉祥如意的美梦，一直睡到 8 点钟有人来到办公室。

靳凤简单收拾一下，到餐厅吃了一点东西，接着进行测试，表明病毒软件能力独特，隐蔽性极高，不容易被察觉；穿透能力强，可窥探到所潜伏电脑和手机的银行账户；还可自动销毁，达到来无踪去无影，神秘难测。

张彬则正视银行账户密码数位较长、破解难度大的实际，进行实战化演练。他让组里的陈文浩在银行开设一个账户，存入数万元，设置了稀奇古怪的八位至二十位数字与英文字母交织的密码，他模拟破解。他破解密码手段灵活，采取自动与人工相结合的方法，最初破解一个银行密码大约需要 15 分钟。陈文浩不停变换密码，他不断探索方法途径，提升速度，逐渐缩短到 3 分钟左右，破解率也提高到90% 以上。

农历腊月二十八晚，江洲市捣毁国外两个网络诈骗团伙行动进入倒计时。公安局指挥大厅里灯火通明，忙碌有序，紧张沉着。各种办公设备都提起了劲头，指示灯不停闪烁，忠实地执行着人们的指令。

郑文森稳坐指挥席位，身板笔直，目光坚定，不时听取来自各个组的汇报，特别是 K 国和 B 国两个国际抓捕组的情况反馈。因为协调国外两个地区的警方，比国内更为复杂艰难，有语言和地域等方面的障碍。看着墙上的闹钟不紧不慢行进，到了晚上 8 点整时，他对着话筒喊道，各小组注意，现在是北京时间晚上 8 点整，进入倒计时一个小时，请紧前准备。

倒计时 30 分钟，10 分钟，3 分钟，2 分钟，1 分钟，30 秒，10 秒——行动开始! 郑文森果断发出指令。

顿时，各个方向的战斗打响了! 已秘密到达诈骗团伙小区门口的抓捕小组，迅速进入小区封锁了窝点外围，并向两个窝点的房间突击，展开出其不意的搜捕。两个窝点的犯罪嫌疑人都警惕性极高，一方面不给抓捕人员开门，耍花招拖延时间；另一方面慌忙销毁犯罪证据，试图对抗搜捕……

在江洲市侠之大者公司内，赵晖、张彬带领技术骨干也紧张忙碌着，紧紧盯着电脑屏幕，一会儿快速敲击键盘，一会儿急促点击鼠标，使出浑身解数调集网络流量，在网络上对远在异国的两个诈骗窝点实施突击。

赵晖、龙文很早就部署潜伏力量，轻松获取了诈骗团伙网络犯罪的现行证据，记录留存在案，可作为检察机关起诉证据。

张彬、靳凤等趁机远程控制诈骗团伙的电脑，防止他们销毁证据。张彬迅速对掌握的犯罪嫌疑人电脑和手机多个银行账户的密码进行破解，一口气破解了 5 个银行密码，将 2 亿多资金转移到公安局的指定账户上。

B 国江外市绿茵苑区的诈骗窝点顺利被警方突破，实现了轻而易举一窝端。而 K 国德内省金湾小区别墅里的犯罪嫌疑人异常奸诈，找借口死活不开门对抗。抓捕队员不得不破门而入，手里紧握手枪，出示搜捕证后大声喊道，不许动，举起手来！

诈骗窝点乱作一团，10 多台电脑仍然"嗡嗡嗡"作响，录音剪接设备、话筒打印设备等应有尽有，桌子上放着各种零食、水果和垃圾等，混乱不堪。机警的两名警察高度戒备地从客厅往套间里走去，客厅里剩下两名警察搜查。

突然，举起双手的杨威猛然靠近一名警察，用闪电般速度攥紧警察拿枪的手腕，让枪口偏向房顶，同时左手打出一个重拳，劈向握枪的警察。

杨威长期练习武功，颇有几下身手，左拳迅猛有力，重重击在了警察耳部，让其瞬间晕头转向，身体失去控制右手一松，手枪"咣当"掉在了地上。杨威敏捷地弯腰用右手捡起手枪的一刹那间，旁边的另一名警察果断扣下扳机，"砰"的一声枪响，一颗子弹击中了捡枪的手。子弹从手掌中穿了过去，手背上顿时冒出一朵不规则的红花，鲜艳而惊骇。杨威凄惨地哀号了一声，痛苦地将捡枪的右手缩了回来。

此刻掉了枪的警察也缓过神来，迅速将手枪捡起来，咬着牙关紧紧用枪口顶住杨威脑门说，好枪法！真解气儿。警察们随即用手铐将杨威双手铐上。

窝点里的另外两名成员李智、张山没有抵抗，随同杨威一起被押上车，随后被引渡回江洲市。而主犯黄鑫和李斌，狡兔三窟，当晚刚好出入另一住处而侥幸躲过。

2013年元宵节下午两点整，一束暖阳温柔地倾洒下来，如同母亲抚摸孩子般充满爱意，春风荡漾，绿意盎然，天地格外明媚。江洲市反诈骗联盟举行新闻发布会，受到诈骗的受害人领回被诈骗的资金。

## 4

元宵节这天，距离江洲市数千公里K国金城市国际饭店一个套间的沙发上，坐着一个身材矮小、额头灰暗的中年人，戴一副近视眼镜，眼睛游离不定，闪烁着诡谲，看上去就像一个亡命之徒。他就是被反诈骗联盟端了窝点的诈骗团伙主犯——黄鑫。

他后背紧贴在沙发上，眯着无精打采的眼睛，悲凉而苦闷，几乎绝望到了极点。

房间敲门后走进来一位中等身材的男子，目光沉郁，神情恍惚，戴着鸭舌帽与眉同高，将额头死死遮住。他就是与黄鑫一起的漏网之鱼——李斌。

他摘下帽子放在桌子说，大哥，外面没什么风声，我打听咱那两个住处也没异常，平安无恙。按说李斌比黄鑫大一岁，他是黄鑫的哥；但黑道历来就是强者为大，尊贱有别，他不得不屈从于黄鑫而做出马仔仆人的姿态。

黄鑫歪着身子不紧不慢说，狗娘养的咋回事，也不折腾了！越是平静越是危险呀，多留个心眼吧。

让黄鑫心痛的是银行账户里2个亿的钱说没就没了，费尽心机苦苦诈骗了许多昼夜，就竹篮打水一场空，还落下一屁股臊，成了惊弓之鸟，随时都有落网坐牢的危险。

黄鑫想自己也算是网络高手，是什么神人能将他几张银行卡的账户和密码破解了，悄无声息地将钱转走的呢？

李斌说，大哥，我还打听到了破解我们账户密码的是江洲的侠之大者公司，这个公司我弄赌场的技术时，接触过，有几个技术大牛，尤其是那个叫赵晖的，就是天才黑客，什么网络"雷神""全能卫士"都是他搞的，相当了不起！

黄鑫不满地狠狠瞪了他一下，带着鄙夷神情说，哎！了不起就了不起吧，怎么还"相当"上了，再咋也不能灭自己威风长对手志气吧。

李斌立即闭上嘴，不敢再作声，涨红脸僵在那里。

黄鑫"啪"地狠狠拍了一下茶几说，狗娘养的杂种，老子与你势不两立！等哪一天犯在老子手里，绝不轻饶，一定做个了断。

李斌看到黄鑫发威了，顺着思路动了邪念迎合着说，对！大哥，不妨给狗日的一个下马威，邮一件美妙东西吓唬吓唬，让他疑神疑鬼不得安宁。

行！照你的想法去办吧，但不要留下尾巴哈。

李斌露出谄媚之色说，是！大哥。

几天后的一个早晨，赵晖收到一个神秘邮件，邮件里有个空匣子，没有装任何东西，但匣子非同一般，是微缩的棺材形状，一头高一头低，底部有透明胶布粘着一件东西，拆开后发现是一柄长约5公分闪闪发亮的微型匕首，精致而锋利，看上两眼就感到有一股凛冽寒气，令人毛骨悚然。包裹里还有一张纸，上面写着一段话：喂！赵大人，你也要想着给同行留一口饭吃，断了别人财路也是自掘坟墓，自我毁灭。识相点，好自为之吧！

这个邮件的包裹和这柄匕首放在会议室桌子上，似乎在诉说、示威，也是挑衅、威胁！

公司骨干们围坐在会议室，紧急商量对策。赵晖不动声色，仰头用目光盯着天花板，好像在思考问题，也好像在等待大家的见解。

靳凤历来性子直嘴巴快，不假思索说，肯定是个短命鬼，告到派出所去收拾龟儿子。

龙文说，我们首先要弄清是什么人的威胁恐吓？目的何在？

张彬接住话茬说，我觉得是诈骗团伙，我们参与反诈骗打痛了他们。

肖梅说，会不会是其他人故意隐真示假，诱导我们注意力跑偏呢？

张彬说，不管是哪一伙人，都是邪恶势力，向正义发出了赤裸裸挑战。我们行侠仗义，打击别人在网络上为非作歹，坏了人家的好事，就会受到邪恶势力的忌恨、暗算、报复，甚至还有生命危险，尤其是赵总。因此，我们首先应当澄清的是，当不当黑客？遇到这样的危险是回头还是不回头？

这是一个最为关键而重大的问题，不容回避！考验着大家的情感与良知，也检验着胆魄与勇气。

靳凤不以为然说，大老爷们怎能说出狗儿麻糖的话，被棒老二吓住了，还弄啥子行侠仗义的事儿。说完，靳凤脸上溢出一股子不屑，眼睛睁得更大了，似乎有一汪泉水，眼睫毛跳动了两下，但不失秀气与灵性。

她脸颊上的变化是不经意的，其他人未必注意到，但赵晖感受真切，心头不禁一热。他说道，靳凤说得有道理，做超级黑客是我们的初衷使命，是任何时候都不能怀疑的，也不能更改。变了，我们就不配为侠之大者，更承担不起为国为民的使命。如今只能前进不能后退，当然也不是盲目去对抗，而是用我们的智慧力量化解风险，转危为安，转危为机。

说罢，赵晖将目光投向张彬，充满深情信任，也饱含着真诚期待。

张彬尽管年龄不大，但久经风霜，尤其是在特种部队服役，不管是惊心动魄的硝烟炮火，还是隐形战场的刀光剑影与谍影重重，他都经历了不少，是从刀刃上走过来的勇者，自然懂得赵晖的用意。

张彬一针见血说，邪恶势力对我们的恫吓，是《孙子兵法》三十六计中的借刀杀人，图谋用震慑击垮我们，得以放任他们肆意横行。当然他们也是敲山震虎，以恐吓改变我们的行为。我觉得，对邪恶势力的妥协，就是对正义事业的犯罪。一个是将威胁邮件转给公安部门，提供破案线索；再就是加强自我防范，公司可设置两名专职保安，配备必要器件，积极防御。大家上下班要结伴而行，相互照应；还应高薪聘请一名专业警卫，既当司机又做警卫，重点保护好赵总，以防不测。

此话讲得深刻到位，既有认识，也有办法措施。赵晖用征求意见的口吻说，大家感到张彬建议如何？肖梅、龙文等人都点头赞许，表示认可。

赵晖道，没有其他意见，我们就行动起来，办公室完善公司安全制度机制。张彬负责与公安机关对接，把关招聘专业保安与警卫。

张彬说，好的，我抓好落实。

肖梅点头，也表达了坚决执行的姿态。

# 5

张彬做事保持着部队的作风，案不积卷，事不过夜。

当天下午就通过劳务市场，选拔来两名保安人员，都是二十来岁的年轻人，高个头，身强力壮，充满朝气。一个叫王忠厚，胖墩墩的，一脸憨厚；另一个叫周宝生，身材匀称，有股子阳刚气。

对于专业警卫，还要兼职司机，标准要求苛刻一些。张彬让朋友找到几个有警卫经历的人，要么年龄偏大，身手笨拙没有警卫绝活；要么不善驾车，只能做单项警卫工作，不够理想。他思来想去，不得不拨通老部下李铁柱的手机。

说实话，他对李铁柱也不是很赏识。虽说李铁柱当警卫和开车都杠杠的，没有任何麻哒，是绝好的人选。但其身上有些粗俗陋习，土头土脑，笨舌笨嘴，脾气蔫，话不多，关键时说话有点口吃，让人着急呀。但眼下英雄豪杰无觅处，只能是矮子里选将军了。

接通电话后，张彬说，铁柱啊！现在转业到什么地方啦？

李铁柱身材魁梧，尽管不穿军装了，但仍然保持着军人的作风。他胸膛挺得笔直，左手拿着手机，右手指头紧紧并拢贴于裤缝，用沙哑沉闷的声音说，去年底回家了，选择自谋职业，在陕北老家一个焦化厂找到了事儿。工厂就在家门口，几分钟就到了，天天老婆孩子热炕头，可美了。老连长还好吗？

张彬说，我也在一家企业做事，也是给人家打工，与你一个样。

李铁柱迟疑了一下说，那咋能一样呢。你是干部身份，再怎也应算是公务员吧。

张彬学着李铁柱口音说，么个干部身份，我也个自谋职业，自创的企业关门了，不得不给人家打工。

李铁柱说，哦！我明白了，老连长也怪倒霉的。

张彬不满地说，你脑子还不开窍，现个儿在哪干都一样，不是给公家打工就给私人打工，不能挑肥拣瘦了。

李铁柱说，那，那是，老连长说得对。我就不挑肥拣瘦，好好在家门口干吧。

张彬急忙说，别，别！你就甭在家门口干了，到我这里来吧！

李铁柱问，你那儿是咋个情况？

张彬说，我这儿是一家高科技企业，急需像你这样的警卫人才。给你高工资，每年基本工资 20 万，另还有奖金，再给你缴五险一金，咋样？

李铁柱说，条件是够优厚的了，但现个儿在家乡身不由己，还得跟娃娃他妈商量一下呢。

张彬说，你立马去商量，今晚睡觉前给我回话。争取来吧，咱老战友在一起做事多痛快啊。

李铁柱说，哦！我知道了，老连长。

当晚 10 点多钟，李铁柱在自家院子里给张彬回电话说，老连长，娃他妈同意了。我明就去厂子里辞职办结算手续，后天就起身找老连长报到，咱兄弟俩一个锅里搅稀稠吧。

张彬兴奋地说，好，很好！我一会儿给你发相关地址信息。你坐飞机吧，把你那些驾驶证和飞镖什么的都带上，我到机场迎接你！

李铁柱说，太美了！跟老连长干，待遇一下子就上来了。我，我在老家对老连长表达感谢了，敬礼——！

李铁柱是个实在人，真真切切对着手机敬了一个标准的军礼，尽管没有任何人看到。可当晚天空的星辰看到了，看到一个魁梧汉子敬了一个标准军礼，两眼炯炯有神绽放出兴奋光芒，双眉紧蹙拧成一股绳，胸膛挺得高高的，仿佛又回归到部队的战斗生活中，燃烧激情，澎湃热血！

两天后，张彬在机场接到了李铁柱，将东西安顿好后，来到赵晖办公室。赵晖仔细打量一番李铁柱，看到他身材高大，足足有一米八的个头，浓眉大眼，厚嘴唇，脸膛黝黑疙里疙瘩，浓密的络腮胡子布满脸颊与下颏，有一种厚道感和粗犷感。再看他站得笔直笔直，双手并拢紧贴裤缝，如同一棵苍劲挺拔的青松。在握手时，赵晖觉得李铁柱的右手少了点东西，原来是小拇指残缺，让他朦胧意识到一位钢铁汉子的缺憾与凄楚。

可曾几何时，李铁柱在部队是响当当的硬汉子，擒拿格斗高手，傲骨铮铮，八面威风，多次在部队竞争激烈的大比武中力挫群雄而夺金扛银。有一次在山区丛林地带，他追捕渗透到我军事基地的敌特分子时，为了生擒活口，舍弃枪支武器，徒手勇斗顽敌，但敌特突然亮出匕首，猛挥乱戳。匕首在空中划出一道道寒光，与他的右手掌相碰撞，活生生将小拇指截掉了。当时他不顾钻心疼痛，舍命用左手紧紧攥住敌特手腕，夺下带着他血迹的匕首，将敌特制伏归案。

张彬带领全连百十号人在他勇斗敌特的地方搜寻小拇指头，整整找了一下午，未果，留下了一个谜团。

李铁柱入职公司后，任务相对单纯，开公司新买的红旗牌小轿车上下班接送赵晖，平时在办公室做些杂务，没事就到公司地下车库里练武功。地下车库车不多，有较大的空地，他就将飞镖牌子钉在墙壁上，搞起飞镖训练，练完飞镖就打一趟军体拳，虎虎生风，练累了无聊起来，就会想起老家的老婆孩子，扯开嗓子声情并茂地唱起陕北民歌《拉手手亲口口》。

他唱歌嗓子仍然是嘶哑沉闷，还夹杂着黄土高原的粗糙、风尘、荒凉，听起来艺术性差些，有原生态的感觉。但每一个音符都憨厚质朴，有泥土滋味，能让沉寂的环境陶醉起来，似乎让整个地下室青春焕发，各种设施蓬勃欲动，幽暗的灯光也更加耀眼了，亮光灼灼，将水泥地板照得锃亮坚硬，甚至还能照亮地板上的车辙和尘土，让车辙和微尘感到了幸运，兴奋得如痴如醉了。

清明节刚过，公安局吴天成专门来到公司通报说，网络诈骗案件又有反弹迹象，局里要求公司继续承担反诈骗任务，随时搞好技术监测，协助公安彻底剿灭诈骗团伙。

赵晖表态道，公司立即进行专项值班，一旦发现网络异常情况，及时上报公安局。

接下来的日子，他们利用"雷神防护一"对江洲市内外网络活动进行全面监测，每天定时分析比对。监测半个月后，发现 K 国金城市有一小区网络活动异常，几乎每天都对江洲市进行大流量网络互动，疑似远程网络诈骗团伙，就将嫌疑诈骗的 4 个网络终端 IP 锁定，上报公安局。

江洲市公安局经过分析确认，迅速与 K 国警方取得联系，由 K 国警方对这个窝点实施突袭，捣毁窝点，抓捕了李斌等两名中国籍、3 名 K 国籍犯罪嫌疑人，经过审理后将中国籍嫌疑人引渡给了江洲市警方。

这次警方突袭中，狡猾的黄鑫再次漏网，但成了丧家之犬，神色仓皇携巨款逃窜到了缅甸。在缅甸安稳下来，黄鑫懊恼至极，将自己窝点被捣毁而浪迹天涯的源头，再次归咎于侠之大者，新仇旧恨一起涌上心头难以平息，决定对赵晖实施新的报复。

有一天黄鑫现身于缅北黑帮窟内，与形形色色的黑恶势力沆瀣一气，满屋子都冒着黑帮凶狠罪恶的火焰。那一个个狰狞獠牙的面孔，阴险毒辣的嘴脸，猥琐傲慢的情绪，气势汹汹。他们有的拿着短枪，有的背着长枪，也有的别着斧头砍刀，还有的手中玩着暗器，将暴力、仇恨、狂妄和罪恶交织在一起，使人惊恐。

黄鑫剃成了光头，头皮凹凸不平疙疙瘩瘩，额头长出黑斑，嘴角起了水疱，面相怪异而阴森。他穿着宽松牛仔裤，黑色短袖，只系着最下边一个纽扣，胸部敞开了，露出胸前文着的黑鹰，显得暴戾而凶猛。他目光冷峻，脸色铁青，下颌那一道刀疤更加突兀，暴露出了罪恶。

他阴森森地说，兄弟们，有一桩上等生意，有没有勇士愿意去做？

脸膛阴沉、双臂刺有飞龙花纹，坐在太师椅上的"铁拳帮"谷老大说，生意的风险有多大呢？

黄鑫咧开长有水疱的嘴唇叫嚷道，大哥威武！对于您来说，再简单不过了，就如同中国古代张飞吃豆芽般轻松，手到擒来；就是把那个该死的对手五官毁掉了，要么弄成残废，让他活人受死人的罪去吧。

谷老大说，黄先生，开个价码吧！

黄鑫瞪起那一双游离不定的眼睛，像一条蟒蛇似的注视着谷老大，伸出右手比画着说，30 万元人民币如何？

谷老大目不斜视，停滞了一会儿才说，黄先生把我们"铁拳帮"当叫花子不成？故意将最后两个字拉得长长的，让在场的人感到诧异与不满。

黄鑫感到了威慑与压力，随即说道，既然谷大哥有训示，小弟就将赏金增加一倍，60 万人民币。

这时谷老大才将阴沉沉的目光投向黄鑫，一锤定音地说，黄先生，这单生意接下了，就让阿三、阿四去做吧，他俩顺便到中国去玩玩散散心。

阿三、阿四是地道的缅甸人，相貌像中国西南边陲人。阿四身材苗条但精悍，约一米六，留着小瓜椰子头，脸膛黝黑，五官清秀，穿蓝色短褂上衣，手里玩着一把寒光闪闪的神龙短刀，眼神中流露出桀骜不驯的杀伐之气。阿三体形较胖，中等个头，留飞机头，头发卷曲，神情阴郁，背双手腆着肚子，腰间别着一把乌黑的手枪，一种凶悍毕露的架势。

受领生意后，他俩以旅游者身份入境，一路北上，来到江洲市停歇下来开始踩点。入住世纪大厦对面的一个酒店，站在酒店北边的高层建筑里就能俯瞰世纪大厦门口。他俩将住房调到北面的房间，对世纪大厦一览无余。

阿四曾在南方某大学读过书，汉语讲得很顺溜，沟通没有任何障碍。打着寻找网安合作伙伴的幌子，他走入世纪大厦 15 层的侠之大者公司，受到肖梅的接待。当谈到具体合作的技术问题，阿四支支吾吾说不出个明堂，刚好接到一个电话，便以有急事为借口溜走了。

这次唐突的冒险经历，却让阿四掌握从大厦门口到 15 层，以及公司房间环境布设等情况，也看到一些公司人员的面孔。随后就跟踪监视赵晖行踪，赵晖每天晚上 10 点钟左右下班回家，巷子里的灯光昏暗，人迹稀少，是下手的最佳地段。

时至初夏，夜幕下的江洲市江北区灯火通明，空中不时传来轮船汽笛的长鸣。那最著名的两条夜市街巷裹挟着市井烟火，有各种琳琅满目的小商品和特色小吃，诱惑着人们熙熙攘攘，热闹喧嚣。而隔着两条街赵晖新居住地的东风巷子则异常幽静，空中的路灯洒下稀疏的光斑，独享繁华都市闹中取静的偏僻。

晚上 10 点许，李铁柱开着小轿车驶入东风巷，将车停泊车位，赵晖与李铁柱下车后并排往居住的楼房走去。晦暗的光线下，阿三、阿四横在了道路上，露出腾腾杀气。当彼此距离达到两米左右，确认是赵晖无疑时，阿三低声喊着"噜嗦——噜嗦——"，便挥拳向李铁柱猛扑过来。

李铁柱注意到两个黑影的非常举动，头脑一个激灵，全身所有神经瞬间亢奋，进入到生死搏斗的状态。看到阿三向自己猛扑，他意识到自己的对手不单单是阿三，还有个头偏瘦的阿四，往往不起眼的对手是最为凶险可怕的。思忖至此，李铁柱趁势迎接阿三的拳头，在空中用左手接住阿三的铁拳，顺势攥紧了发力向前猛地一拉。李铁柱个头比阿三高出近一个头，猛然发力势若千钧、力如倒海，让阿三如飓风吹落叶般顺势摔倒在前方几米远的地方，趴在了地上。李铁柱脚未挪动，立即回身保护赵晖。此刻，阿四已挥舞神龙短刀举过头顶，朝着赵晖的面部刺去，情况十分危急。

这一瞬间，李铁柱的大脑格外清醒，仿佛回到几年前与敌特徒手搏斗的情景，他快速寻找敌特软肋，勇猛出手破解。但由于一只飞虫的干扰，让他眼睛眨了眨而错过一招制敌的最佳时机，给了敌手可乘之机，让匕首削掉了他右手小拇指。此时，挥舞匕首的敌手又到了眼前，一两微秒就会刺向赵晖，异常凶险……不容多想，他右手快疾如风，在空中稳稳抓住了阿四持刀的手腕。他手劲巨大，如同铁爪一般，再使劲攥紧一捏，阿四手腕有被捏碎的阵痛，匕首立即脱落掉到地上，他顺势将阿四扯倒在地摔了一个狗吃屎。

李铁柱担心倒地的阿四还有别的什么凶器，便一个箭步冲了过去。阿四被吓得连滚带爬往巷子深处逃窜，但却与李铁柱始终保持一定距离。李铁柱猛然意识到中了阿四的调虎离山之计，便急忙向赵晖方向回防。

就在此刻，阿三从地上爬了起来，耷拉着脑袋向赵晖走来，给赵晖失魂落魄的假象。当阿三靠近赵晖跟前时，突然又大喊"噜嗦——噜嗦——"，用看家本领"铁砂掌"，向赵晖胸部猛然击来一掌。赵晖本能地往左躲闪，但铁砂掌还是重重击在了右胸口，让他踉踉跄跄向后倒退了两步。李铁柱看到这一幕，大声呵斥道，狗，狗日的，看我剥了你的皮！

阿三听到呵斥，顿时魂飞魄散，惊恐着拔腿向远处逃之夭夭。

"铁砂掌"源于中华武术，历史悠久，其特点是手掌坚硬、快若闪电，力量巨大。平时练习主要是千磨万击般练两招：一是练手掌插功，用手掌先插细沙，再插粗沙，然后插铁砂，将指头练成铁指一般；二是练手掌拍功，用手掌拍打铁砂布袋，将手掌练得力气过人，掌硬如铁，可达出神入化。阿三的"铁砂掌"功夫，尽管尚未炉火纯青，但还是蛮有杀伤力的。

赵晖没有练习武术的经历，抵抗力自然较弱。阿三的一记"铁砂掌"击伤了胸腔，让他感到胸闷疼痛，当天晚上痛得彻夜未眠，等到次日到江洲市第二医院检查，结果是胸腔内右肺受伤，需住院静养恢复。

住院第三天，赵晖胸部疼痛症状减弱，但反复咳嗽，痰中带有血丝，情况不妙。

# 6

张彬、龙文等万分焦急，求助江洲市著名中医博世堂掌门人王博仁，但吃了闭门羹。

博世堂创建于清光绪年间，由王家当过皇宫太医的第五代王乐山创建，有百余年传承。博世堂以博古通今、济世苍生为宗旨，广集宫廷秘方和民间验方，不断在临床实践中丰富完善，形成独有的医术秘方，最为珍贵的是收集了明清两朝御医的两千多种中医名方，结合病理实践，可医治疑难杂症。

王博仁传来话说，博世堂没有特殊化，一视同仁，出诊上门看病须提前预约排队，现在预约30天后可上门出诊。

可赵晖病情告急，张彬急得团团转。

无奈只好让靳凤对博世堂网站进行攻击，试图偷出治疗内伤的秘方，再请其他中医以此为基础，诊断出具可靠的治疗药方。

靳凤先用常用的 DDoS 攻击，将自己控制的数十万台网络肉鸡流量调集起来，期待对博世堂网站致瘫，但无济于事，网站坚不可摧。

一招不行，再用新招。靳凤启用病毒攻击，MITM 攻击拦截网站两端通信，也未获成功。网站坚固得如铁桶一般，无懈可击。

打探得知，王博仁的孙女王紫不仅貌美如玉，是博世堂的中医骨干；

而且还是电脑网络高手，从小就喜欢玩网络游戏，擅长编写计算机代码，给博世堂建立了严密防护措施，使网站固若金汤。

靳凤对张彬说，格老子，鸡群里养出一只仙鹤，把她拐到公司里来就巴适了，一举两得。

张彬拿起手机拨通了省安全部门当领导的叔叔电话，用求助的口吻说，叔！我们公司总经理受内伤住了医院，西医治疗效果不佳，想找博世堂掌门人王博仁老先生用中医治疗，能不能让市卫生局领导出面协调见一下老先生的孙女呢？

叔叔在电话里亲切而热情，十分关心张彬，询问了公司情况后说，我马上给市卫生局吴局长打个电话。

在吴局长协调下，张彬联系到了王博仁的孙女王紫，约定当天晚上8点整在博世堂旁的一味轩茶馆会面。

张彬7点半就到达茶馆，看到茶馆有大小包间十几个，张彬选择了3楼的春叶厅，还让准备了两样水果、三种干果，显得热情而排场。

8点整，王紫准时跨进包房时，服务员已将第一泡茶泡好了，倒在精致的小茶杯里。茶水汤色黄绿，清澈明亮，煞是喜人。

好茶一泡惊艳，浓郁茶香袭人。那太平猴魁特有的兰花香味，袅袅萦绕，弥漫起来，让整个房间激荡着幽幽清香。王紫中等身材，25岁，微胖，体态丰腴，秀发披肩，瓜子脸，前额鼻梁高挺，下颏具有线条上的平衡，右脸颊有一个小酒窝，像盛满了馥郁的佳酿，开口说话牙齿洁白，整洁匀称。她身穿一袭白色蓝花连衣裙，袖口紧缩，绷紧在双臂，手里提着一个淡黄色小包，显得淑雅纤姿。她进屋一举一动都甜蜜、妩媚、优雅，浑身散发出年轻女性奇特的魅力。

张彬站起来先开口说，我是张彬，是吴局长引荐的，幸会，幸会！

王紫微笑着道，我叫王紫，让张先生久等了！随即伸出了右手。张彬边打量边伸手迎上去，只见她的五指纤纤修长，丰润白皙；指甲放着青光，柔和而有光泽，如同凝有玉脂，温润柔美。

茶桌是一张方桌，张彬、王紫相对而坐。她看到茶桌中央摆放着5个小碟，一个放着浅红色生态西红柿，一个放着紫红色樱桃，另外三碟是杏仁、花生、腰果，色调搭配，相映成趣。

她感到了重视与尊重，愉快地端起面前的小茶杯，喝了小半口，轻轻咂咂嘴，脸颊上的小酒窝顿时明显起来，像甜甜的圆圈，仿佛能够挂住一滴浓稠的佳酿。她轻柔赞道，好茶！兰香味足，回甘生津，是上等品。

张彬也喝了一小口，回应说，太平猴魁是清茶中的极品，看样子叶子大而长，但茶香的能量很足，头泡香高，两泡味浓，三泡幽香犹存。

王紫端起茶杯将剩下的茶慢慢喝了道，是啊，茶品如人品，内涵厚重的人，就不会随着时光流逝而寡淡。说出此话，她感到初次见面就谈人生有点唐突了，脸上浮现出歉意说，把喝茶与做人放在一起，牵强了，见笑，见笑！

张彬却没有感到不适，爽朗说，谦虚了，自然与人是有许多相通之处的，在一定意义上天道亦是茶道，茶道也是人道。

作为中医世家成长的中医人，王紫对自然与人的关系自然有更深理解，知道人是宇宙万物中的一种，一种特殊的生灵，人与自然规律相契合，才能天长地久。她就笑了笑道，张先生比我理解得深刻，我只是略知皮毛罢了。

越谦虚越留有余地，越让张彬捉摸不着，就试探着说，王小姐不仅懂中医，还精通网络技术，是网络奇才，真了不起啊！

此刻，已倒了第二泡茶。她边喝边道，过奖了，仅仅是爱好而已，闹着玩。

仍然是含蓄内敛，藏而不露。

张彬流露出赞赏之情说，玩都玩成了高手，可见在电脑网络方面还是可以大有作为的。

她却道，凡事满则溢、盈则亏，损有余而补不足，有大作为恰恰说明差距大着哩。

这让张彬有点尴尬，自己赞美反而让她掌握了话语权，站在了制高点。张彬只好以极大诚意说，王小姐谦逊品格令我钦佩。但说实话，你在网络方面的能力已超越许多专业人士。

她抬起眼帘翘起嘴角，露出甜甜微笑惊讶道，何以见得？

张彬也不隐瞒，如实说，你们博世堂的网站，我们专业公司测试了一下，防护得相当好；因此我是求贤若渴，盛情邀请你能到我们网安公司工作。

她没接话茬，而是盯着第三泡茶，喝了一小口说道，真是好茶，已是第三泡了，还幽香味足，有一丝甘甜回味。有的茶喝到第二泡就有苦涩味了，是咋回事呢？

张彬说，有苦涩味，不是陈茶就是次品，茶品有重大瑕疵。

她颔首表示了认同。

张彬也意识到她岔开话题的用意，便以固有的执着说，王小姐，千万别小看网络世界，它是人类的第二生存空间，作用不可量。当下人海茫茫，可电脑网络高手却寥若晨星，可遇不可求。你能在这方面发挥出更大作用，也是社会的一件幸事。

她淡淡笑了笑道，现在中医事业需要我，尚且无意涉足网络世界，谢谢好意了！有什么需要帮忙的，我当尽力而为。

张彬想到给赵晖出诊治病的事，但又考虑到王博仁拒绝了，再请孙女出诊不妥，便将话题咽回到肚子里，只好说了一些无关紧要的客套话。

临别时双方互加微信，王紫看到张彬的微信名叫"剑客"，头像图案是一柄画龙点睛的宝剑，威风十足，好一位风流倜傥无所畏惧的美男子，颇有好感。张彬看到王紫的微信名是"紫薇"，也意味深长，网名如人品，好比一束紫薇，清淡素雅，芬芳徜徉，让人陶醉留恋。

张彬仍不甘心，想到解铃还须系铃人，再次给卫生局吴局长打电话，请他协调拜见王博仁老先生。吴局长很得力，十多分钟就协调得当，约到次日相见。

如何能赢得一位中医泰斗的欢心呢？张彬挖空心思做准备，通过江洲市图书馆搞到了一套孙思邈《千金翼方》古籍书，线装版宝典，共30卷，作为见面礼准备送给王博仁。

第二天下午，张彬开车准时前往博世堂。博世堂地处江洲市核心地段，昭示着百年老字号的沧桑与风华。

张彬开车进了院子停好后，向值班员通报求见王博仁。值班员拿起桌子上的电话打了一下，得到允许后，带着张彬走进了王博仁办公室。室内陈设讲究，清一色的红木古典桌椅，办公桌后有一排书柜放着中医典籍，侧面墙壁悬挂着人体十二经络图，正面沙发上方悬挂一幅传世书作，上面写着"医者仁心"四个遒劲质朴的楷体大字，端庄典雅，平淡出奇，落款是光绪辛卯仲春。张彬暗自思忖，仅此书作就非同凡响啊。

王博仁从座椅上起身迎了上来，他 70 来岁，中等身材，满头银发，慈眉善目，面容红润，精神矍铄，穿一身白色对襟汉服，脚着黑色布鞋，一种道骨仙风扑面而来。张彬与他握手寒暄后，将那套孙思邈《千金翼方》放在桌子上说，为了表达敬意，特意把这套古书赠送给王老，让古书找到好主人，物有所用吧。

看到中医宝典，王博仁好奇而兴奋地先后拿起两卷书，仔细翻阅，连连称赞道，此乃宝物，宝物，珍贵，珍贵啊！

略作停顿后，他又说道，你我素昧平生，受之有愧，不敢当，不敢当！

张彬说，您是江洲中医泰斗，国宝级人物，给无数病人带来了健康。我是代表江洲市信任中医的广大患者送给您的。您老人家功德无量，受之无愧！

王博仁流露出无限感慨道，我是治病无数，受人抬爱。但此书是稀奇宝典，价值不菲，不妥，不妥！

张彬摊开双手无奈地说，王老啊，此书放在我家就是一堆废物，毫无用处；赠给您还能有所用途，不被闲置浪费。倘若您实在推辞，就寄存在您这里，等您看完不用了，我再收回，总可以吧？

王博仁脸上露出笑容道，这样妥帖，老朽就心安，心无挂碍了。

张彬潇洒自若的谈吐、相貌、气质，给王博仁极好印象，尤其是想到吴局长给他打电话说了张彬非同寻常的家庭背景，猛然间颠覆了他对高干子弟的认知。眼前这位青年人，高大帅气的身姿，俊朗清秀的面容，阳刚成熟的气质，健硕结实的身板，彬彬有礼的谈吐，正向阳光的气场，让王博仁刮目相看。

王博仁目光中流露出欣赏与信任、亲切与和蔼，破天荒推掉两拨前来请示工作的人，亲自给张彬倒了一杯水，随和地坐在沙发上促膝相谈，仿佛爷孙，聊长问短。当问到张彬从事网络工作时，略带欣赏之意道，这是个很前卫的职业，以后各行各业都得用，不用就落伍了，包括我们中医，用网络远程诊疗，千里近咫尺，医道无限量！

张彬趁机说，王老，您孙女王紫也是网络方面的难得人才，如果能到我们公司，前程也会无限量！

听到此话，王博仁的心动了一下，脸色略显诧异道，噢！你们公司真需要她吗？

张彬郑重其事说，需要！公司正是荟萃英才之际，求才若渴啊。

王博仁平静道，倘若真是这样，也该让她出去闯荡闯荡了，老在自家温室里庇护，难成大器。不妨我与她爸妈商量一下，也征求她的意见，考虑让她到你们公司锻炼锻炼，见见世面，未尝不可也。

张彬意识到该见好就收了，便充满感激之情向王博仁告辞。而王博仁则依依不舍望着张彬离去的身影，自言自语感慨道，相知无年龄，重在心相通。

# 第七章

## 1

有王博仁大力撮合，王紫决定入职侠之大者。

她到公司的第一件事，不是做业务，而是给赵晖医治内伤，针对右肺受伤气血亏损症状，以明朝御用药方做参考，开出配制的疗伤化瘀处方，专门嘱咐博世堂药房，每天凌晨温火煎熬，她7点钟准时取药，送到赵晖病房，早晚饭前口服。她还要求赵晖晚上早睡，规律作息，减少会客，利用最佳时间做深呼吸、按摩保健穴位等训练，实施综合治疗。

历经一个疗程诊治，即见疗效。赵晖咳嗽明显减弱，痰中血丝不见了，气色好了起来。

赵晖带着感激之情道，刚吃了一个疗程汤药就觉得好多了。你家博世堂果然名不虚传，真让人有华佗再世、扁鹊重生的感慨。

王紫嫣然一笑谦虚地说，过奖了，其实你的病理并不复杂，是单纯受到重器撞击的内伤，没有其他陈旧性基础疾病，恢复起来相对快一些。

三个疗程后，赵晖身体基本恢复正常，办理出院手续重返工作岗位了。

这次赵晖受伤，祸兮福所倚，让公司意外收获了又一位网络黑客高手，而且是精通中医的特殊人才，弥足珍贵。再者是让赵晖冷静下来系统思考了公司长远发展，因为随着业务开疆拓土，公司员额扩大到500余人，原来的组织体制已越来越不适应发展需要，必须调整转型。主要是扩大整合技术力量，将原来的1个技术室拓展为4个技术室，每个技术室侧重突出一两项技术，追踪世界一流，做精做强，达到无与匹敌。再者就是加强公司领导力量，起用一批能力出众的技术骨干。

王紫入职正值公司建设转型，赵晖觉得时机关键，正好是消除自己受伤阴霾、提振士气的契机，决定举办公司组织领导体制调整负责人名单宣布暨新员工入职仪式。

这是一个上午，全体员工集聚在公司大厅，身穿统一工装，整齐站立成几路纵队，神情庄重而严肃，态度诚恳而热烈。会场播放《精忠报国》歌曲，那威武雄壮、慷慨激昂的经典旋律，强化了大家爱国报国情怀，烘托出浓厚气氛。

赵晖主持活动，首先宣布王紫等5名新员工入职宣誓，掌声雷鸣般响起。

王紫是第一次参加这样的庄严仪式，直面台下数百人，不免有些紧张。她迅速调整情绪，想起上小学演讲时爷爷让她把台下观众当成萝卜白菜，就能进入一种轻松坦然的状态。也正是这样的心理暗示，她的情绪逐渐平静下来，稳住了阵脚。

但毕竟是她人生中的第一遭，一次华丽转身，由中药医生转变为网络安全工程师，从维护民众身体健康转为维护国家网络安全，从家族企业转到他人公司，再从一般人员转为技术室主任。此前，赵晖已找她谈了话，公司决定让她担任新成立的一个技术室主任。多么巨大的变化，挑起一副重担啊！在即将宣誓前的一刹那间，她觉得自己开启了新的生命征程，前面是茫茫浩瀚的网络世界，是广阔无限赛博空间的元宇宙，有星辰大海，也有诗意和远方。她也觉得公司是有情怀的，为国为民与自家中医济世苍生的宗旨惊人相似，真如海内存知己、天涯若比邻，既是自己之福，也是网络之幸。她觉得网安工作很特殊，比中医神秘诡谲，趣味性强，挑战力大，将会直面看不见的网络盗窃、诈骗、攻击，甚至还有看不见硝烟的搏击、颠覆、战争，刀光剑影，扑朔迷离。她还觉得身边的一些网络人，是一个个古怪精灵的智者，是难食人间烟火的怪者，也是不屈从于世俗陋习的叛逆者……美好的新机遇，正向自己打开另一道新的大门，自己从这扇门走进去，担当起新角色，负重踽踽前行了。

这时，她态度坚定，自豪感满满，目光里充满了信心与勇气，屏住了呼吸，等待着赵晖下达口令。

赵晖说道，下面请王紫、周莹……宣誓。她略微将身体前倾，靠近话筒，庄重地举起右手，让拳心贴近脑际，用坚定而磁性的声音与其他人一起大声宣誓。

站立在观众方阵中的张彬，眼睛直直盯着王紫，观察她的一举一动，看到她的神情从略显惊慌到从容，再由从容到淡定，目光温柔中不失刚强，好像闪耀着一团火焰，有着一丝慑服人心的亮光……冥冥之中有一种预感，她会义无反顾把智慧与心血倾注到网络世界。这样使他有了一种快意江湖的莫名好感，是成功引进她的成就感吗？是对她知雄守雌性格的欢喜吗？还是难以克制的爱情呢？他恍惚了，一时说不清楚。

王紫等人宣誓后，赵晖宣布公司组建金盾一室、二室、三室、四室，明确各个技术室的主要职责和任务，宣布张彬为公司副总经理兼金盾二室主任，龙文、靳凤、王紫分别为其他3个室主任。

至此，4位各有技术绝招的超级黑客大咖聚集于赵晖麾下，张彬是密码王，龙文是漏洞王，靳凤是病毒王，王紫是防火墙王，在网络世界里开始威风八面，激情似火打造一片网络安全新天地。

深秋到了，秋色宜人，阵阵凉风将炎热携带到了无边天际，江洲市的天气逐渐凉爽起来。某天下午，侠之大者收到市公安局反诈骗联盟通报，说近期网络诈骗又有新特征：一个以网络抽奖为诱饵，需要缴纳中奖金额20%的个人所得税，诱导获奖者将税款打到指定银行账号，实施诈骗；另一个是冒充银行客服人员，添加受害者的社交软件，要求扫描二维码联系客服，咨询下载虚假贷款App，获取受害人身份证、银行卡及手机号等信息，行使诈骗。

赵晖分析道，两种诈骗方式的共同点是，受害人防诈骗意识不强，贪图小便宜的私心作祟。公司当继续加大网络技术监测，也应广泛宣传增强民众的自我防范意识。

张彬说，言之有理。我来协调反诈骗联盟成员单位，让记者采访我们的网络技术专家，录制几期谨防网络诈骗的节目，在电视台和网络媒体上反复宣传，提高群众防范意识，让诈骗分子无空隙可钻。

赵晖道，很好！两条腿走路，技术监测也要加大力度。

两天后，负责技术监测的龙文给赵晖汇报说，我们发现缅北芒市的一个居民区的8个网络终端活动异常，网络黑客的手法与指纹同K国网络诈骗团伙相近，好像还是跨境诈骗。他将打印有8个网络终端IP地址的一张纸，递到赵晖手中。

随后，江洲市公安局通过中缅警务合作机制，迅速与缅北掸邦警察机构取得联系，刑侦处副处长吴天成带领多名警察赶到缅北。中缅警方联合对嫌疑诈骗窝点实施突袭，一举捣毁了窝点，收缴网络诈骗电脑、显示器、摄像头等设备30多台（件），涉案资金1亿多元，还将诈骗团伙头目黄鑫等6名中国籍犯罪嫌疑人引渡回国，绳之以法。

## 2

2013年国庆长假结束上班第一天，赵晖刚参加完公司例会，就接到市公安局副局长郑文森电话。他说，赵总经理，请你带名可靠的同志上午11点到市政府第一会议室，有紧急情况通报。

赵晖说，好的。我们准时到会，局长。

随即赵晖打电话对张彬说，你手头没有什么急事的话，我俩立即到市政府开会，有急事。

张彬说，好的。我通知李铁柱开车，咱俩在楼下会合吧。

他俩坐车来到市政府办公大楼下时，工作人员已等候在那里了，引导他俩直接来到会议室，找到位置坐下时，身穿警服的郑文森说，刘副市长，赵晖他们已经来了，我们开始吧。

已从市政府秘书长升任副市长的刘振远，放下手中的材料说，好！话音刚落，他的目光像扫描仪般向与会人员望去，看到有市政府办公厅、发改委、公安局，以及国安局、网警支队、侠之大者公司负责人等，会意地点了点头。

郑文森主持会议，通报了国庆节期间市发改委起草的《江洲市军民合作规划》文件在网络上被盗的事件，明确了各部门具体任务，要求严守纪律搞好保密，能快则快，内紧外松，坚决防止跑风漏气带来被动。刘振远拧紧双眉沉重而坚定地说，此次文件被盗事件，事关重大，影响长远。市委张书记和王市长作出重要指示，限期一周之内破案。据此，市里专门成立"1013专案小组"，集中力量，全力以赴，确保破案。考虑到市公安局网警支队组建不久，网络技术实力不足的情况，以及侠之大者公司多次协助公安局出色完成网络案件侦破任务，这次任务继续吸收他们参加。请各部门务必紧密协作，众志成城，确保任务完成。

散会后，郑文森带领赵晖、张彬和网警支队支队长周正刚等，一起来到市政府保密档案室实地查看，了解文件丢失的蛛丝马迹。

赵晖找了一台在线电脑，操作键盘和鼠标，进入市政府保密室电子文件资料库，熟练输入一串代码，电脑立即进入到自动搜索状态……经过网上侦察查看，以及对网络盗窃的指纹和痕迹寻找。他略做分析道，我们存放电子文档资料的网络是市政府内部网，与互联网是物理隔离的，也有必要的屏保设施，排除了电磁感应窃密。从复现盗窃踪迹看，初步判断是国际黑客通过网络"摆渡"实施的窃密，指纹手法与 W 国五洲网络公司相近。

何为网络"摆渡"呢？

赵晖解释道，就是我们有关人员使用的移动介质 U 盘或硬盘，上互联网时被黑客盯上植入病毒，带病毒的移动介质再上内部网，病毒就会自动发作，将内部网上的资料不知不觉下载到了移动介质。移动介质再与上互联网的电脑联通，黑客就会远程控制将资料复制走，实现"摆渡"盗窃的目的。

郑文森说，原来如此。接下来你们侠之大者公司与网警支队两支技术力量，分头行动，像两把尖刀，直插网络敌对势力的心脏，在龙潭虎穴中埋下暗桩，把我们经加密处理后的文件取回来。同时也要注意方式方法，隐蔽保密，不露痕迹，防止节外生枝。

赵晖、周正刚都颔首表示赞同。

中午吃饭时间到了，赵晖、张彬准备离开时，郑文森说，你们别急着走，到政府饭堂吃个工作餐，也尝尝我们的伙食啊。

赵晖道，好的，那就添麻烦了。

张彬随即给李铁柱打电话，一起在政府食堂吃了一顿自助餐。

饭后返回公司的车上，赵晖道，完成此项任务要大题小做、隐真示假。

张彬说，此话咋讲？

赵晖道，就是不必大张旗鼓动用更多技术力量，派两位得力干将，一名去突击寻找文件，另一位搞好掩护，擦除行动踪迹，设置好隐藏跳板等，确保任务悄无声息。

张彬说，你还能参加吗？

赵晖道，我回避吧，五洲公司对我手法比较熟悉，一出手可能就暴露身份了。

张彬说，是啊，我觉得可让龙文、王紫携手合作。龙文寻找对手网络漏洞，能够较快取得突破。王紫随后做好掩护，隐真示假，让他全身而退，珠联璧合，完全可以做到不留蛛丝马迹。

赵晖道，好！就这样办。

车子不知不觉就到了世纪大厦楼下，李铁柱停稳车，他俩下车走进大楼，坐电梯直达 15 层来到公司会议室。

会议室里肖梅、龙文、王紫已在等待，赵晖传达了"1013 专案小组"会议精神，做出部署安排：办公室腾出一间房子，安装 3 套电脑设施，做好专项任务的有关保障。龙文、王紫将所在技术室的工作安顿好，抽身投入此项任务。龙文担任进攻，王紫负责后卫掩护，紧前将被盗的文件找回来。

大家正要离开会议室时，赵晖说道，市政府给任务就是给信任，给信任就是给机遇，一切以完成好任务为目标。遇到什么困难，可随时找我和张彬，咱们共克时艰，决不负厚望。

会后各方面都紧锣密鼓行动起来，一个设备配套包括大屏幕显示器的专项工作室搭建好了。龙文、王紫全身心投入到任务之中，既分头准备，又紧密协调配合。龙文在网络上加大征召网络肉鸡资源力度，集聚足够强大的网络流量；王紫投入设计跳板和蜜罐方案，力求缜密严谨，不留任何破绽。

精心快速准备了整整一天后，正好下午3点整，是时差滞后6个小时W国的上午9点钟左右。龙文用征求意见口吻说，王主任，咋样！可以行动了吗？

王紫扬起长长眼睫毛笑了笑说，一切就绪，龙主任！

龙文将计算机调整到攻击状态说，那就行动了！随即输入一个网址，电脑携带巨大流量，迅即穿越千山万水之时空，瞬间来到大洋彼岸的五洲公司网站外。这不是一般性的行业网站，而是专业程度很高、防护力量很强、云集许多网络黑客高手的神秘帝国。就如同一个豢养着许多绝世保镖的大内深宫，每道门都严密防护，无懈可击；每一个保镖又都是一道安全守护锁，许多保镖就是许多安全守护锁。陌生侠客欲闯入其中，可谓是难之又难，简直如同登天！

扫描网络端口，没有发现网站漏洞。倘若使用DDoS或APT强行攻击，立马会触动网站报警装置，招惹来许多黑客警惕，破坏整个行动。龙文没有泄气，继续寻找缝隙，等待时机……他发现此网站的流量相当之大，便认真分析网站流量的形象、特征、气质，忽然脑海中划过一个奇异念头——使用一款轻便的新型病毒，随着其他流量进入网站，伺机获得网站管理权限。

有了念头后，龙文就手随脑动，在电脑上编写出一个颇有意思的病毒程序。程序代码不长，也就30多行，但功能是迟钝计算机系统。病毒所到之处，只以干扰妨碍计算机正常工作为目的，不致瘫、不致盲、不摧毁、不损坏计算机系统，而是让系统麻木，就如同得了小儿麻痹症一样，迷迷瞪瞪起来，犯迷糊，辨识与敏感度降低。

龙文将这款病毒发给王紫说，王主任，请把这款病毒程序测试一下，提提意见哈。

王紫说，行！就开始测试。这样奇怪的病毒，王紫也是第一次遇见，测试中惊奇地说，龙主任，你这病毒也太有趣了吧，既像病毒又不像病毒，但黏性很高，很快就能依附到其他代码上。

测试用了30多分钟，王紫修改了两处代码。龙文接着自己测试了一遍，觉得没有异议了，便正式下线开始使用。

病毒代码在龙文的指挥下，轻松地黏附在其网络流量中混入网站系统，在庞大网站中开始秘密行动了。它如同带着迷魂药的天使，游走于网站中，让网站的一些功能迟钝起来。这样龙文在不动声色之中，轻松进入网络获得最高管理员权限，就对网站内的各个地方浏览起来，特别关注稍大一点文件夹，一个个查看，不疾不徐，不慌不乱，一直查看了5个多小时，没有发现破绽。当龙文查到一个网络终端，发现邮箱中有一个新建文件夹，时间不长，大约是两天前，便认真浏览，打开一看，赫然写着《江洲市军民合作规划》。他再仔细检测，没有发现被复制的痕迹，初步判断文件偷盗来后，还未进行复制备份等处理。

龙文窃喜！嘴角露出兴奋神情，立即将此文件打包在一个邮件中，进行简单伪装，然后携带着离开网站，神不知鬼不觉潜回江洲市。

而同步行动的王紫，紧随其后，精细擦除了龙文留下的痕迹和指纹。她擦得仔细，如同她的为人，一丝不苟，不愠不火，让龙文行动留下的痕迹消失得无影无踪。她随后也撤离五洲公司网站，在沿途路径上设置了好几处跳板，每层跳板都虚实结合，让跳板如同迷宫，变幻莫测，让追踪者难以逾越。

她还在最后两个跳板背后各留下一个蜜罐，样子端庄，功能齐全，具有高度迷惑性，与一般网站几乎一模一样，很容易让黑客陷入其中不得自拔，无法追踪。

老虎嘴里拔牙，打了一个漂亮仗，比预定破案时间提前了两天，让《江洲市军民合作规划》失而复得，而且没有被复制泄露。江洲市委市政府领导喜出望外，感到侠之大者创造了奇迹，功不可没，就以市政府名义，起草了一封感谢信，副市长刘振远亲自送到公司。

刘振远将盖有市政府大红公章的感谢信递到赵晖手中说，你们公司名不虚传，根红苗正，有家国情怀，所做出的重大贡献江洲市政府和群众不会忘记。

赵晖谦逊道，为国为民其实也是为我们自己，我们就是国家和江洲市的一个小分子，一滴露珠；现在做得还不够多，有什么艰巨任务只管交给公司。我们义不容辞，也义无反顾。

# 3

转眼就是隆冬，农历冬至这天下午，江洲市天空阴沉起来，由北而至的大风呼啸着，让天空飘起了漫天大雪，道路上的落雪很快融化成为水渍，而路边、房顶、树枝上积雪如银，让市区银装素裹、玉树琼枝。这是江洲市少有的大雪，人们纷纷出门赏雪景、堆雪人，体味年年雪里、常插梅花醉的柔情浪漫。

在落雪如花的世纪大厦门口戛然停下一台公务车，车上下来江洲市国安局局长李锦华，他径直进入大厦来到15层的侠之大者，给前台打了招呼后，走进赵晖办公室。

赵晖看到李锦华，热情说道，欢迎，欢迎！是今天的大雪把李局长带到我们这儿，瑞雪迎稀客、风雨迎春归啊！

李锦华微笑着与赵晖握手致意，就在沙发上坐下来。赵晖赶忙倒了一杯热水递了过去。李锦华说，赵总经理，我们局里来大事了，不得不冒雪登门求援啦！最近是承办亚洲经济合作论坛的最后冲刺阶段，上级部门通报说，有境外敌对势力企图在会议期间搞网络颠覆破坏。市里网警技术力量单薄，市领导让你们公司参与会议保障，确保网络平台万无一失。

赵晖表态道，市里信任我们公司，我们就责无旁贷。你们只管提要求，我们全力以赴。

李锦华如释重负说，有你这句话我就托底了，具体工作让我们郑副局长联系。我还有急事，就不多待了，告辞。说罢李锦华抬腿就走，赵晖将他一直送到楼下。

这时暮色降临，刚刚点燃的夜灯璀璨明亮，映照在湿漉漉懒洋洋飘洒飞旋的雪花上，让天空洁白漂亮，仿佛无数纯洁蝴蝶在空中翩翩起舞。等到李锦华坐上车挥手告别，车子消失在茫茫夜雪之中，赵晖身上已披上一层积雪，折返大楼内跺跺脚拍拍胳膊，将积雪抖落掉。

赵晖返回办公室就拨通郑为华手机说，郑副局长吧！

是的，我是郑为华。

赵晖道，我是侠之大者公司的赵晖，你们李局长刚到我们公司讲了任务，说具体与您联系。

太好了！请你们技术人员携带网络监测设备，明天上午10点到江洲宾馆来，与网警支队的同志一起开展工作。

赵晖道，好！我们明天准时到达。

随后赵晖喊来张彬商量道，刚才市国安局李局长来我办公室讲了参与亚洲经济合作论坛的网络安全保障，他们郑副局长要求我们技术人员明天上午10点钟到江洲宾馆报到。我感到此事重大，必须尽锐出征，防止力量不足出问题。

张彬说，是的，光靠普通技术人员不行！建议你亲自挂帅，4名技术室主任留一人值班外，其余全部上阵，一拨到现场保障，一拨远程支援，确保国际会议网络平台绝对可靠。

赵晖道，好！你让办公室通知靳凤值班吧。

张彬说，好的。

第二天上午，赵晖、张彬等一行6人，开着两台车按时抵达江洲宾馆。经郑为华牵头，赵晖他们会同网警一起查看了会议场所的网络设施，包括专用网络服务器和数百台电脑终端。

郑为华说，这些设施设备已试运行了个把月，尚未发现不良情况。

张彬道，网络形形色色的病毒潜伏期很长，神秘诡异，现在没有问题，不等于会议期间不发生问题。我们先检测看有没有风险，随后制定周密详细的保障方案。

赵晖坐在接入网络的计算机前，连接上有关专业设备，输入一长串代码，对整个会议网络系统进行扫描测绘，提取网络空间资产端口、操作系统、设备类型、组件名称等；并进行漏洞扫描验证，对各个电脑端口进行探测，获取 Banner 信息，与完整漏洞信息库进行匹配，发现了可疑漏洞。另外，他还检测了是否存在弱口令等情况。

这样的检测是认真细致的，也是全面准确的，等于对整个网络系统进行了一次 CT 体检，能够将问题和疑点客观地反映出来。

检测结果表明：会议网络服务器已被植入了病毒，正在隐蔽潜伏之中；端口设置了后门，存有网络系统泄密隐患，以及病毒引发网络瘫痪崩溃的巨大风险。

对于这些潜在风险，赵晖、张彬等人分析病毒机理，发现是一种未曾见到的"幽灵病毒"。其基因不同于蠕虫、木马病毒，如同幽灵般时隐时现，具有不确定性，容易被忽略，隐蔽性极强；还可在短时间内迅速繁衍复制，如同核裂变般快速增长，发作时威力巨大，能摧毁整个网站。

依据"幽灵病毒"特征，赵晖他们分头开展工作。赵晖迅速对公司的全能卫士杀毒软件修改，写入几行新代码，增加了延迟功能，随即进行多轮测试，升级成新版"全能卫士"，安装在整个系统中值守杀毒。

张彬特意给网站设置了超级密码，极其复杂，安全期限是一个月。倘若对手实施暴力破密，用当下跑得最快的大型计算机运算破解密码，起码需要运行一个月，等于给网站加装了一道保险锁。他还带人对服务器重新布局，设置了备份，一旦出现特殊情况可随时转换到备份服务器上，确保会议网络不中断。龙文对系统漏洞进行修复，打上补丁，消除漏洞隐患。王紫则给网站特制了多道防火墙，加装由她开发的具有特殊防护作用的装置，增强抗攻击能力。同时完善有关网络使用防护制度，包括不能轻易接入外部链接等硬性规定。

紧张有序的工作一直干到次日凌晨两点多钟，看着整个网络系统进入一种全新状态，赵晖才感到心里踏实多了。大家带着疲倦面容走出宾馆，开车消失在茫茫夜幕之中。

此时，大洋彼岸 W 国是晚上 8 点多钟，暮色沉沉笼罩着纽华克市，沉闷的夜色有让人透不过气来的感觉。安尔·威尔逊的办公室灯亮如昼，他耷拉着脑袋无精打采在办公室内走来走去，忧心忡忡，如同失魂落魄的丧家之犬。他的体貌比前几年更难看了，脸色发青，嘴唇紫黑，头发凌乱如草，额头长出了灰色雀斑，显得衰老了许多。是的，他的灵魂跌落到了一个黯淡的深渊之中。

威尔逊主导的趁着国庆节假期偷盗的《江洲市军民合作规划》，因他沉湎与情妇厮乱而没能及时处置，让此文件得而复失，在他的邮箱里不翼而飞。那位黑客偷到文件发给他总以为万事大吉，也没有备份复制，结果让煮熟的鸭子飞了，飞得不知去向，一丁点线索都没有。

总裁威瀚里·史密斯很生气，后果很严重，瞪起眼睛拍得桌子"咚咚咚"直响，脸颊上的鹰钩鼻子都歪了，两道剑眉快要竖了起来，如同两柄利剑般透出了暴怒之气。这让威尔逊如芒在背，一股怨恨之气郁结在胸，陷入到无边的苦海之中。

此次重大失误后，史密斯亲自部署了"飓风行动"，计划对即将在江洲市举行的亚洲经济合作论坛进行网络破坏。公司仍让威尔逊具体组织实施，动用五洲公司在东南亚和全球的网络战略资源，设置多重跳板进行网络攻击，实现双重目的。一是瘫痪损毁会议的网络系统，让中国颜面扫地降低国际威信；二是偷窃会议文件，获取内部秘密信息。

威尔逊清楚记得史密斯强调说，须当企业值得信赖的人，忠实履行职责，冒犯了自己岗位和职责，公司绝不留情，做降级或革职处理。说这话时，史密斯目光灼灼，眉毛倒立，让他头皮发麻、心惊肉跳，似乎感到自己周围阴森森的，全是无尽的黑暗、险恶、噩运。

威尔逊徘徊在室内突然停下脚步，细想史密斯那怒火咆哮的神态、冷漠呵斥的语气，感到对自己是不公平的，在混乱思维中萌生了逆反与对峙。他站立一会儿，再度走起来，觉得自己确因贪心与情妇享受男欢女爱而耽误了邮件，犯了不可饶恕的过错。当他停下脚步向窗外望去，一切都是黑沉沉的夜色，而房子内一片亮堂，寝室内祖父的遗像隐隐欲现。他觉得自己又是幸运的，有英雄的祖父在身边，那种愤慨苦闷、忧愁就减弱了，甚至莫名其妙产生了一种仇恨。这种仇恨是对史密斯的仇恨，竟然无视他爷爷对国家的贡献，将自己当成了普通的拉美混血人，简直就是个白痴……想着，想着，这种仇恨转变成了无目标、混乱不堪的冤屈，让他痛苦不堪。威尔逊感到自己沉入到黑暗的深渊之中……

# 4

初春，江洲市春风吹拂，嫩绿缤纷，风儿中夹带着泥土的芬芳和翠绿的清新，使这座滨江之城焕发出青春气息，笑意盈盈。亚洲经济合作论坛如期举行，40多个国家各色面孔的嘉宾会聚于此。主会场设在江洲宾馆，高朋满座，隆重盛大。

会场内外，赵晖、张彬带领公司10多名技术骨干进驻江洲宾馆，设置两个专用值班室，全天候值守网络，严阵以待，枕戈待旦。公司百余名技术骨干作为预备力量，远程待命。

大洋彼岸W国五洲公司的威尔逊认为，他们提前对会议系统植入病毒库中一款强大的"幽灵病毒"，留下了后门，对"飓风行动"既定目标很有把握。

威尔逊将参加"飓风行动"的3名黑客高手召集到会议室。布朗，40来岁，是一名满脸大胡子的白人，身材魁梧，绰号大胡。他特勤奋，擅长抓肉鸡，每天都发送代码聚集肉鸡资源，手上掌握的肉鸡资源足够多。戴维斯，30多岁，拉美裔人，皮肤浅黑色，扎着一个小辫子，体重达100多公斤，满脸横肉，胳膊肌肉嘎嘎的，绰号大胖。他脑子有许多奇思妙想，善于编写病毒软件，"幽灵病毒"是他的杰作。泰勒，刚50岁，纯黑种人，绰号大黑，他精于修改服务器底层协议，动作干脆利索，下手狠辣，是能够对各种服务器搞颠覆破坏的一个魔鬼。

他重重望了一眼3名黑客说，诸位说说情况吧。布朗将前期抓取肉鸡、植入"幽灵病毒"，利用东亚国家设置跳板以及植入后门等，简要讲了讲，感到中国同行戒备松懈，几乎没有防备，完全有把握取得成功。

威尔逊抬腕看了看金质手表说，诸位，再过十几个小时，亚洲那个会议就开幕了，会期是两天。总裁先生把希望寄托在诸位身上，请做好充足准备，用你们独特本领瘫痪会议系统，就像中国孙悟空大闹天宫一样，搅乱浑水摸到鱼，拿回我们需要的东西。公司会论功行赏，奖励给你们心满意足的钞票和美女。祝你们成功！随时恭候你们的好消息。

散会后，3名黑客约定，不宜提前打草惊蛇暴露行动，统一在会议召开半天后行动，打一场措手不及的伏击战。

布朗开设了聊天间，对戴维斯打招呼说，喂！大胖，你的"幽灵病毒"怎样啊？可不能提前发作坏了大事。

戴维斯不假思索说，呵！大胡，我的"幽灵病毒"像个乖孩子，但也是一个心狠手辣的恶魔。请放心吧，它不会轻举妄动暴露的，肯定会有出色表现。

泰勒插话道，你俩真可爱，竟然将打垮中国对手也寄托在一款病毒上。这样做事不是很稳妥，我觉得中国非同其他国家，建议还是多些别的法子吧。

布朗不以为然反驳说，真奇怪！网络作战不用病毒武器啥时用，难道还有比病毒威力更强大的武器吗？太黑，你脑袋瓜进水了吧，竟然有这样的想法。

泰勒无言以对，只好默不作声，退出聊天间做自己的事去了。

当会议进行半天后，也就是W国五洲公司早晨上班时间，3名黑客分头开始行动了，各显其能对亚洲经济合作论坛网络实施进攻。他们如同一个狼窝里冲出的3条恶狼，单独行动，各自为战，既猎食同一目标，又存在明显竞争关系，看谁能猎取到最多食物而受到更大奖赏。

布朗当仁不让，操作计算机携带大量肉鸡资源向会议网站扑去，气势汹汹，威风凛凛，大有一举冲破网站的熊心豹胆。

负责监控网络的龙文报告说，赵总，我这里监测到有东亚国家方向来的大流量访问，好像是恶意黑客，咋办？

赵晖道，别着急，你先带人守好网站，重点防护好资料库，不给恶意黑客可乘之机。

龙文说，是！领命执行去了。

接着赵晖打开指挥系统，命令道，张彬，咱们也别就网站守网站了。你带领剩余技术骨干，在网站外围集结，向冲击网站的恶意黑客反冲锋，实施强有力的反制。

张彬说，好！我们主动阻击。随即他指挥人员前去网站外阻击布朗。尽管布朗的肉鸡资源足够多，能以一当十。但张彬带领的技术骨干众多，掌握的肉鸡资源也不少，聚集在一起力量更强大，很快就将布朗冲击得溃不成军了。

败下阵来的布朗，通过聊天间沮丧地说，大胖，倒霉，真倒霉！没想到中国黑客早有防备，力量比我强大得多，根本靠近不了网站。傻瓜，你的"幽灵病毒"到哪里去了？

戴维斯说，大胡，倒霉，真倒霉，遇见魔鬼了！我也发现他们确实很强大！"幽灵病毒"硬是被他们征服了。你别急，我很快编一个新的病毒，给他们一点厉害看看，到时你就可以为所欲为了，嘿嘿嘿！

说罢，戴维斯这个大胖子头脑洞开，敲击键盘，开始编写一款带强硬风格的病毒，想着达到损毁力强，传播速度快，所向披靡。他编写绞尽脑汁竭尽了全力，编成后立即修改、测试，觉得没有问题了，就对布朗说，大胡，你看我的吧，跟随我的神秘病毒上阵去吧，肯定让你开心满意。

随后，戴维斯将新的病毒程序打了一个包，制作成一个精美链接，通过多级跳板发送到论坛网站附近。只要点击，就会沾染病毒，让整个系统发生一系列问题。他则守株待兔，焦急等待有人能够点击此链接……可赵晖他们对论坛网络管理人员，定下了不允许点击不明真相链接的规定。

时间一分一秒流淌，不停歇地逝去，仍不见有人点击诱惑力极强的链接。

布朗着急了，问道，大胖，病毒程序失灵了吗？

戴维斯拍了拍腆出前胸的大肚腩说，有办法了，请稍等。他就在电脑里输入一个新的网址，将病毒发送到论坛服务商的网站，试图由服务商携带进入到论坛系统。

可病毒刚刚进入论坛系统，网站精心值守的全能卫士杀毒软件就立即报警，展开了截杀，将戴维斯的新病毒全部斩杀干净，片甲不留。

时间按既定的规则继续流逝，到了会议第二天，戴维斯感到了无奈，在聊天间懊恼地说，伙计们，我们想错了，中国黑客的防护力量超乎想象，非常强大。我们独自行动实现目标是愚蠢的，必须合起力量一起干。

泰勒一直沉默，到了现在再也沉默不下去了，咕哝着道，是的，伙计们，中国对手是全世界前所未有的强大对手，是该合力作战的时候了。我们用最常用的 DDoS 彻底摧毁网站，让他们见鬼去吧。

布朗骂骂咧咧说，傻瓜，这样原定的两个目标只能实现一个了。

泰勒从鼻孔里哼了一声道，喂！笨蛋，总比一个目标也实现不了要好吧。

戴维斯说，都啥时候了，还说这种话……伙计们，时间不多了。我们不能做懦夫，用超级勇气给该死的对手一次颜色看看吧！

于是，这 3 名黑客集聚了手下所有肉鸡资源，汇聚成一支精悍强大的超级网络力量，很快经过各级跳板，再次向亚洲经济合作论坛的网络，发起 DDoS 攻击。这种攻击是传统的攻击法，尽管没有 APT 攻击提前植入病毒或木马具有隐蔽性，但也是常见而管用的网络攻击技法，就是始终不断给目标网站发送大量非法请求，让网站无法接受正常合法请求逐渐造成网络拥堵而瘫痪，甚至是崩溃。

当他们给会议网站发送大规模非法请求时，值班的龙文察觉了，报告给了赵晖。赵晖立即上线查看，感到对手实力很强，非一般黑客，应当是有国际顶级水平的黑客团队。

赵晖高度紧张，觉得这种恶意攻击非同寻常，风险性极大。假使任由恶意攻击长时间延续，肯定会造成网站严重拥堵等恶果，便决定迅速行动，内外策应挫败 DDoS 攻击。他与龙文带领宾馆的技术骨干，对攻击者实施正面阻击，来一个迎头痛击；同时让张彬指挥公司百余名预备力量，以强大的网络流量，在背后堵截。两股网络力量，前后夹击，给 3 名恶意黑客形成围追堵截的泰山压顶之势，很快将其冲击得弃甲曳兵，土崩瓦解了。

论坛圆满结束，顺利安全。刘振远代表市领导宴请论坛安全团队，赵晖率网络保障小组在列。刘振远在宴会上发表热情洋溢讲话，充分肯定保障人员所做的不可或缺的贡献。

席间，刘振远、李锦华等领导专门来到网络保障小组的桌子，向赵晖、张彬等敬酒致意！

刘振远深情地说，没有网络安全就没有论坛安全，也没有国家和民族尊严。你们功不可没，值得肯定。

赵晖淡淡一笑道，必须的！没有大国安全，哪有小民尊严，保护国家也是保护我们自己。

刘振远说，说得好！端着酒杯与赵晖碰了一下，一饮而尽说，痛快，痛快！

遥远 W 国五洲公司史密斯办公室里气氛沉闷，充满沮丧。威尔逊垂头丧气，脸色灰暗而苍白，神情悲哀而失落，态度羞愧而卑贱，额头的灰色雀斑更明显了。他拿着赵晖与刘振远宴会上碰杯的照片走进来，眼睛始终朝下低着说，我们辜负了总裁先生的希望与信任，没有达到目标。我失职了，应当受到处罚。

史密斯确实很失望，怒火在胸腔里燃烧，目光深沉，积蓄着惊雷，嘴唇紧闭，绷得很紧，一副凶神恶煞的凌人气势。

室内格外静寂，悄无声息，空气如同凝固了一般，但又酝酿着惊天的怒火，好像随时都要发作把人吞噬了似的。

威尔逊低垂着脑袋，惶恐得心跳，双腿有点发软，打破沉闷的尴尬说，总裁先生，我确实失职了，没有履行好职责；但对手确实很强大，还有这位——赵晖。他的突然出现让我们的"飓风行动"受挫了。

赵晖这个话题分散了史密斯注意力，让他对威尔逊的厌恶与怨恨消减了些许，而对行动失败多了一丝理解。他不动声色叹了一口气，冷静而忧郁地说，该死的！4 年前失踪的赵晖不是下了地狱了吗？！今天怎么又突然冒出来了呢！

威尔逊说，是的，4 年前他如灰尘一般，钻到地底下了。现在他又出现了，对我们极不尊重，成为挡在我们道路上的一堆烂泥，不！是一块巨石，坏了我们的大事。

史密斯瞪起眼睛恶狠狠地做了一个劈杀的手势，从鼻腔发出深沉的腔调说，他就是一块巨石，也要砸得粉碎！绝不原谅。

威尔逊接住话茬说，我以上帝的名义诅咒他，发誓与他不共戴天，在哪里找到他就在哪里杀了他，让他死无葬身之地。

这时史密斯似乎消解了许多怨气，也许是把恶毒的气焰发泄在赵晖这个遥远而熟悉的人身上。他从椅子上站起来，不紧不慢说，威尔逊，尽管你有过错，但你是一个值得信赖的人，是一个诚实的人。我的意见是你继续在岗位履行好责任，处罚的事，以后再说吧！

威尔逊破例抬起眼睛望着史密斯，在他那神秘莫测的眼神里，仿佛看到了理解与宽恕，以及不甚了了的色彩。他用沉稳的嗓音说，总裁先生，我真诚地感恩您的宽恕！

这天深夜，暮色茫茫，气氛沉沉，压抑得让人喘不过气来。威尔逊再次在祖父像前忏悔祈祷，虔诚地跪在地板上，双手合十，仰起头颅，定定望着爷爷像充满无限崇拜地低声祷告：亲爱的爷爷，慈爱的爷爷，请你在天之灵救赎我，帮助我吧，重重惩罚那个该死的赵晖，让他的灵魂变质、发霉、腐烂，永远被我们所主宰，绝不宽恕，绝不留情……

## 5

这年春节后，江洲市举办城市发展战略研讨会，纵论网道，指点江山。

知名国际战略家金一伟指出，到本世纪的 2027 年，全球范围内大国之间的战争大多是混合战争，全新概念的战争。其中有一种战争不以攻占领土为目的，也不会发生在地球表面，而是发生在太空和网络领域，是看不见硝烟的特殊战争、智能战争、无极战争。当普通人感觉到发生了颠覆性毁坏和巨大改变时，战争也许已经结束。

譬如网络战争，就是在人类虚拟世界里以夺取网络资产而引发灭顶之灾的战争。一般情况下，黑客利用高超技术，突破——控制——摧毁，三招就使对手死于非命。尽管没有面对面的搏杀，没有炮火硝烟，也没有血流成河，但会在极短时间内，瘫痪摧毁一个国家特定或所有现代化基础网络设施，包括现代化的军事、工业、金融、交通系统等，造成的设施破坏和财产损失有时会超过有形的热战争；或者将国家金融财富抢劫掠夺，瞬间由富庶变成一贫如洗。

现代化程度越高，网络战争的危害越大，后果越严重，无法估量！

会议给江洲市最为紧迫的现实影响是，市政府觉察到网络安全关乎江洲市的未来，也牵系着一个现代化国家和民族的生死存亡，决定大力扶持网络安全企业，用市场的力量强大网络防护技术力量，并将重任赋予了市国资委。

国资委对 10 多家网安企业考察比较，决定投资侠之大者公司，助力这个拥有良好基础的网络安防企业。资产评估机构对侠之大者评估，给予现有资产 4000 万元人民币的估值，国有资本注入 1 个亿，民间企业——江洲市蓝讯通信股份有限责任公司跟进投资 1 个亿，使企业固定资产达 2.4 亿。

2014 年 7 月 15 日，公司正式改制为混合所有制企业，实现重大升级转型，为江洲市数字经济建设和网络安全保驾护航。赵晖出任董事长兼总裁，个人占股 16.6%。江洲市国资委副主任苗京、蓝讯通信的董事长吴华任副董事长。

至此，公司一年 365 天全天候担负江洲市网络安全值班，成为网络战线的"国之盾牌"。

公司再度更名为侠之大者网络安全股份有限责任公司，完善各级机构，增设科研部、法务部等，人员扩充逾千人。同时成立了公司党委，下设 6 个党支部，更加注重思想道德建设，强化精神信仰、契约原则和文化家园，进一步强化先有思想强后有技术强、思想强才能技术更强的理念；强化网络实战化素养，锤炼打网络硬仗恶仗的本领，矢志成为国家网安领域的一个标杆企业、领袖企业。

短短几天时间，公司顺利完成组织体制的重大转型，但思想转型是一个漫长过程，需要在灵魂深处进行思想理念、行为准则的转型跋涉，极其艰难，可谓是一次浴火重生的情感洗礼。

这年端午节，放假 3 天。靳凤孤身一人，也没想着外出，上网看到有人挖矿炒比特币，觉得好玩，就下载比特币钱包和挖矿软件，运用比特币软件进行挖矿，刚挖两三个小时，就赚得 8 个比特币。按当时每个币 500 美元算，是 4000 多美元，折合人民币两万多元，靳凤惊愕了。

何为比特币呢？比特币是不依赖于任何国家中央银行机构发行，而是去中心化最著名的一种货币，也称网络虚拟货币。靳凤挖矿赚取比特币，就是通过算力不断寻求这个方程组的特解，解决一些数学难题，从而获得奖励。算力越强大，解决数学难题越多，获得奖励比特币就越多。虽说比特币是一种虚拟资产，但当时能在网络平台上交易，将这一虚拟资产兑换成美元或人民币。

靳凤想到，龙文的数学水平极高，肯定是最出色的矿工，就给龙文打电话说，龙主任，你在哪儿哦？

龙文道，我准备去江洲美术馆转一转，看看书画艺术品。

靳凤说，去那儿做啥子嘛！你娃儿来挖矿赚比特币，肯定顶呱呱，既好耍还能赚人钱。你赶快来办公室吧，我给你准备挖矿设备，一起赚比特币哦。

龙文赶到公司已是中午，靳凤已在网上买了专业矿机和矿池，便立即打开计算机注册矿池账号并进行设置，加入挖矿行列。使用 CPU 挖矿效率较低，龙文随即在网上购买最新的 ASIC 矿机，人机有机结合，算力迅速强大，在整个网络挖矿群体中遥遥领先。

比特币挖矿是一个有趣而无休止的网络活动，比特币网络自行调整数学问题的难度，让整个网络每十分钟得到一个合格答案。也就是说，每十分钟玩一局，相当于打一局固定时间的牌，在不确定中充满刺激与快感。如果玩一局获得奖励的比特币，就有了成就感而信心大增；输了一局就会不服气，投入更大力量继续玩，吊着胃口，期待下一局能够赢。

　　就这样，挖矿的刺激与收获，一直调动着龙文和靳凤的情绪，让他俩乐在其中兴奋着。晚饭草草吃了个盒饭，继续投入挖矿……眼睛盯电脑屏幕酸了困了，就离开屏幕，揉揉眼搓搓脸放松一下，接着创造性挖，一直挖到次日凌晨才停止。龙文赚得比特币 350 枚，折合人民币 110 多万元。靳凤获得 107 枚，折合人民币 35 万余元。

　　玩耍了一夜，淘金赚得上百万或几十万，在许多人情感世界中如同天上掉馅饼！

　　吃饭时，张彬略带戏谑说，龙文，你的算法高明，佩服，佩服。

　　龙文谦虚地说，不行，不行，相差甚远！

　　次日吃饭，张彬一本正经地说，龙文，你的算法高明，真高明啊。

　　龙文仍谦虚地说，不行，不行，差得多呢！

　　第三天吃饭，张彬还是说，龙文，你的算法就是高明，佩服，佩服啊！

　　龙文似乎也认同了，不再谦虚了，回复说，看来我的算法还行，能与高手过招了。

　　张彬听后，"嘿嘿嘿"笑了起来……

　　公司许多人七嘴八舌，对挖矿赚取比特币一夜暴富窃窃私语。羡慕者有之，认为凭本领在国家没有明令禁止领域赚钱，是天经地义不受责备的。嫉妒者有之，觉得占用公司培养的本领和平台，为自己赚钱是不道德的，有损侠之大者的风度。冷漠者有之，感到用节假日赚多少钱不重要，重要的是心中有公司的使命就行了，何必计较一时金钱的得失呢！

　　怎么看待这一新生事物？怎样对待生财之道？如何用好自己的技术本领？侠之大者追求的目标又是什么呢？成为不容回避的热门话题。

　　在公司高层会上，靳凤仍心直口快说，黑客也是人嘛！也要挣钱过日子。格老子必须遵守国家法律法规，不能啥子越雷池，爆雷了给公司抹了黑，就不得轻饶。

　　肖梅感到，对于这些新生事物，大家的判断力和觉悟是有限的。公司应当紧随时代步伐，及时出台合情合理的规矩措施，靠制度约束人，逐渐规范言行，让刚性制度逐渐从被动到主动，最终变成人们一种自觉与习惯。

张彬说，参与了几次网络战线的斗争，让我联想到部队只吹冲锋号、不打退堂鼓的情怀。虽说我们不拿军饷，不穿军装，也不是部队，但承担着捍卫国家网络安全的重大责任，与军队全心全意为人民服务宗旨是一致的，能够说是一支网络战线的特殊部队。当好网络卫士，就需要有部队过硬的思想品质和作风纪律，否则就会出格走样。

赵晖认真听取了发言，在综合大家意见基础上，形成独到见解道，兴盛我们这样的网络企业，表面靠契约原则，规范约束行为；长远靠企业文化，让企业有生命力而生生不息；内在靠精神信仰，心有定盘星，行动有力量，以小我成就国家和民族之大我。

缓了一口气，赵晖接着道，从做超级黑客的使命看，公司必须是一支特殊的部队，需要有特殊品质。一是有特殊利益观，即信仰。利国利民的事多做，坚定不移地去做；不利的事一丁点也不能做，即使我们是少数派也要坚持，即使公司利益暂时受损也要恪守，人不能做到我做到，成为一种志向。二是有特殊胆魄，即血性。看重责任担当，看淡利益得失，人不能失之我失之，成为一种境界。三是有特殊精气神，就是本领。涵养独有的职业能耐，具备只吹冲锋号、不打退堂鼓的进取意志，人不能忍之我忍之，成为一种情怀，扫除网络天地的一切假丑恶。

有信仰是根本，有血性是保障，有本领是关键。三者紧密融为一体，相互促进支撑，成为侠之大者巍巍高耸的精神高峰和不竭力量之源。

## 6

肖梅探索推进公司人才培养工程，联系江洲大学进行战略合作，计划创建网络安全培训学院，专门培养网安人才，缓解人才后劲不足。她在总裁办公会上，汇报了有关设想和建议。

此时，正在值班的靳凤，突然发现一个神秘邮件，打开是一枚神秘的子弹邮件，冲着自己飞来，呼啸着发出刺耳尖叫的声响，让她有点毛骨悚然。

靳凤大惊失色，觉得蹊跷，认为是不祥之兆，就风风火火闯进会议室大大咧咧说，这龟儿子的子弹飞来了，不嘣人好哦。

会议被打断了，众人把目光都齐刷刷投向靳凤，感到莫名其妙。

赵晖道，靳凤，慢慢说，是什么子弹飞来了?

靳凤说，是神秘邮件上有子弹飞来了，吓得我头皮发麻! 随即她将这个邮件在会议室的大屏幕播放了一遍。大家看了邮件，震惊了，有点瞠目结舌，不知如何是好。

赵晖扭过头来看了张彬一眼道，子弹向我们飞来了，这是什么意思呢?

张彬若有所思说，此事关系重大，须谨慎对待。

赵晖道，张彬，你是在大风大浪闯过来的。这事交给你处理，多辛苦些吧。

张彬紧蹙双眉，思索着其中蕴含的难以捉摸的特殊用意。会后，他驱车来到省国安厅叔叔办公室坐定后说，叔，我们公司网站莫名其妙收到一个来路不明的邮件，邮件里是一枚飞来的子弹，感到有些名堂。

叔叔看了邮件沉思片刻道，最近国家安全系统通报，有国际杀手潜入了江洲市，会不会与此有关联呢?

听及此话，警惕性极高的张彬，立即联想到赵晖曾被形迹不明的人袭击造成内伤，以及公司在网络斗争中一系列特殊事件，就对叔叔说，看来与公司经历的网络斗争有关，可能卷入到国际网络斗争的旋涡了。

叔叔道，那你们必须多加小心吧。我们厅也会密切关注，有情况随时联络。

张彬说，让叔叔多费心了，旋即告辞。他返回公司给赵晖汇报说，从国安系统掌握的情况看，已有国际杀手潜入到江洲市，可能会对公司特别是对你不利，需要格外谨慎啦。

赵晖似信非信道，会有这么严重吗?

张彬说，我们公司参加了反诈骗联盟、"1013 专案组"以及亚洲经济合作论坛网站的保护，会不会坏了国际网络敌对势力的好事，挡人之路就会遭人暗算，行侠仗义也是有代价的。

赵晖仍似懂非懂，苦笑了一下。

张彬立即把李铁柱找来交代说，铁柱，疑似国际杀手潜入到了江洲市，看来危险的日子又来了。你必须打起精神来，心明眼亮，凡事往最坏处着想，严防国际杀手对赵总下狠手啊。

作为一名真正的特战勇士，李铁柱粗中有细胆识过人，素有闻战即喜的习惯，从不惧怕危险而躲避，是敢于把自己生命交给正义的人。他点了点头，两眼瞪得溜圆溜圆，拳头攥得"咯咯咯"直响，一种随时准备投入生死搏击的样子。

而合作创办网络安全培训学院的事，快速高效推进，很快就尘埃落定了。江洲大学定于盛夏一天上午 10 点整，举办签署战略合作协议暨聘请赵晖为学院名誉院长的仪式。

这天上午 9 点，天空飘着一些不规则的灰黑色云团，太阳从云团间隙喷洒而来，如同经历了千难万险阻挠似的。李铁柱迎着烈日，将车子稳稳停在世纪大厦楼下，赵晖从楼里走出来上车后，车子快速驶离，向着江洲市东郊的江洲大学急驰。

从市区到大学校区，不过半个小时车程，路途中有鳞次栉比的建筑群，也有一些农舍田园和建筑工地。工地的一些建筑材料上搭着绿色防护网，实施环保屏蔽。当车子驶到工地附近时，突然刮起一阵旋风，"呜呜呜——"吼叫着，旋转着抛起巨大的土尘，形成一个圆形烟尘柱子。不知什么原因，旋风风力不断加剧，声音持续呼啸，显得有些特别；旋风抛起的烟尘柱子，还快速移动游走，去向神秘莫测。当旋风游走到掩盖材料的绿色网子上，迅速将网子抛了起来，旋到了空中，让绿色丝网好比一条蟒蛇般盘旋在天空，形成黄色旋风绿飘带、谁持彩带当空舞的景观。

盛夏时节如此猛烈的旋风，实属罕见。赵晖陷入沉思。李铁柱则觉得，平地起旋风，祥瑞跑了空，预示将会发生险恶之事，内心升腾起一股凉气，一直冲到后背，也让他的神经高度警觉起来。

签约活动按时在学校广场举行，广场北侧搭有一个主席台，台子后边是一块巨大背板，背板上喷着醒目大字和象征计算机网络安全的图案。主席台两侧悬浮着几个红色气球，气球上悬挂着巨幅标语，随风摆动，一派喜庆祥和。千余名师生在台下整齐而坐，期待见证这个特殊仪式。

赵晖他们走进会场时，天气逐渐热起来了，太阳比早晨更加火辣，好像饥渴了似的，贪婪地吸吮着大地上的湿气。穿制服的保安徘徊在会场内外，维持着秩序。会场北边是学校的建筑群，南边学校墙外，有好几栋高层建筑高高耸立，在会场望过去如同竖立的积木盒子一般，显得遥远而模糊。李铁柱眼观六路，耳听八方，掏出微型望远镜，敏锐地观察高楼上的动静，但太远看不清楚，目测距离有千余米。

活动按时开始，依次进行宣布仪式、奏国歌、致辞等。第五项是学校朱校长给赵晖颁发网络安全培训学院名誉院长的聘书。热烈激昂的音乐响起，赵晖健步走上主席台，神采奕奕，玉树临风，先后向观众和朱校长行鞠躬礼，而后与朱校长握手致意。一名礼仪小姐端着一个托盘行至他俩身后，朱校长从托盘里取下一个大红聘书，热情而庄重地递了过去。正当赵晖伸手从朱校长手中接过聘书的一刹那间，对面高楼顶上露出一个黑洞洞的枪口，一个戴着面具的人，将狙击步枪瞄准镜上的十字刻度稳稳对准了赵晖头部，迅即扣下扳机，一枚子弹冲出枪膛，呼啸着向会场飞来。

这颗子弹携带着难以躲避的罪恶气息，以闪电般速度在空中飞翔，穿越气流，发出恶魔般"嗞嗞嗞"的低语，在尖啸声中向着赵晖头部飞来。

万分危急，死神快速向赵晖逼近了。就在子弹吐出枪膛在空中快速飞翔之中，特种兵本能的敏感直觉，已让李铁柱察觉到有一颗子弹以迅雷不及掩耳之势向主席台飞来。说时迟，那时快，李铁柱必须与子弹赛跑，他瞬间飞身跃上主席台，大喊一声：危险——！随即张开双臂扑向赵晖。赵晖被迅猛扑来的李铁柱震住了，惊呆了，在不知所措中被李铁柱强有力的双臂按倒在主席台地板上。

这一刻，子弹"扑哧"一声，打穿了主席台背板，留下一个冒烟的弹孔。在这样惊险的动作之下，台下没有感觉到危险的观众，似乎觉得李铁柱的动作不可思议，惊愕得目瞪口呆。

而坐在前排的人，听到子弹穿过背板的细微声音，意识到了惊心动魄的危险。有人大惊失色喊道，太危险了，子弹穿破了背板，还冒着烟哪。

这让观众产生了极大惊恐，一个个神色惶恐、惊骇、紧张。

赵晖从地板上爬了起来，听到观众的惊呼，才意识到李铁柱刚才的英勇壮举，脸上流露出了感激与庆幸、惊恐与无奈。当他调整了一下情绪，用双手习惯性地整理衣服之际，在遥远高楼里神秘杀手的瞄准镜里，赵晖的身体再一次暴露了出来，狙击步枪的十字刻度再次锁定了他的胸部。

刚刚从地上爬起来的李铁柱，以高度警觉的眼神目不转睛盯着远处的高楼，目光炯炯，冒着烈焰，好像要燃烧起来似的。他又似乎听到了高空不易察觉"咝咝咝"的微小声响，再一次意识到高楼里又有一颗子弹吐出了枪膛，索命的死亡之神又一次向赵晖奔来了。他随即不顾一切又大喊：不好，又是一个飞身跃起，扑向赵晖，将其扑倒在主席台上。

这次李铁柱的动作比前一次略微慢了一点，子弹在他扑倒赵晖时也已到达，在他的脸颊上擦了过去，留下一道鲜红的印迹，鲜血直流，满脸血渍。

台下观众目睹了眼前的一切，特别是看到李铁柱脸颊上的鲜血，才从惊愕中缓过神来，惊慌着四处逃散。如此混乱，将赵晖隐藏在群众的身影之中，也遮挡住了神秘杀手的视线，不得不遗憾地快速拆卸狙击步枪，在大楼顶上消失了。

公安局迅速投入警力侦破，但难以找到线索，案件陷入僵局。

李铁柱受到的伤是皮外伤，在医院打封闭做了包扎。按说应该静休几天，但他是个硬汉子，怎么也不肯在医院待着，扯大嗓门说，我，我在医院住着心里发慌；再一个是没有破案，赵总还有安全危险。我必须全力保护，不能有半点闪失。

张彬从犯罪成因角度分析认为，案件与公司参与的一系列网络斗争有关，应当是国际恐怖组织冲着网络斗争而来的，企图对公司进行报复，置赵晖于死地。

李铁柱说，从远距离狙击的能力看，不像打家截道的做派，与国际"匕首之王"恐怖组织惯用的连环狙击手法相类似。他俩都直指国际恐怖组织，看法相近。

赵晖道，你俩都有特种兵的经历，是对敌反恐斗争的专家。假使像你们所研判的，就涉及到国家安全问题。我们有责任将有关情况迅速通报给国家安全部门，依靠安全部门破案。

张彬说，好！我马上协调汇报事宜。

# 第八章

1

第二天就是盛夏的大暑了，流火炎热，又是气候的一个重要分水岭。

赵晖伫立在窗前眺望室外的骄阳，回想起近期所经历的风风雨雨，特别是实战防护亚洲经济合作论坛网站的经历，感到既曲折又惊险，既奇妙又庆幸，在做好最坏打算中防住了国际黑客势力的颠覆。他再联想到国内许多单位内部网络设施和网站安全防护的脆弱性，其被动式防护、增量式修补、局部式治理，造成的网络安全形势堪忧，感到迫切需要一款专业网络检测设备，进行口常检测防护，确保网络资产的安全。

思索至此，他拿起手机拨通张彬电话道，张彬，没什么事请到我办公室来一下。

好的，我马上就到。

片刻工夫，张彬就敲门走进赵晖办公室。

赵晖指着办公室沙发让张彬坐下后道，实战防护亚洲经济合作论坛网站的经历，让我想到国内许多网络设施安全的脆弱性，考虑研发"雷神防护二"产品，专门用于内部网络的安全检测，操作简单易行，随时发现网络存在的安全隐患，防止带毒运行诱发不可挽回的致命性问题。

张彬说，好！用网络安全需求牵引网安产品开发，是个好思路。

赵晖交代道，这样的话，你安排市场部和科研部做个可行性调查，看市场和效费比情况怎么样？如果可行，我们立即启动研发。

张彬说，好的，便领命而去。

几天后，两个部门调研表明：此款设备直接用户有 300 万台，潜在用户 1000 万台，研发总投入约 3000 万元，产出效益达 5000 万到 1 个亿。

据此论证报告，公司决定抽调金盾 4 个技术室的精锐力量，组建一支由百名技术骨干组成的研发队伍，正式启动"雷神防护二"研发。依照重大科研任务成立突击队，举行了誓师大会，给突击队授了旗，激发出箭在弦上的攻关豪情。

张彬为总设计师，夜以继日设计产品的总体框架、体系结构以及四大组成部分，明确产品用整合流量解析、拓扑检测、漏洞检测、脆弱性分析、加密信息分析等技术手段。赵晖对总体设计方案精细审定，让设计方案更加缜密完善。

张彬在完成总设计的情况下，率金盾二室力量进行第一部分网络检测功能的研发，主要开发网络拓扑分析、端口检测，以及各种复杂环境下漏洞扫描和验证等模块。龙文率金盾一室进行第三部分基础支撑功能的研发，重点完成硬件支撑、资源支撑、技术支撑、服务支撑等模块。靳风率金盾三室进行第二部分数据处理功能的研发，主要完成数据捕获、协议解析、数据导出、数据清分处理及特征分析等模块。王紫率金盾四室进行第四部分管理控制功能的研发，全力完成数据管理、任务管理、系统管理、向导管理等模块。

每一个模块都极其复杂，在各个逻辑功能支撑下，由数万行代码所组成。假使将每一个代码比作一名士兵，那么一组代码就如同一队士兵组合，排列出特定队形，实现特定目标；那么一千组代码就像是一千组士兵组合，由一列列队伍按特定的逻辑格式，集聚成一个庞大的士兵方阵。有的像姜子牙的太公阵，前后呼应形成铁甲神盾；有的如司马穰苴的五行阵，内含金木水火土五行生克变化机理；有的像孙子的八卦阵，灵活自如而攻防兼备；有的如诸葛亮的八阵图，内圆外方而登峰造极，成为一个密不透风的工程体系。

编写代码是一项高智商的技术活，最佳时间是思维异常活跃而没有干扰的深夜。夜深人静的头脑是放空的，单纯而集中，创造力强，充满神奇而有无限可能，可以对一个个枯燥乏味和晦涩沉滞的代码，进行最有效、最超常的高效组合，让简单代码方阵蕴含出不可预测的神奇力量。而任何一种打扰的分心走神，都可能让头脑中的神奇构思瞬间消失或丢失，让编写效益大打折扣。

窗外的月亮由弯到圆，又由圆变弯，不知疲倦而遵循规律地游荡在茫茫长空，散发出轻柔如银的光泽，皎洁如玉，清澈似水，轻轻抚摸着大地、树木、花草，窥视着灯火通明下编写代码的攻关人，也偷看着一个个代码方阵所蕴含的机理和能量，为它们鼓劲点赞，陪伴研发突破一个个崇危险峻、嵯峨嶙峋的关隘，向着无限风光的技术巅峰跋涉，再跋涉！

连续两个月突击攻关漫长而短暂，转瞬飞逝，像是眨眼之间，如同须臾片刻。大家痴情地遨游在神秘的代码王国之中，既身心俱疲、心力交瘁，又求索奥妙、充满乐趣，沉浸在痛苦并快乐的矛盾中。

国庆节来临，靳凤有感而发说，这娃儿研发到了让人恼火的地步，还不如不放假，让脑壳子接上火，一口气把整个项目搞巴适了。

赵晖觉得不可一蹴而就，长期加班打疲劳战会计许多人不适应，欲速则不达。他与张彬商量道，研发攻关到了紧要关头，大家很疲劳，国庆长假还是正常放假，休养生息吧。

张彬说，我赞成，磨刀不误砍柴工，养精蓄锐善其事，有利于再冲击新高峰。

这样国庆长假公司正常放假，假期生活自行安排。

国庆节前夜，赵晖邀请靳凤聚餐，给她过 23 岁生日，地点仍然选择在东坡食府。赵晖与李铁柱 5 点刚过就到达东坡食府二楼的岭南厅，让饭店准备了一个蛋糕，点了靳凤喜欢吃的东坡红烧肉、全家旺、东坡火米羹。还考虑李铁柱人高体壮饭量大，加了东坡肘子、宫保鸡丁两个菜，要了一瓶绍兴黄酒。

　　6点钟刚到，靳凤准时走进包间，看到蛋糕和一桌菜甚是感动，满面笑容说，搞得也太巴适了吧，好像是庆祝大寿似的，谢谢哦，谢谢哦！

　　赵晖端坐在饭桌的主位上，抬起眼帘定定看了靳凤一眼，突然觉得时光的隧道瞬间打通了，仿佛回到4年前在眉山与靳凤第一次见面的情景，不免吃了一惊，看到眼前的靳凤与几年前大不一样，个头竟然蹿高了一大截，人一下子长舒展了，好像是含苞待放的蓓蕾，漂亮秀美，亭亭玉立。尽管她的头发仍然是奶奶灰，但眉目俊俏起来，额头光洁如玉，双颊微红，杏仁眼大大的，水汪汪的一片海洋；眼角处有弧度下垂而再微翘，眼睫毛长长的，如同长在两池纯净水潭的青草，含情脉脉；嘴唇略施淡红唇膏，粉粉的，弯成十分柔美的线条，好像两片细长的菊花瓣，显得有几分妩媚，往昔的丑小鸭变成了白天鹅。

　　靳凤容貌的巨大蜕变，让赵晖心头不由得感慨，人生沧桑巨变，相由心生，貌随心变。俗话说的女大十八变没有错啊！很难看到当年瘦骨伶仃、可怜巴巴的影子了。

　　赵晖双肘支撑在饭桌上道，靳凤，你是有福之人，竟然与共和国的生日是同一天。我与李铁柱也沾个光，美美吃上一顿哈。

　　靳凤连声说，莫得分别同喜同贺！谢谢哈，谢谢哈。

　　赵晖打开黄酒瓶盖，给他与靳凤面前的玻璃杯各倒了半杯。李铁柱自己倒了一杯茶水。赵晖端起杯子说，国庆节快乐！生日快乐！是喜上加喜更加喜。3个杯子轻轻碰撞后，便开始边吃边喝，闲聊起来。

　　看到靳凤心境与性情的巨变，赵晖觉得，世界在变，社会在变，生活也在变，唯一不变的就是变化。世事一场大梦，人生几度秋凉。他再由岭南厅想到岭南情，感慨道，900多年前，东坡先生因政坛变化从受贬之地返京被重用，在京城宴请因自己牵连而被谪贬几年从岭南返回的王定国和侍人寓娘柔奴。在东坡先生印象中，王定国被贬岭南几年备受打击，应当是两鬓斑白、面容苍老了；但王定国却神采飞扬，再看看身边的柔奴更加年轻了。东坡先生在诗词中说：万里归来颜愈少，微笑，笑时犹带岭梅香。继而感慨：试问岭南应不好，却道，此心安处是吾乡。是啊！豁达通透的好心态，让受苦受难的人也变得快乐而年轻。

靳凤停下筷子，附和着说，得之高歌失即休，看淡得失才安逸。

而李铁柱却吃得带劲，满嘴油光，无暇顾及其他，两眼紧紧盯着东坡肘子用筷子大块夹着。

赵晖轻轻瞥了一眼感叹道，物质东西容易消失，只有精神才是无限而长久的。当一个人将精神的东西留下来，被人们所铭记，那才是长生不老，永垂不朽。

靳凤接住话茬说，对头！就如这顿饭，一桌子东西很快就吃光了，但留下的是一片真情，会烙刻在我的脑壳里。随即靳凤端起酒杯说，感谢的话有几箩筐，浪个也说不完，就再敬杯酒，谢谢哦！

赵晖端起杯子碰了一下，仰起脖子一饮而尽。

又过一阵子，桌子上的菜所剩无几，他们将小蛋糕再分着吃，瓶子里的黄酒也见底了。李铁柱抹了一下嘴巴说，赵总，我吃饱了，去开车在门口等。

赵晖点了点头道，好吧！

当赵晖结了账，与靳凤一起走出东坡食府时，李铁柱刺溜将车开了过来，停在面前。他俩拉开车门上了车，李铁柱立即踩下油门，驱车离开饭店，先将靳凤送到寓所小区门口。

此时8点多钟，小区门口悬挂了几个大红灯笼，灯笼旁边插着国旗，烘托着节日气氛。路边行人不少，有的踯躅溜达，有的漫步闲逛，有的树下纳凉，有的窃窃私语，一片轻松自在的样子。

月朗风清，夜色宁静。靳凤虽然没有醉酒佳人桃面红、不忘嫣语娇太羞，但已是胸前瑞雪灯斜照、眼底桃花酒半醺了，感到脸上有点发烫，脚底轻飘飘了，兴致颇浓。她无心立即回家，就在楼下的小径中散起了步，边走边思索，想起赵晖亲切赞许的目光，不免心旌摇曳，情感如同快乐的天使般纵情飞翔，漫无边际，惬意自由，便情不自禁低声吟唱起四川民歌《黄杨扁担》。

她一面低声吟唱，一面用双手做出表演的姿势，那姿态是叠句的支点，自由的释放。她的脸色不停变化，有庆幸、美好、喜悦，有层出不穷的模样，甚至比舞台上演员的表情更为丰富而天真。

突然，迎面走来个中年妇女牵着一只可爱的小狗，是蝴蝶犬，头形颜色黑白交织，貌似蝴蝶，四只小腿踩在地上跑得欢实，两只黑溜溜的眼睛瞅着靳凤，显示出了友好与乖巧。

靳凤暂停了哼唱，真想弯下腰抱一抱这只可爱的小狗，但看了一眼中年妇女的神情，板着个面孔十分严肃。靳凤立即打消了这个念头，想着等以后轻松下来，一定要养只可爱的小狗。

## 2

国庆节前夜，对于紧张工作的科研人来说，注定会有放慢节奏后的真情休闲。

王紫打心眼里喜欢上了龙文，就打电话询问说，龙主任，你节日有安排吗？

龙文回复道，你有事情需要我办吗？

王紫鼓了鼓勇气低声说，我想到海南去一趟，看看大海的模样。你愿意一起去吗？

对于王紫来说，邀请龙文出行是经过慎重考虑的。她从小生活在爷爷与父母的怀抱中，优越的家庭，长辈的宠爱，让她成了温室里的花朵，护着怕碰着，抱起怕蹭了，养成了简单而优雅的性情。她跟着爷爷学中医，对形形色色的草本植物产生浓厚兴趣，不同草本植物有不同的药用功能，让她相信世界上任何东西存在即价值，都是有用的；而且越是质朴无华的东西，越是珍贵。她看病开药方，最喜欢用的一味中药是灵芝，从根本上提高人体免疫力。从灵芝生长特点看，不开花，不高调，生长周期长，稳扎稳打地发育成长。她喜欢灵芝不善张扬的性格，崇拜灵芝汇聚天地之精华、日月之灵气的胸怀。天地人的性情是相通的，她仿佛将自己比作灵芝，性格如灵芝一般，永远平和沉稳，质朴干净，踽踽独行。她所接触的同事中，龙文与她有相近的秉性，本本分分，勤勤恳恳，永远低调质朴，尤其是她与龙文一起承担"1310 专案小组"任务时，近距离感受了龙文睿智而内敛的性格，隐藏着一种从不张扬的心性，有一颗干干净净的心灵，没有社会上流行的肤浅、功利、圆滑。就在那次紧张激烈网络战斗的小天地里，她的情感不知不觉地向龙文靠拢了，觉得龙文长得瘦弱，但阳光纯真，做事得体舒服，说话谦虚坦率，有一种难以言喻的磁场力。

有一天龙文换工装脱掉外衣，显示出胳膊与胸肌时，她有点心慌意乱了。而她对他强大算力和缜密逻辑思维流露出赞赏之情时，他却意外的平静淡定，丝毫没有沾沾自喜的轻浮。也正是这种麋鹿兴于左而目不瞬的镇定，让她对他更是有些着迷，甚至是钦佩，看到他仿佛如见春光，胜如晓色，有一种格外的好感，也让她仿佛聆听到一首缠绵悱恻的恋歌，一种如痴如醉的情曲，从内心对自己说——我爱上他了。

手机那头的龙文，听到王紫出乎意料的邀请，心头一惊。龙文懂得其中蕴含的深意，也懂得答应与不答应的含义。他略微踌躇了一下，便委婉地说，谢谢了！我假期还有别的安排，就不去海南了，随即挂断了电话。

王紫听到龙文的拒绝，确实有点沮丧，心头涌动起一丝悲凉，怔怔地望着天花板上的吸顶灯发愣，甚感委屈，差点掉下眼泪来。突然，她的手机铃响了，屏幕显示是张彬，她随即按下接听键。

张彬说，王紫，过节有什么安排吗？

王紫道，没什么安排。

张彬接着说，想邀请你一起到滨海市转转，看看大海，吃吃海鲜，现正是吃海蟹的季节。

王紫当然知道与张彬一同出游意味着什么，从内心来说不愿与张彬出行；但又不好说出拒绝的话，就只好说，过节去滨海是件大事，让我好好想想吧。随即将手机挂断了，倒了一杯水走到窗边，倚头望明月，琢磨细思量。

在王紫看来，已拒绝了张彬的邀请，有一种解脱的快感。可十多分钟后，张彬将电话又打来了，王紫没有立即接听，而是任由铃声不停地一声接一声响着，让寂静的房间显得急迫起来。铃声响了好多次，仍锲而不舍，王紫只好将手机接听键按下。

张彬在话筒里关切地问，王紫，你没有什么事情吧？

王紫平静道，没有，好着了。

张彬语气平缓下来问，去滨海市能定下来吗？若能去，我订高铁票做行程安排。

他真诚的体贴与关心，让王紫感受到了，满满的诚意。此刻她的心态发生了微妙变化，略作迟疑后道，那好吧，要去的话10月2号出发，4号返回，可以吗？

张彬说，当然可以，就按你的意愿办！一会请把身份证号发来，我订好车票即告知。

王紫给家人将张彬邀请去滨海市旅行的事叙述了一遍。王博仁听后高兴地说，孙女，你谈恋爱了，噢！那个张彬是个人才，相貌堂堂，举止不凡，家庭条件也好。这是件好事，你们好好谈，应该能成。

王紫说，爷爷呀！你胡说些什么，现在不知人家是真爱还是假爱，我俩有没有那个缘分呢。

王博仁说，谈恋爱，就是要多接触，接触多了，情感靠拢了，就慢慢谈成了。爷爷支持你，好好去谈吧。

10月2日这天，张彬与王紫披着早晨金色绚烂的光芒，携带着初恋的火热激情，在火车站候车大厅会合了。张彬仍然是蓝色西装，米黄色领带，不失潇洒英俊。而王紫穿一身纯白色的休闲服，脚蹬白色旅游鞋，头戴白色旅行帽，洁白的衣服与白皙皮肤相映成趣，再加之弧犀发皓齿，双蛾颦翠眉，素肤若凝脂，显示出纯洁凝香般的迷人魅力。他俩坐上江洲开往滨海的复兴号列车，如电光石火般，穿越高山峡谷，一路南下、再南下，在中午前就抵达千里之外的滨海市。

滨海市顾名思义，是紧紧与大海融为一体的城市，有蔚蓝浩瀚的大海，柔软温馨的海滩，明媚清爽的海风，清澈深蓝的海天，以及琳琅满目的海鱼、海虾、海蟹等美食，与怀抱长江的江洲市风格迥然不同。

他俩结伴走出高铁站，就看到有个衣着讲究 30 岁上下的青年人，高举写着他俩姓名的牌子翘首张望。张彬立即迎上前去打招呼。接站的人说，我是滨海市国安局的小吴，是奉李局长之命前来迎接张总和王小姐的。

张彬问，你们李局长在忙乎什么？

小吴说，局长在滨海大酒店安排你们的吃住行，一会儿接风洗尘。

张彬笑了笑说，你们还搞得那么复杂嘛！

小吴说，必须的，局长说你是个大人物，要充分体现我们的诚意啊。

他们边说边走就来到停车场，一辆银灰色的商务面包车驶了过来，戛然停到跟前。小吴上前拉开车门让张彬与王紫上了车，随后自己匆忙打开副驾驶车门上了车。车子立即驶出高铁站，沿着街道奔驰，来到滨海大酒店。此时，滨海市国安局局长李泽义已等候在酒店门口，张彬、王紫下车后握手寒暄，彼此介绍认识。李泽义四十来岁，体态敦实，中等个头，长相端正，圆圆脸盘子上方镶嵌一双深邃的眼睛，目光沉稳而明亮，一看就知精明干练，富有领导力。

小吴给他俩登记了两个房间入住酒店，将行李安顿好后，招呼着来到酒店餐饮部的江海厅。接待工作搞得行云流水，环环相扣，仿佛一条滴水不漏的链条。

当他俩走进包房一看，李泽义已等候在那里，餐桌上摆了好几道菜，有红烧老虎斑、清蒸大螃蟹、爆炒基围虾等，香味弥漫。桌子上还放着一瓶高档白酒，有谁能拒绝而躲避了呢？

小吴忙着打开瓶盖倒酒，李泽义将张彬请到主宾位置，王紫次宾，自己坐到主陪位置后，端起一杯酒说，古人说有朋自远方来，不亦乐乎！张总与王小姐国庆节莅临，让滨海市蓬荜生辉、倍感荣幸。我个人设宴为你们接风洗尘，敬第一杯酒。

张彬端起酒杯一饮而尽，喜色浮上眉梢，让英俊威武的脸颊红光满面。王紫将酒杯放在嘴唇边抿了一下，原封不动放在餐桌上。

李泽义将这一切尽收眼底说，这酒保真，尽管放心啦。

王紫略带歉疚之色道，我不会喝酒，谢谢了！

张彬也解围说，请见谅，我女朋友确实不喝酒。

随后李泽义招呼着品尝海鲜，小吴不停地用公筷给他俩夹海参等美食，尽显热情之意。

李泽义又端起酒杯说，敬第二杯酒是感谢酒。你们俩的到来本身就是对我们滨海市的认可与关心，说明滨海的人气很旺，在这里表示感谢啊！

喝酒的三位都端起酒杯，仰起脖子喝干了。王紫仍然把酒杯端起来抿了抿，表示了响应。

李泽义敬的第三杯酒是祝愿酒，他说，祝愿两位在滨海市旅游期间，开开心心，愉愉快快！我们全力做好保障。

第一轮敬酒结束，便是酒过三巡尽开颜了。主人尽了地主之谊，完成了待客的首要科目，拉开了饭局的帷幕，剩下便是自由活动，相互单独敬酒了。

敬酒高潮之后，就转入品尝滨海的美食。张彬一边吃一边对各种海鲜赞不绝口，点评其中的滋味，让饭桌上的气氛异常活跃，欢声笑语不断。

而两轮酒下肚后，酒精的刺激也让人的脑子活力四射，条件反射般到语言系统，嘴巴有说不完的话，表达不尽的情谊。李泽义说，张总啊！有些事你可能不知道，想当年你叔叔与我关系非同寻常，既是同学又是我的上级，我俩亦师亦友关系深厚。现在你来到了滨海，我们既是朋友也是叔侄了，又是双重关系。正因为关系特殊，我就不得不敬第三轮酒了。

这些话说得入情入理，张彬听了得体熨帖，微笑着望着李泽义，表达出了认同。

旋即李泽义将酒瓶从小吴面前拿来，摇晃着连续倒出三小杯酒，再倒到一个高脚杯中，约有一两酒。李泽义按此标准，连续倒了两个高脚杯酒，将其中一杯递到张彬面前说，贤侄啊！人生难得的是缘分，你和小王来我们这儿，就是和我李某人有缘啊，有缘千里来相会，三笑徒然当一痴。我用大杯子敬第三轮酒，这杯酒就是缘分酒，来，干杯！

张彬微笑着端起酒杯，咣！两个高脚杯碰在了一起，然后都仰起脖子一饮而尽，显示出豪爽与痛快。

喝完后，张彬悠然将高脚杯颠倒了高高举起，看杯子还能不能滴下残酒。一则表明自己满心满意将酒喝了，没有剩下酒偷奸耍滑；二则看酒的品质如何，酒品质差必然寡淡，就会有酒滴掉下酒杯。那酒杯颠倒了一会儿，残酒粘连挂在玻璃杯壁上，始终没有一滴酒流下来，足以说明酒的黏稠度很高，是陈酒佳酿。

张彬兴奋地说，好酒，上等好酒！今天听叔一席话，暂凭杯酒长精神。想当年，我在特种部队当连长时，多少次对酒当歌，人生几何？豪饮美酒，凛然自由，舍生忘死，豪迈追求啊。好酒英雄胆，仗义侠骨醋；斩关夺险隘，横扫敌百万。壮哉，壮哉！

说话间，李泽义拿起酒瓶又给两人高脚杯各倒了如刚才一样多酒，举起酒杯说，再敬一杯酒，是好汉酒，贤侄好样的，在部队顶天立地，回地方同样是中流砥柱，仍然能干出一番事业来。

张彬也举起酒杯说，谢李叔吉言，先干为敬！立即仰头将杯中酒喝了个底朝天。

喝酒到了一定程度，喝出滋味来，喝出兴致来，再多也不会醉，越喝越有激情，进入酒酣胸胆尚开张的境界。李泽义感到棋逢对手，便如法炮制又倒了同样一个大杯酒，兴奋地说，再敬一大杯酒，是成功酒！我在滨海这个小地方，随时恭候贤侄的喜讯，一旦听到你喜结大婚，或者事业取得新成功，我们组团到江洲市去祝贺，再喝一次大杯酒，人生得意醉方休啊！

说完这句话，李泽义有意瞥了王紫一眼，话里有话，充满了深层蕴意。但他也看到，王紫总是面含淡淡微笑，不阴不晴，不忧不喜，翘起嘴角显示出恬淡贤淑，典雅高贵，也让人捉摸不透。

几轮酒喝下来，李泽义与张彬每人喝了好几两酒，进入微醺状态，神志开始飘忽起来，兴致再度高涨。小吴赶紧又打开第二瓶，忙乎着倒酒。

李泽义与张彬就夹菜大口吃起来，压压酒，缓缓劲，海阔天高地聊了起来。

说实话，自从部队转业回到地方，张彬似乎感到生活乏味了许多，缺少一种调味品，很少像今天这样喝大杯酒了。而今再遇知己，喝酒也就放开了。他礼尚往来回敬了李泽义 3 个大杯酒，让饭桌再起高潮，十分尽兴，直到把第二瓶喝完，激情与兴奋还在蔓延……

席散时，张彬似乎喝高了，说话有点打磕绊，离开桌子时在抽纸盒里连续抽了好几张纸，边走边擦着嘴巴。看到张彬走路有点摇晃，王紫赶紧上前搀扶，将张彬搀扶到 1527 的寝室，让他躺在床上盖好毛毯才离开。

当天下午，张彬一觉睡到晚饭前，王紫陪同吃了晚饭，到滨海步行街逛了一圈，第二天才正式旅游。

李泽义对旅游安排得很周到，按照一天半时间设计，一台商务车与小吴全程保障。先驱车爬到滨海市的老鹰山，俯瞰整个滨海新城，体验会当凌绝顶、一览众山小的视野；再来到跨海大桥的风景点，伫立在大海的风口浪尖，纵目眺望海天，感受云帆尚可渡沧海、心无归处任苍茫的辽阔；随后走进滨海市海洋馆，观看了无穷无尽的海洋生物标本，阅尽大海所有的生灵奥妙，感受海洋宝库的无限生机。

中午用餐在一个海边广场，背倚五星级大酒店，面向波涛汹涌的大海，颇有闲情逸致。张彬与王紫坐在一个硕大遮阳伞下的餐桌边，躲避着骄阳暴晒，聆听轻松浪漫的交响乐，边品尝海鲜美味，边眺望海天苍茫，观赏飞翔在海平面的一只只海鸟。

王紫用一根吸管喝着椰汁，静静享受着海风吹拂。中午的海风咸咸的湿湿的，柔柔的软软的，轻轻拂过她的脸颊，就像柔软的手抚摸过似的温馨舒适。当她试图顽皮地伸手想抓住时，风儿又欢快地跑远了，让她感到既好笑又惆怅，脸颊上的小酒窝圆润起来，非常美妙，令人陶醉。此刻张彬掏出一个小巧精致的红色首饰盒，打开是一枚白色钻戒。

张彬轻声对她说，这是一枚澳白珍珠钻戒，10.7 克拉，送给你啊！

王紫好奇地向这枚钻戒望去，银白色金戒指上镶嵌着一颗圆形钻石，呈乳白色，晶莹剔透，但又若隐若现闪烁的色彩，看上去有微弱游彩。再定睛细看，一会儿绽放蓝光，一会儿是白光，一会儿又是蓝光与白光的交织，光晕闪闪，变幻神奇。她想，这枚钻戒属于极品，价值不菲；倘若在阳光下，肯定会锃锃闪亮，照耀得人睁不开眼睛。她也想到，眼前这个纯洁高贵的小天使，寄托着无限梦幻，也包含着特别深情，非张彬婚姻的定情物莫属了。接受了，自己就向张彬又走近了一步，离婚姻的殿堂就不远了。

思索到这里，她自我反问，爱上张彬了吗？必须在此极短时间内做出抉择，选择错了可能会后悔一辈子。

此次出行的一幕幕画面又奔来眼底，徐徐展现在眼前了。张彬的社会关系优越，生活品位高档，是值得让人羡慕的。但让她感到不适的是，张彬官僚习气太重了，处处讲排场，有些张扬，缺少平凡生活的烟火味。凭借父辈的社会资源，他让国安系统的朋友接待，而且搞得铺张浪费，与她的心性和追求格格不入。尽管她也享受了这种超级待遇，心安理得地顺应了这种待遇，没有表现出反感与厌恶，但并不说明她认同此做法。譬如，那天喝酒离席，张彬抽纸擦嘴时，竟然一下子抽了好几张纸，洒脱自如，毫不怜惜资源。这对于崇尚节俭的她，或者她的家庭来说，断然难以容忍。她崇尚俭朴，信奉低调，抽纸一般最多抽一张，有时为了节俭只拽着撕半张纸，不该浪费的绝不浪费，将爱惜每一点资源做到位，看成是发自内心的本分，惜福啊！

她也想到，爱情是两情相悦，是心甘情愿；而不是简单凑合，更不能貌合神离。她要想改变张彬是不可能的，思想观念一旦形成后，是很难更改的。思索至此，她的主意就有了。

她拿起那个首饰盒，将钻戒拿到手里端详了半晌，左看看，右瞧瞧，细细观赏。随后她又将钻戒放回盒子卡槽里，抬起头露出淡淡微笑道，这么贵重的礼物，应当找个合适时机赠送，那又将是一件多么美好浪漫的事情呢！

她的语气诚恳，挟带着温情，蕴含着体面，显得委婉、庄重、得体。

# 3

每逢佳节倍思亲。龙文拒绝王紫的邀请后，感到应当回老家看看母亲，尽尽孝道了。他随即拨通赵晖手机说，赵总，我国庆节回老家去，你有什么安排吗?

赵晖道,我正准备给你打电话,我也回老家,一块同行,顺便给李铁柱也放假回家去看看吧。

龙文说,这样也好,铁柱也够辛苦的了。10月2日,赵晖与龙文搭乘江洲至西安的航班降落在咸阳机场,出了航站楼两人分道扬镳,赵晖搭出租车回西安市,龙文的同学接站返回了渭水县。

赵晖突然回家,父母特别高兴,一家人团聚其乐融融。父亲提起竹筐到市场去采购赵晖喜欢吃的东西,母亲忙着给亲戚打电话,报告儿子回家的喜讯,张罗着介绍对象。

赵母对赵晖说,你已经30岁了,再不找媳妇,好姑娘都被别人抢跑了,只能是捡漏了。

赵晖回复道,找对象又不是上街买东西,看先来后到哪。

赵母说,虽然不是买东西,但毕竟越往后选择余地越小。你千万不能马大哈,不当回事了。

次日中午,父母安排与邻居老周家相聚,地点是颇有名气的老孙家羊肉泡馍馆。

赵晖陪同父母早早就来到餐馆,步入二楼的包间,等待老周全家三口人的莅临。老周姓周名东福,50多岁,性情温良,慈眉善目,在省政府民政厅工作,膝下有女儿周佳,芳龄27岁,才貌俱佳,金融学博士,在江洲市从事证券工作,刚好国庆节也返回西安了。

中午12点钟,老周全家有说有笑走进包间,周佳走在最后,高挑个头,苗条身材,穿黄底绡花的衫子,浅黄色百褶裙,印着金黄色的蝴蝶,翅膀上有银灰色的斑点,精致好看。金色蝴蝶勾起了赵晖的思绪,与多年前在异国他乡自残的至暗时刻飞到眼前的蝴蝶惊人相似,令他暗暗吃惊,心头颤动了一下。难道这是冥冥之中安排的吗?再看周佳头发乌黑,发梢染成了淡紫色,发髻扎在脑后,发梢如同盛开的一个花朵。她皮肤白净,一双水灵灵的大眼睛忽闪忽闪,再配上秀挺的鼻子,洋溢着浓郁的贤淑特质和秀美气息。

赵晖觉得她颜值极高，婉约典雅，是一位知识型女性，不失云想衣裳花想容、春风拂槛露华浓的魅力。

吃饭由双方父母主导，两家各坐一半，父母均在上位。赵晖与周佳挨着坐在下位，就沟通交流起来。赵晖有感于自己曾经炒股的失利挫折，周佳分析股票市场一些不稳定因素，聊得坦率深入。

老孙家羊肉泡馍是百年老店，有着悠久历史，最拿手的品牌美食自然是羊肉泡馍，有天下第一碗之美誉。泡馍从羊肉本体到羊肉汤、从饦饦馍到调料、从工艺流程到配菜都独具特色，肉烂味醇，清香绵滑，有着精致、精巧、精细的品质。譬如，进入到掰饦饦馍程序，服务员将馍和碗分发到每个人面前，大家边聊天边掰馍。赵晖对掰馍粗枝大叶，掰得比较大，早早就掰好夹上自己座位号夹子放到一边，周佳见状笑了笑，掰好自己的馍后，就默默将赵晖的馍碗端来，重新将大块头的馍往碎掰，掰得认真细致，馍块小如黄豆，匀称好看，自然煮泡就能入味。如此入微细致的小事，没有矫揉造作，也没有曲意逢迎，自然真切，不免让赵晖的心又动了动。

服务员征求意见，泡馍是单做、口汤、干泡还是水围城时，双方父母有三位选择了单做，就是馍与羊肉汤分别制作；另一位选择干泡，即通过煮制将汤汁完全煮入馍内。而赵晖与周佳不约而同选择了水围城，即宽汤煮馍，汤多馍散、汤馍交融。

不一会儿，热腾腾、香喷喷的泡馍就端上了餐桌，清香弥漫起来，让人馋涎欲滴，忙乎着选择配料。选配料也是有讲究的，依据个人口味来定夺，各有偏好。赵晖给泡馍加了陈醋、辣子、香菜，还剥了一碟糖蒜相佐配。周佳的吃法居然也相同，口味与吃法相似。

品尝羊肉泡馍是一种特殊的美食享受，必须细嚼慢咽，轻尝缓品，表现出一种优雅与轻松。大家边吃边聊，父母们热聊西安的趣事，眉飞色舞，颇有兴致。赵晖与周佳也漫无边际神侃，谈到了西安历史上大唐王朝辉煌时，赵晖感叹道，我们脚下这块土地很厚重，曾经留下无数才子佳人的不朽足迹和经典诗篇。诗人李白曾说，人生得意须尽欢，莫使金樽空对月。

周佳看到赵晖停顿了一下，不知何意。就即兴顺着诗词说，天生我材必有用，千金散尽还复来。

赵晖看到周佳接龙了，更来了兴致，接着说，诗人杜甫曾说，造化钟神秀，阴阳割昏晓。

周佳接龙说，荡胸生曾云，决眦入归鸟。

赵晖道，诗人杜牧说，远上寒山石径斜，白云生处有人家。

周佳说，停车坐爱枫林晚，霜叶红于二月花。

赵晖道，诗人孟郊说，春风得意马蹄疾，一日看尽长安花。

周佳说，昔日龌龊不足夸，今朝放荡思无涯。

赵晖道，诗人崔护说，去年今日此门中，人面桃花相映红。

周佳说，人面不知何处去，桃花依旧笑春风。

赵晖道，诗人王勃说，海内存知己，天涯若比邻。

周佳说，无为在歧路，儿女共沾巾。

彼此一说一对，一唱一和，珠联璧合，将距今1000多年唐代诗人的经典，解读得津津有味，碰撞出心灵契合的火花。

双方父母看到他俩颇有共同语言，都暗暗窃喜，寄予了美好期许。

赵母说，现在旅游很时髦，你俩趁着难得节假日，开车到周边转一转，也瞅瞅家乡的变化。

赵晖思索片刻道，我倒想到函谷关去看看，感受一下当年老子著书立说的地方。

周佳接住话茬说，我也没去过函谷关，一起去《道德经》的故乡逛逛吧。

翌日，他俩早饭后驱车出西安城，上连霍高速路，经渭南进入河南灵宝县境内，来到陕豫晋交界地的函谷关。

缘何称函谷关？因雄关地处深谷，深险如函，故取名函谷关。素有千年雄关、道家之源之美誉。

赵晖与周佳到函谷关时近中午，一缕骄阳从天空洒下来暖融融的，照耀在秋风萧瑟的雄关要塞，显得有些秋色正浓、鸿雁南迁。但今非昔比，函谷关已非历史上的一夫当关、万夫莫开的深谷关隘，历经岁月变迁，历史上深险如函的地理格局已消失，演变成一抹丘陵地带了。

赵晖买好门票来到关楼之下，纵目望去，心潮激荡。从地势环境看，与史书上描写的西接衡岭，东临绝涧，南倚秦岭，北濒黄河，雄关漫道山峦中，双峰高耸黄河旁，地势极其险要，等等，已完全迥异了，地势极险的深谷不复存在，已被岁月变换成高山之下的土塬，视野相当开阔，已无雄关要塞咽喉之道的地理环境了。

两人在关楼下走走看看，试图寻找关楼的历史踪迹，或刀枪留下的战争伤痕。这也是奢望了。一位村姑式导游说，最早周朝时秦国所建的关楼，早已被项羽一把火烧了，现在的关楼、道德天书等景观，都是20世纪八九十年代重修的，属于古式的现代建筑。关楼坐西向东，是双门双楼悬山顶式的三层建筑，呈一个鼎字形，似乎有宝鼎稳固的寓意。关楼一扇大门敞开，游人自由出入；另一门紧闭，赭红色大门上镶嵌着一个个凸起的半圆球形黄铜门钹，有深宫大门的威严。

穿过关楼门洞的甬道，走进园区，就更加开阔了，阳光和煦浓郁，秋风吹拂浩荡，一些树叶和野草染上了浅黄色，在秋色中摇摆招手，几只可爱的小鸟在树枝上飞来飞去，尽情鸣唱。在道路两旁的泥土里，周佳忽然发现了什么似的，弯腰捡起一个如同钢锚大小的东西，用手擦开上面的泥土，看出是一枚锈迹斑斑的钱币，便珍重般装进衣兜里。

赵晖不屑道，这也值得收藏吗？一钱不值。

周佳惊愕，脸色唰的一下红了，讪然而尴尬。她只好纵目望去，看到岿然巨大的道德天书景观，长约数百米，镌刻着五千言《道德经》全文，每个字很大，约一米见方，字大如斗啊。

她便幽幽地说，这么大的字表述整个经书，也堪称世界之最了。

赵晖道，《道德经》享誉全球，人类历史上第一天书，做得壮观一些值得。

道路旁不远处，有两个颇大的湖，水面清澈，碧波荡漾，在阳光与微风中泛起粼粼波光，让人遐思无限。再细看湖边的标识，写着是道岛、德岛，两个岛交相呼应，珠联璧合。

赵晖道，《道德经》分为两部分，这道岛、德岛两池湖水，对应的应是《道经》和《德经》吧！

周佳说，我思量应当是阐述上善若水。水太神奇了，利万物而不争，地位放得低低的，作用却大大的。水还可以洗涤所有的肮脏，经过沉淀后就清澈无比。水冻成冰后，就坚硬无比，可击碎任何钢铁利器，如泰坦尼克号遇到冰山后，钢板瞬间被冰块撞出几个大窟窿而沉没。

正说着，他俩行到太初圣宫前，飞檐翘角的古道观，殿脊和山墙檐边有麒麟、狮、虎等小雕像，形神兼备，寂寞沧桑，似乎叙述着历史的生动过往。导游解释说，历史上记载，太初圣宫始建于西周，是老子写经书的地方。现存的太初圣宫主殿建于唐代，也有千年历史，元明清各代均进行了修葺。

太初圣宫内供奉着老子一尊金像，气宇轩昂，道风凛然。据说，老子在公元前491年的一个早晨，辞官骑青牛西行，在紫气东来的函谷关下，被关令尹喜收留在函谷关待了7个月，居住在太初圣宫，苦苦悟道，写出揭示宇宙规律而彪炳千秋的《道德经》，为人类留下一部皇皇天书。

经过后人修葺的太初圣宫，不是老子当年著书立说的原址，但赵晖感到这个院落里，古风犹存，仙气弥漫，在每一块青石板和每一处时空中，都能触摸到历史的遗迹，感悟到经典的回响。譬如，人法地，地法天，天法道，道法自然。一切效法自然规律、不必强求的最佳法则，宛然亘古不变，余音袅袅。再譬如，知足不辱，知止不殆，祸莫大于不知足，咎莫大于欲得。又在提醒人们做事适时而止，守持中庸，最大祸根是不知满足，最大过错是贪得无厌。还譬如，夫兵者，不祥之器也，物或恶之，故有道者不处。告诫人们发动战争是不吉祥的，应当远离战争，有道的人战胜对手不依靠战争，而是不战而屈人之兵。

回味哲言，时至今日仍不过时，犹如黄钟大吕般警钟长鸣，闪烁着智慧光芒。赵晖与周佳无法想象，老子是怎么悟得这么多哲理？怎么能有如此智慧？怎么能在这样一个山野之地独自一人就悟得天道，给子孙后代留下可供参考而永不过时的哲理呢？

知晓《道德经》与函谷关的关系，赵晖的思绪更是不能平静，思考着，想象着……老子给世间留下这部巨著后，就骑青牛而去，消失在芸芸众生的视野之外，没有史料佐证其准确去向。但这部天书在中华大地扎下了根，还流传到全世界，历经了一个个世纪而兴盛不衰，被地球人景仰崇拜。从历代皇帝大臣到黎民百姓，莫不如此。

但又有多少人真正吸取了《道德经》精髓，应用到修心养性和做人做事实践中呢？

尤其是在《道德经》的发源之地，每一处泥土都渗透着《道德经》元素，承载着厚重思想，散发着非凡的智慧光芒。但这里也曾背离老子的智慧和理念，上演了一幕幕惊天动地的战争悲剧。皇皇巨著《道德经》，似乎瞪大了天眼，嘲讽讥笑一代代穷兵黩武之人。

就在此雄关要塞，多少个战场在此摆开，尘烟滚滚、战马嘶鸣，刀枪相对、喋血厮杀。战国七雄争霸时，楚、赵、魏等6国联军，集结20万兵力，浩浩荡荡合纵攻秦，向秦国函谷关进军，企图撬开秦国的东大门。

从当时情况看，秦国遇到了前所未有的挑战，有可能是灭国危机。秦昭襄王大惊，派大将樗里疾统兵10万迎敌，同样是旌旗漫卷、鼓角争鸣，从秦国各地向函谷关增兵。秦军依据雄关居高临下，抗拒联军，用原始的战争利器打退一次次进攻。一场场鏖战持续上演，山谷殷红，林木战栗，杀气直薄云霄，鲜血洒满古道，死骸漫山遍野，鬼魂萦绕其间。秦大将樗里疾并不满足于拉锯式的死战硬拼，绞尽脑汁出奇谋，用一队兵马佯动攻打联军集团，而真正集中精锐攻打联军中的一国军队，以强破弱迅速歼灭之。而后再用此奇谋，集中兵力攻打另一国军队，使合纵部队相互不得兼顾，这样秦军集中优势各个击破，终于大败六国联军，破解了合纵之策，斩杀俘虏联军8万之众，鲜血染红了黄河古道，狼烟烧尽了野草树木。函谷关周围白骨森森，荒野瑟缩，鬼影幢幢，惊骇万物。

而刀枪剑戟下的每一个冤屈的死魂，都是年轻鲜活的一条生命，有父母，有妻儿，有生活与未来。可在残酷战场陡然瞬间的一时失手，一次不长眼睛的刀剑之下，或被刺穿胸膛，流尽最后一滴鲜血；或被砍掉头颅，瞬间身首异处；或将眼珠子刺穿，浆液迸发出来；或鼻子被削没了，双腿与胳膊被砍掉了……马匹与死尸、残骸与死体交织在一起，层层叠叠，横七竖八，血流如注、浸透沃野，哀号四起、惊心动魄。这种巨大的死伤，带给家庭和社会多少难以弥合的伤痛与灾难，又有多少亲人在家乡牵衣顿足拦道痛哭，哭声直上云霄，泪水涟涟流成了河。

再说楚汉相争时，刘邦率领军队抢先入关中，占领了大秦王朝的皇宫。按当时约定，谁先占领关中谁就是关中王，可号令诸侯，称霸天下。可刘邦入关中后，一面招募扩充军队，一面派兵死守函谷关，企图抵御各诸侯军队入关，形成既定事实。

时值隆冬，函谷关朔风凛冽，天寒地冻。项羽统兵 40 万，车辚辚马萧萧，战马嘶鸣欲挺进关中。可大军行至函谷关，被挡在了关外。

项羽大怒！声如惊雷斥责道，竖子，竟敢螳臂当车，以卵击石？

于是项羽派先锋大将英布率军猛攻函谷关，关上关下对峙，喊杀声震天裂地。函谷关两边是峭壁峻岭，中间的道路狭窄，刘邦军队据险以滚石和弓箭守护。但守关的将领看到英布军威雄壮，力量强大，硬拼到底势必鱼死网破，便妥协让出函谷关，让项羽军队不费吹灰之力就进入关中地区，随后演绎了著名的鸿门宴。再后来，函谷关附近发生了桃林大战、辛亥革命等百余次战斗或战役。在战火纷飞的岁月里，无论逐鹿中原，还是进取关中，几乎都绕不开函谷关，战火纷飞，喋血雄关。

昔日雄关要塞的战争风云，生死搏杀的尘埃早已散去，一点剑拔弩张的声息也没有了，仅仅留下不够完整的史料与传说。眼前满目太平盛世的风轻云淡、欢乐呈祥，是国泰民安的轻松与和谐，树木轻轻地摇曳，小草自由地生长，鸟儿愉快地啁啾，由荣到枯，再从枯到荣，周而复始地繁衍生息，远离了战争、血腥、毁灭。

他俩离开函谷关时，周佳在礼品店看上一把古剑，爱不释手。赵晖再次轻蔑道，这是现代版古剑，毫无购买的价值。周佳无语，深感赵晖有高人一等的孤傲，心里怅然若失。

赵晖又道，函谷关自得名两千多年来，始终与《道德经》结伴，也与战争如影随形。世人一边崇拜《道德经》的哲理，明知战争是罪恶与凶险；一边又不受节制地制造战争，造成中国历史上的许多动荡与灾难，相互被战争所蹂躏、摧残、祸害。这又是什么原因所致呢？

周佳低声说，是自私，是欲望！

# 4

赵晖与周佳一见钟情，但难以琴瑟和鸣，这让周佳有了说不出的滋味。

而龙文回到渭水县城的家里，60多岁的母亲赵茹莲更为欢喜，但高兴背后，难以掩饰焦虑之色。她眼角爬满了细密的鱼尾纹，眼袋下垂，头顶的头发开始花白了，忧虑的主因是儿子立马就30岁了，还是单身。这次返乡，仿佛给生活注入了兴奋剂，让赵茹莲看到了新的希望。

龙文最大的愿望是给母亲做些事，改善家里生活条件，更换现居住两居室60多平方米的老住宅。他回家第二天，就在县城新区看上一套新房，面积120多平方米，南北通透，精装修，有电梯，生活设施比老房子完备。他说，妈，我给你在新区看上一套大房子，有电梯，再也不用爬楼梯了。

赵茹莲则沉着个脸说，要花多少钱呢？

龙文道，钱有，不用你操心。

赵茹莲说，你有钱也是辛辛苦苦挣的，不是大风吹来的。我当娘的绝不能乱花呀。

龙文道，这不是乱花钱，而是扩大内需，进行住房条件改善。

对于赵茹莲这样的女性来说，经历过上个世纪物质条件极度匮乏的年代，对过去吃不饱穿不暖住不好记忆犹新，什么交通基本靠走，通信基本靠吼，取暖基本靠抖，治安原则上靠狗，就是耗子进了家里都得含泪溜走。现如今，她感到吃得好穿得好，不怕冷来不怕热，不愁肉来不愁米，暖气煤气全都有，仿佛生活在了蜜罐罐里。她对住在老单元房子很满足，并不想继续改善；而唯一着急的是给龙文娶媳妇，能抱上孙子。

她说，不用改善了，住在老房子里舒服，房子大了空落落的难受；再说了，老房子没有电梯也不是坏事，还能锻炼身体呢！

龙文道，老是上下楼梯对膝盖不好，不利于健康。

赵茹莲说，我的膝盖好得很，没有一丁点问题，就放心吧。

她的执意坚持，让龙文不得不放弃购买新房子的打算，就把老房子拾掇了一次，将老式电器包括电视机、电冰箱、空调、洗衣机全都更换成新的，还买了微波炉、电烤箱、豆浆机等。他给母亲教会使用方法，让生活更加方便起来。

赵茹莲张罗着龙文谈对象，牵线见了两个姑娘，但龙文不上心，都不了了之。

时间过得飞快，一晃假期就快结束了。龙文给县中学张校长打电话问好，邀请张校长吃个饭叙叙旧。张校长说，哪有离职的请在职客的道理；你就到学校来吧，在学校饭堂吃个饭，顺便也看看学校的变化。

龙文道，行，听校长的。

龙文来到县中学是下午3点多钟，天空下起小雨，淅淅沥沥的秋雨裹挟着几分凉爽，也轻轻抚慰着他的脸颊，如同凉爽的丝巾划过一般惬意，高大的杨树脱落了一片片金黄色的叶子，顽皮地在空中打着旋儿，翩翩起舞，装点着校园。

当龙文来到学校大门口时，张校长已打着雨伞等候在那里了，容貌比从前苍老了一些，已是鬓微霜皱纹满面了，但脸色红润，目光中绽放着亲切与喜悦。

张校长说，龙文老师，一别就是4年多的光景，流年如梭啊，仿佛就是昨天。

龙文感慨道，记得我当年离开学校时下着小雨，校长带领老师和同学们欢送，没想到今天重返学校时，居然又是一个下雨天。

张校长说，青丝染红烛，桃李知时节。你真是有奇缘之人，当年老天爷为你落泪送行，今天又给你洒泪相迎，多好的故事啊！

龙文道，主要还是校长的抬爱关心，给我这个逃离教书岗位的人制造了动情点，心有愧疚，自叹弗如啊。

张校长说，一切聚散随缘，顺其自然。他带着龙文在学校里转悠，先到操场和礼堂，再到教学楼和实验室，最后到学生宿舍和饭堂，一个地方一个地方看，一丝不苟地讲，如同长辈给晚辈介绍情况，又像下级给上级作汇报，让龙文感受到学校的巨大变迁，心里甚是熨帖。

晚饭安排在学校饭堂的小餐厅，张校长将节假日值班的王副校长和三位老师都喊来，算是隆重欢迎龙文重返校园。

所谓隆重是情感上的重视，而表象却非常简单。饭桌上没有山珍海味，全是地地道道渭水县土菜，什么洋芋擦擦、粉蒸酥鸡等，也没有七碟子八碗，仅仅是学校平常饭菜上多加了两个菜；更没有美酒佳酿，而是以茶代酒。那茶叶在玻璃杯子中，尖如嫩芽，卓尔倒立，如同一个个美妙的茶仙子，亭亭玉立，绽放翠绿，一股质朴的淡香飘飘袅袅，如缕如丝般弥漫着，清香怡人。

张校长说，龙文老师，为了培塑良好校风，学校在两年前就禁酒了，不允许校内喝酒。这样不破规矩，就以茶当酒了，欢迎你啊！讲到这里，张校长定了定眼神接着说，咱们的茶是校办农场自产茶，老师和同学们的劳动成果，没打农药没施化肥，用的是有机肥，纯粹的有机食品。

对如此简洁而不简单的安排，龙文相当满意，甚至心生敬意，带着感动之情道，越是不拿我当外人，我越感到舒坦亲热。

吃饭间隙，龙文道，我现在江洲市从事网络安全工作，收入颇丰，想捐款帮助学校建一座计算机教学大楼，尽一点游子的绵薄之力，也兑现我辞职下海时的承诺。

张校长露出惊讶之色说，你还有承诺，我咋不知道呢？

龙文道，校长把我的话当玩笑了，而我自己却是认真的，当真话来兑现。

张校长正色说，龙文老师，不管你我是真还是假，需要说明的是，我们是国家办教育，捐资助学别勉为其难，应量力而行。

龙文理解张校长的善意，缓缓站起来，端起茶杯道，张校长和各位老师，我以茶代酒敬各位一杯，表达我的诚意！我慎重决定给学校捐资500万元，用于建设一座计算机教学楼。我捐款不是做表面文章，而是了却心中的一桩夙愿，兴旺家乡的计算机教学，让我们能够培养出更多优秀计算机人才，让国家的信息化建设蒸蒸日上，赶超世界潮流。

500万元，对于普通县城中学来说，算是一个天文数字！亦是学校建校60多年来最多的一笔捐款。

张校长和其他老师想不到其貌不扬的龙文，竟然有如此之大的实力和愿望，被惊呆了，脸上写满了惊讶、诧异、狐疑，也夹杂着兴奋与激动，一时竟然无话可说……还是龙文再度开口打破沉寂道，学校随时启动建设项目，500万元随时可打在学校账户上，请相信我的承诺。

当大家从怀疑中缓过神来，都不约而同从椅子上站起来，端起茶杯，"咣"的一声，与龙文的茶杯碰在了一起。

不知谁大声说了一声，干，干杯！为龙老师这个高尚善念干杯！

随后，王副校长动情地说，金钱是无言的，但捐资学校计算机大楼的真挚感情是会说话的，让我脑洞大开，即兴填了一首古词，表达敬意：

> 重返校园助新学，
> 后成定慧菩提根。
> 貌平淡，
> 澄澈心。
> 德高品洁颜如玉，
> 抱璞浑金妙观真。

饭后，大家走出饭堂时，雨后天晴，碧空如洗，一抹夕阳从西天富有神采地倾泻而来，将经过细雨洗刷的校舍、树木、操场，照耀得鲜活生动，苍劲艳丽，蓬勃盎然。不一会儿，西边蓝天突现三轮彩虹，一轮鲜艳亮丽，如同瑰丽的七彩丝带，呈现半圆弧形状；另外两轮略显狭窄清淡，但也五彩缤纷，像两座金桥横卧天际，妖娆无比。

真是天际彩虹千丈，阑干外，泻寒玉。

# 5

国庆假期，靳凤无家可归，也没有心思外出，满脑子全是"雷神防护二"数据处理功能的结构、标准、协议等，乱糟糟地环绕在她脑海之中，牵肠挂肚，仿佛成了她的恋人，朝思暮想寝食难安了。

说实话，一项研发一旦真正植根她的头脑之中，会有一种特别执着的爱恋。她真想与其呢喃在一起，甚至是花前月下卿卿我我，探索奥妙，掌握秉性，直至把所有机理摸得透彻如己，能够轻松驾驭。

她将研发任务分门别类分配到本室20多名技术骨干头上，每人一至两个模块任务，分头去攻关突破。她却将难度最大的加密有效性分析模块留给自己。这就像能攻善战的一线指挥员，在完成一项重大攻坚任务，总是不会置身事外当甩手掌柜，而是将最难啃的硬骨头留给自己，既树标杆做表率，也确保任务高标准完成。

长期做超级黑客的实践，让靳凤逐渐成长为一位既指挥又战斗的强悍攻关者。

当然，靳凤擅长编写病毒软件，对计算机密码技术尚不够纯熟。譬如怎样研发加密有效性分析的模块，诸如判断设备是否正常加密，文件是否执行了加密，加密口令是否规范，文件有没有非授权使用，等等，确实有不少困难。

10月1日这天，吃过早饭靳凤就来到办公室，将手机调到静音状态，而后打开计算机，用热烈而亲切的目光，将这个熟悉的岗位扫视了一遍。室内依然干净明亮，简洁整齐，计算机静静伫立在那里，平静地运行，优雅完成了自检步骤，屏幕上如约呈现屏保的天蓝色，似乎发出了多情的微笑，等待着她的垂青。

靳凤从容不迫将两手置于键盘，挺胸抬头，目光盯着屏幕，再一次沉着而坚定地进入攻关状态。

作为一名纵横于互联网明网、深网、暗网的女将，靳凤深知完成一个重大核心模块编写的艰难与不易，但绝不能做无效的进击与冲锋，浪费损耗元气。她调出有关密码程序的原理，反复观看咀嚼，琢磨其中独到的神秘、奥妙、玄机，把心灵在这里静静安顿下来，扎下深根，进入情境之中。这就如同作战打仗熟悉军事地图一般，感知地图上的每一个高地、每一处关隘，了如指掌，烂熟于心。她还将密码有效性的最新权威论文，调出来研读，眺望研判密码有效性的各种可能，将其梳理成若干个技术思路，进而上升为技术攻关的着力点。

诸多复杂的技术理念、标准、协议等，在她脑海中跃动着、激荡着，散发出一束束别样深情的亮光和火花，也催生出一种征服的好奇与欲望。旋即，她头脑飞速运转，十指不停敲击键盘，一个个代码字符，从心灵流淌出来，映耀在电脑屏幕上，逐渐汇聚成一个逻辑缜密、设计新颖的代码队列。

靳凤编写代码的过程，思维高度敏锐，精力特别集中，心劲特别强大，将所有的精气神都倾注在一个个看似枯燥乏味的代码逻辑中。同时她也快乐着，愉悦着，享受着，好像前方的未知，是一片神奇的天地，或者说是充满趣味的星辰大海，在等待着她，向她亲切微笑热情招手，也如磁场般吸引着她的情感，让她忘我地奔跑、跋涉、攀登……而全身心投入的探索，似乎让她忘却了时光，忘记了节假日，也忘记了饥饿，沉浸在一个真空之中，好像进入到一根筋状态。

一晃就到中午，她觉得头脑有些疲倦了，思维沉入到一个孤岛，前不着村后不着店，突然无处可去，进入迷茫；脑汁好似被挖空似的，有点木讷，迷糊了。她不得不停下思索的头脑和敲击键盘的手指，将编写的代码保存好，站了起来。此刻，她脖子有点僵直，紧绷着像根木头似的，有些生硬甚至是痉挛，眼睛也有些酸涩、发胀、难受。她在室内慢慢走了一会儿，便倒在沙发上，微微闭上眼睛小憩一会。可当她双目进入闭目养神的状态后，竟然全身都放松了，鼻翼轻轻翕动着，嘴巴一张一合地呼吸，发出轻微的鼻息声，竟然睡着了，睡得格外香甜，嘴角挂着淡淡的笑意。倘若用欣赏的心态，观察她睡着了的鼻息声和脸上露出的表情，就别有一番感觉了，好像是一阵饭菜飘香，令人陶醉享受；如同天边一抹云彩飘荡，感到纯洁无瑕；又似一层层起伏滚动的麦浪，满目耀眼金黄，让整个办公室宁静而轻松、舒坦而甜蜜。

　　睡觉是她紧张脑力劳作后一种纯粹的放松状态，梦中竟然重回现实，梦到如何进行多种随机性方法组合检测密码的有效性，活灵活现，清晰明了，让她身临其境，极为奇妙。这种梦境仅仅持续了20多分钟，醒来她揉揉睡眼惺忪的眼眶，喝了一杯水，接着梦境中的情节继续编写代码，又进入如痴如醉的攻关状态……直到下午5点多钟，她才感到饥肠辘辘了，就打电话要了一份外卖。

　　吃过晚饭，她走到窗前向外眺望，世纪大厦下一片宁静，行人稀落，远处一些楼房大门悬挂着大红灯笼，依稀烘托着节日气氛。她在想，也许游乐场、风景区和街道上，是游人如织熙熙攘攘，一片热闹非凡的祥瑞之色。此刻，她的心灵是平静的，没有寻找热闹的一丝欲望，仍然惦念着编写的代码逻辑，边踱步边思索，进入一种冥想状态。当思索到一个兴奋点后，她就走到椅子前坐下来，点击鼠标，让计算机再次进入状态，开始新一轮的编写。

　　暮色降临后，室外华灯初上，都市很快就沉入到一片灯光璀璨的辉煌之中，秋风夜放花千树，灯火阑珊；而室内灯光雪亮，如同白昼，电脑屏幕与白炽灯交相辉映，挑动刺激着她的思维，让双手不停跳跃，屏幕上的代码方阵不断增多。到了夜间10点多时，她感到心烦意乱，头脑昏沉沉的有些迟钝，甚至是气息迷茫。也许是一整天在室内连续奋战使然，也许是空气封闭所致……想到这里，她索性将文档做好保存，站起身来伸伸腰、摇摇头，舒缓一下保持固定姿态而有些僵硬的肢体，然后走出办公室，坐电梯直达一楼走出大厦，漫步在月色之中。

　　晚风凉爽，呼吸欢畅。她的头脑逐渐清爽起来，再仰望夜空，满天的星辰眨着眼睛在闪烁，传情达意，一幢幢大楼霓虹闪耀，五光十色，好一派天地交融的美景。偶尔有五彩缤纷的礼花出现在天空，有的似金花朵朵，精彩绽放；有的如红燕飞舞，舞出翩跹；有的像金雨飘扬，飞流直下……这让她感到惊艳与惬意，思维再度受到点燃，便身不由己匆匆走进大厦，到达办公室，再次投入到代码编写中。深夜12点多钟后，疲惫袭来，她打了两个大大的哈欠，就不再坚持了，简单收拾一下，下楼打一辆出租车回家睡觉了。

探索新鲜代码方阵的兴趣，始终牵动着靳凤的神经，让她每天披着朝阳走进世纪大厦，晚上踩着星光返回家中，物我两忘、跋涉进击，如痴如醉、接续鏖战。直到国庆节收假的前夜，她终于攻克了加密有效性分析的模块，初步验证性能优良。

靳凤异常兴奋，激动得用右手猛然拍了几下膝盖，开心地"哈哈哈"大笑起来，爽朗的笑声回荡在办公区的走廊里，既舒心也怪异。当时也在加班的肖梅听到靳凤的笑声，似乎意识到了什么，便来到靳凤办公室说，老妹儿，有好事了？！恭喜啊。

靳凤说，格老子不容易，一个核心模块搞定了！一会儿我请客，咱姐们儿痛痛快快去耍个通宵。

肖梅道，整个假期你都在这疙瘩加班，也该唠唠嗑了，好哇！我陪你。

当靳凤关闭电脑收拾利索，跨出办公室时，脚步却放缓了，扭头望了望这个倾注无限智慧与情感的岗位，以及这台内存特大的超常电脑，心头还是充满了眷恋和欣赏。

她俩结伴来到靓丽世界时，次日零点的钟声敲响了。靳凤说，姐，咱俩先做个美容，再美指甲，然后洗个脚，就耍个痛快吧。我有年卡，卡里的钱难得花出去。

肖梅道，老妹儿，既来之则安之，好哇。

她俩悠闲地躺在宽松柔软的美容床上，微闭双目，任由两位美容小姐用湿纸巾清洁面部，随后使用精华、涂抹爽肤水等，进入到美容套路之中。靳凤闭着眼睛轻轻说，姐，我隔一段时间不来这儿做一下子，就感到皮肤紧巴巴的，憋得慌！躺在这里就如同在云朵之上，安逸得很！

肖梅道，老妹儿，你不做美容也够漂亮的了，看你哪疙瘩都迷人，那蛮腰，那前胸，那后臀，都是美女的身材，让多少男人想入非非了。

这话极具刺激性，让靳凤睁开了眼睛，大声说，格老子，尽说好听的，让人心潮澎湃起来。

肖梅仍然不紧不慢道，咱姐俩谁跟谁啊，你刚到公司时，看那身材枯黄干瘦，如同秋天的麻秆，一点味道也没有。几年过去，个头蹿高了，脸蛋也俊俏起来，活脱脱的大美女。

靳凤说，真的吗？

肖梅道，妈呀！谁说假话，就是乌龟王八蛋！

靳凤说，格老子可能是美容院的功劳，就如俗话说得好，只有懒女人，没有丑女人，三分长相七分打扮哦。

肖梅道，未必！俗话还说，相由心生，境随心转，命由心造哩！

靳凤轻轻说了一声，哦！随后就糊里糊涂地睡着了。

做完了美容，靳凤也睡醒了，心里格外舒坦。美容小姐接着开始做指甲，仍然细心认真，先用化妆棉蘸些去光水，擦去原来涂过的指甲油，而后打磨修正指甲，一步一步推进。

靳凤扭头瞅了一眼肖梅，看到她还睁着眼睛精神着呢，就说，姐啊！人家都说，看女人先看手，这娃儿是啥意思呢？

肖梅道，咱女人的脸蛋可以被脂粉所遮掩，身体可以被衣裳所隐藏，唯有手无法遮掩，能够真实反映一个女人的情况。从你的手指和掌纹，就可以看出年龄、婚姻、运势，等等。

靳凤说，这太可怕了，手上还有这么多秘密。

肖梅道，你那疙瘩留意没，25 岁前女人的手指那么光溜圆滑，纤长细嫩，白白的，嫩嫩的，像刚剥了皮的葱白。而 30 岁前，指头又是细腻圆润，柔柔的，软软的，好像一块羊脂玉。但过了 30 岁，就会失去光滑与柔软，慢慢粗糙有了皱纹，岁数不饶人啊。

靳凤说，哦！难怪人们把女人分为三等品，25 岁前是一等品，30 岁前是二等品，过了 30 岁就是三等品，成为剩女哦。姐，你对婚姻咋看？

肖梅道，老妹儿，不结婚终究不是个事儿，年轻时有工作缠着，无所谓，不孤单；但上了年岁，被窝里没有男人可咋整，夜里可能孤独得让人掉

泪、让人恐惧，成为情感上无家可归的苦命人。古人说，宿尽闲花万万千，
不如归去伴夫眠。

靳凤继续问，那你喜欢啥子样的男人？

肖梅道，我谈过一个。他毫无情趣，只直白地说，咱俩成亲吧！根本
没有让我心动的浪漫过程和仪式。我好想享受谈恋爱的过程和仪式，让他使
劲追我，象征性地追一下也行，可他却成了互联网的姜子牙。

靳凤说，哎，没想到姐的骨子里还挺浪漫的，侠骨柔情啊。

肖梅道，老妹儿，给姐说真话，你心目中的男神是谁呢？

靳凤说，我心中有一位，但不好意思说啊！

肖梅道，美容小妹可要保密啊，听着了也不能向外说。

美容女说，我们不会听，也不会说。这是店里的老规矩，一百个放
心吧。

肖梅催促道，老妹儿，说，说呀！

靳凤说，我娃儿心中的男神是赵晖这样的人，有骨气和性子，但不粗
糙，外表还温柔细腻，像个知识分子的样子。

肖梅惊呼道，妈呀！老妹，你可真会挑啊，那就得下狠手，让他感到
火辣辣的，甚至是胆战心惊、魂不守舍。这样说不准就能弄到手了！

靳凤说，感情这事儿不太好拿捏，不主动吧，怕失去他；太主动了，
怕自作多情；伸手吧怕犯错，缩手吧怕错过，千难万难都是难。姐啊，你心
中的男神又是谁？

肖梅嫣然一笑道，我嘛！自从上回处对象受挫后，还没有想好，有谁
又会喜欢我呢？

靳凤说，妈哟！喜欢你的男人海着了，你看你那脸蛋鼓鼓的，屁股圆
圆的，旺夫的相。谁找了你，就偷着乐去吧！

这下逗乐了肖梅，禁不住"咯咯咯"笑出了声。

靳凤戏谑地说，姐！嘎嘎嘎的，真如漂亮的小母鸡出笼了，肯定会有
好男人跟在你屁股后面。

# 6

国庆节后第二天，司马明刑期届满出狱了。

上午司马红驾车来到监狱门口，站在那儿等到司马明从里边悻悻走出来，一起把东西拾掇着放在后备厢。司马明坐在副驾驶位置，司马红踩下油门，奔驰越野车怒吼了一声，如利剑一般绝尘而去，远离了这个伤心之地。

司马红一边开车，一边扭头瞅上两眼，看到弟弟确实瘦得脱相了，原来大块头的白胖小伙子，变得又黑又瘦，脸型拉长像个丝瓜似的，衣服穿在身上松松垮垮，显得又肥又大，但人的神气看上去却精神了。

车子驶入市区后，红绿灯多起来，速度慢了下来。司马明突然蹙起眉头，略带愧疚之意说，在局子的事如同吃了耗子药似的，让人闹心。

司马红接住话茬道，过去的事就过去了，权当没有发生，这不还是一条好汉嘛！一会儿先不回家，到商场给你买几套瘦一点的衣服，穿得拴拴正正。下午我到财务部宣布你官复原职，仍然当财务部经理。晚上哥单独给你接风洗尘，痛痛快快喝上几杯，把所有倒霉都冲刷得干干净净，重打锣鼓重唱戏。

司马明说，谢谢哥，一切听哥的安排。

司马红将车开到江洲大商场地下停车场，停好车坐电梯来到三楼，琳琅满目的各种时装让人目不暇接。两人来到一家男服装店，让司马明自己选衣服。

司马明说，哥，买一套西装算了，旧的休闲服说不准还能穿。

司马红严肃道，不行，必须买四套，西装和休闲服各两套，换着穿。一定要以全新面孔，开始新的生活。

司马明胳膊扭不过大腿，只好一股脑儿买了四套衣服，高高兴兴离开了商场。

下午，司马红与张副总带着司马明来到财务部，郑重宣布司马明任财务部经理一职，仍然在原来办公室上班。希望大家自觉听从指挥，密切配合工作。

晚上的兄弟宴，安排在了江洲大酒店。公司司机开车把他俩送到酒店楼下就离开了，兄弟俩一前一后走进酒店，坐电梯径直来到 27 层的一个小包间。对于司马明来说，厌恶牢狱的简单生活，突然再走进豪华酒店时，顿感这里仿佛是人间天堂，既有典雅高贵风情，又不失王者风范，是快意人生的殿堂。

包间服务员已提前沏好了茶水，司马红坐在椅子上，边喝茶边点菜。服务员拿着电子点菜簿不停翻动，将点的菜发送到了平台。过了一阵子，服务员推着一辆小餐车，将菜和酒送来，很快就将一桌精致酒席摆好了。5 个菜分别是清汤燕菜、罗汉大虾、清蒸鳜鱼、爆炒海参、芹菜百合，几乎都是酒店的拿手菜。一个主食是猪肉粉条豆腐大包子，是司马明的最爱。一瓶酒是飞天茅台酒，两个飞天女长袖起舞，似乎在见证他俩的兄弟情深。

哥俩对坐在一桌子酒菜两边，和颜悦色对望。饭桌上的酒、菜、碟子以及酒杯、酒壶等，庄严有序排列，各就各位，洋溢着生气，充满了仪式感。

司马红没有急于喝酒，而是招呼司马明先动筷子吃菜。

司马明用筷子夹只大虾扒了皮，吃了一口说，真鲜，太好吃了！

司马红眯起小眼睛扶了扶眼镜道，好吃就放开多吃点，补补身子吧。两人吃了一会儿，司马红才开始斟酒，举起杯子说，老弟辛苦了，受苦受难就不说了，两个字，干杯！一了百了。

服务员准备的酒杯比较大，一杯酒约莫有半两。两人连续喝了三杯，立马感到酒劲很冲，有点晕乎了。

吃了几口菜压压酒，司马明蹙紧那双吊梢眉说，哥，不管咋说，我得敬你三杯酒。第一杯酒是感谢给我发工资的酒。我在里边时，你让财务继续以别的名义给我发工资，兄弟情分重如泰山。说罢双方都仰起脖子喝干了。接着司马明端起酒杯说，再敬第二杯酒，是到里边看望我的酒。我进去后许多亲友都躲避不及，你却不嫌弃专门去看老弟，情义深似海。喝完后，司马明又端起酒杯说，再敬第三杯酒，是给我留位子的酒。财务部的兄弟们都很羡慕，说咱们兄弟俩不离不弃，是天底下最铁的好兄弟，感情绵长胜于长江。

喝完三杯酒后，司马红道，看来你还是有点生分了，所有这些都是当哥应该做的，千万不能挂在嘴上说了。

司马明点了点头，拿起酒瓶子摇晃着往外倒酒。

司马红道，现在商场如战场，关键时候还是亲兄弟，靠得住啊。

司马明说，不管啥时候，老弟我冲锋上阵毫不含糊，遇到危险也敢做敢当，绝不偷奸耍滑，出卖哥哥！

司马红道，在这一点上，老弟还真有一股子英雄豪气，算个好汉！

听到司马红的赞赏，司马明挺了挺胸，把上身往椅子背上靠了靠，慢悠悠地说，哥，下午我看了看公司的账目，今年已过第三季度，但收入还上不来，恐怕就惨淡了。

司马红道，自从市政府工程摔了跟头后，我也在公司搞了改革，收到一些成效，但还是没能彻底扭转。主要是市场就那么大，竞争激烈，僧多粥少啊。

司马明说，我就不信这个邪，难道荣华富贵有种乎？

司马红道，是没种！但也要会运作啦。

司马明说，看看江洲市的网安领域，唯独侠之人者弄得风生水起。我觉得还是赵晖那小子太狠心了，总想吃独食，也不想着有肉大家一起吃，共同富裕。

司马红道，你说得有道理，但也不完全对。市场竞争就是残酷无情，赢者通吃，所有资源都会一边倒，根本不怕撑着了。弱者是不受待见和同情的，卑贱的；别想着让人施舍，接受施舍也是受人鄙视的。不是人常说，穷在闹市无人问，富在深山有远亲嘛，就是这么个理。

此话讲得入木三分，道出人性的辛酸悲凉，爱富嫌贫的社会法则。

这让司马明陷入到新的忧伤之中，讪讪说，世界上最有名的英国巴林银行，有200多年历史，业绩很好，但因一名不起眼的员工出问题一夜之间就轰然倒塌。国内最早的一家手机企业，因公司CEO生病而破产。再拿我们最大的竞争对手侠之大者来说，如果赵晖这个"定盘星"倒下了，整个公司就会立马垮了。我们什么也不做，他们公司的业务就会转到我们公司来，也许效益一夜之间就上来了，实现逆转。

讲到这里，司马明给双方杯子各倒满一杯酒，端起来说，哥，再敬你一杯，只要我们把赵晖整倒了，江洲市网络安全的生意就是我们的了，时代就会风云突变。

"咣——"，两个酒杯重重碰在了一起，酒水溢出来洒落在了手指间。

司马红长长叹了一口气道，嗨！整倒赵晖说起来轻松，做起来难啊！

司马明一下猛地将酒喝干，把酒杯重重蹾在桌子上说，哥，这个你就别管了，不整倒这小子，我们的噩运就不会停。

司马红将酒杯拿在手里没动，板着脸道，不管怎么着，惩罚这小子，有两个原则须牢牢守住。一个是不能暴露是我们干的，防止后遗症；另一个是不能伤及自身，带来更大后遗症。如果把握不住这两条，还不如不做。

在酒劲的刺激与冲击之下，司马明的头脑处于高度亢奋状态，情感似乎飞跃起来，昂起头颅，精神抖擞，兴致勃勃又给自己酒杯倒了一杯，端起与司马红刚才还没喝的那杯酒，轻轻碰了一下说，哥，老弟吃一堑、长一智，绝不会引火烧身的。

干，干杯！两人都仰起头将酒喝干了，沉浸在害人利己的魑魅魍魉之中……

# 第九章

## 1

江洲市的秋雨很缠绵，一下就两三天，经久不停，似乎颠覆了古语飘风不终朝、骤雨不终日的规律。司马明仵立在二楼办公室窗前，向雾蒙蒙的天空凝视。他不是看什么，而是在思考着什么。办公室里寂静无声，只有墙壁上挂着的闹钟发出轻微声响，陪伴着他神经系统在跳动。

今天是他联系黑白两道大人物——彪哥的第三天，他想着彪哥该有消息了。

彪哥的真实姓名他没弄清楚，只知道彪哥黑白两道通吃，手下有一批亡命之徒，纵横江洲市的阴暗世界里。彪哥四十来岁，中等个头，身材敦实，三角眼，黑眼珠小，白眼仁大，是四白眼；大胡子，脑袋圆溜溜的，像个大西瓜，身体是横着长，肩膀宽而厚，虎背熊腰，两条腿粗而壮，走在地上如同农村磙石夯在地上"咚咚咚"直响。只要见上一面，就可以看出他孤僻冷傲，心狠手辣，是个绝对的狠角色。他明面上做字画生意，有一个很大的店铺，收藏买卖历代艺术名家的作品；暗地里受雇杀人越货，无恶不作。传说，彪哥做事稳妥，没有把握的事不做，常把一些打家劫舍犯罪的事做得不留痕迹，没有把柄可抓。有些事明知是他干的，但无证据指控，绰号老滑头。

就是 3 天前，司马明将对赵晖下黑手的买卖讲给彪哥时，他的黑眼珠子往上翻了两次，沉默一阵子，随后说，考虑一下，想好了面谈价钱和有关条件。

这 3 天里，司马明一直在等电话，焦虑不安，难道彪哥见到嘴边的肉不想吃了吗？还是觉得此事危险太大不敢做了呢？

他想不出个名堂来，时而在窗户旁观望，时而坐到沙发上，时而又在室内溜达，让时间一分一秒地从墙上的闹钟里溜走。快到中午了，寂静的屋子里突然响起手机铃声。他急忙看是谁打来的，屏幕上明显标注是彪哥。他心里略微紧张了一下，右手正要按下按键时，又停顿下来，还是等到手机铃响过第五声时，才从容地接通手机。

你是司马明吗？

我是司马明，彪哥！

方便的话下午 3 点钟到我公司来一趟，洽谈一下业务。

看来有戏了，他愿意接手这桩生意。司马明按捺不住内心的兴奋，连声说，成，成！我下午 3 点准时到。

不过，你要有个心理准备，这桩生意比较特殊，要下大价码才行。

成，成！我知道，彪哥。

说罢，司马明还是竖起耳朵认真倾听话筒里的动静，直到对方把手机挂了，他才放心地挂断手机。他静静坐在沙发上，回味着彪哥的语气，要有心理准备……要下大价码……看来对方是个吸血鬼，要趁机给他放血了。他评估整倒赵晖的价值，整倒赵晖就等于打垮了侠之大者，而侠之大者每年的业务额有好几个亿，就是将生意的三分之一分流出来，对于红远公司来说也是好事，天大的幸运。整倒赵晖是致命还是致残？致命的风险极大，致残也等于将人废掉了，公司势必会一蹶不振衰落下去。从他了解的情况看，一般情况下黑道致残一个人的理论价码也就四五十万元，他确立了现实价码100 万元的底牌。

思索至此，司马明打开保险柜，从中取出三捆百元钞票 30 万元，装在一个大信封袋里，放在他常用的黑色手提包拉好了拉链。

吃过中午饭，司马明在办公室休息一会儿，下午两点半钟，准时提起手提包，拿上雨伞下楼，打伞来到配给他的一辆银灰色轿车边。上车后，他发动着汽车，打开雨刮器不停清除雨水，驱车沿马路向西驶去。

轿车穿过几条大街，在城市边缘一排商务建筑楼前停下，大楼正面镶嵌各类广告公司的宣传招牌，一楼门头赫然挂着"狂飙艺苑"四个楷体大字的牌匾，一看就知是江洲市书法泰斗江海的书作。司马明走进"狂飙艺苑"一楼大厅，看到柜台和墙壁上都是琳琅满目的字画作品，什么明清近代艺术大家唐寅、文徵明、石涛、吴昌硕、黄宾虹、张大千的画作，八大山人、董其昌、金农的书作，每一件作品都如雷贯耳、震古烁今，承载着非常厚重的历史烙印和名家标识。大门两侧站立着两个穿灰色制服的保安。

保安看到司马明不太熟悉，也没搭理。司马明问道，彪哥在吗？

其中一位保安答，在，三楼茶室。

司马明走进大厅旁的电梯，直达三楼，在楼道看到又有一个穿着灰色制服的保安，全副武装背着手在楼道里晃悠。这名保安身材高大，体形彪悍，留着八字胡，面露凶相，黑眼珠的瞳仁像把锥子，锐刺刺的，让司马明心头"咯噔"一下。他怯生生地说，我找彪哥。

保安用锥子似的眼睛瞟了他一眼，头微微向上顿了顿。他抬头一看，门匾上写着"禅茶一味"，随即走至门边轻轻敲了两下。等了一小会儿，里边传来一声浑厚的男中音——请进来。

推门走进室内，看到茶室很大，足足有一两百平米，清一色的红木家具，古香古韵，家具周围还悬挂着一些泛黄了的字画，应是古董级别的珍品。室内播放着低柔的音乐，显得很有情调。司马明不懂字画，也不懂音乐，只能当作西洋景了。

彪哥稳坐在一张巨大的黄花梨木茶台前，对面是一位浓妆艳抹的女人，像是在聊天，或谈论什么要事。那茶台足足有 5 米多长，宽约 1 米多，属于原始大板材，木质黄里透红，花纹色彩鲜艳，纹理清晰，应当是一棵千年古树的材料，算是稀罕上品。看到司马明走进来，彪哥没起身立即迎上来，而是稳如泰山般钉在椅子上，只招招手说，司马兄弟，有请！

那女人知趣地站起身来，提起桌子上的一个银白色女式手包，挥挥染得通红指甲的娇柔小手，娇滴滴地说，彪哥，拜拜了！就踏着"咯噔，咯噔"节奏往外走，迎面还给司马明抛来深情一瞥。

司马明与女人擦肩而过，那淡红色的连衣裙恍惚眼前，挟带着一股浓烈的香气，吸入他的鼻孔沁入到五脏六腑。香气是果香与花香的复合体，也似乎裹挟着女人的体温，让他很是刺激，感到了一种美妙与陶醉。他走至彪哥对面站下来，彪哥伸出短胖结实的手臂做了一个手势，司马明就坐在刚才女人坐的位置。刚才女人的体温还粘连在椅子上，传递到他的股臀之间，有一丝说不出的滋味。他如同一名小学生，将手提包恭恭敬敬放在茶桌上，规规矩矩坐直了身体，两手放在桌面，眼睛里含着满满尊敬，不！是敬畏，眼巴巴瞅着彪哥，等待金牙玉嘴开口。

彪哥不慌不忙在清水缸里，用木夹子夹出一个小茶杯，置于司马明面前，倒了一杯茶说，司马兄弟，你说的那桩生意，我让人打听了一下，很不简单，且不说他的企业有国资背景，做得很好，势头正猛；更重要的是这个人背后有人，市里领导亲自到公司送感谢信，凭这一点就不简单。

彪哥话毕，小黑眼珠子转了转，让四白眼亮起来，显得阴沉沉的。

司马明壮着胆子道，彪哥，不让那人挂了，弄成缺胳膊少腿，打击了嚣张气焰就行。

彪哥摊了摊双手说，弄残也不容易。此人非等闲之辈，身边还有两个退伍的特种兵，每个都身怀绝技，想要靠近下手，很难，很难啊！

听到彪哥被赵晖身边人唬住了，司马明觉得可笑，心中暗想，看你外表像个凶神恶煞，其实骨子里也是平庸之辈。让他刚进来时的敬畏之感消失了不少，便说道，彪哥，我们不要硬拼，而以智取嘛。

彪哥惊讶问，何种法子智取呢？

司马明道，赵晖我是了解的，充其量就是一个文弱书生，没有缚鸡之力。他身边人又不会整天24小时跟着，只要在他工作生活链条中找到一个空当，就不费吹灰之力搞定了。

彪哥说，这也是个思路，那就从长计议，慢慢找空当下手了。另外，我不明白你的目的又是什么呢？

司马明不敢说出真实意图，这个宏大目标说出来恐怕彪哥会坐地抬价翻番了，就说道，我与他有仇，此仇不报，终生不安。

彪哥说，此仇报了，要了仇人一只胳膊或一条腿，暂时得到泄恨，但日久留下心病。第一是一辈子的包袱，牢牢压在心头，无药可治；第二是不留后患难，警方找上麻烦谁来背锅，背锅的代价就是更多的钱。

讲到这里，彪哥停顿了一下，喝了一口茶说，你看世界范围内发生的战争，黑道上出现的砍人杀人，有谁是为了报仇呢？很少！绝大多数为了获得金钱和长远利益。总之，你想好了，现在后悔还来得及，等上了船再想跳船就不成了。

说毕，彪哥的小黑眼珠子又翻了翻，这次转得比上次快，遽然变色，白眼惊现诡异的蓝光，是阴森恐怖之色，寒气逼人。司马明惴惴不安道，决心已定，就看价码能不能谈拢。

彪哥说，取他人一只胳膊或一条腿，一般情况30万元起价；可此人特殊，须翻倍，60万元，再买刑事责任，另加30万，共90万。

司马明感到没有突破自己的底价，说道，成！我与杀手不见面，一切情况绝对保密，只有你知我知。

彪哥说，那当然了，买了刑事责任，就买了一切，一辈子把锅背上了，绝不反悔。

司马明道，成！时限多少天？

彪哥说，此人的行动轨迹要弄准确，3个月之内吧；接下来就交定金30万元，完事后再交剩下的60万。本着安全起见，全都缴现金，遇到具体问题随时协商。

司马明道，成！随即从手提包里掏出装有30万元现金的信封，放在了茶桌上。

彪哥拿起来掂了掂分量，也没拆开，原封不动放下，顺手拿来一张便笺纸，用笔写下：收讫司马明生意款项30万元，2014年10月25日。随后拿出一个印章，放到嘴边哈了两下，端端正正盖在日期上方。

司马明接过收讫后，即起身告辞。彪哥陪同到一楼，一直来到大门外边，在细雨蒙蒙中握手告别。

## 2

司马明在佣金上的大气，彪哥还是满意的。

他采纳了司马明的建议实施智取，专门成立一个三人小组，打入侠之大者内部，了解赵晖工作生活情况，从链条中寻找可能的空隙。他们了解到，赵晖的安保措施比较严密，上下班和出席活动总有李铁柱跟随，难以下手；而唯一空当的是每天早晨上班到达世纪大厦门口时，赵晖下车走向十几米远的大楼，李铁柱把车开往地下车库去停车，这十几秒时间是个空当。此时大楼里虽有保安，但几乎是个摆设，不管什么用。赵晖不会武功，在此时突然下手，致残赵晖是蛮有把握的。即使被抓背锅，蹲几年监狱能获几十万元补偿金也是划算的。

彪哥对这桩生意信心满满，几经选拔，决定起用绰号为"黑豆"的保安。"黑豆"就是司马明探访那天，在三楼走廊里值守的那个人。他除了眼神像锥子般凶恶外，脸膛黝黑，身手敏捷，手段毒辣，能下得了狠手挑筋剥皮挖心肝。据此，彪哥组织进行了两次演练，挑选最好的一把砍刀，刀短便于隐藏，刀重而锋利，削铁如泥；还请算卦大师算了一个日子，确定在11月4日早晨动手。

这天是秋末冬初，万物萧瑟，一轮朝阳从东方地平线上弹跳出来，唤醒了沉睡的大地。李铁柱像以往一样，开着那辆小轿车来到世纪大厦门前停下，车门打开，下来两个人，一位是赵晖，另一位是龙文，龙文是路上偶遇搭车的。随即车门关上，李铁柱驱车往地下车库驶去。

"黑豆"早已到达指点位置，穿着保安服在世纪大厦下闲逛。李铁柱开着的红旗车离开了，"黑豆"的心安稳了一大截，感到巨大威胁解除了。再看到，赵晖西装革履，神情自若往大厦门口走，身后跟着身材单薄的龙文。

"黑豆"对多出的龙文并没在意，觉得这个豆芽菜般的人不碍事。倘若迟疑了，让赵晖的脚步跨入大楼内，再想动手就困难了。

机会难得，"黑豆"顾不得那么多了，迅速从怀里抽出那把特别的砍刀，凶狠地向赵晖猛扑过去……赵晖离大厦门口只有几步远了，精力全都向着大厦，只管往前走，并没看到意外的凶险已向自己扑来。而紧跟在赵晖身后的龙文，看到了"黑豆"的凶狠举动，惊骇失色。这一切来得太突然了，"黑豆"挥起的砍刀在空中划过一道亮光，挟带着寒光快要落了下来。龙文不顾一切大声喊道：赵总——危险——

同时，龙文冲上前去伸出单薄的右臂护住赵晖，试图挡住砍刀。"黑豆"手腕向下猛然一扣，毫不留情挥下砍刀。只听"咔嚓"一声，龙文的右臂被锋利砍刀齐刷刷砍下来了，骨头断了，血管断了，只有一根大筋未断。鲜血如同决堤的河水，瞬间喷涌而出。正当"黑豆"试图再次挥起砍刀，追砍赵晖时，已被鲜血喷了一脸，眼睛里溅进了血水，睁不开了，迷失了方向。他只好扭头向外逃跑，准备奔向预设的接应地点。

但猝不及防的情况，让惊恐万状的"黑豆"思维错乱，迷失方向跑错了路线。这时楼内值勤的两个保安透过玻璃窗目睹了一切，被惊呆了，但很快就反应过来，迅速冲出去，趁着"黑豆"眼睛看不明白，左右夹击围堵，将其控制住了。

李铁柱在车子后视镜也看到了这惊险的一幕，他迅速把车从地库入口处倒了出来。龙文右臂鲜血如注，像酒桶中涌出的葡萄酒般汩汩流淌……赵晖急忙搀扶龙文坐上李铁柱倒过来的车。李铁柱立即踩下油门，打开双闪，驾车一路向医院狂奔。路途中，尽管赵晖使劲攥紧了伤口前的臂膀，但鲜血仍往外流淌。龙文脸色苍白，疼痛难忍，昏厥过去，倒在了赵晖身上。

赵晖被鲜血染成了一个血人，眼睛里闪着泪花，不停地说，龙文，好兄弟，挺住，挺住啊！医院马上就到了，到了医院就有救了……

李铁柱急得满头大汗，厚嘴唇哆嗦着，一边给医院打电话磕磕绊绊说明情况，一边开车疾驰，遇到红灯也顾不得那么多了，迅速闯了过去。当到达江洲大学附属医院门口时，医护人员已经等候在门口，迅速实施紧张抢救。但是龙文的骨头和血管已被完全砍断，又延误了有效时间，接肢回天无力，只能是截肢了。

江洲市公安局将此列为重点案件督办，限期江北区公安分局全力侦破。

然而，整个雇凶杀人事件的走向，完全脱离了司马明和彪哥的脚本。其一是"黑豆"行凶对象搞错了，而真正的目标人物赵晖安然无恙；其二是司马明觉得没有达到既定目标，不愿支付剩余的60万元；其三是彪哥觉得虽然节外生枝，也算拿到了侠之大者公司人员一条胳膊，合约应当算数。所有这些意外，均超出事前预料，双方没能立即达成新的契约。

司马明与彪哥的千算万算，在意外面前失算了，带来了履约冲突！

正在双方僵持之中，公安机关顺藤摸瓜找到了彪哥。彪哥觉得司马明失信在先，为了自保，索性把幕后雇凶的司马明供出。案件很简单，司马明和"黑豆"、彪哥很快被检察院起诉，司马明被再度判刑进了监狱。

红远公司又一次被约谈问责，受到罚款处理，信誉跌入到了谷底。

但汪富却幸灾乐祸，感到这些都是司马红贪欲带来的。贪欲是万恶之源，不遏则燎原，不遏则滔天。

这天晚上，汪富的心又飘忽起来，在黑暗之中陷入沉思，畅想起来。他在想，倘若司马红贪欲轻一点，让他当了财务部经理，就不会有司马明雇凶害人之事。他当上财务部经理不会像司马明那样傻，与黑社会混在一起，干违法乱纪的勾当。而且要管好钱袋子，开源节流，刹住经费跑冒滴漏的现象，同时也要做好自己的事，一旦有了空子就多捞些钱，不捞白不捞。当想到金钱滚滚来，自己变得更体面更高贵时，他血管里的血液就激荡起来，如潮水般奔腾不息，恣意在胸腔中澎湃，冲击心扉，让他又失眠了，辗转反侧，直到后半夜才迷迷糊糊睡着了。睡着后，他做了一个美妙的梦，就是司马红愉快接受了他的宴请，酒至微醺，兴致勃勃。当他再度提出当财务部经理时，司马红欣然同意，与他美美喝了一个大杯酒，真带劲儿。

早晨梦醒后，他觉得十分奇妙，似乎是财神爷托的梦，充满无限希望。

当天上午，汪富处理完手头事，就敲开司马红办公室，又进行一番肉麻式的谄媚逢迎，夸赞司马红是江洲市最英明的企业家，最有远见的企业

家，率先进军网络安全领域，给多少人蹚出了一条阳光大道，功德无量，
等等。

司马红很乐意接受汪富的吹捧，在吹捧中能抵达到一种虚幻而美妙境
地，享受到极度虚荣的尊贵与高傲，感到自己到了江洲市的神坛之上，受人
敬重和仰望，飘浮到了云里雾里。但他也觉得汪富在忽悠，有溜须拍马之
嫌，便说道，汪主任吹捧我一定是有什么事情要办啊。

汪富说，我嘞乖乖，总经理真是料事如神，神人。俺是有事，想今晚
单独请总经理吃个饭。

司马红心情尚好，轻松道，汪富你是哪里人呢？

汪富一愣，随即说，总经理定，让俺是哪里人俺就是哪里人。

司马红道，这也太谦虚了吧。

汪富说，必须的，俺要以总经理的意志为意志啊。

司马红道，那好，你请我吃饭又是个什么事？

汪富说，当然是好事，向英明的总经理汇报，表表忠心吧。

司马红道，准奏！去准备吧。

汪富领命以后，感到司马红真如他梦中的剧本，爽快接受了邀请，自
己的愿望十有八九能成。

于是，他精心准备，一切按司马红的习惯爱好筹办，在江洲大酒店21
层订了一个小包间，买了一瓶飞天茅台酒，点了司马红喜欢的罗汉大虾、清
蒸鳜鱼、爆炒海参，另加一盘花生米、一碟小黄瓜，以及普洱熟茶，等等。
他还专门选了经常给司马红服务的一位长相俊俏的女服务员。

一切事项迎合司马红，又在心底盘算着怎么讨好司马红！

司马红晚上准时来到小包间时，汪富已恭候在了门口，一瘸一拐地前
去迎接，走到前头将主宾位置的椅子轻轻拉出来，伺候着司马红坐定，将茶
杯端到他右手前，而后才瘸着腿走到司马红的对面坐下。

汪富已不是当年那个质朴厚道的汪富了，而是能说会道，八面玲珑了。
他很有分寸和规矩地主持两人小宴会，从容自若找话题举杯向司马红敬酒。
司马红面露喜悦，频频举杯，次次一饮而尽，爽快极了。

　　酒酣微醺，司马红脸色绯红，汪富觉得到火候了，便给两个大玻璃杯各倒了三盅酒，每个足足一两多。他给司马红面前放了一杯，自己端起另一杯说，总经理威武英明，我有一个小小建议，不知可不可提。

　　司马红道，准奏！

　　汪富说，眼下公司财务部又缺头头了，最近俺对财务工作搞了一些研究。如果总经理信得过俺，俺就毛遂自荐一下，到财务部去干，给公司做出更大贡献。

　　司马红看到汪富又打财务部的主意了，顿生戒心，禁不住打了一个激灵，酒惊醒了一大半。他想，像汪富这样的奸诈之人，是驴粪蛋面面光，里面肮脏。汪富越是惦念的岗位，越有可能搞事情，给公司带来伤害。念及此，司马红抬起眼帘，眯着小眼睛重重盯着汪富看了一会儿，看到他面相不像原来那样质朴，越来越丑了，神态阴郁刁钻，面容惶惑而心事重重，显得有些圆滑、世故、歹毒，俨然是一个势利小人。

　　难道男人相貌也会随着时光的变化而变化，男大十八变吗？

　　司马红想到这里，就狐疑起来。他不明白汪富为何屡屡想当财务部经理？不给自己解忧反而添堵呢？不过，他也会心地笑了，心里想，汪富啊，你小子想算计老子，没门！咱就骑毛驴看唱本——走着瞧！

　　司马红"呵呵呵"干笑几声，说道，汪富啊，汪富，你觉得你这个主意咋样？

　　汪富看得出司马红阴阳怪气不满意了，脸色唰的一下红了，再加上酒精作用，呈现出了赤红色，嗫嚅着说，俺主意中不中，主要看总经理认可不认可。

　　司马红又"呵呵呵"干笑几声道，我说这是一个好主意，是天底下最好的主意啦！既然你毛遂自荐了，你就给我讲讲毛遂自荐的历史典故吧。

　　汪富只知哗众取宠，哪能讲出其所以然呢？便一时语塞，憋得脸色由赤红变成了绛紫色，阴沉沉的更难看了，青一块紫一块，惴惴不安地低下了头。

　　司马红狠狠盯了几眼道，汪主任啊，汪主任！你连毛遂自荐的意思都弄不清白，还怎么毛遂自荐呢？本总经理还有要事处理，告辞了！

说罢，司马红站起来拂袖而去，走出门外"啪"的一声关上了门。汪富茫然无措站立在小包间内，眼神迷乱，听到重重关门声，气得牙齿咬得"咯咯咯"直响，在心头滋生了毒辣的邪念……

## 3

龙文舍己救人的壮举，对侠之大者震动极大。

受到生死考验时，龙文义无反顾用自己的躯体阻挡住了罪恶的利刃，无疑是一次感天动地的英雄壮举。许多人觉得不可想象，从相貌看，龙文绝没有气宇轩昂的英雄气概，也没有不畏强暴的强大气场，平时没有谁发现他是一块英雄的坯料，体内蕴藏着雷霆万钧般的能量，能够在关键时刻挺身而出。他给人们的印象除了算力超群，检测网络漏洞神奇外，便是忠厚老实，沉默寡言，不张扬，如同枯然的一把椅子，或者沉默的一个水杯子。

不像英雄的人确实成了英雄，平凡人创造出非凡。就是这样一个其貌不扬者，在危险时刻毫不犹豫用自己瘦弱的臂膀，与强大凶手锋利的刀刃相抗争，毁掉自己一条胳膊，保得赵晖的平安无恙。

详细分析英雄壮举，不是一时的冲动，而是他人性本质特征在特定环境中一次自然释放，是不经意之中的必然，是不必提醒的英勇与果敢。他决定牺牲自己而拯救赵晖的情况是突发的，是谁都没有提前预想到的偶发事情，时间非常短促，就是一刹那间，快如闪电，甚至没有思索盘算一微秒一毫秒的可能时，快速做出的抉择。假使瞻前顾后而思维混乱，判断模糊而患得患失，注定会错失良机，不可能有英雄壮举。赵晖必然会在毫无防备的情况下倒在血泊之中，侠之大者必然会受到不同程度影响。

从龙文英雄行动的深层次动因看，一则是对犯罪分子行凶有强烈反对情绪，在心灵深处分辨得出好与坏、善与恶、美与丑，有立场鲜明的道义观，进而坚定地维护正义，奋勇抵御罪恶。二则是有牺牲自己的大无畏勇气，不怜惜宝贵身体，不惧怕死亡伤残，尤其是面对强大斗狠的凶手，有着我以我血荐轩辕的担当，敢于以弱抗强与凶手争锋。三则是呵护他人的慈悲情怀，爱人胜爱己，宁愿自己毁损也要挽救他人，让舍己救人的大爱在时空发出惊天回响，驱散黑暗与阴霾，摒弃软弱与怯懦，远离冷漠与圆滑，让时代天空更加绚烂。

英雄始终是最为耀眼的星辰，不论时代如何变迁，世事如何发展，历经何种朝代更迭和岁月流逝，这种星辰始终没有消失，高高悬挂在天空，闪耀在人们心中，给国人以光明和温暖。从女娲补天、后羿射日，到神农尝百草、嫦娥奔月；从三皇五帝，到历代仁人志士，英雄永远是一种美丽的传奇，生生不息，经久不衰，温养心灵沃土，丰富情感世界，支撑人性的大义凛然。有哲人曾感言，英雄是中华民族的血脉与灵魂，有英雄在，就有浩然正气在；有英雄在，就能挽狂澜于既倒，国家就不走向衰落，就会被保护得完好无损。

龙文的英雄壮举，不单单保护了赵晖的生命安全，制止了罪恶的贪婪欲望，捍卫了侠之大者的发展利益；更重要的是维护了一种信仰和民族情感，弘扬了一种弥足珍贵的价值观。

在赵晖看来，龙文的牺牲精神是令人感动和敬仰的，在无我中立下大德，在利他中建立功勋，崇高伟岸，非同凡响，奏响一首英雄主义的时代颂歌。这首歌谣纯洁无瑕，是恢宏壮观的，有着巨大能量场，可穿越整个天空、海洋、大地，传递到十万八千里，让许多人感受到人性的伟岸，相信正义终将战胜邪恶，不会被现实中魑魅魍魉所黯然伤神。他也感到，龙文为了自己受到重大伤害而残疾，年纪轻轻就失去一只胳膊，今后怎么工作生活？怎么娶妻成家？会有一辈子的不便与痛苦，将面临着漫漫长夜。他为此而愁肠百结，寝食难安，歉疚、困顿、忐忑等多种情绪交织在一起，让他一度烦懑而生长了忧郁之色。

龙文截肢手术后伤势稳定下来，赵晖率领20多名公司中高层领导，集体到医院看望慰问。而面对龙文胳膊的残缺，一些人还是惶恐惊骇、心有余悸，企业竞争竟然演变成了凶杀、仇恨、犯罪，带来了痛苦、残障、灾难，情绪不免有些郁闷低沉，心灰意冷，流露出了同情、悲伤、忧愁。

病榻上龙文尚未恢复体力，面色蜡黄，嘴唇苍白，人显得更为消瘦了，但眼睛仍然明亮，目光闪闪，锐利有神，充满了可爱与慈悲，而不是哀怨、悲伤、沮丧。他从大家的神情中，看出一些端倪，便直言不讳道，非常感谢大家在繁忙之中来看我，让我很受感动。他略微顿了顿，话锋一转道，网络战线的斗争非常复杂，出乎想象，具有隐蔽性和破坏性。网络企业之间的竞争也很残酷，如同生死搏击的战场，难道对我受伤同情和怜悯了吗？难道被竞争对手的行凶威胁吓住了吗？难道侠之大者的初衷仅仅是说到嘴上的吗？

龙文的"三连问"发自灵魂深处，悲壮，很悲壮！

让大家没有想到，经历生死搏击和巨大身体创伤的龙文，没有感叹命运的悲惨和时运的不济，也没有顾怜身体的巨大创伤和恢复的艰难，巨大痛苦几乎每时每刻都侵扰着、折磨着……但他无所在意，没有畏惧，头脑里几乎没有多想自己，而想的是公司和同事，挂念的是大家受到的情绪影响和情感创伤，考虑着网络世界的发展未来。

这是何等的强大与高尚，何等的旷远与豁达！

在探视的群体中就有王紫，她更是震撼了，心头酸楚着，鼻子有点发酸，在内心深处说道：龙文，好样的，有大格局！你拯救了别人，我也要拯救你，让好人有好报应！

赵晖在返回路途中感慨道，龙文就是一面镜子，我们好好照照自己啊，必须坚定信仰初心，努力做好本职工作，大幅提升产品的市场竞争力，才能无愧于龙文的付出与期待。回到公司后，王紫找到赵晖说，我看到龙文主任的脸色很不好，我想用中医给他调理一下身体。

赵晖道，太好了！让办公室派一台车，专门实施保障。

王紫到医院给龙文号脉后，觉得龙文主要是气血亏损，就与主治大夫商量，确立采用中西药和食疗结合的综合治疗方式。她用清朝御用方子，开出了一个补血益气的药方。同时辅以桂圆、大枣、花生米等滋补原材料熬成粥，进行食疗。每天早晨由博世堂大药房将中药和滋补粥煎煮好后，由王紫亲自送到病房，保证龙文在最佳时间服用中药和滋补粥，使气血亏损得到有效调理，脸色逐渐改观，人也精神起来。

同时，龙文的"三连问"让公司技术骨干在痛苦中爆发，又在痛苦中奋起，像打了鸡血似的，精神顽强起来，向"雷神防护二"研制高峰发起新的冲锋。每到夜晚，公司办公室里灯火辉煌，有的独自苦干，辛勤耕耘在苍茫浩瀚的代码天地；有的围坐一起，七嘴八舌讨论最佳逻辑思路；还有的精心检测验证，让编写的代码程序在电脑中跑起来，寻找缺陷瑕疵……所有攻关人的姿态积极向上，钻研特别起劲，奋力探索着网络技术的奥妙。

世纪大厦 15 层夜晚的灯光是一道风景，璀璨夺目，在整个江北区来说是最为整齐明亮，深夜熄灭也是最晚的。那灯火里燃烧着大家的青春与激情，也流淌着战胜难题与超越自我的心劲与快乐。

## 4

2015 年元旦前夕，龙文康复出院返回公司。

公司有人迎面碰到龙文，亲切向他问候，目光中流露出了敬重与怜惜。他穿着一套黑色西装，扎着一条花格子领带，脸色红润，目光沉稳有神，神情庄重淡定，看不出有沮丧与失落；但体形似乎比先前单薄了一些，右胳膊的袖子空着，随着行走而晃荡，摇摆出一丝酸楚和缺憾。

龙文先到自己办公室，坐定后，听取了吴副主任的情况汇报，掌握技术室的运行情况。随后，他起身来到赵晖办公室前，敲门走进去。

赵晖大惊失色道，天哪！你怎么出院了。

龙文说，我已恢复了健康，经医生批准出院的。

赵晖道，伤筋动骨一百天，即使医生批准了也要在家休养一段时间再上班。

龙文说，不碍事了。王紫的中医与食疗很顶用，出院时检查各项指标均已正常。

赵晖道，身体是工作的本钱，就是指标正常了，也不可掉以轻心。

龙文说，谢谢了！我会注意工作强度，做些力所能及的事情。

赵晖道，那好，暂时就不给你分配任务了，一定要多多保重身体。

龙文说，我找你，是想利用党课时间，讲讲这次受伤后的所思所悟，给大家做一次思想交流。

赵晖听到龙文想讲课，眼睛遽然一亮，感到有一种特别光芒闪耀在眼前，兴奋道，这个挺好，分享思想收获，非常难得，就看你什么时间能够准备好？

龙文说，我在病房里已准备好了，什么时间都行。

赵晖道，那就安排在元旦后，开年第一次党课请你讲，好吗？

龙文说，行！

2015年1月16日下午，侠之大者新年度党课开讲了，龙文作题为"我们能不能倒下？"的授课。虽说是党课，但扩大到公司全体，实际上就是全员大会。设置了一个主会场，5个分会场，分会场通过视频系统收看。

这次特殊党课，龙文从网络同行雇凶伤人案件入手，紧紧围绕侠之大者的使命任务展开。第一部分讲我们的使命，阐述了国际国内网络天地每时每刻都上演红与黑、正义与邪恶的较量，波谲云诡，风云变幻，迫切需要一支支超级黑客队伍支撑起朗朗乾坤。第二部分是我们面临的风险挑战，从技术本体、人身安全、保密安全三方面展开，阐明风险时刻伴随，挑战日益加剧，隐患长期共存等。第三部分讲如何做一名合格的超级黑客，从思想、道德、业务、情感等方面切入，鞭辟入里，循循善诱，重点阐述了为国为民的宗旨与基因。

他讲到超级黑客保持坚定信仰时，言辞犀利，将每一位网络人都摆进去说，网络者我们的网络，网道者我们的网道，我们不坚守谁坚守？我们不呵护谁呵护？我们不一腔热血谁一腔热血？我们不横刀立马谁横刀立马？人生本没有什么价值，给予它什么价值，它就有什么价值，尽的社会责任越大价值也就越大。退缩就是对暴戾恣睢凶手的放纵，躺平就是对国家和民族的无视……激情时，他只有一半的右臂也开始舞动，空空的袖管摆动着，干瘪着，左右摇晃，空荡荡的，令人心酸。但他神态自若，高昂着头，满面春风，嘴边带着微笑，丝毫看不出曾经受到过巨大伤害，而是充满激情与豪迈，藐视一切，似乎每个毛孔都散发出一种摄人心魄的力量。

这种人生信仰，有人说是英雄人物的战斗血性，足可以威慑一切妖魔鬼怪，让平庸和丑陋相形见绌而黯然失色。也有人说是网络领袖的气度，目光远大而充满力量，意志坚定而自信满满，情感充沛而豁达超脱，具有一种亲和力，感召着现场每一个人的心，让人们从酸楚中走出来，从淡漠中觉悟起来。

龙文讲课的超级魅力，刺激力强，鼓动性大，将公司全体人员的心再一次凝聚起来，让大家都挺直了胸膛，点燃起青春的火焰，充满无限憧憬地跋涉、拼搏、奋进，又进入到燃烧激情的岁月，在坚守中安身立命。

讲课的影响力持续发酵，也让大家把龙文当成一面镜子，对照反躬，系统性检视自身存在的不足。对龙文来说，更是一种自警自勉和自我完善。他开始练习一只手敲击键盘编写程序，一只手操作计算机完成实战攻防，向残疾的身躯发出令人望而生畏的挑战。

他从两手工作到一只手的转变，毋庸置疑是一次从旧习惯到新能力的艰难蜕变。第一难，在于改变以往 20 多年来形成的两手密切配合的习惯，将原来右手完成的任务转嫁给左手，让左手一下子完成原来两只手的任务。第二难，在于改变大脑与手指配合的程序，原来的程序是一个大脑与十个指头配合，有机协调，形成一对十的固有韵律和模式；而现在变成一对五的协调配合，重新形成新的协调配合方式。第三难，在于增强左手五个指头的功能，让五个指头的动作能够快速起来，灵活敏捷，快如闪电，在规定时间内完成十个指头所完成的任务，实现几乎不可能实现的目标值。

事实上，"三大难"犹如三座难以逾越的高峰，挡在了前行的道路上。龙文却不担忧，也不气馁，而是全身心投入练习，持续练习。有人发现，龙文自从开始练习单手操作键盘，就会不失时机地练习左手五指的功能，有时坐在车上时，他会用左手五指下意识地在自己膝盖上轮番敲击，像五指弹钢琴一样，还会在头脑里伴随着沉吟"一、二、三、四、五"之类的代码，极其投入，专心致志。随着敲击练习熟悉程度的增加，练习的节奏加大，频率加速，由慢到快，由快再到更快，不断升级提高。

然而，这种改弦易辙的练习，并非一帆风顺，往往会有诸多不适与反复。有时他的大拇指按在膝盖上，四个指头会在空中痉挛着颤抖起来，像刨食的鸡爪子，失去中枢神经的指挥那样盲动无序。这时，他会调整状态，让头脑与五指的配合协调起来，只见头脑一颤，五指也跟着一颤，恢复到协调配合的节奏上来。接着，他的头脑又进入到对代码的默诵，左手五指又开始有节奏地弹跳，指头的关节一上一下、一抓一挠，很有节奏地律动，逐渐流畅，让人心惊。他的练习不止于一朝一夕，而是全天候全时空；只要一有工夫，就会随时随地进行练习，有时在床铺，有时在桌子，有时在沙发，不厌其烦，铁杵磨针。

每到晚上，龙文会加班在计算机键盘上进行实操，感受左手五指与键盘接触的力度，以及敲打的速度、节奏、频率，等等。王紫几乎每个晚上都有意无意地陪同，等到龙文晚上 10 点多钟离开办公室，她也离开，顺便开车将龙文送到家里所在的小区门口，而后她再驾车回家。

某天龙文说，王主任，你别等我了。我是一个没有时间观念的人，别耽误了你的事，影响你的生活。

王紫回复道，龙主任，赵总把你的健康交给了我，我就得对公司负责，发现你劳累过度要随时提醒和制止的。

龙文听来，觉得合情合理，只怕伤了她的心，就没再说什么。每天晚上加班结束，仍与王紫结伴而行，一起下楼到地下车库，走至车位前。王紫用钥匙打开车门，随即坐在主驾驶位置驾车。龙文坐在副驾驶位置陪伴而行，有说有笑，下车时总会给她赠送一袋干果，表达谢意。

对于王紫来说，龙文受伤后确实让她忧伤、同情、可怜。一个男人失去一条胳膊意味着什么呢？是不是已经步入残疾被人看不起了？这些都是世俗观念，肤浅认知。王紫深知龙文的价值所在，除了特殊技术和强大算力等过硬本领外，受伤反而增强了他的人生阅历，人性显得更加高尚纯净，甚至是一种完美。他的意志更坚强了，疾恶如仇，爱憎分明，对一切丑恶和低级趣味显示出了钢铁般的毅力。他的心性慈悲了，珍惜每一天，珍重包容所有的朋友，对一些琐碎事情或名利不会计较，心胸更加豁达，善于以己达人。

王紫也想到，经过烈火淬炼过的男人，有的灵魂走向衰落与自卑，有的走向丑陋与死亡，而有的却愈加成熟伟岸。龙文就是后者，人性走向内方外圆，心地成熟而圆通了，更值得自己所钟爱了。她甚至觉得，龙文失去一只胳膊的躯体，却有残缺之美，瘦弱的身躯精干起来，神色纯真而忠诚，意志坚定而执着，显得开朗、旷远、成熟，具有独特的人格之美。近距离接触，她也看到龙文是一个真正的男子汉，身上有一门心思走到底的坚韧，心无杂念、无问东西，如痴如醉、精进奋斗；体内散发出不惧怕一切困难的意志力，信念如钢、志坚如铁，能战胜对手，也能超越自己，没有什么力量能够阻挡住前进的步伐，注定能够走到网安事业的巅峰。她甚至感到，龙文不畏强暴舍己救人，是现实版的英雄人物，与中国历史上许许多多英雄豪杰交相辉映，给时代赋予了光彩。他练习左手敲击键盘编写程序的恒心与毅力，非同寻常，亦能与中外传奇人物匡衡凿壁偷光、贝多芬双耳失聪后成就经典音乐等相提并论。她还从他的体态中，嗅到一些难以捕捉的气味，是男人特有的豪气、正气，也有一些男人不具备的高尚、温存、朴素，看似平淡，其实非凡，令她崇拜而倾倒，也让她的灵魂飞到他的身边，产生了深深爱意。

她盼望两人能够喁喁私语，说一些更加私密的知心话。有一天她边开车，边试着抛出话题道，龙主任啊，你为何要起龙文这个名字呢？

龙文说，我父母文化程度不高，尝到了没知识的苦头，便发誓让我能够多些文化，便取名为龙文了。

王紫笑了笑道，真好！不俗气，很高雅。

龙文没有搭腔，停顿了下来，默默观赏着夜晚的街区。

王紫则不想让话题中断，继续道，你知道我为什么叫王紫吗？

龙文摇了摇头说，这么好的名字，我怎能知道呢？

王紫颇为得意地道，这个话题长了，上个世纪八九十年代全国搞计划生育，只让生一个孩子。爷爷一心想让我父母生个男孩，可事与愿违，偏偏生了我这个女孩。于是，爷爷就说，男孩女孩一个样，叫成王紫不就成了男孩子嘛！

她说得绘声绘色，充满感情，说罢便"咯咯咯"笑了起来！开心快活。

龙文感受到了她的炽热与暗示，便平静待之，不急也不躁，不热也不冷，觉得应当保持一定距离为妥，必须稳定在同事友谊的范畴内，是朋友，但不是情侣。

而王紫的情窦已向他敞开了，不设任何防范，还有一种浓烈的紧迫感。但她也意识到，女孩必须保持必要的自尊与矜持，不可唐突而丢失颜面。这样她盼望着，龙文能够主动来挽她的手，向她发起爱情攻势。有时她的手会有意在他的面前略微停留一小会儿，僵在那里，等待他的手能够迎上来，紧紧握住，手指连手指，手心贴手心，彼此感受心的跳动，情感的荡漾，让两人的情感电流能够连通交汇，链接成心心相印的爱情共同体。

王紫更盼望着，龙文的爱情能够猛烈而炽热，直白而大气，能够用那沉稳而火辣辣目光深情望着她，大声说一声，王紫，我爱你！让两个相亲相爱的灵魂走到一起，卿卿我我，亲昵浪漫，相互欣赏对方，相互崇拜对方，陶醉在情感依依之中，不约而同地投入对方的怀抱，让两人的嘴唇在无意间相吻了，紧紧粘连在一起，心跳加速，神魂飞跃，紧紧拥抱在一起，共同仰望天空的银河之桥和牛郎织女。

## 5

2015 年早春，江洲市的大气比往年都暖和，春意盎然，春潮滚滚，路边的老桦树列队成行，刚刚长出的嫩叶发出了轻轻的喧响。一些开阔的草地泛青成了绿色海洋，叶子精力旺盛、郁郁葱葱，茎秆翠绿幽深，汁液饱满丰盈。城区和公园里的郁金香花、山茶花、玉兰花，以及樱花、桃花、杏花等，一树接着一树开，花团如海，繁花似锦，散发出诱人芬芳，有谁能不为此而心无所往呢？

天气不燥不湿，不冷不热，是一年之中最为舒适的季节。龙文母亲赵茹莲带着渭水县一位姑娘夏侯小曼，千里迢迢来到江洲市，打算让龙文谈对象。夏侯小曼 23 岁，白净高挑，眼大，鼻梁高，穿一身露胸的黑色连衣裙，指甲染淡粉色，看人有点斜视，但燃烧着火苗，充满了女性的柔情。

她俩一老一少携带着两个行李包，来到世纪大厦 15 层的值班台前，已是下午 5 点了。赵茹莲对值班员说，同志，我是从陕西来的龙文妈妈，请带我见龙文吧。

值班员一个电话打给龙文说，龙主任好！你妈妈到公司了，请出来接一下吧。

龙文既兴奋又惊诧，没听说母亲要来江洲市，便问，是我妈吗？

值班员说，是的，没问题啦。

龙文又道，我刚才外出到莲湖区调研了，马上就返回。你让我妈妈等一下吧。

值班员说，好的，龙主任！但转念一想，莲湖区在江洲市的南边，返回江北区世纪大厦正值晚高峰，起码得四五十分钟，就立即拨通办公室电话，给肖梅讲了。

不一会儿，肖梅出来将她俩迎到会议室，倒上茶水热情接待。随即肖梅将龙文母亲的突然来访，给赵晖做了汇报。

赵晖道，龙文由于受伤等其他情况，春节期间没回家。他妈妈来了，我们要慎重对待。你赶快让职工食堂加几个菜，晚上在小餐厅宴请龙文亲属，我与张彬参加。

饭前，赵晖和张彬专门来到会议室，与赵茹莲、夏侯小曼见了面，简单介绍了公司情况，随后一起来到二楼的职工食堂。食堂很快就备好一桌饭菜，有红烧鸭块、清蒸长江刀鱼、宫保鸡丁、豆皮、排骨莲藕，以及汤包、鸡冠饺等特色美食，满满摆了一桌子，比较丰盛。

肖梅将赵茹莲安排在主宾位置，夏侯小曼主陪，另给龙文在旁边留了一个位置。她随即说，龙文在返回的路上，再有几分钟就到了。

在等待之中，肖梅寻找话题与赵茹莲说话。夏侯小曼一直沉默不语，神情不太自然。赵晖纵目望去，看到赵茹莲属于典型的陕西母亲，中等身材、朴素、善良、内敛，过度的操劳和年龄难以掩饰容颜的衰老，忧虑而憔悴。而身旁的夏侯小曼长相年轻，颇有几分姿色，脸色微红，显得有点羞赧。

赵晖对龙文的情况比较了解，但从未听说过龙文有妹妹，也没听说有过恋人，便用旁敲侧击的口吻道，赵姨，您带的这位美女怎么称呼呢？

夏侯小曼仍然沉默不语，怔怔地瞥了赵晖一眼。赵茹莲说，我娃叫夏侯小曼，在我渭水县银行工作，人好家庭好，单位也好。我带来是让龙文处对象，解决终身大事哩。

正说话间，小餐厅的门推开了，龙文走了进来，高兴地说，妈！你咋也不提前说一声，我去接站啊。

赵茹莲猛然见到儿子，自然喜上眉梢，随口说，哎哟！怕影响你工作，不添乱子。说罢，她被眼前儿子右胳膊的空袖筒惊住了，嘴巴张得大大的，在瞬间目瞪口呆了……她在寻思，儿子的胳膊怎么了？是变戏法子隐藏起来了吗？她的心脏剧烈跳动，异常紧张……她简直不敢相信自己的眼睛，眨了眨眼，摇了摇头，再定睛望去，没错！儿子的右胳膊袖筒确实是空的，右胳膊的确是没有了！

她有点惶恐失措，神经错乱，脸色唰的一下变了颜色，惨白如纸，磕磕绊绊地说，儿，儿子，你的胳膊怎么了呢？

龙文看得出母亲的惊恐与错愕，也感受到了母子连心的真挚情感，心头升腾起一种强烈的愧疚，弱弱地说，妈！儿子对不住你老人家了，我胳膊被人家砍伤截肢了。儿子不孝，也没有及时给你老人家说，请多多见谅。

这席话，看似平淡，但在赵茹莲头脑里，如同天塌下来一般滚滚作响，让她头晕目眩，更像五雷轰顶般劈头盖脸而来。她惊惶恐惧，难以接受，心里剧烈地颤抖着，哆嗦着，疼痛着，肝胆俱裂，心如刀绞，差一点晕厥过去。随即，她在饭桌上掩面失声啜泣起来，尽管声音不大，但乌泱乌泱不停，悲怆欲绝。她的哭泣是从胸腔里发出来的，挟带着轻微的战栗，哭泣与颤抖相互交织，哀哀欲绝，寸肠千结，月圆人残啊。哭着，哭着……哭声渐渐小了一些，但眼泪却不能遏制地往外汹涌，扑簌扑簌的，以泪洗面，让现场陷入到极度伤感之中。

对于夏侯小曼来说，也震惊了，压根没想到给她介绍的对象竟然是一个残疾人，不管龙文有多大本领，缺少一只胳膊是她无法接受的。她觉得胸口堵上了一块石头，闷得慌，也感到摊牌的时机到了，就直了直身子，站起来说，你们这儿太木乱了，就是再蹦跶也搭不好一座桥，拜拜了！说罢，她起身提起自己的行李包，头也不回离开了饭桌，出门拂袖离去。

赵茹莲立即止住哭泣，追出门去，轻声喊，小曼，甭走！有话听姨好好说。

夏侯小曼梗着脖子，头也没回，从鼻孔里发出重重一声，哼！径直走了！

团聚的喜宴变成了悲宴，这是所有人没有料到的。赵晖也理解一位母亲的悲伤，目光里满是情通意达，便招呼大家吃饭，其间还带着检讨而沉重的心情说道，赵姨，龙文是为了掩护我而丢失一只胳膊的，是我的救命恩人，也是我们公司的英雄，更属于这个时代的光荣。

赵茹莲说，孩子，这光荣那英雄，一条胳膊没有了，这一辈子可咋整呀？

龙文道，妈！别太担心了，不管怎样，我会尽好孝道，让你晚年生活有依有靠有保障的。

晚宴没有喜色，更没有欢乐，沉重的话题让气氛郁闷抑塞，早早就结束了。公司用车将赵茹莲与龙文送回了家。赵茹莲详细察看了龙文受伤的胳膊，再度悲伤不已，母子俩边哭边聊了起来。龙文将事情的来龙去脉讲了，开导母亲想开一些，天无绝人之路，以后的生活会好起来的。

开导归开导，赵茹莲心里这道坎还是迈不过去，心情焦虑痛苦，当天晚上彻夜难眠，吃了两回安眠药，才勉强睡了三四个小时。

次日早晨，赵晖给龙文打电话说，老人家昨晚怎么样？你有什么安排呢？

龙文说，还可以，慢慢会好起来。我没啥安排。

赵晖接着道，我考虑让王紫陪着老人家在市里名胜风景区转转，散散心，再让王紫看看老人有什么毛病没有，及时预防治疗。

龙文说，行！

随即王紫就驱车来到龙文所在的小区，停好车后专门到家里接赵茹莲去游览。赵茹莲怎么也不肯，解释说，娃受这么大的罪，我要好好给娃做饭哩，谢谢王姑娘的好心。翌日，王紫再次来到家里邀请，赵茹莲才勉强答应，拾掇一番后随同王紫前往海湖公园。

海湖公园是江洲市旅游业的一张名片，汇集山峦、湖水和人文景观于一体，有清澈的湖水，有不是太高的两座山峦，还有小巧玲珑的岛屿，以及各种园艺花园与游乐场。她俩登上湖光山色的小岛，感受秀丽风光，微风吹拂着青青翠竹，枝头迎风起舞，一队队蜜蜂在各种鲜花丛中嗡嗡作响，享受着花粉的佳酿；一群群蝴蝶扇动着翅膀，在菁草、青藤、杏花中翩翩起舞，展现出美丽精灵的风韵。

王紫踩着细碎步子，有时依附在赵茹莲身边，有时挽扶着她攀上爬下，如同母女，游走于春日的阳光、花丛、树林之中。坐船往返时，船体在水中剧烈摇摆，赵茹莲感到有点眩晕，王紫就用纤细如玉的手指紧紧搂住老人，相互支撑着，稳住老人的身体，显得很是贴心。

赵茹莲沉醉于大自然的春风美景之中，愉悦欢快。她在不经意中留意王紫的举止言行，看到这个穿着整洁得体休闲服的姑娘，貌美如花，仪态端庄。有时她盯着王紫看了好长一会儿。

赵茹莲也看到王紫性格温顺，善解人意，更是萌生了赞叹与好感。她也知道大城市的姑娘年龄保密，一般不能问，便说，王姑娘，你是属啥的？

王紫彬彬有礼说，属马，是摩羯座。

赵茹莲掐指算来，推算得知她25岁，比龙文小4岁。她心里想着，假使这个王姑娘能嫁给龙文，该多好啊，那又是天大的福分了。

王紫看到赵茹莲喜悦的脸色中隐藏着一些灰暗，不太正常，应当是经络淤堵了，就问道，阿姨，您什么地方不舒服吗？

赵茹莲说，我睡眠一直不好，两个晚上都睡不着，没办法就得吃安眠药，吃了两次才睡一会儿，真木乱啦。

随即王紫在一个凉亭里停下脚步，让老人坐在长条椅上，她号了号脉说，阿姨，我给您开点中药胶囊，每天晚上睡前吃上三四粒，两个疗程应能治愈根除。

赵茹莲惊讶地说，能根除，那可嫽咋咧！我失眠是老毛病了，找县里医生看了好几次，中药吃了几十服，就是不管用。

王紫平静道，我家是开中医堂的，管用不管用，您吃吃试试看。

说话间，王紫已将中药处方用手机发给博世堂大药房的主管，要求特事特办，抓好药后磨成粉，装成一个个胶囊，下午下班前置于大药房的药柜子上。

当天晚上，王紫就将特制的睡眠胶囊送到龙文家里，又与赵茹莲聊了一会。

次日，王紫陪同赵茹莲参观了长江博物馆，观看长江水系生长的各种珍奇鱼类和植物，以及长江的悠久历史。

赵茹莲说，王姑娘，你弄的睡眠胶囊歪得很，我昨晚吃过后一觉睡到大天亮，嬢咋咧！真是走大运了，谢谢你的神医胶囊。

王紫淡淡一笑道，阿姨，再吃几天看看，只有根治了失眠才算真管用。

赵茹莲不解地问，你年纪轻轻，咋么医术这么歪，是跟谁学的？

王紫道，阿姨，我从小是在中医堂长大，跟着爷爷看就看会了。

赵茹莲说，我在这给你添这么多的麻烦，准备再给龙文做上几天饭，就回老家去哩。

王紫道，您老人家难得来一次，就多待一些日子吧。

赵茹莲说，我家里还有一块菜地，没人管就荒了。

王紫笑了笑，颔首理解，脸上流露出了恬淡与亲切。

当天从长江博物馆返回时，王紫带着赵茹莲来到江洲商厦，给赵茹莲采购了一套淡蓝色的民族服装，买了麻糖、汉绣、豆皮、麻烘糕等一大包东西，花了两千多元。

赵茹莲说，姑娘，花么多钱，我给你补上。

王紫微笑道，如果给我钱就见外了，这是晚辈给长辈的一点点孝心。

面对王紫漂亮的颜值，高超的医术，体贴的话语，大气的馈赠，赵茹莲获得极大尊重和满足，很是受用，感到心里温馨如意，产生感动与眷恋，更没什么芥蒂了，随口便问，王姑娘，你处对象了吗？

王紫一下涨红了脸，喃喃道，阿姨，还没有了。

赵茹莲说，闲谝了，我就问问你，我屋龙文咋样？

王紫没有作答，微笑着点了点头。

赵茹莲又说，你觉得，我陕西人咋样？

王紫仍没作答，又微笑着点了点头。

当晚，赵茹莲对龙文说，我看这两天陪我的王姑娘真不赖，长得有模有样，水灵灵的，做事头头是道，你能处上她就是天大的福气啦。

龙文道，妈！我现在不想处对象，也不想结婚。你老人家就不要在这方面操心了，我想做好真正的自己。

赵茹莲一脸无奈掠过万般愁云，心里想，我儿这是咋么咧，咋个脑子被驴踢了，竟然不想传宗接代了！

# 6

"三八"妇女节到了，公司给女员工放假半天，为每人准备了一份天下汇商场的慰问品，凭券就可领到一个精美蛋糕。

当天晚饭前，肖梅打电话约了靳凤、王紫到江苑酒吧相聚，聊天庆贺。

江苑酒吧坐落在最著名的汉亭街上，有很高知名度。夜幕降临时，只能步行的汉亭街一下子就喧嚣起来，人影幢幢、熙熙攘攘，霓虹闪烁、灯光绚烂，律动着长江流域小吃街的火热繁华，市井烟火浓，别有一番情。

肖梅订的是酒吧15号桌，与其他桌子隔着屏风，有一定的隐秘性。肖梅最早到达，点了以小龙虾为主的几个菜和茶水、点心，就稳坐窗前，紧紧闭上嘴巴，像是掩饰豁嘴唇似的，隔着玻璃窗观看街区的浪漫美妙。

不一会儿，靳凤到了，只见她略施淡妆，娇而不艳，穿着一件枣红色外套，热烈得如同春天里的一团火。她走进屏风后，将外套脱了挂在衣架上说，姐，你找的地方太巴适了，热闹得冒着热气儿，有烟火味，有青春气。随后王紫也来了，穿一件白色短上衣，配一条深灰色的长裙子，发髻高耸，扎着蝴蝶结，倍添优雅大气。

肖梅略带揶揄之色说，妈呀！好漂亮，天上嫦娥看见也会嫉妒的呀。

王紫说，大姐请客，妹子必须穿得讲究些，才是般配啊。其实王紫家庭优越，对穿衣极其讲究，工作是工作服，宴会是宴会服，外出是外出服，健身是健身服，从不凑合，处处体现得体的优雅风度。

在她们三人中，论年龄肖梅最大，王紫次之，靳凤最小。看性情，肖梅处于公司权力核心，做事胆大泼辣，有着六亲不认的雷霆手段，能镇得住人；同时也有柔软的一面，能够灵活处理人际关系，这样就成了王紫、靳凤的大姐大，主导着整个场面。

服务员已端上来3个小菜，3扎黑啤，一大盆小龙虾。那一盆小龙虾，仿佛就像一座凌乱的火山，黑里透红，红里透亮，油光闪闪。靳凤兴奋道，真棒，太巴适了！

肖梅再细看每一只龙虾，个个健壮肥大，穿着深红色盔甲。她感慨道，哇！真是天下第一美食。

这时靳凤已戴上了塑料手套，开始下手了。她抓起一只小龙虾，拎到面前，深深瞅了一眼，然后用双手使劲将小龙虾掰开，鲜嫩的虾肉露出来了，再蘸点香辣汤汁，张开口一下就吃到嘴里，有滋有味的。

她说道，辣死了！然后擦了一把眼睛里溢出的泪花，接着说，香辣味儿直冲脑壳儿，让身体都麻酥酥的，太安逸了。吃了一只后，她习惯性用嘴舔了舔沾在塑料指头的肉丝说，肉味鲜，肉质嫩，肉丝好，香辣得嬠咋咧！

王紫笑眯眯地看着靳凤麻利的动作，觉得很好玩，就说，靳姑娘，你吃龙虾的水平举世无双，痴迷深情，就嫁给龙虾算了。

靳凤冲着王紫抬起手做了一个鬼脸说，呀呀呀！我就嫁给龙虾了。随即她又在盆里拨拉了两下，选了一只更大的拎在手里说，开始谈恋爱啦。我牵住他的手，掀起红盖头；深深吻一口，香气天地留。她一边说着，一边动手掰开龙虾吃着，甚是忘情。

肖梅看得眉飞色舞道，老妹儿真有才，可以当演员演戏了。随即肖梅端起一扎黑啤道，来！老妹儿，别只顾吃忘了喝。

王紫说，我不喝酒，以茶代酒了。

肖梅道，剩下一扎咋办？

靳凤说，我喝！替王姐完成任务。

三人都举起了杯子，轻轻碰了一下，神色轻松自在。

看到王紫、靳凤端杯子怔怔看着自己，没有立即喝的意思，肖梅说，顺便讲一个笑话听听哈。我上高中时，我们班里一个女生属于二杆子，遇事爱嘚瑟。有一天她看到正走上讲台的语文老师裤子拉链没拉上，就站起来提醒说，老师，你的门没关上！老师一摆手说，不管它，一会教导主任要来听课。女生一看老师没听懂，就走到讲台边提示老师拉拉链，弄得全班人都羞得面红耳赤了。

三人哄然大笑，前仰后合。

肖梅继续道，世风渐下，我们女同胞中奇葩事越来越多。现在不愿结婚的人增多了，只恋爱不结婚，那叫作个潇洒；没有领结婚证同居，生孩子的人多了，那称为捡漏；结了婚不愿生孩子的人也多了，那是个淡定。

王紫正色说，我们女人的作用大着哩，一个社会的风尚，在一定程度上就是我们女人的风尚。

肖梅道，何以见得？

王紫说，我们女人的作用大着哩，因为女人在家庭中承担着相夫教子的责任，对丈夫的影响也潜移默化，对孩子的教育从小日积月累熏陶，奠定了孩子的思想基础，影响比老师都要大。

哦！要的。靳凤表示出了赞同，说道，这娃儿女人就是了不得。

肖梅道，这就是说，我们女人要做好了，出嫁自己也要有尊严，不能贱卖自己，更不能丢色又丢财，财色两空哈。

靳凤用右手一拍大腿，兴奋地说，对头，说得太对了。现在一些男人猴精猴精的。前些天，他们给我介绍了一个男的，在政府机关上班，长相倒挺顺溜。第一次见面吹牛扯把子，说得很光滑，看见服务员来结账就躲进洗手间了；第二次见面就问我一年挣多少钱？有多少存款？啥子烂屁娃儿，气得我一句话也说不出来，扭头就走。

肖梅端起酒杯道，老妹儿，喝一下！做得对，给咱女人长脸了。

王紫与靳凤也端起杯子，轻轻碰杯后，喝了起来。

肖梅喝完一扎啤酒后，将王紫没喝的那杯给自己与靳凤各折一半道，老妹儿，我说点酒话吧，最近赵总有点不对劲，好像谈上女朋友了。

靳凤一惊，脸色腾地红了，急急问，谈的哪儿的？

肖梅抬头望了望窗外道，好像不确定，也许是老家的，也许是老同学，也许是公司内部的。她似答非所答，让靳凤一头雾水，愁肠百结。

肖梅以关切的口吻对王紫说，老妹儿，我看张彬对你挺有那个意思的。你俩没弄个龙虾肉蘸香汤汁？咪西咪西！

王紫笑了笑，未置可否。

肖梅继续道，张彬才貌俱佳，是江洲的白马王子。你可别这山看着那山高错过了机会。

王紫又笑了笑说，张彬确实是不可多得的好男人，但我觉得爱情是生活，是身体和情感的放松，而不是板着面孔做样子或当摆设。我不喜欢寄人篱下，也不喜欢处处讲排场，性格也在决定爱情啦。

肖梅听后陷入了沉思，满腹心思地望着窗外的霓虹闪烁。

靳凤接住话茬对王紫说，我觉得龙文倒是质朴，与你性格也般配，嗷嗷嗷！向龙文发起爱情攻势吧！

王紫端起杯子喝了一口茶，未做正面回应，而是说，靳姑娘呀！你快乐得像个天使，再能找一个暖男，彼此贴心，就是高品质的人生了。

靳凤说，我娃儿得找个能拿得住而又靠得住的男人，不然这一辈子就白活了。

当夜，靳凤做了一个温馨美妙的梦，梦到自己在实战化网络对抗中输了，输得很惨。她编的病毒程序都失灵了，成了一堆废品，便在办公室伤心欲绝大哭起来。赵晖来到她跟前，轻轻抚摸着她的脸蛋，帮她擦拭去泪痕道，莫要哭，莫要哭了，我帮你编全世界最强大的病毒软件，打败所有的对手。

她止住了哭声，但仍然抽泣，边抽泣边说，你爱我吗？

赵晖道，我敬佩你，你是天底下最美的女人。

她抽泣减弱了，还在问，你真的爱我吗？

赵晖紧紧握住她的手，将嘴巴凑在她耳朵边，低声道，我爱你！你永远不能离开我。

　　她抽泣完全停止了，神魂飞跃，忘情陶醉，闭着眼睛倒在了赵晖的怀抱里……这种梦境中的激情飞扬把她惊醒了，揉揉眼睛，感到畅快而怅惘。

## 7

　　经过长达一年之久的苦苦鏖战，"雷神防护二"研发进入到最后的调试阶段。

　　该系统比"雷神防护一"更复杂，技术更密集，囊括千万行代码，各种逻辑功能烦琐，路径曲折幽深，标准规则环环紧扣，严严实实。调试修改起来格外困难，要经历极其复杂的运行磨合，耗费大量时间。

　　张彬明确了调试总体要求，委派龙文全程把关调试。其实调试一款网安产品，就是通过运行试错，不断发现漏洞和缺陷，不停修改代码，让整个代码程序由不完善到完善、不成熟到成熟，运用起来稳定可靠。

　　他们将整个系统的程序放在一台模拟机上，接通电源，即启动计算机。龙文已练就用左手操作计算机的神奇本领了，一边全神贯注点击鼠标，发出各种指令，指挥电脑运行；一边大脑飞速运转，思考着运行不畅、卡壳等问题，绞尽脑汁想象发生问题的各种可能。

　　调试现场其他技术骨干也没袖手旁观，有的围在身旁，与他的思维同频共振，观察电脑屏幕的数据变化和趋势。有的徘徊在室内，苦思冥想调试中出现的问题，千方百计出主意想办法，推动调试一步一步往前走。

　　电脑屏幕上的代码数据，如同长江波涛般一波接着一波往上涌，一会儿反映扫描探测、流量监听、特征匹配的功能情况；一会儿表现动态发现、汇集网络资产的情况；一会儿进行关联分析与展现；一会儿开展快速感知安全风险、把握安全态势检测……生涩的数据接踵而至，孤僻的问题扑面而来，让他们不停应对。大家从不同角度提出建议，龙文综合取舍，不断加以矫正修改。

　　调试到后半夜两点多钟时，夜色沉沉，倦意蒙眬，昏昏恹恹的瞌睡虫从四面八方涌来，爬到了人们的脑壳里，让几名年轻人有些瞌睡了，思维进入到迟钝之中。

但龙文是一位历经诸多考验的勇士，难度越大探索的欲望越强，越是夜深人静独自思索的火花越亮，有时格外绚丽，让他紧紧拽住极其难得的一段时光。有一回为了找到问题症结，弄清内在逻辑，他三天三夜没合眼仍不觉得困，思维清晰，干劲十足，如同一颗锋芒毕露的螺丝钉，一个劲往深钻，往尽头挤，向技术顶端逼近，直到弄得透透彻彻、明明白白才罢休。

赵晖将此概括为：只有攻关、不问东西的高境界。

龙文也深知一名超级黑客成长的不易，都要经历从喜爱到热爱、热爱到挚爱、挚爱到大爱的捶打与磨砺。正如一棵参天大树，不可能一蹴而就长高的，而是要经历多少年的辛勤浇灌与风霜雪雨，才能逐渐壮大。而任何饮鸩止渴式的拔苗助长都是有害的，相反会迟滞成长。

想到此，龙文抬头瞥了一眼墙上的闹钟说，请大伙都回家休息吧，不用一起熬夜了。我还不瞌睡，能顶得住。调试遇到什么新情况，能处理就处理了，处理不了天明上班后再一起研究。

就这样，大家陆续离开了实验室。龙文仍坚守岗位，疲惫了，就站起身来晃晃身子，跺跺脚，伸伸胳膊腿，振作精气神；而后随着屏幕上的显示，接续调试……直到东方破晓，一轮朝阳从玻璃窗上钻进来照耀在室内，彰显出新的一天活力四射时，他才停下调试的步伐。

紧接着，接替调试的人来了。龙文就到洗漱间痛痛快快洗个凉水脸，让自己清醒清醒，再到饭堂简单吃个早餐，便又投入新的调试之中。

第二天的调试中，整个系统能够跑起来，可以运行了，但不流畅，时而卡顿停滞。龙文一边调试，一边修改代码，让各个部分的代码程序走向成熟。

对于一些门外汉来说，觉得调试就是哪里有堵点修改哪里，哪儿有痛点矫正哪儿。其实非也，必须在整体系统的观念下观照堵点和痛点，用牵一发而动全身的理念进行整体性调整。有时一个堵点的修改，要修改调整几十处上百处的代码，以达到整个系统的臻至化境。据此，修改代码是一件体力与智力投入相当之巨的特殊工作，神经高度集中，思维缜密周全，情感百倍投入，意志格外坚韧。一般人会因大脑繁重劳累而疲惫不堪，败下阵来。

龙文则不然，看似身材单薄体弱，却有着常人难以理解和估量的爆发力和坚韧力。他对修改系统代码、探知高难度奥妙，葆有极大好奇，从不回避和凑合，从不屈服与放弃。任何一个疑点和未知，都会调动起他强烈好奇的欲望，让他燃烧激情，奋勇攀登，跨越千山万水而乐此不疲，辛苦而快乐着。

调试圆满结束，龙文如释重负长长嘘了一口气。

打造一款网络领域的工程化产品，调试完成仅仅是迈出产品化的第一步。在产品化道路上，他们与生产厂家紧密配合，试错磨合，再试错再磨合。第一台样机制作出来拿到公司时，正值一个月黑风高的夜晚，暮色如浓稠的墨汁，将天空涂抹得漆黑漆黑，让人有种压抑感……赵晖、张彬亲自迎接样机，组织精干力量检测试用。试用表明，产品的网络测绘、发现漏洞隐患、提出防范措施三大功能中，发现漏洞隐患不够稳定，对同一网络终端的第一次测试与第二、第三次测试结果相差较远。

赵晖、张彬分头组织技术力量，做实验、搞测试、找问题，综合各种数据现象分析，锁定技术疾症，主要是明网和暗网交叉测绘的转换存有缺陷，对暗网密码破解能力不足。找准了问题，析透了机理，便对症下药修改代码，再次检测试用，试错发现问题。

历经长达两个多月的反复检测试用，并提交第三方专家组鉴定，"雷神防护二"达到了功能稳定、性能可靠，能够实时快捷监测各种网络犯罪活动，肩负起保护重要网络基础设施数据库安全的重任。只要将其接入国际互联网实时监测，就能在浩瀚的互联网赛博空间，尽显威风凛凛，追踪国家级的 APT 组织、黑客组织、勒索组织的异常动向，窥探异常行动的蛛丝马迹，侦察清楚其在网络中所部署的中转跳板、木马服务器、僵尸节点等魑魅魍魉，提出防御方案，有效抵御攻击而确保网络资产安全无恙。

这款产品荣膺知名网络空间测绘搜索引擎，成为一款网络防御的超级盾牌而备受推崇。

# 第十章

## 1

隆冬，江洲市阴云密布，寒潮来袭，低温裹着潮湿冰凉凉、湿漉漉，好像一柄阴柔的利剑，能够刺透任何物体的防护层，让许多人身体紧缩，不由得打起哆嗦和喷嚏。

正准备下班的靳凤收拾办公桌上的东西，突然听到新到邮件的信息，她像往常一样麻利地点击鼠标，进入网站，打开链接而来的邮件。霎时，一股寒气从屏幕上扑面而来，一枚子弹挟带着呼啸的动画效果，飞翔到面前发生了爆炸。

靳凤依稀记得上次的子弹邮件，不免瞠目而视，胆战心惊。她感到非同小可，立刻匆匆来到赵晖办公室汇报。

赵晖又一次警觉起来，紧急召开分析会。大家剖析各方面潜在风险，预测可能的原因与隐患。张彬提出，公司夜晚保安单人值班看似节省了人力资源，但存在安全问题，应当如同部队那样对重要设施采取双人值班，增加保险系数。龙文感到，刚刚试用成功的"雷神防护二"还有一个瑕疵，就是自身防护能力不足，能够防得住一般性网络攻击，很难经受住国际网络黑客发起的超大规模网络战。

赵晖道，这两方面建议都很有价值。总裁办论证扩大保安力量，落实晚上双人值班制度。王紫集中所在技术室力量，给"雷神防护二"加装多道防火墙，提升抗攻击能力。张彬制定应对国际超级网络黑客围攻的方案，适时组织模拟网络战争的攻防演练，锤炼应急防护本领。

对于制定网络实战方案，张彬心细如发，精心设计。他将国际网络黑客惯用的明网、深网、暗网联动，渗透——突破——控制——摧毁的几个步骤，细化剖析，设计出应对大规模和超大规模网络战争的两套方案，展开挂图网络实战演练。

所谓的挂图网络实战演练，就是搭建虚拟化的网络平台，设置"红""蓝"两支技术力量，在网络平台上展开进攻与防御的较量，以矛刺盾，检验反击力；以盾防矛，强大防护力；矛盾相对，提升攻防兼备本领。具体攻防演练，张彬没有眉毛胡子一把抓，而是分三个等级依次推进、逐步升级。首先是单兵对抗，按两人一组将技术骨干分成若干个组，进行一对一对抗，在明网、深网、暗网三个领域，进行网络钓鱼、恶意软件、病毒渗透、DOS 和 DDOS 攻击，以及设置网站超级密码、搭建防火墙、擦除痕迹、埋设蜜罐等防御，感知网络攻防的冷暖，也相互学习而超越。其次是进行单元对抗，两两对抗，交叉对抗，从明网到深网和暗网，从病毒渗透到隐藏潜伏，从改写协议到控制，从突破到消除痕迹，从心理因素到战术运用，进行全面对抗攻防，比拼出过硬能力。最后组织体系攻防对抗，将公司技术骨干按照攻防角色，分成防御与进攻"红""蓝"两支队伍，分别由张彬、龙文率领，进行攻防对抗演练。攻者穷尽办法，突然出击，寻找软肋突破；防者群策群力高筑墙，补齐短板漏洞，全力化解危险；攻防互换角色，寻找对手弱项，挖掘自身潜能，锤炼攻防兼备过硬本领，随时准备应对国际黑客的挑衅。

而在大洋彼岸五洲公司 33 层的高级会议室里，坐着十几位各种肤色的人，正在举行"黑客帝国"联盟会议，商议一项网络攻击计划。会议室走廊两端有几名全副武装的安保人员，警惕地徘徊在走廊里，戒备森严。

五洲公司总裁威瀚里·史密斯主持会议。按照既定议程，工作人员将网络攻击计划——"猎狐绝杀"方案，分发到会议成员面前。

史密斯道，先生们，为了捍卫我们共同的价值观和民主自由，我们计划集中联盟单位的黑客高手，对中国江洲市的侠之大者公司实施"猎狐绝杀"网络战。一方面没收网站所有数据资源，为我们所用；另一方面摧毁网站，彻底将他们踩在脚下，主宰整个网络世界。具体方案已发到大家面前，请各位审看，大家有权利提出不同意见。如果没有的话，请在方案上签字。

圣仁波恩黑客公司的负责人波恩举手说，史密斯先生，我有不同看法，"没收"这个词语好像没有正当理由吧。我们不是联合国警察，不应该有"没收"的权力，应是"获取"。

史密斯耸了耸肩摆摆手说，波恩先生讲得对，应当是"获取"。先生们还有建议吗？

没有人发言了。黑客联盟所有成员单位负责人在方案上签了名字，立即被工作人员收走了。接下来史密斯道，我们实施网络"猎狐绝杀"是一项非常行动，是为了维护我们的权利和尊严不受侵犯，巩固网络世界的民主自由。希望各位遵守签字承诺，按时派出强大网络黑客力量参加行动。先生们，还有什么疑问吗？

大阳黑客公司负责人威里发言道，"猎狐绝杀"的方案只提了行动计划，没有考虑利益分配。我提议，要给我们参加行动的联盟单位必要的资金回报。

史密斯用鹰隼般锐利眼光，扫视了下会场，用浑厚嗓音说，你的这个意见我没有理由拒绝。等到任务完成，评估价值后给予各个联盟单位必要回报，以示公平与尊重。

史密斯继续道，先生们还有什么问题吗？

## 2

紧接着，五洲公司召开专题会议，部署"猎狐绝杀"行动有关参与黑客、攻击措施等。会议明确安尔·威尔逊为总指挥，具体组织实施。

威尔逊将行动时间确定为 2016 年 2 月 7 日即中国春节大年三十晚 8 点

整。此时是中国万家团聚之时，是央视春节联欢晚会正式开演之际，也是侠之大者网络值班人员心理上最容易疏忽之时。旨在攻其不备、出其不意，计划用倾巢出动的硬实力攻陷侠之大者网站，置之于死地。

对于这次惩罚性的"猎狐绝杀"网络战，威尔逊精心准备。一方面在地球东西两极的多国建立多处"踏板机群"和"僵尸跳板"，便于隐蔽行动轨迹，做到高度隐秘；另一方面让黑客们多抓取网络肉鸡资源，强大进攻力量。同时注重后方防火墙建立，进行必要防范，做到攻防兼备。

威尔逊创建加密聊天间，不停督促各个黑客公司紧前准备，尽锐出战。圣仁波恩黑客公司负责人波恩说，2月7日是个星期天，为何要确定在一个公休日呢？

威尔逊解释道，这天正好是中国农历大年三十，趁节日打对手一个措手不及！

波恩继续问，为何不用病毒的巧实力，而是要用最笨的办法硬突破呢？

威尔逊道，他们有全世界第一流的网络巧实力，病毒武器渗透式的软突破很难达到目标。我们就硬碰硬突破，成功的理由更为充足。

威尔逊起心动念都是恶，恶念滔滔，欲望熏熏。他的心胸极其狭小，小得如同一颗豆子、一粒小米，睚眦必报，锱铢必较。赵晖从五洲公司消失很久后，他脑子里一直储存着赵晖的身影，憎恨一直挂在心头，抑塞于胸。如今他的脸色变成铁青色，黯淡得让人心惊，额头的灰色雀斑不断扩散，似乎郁结着不祥。他将"猎狐绝杀"看成是摧毁赵晖、主宰中国网络的一次绝好机会，甚至觉得赵晖给他心灵留下无法抹去的耻辱与伤痛，也是永远留在心中的梦魇，无法释怀！他对自己确定的战术很自信，感到唯有硬碰硬，才能击垮赵晖，让他永世不得翻身。

次日下午两点钟，"猎狐绝杀"的帷幕如期拉开。

威尔逊指挥着5个黑客联盟单位的500多名精锐黑客，通过全球东西两头的"踏板机群"和"僵尸跳板"，在一刹那间，迅速跨越千山万水，进军世界东方的中国江洲市侠之大者的网站……侠之大者的网站外，狼烟滚滚，大军云集，一场网络恶战不可避免了。

颇为嘲讽的是，正在公司值班的赵晖，刚刚发布了一段一分钟《春节我在岗》视频，意在安民告示，让员工放心进入欢度春节模式，尽情享受良宵佳节的欢乐美好。

但在此视频发布不到一刻钟，国际黑客的莅临让网络值班系统发出"嘟——嘟——嘟——"的报警声，无情地击碎了眼前的悠闲与平静。赵晖高度警觉，立即坐在电脑前点击鼠标，查看网情。他在电脑上看到有极其强大的流量来访，来势汹汹，敌意磅礴，立马意识到遭遇到了国际黑客的强硬进攻。

作为一名世界级的超级黑客，赵晖还是第一次遇到如此强大迅猛的攻势，感到公司网站危也，必须绝地求生了！他压力巨大，但没有惊慌失措，一边调集自己手头掌握的网络流量迎战抵御，一边立即启动公司一级防御响应，向所有技术骨干发出十万火急命令：公司网站遇袭，立即上线投入防御战斗。

公司几百名技术骨干几乎在同一时刻接到命令，立即离开观看春晚的荧屏，找到电脑，迅即上网集结，从不同方向远程支援赵晖，与敌意黑客力量对峙较量。公司网站内外，重兵云集，进攻与防御、袭击与反袭击，紧紧纠缠在一起，对抗着、较量着、胶着着……"黑客帝国"联盟准备充分，力量超强。再者双方网络流量不断向公司网站集聚，聚集加大到一定程度，势必会造成公司整个网站严重拥堵而出现崩溃等网灾。

赵晖愈来愈感到了凶险，排兵布阵做最坏打算。他在加密聊天室对王紫命令道，王紫，请你立即将公司所有重要数据潜藏起来，确保绝对安全。

王紫领命说，行！便立即行动去隐藏服务器的庞大数据库。

赵晖对张彬道，张彬，请你立即给公司服务器数据库加装新的密码，死死守住底层协议，防止网站瘫痪后数据库被掳掠盗走。

对于一个网安公司来说，保数据就是保实力，亦是保生命！数据是公司最大的资源和财富，也是血脉。公司的一个数据就是一个细胞，一组数据就是一条经络，千千万万数据就组成了千千万万的细胞与血脉，维系着鲜活生命。当一个网安公司丢失了所有数据，就等于失去生命，丢掉了灵魂，成为一个空壳，或者说是一具死亡的骷髅。

张彬回答说，好！就立即敲击键盘，全神贯注投入编写新的密码。他思索着编写一个由数百位数字与代码组成的超级密码，有效期至少是一个月。也就是说，敌手用全世界最先进的超级计算机不停运算一个月，才有可能破译。

在部署了保底措施后，赵晖开始留意分析攻击黑客的手法、指纹、习惯，探寻其 IP 地址。经过用"雷神防护二"逆向追踪，他觉得与 W 国五洲公司的手段相仿，就断定是五洲公司参与的网络战争行动。这让他的思维又追溯到几年前的往事风云……想当年，他闯荡西方 W 国，浩瀚大洋，人才荟萃，在黑客方阵勇摘桂冠，所向披靡，引领风骚，一时何等豪迈，让世界黑客人才尽折腰。而今，网骑满郊畿，风尘恶，鼓角争鸣，情况危急。"黑客帝国"联盟势大力强，侠之大者仓促应战，敌强我弱，节节后退。假使继续对抗下去，虽说公司网络数据安全能有保证，但整个网站有拥堵崩溃或被硬摧毁的极大可能。

他也想到，不能再容忍了，必须实施反击网络霸权的战争行动了，打掉霸权的蛮横与傲慢，才能还网络世界一个公平。旋即，他头脑闪现出了克劳塞维茨的名言：最好的防御是进攻！防御不能是单纯的防御，而是为了进攻和反攻而进行的防御。

进攻，进攻！为了网络世界的未来而进攻，亦不失为上策，上上策。

当以上理念闪现到头脑后，他立即在加密聊天室，对龙文和靳凤发出指令，要求他俩一人当主攻，一人打掩护，以最快速度，对大洋彼岸 W 国纽华克市的供电系统伴动攻击，打掉敌手的网络战争潜能，釜底抽薪。

两人领命后，立即行动。靳凤在前当先锋，清除各种障碍，吸引各方注意力。龙文紧随其后，快速挺进……

与此同时，赵晖也开始行动了，以霹雳之势迅速来到 W 国五洲公司网站，立即潜入到公司 UPS 电源系统内，快速修改了断电启动 UPS 电源的协议。

这些招数，可谓是抽薪止沸，亦是老虎掏心。一面将五洲公司 UPS 电源系统致瘫，失去应急启动本领；另一面将那现代化城市供电系统一关一开，中断黑客网络攻击的链条，使得电脑戛然停机而失去战斗力，让"猎狐绝杀"的网络流量骤然下降，网络攻击战争流产。

龙文、靳凤一路前行，几乎没有受到大的阻碍，只遇到三道防火墙。靳凤略施小计，就开辟出一条通道，还将纽华克市网络注意力吸引住了。龙文轻而易举进入供电所的网络系统，以高超本领修改服务器协议，掌握了管理员权限，随即将整个纽华克市的电源开关断开，过了两三秒钟再合上，再断开、再合上……

就是至关重要的几度电源断开与合上，废掉五洲公司网络战争的武功，让整个行动如同一颗气球扎了一个洞彻底瘪了，前功尽弃！

卫兵·布朗气愤地说，卑鄙，卑鄙！怎么就停电了呢？ UPS 电源怎么就不启动了呢？

拉姆·戴维斯道，电源是反复断开与重启，糟糕，糟糕透了，我的上帝啊！

威尔逊脸色大变，阴灰得吓人，气得双手发抖，哆嗦了起来。他嘴角歪了，一句话也说不出来，瘫坐在椅子上。

赵晖感觉到强大敌手的攻势锐减，公司网站的流量压力明显减小了。他暗喜，想到双管齐下便一招制敌，暂时化解了风险。但他没有丝毫得意，也没有偃旗息鼓，而是向强大敌手发出了受到伤害后的怒吼！

欲与恶魔试比高，看应对网络战争的反击力量有多大？

对于像赵晖这样传奇式的超级黑客来说，反击是长驱直入的伟大进军，如尖刀一般直抵敌手的心脏要害；反击是摧枯拉朽式的摧毁，像重拳出击般彻底将敌手打翻在地，丧失反抗能力；反击也是毫无悬念的征服，用一盆冰冷凉水浇灭敌手不可一世的淫威，挫其锐，钝其光，丧其气，让其颜面扫地。当然，赵晖反击也是有准备的，携带的特殊武器就是上次国际黑客入侵亚洲经济合作会议系统而植入的那款"幽灵病毒"，以其人之道还治其人之身，将罪恶的网络炸弹投掷回去，上演"完璧归赵"的精彩大戏。此前，他对那款"幽灵病毒"进行深度解剖，吃透了机理，随手修改了几处代码，让病毒机理发生了一些微妙变化，成为一款专门损毁计算机系统特殊而强大的病毒；还增设了时限机关，病毒发作过了预设时间节点，就自行销毁，无影无踪了。

赵晖熟悉五洲公司的网站、服务器等网络节点，也深知其输入输出端口的漏洞，不费吹灰之力就进入到网站。随后，他立即修改底层协议，成为超级管理员，将网站其他管理员全都踢出管理组，并做了一些特殊设置，设定了特殊病毒存活时限。他在网站留下一段英文，内容是：聪明的五洲公司朋友们，玩火者必自焚，害人者必自毁，必须对发动网络战争的作恶者做出惩罚！

随后赵晖再输入一长串代码，完善五洲公司网站服务器的防火墙，清除了自己留下的痕迹就撤离了。他撤离如同一股清风，一阵烟云，难觅任何踪影。

"幽灵病毒"进入五洲公司服务器后，迅速发作，让公司整个网站系统陷入绝境！随时都有可能被摧毁。其异常情况：一个是五洲公司的所有黑客高手，都试图进入系统服务器，改变底层协议，取得网站管理权，但无一例外失败了，让其震惊而百思不得其解；其二是服务器上的所有数据库被改成只读文件，只能眼巴巴看，但无法转移和隐藏；其三是网站上链接的计算机只要开机就感染病毒，不执行指令，也关不了机，电脑处于不受控制的麻木状态。

威尔逊不信这个邪，命令一个人拔掉电源强行关机，但这台电脑屏幕闪烁了一下，就开始自动执行格式指令，电脑主机的风扇立即停止了声响，随即就冒起青烟，硬盘被烧毁了。他命令人将烧了的电脑硬盘检测，结论是：硬盘数据全部损坏，无法恢复还原；硬盘底层协议被修改，无法写入和读出。这就意味的病毒粘附在硬盘上，无法删除！

现实残酷无情。威尔逊胸中原有的重楼叠阁轰然倒塌，心中所有的希望、谋略、自信，统统被击得稀巴烂。他感到了巨大羞辱，陷入到一筹莫展的苦海之中，似乎成了一条丧家之犬，觉得一切都完了，眼前一片渺茫混沌，头重脚轻，摇晃欲倒，进而如同一头老绵羊似的彻底被驯服了。

史密斯得知情况后，气得嘴巴都快歪了，鼻子、嘴唇、上髭都在颤动，两道剑眉紧蹙着呈八字形，愤恨如雷霆般直冲胸膛，提高嗓门咆哮道，笨蛋，大笨蛋！统统的一群废物。他顺手将办公桌上的咖啡杯子摔在地上，咖啡洒了一地，香味四处弥漫。秘书吓得赶紧收拾后，低垂着头退了出去。

威尔逊不得不亲自给史密斯汇报，走到门口时，四肢有点发抖了。他硬着头皮敲门走进去，没敢抬头正视愤怒的史密斯，站立在离史密斯不远不近的地方，等待史密斯的训话。

刚刚发过雷霆之怒的史密斯，暴躁的兴头似乎已过，更多的是惊讶、愤恨、疑惑。他摊开两手道，中国竟然有人能玩出这样的把戏，难道就没有法子破解吗？

威尔逊慢慢抬起头说，是的，总裁先生，我们遇到了前所未有的强大对手。

史密斯似听非听，从办公椅座位上站起来，背起双手踱步，突然停住脚步，扭过头来，神态刁尖，眼神阴狠。他迈着沉重的步子走到威尔逊跟前，把两个长着浓密体毛的拳头，伸到威尔逊面前摇晃着，继续怒吼道，你们这群人，全都是笨蛋、白痴，蠢得像头猪。你们辜负了自己的职责，背叛了公司的使命，让我失望透顶了！

说话间，史密斯神色极其可怕，碧蓝色眼睛喷射出怒火，好像一把熊熊燃烧的火炬，将眼前的一切焚烧成灰烬；也犹如一个恶魔，张开血盆大嘴，随时准备将威尔逊吞噬掉。那凶狠的样子阴森森，冷冰冰，让人汗毛直竖。

威尔逊嗫嚅地说，我失职了，辜负了公司的希望，请求总裁先生解除我的职务，对我实施最严厉的惩罚。

史密斯想的还是如何力挽狂澜，而非打退堂鼓。威尔逊的话更是冲击着他的底线与信心。只见他挺了挺胸膛，脸色发青，浑身发抖，横眉切齿，额头被盛怒的骇人光芒所笼罩，大声怒斥道，再给你 24 小时，击败病毒，将这个前所未有的困难踩在脚下。

威尔逊被他的气势吓蒙了，一时愣在了那儿。

史密斯愤怒地咆哮道，滚，滚出去！

威尔逊落荒而逃，显得狼狈不堪。剩下的24小时里，如强弩之末般再次集中公司所有黑客精英，继续破解病毒，又烧毁了两台电脑，仍束手无策。

时间仍然不知疲倦地流逝，五洲公司的网站仍然僵死着，每僵死一分一秒，就损失一点一滴业务，丢失数以万计的财富，蒙受重大经济损失。

没有休止的巨大资金损失，看不到尽头，如同一个漆黑如墨的巨大深渊，漂泊无岸啊！史密斯也认怂了，不得不低下高傲的头颅，遵照赵晖在网站的留言，对网络战作恶者做出惩罚。

史密斯宣布：撤销威尔逊总裁助理的职务，对这起网络战争负全部责任。

就在决定发布后，赵晖预设的病毒发作时限到了，病毒自行销毁。五洲公司网站和服务器恢复如初，一切祸患烟消云散。

## 3

元宵节后，张彬叔叔将张彬喊到办公室说，国家安全部门通报江南市网络有异常。你们公司技术力量雄厚，可否派出技术骨干到江南市把情况弄清楚呢？

张彬说，应当可以，接受这样的网络技术任务，有利于锻炼队伍。等我给公司赵总汇报协商后正式回复。

返回公司后，张彬讲了省安全厅有关技术协查的请求，赵晖爽朗道，支持政府机关也是支持我们自身，给任务就是给机遇，也是给荣誉，必须做到无可挑剔。建议你亲自带领两三名技术骨干前往，咋样？

好！我们明天就去，有情况随时汇报。

江南市是一个地市级城市，坐落在巍巍群山环抱之中，自然生态环境好，文化底蕴厚，但经济欠发达，距离江洲市有280多公里。张彬带领技术骨干王小涛、张志伟在高速公路上行驶3个多小时抵达，下榻在市区的紫荆大酒店。

办理完入住酒店手续已是下午 5 点钟，江南市副市长兼公安局局长范正举、国安局局长蒋维民一起来到酒店看望张彬一行，简要介绍了江南市有关情况，晚上在酒店餐厅一个包间设宴款待。范正举四十来岁，穿一身浅灰色西装，留小平头，娃娃脸，皮肤光洁，浑身散发出青春气息，乍看去谁也不会把他与一个市级领导相挂钩。蒋维民则显得老成，脸色黝黑，不太爱说话，也许是长期特殊工作性质所致。

晚宴上，蒋维民沉默寡言，只是象征性表达了欢迎之意。范正举主持饭局，按老规矩先敬了三盅酒，欢迎酒，感谢酒，祝愿酒！敬感谢酒时说，你们风尘仆仆赶来给我们江南市的网络做体检，本身就是对我们工作的关心支持，我们一定密切配合，发现问题及时整改，绝不留丝毫隐患。当了解到张彬曾在特战部队有过连长的履历时，范正举兴奋地说，张总在部队当的是连长，我当的是兵；连长是连首长，兵就是连首长的部属，必须听连首长命令，指挥到哪里就冲锋到哪里！

讲到这里，范正举眼睛里流露出热烈、温暖、激情，连续倒了 3 个大杯酒，咣——咣——咣，一口气与张彬连干了 3 大杯，把当兵人的豪情万丈释放出来，也将晚宴气氛推向高潮，颇为尽兴。

## 4

夜幕深沉，万籁俱寂。张彬、王小涛、张志伟回到酒店房间，连夜将有关机器设备连通，摆开阵势进行网络监测了。他们昼夜工作，不停地检测江南市网络输入与输出端口的数据，以及网络交互涉及境外的频次和流量。

连续两天无异常情况，一切都符合常规。到了第三天晚上 10 点多钟后，监测发现网络流量剧增，发送的邮件非同寻常，数据包超级庞大，经过了特殊的加密手段，难以破解。王小涛顺着网络活动追踪 IP 地址，境内是江南市的玛丽国际旅游公司，境外是 W 国纽华克市五洲公司的网站终端。

张彬打电话给赵晖说，刚刚发现了些端倪，涉及 W 国五洲公司，但对方的数据包加了密，在深网里发送，难以查看。

赵晖道，肉烂在锅里了，不要急。我让龙文、王紫进行远程支援，密切配合你们工作。你们也可实地摸摸这家公司，是狐狸总会露出尾巴来。

张彬说，好！我们左右开弓，同步推进。

为了防止打草惊蛇，张彬与蒋维民商量后，开着一台印有红十字标志的防疫车，假扮成防疫人员，与防疫站有关人员一起来到玛丽国际旅游公司，实施例行检查。防疫人员尽往犄角旮旯地方去，东检测西查看。张彬借机进行网络方面的观察，发现公司很特殊，很注重网络建设，功能强大，还有专门的服务器机房。再者内部警戒森严，有好些穿着制服的保安，还养着两条狼狗，吐着长长舌头虎视眈眈；尤其是安装了好多摄像头，主办公楼一层还有摄像监控室。张彬对一个个摄像头位置在头脑里做了精准记录。

离开玛丽国际旅游公司后，张彬、蒋维民专门来到范正举办公室，将有关情况做了详细汇报。张彬道，玛丽国际旅游公司进行着各种不合常规的网络活动，又与长期对我国实施窃密的国际网络黑客组织有密切联系，存有较大安全隐患，建议进行突击搜查。

范正举说，有隐患可以不露声色继续取证，但不可随便搜查。玛丽国际旅游公司每年给江南市上缴几百万的税收，不能因小失大破坏了营商环境。

张彬道，范副市长，是市里经济建设重要，还是国家安全重要呢？

范正举说，张彬同志，两方面都重要，二者不是鱼和熊掌的关系，而是鱼与水的关系，不可偏废。现在要突击搜查，必须要有确凿证据。

张彬道，我们提供的各种情况可否成为证据？

范正举说，不成。你们侠之大者是混合所有制企业不具备资质，必须经过政府权威部门认定。

张彬道，假使再大张旗鼓取证，黄花菜都凉了，一些稍纵即逝的证据会溜之大吉。

范正举说，作为一级政府机关，法无授权不可为啊！

张彬道，什么不可为，这叫不作为，占着位子不担当。

说到不敢担当，触及到了范正举为官的底线，也上升到政治高度，火辣辣的。再加之，此话出自一个企业副职的口中，完全是对一位堂堂副市长的蔑视和轻漠，不屑与侮辱，简直不把副市长的权威当回事！范正举隐藏在骨子里的傲气被刺激了，有点怒不可遏，愤然从椅子上站起来，大声呵斥，张彬同志，你放明白点，现在不是你在部队当连长，也不是你在公司当副总，而是在江南市地盘上协助工作，不能反客为主随意否定人。

张彬感到捅了马蜂窝，遇到老虎屁股摸不得的硬茬了，也不便争吵，只好道，请市长老兄息怒！我说话过头了，向您道歉，对不起了！

这让范正举的情绪稍微平缓下来，又坐了下来说，那暂时就这样吧。你们继续取证，等证据确凿就申请协调搜查令。

张彬意识到，若按常规工作思路处理如此敏感的安全事项，势必会错过最佳时机，让证据逃之夭夭，必须采取特殊手段了。于是，他扭头对蒋维民说，蒋局长，我作为省厅派来调查江南市网络安全的人员，就目前涉及玛丽国际旅游公司的网络安全事项，请求立即向江南市国安委主要领导汇报。

蒋维民面露难色，支支吾吾不知如何是好，抬头看了看范正举。

范正举说，有这个必要吗？

张彬道，事关重大，很有必要。倘若你们不支持，我就越级汇报，那就有点对不住了。

看到张彬态度坚决，没有商量的余地。范正举阴沉着脸，不情愿地说，蒋局长你去问问谭秘书，看魏书记有没有空，可否听听汇报。

有了范正举的指令，蒋维民立即起身出去了，不一会儿回来说，魏书记刚好有空，让我们现在就去市委常委会议室。当他们来到会议室时，看到江南市委书记、市委国安委主任魏忠全，江南市市长、市委国安委副主任李国玉已坐在会议室。魏忠全热情招呼他们入座。

范正举简要汇报了相关情况，认为侠之大者公司提供的情况不足以证明玛丽国际旅游公司有安全问题，也不权威。本着稳定江南市经济建设大局，建议等证据确凿后依法依规处置，防止处置不当带来涉外风波。

魏忠全、李国玉听得很认真，不时在笔记本上记录。范正举汇报结束后，魏忠全抬起头来说，其他两位同志有没有补充的。

张彬道，有补充的，我不同意范副市长的说法。第一不同意我公司提供的证据不权威，这是对我们的不信任；第二不同意等证据确凿后处置的说法，容易夜长梦多，让一些证据溜掉了；第三不同意没有国家安全作保障的单纯稳定经济建设大局的观念。我建议，立即对玛丽国际旅游公司的网络及电脑设备进行突击搜查，有问题则消除安全隐患，没问题也有一个公道说法，以正视听。

魏忠全略作思索说，张彬同志，你对玛丽国际旅游公司存有涉及我国国家安全隐患的概率有几成？

张彬成竹在胸道，凭我长期反间防谍斗争的经验看，仅凭他们与长期对我国实施窃密的国际黑客组织的密切联系，就足以说明他们加密的网络邮件行为不轨，风险较大。

对于张彬的分析与观念，魏忠全还是认可的。他说，张彬同志是网络技术专家，分析是有道理的。我同意市公安机关会同安全机关立即对玛丽国际旅游公司进行突击检查，把问号拉直了，也给维护国家安全加上一道保险锁。魏忠全说完后，扭头看了看李国玉。

李国玉意识到该亮明态度了，便说，我完全赞同忠全同志的意见，特别是把突击搜查改为突击检查，一字之改意义不同了，希望同志们要准确领会。国家安全是最大的安全，有了国家安全的发展才是有价值和意义的发展，带有安全隐患的经济建设是不负责任的。他略做停顿又说，我感到正举同志谈的一些意见也很重要，譬如防止外交风波。你们在行动前要做些设想和预案，注意方式方法，防止节外生枝带来后遗症。

魏忠全接住话茬说，国玉同志提的意见很重要，要注意采纳。我再提醒一下，你们一定要做好保密工作，稳扎稳打，严密细致。需要动用武警力量，我来协调。

魏忠全、李国玉重锤定音，让范正举很是沮丧，但李国玉的肯定也让他获得一点点安慰。突击检查选择在当天晚上，张彬任突击检查小组组长，率领公安、国安和特警人员，暗暗准备着突击检查事项。

# 5

夜晚，黛褐色山峦与深蓝色的天空紧紧相连，薄薄的一层雾霭如轻纱般覆盖在城市上空，显示出初春山城夜色的浪漫。一阵料峭春风掠过，让路旁老树梢上的稠密树叶发出"沙沙沙"的声响，张彬感到一种莫名其妙的凉意。来到江南市的不顺与摩擦，超出了他的预想，让踌躇满志的心情夹杂了几分苍凉。

心情归心情，张彬做事仍然一丝不苟，追求一以贯之的严谨细致、完美极致。他身着一套特战迷彩服，内穿轻便防弹背心，脚蹬作战靴，将裤腿塞于靴内，腰上挂了带套的特战匕首，威风凛凛，表情凝重。

晚上9点整，由20多名成员组成的突击检查小分队，披着月色乘坐一台越野车、一台大轿车向市郊的玛丽国际旅游公司挺进。两辆车上窗帘拉得严严实实，张彬坐在1号越野车副驾驶位置，警惕地观察路途的一景一物。车子经过长顺街，穿越火炬路，顺着青藤大道一路前行，拐弯来到距离公司千米之外的地方停下。

张彬下了越野车登上大轿子，用目光扫视车上全副武装的队员和装具，微微点头致意，接着对负责接应的蒋维民道，蒋局长，我带领两名队员先摸进去了，说话间用手摸了摸绑在自己上衣袋上的无线话筒，有什么情况，我们随时联系。

蒋维民说，张总，请放心，我们全力接应。随即他伸出右手，与张彬的手紧紧握在一起，眼睛中传递出不可言说的信任、笃定、期待，随后深情地目送张彬离开上了越野车。

越野车开到离公司大门二十来米，避开摄像头的位置停下。在朦胧月色中，张彬看到公司深褐色的大铁门紧闭，四周高墙耸立，俨然是一个深宅高墙的特殊之地。大门外是一条深巷，人迹稀少，偶尔有车辆穿过，留下一阵阵轰鸣声。跟随张彬的两名特警队员穿着紧身便装，特警小张前往大门处敲门，特警小石打开越野车后备厢，像是准备修车的模样。

咚、咚、咚——三声不高不低的敲门声后，大门拉开了一个小缝，露出一个身穿保安制服的人向外张望，目光里满是狐疑。

小张冲着门里的保安说，哥们儿，我们的车子坏了，能给提供点帮助吗？

保安道，我们不是修理厂，不会修车啦。

小张假装可怜，恳求说，车子熄火了，是老毛病，帮着我们推动车子打着火就行，先谢啦。

保安想快些把他们打发走，对另一个同伴道，伙计，一起去推一下车吧，让他们快走人。

另一保安也没说话，直愣愣就往外走。两名保安前后脚跨出大门，将门虚掩上，跟着小张往前走。当行至越野车旁时，小张给小石扬头做了一个暗示，两人几乎同时动手，分别向两个保安的神经穴位猛然一击，让两人瞬间失去了知觉。小张、小石迅即将保安拖到越野车遮蔽的另一侧捆绑起来，换装穿上保安衣服，俨然成了公司的保安。

坐在越野车上的张彬，立即打开话筒轻声呼喊，江山，听到请回答。

蒋维民在话筒里答，宁山，听到了，请讲。

张彬道，请立即靠近1号车，有物资需要交付。

蒋维民回答，明白。

眨眼工夫，2号大轿车驶了上来，靠近1号越野车，车上下来几名全副武装的公安人员，将双手捆绑着嘴上塞着毛巾迷迷糊糊的两名保安带到大轿车上，实施管制。

换成保安服的小张、小石大摇大摆来到大门口，轻轻拉开大门缝，闪身走进院内，看到院内几栋楼房错落有致，主办公楼是一栋8层高的单体建筑，1层和6层还有一些房子亮着灯，附属的4栋楼房几乎暗淡着，西办公楼旁边的两个大铁笼子里，有两条狼狗在里边哼哼唧唧叫唤着。他俩按照提前确定的预案，首先来到主办公楼一层的摄像监控室门前，敲门闯了进去，立即将正在值班的一名人员控制住，捂住嘴巴塞了毛巾，绑住双手动弹不得，由小石守候。

　　随即小张走出大楼来到铁笼子前，给狼狗抛去两个浸了药水的馒头。两只狼狗吃了后很快就倒在地上，酣睡如泥了。

　　搞定狼狗与一层监控室后，小张按计划发出信息。张彬立即摸进院子，向主办公楼 6 层的总裁办公室摸去。他没有坐电梯，顺着楼道快速向上摸去。楼道没有灯光，昏暗冷清寂静。他一口气爬到 6 层，缓了口气来到总裁办门口，暗暗扭动门把手，似乎里边插了门闩，拧不开，就轻轻敲了两下。门突然打开了，出现在张彬面前是一位白皮肤蓝眼睛黄头发的彪形大汉，眼睛阴森狠毒，一看就知是个野兽级别的外国人。

　　大汉看到张彬这身打扮，惊诧而吃惊，也不言语，眼睛喷射出了生冷凶狠目光，一只手向张彬猛然推来，另一只手欲将门关上。张彬却强行闯入，与大汉扭扯在一起。大汉个头与张彬差不多，但块头粗壮，出手粗暴生猛。他猛然挥出右拳向张彬头部击来，挟带着巨大力量。张彬敏锐地将头一摆躲过了重拳，顺手将其右拳拉住，准备顺势让他身体前倾摔倒，但大汉岿然不动，稳如山岳，接着挥出左拳向张彬猛击过来。张彬仍然巧妙躲闪，立即抬起右脚向大汉猛踢过去。张彬的脚劲很有力量，一般情况会将对手踢得当场跪倒在地，但他踢在大汉腿上感到硬邦邦的，暗想遇到了真正高手，不可轻敌。

　　张彬与大汉一攻一防，频繁过招，苦苦搏斗。大汉趁着空隙又是一拳打来，张彬躲闪不及，被打得脸和鼻子青肿起来，鼻血流淌不止。张彬也瞅准一个机会，飞起一脚踢到大汉的右胳膊关节时，只听"咔嚓"一声，大汉的胳膊被踢脱臼了，但大汉咬咬牙关一使劲，脱臼的胳膊又复原了，让张彬很是震惊。张彬不顾鼻血流淌，以灵活的拳脚，继续与大汉厮打；大汉且战且退，退到里屋时，突然冲向一个开机的笔记本电脑，趴在上面不顾一切地输入密码。张彬抓住时机，一记重拳打在大汉左耳上，将其打翻在地。这一拳力量很大，将大汉耳膜震裂流出了鲜血，但大汉全然不顾，爬起来不顾一切往外跑，惶恐地用别扭的中文喊道，爆炸、爆炸，60 秒！

　　大汉逃到走廊时，被刚好赶来增援的几名特警捕获，"咔嚓"戴上手铐控制起来。

张彬意识到可能是大汉输入密码自毁笔记本电脑，便向外大声呼喊，这里危险，快撤——快撤——特战队员听到呼喊后，即刻向大楼外撤退。张彬神经高度紧张，在电脑前敲击键盘，输入一串解码程序，试图阻断自毁装置。

60秒的紧张时刻，一秒一秒地流逝，千钧一发，异常危急。第一次解码程序失败了，张彬没有灰心，继续快速输入第二种解码程序……他的大脑紧张思索，双手十指在键盘上闪电般弹跳，额头也不知不觉沁出了稠密的汗珠。这是与计算机解码技术在搏斗，也是与生死时速在抗争，电脑正快速向着毁灭的路途飞奔，距离越来越近，时间越来越短，一秒秒流逝，一秒秒逼近。

张彬抱定了决死抗争的念头，继续用大胆的猜测进行解码，义无反顾，斗胆一搏……也正是不怕死的放手一搏，使得解码到了第四种程序时，偶然获得成功。计算机自爆程序被阻止，险情排除了；但内部资料均被锁死，无法调出来取证。

深夜11点，玛丽国际旅游公司总裁玛丽·玛格比尼从外面返回，已明白了发生的一切。当她从电梯间走出来，在走廊上与张彬迎面相遇，那双蕴藏着无尽柔情与妖艳的蓝色大眼睛，喷射出愤懑的火焰，无比灼热，仿佛能把周围的一切化为灰烬。

她轻蔑地看着张彬说，这大概是你们中国人最愚蠢的一次行动。

张彬貌视地笑了笑道，讨厌正义行动是有罪过的，弃恶从善是才是最好的归宿。

她嘴边划过一丝阴冷说，你们中国人休想获得证据。这是全世界顶级计算机专家设计的密码，永远无解。

张彬充满自信道，不要自信得太早，善有善果，恶有恶报，事实会证明，一切邪恶总是要付出沉重代价的。

夜深人静，月色如水。张彬带领王小涛、张志伟对笔记本电脑密码全力破解，龙文、王紫带领技术小组远程增援。两个技术小组齐头并进，合力攻关，穷尽办法，用尽招数，又进行了数百次试验，最终在次日黎明时破解了密码，让窃取到的我国大量地理信息情报资料得以现身，揭开了玛丽国际旅游公司打着旅游幌子而搞情报间谍活动的丑恶嘴脸，也将玛格比尼等送上中国法律的审判台。

消息传到五洲公司，在公司高层引发极大震荡，谁也没料到精心建立的一条攫取金钱财富的链条被戛然斩断了。

作恶——失败，再作恶——再失败……五洲公司在作恶与失败的道路上越走越远，网络霸权的野心也在向前狂奔，无法回头，也无法迷途知返了。

威尔逊被免除了总裁助理职务，但仍然负责针对亚洲的网络间谍活动。他想到精心策划针对中国网络行动的屡屡失败，气得胸腔绞痛，发出一阵阵剧烈咳嗽，咳得声如惊雷、山呼海啸，又有一口痰卡在嗓子眼里，憋得脸色灰暗，鼻涕横流，直到咳出一大口浓痰才得以缓解。但痰液尽是黑红色血丝，还散发出一股腥臭味。

他双眉紧紧拧成一团，狠狠地把拳头砸在桌子上，龇牙咧嘴咆哮着说，又是赵晖，这个混球，去死吧！这个讨厌鬼，去死吧！

## 6

以研发推出网安产品为效益中心的理念和实践，已深深植根于侠之大者的追求之中。公司始终将研发优质网安产品置于企业的中心地位，不停实施技术革命，毫不放松。

赵晖他们的网安技术革命，立足于人类网络世界的长治久安，有效处理好技术创新与效益的关系：一是靠技术创新推出网安产品，技术创新的含金量越高，网安产品的价值越大，市场潜力也就越大；二是靠推广运用网安产品实现企业效益，将网安产品的种子撒在广袤大地上，广种薄收，创造合理经济效益；三是紧跟时代发展步伐，靠技术不停升级换代形成技术运用的黏合性，驱动技术进步，打造长久品牌效益。

历经一年多千辛万苦的攻关，公司终于研制成功"雷神防护三"网安产品，不仅在技术上实现了新突破，而且让企业的技术辐射力和黏合性更强。这款产品主要面向政府机关和企业的网络终端设备，具备三大功能。一是测绘评估，对自身网络终端的状态进行诊断，准确评估出性能状态；二是追踪溯源，可追溯到网络攻击方的有关情况，弄清攻击源来自何方；三是自动防御，能够自主启动抵御网络的任何攻击和病毒渗透，保证金刚不坏之身，被誉为网络防御的超级堡垒。

其实，在一个信息爆炸的变革时代，人们的视觉和心灵被各种信息所搅扰，有时皇帝女儿也愁嫁、好酒也怕巷子深！

经销商吴总经理专门来到公司，商议召开一个产品发布会，邀请数百家企业参加，隆重推介"雷神防护三"广泛运用。双方确定产品发布会在"五一"节前举办，向节日献礼！

临近产品发布会的一个早晨，靳凤上班打开邮箱又收到一封诡异邮件，仍然是一枚子弹，子弹的颜色是黑色，阴森森的，让人毛骨悚然。靳凤急急敲开赵晖办公室的门，看到张彬刚好也在里边，便说，我娃儿又收到了子弹邮件，好吓人，与前两次粑希希的差不多，怪不吉利的！赵总能不去发布会最好还是不去吧，保安全更重要。

靳凤的提醒，让赵晖心事满腹，在室内踱步走到窗前，看到窗外云卷云舒，天色惨暗，低垂的浓雾像云烟一样在长江上空交绕匍匐，浮云中激荡着浓郁灰暗，阴沉沉的。忽然一阵猛烈的狂风从天边吹来，在空中发出"呜呜呜——"的怒吼，将云雾吹得七零八落，破碎着散了形状。这让他心头一惊，感受到狂风中蕴藏的巨大能量。他由此及彼联想到了自己，如同空中的浮云飘忽，也在经受着骤风狂暴的冲击和考验！

明知是龙潭虎穴，也必须壮起胆子闯一闯。

赵晖转过身来道，诚信是公司的生命，客户是企业的上帝，不管受到何种威胁和风险也不能失信于客户；既然计划已定，就按计划执行。

张彬说，赵总坚持参加产品发布会是从战略上考虑的，靳凤的担忧也不是没有道理。我意将有关情况向市国安部门报告，协调做好安全防范，力求既参加会议又确保安全。

赵晖道，好！那就请你多操操心，协调此事吧。

随后张彬专门来到市国安局汇报，国安局领导依据国家安全部门的情况通报，分析研判诡异邮件可能的风险，就将这次产品发布会作为放线钓鱼的契机，做了外松内紧的周密部署。

4月29日上午10点整，"雷神防护三"产品发布会如期在江洲大酒店举行。这天黎明起，江洲市就沉入到阴沉的晦色之中，厚厚云层笼罩在天空低垂着，乌云如同一片灰暗的帷幕，死死遮蔽住了天空的太阳；又像一个无边的罩子，笼罩在天地之间，压抑着大自然的春天活力，带来了沉闷与忧愁。当赵晖坐车快到江洲大酒店时，远远望去，看到有一团黑云缠绕在楼顶，雾霾重重，真有黑云压城城欲摧、山雨欲来风满楼之势。

参加产品发布会的有江洲市政府办公厅、工信局等部门负责人及500多家企业的代表及研发人员近千人。江洲市媒体记者云集，会场内外花团锦簇，气氛隆重。会议按程序进行。

进入讲话环节时，主持人说，下面请侠之大者公司董事长兼总裁赵晖先生致辞。顿时掌声响起，赵晖从嘉宾席上站起来，健步走上主席台向观众鞠躬致意，而后来到立杆话筒前，掏出稿子准备讲话。

在赵晖登台后，端着照相机和摄像机的二三十名男女记者一下子就冒了出来，蜂拥而至，来到距离赵晖几米远的地方。一片黑压压的镜头和话筒，有的"咔嚓、咔嚓"打亮闪光灯照相，有的用镜头录像和话筒录音，聚焦这位颇有名气的网络大咖。记者群中，有一名左手持着小巧摄像机的女记者，趁人不备，右手在兜里掏出一支短小而黝黑的手枪，举起来瞄准了赵晖，将要扣下扳机。

这一行动似乎被记者群所掩盖，然而站在主席台侧面警惕性极高的李铁柱却看得真切。他反应神速，眼疾手快，几乎在同时随手掏出一枚飞镖甩手扔了出去。飞镖快似闪电，迅如利箭，在空中飞向记者群，稳稳扎中持枪女记者将要扣下扳机那只手的手背。锋利的刀刃穿透手掌，手枪失控"咣啷"掉落地上。

会场风云突变，气氛骤然紧张。有人似乎惊掉了下巴，惊讶着喊出了声，有人则瞪大眼睛僵在了那里……此刻，记者群中，又有一个披着长发的女记者，迅即掏出一柄寒光闪闪的匕首，飞身跃起，如同飞燕一般迎面直扑赵晖。正在主席台另一侧的张彬，看到了险情，也从侧面飞身相迎。这是千钧一发之际，张彬头脑清晰，估计着杀手扑向赵晖的时间和距离，必须在杀手刺到赵晖前，将其匕首截获。

张彬身手更快，速度更猛，在杀手刀刃逼近赵晖的一刹那，他的右手如铁钳一般与杀手狭路相逢了，稳稳抓住杀手的手腕，轻轻一扭改变了利刃的方向。匕首从赵晖身边滑过。张彬与杀手扭打在一起，夺下匕首，顺手将刺客的假发套撕下来，杀手原来是男扮女装。

埋伏在主席台周围的便衣特警迅即出击，上前将两名国际刺客制伏擒获，场内骚乱起来。

一场险象环生的生死搏击后，赵晖长长出了一口气，稳住神情，理了理头绪，在话筒前说，女士们、先生们，刚才让大家受惊了，对不起！大家莫惊慌，请相信我们安全部门完全有能力粉碎一切敌对势力的破坏活动。产品发布会继续进行，我完成还没有完成的致辞！

赵晖致辞后，主持人已从惶恐中缓过神来，冷静地拿起话筒，继续主持发布会，一切恢复如常。

# 第十一章

1

　　侠之大者围绕坚守网络法律与网络道义进行讨论，仁者见仁，智者见智。有些人认为，公司应当适应国家法律，以法律为准绳，给道义松绑，让企业尽快得到高速发展，抢占网安科技新高地。

　　赵晖感到，遵守法律与坚持道德并不矛盾，二者相互联系与包容，法律是道德的底线和保证，道德是法律高层次的表达；而决定公司长远未来的精神基石是道德，必须始终不渝恪守，积蓄更多后劲，得以稳步发展。

　　讨论达到高潮时，赵晖道，中国网络高质量发展能完全依靠法律吗？法律确实是有用的，成为维系人们网络行为的准则，是托底的保障；但网络事物发展迅猛，日益纷繁复杂，法律往往滞后于时势，难以规范所有的网络活动。当网络纠纷爆发性增多，企业与企业、个人与个人一次次公堂对簿时，那又是一种怎样的情感厮杀？大家再看看，网络权利与义务的边界在哪里？怎么才能监督到每一次网络活动？重功利、轻道义，重权利、轻责任，必然会造成欲望膨胀；单纯依靠法律约束，恪守法律红线，能保障网络行为的基本规范，但失去了道义，就造成内不能安、外难能立。对于侠之大者，道德、法律二者不可偏废。

　　赵晖认真研读《中华人民共和国网络安全法》，其中的第一章第一条开宗明义，表明此法维护网络空间主权和国家安全、社会公共利益等。他目光深邃平静，阅读理解一段段文字，掌握深刻内涵。随着阅读与思索的扩展，多年前在 W 国的往事一齐奔来，渐渐滋生了惶恐。当看到第三章第二十七条明确规定：任何个人和组织不得从事非法入侵他人网络、干扰他人网络正常功能、窃取网络数据等危害网络安全的活动；不得提供专门用于从事侵入网络、干扰网络正常功能及防护措施、窃取网络数据等危害网络安全活动的程序、工具……他内心又掀起了一种不安，忐忑而紧张。

他想到 7 年前，曾在 W 国黑客公司时从事的网络盗窃活动，危害了国家网络空间安全，损害了相关单位的经济利益。尽管做得天衣无缝，没有留下任何痕迹，其他人无从知晓，也时过境迁。但他的良心知道，苍天知道，是已经发生过的客观事实，不会因时光流逝而消失磨灭，在历史的记忆深处永远存在。他也想到，如果不反思过错，污点仍会存在，反省了擦拭掉了污迹，内心就清静了，良心就安稳了。

思索至此，他的呼吸促迫起来，节奏加快了，甚至能够听到自己的喘息声，激荡着每一处神经、每一根毛发、每一个细胞……唯有自我坦白了，才能放下包袱，立地成为大写的人，获得内心的自由。只见他蹙起眉头，表情严肃地对大家道，我多年前在 W 国黑客公司时，曾经对国内单位进行过网络盗窃活动，按此法律应当受到惩处，承担应当承担的责任。

他勇敢地自我检讨，向自己发出严厉批判，犹如石破天惊，会场顿时鸦雀无声，一个个神情凝重，感到这一信息太猛烈了，出乎常规思维，出乎大家预料，不知如何是好。

会场的沉默与迷惘，更是加重了赵晖紧张、焦虑。他的脸色有点惨白。他抬起头用目光扫视了一下会场，看到大家都竖起耳朵，异常茫然，全愣在了那里。不知谁嚅嚅然冒出一句话说，此法律规定 2017 年 6 月起执行，你那事情都过去好几年了，不在此法律管辖时间范围。

赵晖头也没抬淡淡道，你的好意可以理解，但雁过留声，风过留痕，要对法律保持足够的敬畏，知法不可为也不去悔过，污点始终会留在那里，难以了却内心的不安与烦恼，更难以实现人性的无憾与高大。

也有人疑惑地说，为什么要说这些陈谷子烂芝麻的事呢？你完全可以保留这个秘密，没有人知道，也没有人告发，更没有人追究，而你说出这个大家都不知道的秘密图什么呢？

所有人一脸茫然，异常惊愕。

赵晖道，是啊，我不说没有人会知道，将是一个永远的秘密，一切会照旧，太阳照常升起，照耀大地；日子一如既往，缓缓流淌，大家对我的看法也不会有任何改变。我也曾给自己找了无数个理由，隐瞒这个秘密无损任何人，也不影响公司，说服自己保守这个秘密。但我的良心不安，感到灵魂是灰暗的，自信是亏损的，自己逮住了自己，过不去良知这道坎。我说出曾经发生过的不好事情，可能损害我的形象，影响公司声誉，让大家看到了我曾经的过错；但我内心却得到了光明，获得心安，达到真正的心无挂碍，无挂碍故了。

这种追求良心安稳是人性的本能，光芒万丈，纯粹而高尚，多么震动人心！大家被他发自内心的敬畏所慑服，敬佩！这是一颗干净的心，纯洁得晶莹透明，清澈得无私无畏，坦坦荡荡，光明磊落，没有任何阴影与黯淡，干干净净的；这是一颗勇敢的心，敢于向自己开刀，刮骨疗毒，将所有潜在隐藏的毒素，统统用锋利的刀刃刮掉，刮得鲜血淋漓，痛彻心扉，让肌体强壮健康，凛然而不可侵犯。

如此的勇气和胆识，又需要下多大的决心呢？拥有多么高远的境界呢？毫无疑问，这是一种无畏、无惧、无私，高深莫测，臻至化境，仿佛一道耀眼夺目的闪电，在茫茫夜空中划过，照亮天地间，照亮身边每个人的心腑，让大家也披上一层光芒，明媚而亮堂。

随后，赵晖到江洲市公安局自首，自我检举了7年前的不当行为。公安局受理了这一案件，感到赵晖这种行为难能可贵，态度诚恳深刻。公安机关专门成立专家组研究评估，兼顾各种情况，做出罚款20万元的行政处罚决定，免除了刑事责任。

## 2

"雷神防护三"一举成名,威震世界;同时进入政府采购名录,采购纷至沓来,利润滚动飙升。

赵晖坐在办公室里,看着这款产品出色的销售业绩,暗暗欣喜,无比欢畅,让他想到了如何直面利益分配的课题。他端起茶杯喝了一口,将茶杯停滞在空中,眼睛望着屋顶凝神思索起来。他觉得,公司需要优化薪酬分配格局,尽可能缩小差距,谋求相对意义的平等。一个是应增加工龄奖,主要按员工在公司工作时间长短进行奖励,鼓励员工扎根公司长期干;二是重点给青年人涨薪,主要考虑他们薪酬不高,家庭上有老下有小养家糊口,偿还房贷车贷,让家庭生活条件得以改善。他还想到,一些同行企业同甘共苦奋斗打拼没问题,但分钱没分好就搅乱了人心,造成离心离德分道扬镳,把企业搞黄了。

顺着这个思路,他继续思索,是资本创造企业的科研奇迹,还是劳动者创造的呢?毫无疑问,资本不可或缺,但是外在因素,起着加速刺激的作用,而非根本性力量。而决定企业成长发展的内在源动力不是资本,是劳动者。劳动者是最伟大的决定性力量。

这时快到下班时间了,他听到肖梅那熟悉的敲门声,便将茶杯放在桌子上,习惯性地说道,请进来。

肖梅推门走进来问,赵总,明天下午召开总裁办公会还有新的议题吗?

赵晖道,研究一下员工加薪问题,可让财务部门拿个初步设想,在会上议一议,先务务虚。

肖梅又问,快下班了,还有没有别的事情呢?肖梅指的是不是按惯例将财务部门留下来,对加薪方案加班研究一下,理出个头绪来。

赵晖道,没有了,下班都回吧。肖梅便告辞离开了。

赵晖继续端起茶杯喝了一口,思考公司分配薪酬的思路。公司用于增加薪酬的财力就那么多，也不是无限的，是多给领导加薪还是多给员工呢？他想到，应在薪酬待遇上尽可能寻找人性最光明的东西——平等。正如《旧唐书》中说，财聚人散，财散人聚。思索至此，他感到茅塞顿开，又有了拨云见日般的思路。

第二天下午，在公司总裁办公会上，有关人员研究了公司法规制度完善、公租房分配等问题后，就进入到研究加薪的议题。

大家对加薪充满热情，觉得是一件众望所归的好事，就七嘴八舌议论起来。财务部经理王金润代表财务部拿出了一个初步设想，基本思路是在现有各层级人员年薪工资的基础上各增加三分之一，或各增加五分之一，准备了两种方案。也就是说，保持原有的薪酬分配格局，职务高的增加薪酬也高，按比例增加，皆大欢喜。

赵晖环视了一下会场道，财务部门的加薪方案，保持了既定的薪酬分配比例，我觉得是一种思路。另外从需求侧来看，尽可能拉平薪酬待遇，是不是年轻员工更需要加薪呢？一者他们正处于人生的可塑期，需要激励；再者他们家庭生活更为困难一些，处于爬坡阶段。这样重点给年轻人多加薪，少给领导层加薪或不加薪；再从鼓励员工长期在公司干，稳定队伍来看，是不是考虑增加一项工龄奖，谁在公司干的时间长，谁得到的工龄奖就多，与我们的年薪、年度效益奖，共同形成员工的主要收入。

此言一出，全场沉默。开会的全都是部门以上负责人，给领导不加或少加薪、多给年轻人涨薪，突破了利益分配的惯性思维和固有羁绊，也是对既得利益的严峻挑战。自己给自己下狠手，自己对自己开刀，确实是天底下最为艰难的事。

又有谁能准确理解赵晖，振臂一呼积极响应呢？

会场沉寂了一小会儿，张彬抬起头来说，俗话讲，同创业易、共富贵难，历史上有多少人能够闯过生死关，但在利益面前败下阵来。我理解赵总提出的加薪方案，是着眼于改善年轻人的生活品质，最大限度缩小领导与员工经济待遇的差距，共享红利，美美与共。我完全赞同。

随即龙文、王紫等人也相继表态赞同，让赵晖提议获得绝大多数人的支持。

接着赵晖交代道，请财务部门据此思路，进一步搞好研究论证，拿出具体意见，征求各部门和员工意见后，在下一次总裁办公会上正式研究确定，把好事办好了。

说完此话，赵晖端起桌子上的茶杯喝了一口，又说道，对于我自己的薪酬，我也在会上提出来，请求给我降薪，限定到中层干部的额度。为何要这样做呢？第一从我做起，带头缩小领导与员工薪酬待遇上的差距；第二我家庭负担不大，客观上不需要那么多钱；第三我在工作中得到全体同仁的厚爱和保护，以此回馈感恩全体员工。说实话，没有大家舍命相救，我可能早就一命呜呼了；没有大家齐心协力的攻城拔寨，公司也不可能有今天的局面。我发自内心致敬大家，感恩大家！当然了，大家不必盲目效仿，为公司做出重要贡献者，应该得到优厚报酬，也是在履行公司的契约原则。

会场再次陷入沉寂，引发大家更深层次的思想风暴和情感波澜！似乎每位都神情冷峻，正襟危坐，头脑深入思索着，进行着自我情感的挣扎与跌宕、搏斗与交锋……

赵晖再次端起茶杯喝了一口，又说道，我还做了一些思考，我们作为股份制企业，资本在企业建设发展中固然很重要，不可或缺，资本不足或断裂会让企业垮掉；但也绝不能让资本控制了，完全被资本控制的企业是走不远的，就如同给大鸟系上了一条金项链，飞不高也飞不远。因此，必须制定制度限制个人在公司的股份，应降低到1%以内。我个人多余的股份，可以作为工龄奖分给全体员工，回归劳动者创造企业、发展企业的根本属性。

讲完这席话，赵晖又端起杯子喝了起来，显得波澜不惊。大家想到，赵晖将自己创建公司16.6%的股份，减持到1%以内，将数年来苦心创造的绝大多数财富拱手让给全体员工，就是自己向自己开炮了，让个人财富大大缩水。这是何等巨大的牺牲奉献呢？何等严己爱人呢？

会场所有人震惊了，震撼了！一个个瞪圆双眼怔怔望着他，难以想象，仿佛要在他的神情中发现什么惊天秘密似的。但看到他悠闲地喝着茶水，目光从容淡定，也无风雨也无晴，但不失深思熟虑的样子。大家还是觉得不可思议，难以置信。

看到大家的惊愕与沉寂，赵晖道，如果大家没有什么不同意见，就这样定了吧，今天的会就开到这里。会后请财务部门据此搞好执行，散会。

这天晚上，龙文邀请张彬在公司旁边的江海饭店吃饭，点了一桌子菜，喝家乡的柳林酒，甚是丰盛。酒过三巡后，张彬说，你觉得赵总今天捐出那么多个人股份、自降薪酬，图的是什么呢？

龙文不胜酒力，便话多了起来。他说，我觉得里边的含义太深刻了，首先是让企业的属性变了，将原来的三方企业变为全体员工的共有企业，让人人在公司有股份当主人，员工即企业，企业即员工，确保企业长久不衰。再者是散财惜福！积累功德啊！

张彬又问，那么给年轻人大幅涨薪，设立工龄奖，又有什么深意呢？

龙文说，我也是冒昧猜测，不一定准确。我理解总体上是慈悲情怀，具体方式是抑强扶弱、知雄守雌。一方面帮助年轻人提高生活品质，化解经济上的困难，帮助弱者；另一方面抑制领导层的优越感，提高员工的获得感，缩小领导与员工在薪资上的差距，从根本上拉近领导与员工之间的物理距离，走群众路线；还有一个寻找人性中最美好的东西——相对平等，增加团队凝聚力。

张彬接着问，不让我们效仿，又是什么意思呢？

龙文说，是从侧面告诉我们，慢慢修炼吧；寻找众生平等的境界需要个过程，需要自我觉醒，不可强求。

张彬再问，为何公司组建初不搞平等呢？龙文说，我理解是思想和经济基础不牢靠，不能搞，也搞不成。

张彬点点头说，看来赵总确实是个高人，站在企业发展进程和人类长远发展高度谋划的，境界非同一般。

这样既调动全体人员的积极性，鼓励在公司长期干；又抑制了官僚作风的形成和蔓延，追求共同成长共同富裕，在经济基础上保障公司的平等正义。

龙文轻轻拍了一下桌子说，是啊，概括得好！一个公司薪资待遇差距大，具有一定刺激鼓励作用，但又会导致资本无序扩张泛滥，带来更多不良后果，包括人性与情感方面的。探寻薪资待遇上的基本平等，是一种经略未来的大智慧。

张彬说，是的！看来任何事情都适度为佳，把握规律，中和之境。当公司员工的思想和经济有了稳定基础，探索领导与员工收入基本持平，又是一种公司大同的美好景象！来喝一杯。说毕，他俩又喝了一轮酒，一瓶酒喝干了。龙文喝得嚼起了舌头，嘴不把门，开始絮絮叨叨，略带醉意说道，柳林酒不伤人，喝多了也不影响明天工作，尽管喝吧，图个痛快……痛快……张彬也在兴头上，随手在桌子下又拿出一瓶酒，打开往杯子里倒。

龙文磕磕绊绊说，酒，酒……喝多又何妨！人笨亦是福，拙朴才高强。随即端起杯子说，兄弟你文武全才，真正……的英雄好汉，再敬你一杯……敬……敬你一杯啊！

张彬说，我确实还是很努力……很努力的，最近家里催着结婚，烦死了——唉！

龙文说，你条件那么好，随便在哪拨拉都能找到称心如意的媳妇，愁啥。

张彬自嘲说，未必吧！我看上人家，人家还牛气着了，不理不睬，黄毛丫头都成精了。

龙文迟疑了一会儿说，能成精的绝非普通人。你要多一些耐心，有心人天不负，百二秦关终属楚……终属楚啊！

张彬又倒了一杯酒，与龙文轻轻碰了一下，喝干了说，老哥……老哥，有一个问题我……我弄不明白，王紫她……她为什么明明知道我喜欢她，还对我的感情熟视无睹呢？装聋作哑……装聋作哑呢？

龙文瞪直了眼睛说，如果你……你是女孩子，会立即答应顺竿子……顺竿子往上爬吗？是不是……是不是也要故作深沉，做一番考验呢？任何有内涵的女孩子……都会矜持一阵子……一阵子的。

张彬说，去……去她的吧！让她矜持一辈子，肯定是个女……女光棍。

这时，服务员将主食清汤面端了上来。张彬瞅了一眼面条，无意吃了，脑袋瓜突然打了一个激灵，想到龙文对王紫很熟悉，似乎研究透了她的内心，便疑惑地说，龙……龙文，我说的话……话不好听，冒犯王紫了，你……你可不要有意见啊。

龙文也没正面回答，而是说，兄弟……好兄弟！世界上哪一桩真正爱情不是经历了……经历了艰难曲折而成功的，在西方不论是亚当与夏娃，还是罗密欧与朱丽叶；在东方不管是牛郎织女，还是梁山伯与祝英台……祝英台，都经历了风风雨雨，一帆风顺几乎是……是不可能的。

张彬没想到龙文东拉西扯跑题了，仰头望着天花板想到，世界上哪一桩经典爱情又不是悲剧呢？他惊诧地问，你……你的意思是，我……我与王紫的关系也能够演变成……演变成经典爱情，还是爱情经典呢？

龙文端起来喝了一杯酒说，兄……弟，好……兄弟！我是说你与王紫是般配的……很般配啊，你就大胆去追吧……追吧，该屈尊下跪就下跪……下跪，该甜言蜜语就甜言蜜语，大胆……大胆去追吧！我祝愿你成功……肯定成功！

说完，龙文又端起了一杯酒，与张彬"咣"地碰在一起！而后一仰脖子，两人都把酒喝干了。

龙文兴奋地说，痛……快！酒后感情深……深啊，说话……赛真金……赛……真金！服务……服务员，结……结账！


## 3


自从与龙文喝酒后，张彬畅快无比，想着如何大胆追求王紫，也来一次苦心不负。想了好久，他也没有想出一个让自己满意的方式。

无奈，他决定用最简单最直接的方式，向王紫表明自己的爱，真挚爱情！

张彬终于等到一个周末，自我设计了一个小仪式，在江洲大酒店订了一个包间，决定请王紫吃一顿爱情饭，将自己的想法挑明，一不做二不休，用猛烈而大胆的表白将王紫彻底征服。

想好后，张彬就给李铁柱打了一个电话问道，铁柱，你明天上午 10 点多钟有事吗？

李铁柱回复说，我没事。

张彬道，我要办一件大事，不便自己开车。你开我的车，跟我办事吧。

李铁柱爽快说，好嘞！老连长。

翌日上午，也就是周日，李铁柱按约开着张彬的宝马，陪同张彬先到花市买了 99 朵玫瑰大花束，外面包装着粉色透明纸。大花束放在副驾驶位置，张彬坐在后排座上。每朵玫瑰都绽放着笑脸，花瓣螺旋式卷曲着，一层裹着一层，层层旋转递进，热烈得胜似火焰。

李铁柱开着车，不时瞟几眼花束，一股花香扑鼻而来，他不由得深深吸上一口说，哇！真香，是送给嫂子的吧，老连长。

张彬道，八字还没一撇，哪来的嫂子！

李铁柱"嘿嘿嘿"笑了笑说，凭你这么多玫瑰花，她就是天仙也该乐开了花，被老连长三下五除二拿下。

张彬得意道，那你一会儿就见证这个特殊的时刻吧！

张彬选择 99 朵玫瑰，也是颇有深意的。玫瑰象征着纯洁爱情，表达了热恋、火红、美好；一朵玫瑰，代表心中只有那一个人；两朵玫瑰，代表世界上有相爱的两人；3 朵玫瑰，代表着我爱你；4 朵玫瑰，代表着纯贞不渝……99 朵玫瑰，代表着爱情天长地久、长相厮守！这样艳丽的花朵，应当能打动王紫，让一骑红尘妃子笑、无人知是荔枝来的历史典故在当下上演。

李铁柱将车子开到王紫家的长河嘉园大门口停下，一束阳光透过车窗洒在车子里，玫瑰花显得更加娇艳、烂漫、温馨。张彬与王紫也联系上了，王紫说马上就到大门口。

王紫穿一套深色休闲服，披着一件枣红色花边的毛呢披肩，仍然典雅得体。当她看到张彬迎面给她捧来一大束红玫瑰花时，满脸涨得通红，尴尬极了，一时手足无措，身体僵在了那里。

张彬鼓足勇气低声道，王紫，弱水三千只取你一瓢、红颜无数只恋你一个，请接受这 99 朵玫瑰吧！一会儿还请到江洲大酒店吃个饭，好好聊聊哈。

这席话是发自张彬内心的肺腑之言，也是最为直白的心灵表达。王紫听得真切，也感受到张彬的一片真情，如火一般炽热，熊熊而猛烈地燃烧着，直接向自己扑来。她在一阵急促紧张后，马上恢复了平静。她没有伸手去接花束，而是莞尔一笑说，谢谢了！真是不凑巧，今天家里有事，我不能到外面吃饭的。你送这样多的玫瑰，是不是再找一个恰当场合更好呢？

好像在征求意见，也好似在拍板定案！张彬感觉到了得体的婉拒。他还清晰记得，两年前滨海市海边广场的遮阳伞下，他曾赠送 10.7 克拉澳白珍珠钻戒，她也是说找个合适的时机相赠，仍然是同一版本体面式的推辞，婉拒！

张彬还能说什么呢？爱，不是一厢情愿，更不是强加于人；爱，是两情相悦、两人相知，也是两情相投、心心相印；更是两颗心融合在一起的陶醉，两个灵魂叠加在一起的幸福，两种情感与精神拥抱的永生，如飞鸟的啼鸣、花朵的芬芳、风儿的吹拂、阳光的光辉，属于一种纯洁自然的缠绵。任何强求的爱情，都是不负责任的，也不可能长久，还会给彼此带来伤害。

于是，他也保持着体面的尊严，用绅士般口吻说，那就请便了，等以后再说吧，谢谢你！再见了。说罢，他没再看她一眼，也没心思听她再说什么，而是原封不动将玫瑰花再度放回到车子的副驾驶位置，拉开后车门上了车。

李铁柱见证了全过程，有点大跌眼镜，几乎惊讶得要喊出来。他不便评价，便请示说，老连长，咱们往哪去呢？

张彬长嘘了一口气，很是郁闷，五味杂陈啊，是受到轻蔑拒绝后的一种委屈，还是有志不得的一种憋屈呢？是穷尽身心后的一种无奈、苦闷，还是苦苦追求而无果的心酸？谁也说不清他此时此刻的心境，但他的心底却是滋生出了一丝淡淡的忧伤与惆怅，甚至是失意的痛楚与愤懑。他为自己的追求而难过，也为自己的爱情而难过，自尊心受到了挫败。

　　李铁柱开着车离开长河嘉园，往哪里去呢？他感到失去了方向，内心有点迷茫，不得不再次请示说，老连长，往哪去呢？

　　张彬有点不耐烦了，提高嗓门冷冰冰道，你这个李铁柱，笨得要死，简直就是个瓷马二愣子，不是早就说好要到江洲大酒店吃饭嘛！

　　李铁柱吞吞吐吐说，吃，吃饭嘛，不是你与王紫要吃的爱情饭。

　　张彬道，看你这个笨蛋。她不去了，咱俩还不能吃个兄弟饭！

　　李铁柱窃喜，低声说，这还像么个样子，有咱们特战部队老连长的风度。张彬听后，心情逐渐好了起来，抬头盯着车窗外看起了街景。

　　李铁柱又唠叨着说，咱，咱哥俩吃就不弄什么海参、大虾高档菜，给我吃太浪费了。江洲大酒店的红烧肉很香，香嫽咋咧！

　　张彬仍然看着街景，轻声道，铁柱啊，今天就让你把红烧肉吃个够吧。

　　听到此话，李铁柱感觉到张彬心情好多了，便情不自禁用嘶哑的嗓子低声吟唱起酸溜溜的陕北民歌：

　　　　酒瓶瓶高来酒杯杯低
　　　　这辈子咋就爱上了你
　　　　一次次短信你不回
　　　　泪蛋蛋掉在酒杯杯里……

　　这天晚上，王紫邀请龙文在她家附近的大秦印象吃饭，点了龙文喜欢的陕西面皮、肉夹馍、甑糕、小菜等。王紫不喝酒，给每人要了一杯鲜榨果汁，简洁而朴素。这让龙文嗅到家乡的味道，有宾至如归的感觉。

　　说实话，王紫深深爱上了龙文，原来爱龙文的质朴纯粹的品格，一个率真而睿智的男人。龙文失去右臂后，她崇拜龙文的牺牲精神，觉得他是顶天立地的男子汉，有常人难以比拟的责任感和意志力，克服了社会上的庸俗、虚荣、圆滑，也摒弃了盛行的极端利己主义，进入到一种高贵的人格境界。她觉得他是值得自己爱慕的，爱一个自己喜欢的男人，是多么庄严神圣，多么纯洁高尚，多么无怨无悔，也是不受责备的。她似乎觉得他的一举一动都富有神采，让她心生欢喜，情有所悦。他让她如痴如梦，心生向往，有点神魂颠倒了。

王紫曾多次做过美梦，梦到他俩幸福地在一起，热烈拥抱，水乳交融。她获得了他的灵魂，他得到了她的芳心，成为天底下最为快乐的情侣。

对于龙文来说，谈恋爱还是有许多顾忌。大学恋爱曾山盟海誓的女同学，因他要回渭水县教书而背叛了他，失败的挫伤让他把爱情看成了一种罪孽，郁结在心灵之中，如影相随，挥之难去；尤其是失去右臂后，尽管他自己不曾失落，但世俗的目光往往会成为一柄锋利的尖刀，在不经意中刺痛他的心灵，让他感到酸楚而伤感。他曾想到，男女爱情如同一把钥匙配一把锁，自己从前的锁好看，是质朴、纯粹、精致的模样，坏了简单捣鼓就好了，上锈了擦一擦就锃亮起来。现在的锁有了缺陷，掉了一个棱角，再怎么弄也是残损的，不可恢复如初了。正如诗人云，百川东到海，何时复西归？王紫对自己的爱慕，大多是由同情与怜悯转化而来的，很难经得住漫长岁月的考验。于是他不想给任何人带来累赘，仍然坚持着自己独身的决心！

吃饭间隙，王紫抬头深深看着龙文，弱弱地说，龙文，你年龄也不小了，对个人情感问题是咋考虑的？

龙文有意回避她灼热的目光，也弱弱道，我知道你对我好，有一片真心；但我主意已定，不想结婚了，谢谢了！请理解哈。

王紫说，那你也不为你妈妈考虑考虑呢，她老人家也不容易。

龙文道，一代人管好一代人的事吧！给妈妈养老送终是我必须承担的义务。我自己的婚姻自个做主，不想结婚的事也给老人家说了，她应当会尊重的。

王紫说，人生苦短，我错过你这棵树后，不知还能不能找到心甘情愿的归宿啊！

龙文道，我永远铭记你对我的好处。但我也相信，像你这样的好姑娘，等待你的优秀男人应当不少于一个排一个连。你是好人，会幸运的，一定能收获幸福与美满！

王紫苦笑一下，满脸无奈，但也保持着既定的体面与尊严，端起果汁杯子淡淡地说，龙文，敬你一下吧，但愿你能够幸福快乐，好人有好报。

龙文也端起杯子，轻轻碰了一下，儒雅地向王紫点了点头，表达致意之情。

此时的王紫，尽管脸上波澜不惊，不见任何风霜，仍然如同一味平淡的中药；但眼睛里却写满了故事，夹杂着无尽的惆怅与遗憾。她将杯子慢慢凑近嘴唇，轻轻抿了一口，觉得果汁变成了苦涩味。

4

汪富在江洲大酒店被司马红奚落与鄙视后，好长时间缓不过劲来，情绪极度低落。

他的内心世界又是什么样状态呢？他是携带着农村质朴气息来到大变革的都市，获得社会红利而思想仍未改变的自私、刁钻、势利的特殊人。他混杂在变革的大时代，向往城市的繁华、时尚、物欲，将金钱、利益看成是衡量人生成功与否而苦苦追逐的目标，兼顾了城市与农村的劣根，既没有现代化城市的集体观念和大我意识，也失去农村人固有的朴素与诚实，成为一个身子跻身于现代化都市，而脑袋瓜仍然在农村荒芜落后角落里萎缩的怪胎。

人失去思想自省，一味追求金钱利益，就很容易被滚滚红尘中的不良习气所裹挟，一旦受到利益的诱惑和驱使，就会成为一种邪恶的力量，丑陋起来，恶毒起来；就像蜘蛛一般，龟缩在灰暗的角落里，编织着灰色网子，让毒素越积攒越多，有毒的头颅和体魄越来越大，随时准备着捕食而释放毒素。

汪富如同蜘蛛，整日躲在灰暗的角落惶惶不安，对周围一切充满戒惧与邪念。他晓得，自己在公司能不能混下去，完全取决于司马红的一个念头，主宰着命运。司马红喜欢自己的诌媚逢迎，获得虚荣心理而极大满足。他时常对自己说，先当丫鬟再当主人，人在屋檐下就得把头低；低头不是卑贱，而是为了走出屋檐后再昂起头，用短暂的委屈换取长久的高傲。

怎样当好丫鬟呢？他常常向司马红微笑、点头、哈腰，一味迎合讨好，甚至觉得司马红的所作所为，就是一种标准；意气用事是敢于拍板，一种胆识；生活奢侈是时尚大气，一抹亮丽；眨巴眨巴小眼睛也是迷人的，一种风度。有时，司马红半天不找他，他心里就空落落起来，会有意窥探司马红的动静，刻意设计与司马红邂逅。当司马红快要走近他时，他会站得恭恭敬敬，翘首望着，如同乞丐迎候富豪那样，面带媚笑，紧紧抿着嘴唇，嘴角两边的肌肉折叠形成一定弧度，脸蛋上露出光彩，眼睛眯了起来，携带着崇敬、仰慕、讨好……当司马红走近到一两米位置时，只见他收缩肩膀，弯腰弓背，忽然变得矮小了一些，用下巴使劲点两下说，总经理好！

倘若司马红表示知道了，他会说，您有什么事吗？随即跟在后边走上几步，摆出一副酸溜溜的模样，渴望着有具体指示。倘若司马红若无其事视而不见时，他就会呆若木鸡般一直站在那里，等待司马红走远才恢复常态。

汪富对司马红的敬重是渗透到骨子里的一种基因，但汪富对司马红反感和厌恶则是扎根在头脑中的本能，处于对立的矛盾体。也就是说，他一方面马首是瞻唯命是从于司马红，渴望司马红能够遂他所愿，让他与金钱走得更近；另一方面又算计着司马红，希望有一天司马红能够突然倒下在世间消失，或得暴病不治而亡。那么他作为公司注册的法人，地位就更加重要了，说不准整个公司就成他的了。

有了这样的想法后，汪富浑身就躁动起来，思绪翻滚，以往被司马红的羞辱和嘲讽瞬间消失了，取而代之的是各种稀奇古怪的幻想，匪夷所思的遐思，异想天开的狂想。

有一天，他上网到暗网，看到里边充斥着非法交易，有倒卖网络漏洞和比特币的，有贩卖毒品、身份护照信息的，还有兜售疑难杂症名贵中医处方的，等等。看到倒卖中医处方后，他脑洞大开，一个看似天衣无缝的毒辣计划诞生了。

汪富随即敲开司马红办公室的门，走进去点头哈腰说，总经理好！俺有一个创收计划，能够给公司赚到一大笔钱，不知中不中呢？

　　司马红悠然坐在椅子上，跷着二郎腿道，汪主任，有什么高招只管讲吧。

　　汪富清了清嗓子说，俺看到暗网上有倒卖中医名贵处方的，有的方子上千块钱，我嘞乖乖。博世堂的名贵中医方有 2000 多种，俺想悄悄溜进博世堂网站，将他们的方子弄出来，在暗网上卖出去，总经理的零花钱不就有了。

　　近些年来，红远公司的生意一直在萎缩，挣钱难和难挣钱困扰着公司。司马红听到汪富开辟挣钱的新领域，尽管是下三烂手段，但暗暗去做，睁一只眼闭一只眼，又何妨？

　　他便眯起眼睛道，这样的小事，你汪大主任看着去办吧！

　　汪富说，咋能自作主张那样次毛呢？俺是替公司着想，想给公司创收；所有收益全归公司，俺一分钱也不往兜里装。

　　这番大公无私的慷慨，尽管掺杂着许多水分，是堂而皇之的虚假之辞；但在司马红听来还是动听的，可贵的，便不假思索道，准奏！

　　汪富说，谢谢总经理的关心抬爱，俺一定不负厚望，把事情办得劲了。说罢汪富便走到司马红的办公桌前，将水杯子端在手里，走到饮水机前，给水杯子里接了一些水，再小心翼翼放回到原处，而后弯着腰倒退着离开办公室。

　　这种弓腰倒退离开的做法，对于右脚有残疾的汪富来说，显得艰难而别扭，身子一左一右摇摆的幅度更大了，让人怜悯，但显示出的是一种毕恭毕敬的谦卑。司马红对此在心理上还是很受用，觉得自己尊贵高大，很了不起；也感到汪富有部属的样子，用恭敬的礼仪表达出了态度，是值得肯定的。

　　博世堂的网络防护严密。汪富不得不找到王乾坤，一五一十讲了情况，请求派出技术骨干支持。

　　王乾坤惊诧道，这是违法犯罪行为，弄不好吃不了兜着走。

　　汪富不以为然说，你别虚张声势吓唬人。俺是为了公司着想，得到了总经理的批准。

王乾坤道，何以为证？

汪富打开手机，将自己暗暗录下的与司马红对话放给王乾坤听，王乾坤才勉强派出技术骨干李嘉伟参与，也将此事与自己撇清说，这事出了问题与我无关啊！我可不想蹚这浑水。

李嘉伟是个年轻人，不到 30 岁，但他技术出色，是红远公司玩弄病毒的高手。他与江薇一起到汪富办公室受领任务时，也曾犹豫了一阵子，但慑于汪富的权威还是答应了。

他与江薇按照汪富设计的剧本，密切配合进入角色。

李嘉伟在市场上买了 3 台新型打印机，拆封后给内部芯片植入一款可长期潜伏的病毒，而后再把打印机原封不动包装好，乍一看是没拆封的原装货。江薇以个体打印机经营者身份，装出神经兮兮的样子，到博世堂假冒有抑郁症求医。一个疗程中药后，她以抑郁症神奇痊愈为名，给博世堂赠送了一面"医者仁心，德高无穷"的锦旗和 3 台植入病毒的打印机，以示感谢。

博世堂不知诡计，愉快接受了，将打印机使用起来。植入病毒的打印机接入博世堂的网络后，那病毒如脱缰的野马，瞬间就传染到整个网络系统，对网络中各个资料库进行侦察扫描，轻巧掌控了 2000 多种名贵处方。李嘉伟在网上远程激活病毒，操作计算机控制了博世堂的网站，迅速就将这些名贵中药处方偷盗出来。

所有一切过程，汪富都暗暗留存了证据。

博世堂名贵处方在电脑资料库里突然丢失，对于王博仁来说，简直就是晴天霹雳，震惊得半晌说不出话来。祖祖辈辈传下来的最重要中医资产，在他手里不经意间就丢失一空，让他怎么能接受呢？

王博仁忧心交集，身体日渐消瘦，神态迟钝了，记忆发生了障碍。刚做过的事情就会忘记，人时常恍恍惚惚，出现痴呆。一代威震四方的中医名家，就这样走向凋零，曾经悬壶济世的理想抱负也逐渐淡漠，难以打理博世堂了。王紫父母不得不接手过来，但由于医术和影响力有限，生意出现下滑的势头。

王紫回到家中，昔日和蔼可亲的爷爷，变得如同冬日的枯木，神情呆滞，目光浑浊了，如同枯树昏鸦伴北风。一会儿把她当作孙女，反常般热情；一会又当作店员小佳，充满怜惜；一会儿又不认识了，冷漠相待。爷爷这些反常现象，让她心如刀绞，感到世事无常，美好的亲情在劫难中快速夭折……更令王紫悲伤不已的是，自己作为一代网络女侠，却没能保护了自家的网络设施，让祖传博世堂竟然一蹶不振。

王紫悲愤、伤感、自责，两行珠泪，柔肠千结。父母向她发出回归博世堂的呼吁，她不得不向公司递交了辞呈。

公司专门举办了告别会，中层以上部门负责人参加。宴会中，赵晖高度评价王紫几年来对公司做的贡献，每次都出色圆满，从未有任何一丁点不妥言行，心灵干净得如一块温润的碧玉……他还宣布了公司董事会的决定：一是王紫为侠之大者公司永久名誉员工，拥有随时回归公司的权利；二是保留她在公司的个人股份，公司上市可转变为股票。

王紫的离职感言，难以掩饰内心的矛盾，说了许多心里话。她说，侠之大者已成为我人生情感深处的一剂良药，让我有了精神支撑，也上了瘾，欲弃艰难，正在经历极其痛苦的情感创伤。她还说，侠之大者是成就网络英雄的地方，我的离开是万般无奈的，是暂时的，也是悲伤的。我最大的心愿是博世堂回归正常后，重返公司续写网络战士的荣光与梦想。

讲到最后一句话时，王紫动情了，哽咽着说不下去了，两行热泪夺眶而出滚落在脸颊上，被灯光映耀得晶莹闪亮。她停顿下来，紧紧闭了一下眼睛，深深吸了一口气，抬起右手用纸巾拭去脸上的泪水，定了定心神，又用很大的力气，将那句话断断续续说完。现场许多人莫不为之感动，自发鼓起了掌，眼眶里也闪烁着泪光。

宴会结束后，月如钩，高悬空中；情似水，割舍难断。大家簇拥在公司门口欢送王紫，所有情感剪不断、理还乱，别有一番滋味在心头。

张彬走上前来说，王紫，我开车送你回家吧！

王紫笑了笑，脸颊上的那个小酒窝，如盛满馥郁的佳酿，甜蜜、妩媚、优雅，淡淡道，谢谢啦！家里车子已经等候多时了，好朋友来日方长。

# 5

　　赵晖代表公司宣布，肖梅担任金盾三室主任。肖梅的人生翻开新的一页，将从组织协调工作向专业技术岗位转型。

　　按说肖梅担任技术部门负责人有一定基础，是能够胜任的。她在公司组建初期参与了各种业务培训，后来耳濡目染，对计算机语言并不陌生。可真正上手做技术工作，在精英扎堆的地方创造性编写软件程序，还是有较大差距的。

　　她走上新岗位的当天，就感到了强烈危机，连夜加班加点学习，编写制作蜜罐和网络防火墙程序。对于编写那些密密麻麻的代码与字符，她并不着急，想着是壁立千仞、只登一步，不急于攀高峰，而是稳住心神走好当下的这一步，一天走一步，日积月累，逐渐行稳致远，像王紫那样成为名副其实的网络女侠。

　　在持久战思维支撑下，肖梅不停地向着技术纵深挺进，绵绵用力，久久为功……她穿越过一大片技术的沼泽地带，行走在泥泞小道，腿脚沾满了污秽不堪的泥水，令她望而生厌。但她不气馁，继续跋涉在起伏嶙峋的技术山谷，天寒地冻，脚底打滑，每前进一步都极其困难，沟沟岔岔一个接着一个，山山峁峁一峰连着一峰，消耗着体力和耐力，有时会步入前不着村后不着店无处落脚的境地。

　　每每看到她在办公室里苦熬苦干，金盾三室副主任欧阳金刚会冷不丁来她门口瞅一瞅，流露出别样神情，是怜悯还是同情？是轻蔑还是藐视？是揶揄与还是嘲讽？她一时不能准确定位，总觉得怪怪的，光怪陆离。欧阳金刚29岁，长相拴正，才貌俱全，是一位难得的技术通才，不仅擅长编写制作蜜罐和防火墙等程序，还精于进攻，善于使用各种网络武器，在公司攻防演练中屡有出色表现。

　　有一个夜晚，夜色无尘，灯光如昼，肖梅继续练习编程的逻辑与步骤，辛勤劳作。她的房门开着不大不小的缝，似可进来一个人。欧阳金刚溜达到她的办公室，望着她用藐视的语气道，当一名出色黑客，仅仅死学苦练是不行的，用再大的功夫也难以雕琢出才气和灵气。你要接受这个现实，多思多悟网道网魂，补不上这一课，死学苦练永远没有用。

略微停顿一下，他继续道，我自以为是悟得一点网道的人，有一定的话语权。我不是给你上课，而是对你忠告和提醒，是基于对一位锲而不舍女人的极大尊重，希望能够理解。

肖梅回复说，不能超越自己的女人，不算是真正的强者。你能坦率说出自己认识和真相，给我新的启示，难能可贵，谢谢了！

她说完后，抬头再看，已经不见欧阳金刚的踪影，那扇孤零零的门仍然似掩非掩，已将他隔离得不知去向。此刻，彻骨的悲伤与委屈使她的血液仿佛凝固了一般，心头一阵酸楚，嘴唇开始打战，豁嘴唇的疤痕更趋明显，不知不觉就泪水涟涟了。

肖梅无心继续练习编写程序了，简单收拾一下就回家了，一屁股坐在沙发上，回想起担任主任几十天来日日夜夜的苦苦钻研，又伤心起来，担忧自己不是搞网络技术的料。她越担忧越悲伤，越伤心越担忧，陷入到无边的恶性循环之中。忧伤，让她急得哭了起来，甚至是号啕大哭，伤心欲绝。突然她意识到夜深人静，已是搅扰邻居了，便急急收敛起恸哭，吸着鼻子抽泣起来。她再盘算到艰难的技术之旅，如海市蜃楼般虚无缥缈时，又控制不住伤感的闸门，泪如泉涌，便只好把头蒙在被子里哭泣，嘤嘤啜泣，让泪水无拘无束地流淌、再流淌。

她也晓得，自己的情感是脆弱的，也是坚强的，用脆弱滋养着坚强。当哭泣尽情倾泻完后，她也就完成了一次痛快淋漓的挥洒，使情感释放心无愧疚了。她擦干泪痕，继续蹒跚前行，跋涉攻关。

肖梅的意志力，往往是在悲伤大哭之后迸发出来的，泪水洗刷掉了内心的懦弱，浇灌出顽强斗志，让她不断强大，战胜自我，超越自我，穿越一片片荆棘地带。

就在肖梅苦练软件编程技术的同时，公司吹响技术大攻关的集结号，向着云监测防御的人工智能迈进，开启研发一款尖端的人工智能黑客——

金盾防御。

人们所说的人工智能简称 AI，是指通过强大算力，让计算机系统具备模拟人类智能和学习能力，完成类似人类智能的任务和活动。像阿尔法狗机器人棋手，就创造出了第一次战胜人类职业围棋世界冠军的奇迹。金盾防御就是类似于阿尔法狗的 AI 机器人黑客，背后是超大规模的人工智能模型，模型还引入海量的知识图谱，创建数据与知识双轮驱动的人工智能框架，可理解富含前沿技术信息的知识，可遵照底层协议逻辑进行思维判断，自动实施网络值守与防护，本领能力超过了人。

研发这样一款 AI 机器人黑客，毫无疑问是一件具有划时代意义的特殊科研创造，是人类挑战网络安全领域的全新跨越，功在当代。

担负总设计师的赵晖，自我封闭在斗室之中，进入一种无我自由的悠然状态。在这样情境中，他脑子里只有那熟悉而钟爱的计算机代码了，那纯真无比的信仰，有趣多彩的逻辑，神奇变幻的代码，充满了无限可能，让他意趣飞扬、快乐幸福……他以浪漫的激情，将全新的人工智能理念与网络黑客技术相对接，触发自身的智慧与灵感，徜徉于技术超越的汪洋大海之中，或快意冲浪，或逆流搏斗，或激荡波澜，或扬帆远行，或浪遏飞舟……他的思维纵横捭阖，灵感频发，渐入佳境，先后设计出了 AI 机器人黑客的总体框架模型，以及控制系统、执行系统、内存系统、语音系统等架构。

赵晖连续 20 多天数百个小时紧张而轻松的设计，让金盾防御总体框架模型如同一个巨大工程的设计图和施工图般完美呈现出来，有许多技术亮点，使人振奋，暗暗称奇。

张彬、龙文、靳凤等率领各个研发队伍，按照任务逻辑结构分成 6 个技术小组，细化研发模块，将担子压在每个技术骨干肩上。研发采取先个体编写程序，再集体研究讨论；提出问题不足，再反馈个人修改完善。这样既充分挖掘个体才华，又碰撞激发群体智慧，让各方面智慧竞相涌流，一个个单元代码模型逐渐成熟。

而整个系统模型极其庞大复杂，模型参数多达两万亿个。他们披星戴月昼夜攻关，经历了缠绵缱绻的春风，走过蝉鸣落满枝头的夏季，又迎来了满目金黄的秋季，以及寒风肆虐的冬天，苦苦鏖战、不屈不挠，滴水穿石、久久为功，攀越一座座技术险峰，攻克一个个关隘堡垒，经过近两个春秋的苦战加巧干，如期完成整个研发任务。再经过建立总体协议、验证测试等，让金盾防御大功告成。

AI 机器人黑客取名为金盾防御，与中华民族收敛与友善的性格特征相吻合，寓意以防御为根本，攻防兼备，固若金汤。赵晖给系统录入语音，让其可以与主人进行对话交流，根据主人交代完成相关网络工作任务，执行网络值守与查询、使用与维护、防御与反击等自动攻防任务。

为防止金盾防御违背网道，或受到网络间谍修改底层协议而出现反叛，赵晖专门在总体协议中，将侠之大者的价值观嵌入到底层协议，安上一颗"好心"，并确立执行主人命令的唯一性，给金盾防御赋予了中国超级黑客的道德品质和职业操守。

赵晖在调试测试中，还注重让金盾防御具备深度学习的能力，不断锤炼思维，越来越聪明，能够独立思考判断，据情做出符合公司价值利益的正确判断和行为。他将扫描端口的工具和常见防御反击手段的工具，实际操作使用了一遍，说道，金盾，你看明白了吗？

金盾答，是的，我明白了。

他再将黑客调集网络肉鸡资源的流程操作了一遍，问金盾，你能看懂吗？

金盾又答，是的，我看懂了。

赵晖道，你可以给我操作一遍吗？

金盾答，是的，可以。随即金盾就开始实际操作。它操作的各个步骤准确，动作流畅自如，比人更加快捷准确。

赵晖继续检测金盾防御的各方面能力，发现比现实中的黑客，有以下明显优势。第一是智商出色，一看就明白了，能够理解其中蕴含的原理要义。第二是记忆超常，几乎过目不忘，可存储极其庞大的数据，记忆力惊人，比人的大脑记的更多，更出色。第三是触类旁通，对相关技术可按照设定的逻辑思维，快速思考，有效拓展，显得十分厉害。第四是不知疲倦，给予设定的任务，默默无闻坚守，忠诚履行职责，从不懈怠偷懒，比人更具有耐心和耐力。

又是一个夜晚，赵晖心情极好，坐在电脑前操作键盘，欣赏金盾防御的超强本领。

在庆幸与豪迈中，他神思纵横、心潮起伏，紧蹙眉头想起了自己经历的许多坎坷，也是侠之大者成长的非凡节点。自公司创建以来，险象环生，危机不断，但次次化险为夷、转危为机，实现出人意料的逆转与跨越。这让他得出一个结论：人生如战场，在一个战场转移到另一个战场，他始终是幸运者，除了庆幸感恩，还能有什么呢？内心所有的仇恨、伤痛、艰险，都烟消云散了。

在大难来临前，那一次次神秘的邮件子弹，是偶然巧合还是精心策划的预警呢？他坚信是刻意而为，是善意的提醒，更是勇敢的壮举！他曾数次猜测发送神秘邮件预警的人，是一个什么样的人呢？为何能有如此敏锐的预见力？为什么能在危急关头挽救自己和公司呢？其真正的意图又是什么呢？我赵晖何德何能承受得了如此重要的呵护呢？

所有疑问如同一团糨糊，一直没有头绪，令他不得其解。

他想到了"雷神防护三"追踪溯源的特殊功能，就将其系统拿来，接入互联网，敲击键盘，将那些神秘邮件的共同特征输入，进行拓扑测绘。经过一系列自动溯源后，网名"双蛾翠"呈现在屏幕上。

他心中的疑团似乎有了答案，眺望头顶星辰，五洲公司于燕的音容笑貌浮现在眼前，曾经在 W 国的一幕幕往事奔来眼底，令他感到激动、欣慰、温馨。

## 6

神奇的网络改变了世界，也改变着现实生活。

侠之大者率先进入物联网的 AI 时代，赵晖的工作室实现万物互联，工作电脑和各种电器连接到网络上，探索工作和生活的智能化。

这年国庆节前夜，赵晖仍然想到给靳凤过26岁生日。地点定在东坡食府二楼的明月厅，赵晖和李铁柱提前抵达，开始精心准备。东坡食府已增设庆贺生日的服务项目，不但提供精致蛋糕，还能组织喜庆仪式，充满人情味。

当晚6点多靳凤走进包间时，被眼前的情景所感动。餐桌上摆放着一个精致的蛋糕，插好了26支红色蜡烛，几位穿着红色旗袍的姑娘站立在桌子旁边，笑脸盈盈，姿态优雅。

靳凤说，这是弄啥子哦？

赵晖道，给你庆贺生日，饭店增设了生日服务项目。

靳凤高兴地说，太巴适了，甜蜜蜜的。

接下来，服务员给靳凤戴上寿星帽，点燃了蜡烛。大家围拢在她身旁，随着轻松明快的音乐旋律，凝视着火苗点点的26支红烛闪烁，一边鼓掌，一边随着节奏放声高唱：祝你生日快乐，祝你生日快乐……

歌声质朴深情，充满了喜悦。靳凤百感交集，自从7年前的国庆节她与赵晖见面吃第一顿饭后，几乎每年国庆节不论多忙，赵晖总要请她吃饭过生日，如同亲人。每次都特意安排在有家乡烙印的东坡食府，点她最爱吃的菜，让亲情乡情涌上心头，有一种难以言喻的欢喜。她心头不禁一热，眼眶里闪动起了泪花，庆幸自己不幸身世中遇到了赵晖这样的贵人。当然还有浓浓的依恋和朦胧的爱意，觉得人生能有此贴心朋友，足矣！

歌曲连续演唱两遍后停止了，不知谁说了一句，请寿星许下美好愿望。她双手合十，微微闭上眼睛，在心里默默地念叨：好人平安，赵晖吉祥！

又有人喊道，请寿星吹蜡烛！她深深吸了一口气，鼓足劲一口气将26支红烛吹灭了。顿时掌声和欢呼声响起，快乐弥漫在包间里，显得格外温馨。

服务员将蛋糕切好，捧给他们三位品尝起来，就撤离了。随即小餐车将各种菜和一瓶黄酒送了上来，有东坡红烧肉、全家旺、东坡火米羹等好几个菜，诱人的香味飘荡在房间。

这时暮色已至，一轮圆月升起挂在天空，皎洁明亮，透过乳白色的落地窗帘，在室内洒来如水的光泽，有道是天赐良机生日宴、人间月圆最美时。赵晖连忙招呼靳凤、李铁柱动筷子开吃，顺便瞥了两眼靳凤，心头又是吃惊起来。靳凤一年一个模样，已长成佳丽美人了，皮肤白皙细腻，身材匀称丰满，尽显俊俏、妩媚、漂亮。那一双杏仁眼亮晶晶的，清澈明净，灿若繁星，挟带着柔情、乐观、善良，让他感叹人生如梦！

李铁柱沉默不言，埋头尽情吃着美食。

按惯例赵晖给靳凤敬酒，祝贺生日。靳凤也给赵晖回敬酒，表达感谢，推杯换盏间畅谈闲聊。靳凤望了一眼窗外说，格娃儿今夜是个好日子，明月几时有？把酒问青天哈。

赵晖道，不知天上宫阙，今夕是何年。可曾知道这首词的由来吗？

靳凤摇了摇头说，只会背几句啦！

赵晖道，东坡先生之所以伟大，是因为有非凡的情怀。这首词写于因乌台诗案被贬到密州时所作，他酒醉后遥望空中明月，思念起了 7 年未见面的弟弟苏辙，便写下这首词。这首词是一首亲情词，通篇充满了对亲人思念祝福的乐观主义色彩，没有忧伤与郁闷，而是旷达和开朗。把酒问青天这一感怀，与屈原的《天问》、李白的《把酒问月》，有异曲同工之妙。他们诗词的意兴阑珊和创作脉络是相通的，有惊人的相似。

靳凤端起杯子说，敬你一杯！领教了，一首词还有这么多道道。

赵晖道，东坡先生一生 3 次受贬，饱经磨难；不管遇到多大不幸，始终乐观豁达，把生活过得有滋有味。这就是永远摧不垮的风骨，人间真性情的典范。

靳凤再次端起酒杯说，再敬你一杯！我觉得你也坚守人间真性情，成为了一个楷模。

赵晖道，我真性情不真性情在于修行，但楷模还差得远。你年龄不小了，应当在情感上有所依托，该找到归属了。

说到个人感情，靳凤双颊绯红，略显羞涩说，这是啥子话嘛。

赵晖正色道，就是你自己把自己嫁出去，千万不要中了独身主义的邪。

我以为，单身不是生活，而是一种无奈；单身不是乐观豁达，而是自我抛弃。你认同这样的观点吗？

靳凤幽幽地说，我也想找到爱情，但难以找到一见倾心的，更难找到海枯石烂的。说罢一脸惆怅，显得很是孤独无助。

赵晖道，一见倾心只是一种形式，更多是长久生情成为知己，还有患难生情成为眷属的。倘若局限在一种形式，可能就要错过青春时光了。

靳凤说，我也不想错过，但志同道合的娃儿到哪儿去找呢？

赵晖道，爱情不是求全责备，也不能苛刻执着；找与你性格一模一样的几乎不可能，有一点共鸣就值得珍重了。你知道钱学森和蒋英的爱情共鸣点是什么吗？

靳凤摇摇头说，不晓得哦。

赵晖道，刚开始两人接触时，蒋英已是名气很大的歌唱家了，压根儿看不上钱学森，觉得理工男缺乏情趣。但钱学森演讲中的一句话，就是"如果有机会，我愿用平生所学，为中国的强大而出力"，把蒋英打动了，才慢慢产生了爱情。

靳凤听得很认真，若有所悟说，噢！原来大人物的爱情也好简单哦。

赵晖点了点头，端起酒杯与靳凤和李铁柱的杯子碰了碰道，对头！大道至简，至简大道。

靳凤似懂非懂，大道至简和至简大道，在脑子里盘旋了好长一阵子。

第二天便是国庆长假，靳凤约了肖梅到四川眉山市等地旅行，赵晖与龙文再次结伴搭乘航班，返回陕西老家过节。

依然是萧瑟秋风今又是，崭新人间。

赵晖父母格外高兴，周佳双亲喜上眉梢，两家再次相聚于老孙家羊肉泡馍馆，把酒言欢。按照传统风俗，赵母给周佳买了一条金光闪闪的项链，准备作为定亲礼物。但周佳婉言谢绝，把大家的美好心情一下子抛到寒冷的冰窖里，尴尬至极。

龙文回到渭水县城，带着母亲专程到北京做了一次旅游，逛了天安门广场、人民大会堂、紫禁城、颐和园、八达岭长城等名胜，了却老人家多年来的夙愿，格外开心。

旅游返回后，国庆长假也结束了。

10月8日上午，龙文应邀来到县中学，参加学校计算机大楼开工奠基仪式。之前，学校修建计算机大楼历经长时间报批运作，总算定案了。总投资1000万元，县财政拨款500万元。龙文承诺的500万元赞助款，已打到学校账户上。

奠基仪式简约而隆重。在挥锹铲土奠基的十多位嘉宾中，龙文是唯一没有官方头衔的。县里考虑给龙文制作一个奖牌，专门举办个颁奖表彰仪式。

周县长握住龙文手征求意见时说，感谢你致富不忘本，给予家乡教育事业这么大支持！

龙文谦逊道，谢谢了。我捐资助学无意大张旗鼓宣传，请能够理解。

周县长觉得不可思议，许多做慈善的人捐款是有附加条件的，总希望家喻户晓，而眼前的独臂小伙子却选择默默无闻。这是咋回事？他满脸诧异地说，理解、理解啊！

周县长抬头再细细看了几眼龙文，龙文目光出奇的慈祥平静，充盈着友爱与善良。这也让他想起英国著名演员、慈善家赫本说的一句话：若要可爱的眼睛，请看看别人的好处；若要身材苗条，请把食物分给饥饿的人。他想到，龙文应当是赫本所描述的那个乐施好善的人。

又过了几天，靳凤突然又收到一封神秘邮件，邮件不是子弹，而是一朵鲜花爆炸的画面，仿佛一团盛开的红蔷薇，充满了震撼。她高度紧张，局促不安。每次收到神秘邮件，均会发生刺杀赵晖的惊天事件。想着、想着，靳凤的右眼皮抽搐着跳动起来，如同一针一针刺在眼皮上，隐隐作痛，还有点痉挛。

俗话说，左眼跳财，右眼跳灾。念及至此，种种不祥的兆头一股脑儿浮现在她的脑海，她的心好像被几根麻绳紧紧勒住，令人窒息。

她知道赵晖正在主持召开董事会。这是公司最高级别的会议，不可打扰。以往她收到神秘邮件后，总会有国际杀手对赵晖下毒手。顺着这个思路想下去，鲜花爆炸又将是什么呢？

忽然，她想到了赵晖试用的 AI 物联网，会不会物联网出什么问题呢？从理论上说，倘若有神秘力量突破了物联网，就能控制改写电器主板程序，控制改写了就能摧毁一切，各种凶险皆有可能。想到此，她再也按捺不住了，立即抬脚起身走出办公室，顺着走廊走到尽头右拐，逐渐逼近了预想的风险地点——赵晖工作室。此时刚好是上午 10 点整，走廊里静悄悄，她能听到自己轻微的脚步声，也能察觉到急促的呼吸，似乎有点喘，上气不接下气。

行至赵晖工作室门口，靳凤看到门虚掩着，显得平静、安谧、淡定。她没有犹豫，也没有迟疑，而是走上前去敲了一下门轻轻推开，甩开脚步迈了进去。当她身子完全走进房子时，离她仅有几步之远的微波炉突然"嘣"的一声巨响，发出震耳欲聋的爆炸。一股炽热的波浪伴随着微波炉粉碎的碎片，以雷霆万钧般力量，迅速向四周飞来，殷红的血光四处飞溅，将房子里其他物件冲击得"噼里啪啦"直响，墙上悬挂的东西也纷纷坠落。

她被强大气流和飞溅而来的碎片完全控制，被横着托起飞向对面的墙壁，狠狠撞在了墙壁，又重重弹回跌落在地板上。

靳凤五脏俱裂，嘴角淌出了殷红的鲜血，生命垂危。

爆炸声惊动整座大厦，似乎让大楼发出了一阵痛苦的呻吟。肖梅、张彬最先赶来，不知是什么爆炸。肖梅已抢先冲入工作室，但对危险有着高度敏锐的张彬，似乎嗅到了新的危险，一边大声喊道，危险！危险！一边使劲拉扯着将肖梅按倒在地上，掩护住了头部。

这时，另一台电器"嘣"的一声巨响，爆炸声裹挟着电器碎片四处横飞，室内一片狼藉。肖梅躲过了连环爆炸的生死大劫，只受到一点皮外伤。

倒在血泊中的靳凤，气若游丝，呼吸紧迫。

张彬首先指挥人员将物联网断开，彻底与外界物理隔绝，而后急忙拨打 120 急救电话，慌慌说明情况，请求快速救援。其他人眼巴巴围在靳凤身边，悲伤而惊惶地鼓励她挺住、再挺住，等待医生抢救。靳凤断断续续细声呼唤：赵总——赵总——

当赵晖急忙从会议现场赶来后，蹲在地上握住靳凤的左手时，感觉到她的脉搏已经微弱，手逐渐有点凉了，噙着泪水向她使劲点头。

她安静了一会，似乎用最大的力气转了转头，望着赵晖说，呵！格老子的，这样才巴适一些。

赵晖仍然噙着泪水，向她轻声说，坚持，再坚持一会儿。

她呢喃着说，刚才我看到了我的妈妈、爸爸。他们都挺好，要带我到另外一个地方去了。略微停顿缓了一口气，她接着抬起眼睑望着赵晖说，你知道吗，我太傻了，没好意思说，其实我早就爱上你了。

说罢，她眼眶里沁出了两行晶莹的泪珠，泪珠挂在苍白而细腻的脸颊上，晶莹剔透，震撼人心。赵晖轻轻抚握住她的手，定定地凝视着她，感受着腕子上的动脉还在微微跳动，很弱很弱了，但每一次跳动都惊骇着他的心，支撑着一种渺茫的希望。靳凤感受到他手上的温暖和热量，脸上露出了笑意，眼睛微闭，心怡神悦，翕动嘴唇哼唱起了四川民歌《槐花几时开》：

高高山上哟
一树喔槐哟喂
手把栏杆嗟
望郎来哟喂
娘问女儿啊
你望啥子哟喂……

她的歌声微弱，但音质清纯，如天籁之声叩击心弦。但歌声逐渐减弱，最终只是嘴唇翕动，没有了声音，直至面带微笑完全闭上眼睛，脉搏完全停顿，不再动弹了。

这个精灵一般女孩英勇牺牲了！如同一朵含苞欲放的花朵，还未完全舒展开娇艳的身姿观望享受这个多彩的世界，绽放出自身艳丽的光芒，就中途凋谢夭折了。

天地为之惋惜而伤感！人们为之心酸而落泪！

# 第十二章

1

汪富看着摆在办公桌上存有红远公司偷盗博世堂名贵中医处方证据的移动硬盘，挺了挺胸腔，嘴角浮现出一丝阴森奸诈的冷笑。

他感到手里有了筹码，故技重施，邀请司马红到江洲大酒店吃饭。

司马红又是何许人也？他是社会知识分子中精于算计的狂妄之人，是游走于黑白两道的功利之人。过分的精明，造就了他极端利己而敏感的神经，沾上一滴水都有所感应，能悟出其中的门道来；也培植了贪婪的本性，总想蝇营狗苟投机取巧，不择手段获取财富而成就人生。他也想到，像汪富这样的势利小人，请客背后肯定有不可告人的目的；想必还是贼心不死，又在做掌管公司财务大权的美梦吧。对这样刁钻之人的容忍，就会造成自己的梦魇。

想到这里，司马红掏出手机漫不经心地玩了起来，突然"呵呵呵"发出一阵阴冷的狂笑，随即在手机里查找号码，给黑道外号为五爷的人拨打了一个电话。随后，他轻蔑地自言自语说，汪富啊，汪富！你真是耗子找猫咪，还跟我玩阴招，嫩着呢。

宴请安排在周六晚上，地点仍是司马红喜欢的江洲大酒店27层那个小包间。汪富准备了司马红喜欢的几样菜和酒。

　　司马红走进包间，看见桌子上的美酒佳肴向自己招手微笑，自然喜上心头，一边摘下眼镜擦拭，一边挤弄着小眼睛笑着道，汪主任还是蛮有水平的，办什么事都上档次，了不起啊！

　　汪富一边点头哈腰，一边谦虚地说，过奖，过奖了！比起总经理的威武英明，俺就不中了，是小学生，小小学生哈。

　　汪富一边"嘿嘿嘿"尴尬笑了两声，一边开始倒酒，将酒杯斟满。

　　司马红端起一杯酒说，汪主任，敬你一杯酒，好好干！大有前程。

　　开场酒喝了，就等于拉开晚宴的大幕。双方推杯换盏边吃边喝起来，一杯接着一杯喝，一个菜接着一个菜吃，惬意快活。过一阵子后，两人就喝得脸色微红，头脑发热了。汪富看到司马红已进入状态，自己也有了冲动，便借酒斗胆端起一杯酒说，总经理，俺是公司里最忠诚您的了，俺敬一杯满满的忠诚酒。

　　司马红端起酒杯喝了道，汪主任啊，我知道你有一颗忠心的。

　　接着汪富给两人的酒杯斟满后端起来说，总经理，俺是公司里最崇拜您的了，敬一杯崇拜酒。

　　司马红端起酒杯喝了道，汪主任啊，我是知道你有一种崇拜之情的。

　　汪富又斟满酒杯端起来说，总经理，俺是天底下最信赖您的了，敬一杯信赖酒。

　　司马红端起酒杯喝了说，汪主任啊，我是知道你有一股子信赖之意的。

　　汪富还斟满酒杯端起来说，总经理，俺觉得您是我头顶的一颗北斗星，敬一杯北斗星酒。

　　司马红"呵呵呵"快活地笑了一阵子，接着端起酒杯喝了说，汪主任啊！所有我都知道了。

　　一连串极尽肉麻的阿谀奉承，让司马红开心愉快得云里雾里，红扑扑脸颊充满喜色。汪富感到时机到了，再斟满酒杯端着说，总经理，俺壮了胆子说吧，俺是最适合当财务经理的了。

　　司马红听后晃了晃脑袋，没端酒杯，脸色有点不悦，赭红色的脸颊浮上一层阴云，拿起筷子夹菜吃了一口，戏谑地说，你怎么执迷不悟，还是哪壶不开提哪壶呢！

　　有三四两酒进了肚子，汪富气盛起来，脸上的肌肉也绷紧了。他想到，这个老奸巨猾的东西，吃着喝着很开心，但提到自己想要的职位，就翻脸不认人，是个只知吃喝不办事的货色。他右手端着酒杯，胳膊肘支撑在桌子上，眼睛如一颗钉子紧紧盯着司马红。他看到，司马红根本没把他敬酒放在眼里，而是张大无餍的嘴巴，认真夹着那条老虎斑吃着，吃了最好吃的脸和嘴唇部位，接着吃鱼的肚子，几乎把精华部位全都挑吃了。那个吃相真难看，头顶不多的稀疏头发耷拉到眉毛与眼睛处，也无暇顾及。这让他对司马红仅存的一丁点好感丢失殆尽，感到司马红贪吃贪喝不通人性，简直就是一只豺狼，一头牲畜。

　　等到司马红享受完美食，神情从老虎斑里跳出来时，汪富气愤到了极点，愤愤然说，总经理呀，倘若不让我当财务经理，我可不乐意了。随即，他从手提包里拿出一个移动硬盘说，公司偷盗博世堂处方的证据就在这儿，接着"嘿嘿嘿"一阵冷笑。

　　威胁，威胁，赤裸裸的威胁！而且这种威胁是既当婊子又立牌坊、挖坑害人的威胁！厚颜无耻到了极点。

　　司马红怒不可遏了，"啪"的一下把筷子放在桌子上道，好个汪富，你是反了，猪八戒啃猪蹄——自残骨肉了。

　　汪富也不示弱，幽幽地说，只要让俺当财务经理，那不就万事大吉了，俺对总经理仍然服服帖帖。

　　要挟，要挟！吃着公司的饭还要砸公司的锅，比黄鼠狼还歹毒！

　　司马红被气得满脸通红，心想，此风不可长，刹不住后患无穷，让公司陷入到自我反噬的噩梦之中。于是，他拿起手机拨通五爷的电话道，五哥，我在江洲大酒店 27 层的清风厅，让你兄弟们来一下吧。

　　打完电话，司马红威严地道，汪富，你还有什么话，就说吧。

　　汪富梗着脑袋，将自己为何要当财务经理的理由，滔滔不绝讲了一大堆。但司马红一句也没听进去，满脑子想着五爷的人来了，如何把握分寸收拾这个没良心的东西。

不一会儿，两个大汉推门走进包房，随手就把门反锁上了。那俩大汉穿牛仔装，身材壮实，留着光头，满脸横肉，长着麻子，手背上文有黑色图案，阴森森的，一看就知是黑道上的。一位光头开口说，司马大哥，怎么着了？

司马红道，我公司这个东西要造反了。你们看着修理修理吧。

光头甲二话没说，健步走到汪富面前，伸出那只充满感官刺激的左手，揪住汪富的衣领，右手攥紧猛的一拳打去。汪富躲闪不及，被重重打在左脸上，接着一个趔趄没站稳，摔倒在了地上。

汪富在地上哭丧着脸，捂着眼睛说，胆子太肥了，竟敢打残疾人，犯法，犯法！俺状告你们。

司马红道，你告吧！打的就是你这种卑鄙无耻的小人，看你还敢不敢吃里爬外坑害人。

光头甲走上前去弯腰用左手一把揪住汪富的头发，像老鹰拎小鸡般，将汪富拽了起来。汪富疼得"哼哼唧唧"呻吟着，六神无主了。接着，光头甲挥拳再向汪富打去，这一拳打在了门面，将门牙打掉了两颗，满嘴流血了，甚是骇人。汪富趴在地上一边乱哼，一边在地板上乱摸找牙。

这时光头乙似乎手脚发痒了，走上前去，抓住汪富的后衣领，将他拎着站起来。但汪富已是踉踉跄跄东倒西歪了，光头乙趁势朝着汪富脸上打去一拳，顿时鼻血流淌起来。汪富双腿一软，瘫倒在了地上，一边抹着脸上的鼻血痛苦呻吟，一边还用沾满血迹的双手摸着地板找牙。

光头乙攥紧双拳，厉声呵斥道，你小子还告状吗？

汪富满脸是血，听到呵斥更是心惊肉跳，呆若木鸡般怯生生抬起眼帘，身体颤抖着，接着跪在地上，双手不停作揖，苦苦哀叫道，司马大哥……大哥，俺错了，俺是信球子！

司马红稳坐在椅子上，跷起二郎腿晃荡着道，你小子还干吃饭砸锅的事吗？

汪富惊魂未定，一个劲作揖哀求道，不敢，不敢了，谁敢谁是孙子，不得好死！

司马红疑惑道，你小子说话没信用，反悔了怎么办呢?

汪富加大作揖的夸张度，连声乞求说，司马大爷、大爷，司马亲爹、亲爹! 谁反悔谁是老母猪，谁反悔谁五雷轰顶……司马红仍然淡漠地望着他，若有所思。

突然，门外响起一阵敲门声，急促而清晰。司马红不慌不忙高声喊道，有啥事，稍等啊。随后，他沉声说道，汪富，今天先饶了你，你小子再不老实，本总经理还要修理你。

汪富再次作揖，连声说，老实，老实! 俺一定老老实实。

随即，司马红给两位光头使了一个眼色，顺手把汪富刚才拿出来的移动硬盘带上，打开房门走了出去。女服务员站在门口惊诧地看着他们走远了，随后扭头走进房间。

汪富觉得司马红他们已走远没有危险了，霍地像从地板上跳起来的僵尸一样，迅速到洗手间简单擦洗了两下，回到房间像个失去控制的疯子一般，一瘸一拐走着，"嘿嘿嘿"放声狂笑……女服务员看到他鼻子青肿，额头瘀着血，左眼的上眼皮与下眼皮青紫着高高隆起，形成了细窄长缝，差点粘连到了一起，地上还有一些血迹，甚觉害怕，用惶恐目光打量着。

汪富狂笑一阵子后，对着女服务员吐了一口唾沫喊道，呸! 你们大酒店太硌硬人了，简直就是一个黑店，讨厌人的黑店。

愤恨的嘈杂声，招惹来酒店一位穿蓝色制服经理模样的人。汪富继续说，你们的服务太差劲，客人吃得硌硬了，都流了鼻血，如果早知这样次毛，让俺来白吃，俺也不来; 应该免单，免单——俺是倒了十八辈子霉，才来你们这样的地方!

经理看到汪富的窘态和愤恨情绪，觉得是个难缠的无赖，便转身对他说，对不起，请原谅! 让顾客辛苦了，给您免单，多提宝贵意见。

这样汪富才停止恶毒攻击，接着抖了抖衣袖，提起自己的手提包，一瘸一拐走出包房，头也不回消失在走廊里。

# 2

司马红离开酒店，给两个光头支付了酬金，就直接回到办公室，复盘移动硬盘上的东西。看了汪富这个始作俑者搜集的证据，将自己撇得远远的，气得司马红七窍生烟，在办公室不停踱步，痛骂汪富的阴险狡猾、挖坑害人，骂得喋喋不休，有滋有味，颇像旁边有人聆听似的。

如此辱骂，除了他自己以外没有任何人能听到，毫无意义，为何还要津津有味地辱骂呢？一方面了却对汪富的憎恨与愤怒，释放堵在心头的怨气，让体内好受一些；另一方面说明他对汪富已没有什么牌可打，只剩下自言自语辱骂这一点本事，其他已无能为力了。

骂了一阵子后，司马红的心里得到一丁点平衡，情绪也缓和下来。他便想着如何化解危机，稳妥处理，别激化矛盾演变成为网络领域的一个事件，让本来就名声不佳的企业再受诉病。说实话，他耻于与汪富打交道，觉得与汪富交往，有失身份地位。这是他司马红的一种耻辱，也是永远留在心中的阴影。

他又自我拷问，把汪富这样无耻之徒糊弄不好，会不会做出更加狠毒之事？包括告状公司呢？

会的。恶毒之人定能做出恶毒之事！想到此，他有点心虚了，突然意识到汪富是一颗定时炸弹，弄不好会将自己和公司炸得粉身碎骨、万劫不复。他也想到前车之鉴，大到一个国家一个朝代，小到一个组织一个企业，从兴盛辉煌到轰然倒塌，几乎无一例外是从内部瓦解的。

堡垒总是从内部攻破的！内斗是最为致命的浩劫。

看清兴亡衰败的真相后，他不得不拨通汪富手机，态度和蔼道，汪主任啊！今天我做得不好，冒犯的地方请多多见谅，给你道歉了，咱们还是好兄弟啊！

汪富沉默了，没有言语。司马红继续道，那个移动硬盘我带回公司了，你那儿还有备份吗？

这是司马红想彻底消除隐患的探问。汪富心知肚明，便不咸不淡地说，么有。

司马红道，这样的话，我可以考虑你出任财务经理的事，给我一点时间决断吧。

汪富仍然没有言语，就将电话挂断了。这是汪富有史以来，最大的一次胆量，第一次对司马红失礼怠慢，第一次对司马红冷淡无视，第一次对司马红态度强硬。

这种决绝，来自司马红刚才电话里的表态。话中的"考虑"，仅仅给了汪富一丁点希望，大概率是缓兵之计。尤其是江洲大酒店惨无人道的折磨让汪富的心凉透了，也害怕极了，对司马红不敢抱幻想了。假使司马红不再"考虑"，而是决定让他立马走马上任，他还是会回心转意的，如同以往那样继续巴结奉承司马红，让他仍然享受肉麻式的虚荣和皇帝般的甜蜜。

正如汪富的猜测，司马红还是不想让他当财务经理，只是想稳住他，而谋划着彻底清除后患。再想起那两个光头的凶悍毒辣，汪富不由得打了一个寒战，感到风声鹤唳，岌岌可危了。他不敢在自己家里待了，简单收拾一番，带了一些现金和他与司马红签订的那份协议，以及生活用品，便顶着夜色匆匆投奔江薇去了。

江薇在汪富手下干了好多年，刚开始汪富看不上眼，横挑鼻子竖挑眼，搞了几个回合下马威，将胆小的江薇收拾得乖乖溜溜，对汪富唯命是从，慢慢也就演变成汪富的心腹嫡系了。江薇暂无男朋友，典型的东北女孩，身材丰满，高个头，小眼睛，大嘴巴，颧骨前突，嘴唇肉肉的、红鲜鲜的，饱含着韵致，是一位并不算漂亮但有味道的活色生香女人。她被汪富驯服后，时常对汪富甜言蜜语，让汪富享受到当领导的舒坦和优越。她也隔三岔五给汪富抛来一半个媚眼和秋波，但汪富并不回应漠视着，死死压抑着自己的欲望与冲动。

在前往江薇租住房子的路途中，汪富已经做好接受江薇媚眼的思想准备，而且还想着把她生吞活剥了，拉到自己这艘遇到狂风暴雨而漂泊的船上，能有个知心人，或者说讨个意见的人。不然的话，自己活得太悲催了。

　　江薇住在江北区嘉怡园小区 5 号楼 3 单元 7 楼一套小户型房子里，一室一厅 50 多平米。汪富敲门走进去时，肩上背着大包，手里拎着小包，满脸青肿，让江薇惊诧地问，主任，这是怎么的了？

　　汪富放下两个包，满脸沮丧道，一言难尽，受迫害了。说罢，汪富从自己的小包里掏出 5 沓百元大钞，递到江薇手上说，妹子，拿着吧！给你一点零花钱。

　　江薇纤细修长的手接到这 5 万块钱，感到沉甸甸的，里边包含着太多内容，太多寓意了。她是个明白人，脸色腾地绯红起来，红到了脖颈上，红鲜鲜的大嘴巴咧开笑了，有点合不拢嘴，似乎让整个房子都亮堂起来，激荡出欲望与开心的火焰。

　　她笑着露出洁白的牙齿说，妈呀！给我这么多钱干啥？以后还用还吗？

　　汪富拉长脸道，看你说到哪儿了。是俺给你的，不是借你的，中不中！

　　她心花怒放，欣喜若狂了。这么多的钱，比她半年的工资还多，可以买多少衣服、买多少化妆品、买多少黄金首饰……可她什么也没做，汪富就给这么多钱，真是天上掉下的金娃娃。她笑脸盈盈拿着钱往卧室的柜子放去了。

　　看着江薇的背影，汪富颇为得意，心想，人心都是肉长的，没有人能抵挡得住金钱的诱惑；如果有，那是因为金钱还不够多！

　　当江薇再返回来时，脸色已恢复到平常，但柔情多了，如决堤的河水一样四处漫延，乌泱乌泱的。她立即对汪富脸上的青肿表现出极大关心，在自己药箱子里拿出碘酒瓶子，让汪富平躺在沙发上，她坐在小板凳上，用棉签蘸了碘酒涂抹在汪富受伤处，不停询问疼不疼，极尽体贴柔情。

　　随后她给汪富端来一盆洗脚水，给汪富脱了袜子，将那只不灵便的残疾脚小心翼翼放进水盆里，如同自家人。她也不追问汪富为何鼻青脸肿，而是考虑如何以极大柔情回报汪富的慷慨。

　　洗完脚，似乎完成了一次情感的转折与跨越。她不叫主任了，只叫一个字"汪",显得亲昵熨帖。随后将汪富安顿在她卧室的单人床上,就欲离开了。

汪富被她柔情似水的一系列大胆而自然的动作,拨撩得浑身燥热,欲火熊熊了。他嗅到了她体内散漫出的淡淡香气,吸到喉咙里有种清凉甘甜的味道,咽到肚子里回肠荡气,回味生津啊。他也感觉到她高高隆起的胸脯,有意无意地蹭到他的身上,像刚出锅的馒头,软绵绵而有弹性,让他有触电般的感觉,身子骨都酥软了,仿佛心脏被悬空起来……他迫不及待道,你咋不睡啊?

她笑着说,汪,等一下子嘛,心急吃不了热豆腐。

这下子他吊起的心放到肚子里,安静地躺在床上看着室内的一切。卧室不大,是正方形,面积10多平米。一张单人床占了整个房间的四分之一,床边是一个带着梳妆台的桌子,桌子放着两本书《黑客之王》《美容养颜》。靠门口有两个黄色大衣柜,高高耸立。床上铺着的床单是素雅的蓝白格格,被子是淡黄色的羽绒被,很轻巧,散发出一股淡淡的香味。他觉得与她身体上散发出来的味道一样,沁人心脾。他心里想,睡在这样一个有品位女人的床上,也没亏待自己这个主任,值,值得!

他听到卫生间淋浴水龙头"哗哗哗"直响,是在洗澡;随后是电吹风"呜呜呜"吼叫,应当是吹头发……再过一会儿,洗手间的房门拉开了,一格一格的脚步声由远到近,接着一个穿着红色睡衣、轻佻娇美的身影出现在房间,"吧嗒"一下将灯关上了。他装作镇定微闭上眼睛,但能从眼缝中窥视到身边的一切,像是前线潜伏的哨兵,一动也不动,蜷曲蛰伏,等待着一次勇敢而特殊的侵犯。

房间门敞开着,室内黑暗起来,但窗帘与门口两处映耀进来些许光线,让房间昏暗但不漆黑,朦朦胧胧。他隐约看到她来到床前,如同一个仙女般弯下腰,在他脸上凝视。她那硕大的乳房悬吊起来,如同两只小兔子般在他眼前摇晃,让他恍恍惚惚了。一股带着洗发乳的香气,还有幽幽湿气扑鼻而来,让他呼吸急迫,心跳加速,快要窒息了,就像是虚幻的仙境,心醉了。

她缓缓伸出一只手,撩开被子角向里边摸去,摸到了他的胸膛。他感到她柔柔玉手，细如凝脂；纤纤五指，素若棉绒，光滑而美妙，柔软而细腻，让他全身亢奋得微微颤动起来了。她的手指摸到他的胸脯上，故意拨弄了两下，继续慢慢往下摸，光滑舒服，摸到了他的肚子、肚脐地带，就停滞了下来，应当察觉到了前方是禁区。随后，她直腰站了起来，解开睡衣的衣带，脱下来挂在了门口衣帽架上。在那昏暗的屋子里，一个全身裸体的女人出现了，比她穿衣服漂亮多了，妖艳极了，简直就是著名画家威廉·埃蒂笔下的美女。那乳房向前挺拔，如同突兀出的两座山头；白皙肌肤，胜似纯洁美玉，圆润细腻；性感的身体曲线，婀娜多姿；就连镶嵌在脸蛋下方的大嘴，也如同花瓣一样富有魅力……给他传递出一种无法抗拒勾人魂魄的魅力。

他无法控制情绪了，如同一只睡醒的虎豹一般，迅速掀开被子，一骨碌爬起来，将她紧紧抱住，箍在自己的身体中，压在床铺上……如胶似漆的一番激情咆哮后，他感到畅快淋漓，销魂沉醉了。

他摩挲着她的胸脯说，咦——血美，血美！真是心肝宝贝。

她疲倦了，陶醉般躺在他的胳膊弯里睡去了。他久久没有说话，平静地享受着幸福而快活的时光，也回想着刚才美妙至尊的情景，仿佛这个夜晚是专门给他安排的新婚之夜，是神圣不可缺少的幸福之夜。他真不舍得稀里糊涂让这美好时光悄悄溜走了，造成一种缺憾。

夜静静地流淌，平静安澜。汪富盯着模模糊糊的天花板看着，感觉身边搂着一个女人睡觉真好，有征服的快感，觉得自己是一个真正的男人，激荡出了雄性骄人的威猛；也有享受的美感，尽管她称不上漂亮，全裸胴体就变成了一件完美无瑕的艺术品了，每一处玉体、每一块肌肤都散发出诱人气息，让他难舍难离。难怪古往今来留下那么多的爱情典故，让男欢女爱之情成为人类恒久不变的主题。

不知到了什么时间，江薇翻了一个身，侧着身体将乳房重重贴了过来，迷迷糊糊地说，汪，真困了，快睡吧！

汪富仍无睡意，不由得想起与司马红的纠葛矛盾。他在想，他对司马红熟悉到了骨髓里，司马红是一个具有多重人格分裂症的狂暴恶棍。如果司马红的那根筋顺了，干什么事都不眨一下眼，甚至不惜铤而走险；那根筋不顺了，就会断然拒绝。公司所有的重大失误，几乎均是他那根筋亢奋了，一味冲动不计后果决策造成的。思索至此，他再次断定，司马红不会回心转意，肯定会孤注一掷，对自己下毒手的。但自己也没有走到绝路，还有红桃K、黑桃K两张牌没打出来。

所说的黑桃K，就是红远公司偷盗博世堂处方的备份证据，随时可以打出去。红桃K是工商部门颁发的企业法人证书，自己在公文上是红远公司的法人。只要把几年前司马红与自己签订的协议毁掉了，就没有法律证据支撑司马红是红远公司的主人，红远公司就变成他的了。想到此，他就兴奋起来，又开始海阔天空般的畅想。他想抽烟了，但枕边睡有虞美人抽烟是不雅的，会惊醒梦中人。他就凑近她的玉体深深嗅一嗅，几乎是零距离享受了，满足直觉的饥渴，沉入到畅想之中。

他畅想黑桃K打出后，红远公司极有可能被网监部门查封，时间短会给经营造成重大损失，时间长会让公司背上沉重包袱而发生颠覆性重大危机……或者出现其他意外。譬如公司经受不住重大冲击而分崩离析，彻底失去闯荡市场的能力；或者司马红经受不住考验而出现重大变故，包括突然失踪，等等。他又畅想，他也应像司马红一样拥有野心和狂妄，用其人之道还治其人之身，雇用黑社会盗窃高手，将司马红手中的那份协议偷来毁掉。他就一下子成了红远公司真正的拥有者了，公司的所有资产就属于他的了。假使他有了这样一个公司，那又是何等风光，摇身一变就成了企业家，就会轻而易举在江洲市豪华地段购买一栋别墅，可趾高气扬地将头颅翘高三尺，回到农村老家风风光光接父母来住别墅了。那又会有多少人跟在他屁股后面阿谀逢迎，让他享受皇帝一般的虚荣；又会有多少人俯首称臣，恭耳倾听他的号令；又会有多少美女给他抛来媚眼，让他鸿运当头、销魂沉醉啊……

当老板的日子——血美！有钱的日子——血美！

汪富竟然在畅想中睡着了，均匀的鼾声富有节奏，无忧无虑在那个十来平米的房间里激荡。不过甜蜜和幸福之中，也夹杂着漂泊者的一丝孤单和隐忧。

# 3

深秋的晨阳金灿灿、亮晶晶、暖融融的，携带着金色光芒的神韵。

一轮光照洒在窗户上，将乳白色的窗帘染成了淡黄色，发出明亮而温暖的光泽。汪富一睁开眼睛，就看到室内明晃晃的，再扭头一看床上只有自己一人。他揉了揉惺忪的眼睛，觉得神清气爽，精力旺盛。

这一夜是他近些天来睡得最为踏实的一宵，尽管只睡了那么五六个小时，但质量颇高，一切都沉入到拥有的甜蜜和舒服之中。他有点恍惚了，这是在哪里？再看看床单，是素雅的蓝白格格，被子是淡黄色的羽绒被，还散发出一股淡淡清香，昨晚的一幕幕情景回想起来了。他便立即起床，拉开窗帘，而后到洗手间处理了个人事项，就来到客厅，看到茶几上已摆好了早餐，有豆浆、油条、鸡蛋、小菜。

汪富甚是满意，边吃早餐边与江薇聊了起来，将他与司马红的矛盾七七八八说了，阐明与司马红势不两立的立场，要鱼死网破干到底了。

江薇无不担忧地说，汪，难道没有挽回的余地了吗？

汪富道，俺知道司马红的品性，假使还抱有幻想，后果么法想象了。在俺与司马红两头的选择中，你准备跟谁啊？

江薇抿着大嘴咬了咬牙说，人家都跟你好上了，当然是跟你一条道啦。

汪富点了点头，嘴角边掠过一丝惬意。

江薇说，倘若举报没起大用，公司也没有查封；再倘若司马红早有防备，偷盗协议失手了，你就没有退路了吧。

汪富道，俺是光脚不怕穿鞋的，假使打出的两张牌都失灵了，俺也么有回头路了。还有一条路是找老熟人侠之大者公司的赵晖，原先有点交情；假使他不收留，俺只有回老家种地去了。总之饿不死，有碗饭吃。

江薇说，那我也跟你走，同进退共甘苦。

汪富抬起头来道，俺觉得你就不要蹚这浑水了。你表面上装得与俺没有瓜葛，暗地里给俺帮忙就中了。也别急于同司马红决裂，假使红远公司还能生存下来，你不就成了元老，说不准还有重用提拔的可能。这个梦想一旦实现了，你不就成为江主任了吗?

江薇感动地说，还是你聪明，想得周全。说罢，她凑到他脸边，用大嘴在他脸上给了一个长吻，又在他大腿上捏了一把，让他神魂又一次飞跃起来，脸上闪现出了傲然之色。

早饭吃过了，江薇去收拾洗刷，随后到楼下超市买了一些生活用品。回来后，她在厨房用咖啡壶开始煮意大利咖啡，顿时室内弥漫起了卡玛多大师咖啡诱人的浓郁型香味，幽香袅袅。

汪富则用自己的笔记本电脑，上网开始工作了，在明网和暗网上浏览折腾了一阵子。他嗅到咖啡浓香，就离开笔记本电脑，来到茶几旁端起一杯咖啡喝了起来，连声道，好喝，好喝! 血美。

江薇接住话头说，你拉倒吧，真美吗?

汪富温情般道，你这儿啥都美，美得让俺鼻子痒痒的，心头醉醉的!

江薇乐得"咯咯咯"笑了起来。

汪富又道，在你刚才出去的工夫，俺已把举报的邮件处理了一下，发给网监部门了。说话间，眉宇间闪烁出志在必得之意。

这话声音不大，但惊得江薇呆若木鸡。她惶恐着神色说，那我这里的IP 地址不就暴露了吗?

汪富脸上流露出一丝狡黠道，你尽管放心，俺设置了三级跳板，建立一个加密通道，发出邮件后就隐藏了 IP 地址。绝对没有人能够倒查过来的，也不会引火烧着你这个大美人，烧着了俺还心疼哩。

这番话，让江薇的心情稍稍安稳下来，消除了惊慌。

汪富接着道，俺已在暗网上约了偷盗高手，中午在江枫茶楼碰面。你也一起去吧。

江薇又紧张起来，脸色有点窘迫而苍白。

汪富看出江薇胆小怕事，就解释道，让你去，仅仅是望个风，看有没有意外情况，没有一点危险。

江薇又略微平静下来，连忙说，咋个望风?

汪富道，这个茶楼总共有三层，二层是小包间。你以第三者的身份待在茶楼一层，装作与俺不认识。主要是观察黑道中人有没有尾巴，假使有意外情况，给俺发个提示信息就中了，不会给你带来麻烦的。

中午 12 点前，汪富戴了一顶鸭舌帽，将帽檐压得低低的，手上拎着一个小手包，走进江枫茶楼二层的枫叶包间，坐着耐心等候。服务员泡好茶后，汪富让她回避出去了。

直到 12 点 15 分，茶楼包间的门响了，是"咚——咚——"两声节奏较长的敲门声。

汪富道，请进！

随即一位身穿黑色夹克衫的汉子走进茶室，机警地张望。汉子三十来岁，个头不高，长相偏瘦，戴着一副墨镜，嘴唇下边有一条微细的疤痕，显得有点凶。他自我介绍说，我叫时光。

汪富道，俺叫金钰，请坐吧。汪富说话平静淡定，目光阴沉，稳坐在椅子上没有站起身，也没有寒暄握手。一个是表现出沉稳老练，再一个是掩饰瘸腿的鲜明特征。

时光坐在了对面，端起一杯茶喝了起来，没有摘下戴在鼻梁的墨镜，似乎也在掩饰脸型模样。

汪富摆出一副圆滑世故的样子，对着时光朝门口轻轻扬了两下头。时光心领神会，立即起身走到门口，拉开门缝向外张望了一下。回来坐定后说，老板，请讲吧，外面没人。

汪富就将到红远公司总经理室偷窃保险柜里司马红与汪富签订的一份协议事情，娓娓道来阐述明白。

时光悠然喝了一口茶说，确定协议在保险柜里吗？

汪富道，概率是八九成吧，除非最近有所提防更换了地方；越早行动更换的概率越小，成功的可能性越大。

时光说，酬金多少？

汪富伸出三个手指头比画道，3 万块。

时光摇摇头，伸出一个巴掌说，5 万，少了不行。先预付 10%，成功后再付剩下的 90%，这是行规。

汪富略作沉思道，中！

时光问，总经理办公室在几楼？

汪富道，三楼。地点是东江区红远信息技术有限责任公司，平时晚上没人，但有摄像头；一楼值班室有一个保安值班。

时光问，时限。

汪富道，越快越好。最好今晚能办成，今晚办成了多加 1 万。

时光伸手比画了一下说，成！付定金吧。

汪富从手包里拿出钱数了 5000 块，递给了时光。

时光说，少了！

汪富莫名其妙，愣在了那儿。

时光解释说，老板，你不是说今晚办成多给 1 万。我就准备今晚办成，预付金不就成了 6000 块了吗！

汪富恍然大悟，说道，中。旋即又在手包里掏出 1000 元递给时光。

钱付过后，汪富顿生疑窦道，一楼值班室的视频系统连着三楼，一举一动都能看得到。

时光轻蔑地说，这就放心吧。我会去踩点，有办法对付。

汪富板着面孔道，拿到协议后，不许复制，仍然在暗网上联络我。我再告诉你交货地点。

时光说，成！抱拳作了一个揖就离开了。

汪富也没起身送别，仍然稳坐钓鱼台。等到时光的脚步走远了，他才吆喝服务员买单，结账后离开茶室，又将帽檐压得低低的一瘸一拐走出茶楼。

坐在一层大厅望风的江薇，随即放下茶杯，走出茶楼打了一辆出租车，追到汪富跟前停下来，让汪富上了车。

这天也是司马红焦急追踪汪富的一天。他再次雇用五爷手下的人，在汪富家的楼下溜达窥探了整整一天，但没见到汪富的踪影，不免疑云丛生，疑神疑鬼起来。

翌日早晨，汪富睡醒上暗网就发现时光相约交货的信息了，大喜，立即回复上午 10 点仍在江枫茶楼的老地方见面。

江薇弄好了早饭，匆匆吃了就要上班，临走时又给汪富一个深吻，让他再次惊魂跌宕。汪富叮嘱她要沉住气，全当什么事也不知道，静观其变。

到了上午 9 点整，汪富戴上鸭舌帽将帽檐压低，拎起小手包出发了。他准时在 9 点 30 分就坐在江枫茶楼二层枫叶厅泡茶人的位置上，忐忑不安地等待着。10 点整了，还不见来人，汪富焦急地望着那扇朱红色的门，时间的脚步似乎故意放慢了速度，慢悠悠起来。汪富局促不安。

10 点 20 分，门终于"咚——咚——"敲响了，间隔节奏仍然较长。汪富挺了挺胸，而后道，请进。

门被推开了，走进来仍是昨天的那个人，装束没变，但手中提着一个不起眼的黑色塑料袋。在外人看来，应当是装怕光食品的袋子。

汪富露出笑容道，辛苦了，请坐吧。

时光坐在对面，照例端起倒好的茶喝了一口说，老板，事情搞定了。说罢，他从黑色塑料袋里掏出那份协议，放在了茶桌上。

汪富惊与喜、急与慌交集在一起，眼睛瞪得溜圆，一直紧紧盯着时光的举动，看到他将协议放在桌子上，就迫不及待拿到手里端详，一页一页往后翻，再一页一页往前看，反复查看，细如觅金。

看过一阵子后，汪富抬起眼睛疑惑道，协议没有复制吧？

时光猛然用右手摘下鼻梁上的眼镜，"啪"的一下放在桌子上，愤愤然说，这是什么意思？难道怀疑我破了规矩不成吗？

汪富忧虑道，俺只是担心罢了。

时光脸色铁青，抽搐着下巴，嘴唇边那道微细的疤痕明显突兀起来，斜着横在下颌边，显得有点吓人，仿佛里边隐藏着多少骇人听闻的仇杀与罪恶。他说，我混江湖 10 年有余，收入钱财为人办事，天经地义！那个保险柜里还有好多金条，我都没拿，背信弃义的事从来不干。

听到时光信誓旦旦，有顺手牵羊的金条仍分文不取，难能可贵啊！汪富不敢信也不敢不信，但最后还是放了心。他从包里掏出早已准备好的酬金，放在桌子上说，剩下的 54000 块，请清点一下吧。

五沓百元大钞，再加一些散钱，时光没有清点，直接装在黑色塑料袋里说，我时光坐不改名，行不改姓，信誉值千金，放心吧！随后他起身作揖，匆匆离开了房间。

汪富仍没起身送客，听到脚步声消失了，才走到窗前，透过窗户向外窥视。他看到时光在茶楼门口打一辆出租车离开了。茶楼外风平浪静没有异样，他这才安下心来结账打道回府了。

回到江薇住所，汪富静静坐在沙发上，拿着那一式两份的协议反复观看，回想几年前签订协议的情景，感到没有任何异样，便心安了。

当想着把两份协议放到他的包里精心保存时，他又感到不踏实。这两份协议证明了他不享有红远公司任何资产，无疑是他的仇人冤家，罪该万死，十恶不赦，越早在人世间消失越好。想到这儿，他的心又不安起来，就没把两份协议放回包里，而是来到厨房，打开抽油烟机，用打火机点着两份协议焚烧起来，一股股青烟随着抽油烟机被排放到烟道里，消失得无影无踪了。

这时汪富才如释重负，嘴角露出称心快意的欢畅，感觉自己又多了一口气，多了一条宽敞明亮走向巅峰的光明之路。

## 4

这天早晨，司马红参加完公司周例会，回到自己办公室后，脑子里充斥的全都是汪富。

汪富，汪富，还是汪富——无数个汪富出现在他的脑海里，搅得魂不守舍了。早晨汪富没来上班，音讯全无。他前天晚上打通汪富的手机一次，昨天再怎么打就无法接通了，应当是搞了特殊设置。难道汪富前天晚上被打得鼻青脸肿住医院了吗？还是受到惊吓不辞而别逃离了江洲市？

凭直觉，司马红感到汪富不会逃跑，也没住院，更没被吓倒。这个瘸子的忍耐性极强，诡诈狡黠，为人阴险，用常规思维无法精准揣摩。他觉得汪富是自己的祸害，满嘴假话，但也不全都是假的，也有几句真话，真真假假，假假真真；有时把假话说成真话，也将真话说成鬼话，让人不敢不信，不敢全信，造成了他很多决策的紊乱和不确定性。他觉得汪富就是一个陷阱，嘴里吐出的全是甜言蜜语，是带毒的好听话，让他听得开心快乐，沉迷于虚伪的享受之中。

这种粉饰一切的美好，是温柔的圈套，甜蜜的炸弹，耽误了多少事情啊。他甚至怀疑，汪富是赵晖派来的，是专门对付他的人肉炸弹，是置公司于死地的奸细人渣。他还觉得汪富是公司的克星，自从注册公司使用汪富名字以来，就极为不顺，将信誉的老本一蚀再蚀，所剩无几了。是不是用了这个瘸子的名字，就交上了魔鬼和噩运了呢？

噢！汪富，枉然难富，所有富贵都是枉然，一场梦，一场噩梦！此刻他坚信，这个名字带有污秽之气，让自己与公司倒了霉，在冥冥之中难以富贵了。

想到公司注册使用了汪富名字时，司马红就不由得走到保险柜前，按照熟记的密码数字拧动保险柜转盘，打开保险柜寻找那份协议，但协议不见了。那些闪闪发光的金条一锭也没少，完好无损。他紧紧盯着查看柜子的各个角落，百思不得其解，为什么珍贵的黄金没有丢失，唯独协议不翼而飞了呢？

突然他茅塞顿开，大惊失色喊道，妈的，汪富把协议偷走了！肯定是这个狗日的干的，肯定！百分之百。

隔壁的张副总被司马红的喊声惊来了，伫立在旁边惶惶不安，试探着问，要么我们报警，让警察立案侦破吧。

司马红意识到，此事隐藏着许多见不得人的秘密，就对张副总道，这事很敏感，弄不好会出其他问题。让我再好好想想吧。

张副总知趣地离开了，司马红目送他走了后，走到办公室门口，把门轻轻拉上。随后，他再回到办公桌前，拨通一个电话道，五爷，汪富肯定还在江洲市，已把我保险柜里的一份文件偷走了。请你们加大搜寻力度，把文件找回来；不然破坏力是颠覆性的，太大了！

五爷慎重地说，我已经撒下了天罗地网。一位茶道中人说，今天与昨天在江枫茶楼里，发现一个瘸子，有点神经分分，好像是汪富。

司马红急迫地道，看来我的直觉没错。你们赶快想办法，这人肯定是汪富那个狗杂种。

五爷说，司马兄弟，在这么大的江洲市找一个受到惊吓的鸟儿，谈何容易？我正在警方找内线，看能不能在监控系统追踪到去向。

司马红感激道，好，好！找到了酬金加倍，加倍！

眨眼就到中午 12 点钟了，司马红正准备去饭堂吃饭时，门外走进来两位身穿藏蓝色制服的网警，确认他是总经理后，宣布道：根据群众举报，经江洲市东江区公安分局批准，正式对你公司立案调查，请予配合。

司马红脑袋"嗡"的一声炸响，他立刻意识到盗窃博世堂名贵处方的事已经露馅了，汪富将公司推到生死存亡的边缘了。

接下来，网警对公司所有业务办公室查封，搬走有关电脑设备去调查取证；同时宣布公司即刻停业，等待调查和行政处罚结果。

一纸查封令，让红远公司戛然停滞下来前行的脚步，进入到休眠状态。所有人员该休整的休整，该接受调查的调查，进入到非常时期。

司马红万念俱灰、心灰意冷，没有在公司吃饭，慌慌张张把那几锭金条装在一个黑色提包里提上，自行开车回家了。吃过中午饭，他再来到公司时，门口已贴了盖有大红公章的白色封条。他落魄至极，眺望公司整座楼房空寂无声，平静得没有一丝一毫生气，一股寒气冲上脑门。就连楼下几棵老槐树上总是"叽叽喳喳"的小鸟，也停止了欢快的鸣唱，蜷曲在树丛中进入到沉寂之中。他脸色铁青，在楼下贴着封条的门边，不停踱步，不知徘徊了多久，脑子里混乱着，也胡思乱想着，进入到茫无头绪的纷乱之中。

还能力挽狂澜吗？司马红拨通了平时吃吃喝喝在政府业务部门任处长姓王同学的电话，简要把情况叙述了一遍。王处长委婉地说，司马兄弟啊！这事与我分管的业务搭不上边，不便出面协调，请理解啊！司马红还想说什么，不料手机里传来对方挂断电话的"嘟——嘟——嘟——"的忙音。

接着他想到了奔驰专卖店的赖董事长，据说赖董很有来头，上至市机关领导，下到基层执法部门，没有搞不定的。自己的奔驰车和公司几台车长期在专卖店维护，每年送去不少钱。赖董多次拍着他的肩膀说，有帮忙的事就说啊！意味深长。当他拨通了赖董电话，将帮忙的事说了时，赖董无奈地说，司马兄弟，这样的事咋不早说，早说肯定能通融，不看僧面也得看佛面；现在都立案了，就没招了。说完赖董就把手机挂了，耳边传来"嘟——嘟——嘟——"的忙音。

他仰望苍天，天上的浮云多了起来，在天空云卷云舒，呈现出深秋的苍凉与阴晦。难道前方就绝人无路了吗？他下了下狠心，拨了江洲市人大副秘书长、姓朱的一个远房叔叔的手机。每年春节，叔叔总要到家里看望自己的父母，有一些交情。手机接通后，传来叔叔浑厚而有权威的声音，他照例讲了公司的危机，请求帮忙。叔叔说，你这是私事，而不是公事。作为领导干部再怎么也不能因私废公啊，这个忙没法帮，请多多理解吧。说罢叔叔把手机也挂了，仍传来"嘟——嘟——嘟——"的忙音。

他硬着头皮，又拨打了两个在政府部门混得有头有脸朋友的电话，一位没接听，一位直接挂断了，难道他们也知道自己是泥菩萨过河了吗？

此刻，他暗暗想到，人都是趋利避害的动物，以利相交，利在则情在，利尽则情弃。公司兴盛时人们趋之若鹜地靠近，当下到了生死存亡的边缘，就会躲得远远的，唯恐粘连上。以往饭桌上说的那些豪言壮语，不论多么天花乱坠，都是一种客套话，千万莫当真啊！

这就是失魂落魄丧失筹码之后的残酷社会现实，也是人性使然。

他的心情沮丧到了极点，也气愤到了顶点，生活为什么这样不公平而欺负自己呢？那个狗日的汪富为何亏负自己，以怨报德呢？亲戚朋友为何袖手旁观？让人心寒啊！政府执法部门为何毫不留情？使人失望啊！

他甚至觉得整个世界都亏负了自己……

天气阴沉起来，楼下刮来一阵狂风，吹得树枝舞动发出"噼里啪啦"的声响，像是受到鞭挞发出了急促的呻吟。地上吹起一些灰尘，迷乱在眼前让他睁不开眼睛，有一些碎纸屑，被卷上了空中，如无头苍蝇一般乱飞飘忽，使他心情纷乱如麻，禁不住打了一个冷战。他走向停车场，驱车再度回家。

他家在长河嘉园 K 区的 151 栋单体别墅，共有 400 多平米，地面三层、地下一层。地下一层是运动室和保姆住所，一层是餐厅、客厅和父母住所，二层是他的住所包括书房和茶室，三层是弟弟司马明住所，但现在空着了。按说，这是一个极其幸运而富裕的家庭，高档的住宅，配套的设施，优越的条件，典雅的环境，完整的双亲，还有天伦之乐的趣味，应当处于当代社会的顶端，受人仰视和倾慕。但变化的现实生活往往在嫉妒丰盈的物质条件，与这个家庭始终在开着一个个悲哀悲戚的玩笑。司马明两次锒铛入狱，多了伤感的泪痕。司马红隔三岔五带着不三不四女友回来过夜，留下浮云野花般晦气。家庭气氛干瘪而生硬，让这里的空气时常凝滞而枯涩，如同一个巨大而僵硬的冰窟，让人心寒体冷，索然无味。

司马红回到家里，没有在一层客厅待上一会儿，与父母说说话；而是晦气着，拉着个脸直接上了二楼自己的区域，重重把门关上，对公司变故做新的思考。

此时的司马红，没有以往得意忘形、意气风发的高傲，也没有指点江山、激扬文字的豪迈，更没有颐指气使、嘲弄别人的兴趣。他由于个子较高，身体略显憔悴而佝偻，人衰老了许多，脸色青灰着，眼睛有点昏暗失去了光泽，额头间的气场黯淡了，笼罩着阴郁的苍凉。

为什么一个刚刚 30 岁出头曾经生龙活虎的年轻人，竟然变得如此沧桑？司马红父母急在心上，疼在骨子里，但爱莫能助，只有暗地里一声声无尽的叹息与悲哀！

其实，自从司马红人生信念的总开关变了后，一切都在潜移默化地蜕变。总开关变得低俗，德行就平庸了，一切以金钱多寡衡量人生成败；德行低劣后，气场就变得俗气了，正气下滑而邪气高昂；气场不足后，磁场也就减弱了，失去了正向吸引力，邪气俗气就上扬了。这些颓废气象，任何强装欢颜是难以掩饰的，任何华丽衣服和高档住宅也是装扮不出来的。

下午几个小时，司马红一直闷在房间思索，梳理执法部门可能的处置。公司对博世堂网络行窃的事实是暴露了，而且证据已落入执法部门手中，无法脱逃。第一种结局是，公司被查封吊销营业执照，评估博世堂的损失进行赔偿，让红远公司折戟沉沙。第二种结局是，公司被查封停业整顿，对博世堂损失给予赔偿，留有了一口气，步入不死难活的境地。第三种结局是，公司停业整顿无伤大体，汪富与自己打官司，争夺公司所有权；自己没有了证据支撑，公司极有可能变成汪富的。再想到即将到期的一笔巨额贷款，更是觉得头大了，一地鸡毛，无力回天啊！

不论哪种结局，只要汪富还在人世间，还在作乱，自己腹背受敌的局面难以改变。

时间到了晚上6点，母亲上来敲门说，下楼吃饭吧。他一点也不饿，感到肚子里沉沉的，便拉个门缝说，不饿，在思考大事哩。说罢他又将门轻轻关上了，进入新的思索之中。

司马红抬头看看时间，快7点钟了，他再次拨打五爷手机，想了解追踪汪富的进展，电话里"嘟——嘟——嘟——"不停响着，对方没有接听，便想象着没有任何进展。

过了一会儿，五爷回过电话来说，通过探头监控系统追踪汪富到了江北区，但其很狡猾，总是躲着监控镜头，仍无法确定具体方位，陷入了困局。

放下手机，忧愁与沮丧涌上心头，如同一块巨石般重重压在心头，让他喘不过气来。茫茫人海，谁识路人？偌大的江北区，没有具体方位而寻找一个人，仿佛大海捞针。他已不抱任何幻想了！

司马红觉得所有噩运都是汪富引发的，公司生存挑战是汪富带来的，自己陷入黑暗是汪富造成的，偷盗博世堂处方等一切也是汪富使然。汪富是万恶之源，比禽兽还坏，比毒蛇还毒。

他开始梳理自己与汪富的恩怨情仇。从用人角度看，在激烈人才竞争中，优先重用汪富，将他培养成了公司办公室副主任、主任，他是提携汪富的贵人。从改变人生看，自己改变了汪富，让汪富开阔了眼界，成就了抱负，获得了财富，生存状态有了质的改变，彻底走出草根阶层，算是出人头地，他是汪富的恩人。从修炼人品看，他对汪富的欲望和劣行视而不见，让其丑陋的燎原之火不断燃烧，进而利令智昏、忘恩负义，将魔爪一步步伸向公司，他又是怂恿汪富的俗人。但平心而论，汪富为了私利背叛良知，向公司捅刀子，让他心痛、愤懑、绝望。但细想，自己也不是光明磊落，要了歪心眼。为了虚荣而放纵了汪富，让汪富的欲望一步步膨胀，妄念一次次扩张，走向了不可遏制的疯狂与嚣张！

真是成也萧何，败也萧何，自己扮演的角色也不光彩。

一段时期，自己甚至嫌汪富不坏，怕不嚣张，总想让他更加卑鄙、丑恶、下贱，进而衬托自己的高大，达到凝聚人心的目的。看来自己的这种心理，是扭曲而灰暗的，也让汪富一点点失去理智，滑向更加狠毒的境地，不择手段坑害公司啊！从这个角度看，自己也是虚伪而丑陋的，道貌岸然，放纵了汪富，也殃及祸害了自身。同时自己雇凶毒打汪富，也过火了，是十足的愚蠢行为，没像《孙子兵法》中"围师必阙"，给汪富留有一条生路，而是将其逼到以命相搏的绝路。就如同将一只性格温顺的家犬，毒打驯化成了一只凶狠歹毒的恶狗，自作自受啊……想明白这些后，顿感自己也意气用事了，也是一个缺乏高明眼光的卑俗之人。

他狠狠地揪了一把少得可怜的头发，自己曾经也是个有良知的好人，怎么几年间竟然变得这样的昏庸、短视、恶俗啊？

反省至此，司马红伫立于二楼凉台，眺望远处，灯光辉煌的背后又有许多幢幢黑影、黝黝黢黢呢！他又羞愧万分，自惭形秽，感到自己卑微渺小，如同一株草芥、一棵毒草，是社会里的垃圾和渣男，是个罪人！他甚至觉得，自己对社会毫无价值，枉到人世间走了一遭，对汪富一步步变坏负有直接责任，歉疚于汪富，歉疚于社会，歉疚于整个时代。

他离开凉台，返回室内拉上第二道落地窗帘时，仰头看到吊挂窗帘的木棍是由钉到墙体内的铁钩子所支撑的，突然萌生了将绳索套在铁钩子上吊逃离人世的想法。

当有了起心动念后，他就开始琢磨，这个铁钩子如此单薄，能不能禁得住他的重量呢？弄不好钩子会折断。倘若钩子不断，自己就顺利了结余生，结束所有的烦恼、恩怨、罪责；倘若钩子断了，说明苍天留人，不让他了结生命，那也注定会帮他化解困局走出黑暗的……总而言之，谋事在人，成事在天，把一切交给老天爷去裁决吧！

有了如此坦然的想法后，他公正的灵魂似乎被唤醒了，以往所有的自负、高傲、虚荣在羞愧中被否定了，有了一种久违了的觉醒与自悟，也泛起一些善念。

他理了理散乱的头发，端坐在书桌前，提笔写下一段文字，算是自绝人世前的箴言，或是留给社会的一点点贡献。

一、互联网公司属于高科技企业，政府应当给予严格监管，审核时从严把关，不得弄虚作假，造成先天不良。

二、网络发展有三种，包括硬件设施发展、软件发展和人的思想素质发展。三种发展不可偏废，可有的网络企业不重视思想素质发展，造成发展畸形，带来了精神发育不良。政府应当给民营企业委派监督员，监督民营企业人员的思想素质发展，把正发展方向。

三、网络监管重在预防，以预防为主，未雨绸缪。应当防止网络监管中钓鱼式执法，毁灭性执法，侮辱性执法；特别是要监控在未发生事件之前，防止事后诸葛亮，防止以偏概全，防止一棍子打死的粗暴行为。

四、政府网络监管部门应当注重建强网络黑客队伍，塑造正心，打造真心，锤炼公心，打造一支藐视天下、逐鹿世界的超级网络黑客队伍，以应对随时可能发生的网络战争，捍卫国家的利益和安全。

五、应强化国家机关、重要科研单位和重要经济机构等方面网络数据的安全，精心呵护网络数据，防范网络空间多样化、动态化、复杂化带来的严峻挑战……

写完这段自己认识与体会的文字，他感到自己颓废而落魄的心，已经踏上了回归良知的旅途，有了一点点慰藉和释然。

他随手从柜子里找到一条尼龙绳子，站在椅子上把绳子拴在铁钩子上，将绳索套在脖子，用脚将椅子使劲挪移开，上吊在悬挂窗帘的横梁。他盼望着铁钩子因自己的重量而折断，或者从墙体中拔出来，让事件发生戏剧性的逆转。

但是，铁钩子异常牢固而没有折断。不一会儿，他就停止了呼吸，自绝于世死掉了。

# 5

司马红悬梁自尽的消息是江薇带回来的。江薇说的时候脸色紧张，心神不安，总觉得司马红之死好像牵连着自己似的，仿佛有什么大祸临头了。而汪富则欣喜若狂，抱住江薇狂吻了一阵子，又让江薇猝不及防而心脏狂跳，沉浸到了被爱的热浪与暖流的激情之中。

汪富很是得意，甚至认为，自己这一吻是匡扶正义之吻，与历史上的经典之吻有相似之处，意义非凡。

仇家的离世，解除了汪富人身危险的警报，让他感到再也不用提心吊胆躲藏了，而且即将迎来拥有红远公司资产的历史性时刻。他对江薇道，你这儿的房子太小了，楼层也低，视线不好，还是到俺那儿去住吧。

江薇稳住心神嫣然一笑说，好啊！随即收拾了一下，俩人打车来到东江区汪富80多平方米的房子里。

汪富对江薇道，俺觉得司马红一命呜呼，一切噩运就结束了，苦尽甘来好运到了。咦！好运，肯定是好运！公司按工商部门注册就是俺的了；被查封吊销营业执照的事也应因司马红的死亡而从轻处理，不至于熄火吧。

江薇淡然说，但愿如此。

汪富得意道，咦！只要公司不死，俺就是老板了，大老板了。我嘞乖乖，我嘞乖乖！

江薇有些疑惑，幽幽地说，汪，我觉得你想的是理论可能，从法律文本上得出的结论；但司马红家属会接受这个情况吗？公司其他领导会承认这个事实吗？从理论可能变成现实，还有一段距离呀！

听到不合心意的话，汪富脸色一下子阴沉起来，如同以往故意刁难江薇那样神态凶狠、狰狞，眼睛露出了凶光，还有猥琐、傲慢、暴怒的意味。他甚至片面地感到，江薇成了阻碍他好事的绊脚石，有点愤懑与急躁了，狭窄的胸膛不断起伏，让现场气氛有点沉闷与紧张。

江薇有点骇然，仿佛看到了从前集多重性格于一体的汪富。一个对强者充满畏惧逢迎，而对弱者又不仁不义的人。这让她心惊害怕，不寒而栗，防范戒备的弦再次在脑海里绷紧了。她不得不承认眼前的现实，山河易改，本性难移。汪富的天性很难改变，不可能因为与她有肌肤之亲而矫正。

她不得不逢场作戏般180°急转弯，咧开大嘴强装欢颜，露出勉强的笑容说，汪，我想你当企业家肯定比司马红高明得多，肯定能让红远公司转危为安，走上一条金色大道。

悦耳好听的话儿，真如一股清流沁人心脾，也似一勺蜂蜜洒在心间，将汪富愤懑的神情平复下来，又兴奋起来。他跺着脚轻声浪漫道，咦——血美！这是最后的坚持，美好的目标一定能实现。

翌日上午，也就是司马红自尽后的第3天，汪富起床后照了照镜子，看到脸上的伤势好转起来，青肿不那么明显了。早饭后，他换了一套天蓝色的崭新西装，扎了一条深红色领带，感到头发与衣服不够般配，就专门来到一个高档理发馆，将头发理了一次，修饰得利利索索，便以胜利者的姿态重返公司，准备接手公司重整旗鼓。

可迎接他的是公司门口贴着的一张封条，还有一张银行催款通知书，明确要求公司负责人在一周之内缴纳8000万元的贷款及利息。

汪富简直不敢相信，定定神，仔细看通知书的贷款数额，明明白白是8000万元。他估摸着，就是把红远公司撕成碎片卖了，也难以凑到8000万元。

毫无疑问这是一纸催命单！逼死了司马红，也让红远公司步入到负债累累的劫难之中。

汪富蒙了，头脑瞬间短路，进入到恍惚的幻觉状态。忽然，他感到头顶闪过一道耀眼的亮光，将乌云遮蔽的天幕撕开了一道银蛇般的裂口，紧接着是"轰隆隆、轰隆隆"的惊雷，电闪雷鸣，雷霆霹雳，在眼前闪耀着，在耳边炸响了，让他毛骨悚然，心惊肉跳。他一下子傻了！呆在那儿，脸色煞白，神情悲凉，如同木偶一般，仿佛掉到了万丈深渊，死无葬身之地了。

他害怕得胆战心惊，脑门儿冒出了冷汗，竟然控制不住情绪"哇"的一声哭了，"呜呜呜"不停哭泣，夹杂着嘶哑的嗓音，哭泣撕心裂肺，伤心锥心刺骨，一把鼻涕一把泪。哭着，哭着，他的哭泣变成了一种长号，如同一匹受伤的狼，在旷野里嗥叫，忧伤中裹挟着恼怒与悲凉、困惑与哀鸣，格外惨烈。

倾诉尽心中的悲伤，流干了眼中的泪水，他跟跟跄跄回到家中已是中午了，但出现在眼前的又是一片狼藉，柜子被翻腾得乱七八糟，东西横七竖八，抽屉里几十万元存折和他的身份证也不翼而飞。

汪富又是一阵震悚般惶惶……他想到了江薇，赶忙拨打她的手机，已是关机了。

一切似乎都明白了，鸡飞蛋打人财两空，谁知红颜是祸水呢？他清楚地记得，为了谋求高利率，他存款的银行不是国有大银行，而是一家地区性小银行。经过一番查号，他将电话打过去挂失后，银行工作人员说，款子已用您的身份证取走了，请报警吧！

提及报警，他犹豫了，步入进退两难的境地。

眼前惨烈的现实是，红远公司面临偿还银行 8000 万元的贷款和利息，而公司总经理自缢身亡，按工商部门注册寻找法人，就会落到他头上。而他与司马红签订的名义法人而不享受公司资产的协议，已被焚烧了，无法澄清自己不是真正的法人了。

弄巧成拙！竟然将一出假戏演成真的了。命运与自己又开了一个天大的玩笑，从草根变为精英，又从精英变为一贫如洗，得到的又全失去了，似乎有意愚弄摧残自己似的，历经艰难险阻偷来的协议焚毁了，本以为能带来无穷无尽的福运，却变成实实在在的噩运。

千算万算！最终还是失算了！

　　汪富万万没有想到，自己把自己推到了新的危险边缘，自己把自己折腾得体无完肤，前方就是万丈深渊，稍一失足就会滑下去粉身碎骨；前面就是刀山火海，大火熊熊燃烧，刀剑血雨腥风，随时都会死于非命。

　　世间没有后悔药啊！不然他就可以幡然悔悟了。何必机关算尽，又自取其辱呢？何必投机取巧，又自毁前程呢？何必损人害己，又自掘坟墓呢？

　　正如古语云：天作孽犹可违，自作孽不可活。

　　在这样戏剧般的逆转之后，汪富又回到多年前摆摊设点时的穷光蛋了，而且还背上巨额债务，重重压在头上，更压在了心上。他心灰意冷，身心交瘁，惶恐不宁地熬煎着、挣扎着。

　　深秋的暮色早早就降临了，室内昏暗了。他不想开灯，故意在黑暗中浸淫情感，消解忧愁。他没有吃中午饭和晚饭，肚子里一点饥饿感也没有，相反鼓胀着难以言状的怨气，积郁在胸腔里，造成了气滞与失调，陷入到一种非正常的病态之中，既有不愿甘心的牵挂，也有极度懊恼的悲摧。

　　此时此刻的情感世界中，汪富起码有几道难以逾越的坎，如同连绵起伏的山峰横亘在眼前。他想不明白，司马红这个王八蛋，将红远公司一手好牌，打成了臭牌，越打越糟，竟然落下8000多万元的亏空，成为一个烂摊子。他想不明白，他对司马红那么好，处处维护权威，忠心耿耿。司马红竟然容忍不下他，用权威、阴谋、歹毒加害他，置他于死地。他还想不明白，江薇为何背叛他？忘恩负义，恩将仇报，竟然到了不仁不义、狼心狗肺的境地。这个女人咋能如此寡廉鲜耻呢？所有疑团笼罩在心头，让他理不出个头绪来。

　　隐约间，他听到楼下有音乐响起，还有些耳熟。他走到凉台上，打开一扇窗户，声响大了起来，原来是草原风格的《最炫民族风》，再俯视楼下二三十个大妈跳广场舞。在居高俯瞰的视线里，她们随着音乐声一格一格摆动着，如同一个个小矮人。他想不通，大妈们跳舞就跳舞吧，为何要选此舞曲呢？北方草原风格粗犷豪迈的乐曲，在江南婉约之地上飘荡显得不伦不类，与这方水土格格不入。再细听，又传来一阵阵"哗啦啦"的麻将声，应是隔壁邻居退休大爷们打牌消磨时光了。他既不羡慕广场舞，也鄙视于打麻将，觉得这样的活动档次低、缺品位，尤其是打麻将中无聊的重复、无趣的争吵，简直就是一种对情感的伤害，对生命的辜负。

是啊！汪富觉得这些打麻将与跳广场舞的大妈大爷太落后了，是凡夫俗子，思维还在旧世界，可能还不懂现代生活的花花绿绿，也不明现代网络中明网深网暗网的神奇奥妙，更不知如何在人世的第二世界中发现新大陆而赚钱获利，享受精彩。他为这些保守、落伍、过时的行为而悲哀，觉得他们就是被时代所抛弃的一粒粒沙子，陈旧得没有高雅情趣，到人间简直就是白活了一遭。

汪富再眺望浩瀚银河的繁星，星星点点，闪闪烁烁，那么多的星辰数也数不完，但总有一颗应当属于自己啊。

自负往往会带来极端的意念与想法，自私又会滑入到仇恨与无助的泥淖。

这个夜晚，对于汪富来说，情感徘徊在自负与自私的复杂情境之中。他藐视苍生的落后，怨恨司马红与江薇的狠毒与卑鄙，心里愤恨恨，苦兮兮，悲伤而焦虑，忧愁而愤懑。当想到面临着司马红留下的烂摊子，就心里发怵，堵得慌，痛苦与怨恨涌上心头，身体仿佛被抽去了筋骨，失去支撑，心脏又加速跳动，神经紧张起来，产生了无尽的绝望。

整整一夜，他没有到卧室的床上睡觉，而是蜷曲着和衣躺在沙发上，尽管眼皮像压着石头般重物奋拉下来，但脑子里却一直仇恨着司马红与江薇，痛苦难忍。那痛苦像火车一样"轰隆隆"在夜晚不停开着，难以停歇，他不得不起身在黑暗的屋子里溜达徘徊一阵子，继续愤恨仇人的情感与灵魂、思维与认知、良心与做法，进行着猛烈批判，甚至是辱骂。辱骂累了，精疲力竭了，他躺下再迷糊一会儿。稍睡一会儿，不知为何被猛然惊醒，他起身又在屋子里行走，再次怨仇交织……他疲惫极了，迷糊起来了，头脑迟钝而混乱，思维迟滞而麻木，瞪着圆溜溜的眼睛，一直熬到东方破晓，天空大亮。

汪富头脑昏昏沉沉，恍恍惚惚，来到洗手间照了照镜子，惊呆了！一夜之间竟然两鬓如霜，头发灰白了，眼睛通红布满了血丝，面容憔悴苍老了许多。他凝视着自己脱相的面颜，又受到了新的刺激，颠三倒四几乎完全失去了理智。

他发疯似的喘着粗气，感到自己似乎成了丧家之犬，无处可去了，成了过街老鼠，被人人喊打。钱财是他的血脉，有钱才能直起腰杆子，没钱精气神就垮了，人生就完全失败了，无立锥之地。他心如针扎般疼痛，有被扎透的泣血之感。他伫立在凉台上，想到只要从这里闭着眼睛往下一跳，便粉身碎骨，也就一了百了，万般解脱了，再也不会有别人的追责与痛苦，再也没有是非恩怨，也不用承担任何恐惧、焦虑、忧愁，得以解脱远离颠倒痛苦。

此刻太阳已经明晃晃地照耀下来，洒满整个江洲市。当汪富钻出窗户坐在自家窗户下的露台上，双腿和双脚悬在了高空，只要屁股往前一挪，就会跌落到18层楼下。望着如此之高的楼层，他萌生极大畏惧，跳下去会多么惨烈！又将受多大苦头！他害怕了，犹豫了，像一个受到巨大委屈的孩子"呜呜呜"哭了起来，充满了绝望。

哭泣又如野狼一般长嚎，异常凄厉惨烈，引来不少群众观望。有人慌张地大声喊道，不好了，有人要跳楼自杀了！这种惊呼很快惊动了社区，惊动了街道办，惊动了警察……很短时间内，有人隔空喊话劝说，有人已在楼下设置了气囊垫子准备救援。

恰巧，赵晖坐着李铁柱开的车路过此地，老远就看到高层露台上的人，定睛细看认出是汪富，便叫停了车。他来到楼下看了几眼，拨开人群直接坐电梯来到18层。公安人员已让开锁公司将门打开了，在窗户口劝说汪富。

汪富不予理睬，仍然嘤嘤抽泣。此刻谁也不敢有过激行为，否则一个闪失，汪富就会掉到18层高的楼下去。尽管楼下预备了气囊，但保险系数又是个未知数啊。

赵晖对一个警察说，我是他的同事，让我来劝说吧！

警察默许，赵晖扒着窗户口道，汪富，还记得我吗？我是你的朋友赵晖。

汪富扭过头来说，赵晖，赵晖！侠之大者公司的赵总，咦！我嘞乖乖，乖乖！随后就不理睬了。

赵晖在窗户上探出头向下望去，18层楼确实高耸，楼下花园、道路、车辆有点虚无缥缈，强烈的恐高症像一双黑色的巨手，死死缠住他的双眼与思绪，让他恐惧与胆怯，内心有点微微颤抖了。赵晖再想到以平等姿态拯救汪富时，顿生自信，头脑中闪现出一种异样的责任与激情，胆魄骤然激增，恐高症瞬间退却了，不见了踪影。只见他目光坚定，神态沉稳，肌肉紧绷，迅速钻出窗户，从容而敏捷地坐在离汪富不到一米远的露台边沿，双腿和脚也悬空在18层楼的高空，稍一失足就会掉到楼下，与汪富同样处于极度危险之中。

汪富侧脸看到赵晖也坐在危险的露台上，从容淡定，内心暗暗吃惊，感到不可思议。同时强烈感受到，蜚声网络、威名世界的赵晖没有居高临下的鄙视，也没有施舍爱心的怜悯，更没有高深莫测的同情，似乎也在准备纵身一跃跳楼了，好像与自己同病相怜，平等相近了。

同是天涯沦落人，相逢何必曾相识！

一种感同身受的情感气场逐渐形成了，情相随，意相依，心相通，至真至诚。汪富获得了心理感应，觉得赵晖与自己离得很近，彼此体贴心心相印，情感近在咫尺。

汪富说，俺不中，不中了，遇到了大大的麻烦。

赵晖道，人人都有不中时，不要随便放弃最重要。

汪富说，俺辜负过你，伤害过你，背叛过你。你为啥不记仇还要靠近俺呢？

赵晖道，你没有自己想象的那么差，帮助你其实是自我帮助。

汪富说，俺太次毛了，得呼巴掌了。

赵晖说，以往次毛不要紧，今后不次毛就中了。再咋我们也不能当别人的奴隶，要做自己的主人。

而最后这句话，是汪富在侠之大者公司时经常说的。汪富没想到，自己的这句口头禅赵晖居然还记着了，更生好感，心头为之一震。

汪富惊诧地说，俺好几年前说的话你还记着哩。

赵晖道，老朋友，永远莫相忘。

赵晖还掏出手机，调出 7 年前他俩的合影照片让汪富看。汪富更是惊奇，也感到贴心，一颗枯萎的心逐渐开始苏醒，慢慢地郁郁葱葱了。

汪富说，俺罪孽深重，不知还有救没了。

赵晖道，浪子回头金不换，找到良知就得救。走！我请你喝酒去。

汪富说，俺能到你们公司去吗？

赵晖道，咋不能！你们离开公司时，我就说过侠之大者的大门永远向你们敞开着了。

赵晖说得诚恳，言之凿凿。汪富听得认真，感到赵晖信守诺言，几年前在分家酒席上说的话仍然记着，便将所有的顾虑打消了，顿感饥肠辘辘，肚子"叽里咕噜"开始吼叫难以遏制了。他随即说，中！喝酒去。

这时警察爬出窗户口，伸出热情援助之手，先后将他俩从露台的危险境地拉回到屋子里。

6

斗转星移，时光荏苒。

转眼到了 2020 年 7 月 15 日早晨，雨后天晴，万里无云，整个江洲市被清洗得干净明媚，空气中弥漫着湿漉漉的气息，绿色植被露出翠绿翠绿的容颜。一轮艳阳悬挂在天空洒下火辣辣的光芒，让气温又迅速飙升，将潮湿烘烤成了蒸锅里的热浪。

上午 9 点整，侠之大者在江洲大酒店举办公司成立 10 周年暨科创板上市庆典。公司员工代表、江洲市网络领域的合作企业领导，以及江洲市政府领导和有关部门负责人共 300 多人出席。8 点 30 分后，大家陆续到达。已升任江洲市市长的刘振远莅临，带来市政府的贺信。

庆典活动的主会场设在酒店一层会议厅，主席台上铺着红色地毯，大屏幕呈现一轮红日之下一艘巨轮扬帆远航的画面。正在活动开始之际，签到处来了一位不速之客，引起接待人员的高度警觉。

她身穿淡雅的紫红色旗袍，手提精致小包。再仔细观察，看到身材高挑，云髻峨峨，脸型端庄，略显清瘦，目光深邃而有神，流淌着如水深情，似乎携带着岁月洗刷后的淡定与沉稳。当安保人员实施安检后，请她在签到簿上签名。她拿起笔，庄重写下两个大字——于燕。

接待人员没听说邀请过此嘉宾，就礼貌地陪同她走入会场。她径直走到会场第一排赵晖位置处，向赵晖伸出手说，赵晖，还认识吗？

赵晖惊呆了，一边伸手迎接，一边快速搜索记忆，随即说道，于燕，是你呀！真是贵客，从国外回来了。

于燕说，回来专门参加你们公司的庆典，祝贺成功上市啊。

赵晖道，太好了！请都请不到的贵客，让今天蓬荜生辉、喜上加喜。随即他简要介绍了活动情况，并礼貌性地询问道，庆典活动有嘉宾讲话，你可否代表国际友人讲几句话捧捧场呢？

于燕说，话就不讲了。有演出节目环节，我可以吹奏一支曲子助助兴。

赵晖道，太好了！锦上添花。我让他们安排进去。

9点整，活动开始。主持人介绍了出席嘉宾，江洲艺术学院奉献了大鼓表演《时代神韵》，铿锵激越的鼙鼓声，将热烈、隆重、喜庆的气氛烘托出来。接着会场切入到了股市直播，大屏幕显示出股市大盘信息，将各个股票数据滚动播出，红绿交织的数据奔涌而来，直击心扉。在跳动的股票数据中，操作人员迅速锁定代码为6990057的侠之大者股票，数据从每股起始价51元开始，一路上涨，持续飘红，势头迅猛。

现场的人们屏气凝神紧紧盯着大屏幕，代码为6990057的股票仍然飘红，数额不断飙升，一直上涨过百元大关。人们热情狂呼，"吽——吽——吽"此起彼伏！赵晖邀请刘市长等几位嘉宾走上主席台，站在吊有一个大锣的架子两侧。刘市长从赵晖手中接过一个绑有红色丝带的大槌，挥槌敲下，"咣——"的一声，声音响亮，余音袅袅，象征着又一新的科技股成功上市，跻身资本市场。随后刘市长等嘉宾致辞，赵晖讲话答谢等。

进入节目演出环节后，特邀艺术家演出了二胡重奏《战马奔腾》、京剧独唱《穆桂英挂帅》等。当主持人宣布请国际网络界友人于燕演出时，她款款走上主席台。会场所有的目光聚焦在她的身上，那高挑标致的身材，笑容可掬的容颜，典雅高贵的气质，紧紧吸引着人们。她手里拿着一个特殊的民族乐器——埙，个头似拳头大小，貌如葫芦，呈紫褐色，属于中国最为古老的一种吹奏乐器。

她吹奏的乐曲是《黄土情》，属于传统经典曲目，流淌着中华民族几千年厚重历史底蕴，曲调深沉大气，节奏悠扬圆润，昂扬、明媚、深沉。随着她吹奏的投入，乐曲荡漾涟漪，勾起了赵晖的回忆，时光隧道瞬间打通到11年前大洋彼岸的异国他乡。那时，他是这个埙的主人，时常吹奏抒发情感，排忧解愁，用如诗如诉的旋律，宣泄胸中的哀愁与忧伤。而眼前于燕的演奏风格，与自己截然不同，热烈、乐观、旷达，但热烈中不失沧桑，乐观中携带着忧伤，旷达中隐藏着一丝艰辛，饱含极其丰富的音乐情感。一般对这种乐器与曲调了解肤浅的人，只能听出基本的乐曲声音，难以理解其深奥微妙。

赵晖从她吹奏力度、气息控制把握、情感宣泄多寡等细节中，感受到她是用一颗真心吹奏的，音调美妙，内涵饱满浑厚，上升到了极高的艺术审美层次。那不仅是情感的宣泄，更是对黄土地的赞美；不是平常的艺术表达，而是对民族厚重历史的叙述；不是肤浅的抒发，而是悠扬、炽热、悲壮的情感喷发，让人听出一位海外游子对中华文明的深情赞颂和由衷崇敬，也谛听到她所经历的非凡情思，毫无疑问是厚重深邃的心灵交响。赵晖被深深震动了，内心情感翻江倒海，眼眶里蓄满了泪花。假使不是在这样一个特别喜庆的场合，他可能会控制不住情绪而落泪。

他坚信，这是天底下最动听的旋律、最真挚的演奏，妙不可言。

整个活动很圆满，股票上市即走红，出师告捷。当天中午股价以115元收盘，涨幅创造了一个奇迹，大家无不流露出喜悦之情。

这天下午，赵晖专程来到长江宾馆1707房间拜见于燕。于燕沏了两杯意大利卡玛多大师咖啡，两人坐在沙发上聊了起来。

赵晖道，纽华克一别，我总以为再难以相见了。

于燕说，你的事业做大了，把企业做得这么好。老朋友时刻关注着，是不会忘记的。

谈到公司在江洲市快速发展壮大，赵晖颇为感慨，讲了公司的来龙去脉，以及为培养超级黑客、打造人类网安事业的酸甜苦辣和受到的挑战磨难。

于燕说，互联网领域的这座大山上，难以容纳下两只虎王啊！你们公司所遇到的伤害，大都与五洲公司有关。古人说，害人者诛己，坏事做绝必自毙。多次加害你们的史密斯，因利益分配与军方而闹翻，被军方起诉入狱了；威尔逊得了肝癌，不治而亡。另一名董事掌管了五洲公司，公司依然很强大，可能与你们还会有更加激烈的碰撞与较量。

赵晖道，这也太残酷了吧，公司强大着，但主要领导却走向了毁灭与失败。

于燕说，一切都是必然结局。史密斯、威尔逊不是你们打败的，而是自己打败了自己。他们一味追逐欲望与金钱，信奉网络帝国的霸权与贪婪，本性就是一种不幸，就是一种自我毁灭。

赵晖道，深刻！有道理，看清了网络霸权与主宰网络世界的毒瘤与本质。在我多次被国际杀手刺杀之前，公司都曾收到过神秘邮件，得到了难得的提示与预警。我想肯定是你发的，在这个世界，没有无缘无故的恨，也没有无缘无故的爱！

于燕未置可否，嫣然苦笑一下，端起杯子喝起了咖啡，品味世界级精品咖啡的滋味。

赵晖曾通过技术溯源，追踪到神秘邮件是"双蛾翠"发的，正是于燕的网名。为了得到亲口证实，准确无误，赵晖道，神秘的预警邮件来自深网，经过多处跳板，隐藏得很深啊。

于燕仍然沉默不语，继续端起杯子品味咖啡，脸上保持着淡定，但写满了故事，似乎是一蓑烟雨任平生。

赵晖感到她过于内敛低调，便说道，于燕，你做了预警救人的好事，为何又避而不答为自己证实呢？

于燕脸色惆怅，再次苦笑说，为何又要说出来呢？自己说自己的功劳，会很不自在，让人感到有所企图和目的似的。

有功而不居功，救人又不图名，还想隐瞒真相，不谋求任何利益与回报，这是何等的纯粹与高尚？赵晖还想到，于燕给公司发送预警邮件，冒了多么大的风险？每一次违背五洲公司的意志而发预警邮件，又经历多少心灵煎熬，又需要承担多大压力？拥有多少勇敢呢？毫无疑问，她是一位出淤泥而不染的幕后英雄，一位敢于与邪恶作斗争的人。她在他心目中的形象，突破了恋人的朦胧好感，瞬间高大起来，有了一种"高山仰止，景行行止"的感觉。

赵晖赞叹道，你对我的恩德无与伦比，温和而高贵，谦逊而高尚，境界非凡啊！

其实，于燕为了暗中保护赵晖，所经历的艰难与磨难无以言表，吃尽了苦头，苦泪斑斑，远非赵晖能够想象到的，背后有许多难以启齿的惊心动魄。回想起来，如铁血间谍般传奇，隐藏于黑客帝国十多年，生死搏击，忍辱负重，无奈沦落风尘，嚼着泪水与自己厌恶的男人厮混苟合，献出了女人最为宝贵的纯洁与贞操，常常打脱牙齿和血吞，苦极骨髓，伤到心肝……从而及时获悉刺杀赵晖的绝密讯息。其故事情节，曲折、惊险、悲怆，足足可以写一本大书，一部厚重的大书！

是啊，她为赵晖付出了太多的情感与人生代价，耗尽了最后一份真情。

所有的酸楚、苦痛、悲凉深深烙刻在了她的心底，难以倾诉，也无法诉说，成为永远的秘密。

她只好恬淡地再次苦笑，未作回应，随即从手包里掏出一块玉佩，递给了赵晖。

赵晖拿到玉佩详细观看，感到十分珍奇，细看玉佩上也有一个耳朵形状的淡黄色图案，与自己 11 年前在迪拜滨海国际酒店女服务员手中得到的那块玉佩惊人相似。他也想象着，假使把两块玉佩拼放在一起，就形成一个漂亮的圆形大玉佩，两个玉佩上淡黄色图案应该能拼成一个心形图案。他拿着玉佩，怔怔地望着于燕，一切都确信无疑，百感交集！

于燕颓然说，此玉佩是我家的祖传至宝。此缘已尽，请将你手中那一半玉佩完璧归赵吧。

赵晖又是大吃一惊，耳边炸响一声惊雷，心灵颤抖，头发竖起来了，情不自禁站了起来，心情激越，血脉偾张。11 年前的救命之谜终于完全解开了，眼前又一次复现了迪拜滨海国际酒店那名女服务员明亮的眼神，认定搭救自己的女服务员是于燕乔装打扮的。那位女服务员双目清澈干净，没有任何杂质，含情脉脉，与眼前于燕的眼睛一模一样，只不过现在的眼周多了一些皱纹与沧桑，有了岁月留痕。一幕幕往事滚滚涌上心头，一段段真情仗义感人，惊心动魄，眼前的于燕崇高伟岸，至高无上，仿佛幻化成了一尊女神，菩萨心肠的女神，是那么神圣、纯洁……可谓是，仗剑千万里，默默侠骨气；包羞忍耻苦，乾坤留大义。

赵晖的心灵颤抖着，将千言万语的救命恩情转化为抱拳作揖，深深地鞠躬。

他离开长江宾馆 1707 房间，仍心情狂乱，胸中激荡着狂涛巨浪。于燕令他敬佩仰望。

返回公司快 5 点了，日头西斜。赵晖紧急召开总裁办公会，介绍了于燕给公司所做的特殊贡献，以及高山仰止般的人格，提议邀请于燕加盟侠之大者，做高级顾问、永久荣誉董事；公司向着"网络太平，环球同此凉热"的目标进发。

当天晚上，赵晖率领公司张彬、龙文等人，集体到长江宾馆会客厅会见于燕。赵晖将公司有关领导逐个向于燕介绍，简述了公司的有关情况。肖梅将一束鲜花献给于燕，表达崇敬之情；张彬把公司的聘书递到于燕手中，真诚邀请她投身侠之大者的事业。

于燕神色定定地瞥了一眼聘书，微笑着轻轻摇了摇头。

赵晖用执拗的眼神望着她道，高级顾问的职责，只是在战略和宏观决策方面，给予一些意见和建议足矣。

于燕仍摇了摇头，神情淡定，思绪旷远。

赵晖解释道，不用你坐班早九晚五牵扯更多精力，适当抽空到公司指导就行了。

于燕说，谢谢你们的一片好意，但我对下半场人生已有安排，请尊重我的选择。她接着说，你们再想想，人类网络世界最缺的是什么？不缺人力，不缺智慧，不缺金钱，最缺的是消除偏见仇恨与求同存异。

她略微停顿后接着说，怎样才能做得到呢？必须不断强大，再强大，强大到让敌手望而生畏，根本不敢对你采取攻击行动；同时不以强大而自负自傲，有着宽恕原谅敌手的和善与慈悲。随后她从手提包里掏出一封告别信，递到赵晖手中。赵晖则拿出那半个玉佩的定情物归还回去。

翌日，于燕心无挂碍，无挂碍故，舍弃人世间的一切，投五台山而去，遁入空门。

看完于燕的告别信后，赵晖内心无比震撼与惭愧，回想着她拳拳告诫的"人类网络世界最缺的是什么？不缺人力，不缺智慧，不缺金钱……强大到让敌手望而生畏，根本不敢对你采取攻击行动……"

网络太平，环球同此凉热。赵晖心事沉重，心中呼唤，梦里依稀人安好，音容在，泪如涛，坐在电脑前敲击键盘写下一首抒情长诗：

> 我穿梭在浩瀚无边的网络世界到处追寻，
> 如同在茫茫大海中前行。
> 你在我困惑的季节突然降临，
> 留下了动听的巾帼英名。
> 又在一个美好的季节遁入空门，
> 仿佛是来完成一场庄严而神圣的人生使命。
> 我仍然相信，
> 你的离开是一次短暂旅行。
> 相信你能懂得我们的期盼与情真。
> 你对侠之大者的殷殷呵护，
> 冒着巨大风险甚至不惜宝贵生命。
> 你对我的赏识与垂爱，
> 展现出极高的情操与无限深情。

你用女性非凡的智慧和胆识，

编织出的传奇故事是何等动容。

数星星看月明，

我曾在暗夜里固执地等待着天明。

网络的广旷是无比纵横，

我仍在网络的这一端锤炼不屈耐心。

可曾记得岳阳楼餐馆、阿里斯公园，

你是那么美丽而魅力无穷。

可曾记得我们是知音之交，

你是那么喜欢听我吹奏的音乐。

可曾记得我们是鸡黍之交，

你是多么盼望久别相见再度重逢。

可曾记得我们是生死之交，

你是燃烧自己而照亮我的生命。

用崇高精神和悦动的青春，

创造出网络世界里美妙传说与传奇风云。

我仍然相信，

你的离开是一次短暂旅行。

侠之大者的人们，

盼望你能重操旧业与我们一路同行。

共襄网络盛举，

打造干净太平的朗朗网络乾坤。

我们翘首盼望着、盼望着，

盼望着那一天的突然莅临、突然莅临。

…… ……